HANNE NEHLSEN

MITTSOMMER TOD

KRIMINALROMAN

atb aufbau taschenbuch

MIX
Papier aus verantwortungsvollen Quellen
FSC® C083411

ISBN 978-3-7466-3216-2

Aufbau Taschenbuch ist eine Marke
der Aufbau Verlag GmbH & Co. KG

1. Auflage 2016

Umschlaggestaltung www.buerosued.de, München
unter Verwendung eines Motivs von © Plainpicture/Briljans
Gesetzt in der Garamond Premier Pro
durch LVD GmbH, Berlin
Binden CPI books GmbH, Leck, Germany
Printed in Germany

www.aufbau-verlag.de

·EINS·

Nebelschwaden hingen über dem Storsjön, dem großen See. Sie waberten über die Wasserfläche und legten sich auf die sich leicht kräuselnden Wellen. Bodennebel, der sich nach oben lichtete. Vermutlich. Das war zu dieser frühen Stunde, in der noch die Dunkelheit regierte, nicht erkennbar. Ville Sigurdsson hatte ohnehin keinen Blick dafür. Er hatte sich missmutig aus dem Bett gequält, den Schnellkocher angeworfen und sich einen Instantkaffee aufgegossen. Im Kühlschrank lag ein angebissenes Schnitzel, ein Rest vom Vortag, das ihm als Frühstücksersatz diente. Dann hatte er sich auf den Weg gemacht, war zum städtischen Bauhof geradelt, hatte dort den japanischen Kleinlaster abgeholt und vergeblich nach seinem Kollegen Ausschau gehalten. Natürlich war Raduan Mahrous nicht erschienen.

»Scheiß Ausländer«, fluchte Sigurdsson. Der Gedanke an den Syrer ließ seine Stimmung noch weiter absacken. »Die kommen hierher und nehmen alle Leistungen des schwedischen Wohlfahrtsstaats in Anspruch«, murmelte er vor sich hin. Aber an einem Tag wie heute blieb der Syrer im Bett. Das hätte Sigurdsson auch gern gemacht. Gestern war ein herrlicher Spätherbsttag gewesen. Am Nachmittag hatte die Sonne von einem wolkenlosen Himmel gelacht. Das war nicht selbstverständlich in dieser Region. Zwei Autostunden nördlich begann Lappland. Und wer in Hamburg vor der Entscheidung stand, Rom anzusteuern, hatte es nur geringfügig weiter als bis hierher. Die unendliche Weite des Nordens war kaum jemandem ein Begriff.

Warum musste sich Mahrous ausgerechnet Östersund als Asylort aussuchen, wenn es ihm schon um diese Jahreszeit zu kalt war? In den kommenden Wintermonaten würde es noch unangenehmer werden, die Sonne würde nur für ein paar Stunden am Tag ein fahles

Licht abgeben. Der Syrer hatte heute schon gekniffen. Folgenlos. Niemand würde ihm Vorhaltungen machen. Und Sigurdsson musste es ausbaden. Wütend trat er gegen die niedrige Graniteinfassung des Springbrunnens, der den Platz zierte.

»Scheiße«, fluchte Sigurdsson, als er den Schmerz trotz der dicken Arbeitsstiefel in den Zehenspitzen spürte. Warum ausgerechnet er? Sein Chef hatte ihn für diese Aufgabe eingeteilt. Und Mahrous.

»Das wird nicht so schlimm«, hatte der Vorarbeiter versichert. »Zwei Leute sind ausreichend.« Und? Der Syrer lag noch in der warmen Koje. Nur der blöde Ville Sigurdsson sollte aufräumen. »Nochmals Scheiße!«

Er zog den blauen Müllsack hinter sich her. Die Horde, die den Badhusparken am Seeufer gestern überfallen hatte, hätte man zum Aufräumen verpflichten müssen. Oder den Veranstalter des Rockkonzerts. Aber nein, die Drecksarbeit blieb wieder bei den städtischen Arbeitern hängen. An ihm.

»Schweden den Schweden« war der Wahlspruch der Rockband Bad Revolution, die hier aufgetreten war. War der Syrer deshalb zu Hause geblieben? Hatte er gedacht, an einem nasskalten Morgen wie diesem sollten die Schweden ihren Mist allein wegräumen, wenn sie schon ausländerfeindliche Musik spielten?

»Es kann einem Moslem nicht zugemutet werden, Bierflaschen zusammenzukehren«, würde Mahrous argumentieren. »Schon gar nicht, wenn die wildgewordenen Punks gegen Ausländer wettern.«

Sigurdsson hatte sich nie Gedanken über diese Frage gemacht. Aber dass er – ganz allein auf sich gestellt – diesen Dreck wegräumen sollte, das ging ihm doch gegen den Strich.

Zu dieser frühen Stunde war niemand in der Stadt unterwegs gewesen, war ihm keine Menschenseele begegnet. Es war dunkel und kalt. Außerdem war es Sonnabend. Der Nebel tat sein Übriges.

Im Zeitlupentempo bewegte sich Sigurdsson über das Areal der kleinen Halbinsel, die wie eine Nase in den Storsjön ragte. Von der

Spitze führte eine Fußgängerbrücke hinüber nach Frösö. Im Dunst war die weiter nördlich gelegene Straßenbrücke nur schemenhaft zu erkennen. Wie Irrlichter tauchten einzelne Lampen verschwommen auf der Insel auf. Zartbesaiteten Kreaturen wäre womöglich ein wohliger Schauder den Rücken hochgekrochen. Sigurdsson war nur verärgert. Ihm ging alles gegen den Strich. »Scheißjob«, fluchte er und bückte sich nach der nächsten Bierdose.

Er hatte kein System, sondern steuerte wahllos von einer Hinterlassenschaft zur nächsten. Langsam näherte er sich der Bühne, die vor einer Kulisse herbstlich gefärbter Bäume stand. Auch hier lag überall Unrat herum. Die ausgelassen feiernden Jugendlichen hatten offenbar ihren Müll dort weggeworfen, wo sie gerade standen. Glasflaschen, Getränkedosen, Zigarettenkippen, massenweise Verpackungsmüll des Fast-Food-Restaurants, das am nahen Marktplatz eine Filiale hatte.

Seine Unlust steigerte sich von Minute zu Minute. Er kämpfte mit sich, ob er nicht einfach umdrehen und Feierabend machen sollte. Zu dieser frühen Stunde? Wieder bückte er sich und sammelte zwei zerbeulte Bierdosen auf. Er würde den ganzen Tag beschäftigt sein.

Nein! Sigurdsson war sauer. Er kramte das Handy aus seiner Latzhose hervor und suchte in der Adressliste die Nummer seines Vorarbeiters. Nach langem Klingeln verkündete die Mailbox, der Teilnehmer sei derzeit nicht erreichbar.

Wenn er jetzt im Eiltempo aufräumen würde, könnte er früher ins Wochenende gehen. Andererseits würde sein Vorgesetzter nach dem Vortragen der Beschwerde argumentieren, dass alles nicht so schlimm gewesen sei, denn sonst hätte er es wohl kaum schaffen können. Sigurdsson beschloss, es ruhig angehen zu lassen und alle halbe Stunde den Anschluss des Vorarbeiters anzuwählen, nachdem er ihm einen ersten Zustandsbericht der »völlig verkommenen Anlage am Badhusparken« auf die Mailbox gesprochen hatte. Die nasskalte Luft ließ ihn frösteln.

»Scheißjob«, grummelte er. Zumindest heute. Bei gutem Wetter genoss er es, im Freien arbeiten zu dürfen. Ein Büroarbeitsplatz? Niemals. Dann grinste er. »Scheiße«, sagte er laut, als ihm bewusst wurde, wie häufig er diesen Ausdruck schon an diesem Morgen benutzt hatte. Es war dumm gewesen, sich keine Thermosflasche mit heißem Kaffee mitzubringen. Das Bistro am Rande des Platzes hatte um diese Jahreszeit geschlossen. Gestern, während des Rockkonzerts, hatte der Betreiber sicher einen Rekordumsatz erzielt. Da hatte er es nicht nötig, für einige wenige Spaziergänger, die sich bei widrigen Witterungsverhältnissen hierher verirrten, zu öffnen.

Sigurdsson fingerte die Zigarettenpackung aus der Tasche seiner gefütterten Arbeitsjacke. Mit etwas Glück hatten die Organisatoren des Konzerts vergessen, alle Türen zu den Räumen hinter der Bühne abzuschließen. Dann würde er sich dorthin zurückziehen. Er ging den schmalen Gang seitlich neben dem Pavillon entlang, um an die Rückseite zu gelangen, und rüttelte an der ersten Tür.

»Scheiße«, fluchte er und wollte es an der nächsten versuchen, als er einen Schatten gewahrte, der von der anderen Seite in dem Durchlass hinter der Freilichtbühne auftauchte. Nur unzureichend fiel der Schein der spärlichen Beleuchtung hierher. Sigurdsson erschrak und blieb wie angewurzelt stehen. Auch sein Gegenüber schien nicht mit dieser Begegnung gerechnet zu haben. Während der städtische Arbeiter noch durchatmete, drehte sich der Schatten um und versuchte, zu flüchten.

Sigurdsson holte tief Luft, bis er die Überraschung verarbeitet hatte. »Carl, du elendiger Penner«, brüllte er und setzte zum Spurt an, um dem anderen hinterherzulaufen. Er war schneller als der stadtbekannte Herumtreiber, der seine Habe in einem zerfetzten Rucksack mit sich trug. Sigurdsson holte rasch auf und versuchte, den Obdachlosen zu fassen zu bekommen. Carl, dessen Nachnamen niemand kannte, drehte sich instinktiv zur Seite und konnte sich befreien.

»Ich mach dich platt«, brüllte Sigurdsson, durch den kurzen Sprint außer Atem, hinterher. »Wenn ich dich noch einmal in meinen Parkanlagen oder sonst wo in der Stadt erwische, bist du fällig.« Der Arbeiter legte alle Energie hinein, um den Flüchtigen einzuholen. Er kam näher, griff noch einmal ins Leere, schaffte es aber, dem Haken schlagenden Carl, der leicht ins Straucheln geriet, einen Tritt ins Gesäß zu verpassen. Erneut taumelte Carl vorwärts, verlor fast das Gleichgewicht, fing sich mit rudernden Armen noch einmal und eilte in Richtung Bahnübergang davon.

Sigurdsson blieb stehen, ließ die Arme sinken und beugte sich nach vorn. Scheiß Zigaretten. Er rang keuchend nach Luft. Der Asoziale hatte ihm heute Morgen gerade noch gefehlt. Der ganze Dreck Östersunds kam hier im Badhusparken zusammen. Nein, er hatte kein schlechtes Gewissen bei diesem Gedanken. Leute wie Carl waren in seinen Augen Dreck.

Sigurdsson drehte um und bog wieder in den Gang hinter der Freilichtbühne ein. In der Dunkelheit sah er es neben dem Weg diffus schimmern, bückte sich und wandte sich angewidert ab.

»Diese Schweine. Vögeln in den Büschen direkt hinter dem Pavillon und lassen ihre Lümmeltüten liegen.« Ob die lärmende Musik, in Verbindung mit dem Alkohol, die Konzertbesucher so antörnte, dass sie sich bereitwillig paarweise in die Büsche schlugen? Man hörte so manches. Merkwürdig, wie die Jugend ihre Freizeit verbrachte. All das war nichts für ihn. Er wandte sich ab und zog erneut sein Handy hervor. Sein Vorarbeiter sollte endlich abnehmen und Verstärkung schicken. Sigurdsson grinste. Raduan Mahrous würde er für diese Ecke einteilen. Er freute sich auf das Gesicht des Syrers, wenn der auf die benutzten Kondome stoßen würde. Ob die Dinger hier zuhauf herumlagen? Neugierig bog Sigurdsson ein paar Zweige des dichten Gebüsches zur Seite. Doch bei der Dunkelheit war fast nichts zu erkennen. Er wollte sich wieder seiner Arbeit zuwenden, als er jemanden sah, der sich offenbar hierher zurückgezogen hatte.

»Besoffenes Pack«, grummelte er und wollte mit der Fußspitze den

Schlafenden anstupsen. Sigurdsson hielt mitten in der Bewegung inne, als er im Halbdunkel sah, dass der Kopf in einer Lache Erbrochenem lag. »Hoffentlich hast du dir bei diesem Scheißwetter den Tod geholt.«

Er überlegte, den Unglücklichen einfach liegen zu lassen. Es musste ein Mann sein, auch wenn die Umrisse mehr zu erahnen als zu erkennen waren. Der Arbeiter schaltete sein Handy ein und besah sich mit einer Mischung aus Ekel und Neugierde das Gesicht.

»Geschieht dir recht«, stellte er zufrieden fest. »Es ist schlimm genug, dass die Jugend es hier wie im Tollhaus getrieben hat. So ein alter Sack wie du … der sollte sich davon fernhalten.« Sigurdsson ließ den schwachen Lichtstrahl des Handydisplays am Mann abwärts wandern. Der Typ musste völlig abgetreten gewesen sein. Er war ins Gebüsch gestolpert und hatte sich anscheinend einfach fallen lassen. Davon zeugten die abgebrochenen Zweige beidseits des Körpers. Das Licht wanderte weiter abwärts, glitt über den Rücken, den Gürtel, das Gesäß und an den Oberschenkeln abwärts.

Wie vom Schlag getroffen hielt Sigurdsson in der Bewegung inne, war sekundenlang unfähig, seinen Blick abzuwenden. Dann würgte er. Es gelang ihm nicht, den Reflex zu unterdrücken. Er konnte sich nicht einmal mehr gänzlich abwenden, und sein Mageninhalt entleerte sich über den Kopf des Mannes.

·ZWEI·

Die Bäume des Kronobergsparken zeigten die erste herbstliche Laubfärbung. Es würde nicht mehr lange dauern, bis sich der Sommer verabschiedete. In zwei Monaten würden die Kinder, die jetzt in Begleitung ihrer Mütter auf dem Spielplatz tobten, johlend mit ihren Schlitten vom Hügel der idyllischen Grünfläche im Herzen Stockholms nahe dem alten jüdischen Friedhof hinabsausen, auf dem die letzte Beisetzung vor über einhundertfünfzig Jahren stattgefunden hatte.

Jonas Nyström stand am Fenster und verfolgte mit den Augen einen Jogger, der in den Park einbog und diesen in wenigen Minuten durchmaß. Zweihundertfünfzig Meter waren keine Distanz, die zu sportlichen Höchstleistungen herausforderte. Und auch der Hügel hier in einem der Stockholmer Bergparks stellte kein unüberwindbares Hindernis dar, selbst wenn er mit vierzig Metern die höchste Erhebung dieses direkt neben Stockholms City gelegenen Stadtteils Kungsholm war, der, dichtbesiedelt, seinen Bewohnern urbane Lebensqualität bot.

Der Jogger hatte den Park durchquert und war in einer der Seitenstraßen mit den hohen Häusern verschwunden, deren sehenswerte Architektur Jonas Nyström immer wieder bei seinen kurzen Spaziergängen in der Mittagspause begeisterte.

»Guten Morgen, Nyström«, wurde er von einer Stimme in seinem Rücken aus seinen Betrachtungen gerissen.

»Hej«, antwortete Jonas, drehte sich um und nickte seinem Vorgesetzten zu. Polisintendent Henning Tällberg trug ein Netbook unter dem Arm und nahm am Kopfende des Tisches Platz. Die graue Hose, das am Kragen offene Hemd und das dunkelblaue Sakko passten gut zur drahtigen Erscheinung des Mittfünfzigers. Der kurze Bürstenhaarschnitt mit den nicht mehr zu leugnenden Geheimratsecken war graumeliert, ebenso wie der sorgfältig gestutzte Vollbart.

»Was veranlasst uns zu einer außerplanmäßigen Dienstbesprechung?«, wollte Jonas wissen.

»Warten wir noch, bis die anderen da sind«, wich der Abteilungsleiter aus, dessen Rang dem eines englischen Chief Superintendent entsprach und mit einem deutschen Kriminalrat vergleichbar war.

Die nächsten zwei Mitarbeiter betraten den Raum, murmelten einen Gruß und nahmen schweigend Platz. Jonas tat es ihnen gleich, griff nach der Thermoskanne, die in der Mitte des Tisches stand, und schenkte den Kollegen ein.

»Sie auch?«, fragte er Tällberg.

Der Polisintendent schüttelte den Kopf und sah dabei auf die Uhr. Tällberg wirkte nervös, eine Verhaltensweise, die Jonas selten bei ihm beobachtet hatte. Auch den beiden Kollegen schien es aufgefallen zu sein. Der Chef galt als ausgeglichene und besonnene Persönlichkeit. Sie respektierten ihn, nicht nur aufgrund seiner Erfahrung, sondern auch wegen seiner sozialen Kompetenz und Menschenkenntnis.

»Morgen«, sagte Tällberg jetzt. Dr. Henrik Forsberg war eingetroffen.

»Entschuldigung«, gab der weißhaarige Rechtsmediziner kurzatmig zurück. »Wer immer meint, in Schweden sei Autofahren ein pures Vergnügen, hat noch nie die Rushhour in Stockholm erlebt.« Er schloss die Tür hinter sich und wählte den Stuhl neben Tällberg. »Sind wir vollständig?«

Tällberg schüttelte den Kopf. »Wir erwarten noch Dr. Wallberg aus Linköping vom NFC.«

Vom *Swedish National Forensic Centre*, dem staatlichen kriminaltechnischen Laboratorium, wunderte sich Jonas. Was mochte vorgefallen sein? Auf den langen Fluren des Hauptquartiers der *Rikspolisen* kursierten noch keine Gerüchte oder Parolen. Wenn sich irgendwo etwas Ungewöhnliches ereignet haben sollte, war die Reichspolizei stets als Erste informiert.

Tällberg hatte sein Netbook aufgebaut und prüfte die drahtlose Verbindung zum Polizeinetz. Testweise warf er ein Bild auf den großen Schirm an der Stirnwand. Er nickte kaum wahrnehmbar, als dort das Staatswappen mit den drei Kronen erschien.

»Gut.« Er räusperte sich. »Fangen wir an.« Tällberg ließ seinen Blick zu jedem Einzelnen der Anwesenden wandern. »Haben Sie schon gehört, was passiert ist?«

Dr. Forsberg senkte den Kopf, während Jonas und die beiden Kollegen ratlos ihren Vorgesetzten ansahen.

»Ich habe lange überlegt, wie ich beginnen kann«, setzte Tällberg an, »fürchte aber, mir fehlen die rechten Worte.« Der Satz war ihm nur stockend über die Lippen gekommen. »Sie alle sind Profis, darum mache ich es kurz. Johan Wax ist tot. Ermordet.«

Stille herrschte im Raum. Nach Sekunden, die sich zu einer Ewigkeit zu dehnen schienen, hörte man Inspektor Markvist, der Jonas gegenübersaß, mit belegter Stimme fragen: »Johan Wax? *Unser* Johan?«

Tällberg bestätigte es durch ein Nicken.

»Das kann nicht sein«, warf Gripsholm ein, den alle in der Reichspolizei aufgrund seines Namens »Schlossherr« nannten. Unter anderen Umständen hätte der scharfsinnige Analytiker Tällberg angemerkt, dass dieses »Das kann nicht sein« rhetorischer Unfug sei. Wenn jemand vortrug, dass es ein Mordopfer gegeben habe, sei eine solche Bemerkung fehl am Platze. Heute unterdrückte der Polisintendent die Zurechtweisung. Jonas lag auf der Zunge, einzuwenden, dass er erst vor kurzem mit Johan Wax zusammen in der Polizeikantine zu Mittag gegessen habe. Es war keine persönliche Freundschaft, die sie verband, aber über die gemeinsamen Jahre war eine geachtete Kollegialität erwachsen, in der sich beide respektierten. Wax war ein paar Jahre jünger als Jonas gewesen, verheiratet und Vater einer kleinen Tochter.

»Wie ist das geschehen?«, fragte er in Richtung Tällberg. Der Abteilungsleiter knetete nervös seine Finger.

»Ich hätte Ihnen das Folgende gern erspart«, fuhr Tällberg fort. »Es geht aber nicht. Wir sind es Inspektor Wax schuldig.« Erst im zweiten Versuch gelang es ihm, ein Bild von seinem Netbook auf den Bildschirm an der Wand zu projizieren. Es zeigte eine mit Glassplittern und Abfällen übersäte Fläche. Im Hintergrund war eine Freilichtbühne erkennbar.

»Das ist … Östersund. Badhusparken«, warf Jonas ein und zog die Blicke von Markvist und Gripsholm auf sich.

»Woher kennst du …?«, fragte Markvist. Jonas blieb Markvist die Antwort schuldig.

»Dort fand am vergangenen Freitag ein Rockkonzert mit der Band Bad Revolution statt. Ich darf unterstellen, dass jeder schon einmal von denen gehört hat.«

»Nur oberflächlich«, wandte Jonas ein. »Ich muss gestehen, dass mir diese Art von Musik nicht liegt.«

»Mir auch nicht«, pflichtete ihm Dr. Forsberg bei.

»Scheint am Alter zu liegen«, stichelte Gripsholm.

»Wie auch immer. Diese Rockband ist im ganzen Land für harte und kompromisslose Musik bekannt. Ihre Anhänger entstammen überwiegend der rechten Szene und treten für ein ›Schweden den Schweden‹ ein. Die Auftritte der Band werden häufig von Gewaltexzessen begleitet. Alkohol- und Drogenmissbrauch gehören zum Programm.«

»Warum untersagt man in solchen Fällen nicht die Auftritte?«, wollte Jonas wissen. »Der Veranstaltungsort ist öffentliches Areal. Da kann man die Genehmigung verweigern.«

Tällberg nickte in sich gekehrt. »Ein schwieriges Thema. Sie wissen, dass Jämtlands Län eine sehr dünnbesiedelte Provinz ist. Auf einer Fläche, die etwa zwölf Prozent der Gesamtfläche Schwedens entspricht, leben nur einhundertzwanzigtausend Menschen. Das sind zwei

Einwohner je Quadratkilometer. Alles ist weitläufig. Natürlich war die Stadtverwaltung Östersunds gewarnt, als das Konzert in ihrer Stadt geplant wurde. Man wollte es nicht. Die Einwilligung wurde erst erteilt, als die Jugend der Provinz massiv protestierte und drohte, das öffentliche Leben der Stadt lahmzulegen. Bad Revolution ist derzeit total angesagt. Die jungen Leute kennen die Band, ohne in der Mehrzahl der Fälle deren politischen Hintergrund zu verstehen. Es geht um die Musik, um das Ereignis, um das Gemeinschaftsgefühl, das eine solche Veranstaltung hervorruft. Man kann nicht aus Vorsicht der Jugend alles verbieten. Auch wenn uns Älteren manchmal die Einsicht fehlt, müssen wir das akzeptieren.«

»Und uns dem Druck der Straße beugen«, warf Markvist ein. Seine Stimme troff vor Zynismus.

»Leider.« Tällberg zuckte hilflos die Schultern. »Die Band, für die, die es nicht wissen, wird von uns beobachtet, genau genommen von der Säpo.«

»Die Sicherheitspolizei? Gibt es einen terroristischen Hintergrund?« Jonas sah fragend in die Runde.

»Das Bild ist diffus«, räumte Tällberg ein. »In den Texten der Rockband wird mehr oder weniger unverhohlen zum Kampf gegen Ausländer aufgerufen. Ausländer in deren Sinne sind Menschen mit anderer Hautfarbe.«

»Also Rassenhetze«, stellte Jonas fest.

»So ist es«, bestätigte Tällberg.

»Und deshalb war Johan Wax der Band auf der Spur?« Jonas schüttelte den Kopf. »Das verstehe ich nicht. Das war nicht Wax' Bereich.«

»Bad Revolution ist in der Vergangenheit nicht nur wegen fragwürdiger bis krimineller Aufforderung zur Jagd auf Andersfarbige aufgefallen, sondern im Umfeld der Band und bei deren Auftritten sind wir, wie ich bereits erwähnte, auf massiven Drogenkonsum bis hin zu exzessivem Missbrauch gestoßen. Wax war in Östersund, um die Szene vor Ort zu erkunden und das Umfeld des Rockkonzerts in

Augenschein zu nehmen. Wir beobachten die Musiker und deren Management schon eine Weile.«

»Man könnte mit einem entsprechend umfangreichen Polizeiaufgebot eine Razzia durchführen«, sagte Gripsholm.

»Kaum«, erklärte Tällberg. »Die örtlichen Polizeikräfte sind dazu zu schwach. Es hätte einen Aufruhr gegeben, dem man nicht gewachsen gewesen wäre. Die aufpeitschende Musik, Unmengen von Alkohol, und die Masse, die sich bei solchen Gelegenheiten selbständig macht und unkontrollierbar wird, hinderten uns bisher daran, vorbeugend tätig zu werden. Die Band ist zu populär, um präventiv gegen sie und ihre Anhänger vorzugehen.«

»Toll«, stöhnte Markvist. »Popularität schützt vor Strafverfolgung.«

»Selbstverständlich sind vor dem Gesetz alle gleich, das brauche ich euch nicht zu erzählen. Uns fehlen noch stichhaltige Beweise, die einer Anklage vor Gericht standhalten. Und genau daran hat Johan Wax gearbeitet.«

»Dann können wir auf sein Material zugreifen?«, wollte Jonas wissen.

»Ja. Es ist aber nicht sehr aussagekräftig«, schränkte Tällberg ein.

»Was wissen wir über die Bandmitglieder?«, wechselte Jonas das Thema.

»Die Band besteht aus Egil Ahlsen, Trygve und Hjalmar Bohinen und Einar Muggerud. Letzterer ist Norweger. Zu erwähnen ist noch Taijo Puri, der Manager.«

»Ein …?«, fragte Jonas.

»Puri ist Este«, erklärte Tällberg. »Fangen wir mit Egil Ahlsen an. Der ist gerade achtzehn geworden. Im vergangenen Jahr hatte er unter Jugendarrest gestanden, weil er nach einem Konzert in Örebro ein Hotelzimmer zerlegt hatte.«

»Das wird in der Regel mit Geld gelöst«, sagte Gripsholm. »Weshalb ist das hier nicht geschehen?«

»Es war nicht nur das Zimmer, sondern auch ein Hotelangestellter betroffen, der arg in Mitleidenschaft gezogen wurde.«

»Eine tolle Truppe«, stellte Jonas fest.

»Ahlsen ist der Keyboarder. Kopf der Band dürfte Trygve Bohinen sein. Er ist bereits über vierzig.«

»Na und? Was meinst du damit?«, platzte Jonas heraus.

»He, he, keine Bange. Für diese Art von Musik ist das ein Oldie, das war damit gemeint«, erklärte Gripsholm.

»Lasst mich mal weitermachen. Trygve Bohinen spielt Gitarre und ist der Leadsänger. Man nennt das auch Frontmann. Sein Bruder Hjalmar ist sechs Jahre jünger und Schlagzeuger. Die zweite Gitarre spielt Einar Muggerud, Ende zwanzig. Ebenso wie Trygve Bohinen wegen Körperverletzung vorbestraft.«

»Das mögen alles wichtige Informationen sein«, sagte Jonas. »Unbestritten. Für mich stellt sich aber die Frage, was mit unserem Kollegen geschehen ist.«

Tällberg wich Jonas Blick aus und starrte an die Zimmerdecke. »Er wurde ermordet.«

»Wie?«, hakte Jonas nach.

Tällberg schluckte heftig. Sein Adamsapfel hüpfte auf und ab. »Wer gehen will, der darf das gerne tun. Jeder von Ihnen ist Hartes gewohnt, ich weiß. Doch ist es immer etwas anderes, wenn man das Opfer persönlich kennt. Also?« Er sah die Männer der Reihe nach an. Niemand stand auf.

»Gut.« Tällberg nestelte an seinem Netbook herum, bis das erste Bild in Großaufnahme erschien.

Jonas stockte der Atem. Er spürte den kalten Schauder, der ihn überkam. Er fühlte sein Herz wie von einer eiskalten Hand umklammert. Es war gut, dass er saß. Ein schneller Blick in die Runde zeigte ihm, dass es den anderen ähnlich erging. Gripsholm war kreidebleich geworden, und der Inspektor sah aus, als kippte er gleich von seinem Stuhl.

In einem Gebüsch waren die sterblichen Überreste eines Menschen zu erkennen. Tällberg hatte mit Absicht das erschütterndste Bild als Einstieg ausgewählt. Das Gesicht des Toten war nicht zu sehen. Die Beine schon. Jonas zwang sich, den Blick nicht abzuwenden. Wax hatte beim Einsatz eine Windjacke und Jeans getragen.

»Er lag auf dem Bauch, als man ihn fand«, fuhr Tällberg mit stockender Stimme fort. »Hier hat man ihn schon umgedreht.«

Eine Handbreit über Wax' Knie wandelte sich das Blau der Jeans in ein tiefes Schwarz. Erst beim genauen Hinsehen, zu dem er sich abermals zwang, erkannte Jonas, dass er sich getäuscht hatte: Dunkelrot – verkrustetes Blut. Der Stoff hatte sich damit vollgesogen. Die Konturen der Knie selbst konnten im Dunkeln nur erahnt werden. Umso deutlicher war der ausgefranste Rand zwei Finger unterhalb des Knies erkennbar. So sieht Stoff aus, wenn er zerrissen wird. Bei einem Schnitt zeichnet sich eine glattere Kante ab. Der untere Teil der Hose fehlte.

Jonas hatte Mühe, das Würgen zu unterdrücken. Ihm gelang es, dabei lautlos zu bleiben. Von Markvist hingegen war ein Gluckern im Kehlkopf zu vernehmen, während Gripsholm mehr als vernehmlich mit dem Zurückhalten des Mageninhalts zu kämpfen hatte. Es waren nicht nur die an die Wand geworfenen Bilder, sondern auch jene, die sich bei deren Anblick im Kopf abspielten. Dr. Forsberg würde Jonas' Gedanken zweifellos bestätigen. Man hatte Inspektor Johan Wax die Beine unterhalb der Knie abgehackt – mit einem zu stumpfen Werkzeug. Deutlich war die Anatomie des menschlichen Beins erkennbar.

Gripsholm hatte sich die Hand seitlich ans Gesicht gelegt, wie um sich vor dem Anblick zu schützen. Markvist starrte auf die Tischplatte vor sich und malte mit dem Finger unsichtbare Figuren.

»Weiter«, sagte Jonas mit rauer Stimme, und Tällberg warf das nächste Bild an die Wand. Es zeigte fast die gleiche Einstellung. Der Fotograf hatte allerdings direkt auf die Wunde gezoomt.

»Vielleicht könnte Dr. Forsberg …«, setzte Tällberg an.

»Selbstverständlich«, sagte der Rechtsmediziner mit überraschend ruhiger Stimme. Es tat allen gut, durch die besonnene Art Dr. Forsbergs ein wenig in die Wirklichkeit zurückgerufen zu werden. »Wir können noch nicht viel sagen. Das Tatwerkzeug wurde nicht gefunden. Man kann davon ausgehen, dass es sich um eine Axt oder ein Beil handelt.«

»Sind Sie sich sicher?«, unterbrach Jonas den Mediziner und wies auf den zerrissenen Stoff hin.

»Das hat mich auch gewundert«, gab Dr. Forsberg zu. »Dazu müssen aber die Kollegen von der Kriminaltechnik etwas sagen. Wenn Sie darauf hinauswollen, dass die Beine mit einer Säge durchtrennt wurden. Das halte ich für unwahrscheinlich.«

»Könnte es ein Skalpell gewesen sein?«

Dr. Forsberg wiegte nachdenklich seinen Kopf. »Ein scharfes Messer? Eins, mit dem solche Verrichtungen durchgeführt werden können? Nein. Das ist ausgeschlossen. Der Vergleich fällt mir schwer, ich bringe ihn aber trotzdem an, um Ihnen ein Bild von meiner Vermutung zu machen. Sie alle haben schon Grillhähnchen gegessen. Dazu bedienen Sie sich der Hände, indem Sie die Keule packen und aus dem Gelenk herausdrehen. Selbst mit einem speziellen Steakmesser werden Sie die Hähnchenknochen nicht durchtrennen können. Und die Gebeine eines Gockels sind nichts im Vergleich zu denen eines Menschen. Mit einem Messer können Sie das Bein nicht abtrennen, höchstens aus dem Kniegelenk herauslösen. Dazu bedarf es aber anatomischer Kenntnisse und Fertigkeiten.«

»Danke, Doktor«, schritt Tällberg ein. »Wir können uns vorstellen, was Sie erklären möchten.«

»Ich tue hier nur meine Pflicht.« Dr. Forsberg schien froh, abgelenkt zu werden, als sich die Tür öffnete. Aller Augen richteten sich auf den gedrungenen Mann im sandfarbenen Anzug, der über dem rechten Arm einen leichten Sommermantel trug, während er mit der anderen Hand einen Trolley hinter sich herzog. Ein kurzgeschnittener Haarkranz umsäumte den sonst kahlen Kopf.

»Entschuldigung. Bin ich hier richtig?« Als der Besucher Tällberg entdeckte, hellte sich das Gesicht mit der fleischigen Nase auf. Dann fiel sein Blick auf den großen Bildschirm an der Stirnwand des Raumes. Schlagartig veränderte sich die Miene des Mannes, das ganze Gesicht schien in sich zusammenzufallen. »Mein Gott«, entfuhr es ihm.

»Dr. Wallberg«, begrüßte Tällberg den Neuankömmling. »Willkommen in Stockholm. Nehmen Sie Platz.« Der Polisintendent nickte in Richtung einer der freien Stühle. »Das ist Dr. Staffan Wallberg vom kriminaltechnischen Laboratorium aus Linköping.« Tällberg stellte die Anwesenden vor. »Wir haben schon angefangen«, erklärte er und fasste für Dr. Wallberg den bisherigen Verlauf der Besprechung kurz zusammen. »Dr. Forsberg hat uns gerade zum vermutlichen Tathergang berichtet.«

»Wo waren wir stehengeblieben?«, fragte der Rechtsmediziner rhetorisch und kratze sich am Haaransatz. »Richtig. Bei der vermeintlichen Tatwaffe. Es gibt Anzeichen dafür, dass die Beine unterhalb der Knie abgetrennt wurden. Wir denken für den Moment an ein Beil. Auf jeder Seite wurden mehrere Schläge mit großer Wucht ausgeführt.«

»Mehrere?«, rief Jonas erschüttert in den Raum.

»Leider entspricht dies den Tatsachen. Sie benötigen für die Vollendung dieser grauenvollen Verstümmelung mehrere Schläge, die mit großer Wucht ausgeführt werden müssen.«

»Wer macht so etwas?«, fragte Markvist dazwischen.

Jonas schüttelte sich. »Der bestialische Mord muss irgendwie geplant gewesen sein. Wir wissen, dass bei solchen Konzerten viele Besucher mit Waffen angetroffen werden. Vom Stilett über Schmetterlingsmesser, Schlagring und Schlagstock, Totschläger, Reizgas, bis hin zum Elektroschocker ist alles vertreten. Ich habe nie verstehen können, was junge Menschen veranlasst, sich so aufgerüstet einem eigentlich harmlosen Freizeitvergnügen hinzugeben. Aber ich habe noch nicht davon gehört, dass jemand mit einem Beil zu einem Rockkonzert geht. So ein Werkzeug muss doch auffallen? Das bedeutet, der Täter ist mit der Absicht im Badhusparken angetreten, einen Menschen zu ermorden. Und die Auffindesituation lässt uns ausschließen, dass die Leiche dort abgelegt wurde. Richtig?«

»Es scheint nicht zufällig irgendjemand getötet worden zu sein, sondern gezielt Kriminalinspektor Johan Wax«, schaltete sich Tällberg mit müder Stimme ein.

»Wie kommen Sie darauf?«, wollte Jonas wissen.

»Wax wurde ein Zettel in die Hand gedrückt. Auf dem stand: ›Uns läufst du nicht mehr hinterher.‹«

»Das bedeutet, jemand wusste von seiner Mission und hatte es gezielt auf einen Polizeibeamten abgesehen«, sagte Jonas. »Was soll mit einer so perfide ausgeführten Tat bezweckt werden? Eine Drohung? Glaubt man, die Polizei von weiteren Ermittlungen abhalten zu können? Wer geht davon aus, dass wir uns einschüchtern lassen?«

»Die Tat hat ihre Wirkung nicht verfehlt«, mischte sich Markvist ein. »Wir sehen es an uns, die wir hier sitzen. Wer ist nicht berührt?«

Gripsholm nickte, selbst Tällberg murmelte irgendetwas Bestätigendes vor sich hin. Jonas stimmte zu.

»Wer wusste von Wax' Mission in Östersund? Ich habe Sie vorhin so verstanden, dass er Hintergrundinformationen sammeln wollte, ohne operativ tätig zu werden«, wandte sich Jonas an den Abteilungsleiter.

Tällberg nagte an seiner Unterlippe. »Es war keine Topsecretaktion, vielmehr ein Routineeinsatz, wie wir ihn oft ausführen. Die Hintermänner des Drogenhandels, dem wir auf der Spur sind, konnten davon ausgehen, dass sie observiert werden.«

»Jeder Straftäter wird davon ausgehen, dass gegen ihn ermittelt wird. In der Regel kennt er aber nicht die Namen der damit befassten Beamten.«

»Doch«, widersprach Gripsholm. »Außerhalb Stockholms gibt es in einem so großen Flächenland wie Schweden nur noch überschaubare Polizeieinheiten. In einer Stadt wie Östersund geht es, ich darf es salopp formulieren, zwischen der Polizei und ihrer Stammkundschaft familiär zu. Wie viele Einwohner hat Östersund?«

»Etwa fünfundvierzigtausend«, erklärte Jonas. »Das mag zutreffen, was du sagst. Aber Johan Wax kam aus Stockholm. Den kannte niemand in Östersund. Oder waren die örtlichen Dienststellen eingeweiht?« Er blickte zu Tällberg.

»Dazu gab es keinen Grund. Wie gesagt – Wax war nicht operativ, sondern informell unterwegs.«

»Er hat in Östersund auch nicht um Amtshilfe ersucht?« Jonas ließ nicht locker.

Tällberg hob die Hände zu einer hilflosen Geste. »Davon weiß ich nichts.«

»Mit wem hat er seinen Einsatz abgestimmt? Mit Ihnen?«

Der Polisintendent nickte. »Wie gesagt – es war keine Geheimmission. Wax war ein erfahrener Polizist. Er konnte selbständig arbeiten, ohne dass man ihm jeden einzelnen Schritt vorschrieb. Mein Gott. Wer ahnt so etwas. Natürlich ist das Rauschgiftmilieu nicht ungefährlich. Dort wird viel Geld verdient. Es kommt gelegentlich zu einem Kleinkrieg unter Drogendealern. Aber noch nie ist man so brutal gegen einen Polizeibeamten vorgegangen.«

»Gab es Anzeichen für eine solche Gewaltentwicklung?« Jonas wurde sich plötzlich bewusst, dass sich das Gespräch zwischen ihm und seinem Vorgesetzten zu einer Art Verhör entwickelte. Tällberg schien das Ganze eher als Brainstorming zu betrachten.

»Das war nicht absehbar. Wir wissen auch nicht viel über die Organisation, die Wax observierte. Im Umfeld von Rockkonzerten ist es keine Seltenheit, dass gedealt wird. Viele Jugendliche nehmen vor solchen Veranstaltungen Aufputschmittel, um durchzuhalten, um high zu sein, so was eben. Dr. Wallberg wird gleich mehr dazu sagen können. Die Muster, die wir aus den Berichten der jeweils zuständigen örtlichen Polizeibehörden ableiten konnten, ähneln sich. Es schien bei den Konzerten von Bad Revolution oft nach dem gleichen Schema abzulaufen. Die Vermutungen gehen dahin, dass nicht örtliche Drogendealer die Teilnehmer mit Stoff versorgten, sondern eine Truppe im Tross der Band mitreist. Wir haben uns eingeschaltet, als es bei einem Konzert in Umeå das erste Todesopfer gab. Ein junges Mädchen. Sechzehn Jahre alt.« Tällberg sah Dr. Wallberg an. »Liegen inzwischen erste Ergebnisse des kriminaltechnischen Labors vor?«

Der Wissenschaftler nickte stumm.

»Wax sollte sich in Östersund umschauen, ob ihm in dieser Hinsicht, ich meine bezüglich eines überregionalen Drogenrings, etwas auffiel. Das war alles. Konkrete Hinweise auf Namen oder Personen liegen nicht vor.«

»Die Ermittlungen stehen noch ganz am Anfang?«

»Ja«, bestätigte Tällberg. »Wir wissen nichts. Umso erschreckender ist die Reaktion der Täter. Wir können nicht behaupten, dass wir ihnen auf den Fersen seien.«

»Das ist in der Tat mysteriös«, pflichtete Jonas bei. »Ich frage mich, woher man Wax' Identität kannte und wusste, dass er zur Beobachtung nach Östersund gekommen war.«

»Ob er zufällig auf etwas gestoßen war und deshalb ermordet wurde?«, mischte sich Gripsholm ein. »Der oder die Täter haben ihn überrascht und überwältigt. Bei der Durchsuchung seiner Taschen hat man seinen Dienstausweis entdeckt und dann ein Exempel statuiert, um uns einzuschüchtern.«

Jonas schüttelte den Kopf. »Guter Gedanke, Gripsholm, aber nicht zutreffend. Wie wir vorhin schon festgestellt haben, läuft niemand zufällig mit einer Axt bei einem Rockkonzert herum. Es sei denn, es handelt sich um einen … einen …« Er sah hilfesuchend Gripsholm an. »Wie heißen die Leute, die bei Liveauftritten mitreisen und die Bühnendekoration, Musikanlagen und alles andere auf- und wieder abbauen?«

»Roadies«, half Gripsholm dem Kollegen weiter.

»Genau, die meine ich. Bei einer Tournee sind nicht nur die Musiker unterwegs, sondern auch eine ganze Armada von Hilfskräften. Das sind ganze Lkw-Ladungen, die durch die Lande reisen. Und die Bandmitglieder selbst fahren häufig in einem komfortabel ausgestatteten Tourbus hinterher.« Jonas sah seine Kollegen fragend an.

Gripsholm streckte ihm zur Bestätigung den Daumen entgegen. »Ich halte es für nicht ausgeschlossen, dass auch eine Axt zur Ausrüstung der Roadies gehört. Kann man immer gut gebrauchen. Wenn Mitglieder des Trosses in den Drogenhandel verwickelt sind, könnte die Theorie, dass Wax sie gestört hat, zutreffend sein. Das wäre ein erster Hinweis auf einen möglichen Täter.«

»Das wäre zu schön«, gab Jonas zurück. Er spürte, wie die Augen aller Anwesenden auf ihm ruhten. »Aber in diesem Fall ist es eine falsche Spur. Ich erkläre gleich, was ich meine«, lenkte er schnell ein. »Es gab noch diesen Zettel, den man Wax in die Hand gedrückt hat: ›Du läufst uns nicht mehr hinterher‹. Ein Zufallstäter trägt so etwas nicht mit sich herum. Entweder wusste Wax viel mehr, als wir alle glauben, oder die Täter waren darüber informiert, dass er sie in Östersund beobachten wollte. Das ist wie bei den Hütchenspielern in der Fußgängerzone. Die werden auch nervös, wenn man ihnen zu sehr auf die Finger sieht.«

Dr. Wallberg räusperte sich. »Das ist nicht mein Metier, aber ich würde Kommissar Nyström zustimmen. Es klingt einleuchtend, was Sie sagen.« Er sah Jonas an und nickte kaum merklich.

»Woher wussten die Drogenhändler, dass Johan Wax, und zwar genau er, sie beobachten wollte?« Jonas blickte in ratlose Gesichter.

Schließlich sprach Tällberg aus, was offenbar alle dachten: »Es gibt jemanden, der es ihnen verraten hat.«

»Sie glauben, Sie haben einen Maulwurf in Ihren Reihen?«, fragte Dr. Wallberg ungläubig.

»Das ist nicht auszuschließen«, bestätigte Jonas. Dann sah er Dr. Wallberg an. »Gibt es bei Ihnen schon konkrete Hinweise zur Tatwaffe? Dr. Forsberg hat uns die bisherigen Erkenntnisse aus Sicht der Rechtsmedizin vorgetragen.«

»Dazu können wir noch nichts sagen. Die Laboruntersuchungen der Mikrospuren dauern noch an. Nach meinem Wissensstand sind auch die Ergebnisse der Spurensicherung vor Ort nicht erfolgversprechend. Fuß- oder Fingerabdrücke, alles nicht verwertbar. Die DNA-Analyse dauert noch. Auch der Zettel hat keinen Hinweis geliefert. Wir untersuchen die Herkunft der Tinte, das Papier. Wenn wir den Drucker finden würden, könnten wir die Herkunft des Schreibens aus dem Gerät beweisen. Jeder Drucker, auch aus industrieller Massenfertigung, weist eigene Spezifika auf. Es ist fast wie mit Fingerabdrücken.« Dr. Wallberg zuckte bedauernd mit den Schultern. »Wir stehen erst am Anfang. Der Mord geschah in der Nacht von Freitag auf Sonnabend?« Er hob eine Augenbraue und sah Dr. Forsberg an.

»Ich gehe von einer Zeitspanne von etwa einer halben Stunde aus, die das Opfer noch lebte, nachdem ihm die Beine abgeschlagen worden waren.«

Gripsholm schluckte hörbar. »So lange?«

Der Rechtsmediziner ging nicht auf diese Frage ein. »Der Tod ist etwa zwischen zwei und drei Uhr nachts eingetreten«, präzisierte er ausweichend.

»Wann war das Konzert zu Ende?«, schaltete sich Jonas ein.

»Gegen ein Uhr«, antwortete Tällberg, nachdem er einen Blick in seine Unterlagen geworfen hatte. »Dann dauerte es noch, bis die letzten Besucher das Gelände verlassen hatten.«

»Konnten Zeugen ermittelt werden?«, fragte Jonas.

»Die Polizei vor Ort hat niemanden gefunden, der sich an Johan

Wax erinnert. Auch andere Auffälligkeiten oder Besonderheiten sind mir anhand der Unterlagen nicht bekannt. Das ist nicht weiter verwunderlich. Es war dunkel. Die jungen Leute haben sich durch die Musik und die Atmosphäre …«

»Vergessen Sie nicht die Drogen, das wird ja diesmal nicht anders gewesen sein«, unterbrach Gripsholm den Abteilungsleiter.

»Auch das, richtig«, bestätigte Tällberg. »Die Teilnehmer haben sich kollektiv in eine Art Ekstase hineingesteigert. Da achtet niemand auf andere Besucher. Zumindest haben wir noch keinen gefunden.«

»Lassen Sie uns ein wenig strukturierter vorgehen, meine Herren. Ich kann verstehen, dass Sie schockiert sind. Jedes Tötungsdelikt ist erschreckend. Und wenn es ein Opfer aus den eigenen Reihen ist, ist die Betroffenheit besonders groß. Ich plädiere in solchen Fällen stets dafür, eine andere Dienststelle mit den Ermittlungen zu betrauen«, wandte Dr. Wallberg ein.

»Kommt nicht in Frage«, protestierten Gripsholm und Markvist wie aus einem Munde.

»Das sind wir unserem Kollegen schuldig«, pflichtete Jonas bei. Alle drei sahen ihren Vorgesetzten an.

»Alle Mitarbeiter unserer Einheit sind professionell genug, um unvoreingenommen die Ermittlungen aufzunehmen«, bekräftigte Tällberg. »Wir werden eine Sonderkommision unter meiner Leitung bilden. Die Herren Gripsholm und Markvist werden mit mir zusammen den Stab bilden.«

»Und ich?« Jonas blickte fragend zu Tällberg.

»Für Sie habe ich eine Sonderaufgabe.«

»Und die wäre?«

»Darüber spreche ich anschließend mit Ihnen.« Der Tonfall des Abteilungsleiters ließ keinen Widerspruch zu.

»Meinen Sie nicht, dass alle hier Anwesenden informiert sein sollten? Wir sind ja schließlich ein Team«, wagte Dr. Wallberg einzuwenden.

Tällberg hob die Hand, als würde er auf einer Kreuzung den fließenden Verkehr stoppen wollen. »Gibt es schon ein Ergebnis der Blutuntersuchung von Johan Wax?«

Dr. Wallberg schob die Brille mit der Spitze des Zeigefingers den Nasenrücken empor. »Es ist ungünstig, dass wir erst so spät eingeschaltet wurden«, beklagte er sich.

»Uns wurde das Opfer am Sonnabend zugeführt«, unterbrach ihn Dr. Forsberg. »Wir hätten Ihnen noch am selben Tag Gewebeproben und Blut nach Linköping schicken können. Aber die Herren vom Labor halten sich ja strikt an die Fünftagewoche.«

»Wenn Sie nur den Versuch unternommen hätten, uns zu erreichen …«, entgegnete Dr. Wallberg.

»Hab ich. Nix. Vergebens«, brachte Dr. Forsberg harsch hervor und sah Tällberg an.

Auch Dr. Wallberg richtete seinen Blick auf den Abteilungsleiter. »Ich habe erst am Montagmorgen von diesem Fall erfahren. Wie fast alle Schweden«, dabei ließ er seine Hand kreisen, »haben wir eine Hütte mitten im Wald. Da verbringen wir unsere Wochenenden.«

»Wie fast alle Schweden«, äffte Dr. Forsberg die Stimme des Linköpinger Wissenschaftlers nach, »haben Sie aber ein Handy.«

»Wenn Sie sich dichtgedrängt in Ihrem Wochenendhaus auf den Schären tummeln, wo Sie nur den Arm aus dem Fenster strecken müssen, um drei ihrer Nachbarn zu berühren, vielleicht. Bei uns in der Natur gibt es keinen Handyempfang. Wer stellt Antennenmasten mitten im Wald auf?«

»Das ist nicht unser Thema«, unterbrach Tällberg das Geplänkel. »Dr. Wallberg wollte uns etwas über die Ergebnisse der toxikologischen Untersuchung erzählen.«

»Danke. Wir haben einen intramuskulären Injektionseinstich am Oberschenkel registriert«, ergänzte Dr. Forsberg seine vorherigen Erklärungen. »Dem Opfer wurde folglich etwas zugeführt. Ich vermute, dass es sich um ein Narkotikum handelte.«

»Ein Anästhetikum und Analgetikum«, nahm Dr. Wallberg den Faden auf.

»Ketamin?«, unterbrach ihn der Rechtsmediziner.

»Darf ich meine Ausführungen zu Ende bringen? Es wäre schön, wenn Sie mich nicht ständig unterbrechen würden.« Dr. Wallberg schien missgelaunt zu sein und nahm eine Position ein, bei der er Dr. Forsberg den Rücken zukehrte. »Ketaminhydrochlorid ist ein in der Tier- und Notfallmedizin eingesetztes Mittel. In seiner reinen Form ist es ein kristallines weißes Pulver, das geruchslos ist und einen leicht bitteren, metallischen Geschmack hat.«

»Für Gourmets also nicht geeignet«, fuhr Jonas dazwischen und handelte sich einen strafenden Blick Dr. Wallbergs ein, der fortfuhr: »In der Medizin wird es als salzwässrige Lösung intravenös verabreicht. Trotz unangenehmer Nebenwirkungen findet es in zunehmendem Maße Verwendung, weil es als Narkosemittel und zur Schmerzbekämpfung gleichermaßen eingesetzt werden kann. Kurzfristig können Nebenwirkungen wie erhöhter Puls und Blutdruck auftreten. Übelkeit und Erbrechen sind ebenfalls häufige Begleiterscheinungen.«

»Das erklärt, weshalb Johan Wax in einer Lache Erbroch …«

»Richtig«, fiel Dr. Wallberg Jonas ins Wort. »Weitere Folgen sind Störungen der Bewegungskoordination. Wir nennen es Ataxie.«

»Das Opfer …«

»Wenn Ketamin unter medizinischer Kontrolle eingenommen wird, sprechen wir nicht von Opfern, sondern von Patienten«, unterbrach Dr. Forsberg.

»Johan Wax. Wir sprechen hier von unserem Kollegen Johan Wax«, brach es aus Jonas heraus. »Johan war nach der Injektion also nicht mehr in der Lage, wegzulaufen.«

»Richtig«, stimmte Dr. Forsberg zu.

»Wie lange dauert es, bis die Wirkung einsetzt?«

»Bei oralem Konsum …«, begann Dr. Wallberg zu erklären, wurde aber erneut vom Rechtsmediziner unterbrochen.

»Kommen wir doch zum Wesentlichen. Als Arzt verwendet man nur Lösungen, die als Fertigarzneimittel angeboten werden. Ob das hier der Fall war, sollte uns Dr. Wallberg erzählen. Die Wirkung tritt bei intravenöser Injektion innerhalb von Sekunden ein, bei intramuskulärer dauert es etwa zwei bis vier Minuten.«

»Wenn ich diese Ausführungen recht verstehe, dann hätte Wax also noch fortlaufen können?« Gripsholm schien ein wenig verloren.

»Nur theoretisch. Wenn er in ein Handgemenge geraten ist, bei dem man ihm die Spritze setzte, hat er dem vermutlich keine Bedeutung beigemessen, es vielleicht gar nicht bemerkt. Er war arglos, davon sollten wir ausgehen«, sagte Jonas.

»Ein besonders perfider Mord«, stimmte Markvist zu.

»Wurde S-Ketamin verwandt? Wissen Sie da was?«, fragte Dr. Forsberg nach, um dann, zu den Polizeibeamten gewandt, fortzufahren: »Das wirkt doppelt so stark wie normales Ketamin.«

»Das können wir nicht sagen«, bedauerte Dr. Wallberg. »Ketamin ist in einem aufwendigen Verfahren im Blut nur einige Stunden, im Urin etwa ein bis vier Tage nachweisbar. Wir sind einfach zu spät eingeschaltet worden.«

»Das lag doch daran, dass Sie Waldschrat in Ihrer Jagdhütte waren«, giftete Dr. Forsberg.

»Meine Herren«, mischte sich Tällberg ein. »Lassen Sie uns sachlich bleiben.«

»Wir haben natürlich eine Blutprobe genommen und auch Urin aus der Harnblase extrahiert«, erklärte der Rechtsmediziner.

»Für mich ist es ein weiterer Beweis, dass der Mord an unserem Kollegen geplant war«, sagte Tällberg.

Dr. Forsberg wiegte den Kopf. »Ketamin wird auch als Droge konsumiert. Wir haben es hier mit Drogendealern zu tun.«

»Die mit aufgezogenen Spritzen herumlaufen?« Gripsholm hatte einen ungläubigen Gesichtsausdruck.

»Nicht unbedingt«, erklärte Dr. Wallberg. »Ketamin hat vielfältige Darreichungsformen. Es wird geschluckt, gesnieft, gespritzt. Es wird mit anderen Substanzen oder Streckmitteln versetzt, manchmal mit dem Amphetamin MDMA. Sie kennen das als Partydroge Ecstasy.«

»Partydroge. Das klingt wie ein harmloser Spaß. In der Öffentlichkeit ist viel zu wenig bekannt, wie gefährlich diese Mittel sind. Alle Drogen.« Jonas war wütend.

»Welcher Jugendliche hat sich noch nie daran versucht?«, entgegnete Markvist. »Das ist wie mit dem ersten Rauchen. Dem Vater wurden heimlich ein paar Zigaretten gemopst, und dann hat man sich hinter einem Busch versteckt.«

Gripsholm lachte auf. »Wo bist du groß geworden? Heute wird auf den Schulhöfen gekifft. Zu jeder Party gehören Drogen. Und bei Konzerten wie in Östersund geht es gar nicht mehr ohne.«

»Sie übertreiben«, warf Tällberg ein, aber Gripsholm schüttelte zweifelnd den Kopf.

»Das ist gesellschaftsfähig, seien wir doch nicht päpstlicher als der Papst. Es gehört zum guten Ton, sich aufzuputschen. Egal womit. Warum haben die Kriminellen dieses Feld entdeckt? Weil sich damit das schnelle Geld machen lässt. Die Presse berichtet kaum noch darüber, wir sind ja cool und zeitgemäß, und die jungen Leute sind aufgeklärt. Die meisten wissen, was sie erwartet, wenn sie das Zeug schlucken.«

»Ich frage mich dennoch, wie bescheuert man sein muss, um sich dem auszusetzen«, stimmte Jonas zu. »Wahrnehmungsveränderungen, die Angstzustände auslösen.«

»Völlig richtig. Das Schwächegefühl hält noch lange nach dem Rausch an. Häufig treten Schwindel und Sehstörungen auf. Der erhöhte Speichelfluss und die motorische Unruhe sind zwar unangenehm, aber fast noch harmlos gegen den erhöhten Hirndruck. Wenn Sie zu hoch dosieren, kann eine plötzliche Bewusstlosigkeit eintreten. Lähmungen, Krampfanfälle, Koma und Atemdepression sind manchmal die Folgen. Und niemand untersucht den Konsumenten, ob er nicht allergisch auf Ketamin reagiert«, berichtete Dr. Forsberg.

»Haben wir Gewissheit, ob die Drogendealer in Östersund mit Ketamin gehandelt haben?«, fragte Gripsholm.

»Keine gesicherten Erkenntnisse«, gab Tällberg zurück. »Das wollten wir durch die Mission von Johan Wax herausfinden. Es gibt zwei Enden, an denen man einen Faden aufnehmen kann. Wir müssen weiterhin versuchen, an die Drogenhändler heranzukommen. Natürlich liegt das Hauptaugenmerk derzeit auf der Aufklärung des Mordes an Inspektor Wax.«

»Die beiden Fälle gehören doch untrennbar zusammen«, wandte Jonas ein.

»Das sehe ich auch so«, bestätigte der Abteilungsleiter. »Deshalb werden wir eine Sonderkommission unter meiner Leitung bilden. Ich werde versuchen, noch mehr Kräfte dafür heranzuziehen. Gripsholm und Markvist werden mir bei der Koordination behilflich sein. Wir drei bilden sozusagen den Stab. Dr. Wallberg ist als Experte beteiligt.«

»Und ich?«, wollte Dr. Forsberg wissen.

»Sie stehen in bewährter Weise zur Verfügung. So weit alles klar?«, gab Tällberg zurück.

»Nein«, meldete sich Jonas zu Wort. »Ich möchte mich auch mit einbringen. Sie können mich doch nicht in den Routinealltag schicken, wenn man auf eine solch brutale Weise einen Kollegen ermordet hat.«

»Sie möchte ich mit einem Spezialauftrag betrauen. Das sagte ich schon«, erwiderte Tällberg.

»Und welchem?«, wollte Dr. Wallberg wissen.

»Das möchte ich zunächst mit Kommissar Nyström unter vier Augen besprechen.«

»Trauen Sie uns nicht?«, wollte der Kriminalwissenschaftler wissen. »Den hier Anwesenden, will ich sagen.«

»Damit ist unsere Besprechung abgeschlossen.« Tällberg ging nicht auf den Einwand ein. »Ich informiere alle, wenn wir Neues zu besprechen haben.« Der Abteilungsleiter stand auf und nickte Jonas zu. Schweigend verließen auch die anderen den Raum. Dr. Wallberg und Dr. Forsberg versuchten gleichzeitig hindurchzuschlüpfen. Keiner wollte dem anderen den Vortritt lassen.

Jonas folgte dem Polisintendenten, nickte Signe Holmberg, der Abteilungssekretärin, zu, die das Vorzimmer bewachte. Auf Tällbergs Fingerzeig schloss er die Tür hinter sich, ließ sich auf einem der Besucherstühle vor dem Schreibtisch nieder, während Tällberg dahinter Platz nahm. Der Abteilungsleiter drehte sich Richtung Fenster und sah eine Weile wie gedankenverloren in den Stockholmer Spätsommer hinaus. »Verbrechen sind unser täglich Brot«, sagte er dann. »Aber wenn es einen von uns trifft, lassen sich Emotionen nicht unterdrücken. Wir müssen aber professionell handeln, auch wenn es schwerfällt.«

»Ich würde gern in der Sonderkommission mitarbeiten«, wagte Jonas einen Vorstoß.

Tällberg schüttelte den Kopf. »Ich möchte, dass Sie nach Östersund fahren.«

»Nach Östersund?« Jonas bemühte sich, seine Überraschung zu verbergen.

»Ja. Sie kennen sich dort aus. Sie stammen aus Östersund.«

»Nein. Ich meine, ja, Sie haben natürlich recht. Aber ich wohne da seit zwanzig Jahren nicht mehr. Die Stadt hat sich verändert. Ich habe dort keinerlei Kontakte.«

»Es ist Ihre Heimatstadt.«

»Meine Geburtsstadt«, korrigierte Jonas seinen Vorgesetzten. »Meine Heimat ist Stockholm. Hier bin ich verwurzelt. Hier lebe ich. Hier ist meine Familie. Hier fühle ich mich wohl.«

»Es geht nicht ums Wohlbefinden«, erwiderte Tällberg schroff. »Ich möchte, nein, ich will, dass Sie nach Östersund fahren.«

»Um dort nach der Drogenszene zu sehen?« Jonas lachte auf.

»Um vor Ort als mein persönlicher Beauftragter die Ermittlungen im Mordfall Johan Wax aufzunehmen.«

»Dazu haben Sie eine Sonderkommission gebildet. In der meine Mitarbeit viel effizienter wäre.«

Der Abteilungsleiter drehte sich zu Jonas um, legte die gefalteten Hände auf die Tischplatte, und sah ihm direkt in die Augen.

»Ich möchte Sie als Ein-Mann-Task-Force losschicken. Sie sind beweglicher als eine ganze Kommission. Sie kennen Östersund, haben Kontakte dorthin. Ihre Familie wohnt dort.«

»Niemand lebt in Östersund.«

»Ihre Eltern. Geschwister.«

Jonas schüttelte heftig den Kopf. »Meine Eltern sind aus Östersund weggezogen. Sie verbringen ihren Lebensabend auf Gotland.«

»Seit wann?«

»Kurz nachdem ich nach Stockholm gegangen bin.«

»Und Ihre Geschwister?«

»Ich habe noch eine Schwester. Die lebt aber auch nicht mehr in Östersund.«

Tällberg kniff die Augen zu einem schmalen Schlitz zusammen. »Gibt es einen Grund dafür?«

»Ja«, antwortete Jonas zögernd. »Kennen Sie Östersund?«

»Ich war mal da.«

»Die Stadt liegt einsam. Rundherum ist nichts. Im Westen, Richtung Norwegen, liegt das Fjäll, das Gebirge. Das war's auch schon. Entsprechend ist das Klima …«

Tällberg hob die Hand, wie um Jonas zu gebieten zu schweigen.

»Im Winter ist es milder als an anderen Orten dieses Breitengrads, da über den Pass bei Storlien warme Atlantikwinde einfallen können. Obwohl Östersund im Inland liegt, haben Sie dort ein angenehmes, fast maritimes Klima. Die Niederschläge werden durch die Bergwelt aufgehalten, und in manchen Jahren weist Östersund Schwedens längste Sonnenscheindauer auf.« Tällberg lächelte milde. Auf Jonas wirkte es fast überheblich. Tällberg verhielt sich, als sei er von der Touristeninformation oder vom Wetterdienst. »Gibt es weitere Argumente, die Sie vorbringen können? Oder haben Sie Angst, dass Ihnen Ähnliches widerfahren könnte wie dem Kollegen Wax? Kommissar Nyström«, wurde der Abteilungsleiter förmlich, »Polizisten sollten vorsichtig sein und überlegt handeln. Über diese Fähigkeiten verfügen Sie. Haben Sie etwa Angst?«

»Natürlich habe ich keine Angst«, versicherte Jonas und fühlte sich fast ein wenig gedemütigt.

»Gut. Dann wäre alles geklärt. Sie fahren morgen nach Östersund. Richten Sie sich darauf ein, ein paar Tage dort zu bleiben. Ich denke, Sie werden selbst Kontakt zur örtlichen Polizei aufnehmen. Kennen Sie dort noch jemanden?«

»Ich bin in Stockholm in die Polizei eingetreten«, erklärte Jonas. Dann gab er auf. Tällberg würde sich nicht überreden lassen, einen anderen Mitarbeiter nach Östersund zu schicken.

»Leider hat Inspektor Wax uns keine Informationen hinterlassen. Mehr als das, was wir vorhin besprochen haben, wissen wir nicht.«

»Hat noch jemand an dem Fall gearbeitet – außer Johan Wax?«

»Nicht bei der Reichspolizei. Es gab vereinzelt Ermittlungen auf lokaler Ebene. Die sind aber nicht konsolidiert. Wir stehen leider am Anfang. In jeder Hinsicht.«

»Es ist merkwürdig, dass die Täter es gezielt auf einen Polizisten abgesehen haben. Wer wusste von Wax' Einsatz?«

»Alle scheinen heute dieselben Fragen zu stellen. Aber ich habe es schon erklärt: Es war eine Routineoperation. Es gab keinen Grund, die Sache als geheim einzustufen. Gripsholm, Markvist, Signe Holmberg im Vorzimmer, die Fahrbereitschaft, die das Fahrzeug gestellt hat, vielleicht noch zwei andere Mitarbeiter … Das war's.«

»Und Sie«, ergänzte Jonas.

Der Blick, der zurückkam, war unfreundlich. »Selbstverständlich.

Keiner der genannten würde sich mit Verbrechern oder Polizistenmördern einlassen. Ach ja«, fiel dem Polisintendenten noch ein, »da wir in der Rauschgiftsache Fachinformationen vom kriminaltechnischen Labor in Linköping benötigen, haben wir auch Dr. Wallberg kontaktiert.«

»Wir wollen nicht unterstellen, dass jemand aus dem Kreis der Eingeweihten Johan Wax vorsätzlich ans Messer geliefert hat. Es könnte auch ein unbedachtes Wort gewesen sein.«

»Wollen Sie vielleicht die eigenen Kollegen verhören? Ich bitte Sie!«

»Das bringt nichts. Stimmt. Wenn jemand aus Versehen Informationen weitergegeben hat, erinnert er sich womöglich nicht daran. Und falls es Absicht war, verschweigt er es. Wir würden schlafende Hunde wecken. Misstrauen in Polizeikreisen wäre wirklich nicht sehr förderlich.«

»Das sehe ich auch so.«

»Dann werde ich meine Ermittlungen aufnehmen.«

»Sie haben alle Freiheiten, allerdings erwarte ich persönlich von Ihnen den Bericht«, versicherte Tällberg, bevor er Jonas zur Tür geleitete.

·DREI·

Jonas besorgte sich die Anschrift von Johan Wax und fuhr zur Åsogatan im Stadtteil Södermalm. Während der westliche Teil zunehmend bei gutverdienenden Yuppies und Hipstern beliebt war, lebten im Osten, dem nach den zwei Kirchengemeinden Katarina und Sofia benannten Teil, Menschen, denen die Nähe zur Innenstadt wichtiger war als eine gediegene Wohnqualität.

Die baumlose Häuserschneise war eine Einbahnstraße, die von hohen Gebäuden gesäumt wurde. Die Erbauer der Betonklötze hatten nicht viel Aufwand für eine optisch ansprechende Gestaltung der Fassaden betrieben. Immerhin war das Haus mit dem grauen Putz und den Erkern, in dem die Familie Wax wohnte, von den auch in Stockholm unvermeidlichen Graffitischmierereien verschont geblieben.

Gitter, die an ein Gefängnis erinnerten, verhinderten den Zugang zu den Fahrradabstellboxen. Der unangenehme Geruch, der durch die weißen Metallstäbe drang, verriet, dass dort auch die Mülltonnen untergebracht waren. Die Metallplatte mit den Klingelknöpfen war verkratzt. Der häufige Mieterwechsel war auf den ersten Blick daran ersichtlich, dass die Namensschilder unterschiedlich waren. Geprägt, handschriftlich, gedruckt.

Es dauerte eine Weile, bis sich eine müde klingende Frauenstimme meldete.

»Jonas Nyström. Ich bin ein Kollege von Johan und würde gern mit Ihnen sprechen.«

»Zweite Etage.« Dann ertönte der Türsummer.

Jonas verzichtete auf den Fahrstuhl. In der geöffneten Wohnungstür erwartete ihn eine schmächtige Frau. Alles an ihr war unscheinbar. Das blasse Gesicht und die tiefliegenden Augen mit den schwarzen Schatten mochten von den Ereignissen der letzten Tage herrühren. Der dunkelbraune Wollrock und der beigefarbene Pullover ließen weibliche Konturen allenfalls erahnen. Die nackenlangen Haare hingen ungepflegt herab. Die Frau war ein einziges Nichts. Jonas erschrak bei diesem Gedanken. Sicher hatte der Tod ihres Mannes nicht unwesentlichen Einfluss auf ihre Verfassung. Aber Kleidung und Erscheinung mussten schon vorher signalisiert haben: Ich bin eine graue Maus.

»Jonas Nyström«, stellte er sich noch einmal vor. »Ich bin ein Kollege von der Reichspolizei.«

Sie unternahm keine Anstalten, ihm die Hand zu reichen.

»Darf ich ein paar Minuten mit Ihnen sprechen?«

Wortlos öffnete sie die Tür ganz und gab den Zugang frei. Sie ging voran in ein helles, freundliches Wohnzimmer, das zur Straße gelegen war. Die Türen zu den anderen Räumen waren geschlossen.

Jonas registrierte, dass der Raum komplett mit Möbeln des weltbekannten einheimischen Einrichtungshauses ausgestattet war. Selbst die Bilder an der Wand schienen aus dessen Angebot zu stammen.

»Bitte«, sagte Frau Wax leise und zeigte auf einen Buchenholzsessel. Sie nahm auf der vordersten Kante eines weißen Leinensofas Platz.

»Es tut uns allen furchtbar leid, was Ihrem Mann geschehen ist«, begann Jonas zögerlich.

Die Augen der Frau waren auf ihn gerichtet, doch es schien, als würde sie durch ihn hindurchsehen.

»Niemand versteht, was dort geschehen ist«, fuhr er fort. »Alle Polizeibeamten des Landes trauern mit Ihnen und Ihrer Familie. Können wir irgendetwas für Sie tun?«

Es dauerte eine gefühlte Ewigkeit, bis sie andeutungsweise den Kopf schüttelte. Kaum wahrnehmbar war das »Warum?« aus ihrem Mund.

»Die Frage kann Ihnen niemand beantworten«, erwiderte Jonas. »Wir werden immer wieder mit Menschen konfrontiert, denen das

Leben eines anderen nichts wert ist. Auch wenn es wie Routine erscheint, kann man sich nicht von der inneren Anteilnahme freimachen. Aber hier ...« Jonas ließ den Satz offen. Es fehlten ihm die richtigen Worte. Und irgendwie schien ihm das Gesagte auch unglaublich banal. Was hätte er sagen sollen? Der Frau versichern, dass die Ermittler der Reichspolizei alles daran setzen würden, um die Mörder ihres Mannes zu finden? Das war selbstverständlich. Nicht nur, weil es sein Beruf war.

»Hat man sich seitens der Polizeiverwaltung schon mit Ihnen in Verbindung gesetzt?«, fragte Jonas zögerlich.

Frau Wax nickte. »Es gibt viel zu tun«, antwortete sie. »Alles Dinge, die auf mich hereinstürzen. Man hat mit ...« Sie suchte nach den richtigen Worten. »Mit so was«, fuhr sie fort, »sonst nichts zu tun.«

»Hilft Ihnen irgendjemand?«

»Meine Schwester und mein Schwager treffen heute noch in Stockholm ein. Ich bin froh darüber. Ich weiß nicht ...« Sie schluckte heftig. »Ich weiß nicht, was ich machen soll. Ganz praktische Fragen müssen geklärt werden. Welcher Blumenschmuck soll auf das Grab? Wer muss alles benachrichtigt werden? Was ziehe ich an?«

Solche Kleinigkeiten lenkten Frau Wax davon ab, sich immer wieder die Frage nach dem »Warum?« zu stellen. Das würde ohnehin noch auf die schmächtige Frau einstürmen, sie quälen. Bei solchen Verbrechen gibt es nicht nur *ein* Opfer.

»Ihr Mann war dienstlich in Östersund.«

Sie sah auf, während ihre Hände, die sie im Schoß gefaltet hielt, unablässig die Finger kneteten.

»Hat er mit Ihnen über seine Fahrt nach Östersund gesprochen?«

»Ja. Johan hat sich immer gemeldet, wenn er unterwegs war.«

»Hat er gesagt, um was es ging?«

»Er sagte, er müsse nach Östersund. Routine. Irgendeine Beobachtung in einer Rauschgiftsache.«

»Hat er das so gesagt?«

Die Frau nickte.

»Hat er noch mehr darüber erzählt?«

»Nein. Ich wusste doch gar nicht im Detail, was er macht. Vieles davon habe ich nicht verstanden. Ich wollte es auch nie genau wissen. Das hätte mich beunruhigt.«

»Hat er mit anderen über seine Fahrt in den Norden gesprochen? Mit Freunden? Mit anderen Familienmitgliedern?«

»Ich weiß es nicht. Es kann sein, dass er erwähnte, nach Östersund zu müssen, als die Hermannssons zu Besuch waren.«

»Wer ist das?«

»Nachbarn. Wohnen zwei Etagen höher. Wir sitzen manchmal zusammen und trinken ein Glas Wein. Ole Hermannsson ist Lkw-Fahrer bei der Post. Er hat oft Touren in den Norden. Deshalb interessierte er sich natürlich für Johans Reise.«

»Worüber haben die beiden Männer gesprochen?«

»Das weiß ich nicht. Oles Frau und ich sind dann nach nebenan gegangen und haben uns den Stoff angesehen, den ich für die neuen Gardinen gekauft habe.«

»Sie haben sonst mit keinem über Johans Einsatz gesprochen? Beim Einkauf? Am Arbeitsplatz?«

»Wieso sollte ich? Hier spricht man nicht einfach so auf der Straße miteinander. Man kennt sich kaum. Die Hermannssons, das ist eine Ausnahme. Und am Arbeitsplatz?« Sie schien nachzudenken.

»Was machen Sie beruflich?«

»Ich bin im Büro von Silja Line beschäftigt.«

»Der Fährgesellschaft?«

Sie nickte.

»Haben Sie dort erwähnt, dass Ihr Mann nach Östersund fahren muss?«

»Die Kollegen wussten, dass Johan Polizist war«, wich sie aus.

»Haben Sie erzählt, dass er zu einem Auftrag nach Östersund musste?«

»Kann sein. Bin mir aber nicht sicher.«

»Haben Sie auch den Grund genannt?«

»Da hat jemand nachgefragt. Eine Kollegin. ›Wegen Mord?‹ ›Nein‹, habe ich geantwortet. ›In einer Drogensache.‹ ›Das ist ja nicht spannend‹, hatte die Kollegin gemeint.

»Wie heißt Ihre Kollegin?«

»Weshalb wollen Sie das wissen?«

»Es ist normale Polizeiarbeit. Wir folgen Hunderten von Spuren.«

»Aber Sigrid ist doch keine Spur?«

»Das war nur so gesagt«, versuchte Jonas zu relativieren. »Wie heißt Ihre Kollegin mit Zunamen?«

»Sigrid Tapper. Aber ich verstehe nicht, warum …«

Jonas stand auf. »Wann immer Sie möchten, können Sie bei der Reichspolizei anrufen. Unser Chef, Polisintendent Tällberg, meine Kollegen und ich sind jederzeit für Sie da.« Er reichte ihr die Hand, die sie zögernd ergriff. Jonas wagte kaum, zuzudrücken, als fürchtete er, etwas zu zerbrechen.

Als er das trostlose Haus in der Åsögatan verließ, wusste er, dass ihn das tonlos gemurmelte »Warum?« der Polizistenwitwe noch lange begleiten würde.

* * *

Er kehrte zu seinem Wagen zurück, sah auf die Uhr und beschloss, Feierabend zu machen. Liv würde zu Hause sein. Sein Aufenthalt in Östersund konnte ein paar Tage dauern. Da wäre es schön, vor der Abreise noch ein wenig Zeit mit seiner Familie zu verbringen.

Der Kern Stockholms bestand aus zahlreichen Inseln. Um in der lebhaften Metropole von den südlichen Stadtteilen nach Norden zu gelangen, gab es drei Brücken, die jedoch um diese Tageszeit stark frequentiert waren. Jonas entschloss sich, über die Zentralbrücke zu fahren, um seine Entscheidung gleich zu bereuen, als er nur schrittweise vorankam. Erst als er seinen Wohnbezirk Vasastan erreichte, lichtete sich der Verkehr. Nach einer Weile fand er einen Parkplatz in der Norrtullsgatan und legte die zweihundert Meter Fußweg bis zu *Tre Liljor* zurück. Warum dieser zur Norrtullsgatan offene Innenhof mit seinem einzeln stehenden Baum in der Mitte »drei Lilien« hieß, hatte ihm bis heute keiner erklären können. Es war ein Zufall gewesen, dass sie hier eine familiengerechte Wohnung gefunden hatten. Die Mieten in Stockholm waren für viele Menschen nicht mehr erschwinglich. Die Leute mussten täglich eine weite Anreise in Kauf nehmen, um in die Hauptstadt zu gelangen, die viele Enthusiasten als eine der schönsten Städte der Welt bezeichneten. So weit mochte Jonas nicht gehen, obwohl er Stockholm und dessen hohe Lebensqualität zu schätzen wusste.

Tre Liljor wirkte – zumindest in den kurzen Sommern – durch den großen Baum und die ihn umgebenden Grünflächen lauschig. Bis zum Hagaparken waren es nur wenige Gehminuten. Dort trafen sich die joggenden Bewohner der umliegenden Wohnbezirke.

»Hinten, in der Ecke rechts«, beschrieb er den Zugang zu seiner Wohnung, wenn er gefragt wurde.

Als er die ausgetretenen Stufen zur dritten Etage erklomm, hörte er es aus der Küche klappern, noch bevor er die Haustür aufschloss. Im Flur warf er einen Blick in den Spiegel und fuhr sich mit gespreizten Fingern durch die wuscheligen blonden Haare. Blaue Augen blickten ihm entgegen. Fast ein Meter neunzig maß der durchtrainierte Körper, auch wenn er darauf achten musste, die ersten Ansätze von kleinen Pölsterchen im Griff zu behalten. Er war dreiundvierzig. Durfte man sich in dem Alter nicht damit zufriedengeben, dass es der Lauf der Natur sein sollte, wenn die Elastizität von Muskeln und Haut langsam nachließ?

Liv sah erstaunt auf, als er eintrat.

»Wo kommst du her, um diese Uhrzeit?«

Jonas wies über seine Schulter und lachte. »Von da.« Er nahm seine Frau kurz in den Arm und gab ihr einen Kuss auf die Stirn. »Wo sind die Mädchen?«

»Annika ist noch in der Schule, und Lisa besucht eine Freundin.«

Jonas drängte sich an Liv vorbei und versuchte, den Deckel eines Kochtopfs zu lüften. Er handelte sich einen leichten Klaps auf die Finger ein.

»Du weißt, dass ich gern nach verborgenen Schätzen suche.«

Seine Frau lächelte ihn an. Sie war drei Jahre älter als er. Um die Mundwinkel bildeten sich die ersten kleinen Falten, wenn sie lachte.

»Ich weiß«, sagte Liv.

Er streckte die Hand aus und fuhr sanft über ihre Brüste. »Das sind die liebsten Schätze.«

»Die sind im Augenblick mit ihrer Trägerin im Arbeitseinsatz und bereiten das Essen vor. Lisa hat sich Spaghetti bolognese gewünscht.« Liv lachte laut auf. »Ausdrücklich ohne Fleisch.«

»Wie? Was? Bolognese ist doch …«

»Genau«, unterbrach ihn Liv. »Schön, dass du heute Abend Zeit hast, es deiner kleinen Tochter zu erklären.«

»Das kannst du viel besser.«

»Soll ich Lisa mit ins Krankenhaus nehmen?«

Jonas hatte verdrängt, dass Liv heute Nachtdienst hatte. Sie arbeitete als Krankenschwester im Karolinska-Universitätskrankenhaus. Er würde den Abend allein mit den beiden Töchtern verbringen. Das Leben in Stockholm war teuer. Auch ein Polizeikommissar konnte nicht allein eine Familie ernähren. Abgesehen davon fand Liv ihren Beruf erfüllend.

»Ich muss für ein paar Tage auf Dienstreise gehen.« Jonas versuchte, es beiläufig klingen zu lassen.

Liv hob den Deckel des Topfes an, tauchte einen Löffel hinein, pustete und probierte die Sauce. »Mmh«, lobte sie sich selbst, schöpfte einen zweiten Löffel voll und führte ihn Jonas an den Mund.

»Lecker«, bestätigte er. »Obwohl ich das Gefühl habe, in der Sauce finden sich doch ein paar Krümel Fleisch.«

»Lisa wollte eine Sauce haben, in der Bolognese drin ist«, erwiderte Liv. »Was du herausgeschmeckt hast, ist kein Fleisch, sondern eben Bolognese.«

»Aha. Was immer das auch ist. Also, hast du gehört?«

»Ich heiße doch nicht Jonas und bin auch kein Mann, der seine Ohren auf Durchzug stellt. Du musst über Nacht auf Dienstreise.«

»Nicht über Nacht. Eventuell ein paar Tage länger.«

»Wie lange?« Liv hantierte weiter zwischen Herd und Arbeitsfläche herum.

»Das kann ich noch nicht sagen.«

Sie unterbrach ihr Tun und drehte sich zu ihm um. »Was heißt das?«

»Es ist ein besonderer Auftrag. Tällberg will, dass ich ihn übernehme.«

»Was für ein Fall ist das?«

»Interne Ermittlungen«, wich er aus. Er wollte Liv nicht verunsichern.

»Seit wann seid ihr dafür zuständig? Gibt es nicht eine eigene Abteilung, die sich solcher Dinge annimmt?«

»Schon, aber diesmal ist es etwas komplizierter. Ich würde dich auch bitten, nicht darüber zu reden.«

»Hältst du mich für so eine Plaudertasche?«

»Nein. Aber es wäre mir lieb, wenn du auch den Kindern gegenüber nichts andeuten würdest.«

»Wohin fährst du?« Liv hatte die Kühlschranktür geöffnet und suchte etwas.

»Nach Östersund.«

Überrascht schlug sie die Tür zu, ohne etwas zu entnehmen. Sie drehte sich um und sah ihn an.

»Ist das wahr?«

»Warum nicht.« Jonas wich ihrem Blick aus und machte unbeholfen einen Schritt in Richtung des Herds mit der Sauce. Doch Liv hielt ihn am Ärmel fest.

»Du willst wirklich nach Östersund?«

»Warum nicht.«

»Da bist du geboren und aufgewachsen.«

»Na und?«

»Ich habe mich oft gefragt, weshalb du nie dorthin zurückgekehrt bist.«

»Dort wohnt niemand mehr von meiner Familie.«

»Du wirst dort doch noch Leute kennen. Mitschüler. Gleichaltrige, mit denen du deine Kindheit verbracht hast.«

»Die sind weggezogen. Was soll man in Östersund schon anfangen?«

»Doch nicht alle.«

»Die meisten«, behauptete Jonas.

»Schade, dass ich Dienst habe. Sonst würden wir fürs Wochenende rüberkommen. Ich möchte unbedingt Östersund kennenlernen, nach all den Jahren.«

»Ein anderes Mal.« Jonas war bemüht, sich seine Erleichterung nicht anmerken zu lassen. Liv ließ sich nicht irritieren.

»Irgendetwas ist mit dir und dieser Stadt«, behauptete sie. »Es ist merkwürdig, dass jemand nie über die Stadt spricht, in der er aufgewachsen ist. Jonas!« Sie ging zu ihm und baute sich direkt vor ihm auf. »Was ist mit Östersund?«

»Nichts.« Er nahm sie in den Arm und küsste sie. Liv ließ es zu, wand sich dann aber aus seiner Umarmung. »Ich muss los, sonst komme ich zu spät. Wir müssen noch die Stationsübergabe machen.«

»Sei vorsichtig«, rief er ihr hinterher.

Er würde auf die Rückkehr der Töchter warten, das Essen auf den Tisch bringen, seine Sachen packen und versuchen, Schlaf zu finden. Frau Wax würde erneut eine schlaflose Nacht verbringen, dachte er.

·VIER·

Jonas war zornig geworden. Er hatte sich mit Persson von der Fahrbereitschaft auseinandergesetzt. Persson! Das war in Schweden kein Name, sondern eine Gattung. Und wenn man die in Unterarten einteilen würde, gehörte Axel Persson mit Sicherheit zur unsympathischen Abteilung. Der Mann war ein Wichtigtuer. Er spielte sich als Herr des Fuhrparks auf, als würde er direkt dem König unterstehen.

»Mehrere Tage? Und dann bis Östersund?« Persson hatte sein graues Haupt geschüttelt. »Das geht nicht. Wer hat das veranlasst? Muss das wirklich sein? Können Sie nicht mit der Bahn fahren?«

»Ich habe lange gesucht, bis ich einen Täter gefunden habe, der mir einen Urlaub auf Staatskosten in Östersund ermöglicht«, hatte Jonas geantwortet. »Einmal im Jahr darf jeder Kommissar der Rikspolis an einem attraktiven Ort Urlaub machen, vorausgesetzt, er ist freundlich und erfüllt seine Aufgabe. Kollegen, die diese Bedingungen nicht erfüllen, müssen ihren Dienst in der Kellergarage zwischen Abgasen und alten Autos verrichten.« Jonas hatte Persson mit dem Zeigefinger gegen die Brust getippt. »So wie Sie.«

»Das ist eine Frechheit. Ich werde mich beschweren.«

»Beim Reichspolizeichef? Oder geht es eine Stufe darunter?«

»Sie bekommen von mir keinen Dienstwagen.« Persson hatte sich stur gezeigt.

Jonas hatte ihm klargemacht, dass er sofort ein Fahrzeug bereitstellen solle, sonst hätte Persson gute Aussichten, demnächst statt Autos das Formularlager der Behörde zu verwalten. »Und wenn Sie jetzt der Schlag trifft ... Das würde niemanden bei der schwedischen Polizei berühren.«

Persson hatte um Luft gerungen, versichert, das werde ein Nachspiel haben und Jonas schließlich einen klapprigen Japaner herausgesucht.

»Mit der Kiste komme ich nicht einmal bis Uppsala.«

»Das ist Ihr Problem. Der Mazda oder keinen.«

Jonas hatte sich mit Tällberg abgestimmt, und der Abteilungsleiter hatte sich einverstanden erklärt, dass Jonas mit seinem privaten Pkw fuhr. Das wiederum hatte ihm Ärger mit Liv eingebracht.

»Und was soll ich machen? Ich muss zur Arbeit, die Kinder haben Termine, die Einkäufe …«

»Wir leben hier in Stockholm, einer der modernsten Städte der Welt. Du findest alles vor der Haustür. *Tunnelbana*, Busse, an jeder Ecke ein Supermarkt.«

»Östersund ist so klein, da kann man alles zu Fuß erledigen«, hatte Liv protestiert, aber schließlich doch nachgegeben. Dem Disput mit den Töchtern war Jonas ausgewichen. Für die beiden Mädchen waren die Fahrdienste der Eltern eine Selbstverständlichkeit.

In Stockholm herrschte das übliche Verkehrschaos einer Großstadt. Die scheinbar ewige Baustelle zwischen der auf einem Hügel gelegenen Universitätsklinik und dem Brunnsviken, einem gernbesuchten Binnensee, forderte seine volle Konzentration. Im Stillen schickte er einen Gruß zum Berg hinauf. Dort verrichtete Liv ihren Dienst.

Wenig später musste er scharf bremsen, weil ein polnischer Lkw-Fahrer gleich zwei Fahrspuren für sich beanspruchte und sich rücksichtslos Vorfahrt verschaffte. Erst hinter der Abfahrt zum Flughafen Arlanda wurde es ruhiger auf der Autobahn. Hinter Uppsala ließ er den Volvo entspannt über die Piste rollen. Hier gab es zum Teil schon die dreispurige Autobahn. Über eine bestimmte Entfernung war eine Fahrtrichtung zweispurig, dann hatte die Gegenrichtung dieses Privileg. Die Einschränkung wurde jeweils weit vorher angekündigt, so dass sich die Fahrer der überschaubaren Anzahl Fahrzeuge darauf einstellen konnten.

Kilometer um Kilometer schnurrte der Kombi Richtung Norden,

parallel zum unsichtbaren Bottnischen Meerbusen. In Sundsvall bog Jonas ins Landesinnere ab. Es wurde zunehmend einsamer. Manchmal war er kilometerweit allein auf der Straße und fand Zeit, sich an den endlosen Wäldern zu erfreuen. Nur selten tauchten kleine Ortschaften auf. Die Begeisterung für die atemberaubende Schönheit der Landschaft schwand stets, wenn seine Gedanken zu seiner Mission zurückkehrten. War Johan Wax auch diesen Weg gefahren und hatte ähnliche Empfindungen gehabt?

Jonas hatte für die fünfhundertfünfzig Kilometer einen Tag eingeplant. Auch an abgelegenen Stellen standen die silbernen Radarsäulen. Es war teuer in Schweden, wenn man die stets im Vorhinein angekündigten Geschwindigkeitskontrollen missachtete.

In ihm stieg die Anspannung, je näher er Östersund kam. Es war nicht nur die Ungewissheit, was ihn bei den Ermittlungen erwartete. Es war lange her, dass er zum letzten Mal in seiner Geburtsstadt gewesen war. Als Schüler hatte für ihn Östersund den Nabel der Welt dargestellt. Er hatte dort unbeschwerte und glückliche Tage verbracht. Das war Vergangenheit.

Schwedische Städte, abgesehen von den großen Metropolen, waren außerhalb des Landes kaum bekannt. Östersund war in dieser Hinsicht eine Ausnahme. Wintersportfreunde kannten den Ort als Mekka des Biathlons. Neben Weltmeisterschaften, bei denen Östersund Gastgeber war, fanden hier auch regelmäßig Weltcuprennen statt. Dreimal hatte man sich – allerdings vergeblich – für die Austragung der Olympischen Winterspiele beworben.

Jonas lächelte, als ihm einfiel, dass der bekannte Schauspieler Rolf Lassgård hier geboren worden war. Er hatte als Kommissar Wallander eine große Karriere gestartet. Ob Wallander in diesem Fall ähnlich vorginge wie er?

Wie aus dem Nichts tauchte zur Linken das Gewerbegebiet auf, das erst in den vergangenen Jahren neu gebaut worden war, genauso wie der überdimensionierte Kreisverkehr, über den er die Autobahn verließ und nach kurzer Zeit das Trygghetens-Hus erreichte. Auf dem großen Areal des »Schutzhauses« waren zahlreiche Institutionen angesiedelt, die dem Wohl und der Sicherheit der Bevölkerung dienten. Vor dem Eingang des Polizeireviers standen mehrere Streifenwagen mit der weißen Lackierung und den auffallend blauen und signalgelben Flächen.

Der Zugang zum Gebäude war wie häufig in Schweden gesichert. Jonas musste seinen Dienstausweis in das Lesegerät einführen. Nachdem er seinen Wunsch, die Kriminalabteilung aufzusuchen, vorgetragen hatte, öffnete die durch Panzerglas geschützte Beamtin die Tür und erklärte ihm den Weg.

Kriminalinspektor Ráidnersson erwartete Jonas in seinem Büro. Er war etwa zehn Zentimeter kleiner, hatte strohblonde Haare und ein fast kreisrundes Gesicht. Ráidnersson streckte Jonas die Hand entgegen und drückte sie fest. »Hej. Kommissar Nyström?«, fragte er. Die Beamtin vom Empfang hatte Jonas angekündigt. Jonas schätzte den Inspektor auf Anfang bis Mitte dreißig.

»Sie kommen aus Stockholm?« Ráidnersson hatte die letzte Silbe des Namens der Hauptstadt langgezogen.

Jonas nickte. »Reichspolizei.«

»Es geht um Ihren Kollegen, der bei uns auf so schreckliche Weise ermordet wurde? Wollen Sie den Fall übernehmen?« Der Inspektor versuchte, seine Frage beiläufig klingen zu lassen. Es misslang ihm. Deutlich waren die Ressentiments gegenüber Stockholm und der zentralen Reichspolizei herauszuhören.

»Natürlich hat die Leitung unserer Behörde großes Interesse, den Mord umgehend aufzuklären. Dazu sollten aber alle Kräfte gebündelt werden. Es ist der Sache nicht dienlich, wenn dem gemeinsamen Fahndungserfolg Eifersüchteleien entgegenstehen.«

Ráidnersson spitzte die Lippen. »So«, war sein einziger Kommentar.

»Hat Inspektor Wax Kontakt zu Ihnen aufgenommen?« Jonas sah sich um und zeigte auf den Besucherstuhl. »Darf ich?«

Der Inspektor nickte wortlos. Dann schüttelte er den Kopf. »Wir wussten nichts von einer Aktion der Stockholmer Reichspolizei.«

»Uns liegen nur vage Informationen vor«, begann Jonas. »Sie beschränken sich im Wesentlichen auf die ersten Ergebnisse der Rechtsmedizin und der Forensik. Kennen Sie die Berichte?«

»Auszugsweise«, antwortete Ráidnersson.

»Gut.« Jonas trug sie noch einmal in geraffter Form vor und registrierte, dass der Inspektor sich zurücklehnte und dabei die Augen schloss. Als Jonas geendet hatte, öffnete er sie wieder.

»Leiten Sie daraus schon etwas ab?«, fragte er.

»Teilen Sie meine erste Vermutung, dass es eine Verbindung zu der Rockband Bad Revolution geben könnte?«, antwortete Jonas mit einer Gegenfrage.

»Moment«, bat der Inspektor, griff zum Telefon und sagte nur kurz: »Kannst du mal zu mir rüberkommen?« Dann faltete er die Hände, musterte Jonas mit zusammengekniffenen Augen und schwieg. Wenig später öffnete sich die Bürotür in Jonas' Rücken.

»Hej«, sagte der Mann, der keine ein Meter siebzig groß war. Eine gedrungene Figur, die wirkte, als wäre das Volumen des Körpers ursprünglich für eine größere Gestalt gedacht gewesen.

»Kriminalassistent Eqqaq Agssagssak«, stellte Ráidnersson vor. »Wir beide sind die Mordkommission in Jämlands Län. Um ehrlich zu sein: Wir haben nur selten etwas in dieser Gegend zu ermitteln. Meistens beschäftigen wir uns mit anderen Fällen. Ist das verwunderlich? Unsere Provinz ist größer als die Niederlande, hat aber nur so viel Einwohner wie Zoetermeer. Kennen Sie diese Stadt?«

Jonas schüttelte den Kopf. »Ein merkwürdiger Vergleich«, befand er.

»Ich wollte Ihnen nur erklären, was Sie in Östersund vorfinden. Waren Sie schon einmal hier?«

Jonas ging nicht darauf ein. »Ihr Name …«, begann er.

»Das entgeht den Stockholmern meist«, unterbrach ihn Ráidnersson. »Vorname: Ànok.«

»Sie sind ein Same«, stellte Jonas fest.

Der Inspektor lachte herzhaft auf. »Früher sprach man von den Lappen. Mir geht nichts durch die Lappen«, spaßte er und zeigte auf Agssagssak. »Der Kollege ist ein Inuit.«

»Wie weit sind Sie in Ihren Ermittlungen gekommen?«, schloss Jonas die Vorstellungsrunde ab.

»Wir haben den Arbeiter vernommen, der die Leiche entdeckt hat. Das war ebenso vergeblich wie die Suche nach weiteren Zeugen. Wir arbeiten daran, eine Liste mit den Teilnehmern des Konzerts zu erstellen. Über die örtlichen Medien haben wir einen Aufruf gestartet, uns Bildmaterial zur Verfügung zu stellen. Ich gehe davon aus, dass bei einer solchen Veranstaltung die Besucher massenweise Bilder mit ihren Smartphones gemacht haben. Bisher ist das Ergebnis sehr dürftig.«

»Ich durchforste gerade die sozialen Medien im Internet. Facebook, YouTube, Instagram und Co«, flocht Agssagssak ein. »Es gibt eine Reihe von Beiträgen. Auf den ersten Blick führen sie uns nicht weiter. Um genau zu analysieren, ob sich dort polizeibekannte Personen zeigen, fehlen uns die Ressourcen.«

»Das könnte Stockholm übernehmen«, bot Jonas an.

Agssagssak zeigte sich skeptisch. Er wechselte einen schnellen Blick mit dem Inspektor.

»Dort ist man auch nicht schlauer.« Ráidnersson schien von der Unterstützung nicht angetan. »Die Zentrale kennt die Leute auf den Videos und Bildern nicht. Dieses hier ist eine andere Welt, nicht die Hauptstadt. Wir beide«, dabei zeigte er auf den Kriminalassistenten, »kennen unsere Pappenheimer.«

»Wir gehen davon aus, dass die Täter möglicherweise aus dem Drogenmilieu stammen«, sagte Jonas. »Johan Wax hat in diese Richtung ermittelt. Im Umfeld der Rockband wurden Drogen gehandelt und konsumiert.«

»Das ist auch unser Ansatz«, sagte der Inspektor.

»Sollten wir mit den Beamten der Drogenfahndung sprechen?«, schlug Jonas vor.

Die beiden einheimischen Polizisten lachten. »Da sind Sie gerade dabei«, sagte Ráidnersson. »Wie gesagt – Morde und Tötungsdelikte haben wir hier selten. Wir beide kümmern uns auch um die Rauschgiftkriminalität.«

»Aha«, schmunzelte Jonas. »Und wenn mir morgen mein Dienstfahrrad gestohlen wird … Sind Sie dafür auch zuständig?«

»Sie dürfen gern lästern und spotten«, erklärte der Inspektor eingeschnappt.

»So war das nicht gemeint«, versicherte Jonas.

»Wir haben hier keine harte Drogenszene. Wir kennen viele der Konsumenten und auch die Dealer. Es handelt sich um kleine Fische. Nun müssen Sie nicht glauben, wir würden es tolerieren. Wir stehen den Leuten schon auf den Füßen. Aber wenn Sie sich umdrehen, wird hinter Ihrem Rücken munter weitergedealt. Neben den Gelegenheitshändlern gibt es hier eine Handvoll Dealer. Die haben wir gestern besucht. Ausnahmslos.«

Agssagssak nickte zu den Ausführungen seines Kollegen. »Zwei haben ein hieb- und stichfestes Alibi für die Tatzeit. Wir haben es überprüft. Die Aussage des dritten müssen wir noch verifizieren. Er behauptet, auf einer Party in Brunflo gewesen zu sein.«

»Und die letzten beiden?«, wollte Jonas wissen.

»Nicht so ungeduldig«, mischte sich der Inspektor ein und fuhr fort: »Die Polizei war am Badhusparken präsent. Zwei Kollegen von der Streife haben einen der bekannten Dealer dort gesehen. Bevor sie ihn ansprechen konnten, hat er das Weite gesucht. Nach unserem Kenntnisstand ist er auch nicht zurückgekehrt. Er wusste, dass die anwesenden Beamten einen Blick auf ihn geworfen hatten. Der Letzte … tja. Den haben wir noch nicht sprechen können. Melker Evaldsson, so heißt er, ist unter seiner Adresse nicht erreichbar. Um Ihrer Frage zuvorzukommen: Wir haben ihn nicht zur Fahndung ausgeschrieben.

Dazu gibt es keinen Grund. Aber die örtliche Polizei hält Ausschau nach ihm. Aber wenn Sie mich fragen … Einen Mord traue ich keinem von denen zu.«

»Wir müssen grundsätzlich allen Spuren nachgehen.«

»Danke für die Belehrung«, erwiderte Ráidnersson spitz. »Aber selbst wir in der tiefen Provinz können einschätzen, ob jemand – mag er auch schon straffällig geworden sein – eine solche Tat begeht. Der Täter muss Wax gekannt haben. Der Stockholmer Kollege ist kein Zufallsopfer.«

Jonas nickte. Den gleichen Gedanken hatten sie in Stockholm auch diskutiert.

»Alles spricht dafür, dass sich der Mörder auf die Tat vorbereitet hat. Johan Wax ist erwartet worden und ahnungslos in den Tod gelaufen. Das bedeutet, jemand muss von seiner Mission in Östersund gewusst haben. Damit scheiden die örtlichen Dealer aus. Für die war Wax ein Fremder.«

Jonas hob den Zeigefinger. »Gibt es Verbindungen der hiesigen Drogenszene nach außerhalb, das heißt, gibt es Handlanger und die Bosse sitzen woanders?«

Ráidnersson überlegte einen Moment und sah den Kriminalassistenten an. Dann schüttelte er den Kopf. »Auszuschließen ist das nicht, auch wenn wir über keine derartigen Erkenntnisse verfügen. An Ihrer Stelle hätte ich zunächst in Stockholm die Hausaufgaben gemacht. Haben Sie schon eine Erklärung dafür gefunden, dass der Mörder Wax beim hiesigen Rockkonzert aufgelauert hat? Wer wusste davon, dass der Kollege nach Östersund kommt? Haben Sie das rausgefunden?«

Jonas wollte eigentlich nicht über sein Gespräch mit Johan Wax' Witwe berichten. Die vagen Anhaltspunkte waren zu dürftig. Der Inspektor hatte den Finger in die Wunde gelegt. Ráidnersson zeigte sich durchaus nicht als der unerfahrene Provinzkriminalist.

»Ich habe bisher Folgendes in Erfahrung bringen können«, sagte

Jonas und berichtete von Ole Hermannsson, dem Lkw-Fahrer, und Sigrid Tapper, der Kollegin aus dem Fährbüro.

Der Inspektor rieb sich die Nasenspitze. »Wäre es nicht sinnvoller gewesen, wenn Sie diese Spuren zunächst verifiziert hätten, bevor Sie sich auf den Weg in den Norden machen?«

Das war durchaus ein Punkt, über den es lohnte, nachzudenken, musste Jonas eingestehen. Die beiden Polizisten waren ihm gegenüber kritisch eingestellt. Sie fürchteten, die aus ihrer Sicht allwissend auftretenden Hauptstädter würden sich zu sehr in ihre Arbeit einmischen.

»In Stockholm wurde eine Sonderkommission gebildet. Die geht diesen Fragen nach. Dass man Ihre Arbeit durchaus zu schätzen weiß, erkennen Sie daran, dass ich allein gekommen bin. Die Zentrale verlässt sich auf Ihre konstruktive Mitarbeit.«

Ráidnersson unternahm gar nicht den Versuch, den Blick, den er mit Agssagssak austauschte, zu verbergen. »Kennen Sie sich in Östersund aus?«, fragte er.

»Ich komme zurecht«, erwiderte Jonas ausweichend.

»Haben Sie eine Unterkunft?«

»Ja«, antwortete Jonas einsilbig.

»Dann sehen wir uns morgen«, schloss der Inspektor. »Rom wurde auch nicht an einem Tag erbaut.«

Jonas wünschte den beiden einen schönen Abend. Er war sich nicht sicher, wie sich die Zusammenarbeit mit ihnen gestalten werde.

In seinem Auto kramte er sein Tablet hervor, loggte sich ein und durchforstete das örtliche Hotelangebot. Zwei Hotels waren ausgebucht. Er fand ein freies Zimmer in einem Hotel in der Fußgängerzone. »Ich bin noch zehn Minuten hier«, sagte eine junge Frau.

Er beeilte sich, fuhr den Berg in das Zentrum hinab, bog am Kreisverkehr Richtung Rathaus ab und ärgerte sich, dass er auf der breiten alleenartigen Straße zu weit fuhr und umdrehen musste, weil er vergessen hatte, wie die Straßenführung in der Innenstadt mit all ihren

Einbahnstraßen geregelt war. Die Alte Kirche schien man in den letzten zwanzig Jahren nicht restauriert zu haben. Schade, dachte er, dass man dieses Gebäude verkommen ließ. Die schmale Straße führte zum Großen See hinab. Im oberen Verlauf war sie kein städtebauliches Aushängeschild. Da die Fußgängerzone nicht befahren werden durfte, suchte er sich einen Parkplatz an der Kreuzung der schmalen Straße. Von hier aus waren es keine dreihundert Meter bis zu der Stelle, an der Johan Wax ermordet worden war.

Jonas war sich nicht sicher, ob es am leichten Nieselregen oder an den geschlossenen Geschäften lag, dass die Prästgatan, die Haupteinkaufsstraße der Stadt, verlassen dalag. Kaum eine Menschenseele war unterwegs. Alle großen Ketten waren vertreten, was bei der Abgelegenheit der Region erstaunlich war.

Das Hotel befand sich in einem Altbau. Jonas erklomm eine steile Treppe zur Rezeption in der ersten Etage und wurde von einem jungen Mädchen ungeduldig erwartet. Sie erledigten die Formalitäten, er erfuhr, wann es Frühstück gab, und erhielt einen Code für die Tiefgarage, um seinen Volvo dort abstellen zu können.

»Hat Johan Wax bei Ihnen gewohnt?«, fragte er in einer plötzlichen Eingebung.

Die junge Frau bemühte sich gar nicht erst, nachzusehen. »Das weiß ich nicht. Darüber kann ich auch keine Auskunft geben. Fragen Sie morgen früh die Chefin.« Sie sah ihn nicht an, sondern war dabei, ihre Sachen zu packen und den Aufbruch vorzubereiten.

Jonas zeigte auf den Computer. »Sie könnten doch kurz nachsehen.«

»Sorry, aber der Rechner ist schon runtergefahren.«

Es war vergeblich. Merkwürdig, dachte er. Niemand hatte erwähnt, wo Wax in Östersund übernachtet hatte.

Jonas stieg zwei weitere Etagen empor, registrierte dabei, dass von dem altmodischen Treppenhaus auch Mietwohnungen abgingen, und fand sein Zimmer, das zur Straße hinausführte. Die Einrichtung war schlicht und wirkte ein wenig antiquiert. Er warf einen Blick aus dem Fenster in die leere Straßenflucht. Dann rief er Liv an.

Zu Hause gab es keine bewegenden Neuigkeiten. Seine Frau berichtete vom alltäglichen Ärger in der Klinik, vom Stress mit den Töchtern und versicherte ihm, dass sie ihn liebe, und bat ihn, nicht so lange fortzubleiben.

Jonas packte seine Tasche nicht aus und machte sich auf den Weg zu einem Restaurant. Er ignorierte die Filiale der amerikanischen Burger-Kette und suchte direkt am Marktplatz ein im Stil eines englischen Pubs gehaltenes Restaurant auf. Das Essen war gut, und er fühlte sich gestärkt, als er zu später Stunde zum See hinabging. Niemand begegnete ihm. Auch der Park war leer. Er ließ die Atmosphäre auf sich wirken. Es fiel schwer, sich vorzustellen, dass hier eine Menschenmenge zu den Klängen von Bad Revolution ausgelassen gefeiert hatte. Die jetzt herrschende Stille bedrückte ihn. Vor seinem geistigen Auge tauchten die Bilder wieder auf, die Tällberg gestern präsentiert hatte. Die Reinigungstrupps hatten alle Spuren beseitigt.

Fahles Licht erhellte den Park nur matt. Die Lampen auf der gegenüberliegenden Insel Frösön strahlten eine gewisse Behaglichkeit aus. Ob Johan Wax das auch so empfunden hatte?

Jonas schloss die Augen und stellte sich vor, wie die Musiker im grellen Scheinwerferlicht auf der Bühne standen, ohrenbetäubender Lärm – Musik mochte er es nicht nennen – erschallte und die Zuschauer anheizte. Zu den schnellen Rhythmen zuckten die Leiber im kollektiven Wahn. Die Masse riss sich in Ekstase gegenseitig mit. Der Alkohol floss in Strömen, und nicht wenige der jungen Leute hatten zusätzlich Aufputschmittel konsumiert. Es war eine Mischung, die explosiv war, Erschöpfung und natürliche Hemmungen vergessen ließ. Oft endete das im Krankenhaus, manchmal leider auch tödlich. Doch alle Warnungen waren vergeblich.

Jonas sah gedankenverloren auf die Bühne. Sie wirkte eher bescheiden im Vergleich zu Großveranstaltungen in anderen Städten.

Langsam ging er in Richtung der Anlage, passierte sie und fand sich im Dunklen hinter der Bühne. Ein schmaler unbeleuchteter Weg führte hinter ihr entlang. Der Schein der nächsten Laterne reichte nicht aus, ihn zu beleuchten. Er zog sein Handy hervor, schaltete die Flashlight-Funktion ein und suchte das Areal ab. Lediglich ein paar abgebrochene Zweige erinnerten an den Ort, an dem das Leben von Johan Wax endete. Es musste ein einsamer Tod gewesen sein, obwohl nur wenige Meter entfernt ausgelassene Stimmung geherrscht hatte. Niemand hatte es für nötig befunden, zur Erinnerung an die Tat eine Kerze aufzustellen. Keine Blume, kein Hinweis – einfach nichts.

Bedrückt kehrte er zum Marktplatz zurück. Keine Menschenseele war ihm begegnet. Trotz des unangenehmen Nieselregens verspürte Jonas keine Lust, sich in sein karges Hotelzimmer zu begeben. Er ging zu seinem Auto. Weshalb trifft man in der schwedischen Provinz so oft auf verkommen wirkende, düstere Parkmöglichkeiten?, fragte er sich, als er in der wenig ansprechenden Tiefgarage unter einem Supermarkt einen Platz gefunden hatte. Fast automatisch lenkte er seine Schritte zur Alten Kirche, die im diffusen Licht am Ende der Straße lag. Jonas durchquerte eine kleine Grünanlage und fand sich an der Hauptstraße wieder. Gedankenverloren starrte er auf die andere Straßenseite. Vor seinem geistigen Auge spulten sich die Bilder der Vergangenheit ab. Nur halb durch Büsche verborgen, lag das Hauptgebäude des Gymnasiums Wargentin, das viele Jahre seine schulische Heimat gewesen war. Östersund war seine Geburtsstadt. Damals hatte er jedoch geglaubt, es sei seine Heimat. Das war jetzt Stockholm. In der lärmenden und überbordenden Metropole lebte seine Familie, übte er seinen Beruf aus, hatte er einen Freundeskreis gefunden. Er hatte Östersund aus seinem Bewusstsein verdrängt. Jetzt stand er im Nieselregen in dieser Stadt und begegnete der Vergangenheit.

Was ist Heimat? Ein kluger Mensch hatte es definiert als den Ort, an dem man sterben möchte.

·FÜNF·

Jonas hatte schlecht geschlafen. Immer wieder war er aus der Tiefschlafphase herausgerissen worden, und wirre Gedanken jagten in seinem Kopf umher.

Im Frühstücksraum standen lange Tische, die man mit anderen Hotelgästen teilen musste. Er hatte den Eindruck, alle miesepetrigen Schweden hatten sich an diesem Morgen hier eingefunden. Niemand grüßte. Am Büfett wurde dafür um Brötchen und Marmelade gekämpft. Nachdem er gefrühstückt hatte – der große Ansturm war inzwischen abgeebbt –, versuchte er, mit der Hotelchefin zu sprechen. Er musste sich gedulden, bis die abreisenden Gäste ausgecheckt hatten.

»Hat Johan Wax bei Ihnen gewohnt?«

Helen Wegmann – der Name stand auf dem Schild des Hotels – sah ihn mit leicht zusammengekniffenen Augen an. »Warum sollte ich es Ihnen sagen?«

Jonas zeigte ihr seinen Dienstausweis.

»Oh«, sagte die Frau mit den tizianroten Haaren. »Haben Sie endlich reagiert? Hat lange gedauert. Schlimm, was da passiert ist.«

»Ich entnehme Ihren Worten, dass Inspektor Wax Gast in Ihrem Hotel war.« Jonas hatte nicht mit diesem Zufallstreffer gerechnet.

»Ich habe Sie doch angerufen. Bei aller persönlichen Betroffenheit – aber ich hätte erwartet, dass Sie früher Nachforschungen anstellen. Wir haben das Zimmer inzwischen neu vermietet.«

Jonas war irritiert. »Sie haben mit der Polizei gesprochen?«

»Ja. Natürlich nicht mit Ihnen persönlich, aber die Kommunikation innerhalb Ihrer Behörde sollte doch klappen.«

»Mit wem haben Sie telefoniert?«

»Mit Hansson.«

»Hier in Östersund?«

»Sicher. Ihr Kollege hat mir gesagt, Herrn Wax' Sachen werden umgehend abgeholt.«

»Hat Herr Hansson noch mehr gesagt?«

»Ja – natürlich. Ich habe gefragt, ob wir das Zimmer neu belegen können. Ich solle es gründlich reinigen, dann stehe einer Neuvermietung nichts im Wege, hat er mir versichert.«

»Wo ist es jetzt?«

Helen Wegmann zeigte über die Schulter in das Backoffice. »Wir haben es dort sichergestellt.«

»Ich nehme es an mich«, entschied Jonas.

»Übernehmen Sie auch die noch offene Rechnung?«, wollte die Hotelchefin wissen.

»Adressieren Sie die an die Reichspolizei Stockholm«, sagte Jonas und griff nach einer Reisetasche.

»Das ist alles«, versicherte Helen Wegmann.

»Kein Notebook?«

»Nein. Mehr war nicht im Zimmer.«

Jonas kehrte in sein Hotelzimmer zurück, öffnete die Leinentasche und breitete den Inhalt auf dem Bett aus. Es war enttäuschend. Er fand nur Kleidung und Kosmetikartikel. Die Tasche barg keine persönlichen oder dienstlichen Gegenstände.

Jonas kehrte noch einmal zur Rezeption zurück. »Da muss noch mehr sein«, erklärte er.

Die Hotelchefin schüttelte den Kopf. »Nein. Mehr lag nicht im Zimmer. Ich war beim Einpacken persönlich anwesend. Für mein Personal lege ich die Hand ins Feuer. Niemand vergreift sich am Eigentum unserer Gäste.«

Jonas rief Tällberg in Stockholm an.

»Kommen Sie voran? Haben Sie Kontakt zur örtlichen Polizei aufgenommen?«, wollte der Polisintendent wissen.

»Ich habe gestern ein erstes Gespräch geführt. Die Ermittlungen stehen noch am Anfang. Warum hat sich niemand dafür interessiert, wo Wax übernachtet hat? Offenbar hat sich auch keiner um sein Gepäck gekümmert.«

»Das wäre Aufgabe der Östersunder gewesen. Es ist deren Versäumnis, wenn das nicht geschehen ist. Haben Sie schon einen Blick in Wax' Unterlagen geworfen? Hat er Aufzeichnungen hinterlassen? Oder kommen Sie nicht an seinen Rechner?«

Jonas berichtete, dass er nur Kleidung und Hygieneartikel gefunden habe.

»Das kann nicht sein«, behauptete Tällberg. »Moment.«

Jonas hörte, wie der Abteilungsleiter mit Signe Holmberg, der Sekretärin, sprach. Es dauerte drei Minuten, bis sich Tällberg wieder meldete. »Wir haben es eben überprüft. Wax hatte ein Notebook, ein Diensthandy, die dazugehörigen Ladegeräte sowie seine Dienstwaffe dabei.«

»Eine SIG Sauer P226«, riet Jonas.

Tällberg bestätigte es. »Nyström. Sehen Sie noch einmal genau nach. Die Sachen können doch nicht verschwunden sein. Haben Sie schon das Auto gefunden? Wax war mit einem dunkelblauen VW-Golf unterwegs.« Es folgte das Kennzeichen.

Jonas versicherte, dass er sich darum kümmern werde. Er suchte die finstere Tiefgarage auf, fand den Dienstwagen und fuhr zum Polizeigebäude.

Ráidnersson sah bei seiner Ankunft demonstrativ auf seine Armbanduhr. »Der frühe Vogel fängt den Wurm«, sagte er zur Begrüßung.

»Ich musste mich um Ihre Versäumnisse kümmern«, entgegnete Jonas. »Weshalb hat sich niemand um Wax' Sachen gekümmert und sie sichergestellt?«

»Das wäre doch Aufgabe Stockholms gewesen«, antwortete der Inspektor. »Sie haben schließlich gewusst, wo Ihr Kollege abgestiegen ist. Hätten Sie uns einen Hinweis zukommen lassen, hätten wir Amtshilfe geleistet.«

»Das ist schlechte Arbeit«, maßregelte Joans den einheimischen Beamten. »Was ist mit der Spurensicherung?«

»Die war doch hier.«

»Die aus Östersund?«

Ráidnersson schüttelte den Kopf. »Sie haben immer noch nicht verstanden, wo Sie hier sind. Östersund hat keinen großen Polizeiapparat. Unsere vorgesetzte Dienststelle ist Umeå. In diesem Fall waren aber die Stockholmer hier.« Der Inspektor lehnte sich zurück. »Wir haben Ihnen gestern berichtet, was wir alles in die Wege geleitet haben. Wollen Sie uns Untätigkeit vorwerfen? Wir sind nur zu zweit.«

»Sie hätten die Aufgaben nach Prioritäten gewichten sollen«, widersprach Jonas. »Wer ist Hansson?«

Ráidnersson blies die Wangen auf. »Woher soll ich das wissen? Er muss zu Ihnen gehören.«

»Nein. Die Hotelchefin hat mit der Polizei telefoniert und mit einem Hansson gesprochen.«

»Aber nicht in Östersund«, behauptete Ráidnersson.

»Doch.«

Der Inspektor schüttelte den Kopf. »Ausgeschlossen. Ich kenne hier jeden Polizeibeamten. Einen Hansson gibt es definitiv nicht.«

»Behaupten Sie, Helen Wegmann lügt? Welchen Grund sollte die Frau haben?«

Ráidnersson zuckte die Schultern. »Fragen Sie sie.«

»Ich möchte von Ihnen wissen, weshalb sich jemand auf dem hiesigen Polizeirevier als Hansson ausgibt und anschließend nichts unternimmt?«

Dem Inspektor stieg die Zornesröte ins Gesicht. »Sie kommen hier aus Stockholm hereingeschneit, unterstellen uns etwas, das Sie nicht beweisen können, bringen Unruhe hinein.«

Jonas holte tief Luft. »Ich habe es Ihnen ja schon klargemacht. Von nun an wird nach meinen Spielregeln vorgegangen. Sie werden zunächst klären, wer sich als Hansson ausgegeben hat. Überprüfen Sie die Aufzeichnungen der eingegangenen Anrufe.«

Ráidnersson lachte höhnisch. »Sie sehen zu viele Fernsehkrimis. Ich habe Ihnen schon zum wiederholten Male erklärt, wo Sie sich hier befinden. Legen Sie nicht Ihre Stockholmer Maßstäbe an.«

»Wollen Sie damit sagen, dass es keine Aufzeichnungen gibt?«

Der Inspektor nickte. »Nur die Alarmmeldungen werden mitgeschnitten. Der Rest nur, wenn der das Gespräch führende Beamte es aufzeichnet.«

Jonas war enttäuscht. Er glaubte der Hotelchefin. Weshalb sollte sie ihm sonst vom Anruf berichten?

Jonas beauftragte den Östersunder, die Suche nach Wax' Computer, Notebook und anderen persönlichen Unterlagen einzuleiten. »Irgendwo müssen die Sachen abgeblieben sein.«

Ráidnersson zeigte sich wieder ein wenig entspannter. »Das ist schwierig, da es keine Anhaltspunkte gibt. Vermutlich hat sich der Täter diese Gegenstände angeeignet. Das würde bedeuten, dass der ermordete Beamte schon Ermittlungsergebnisse erzielt hatte, die auf seinem Rechner dokumentiert waren.«

»Oder der Täter hat es befürchtet. Die verschwundenen Dokumentationen sind ein weiteres Indiz dafür, dass Wax nicht zufällig, sondern gezielt getötet wurde. Er wird sein Notebook kaum zum Rockkonzert mitgenommen haben.«

»Das bedeutet, der Mörder hat es sich nach der Tat geholt«, stimmte Ráidnersson nachdenklich zu.

»Wax hatte seinen Hotelschlüssel bei sich. Der Täter hat ihn sich angeeignet. Nachts wird ihn niemand gesehen haben.«

»Dann sollten wir es auf den Kopf stellen und nach Spuren suchen«, schlug der Inspektor vor.

»Deshalb bin ich so erbost. Der angebliche Hansson hat der Hotelchefin geraten, den Raum gründlich zu reinigen, bevor er neu vermietet wird.«

»Ein Insider, der weiß, wie man Spuren verwischt«, sagte Ráidnersson resigniert.

»Das ist der Grund für meinen Unmut. Sorgen Sie trotzdem dafür, dass die Spurensicherung noch einmal das Zimmer durchsucht. Ich habe Wax' Gepäck im Auto. Auch das sollte analysiert werden.«

Der Östersunder nickte stumm.

Jonas suchte das Rathaus auf und war überrascht, dass er unkompliziert zum Bürgermeister vorgelassen wurde. Abraham Isaksson war ein rotgesichtiger vierschrötiger Mann, den man sich gut als Viehhändler auf einem der traditionellen Märkte des Nordens vorstellen konnte. Er hatte sein Sakko über die Stuhllehne gehängt und reichte Jonas über den Schreibtisch hinweg die Hand. Hand? Es war eher eine Pranke.

»Kriminalpolizei? Aber nicht von hier. Die kenne ich alle«, eröffnete der Bürgermeister das Gespräch.

»Reichspolizei. Stockholm.«

»Ah ja. Sie kommen wegen des schrecklichen Verbrechens, dass nicht nur uns in Östersund, sondern ganz Schweden erschüttert hat. Ich habe an den Reichspolizeichef geschrieben und unser Bedauern darüber ausgedrückt. An Ihre Behörde habe ich einen Brief gerichtet mit der Bitte, ihn an die Hinterbliebenen weiterzuleiten. Die Angehörigen haben unser ganzes Mitgefühl. Den Einwohnern dieser Stadt ist daran gelegen, dass die Tat so schnell wie möglich aufgeklärt und Östersund von diesem Makel reingewaschen wird. Wann immer Sie Hilfe benötigen … Sie haben unsere volle Unterstützung.«

Jonas bedankte sich. »Es gab vor der Veranstaltungen Warnungen, dass das Konzert eventuell nicht friedlich ablaufen würde.«

»Sie finden immer Leute, denen so etwas nicht passt. Sicher. Der Band eilt ein schlechter Ruf voraus. Hardrock mit nationalistischen

Tönen. Wir haben gehört, dass es in anderen Orten Probleme gab, und uns entsprechend vorbereitet. Das hat Wirkung gezeigt. Das eigentliche Konzert war laut, die Besucher haben viel Dreck hinterlassen, aber es ist nicht aus dem Ruder gelaufen. Für diese Art von Events war es eine friedliche Veranstaltung. Sorry, den Mord zähle ich natürlich nicht dazu.«

»Sie hatten keine Sorge, dass es zu Krawallen und Exzessen kommt?«

Isaksson wiegte den Kopf. »Wir haben im Stadtrat darüber diskutiert. Ich will nicht verhehlen, dass es auch ablehnende Stimmen gab. Wir haben überlegt, ob wir der Band die Auftrittsgenehmigung versagen sollen. Zu diesem Zeitpunkt war die Absicht des Bandmanagements, in Östersund ein Konzert zu geben, aber schon publik geworden. Sie haben sicher vom bekannten Storsjöyran-Musikfestival gehört, das jährlich Ende Juli stattfindet. Das ist aber nicht mit der Band Bad Revolution vergleichbar. Die Jugend hat sich auf die Abwechslung gefreut. Sie hätte rebelliert, wenn wir die Erlaubnis versagt hätten. So waren wir fast gezwungen, die Genehmigung zu erteilen. Das war jetzt ein bisschen aus dem Nähkästchen geplaudert. Ich habe übrigens im Vorfeld mit meinen Amtskollegen in den anderen Städten gesprochen, in die die Tournee von Bad Revolution noch führen wird. Alle haben es ähnlich gesehen wie wir. Ich kann nur hoffen, dass sich ein solch trauriges Ereignis wie bei uns nicht wiederholen wird.«

»In Umeå gab es ein Todesopfer zu beklagen«, warf Jonas ein.

Isaksson nickte bedächtig. »Natürlich haben wir davon gehört. Ein junges Mädchen. Eine Drogentote. In unseren Schulen und Jugendeinrichtungen führen wir Präventionsprogramme durch und warnen vor dem Konsum von Drogen, Alkohol und Nikotin.« Der Bürgermeister breitete die Hände aus. »Leider erreichen wir nicht alle. Es ist ein schwacher Trost, wenn die Szene bei uns nicht so ausgeprägt ist wie bei Ihnen in Stockholm oder im Süden des Landes. Deshalb sind wir aber noch lange nicht eine Insel der Glückseligkeit. Ich kann

Ihnen versichern, dass die hiesige Polizei alles Erdenkliche unternimmt, um das Problem in den Griff zu bekommen. Obwohl überall auf unseren Straßen Schilder stehen, die auf Gefahrenstellen hinweisen und ganz Schweden von Radaranlagen überzogen ist, haben wir in jedem Jahr viele Todesopfer im Straßenverkehr. Jeder weiß, dass bestimmte Verhaltensweisen am Steuer gefährlich oder gar tödlich sein können. Trotzdem. So ähnlich verhält es sich mit dem Drogenkonsum.«

»Mit welchen Kollegen haben Sie zum Thema Auftrittsverbot gesprochen?«, wollte Jonas zum Abschluss wissen.

Der Bürgermister streckte den Daumen der rechten Hand empor. »Sundsvall. Dort soll heute ein Konzert stattfinden.« Dann folgte der Zeigefinger. »Mora. Linköping. Växjö. Malmö.« Für das letzte Tourziel nahm er den linken Daumen zu Hilfe. »Und der Abschluss soll in Jönköping stattfinden.«

»Da fehlen ein paar große Städte«, stellte Jonas fest.

»Mit der Frage habe ich mich nicht auseinandergesetzt. Das interessiert mich auch nicht. Wir haben mit unserer kleinen Welt hier genug zu tun. Auf Südsamisch heißt unsere Stadt Staare, das heißt übersetzt ›die große Stadt‹. Das besagt alles.«

»Korrekterweise müsste man auf Südsamisch Luvlieluspie sagen«, ergänzte Jonas.

Der Bürgermeister sah ihn überrascht an. »Ich staune. Woher wissen Sie das? Die Hauptstadtschweden kennen normalerweise nur Stockholm und den Weg zu ihrem Sommerhaus auf den Schären. Die anderen Provinzen sind unbekanntes Terrain, schon gar der Norden.«

»Sie unterschätzen unsere Landsleute«, sagte Jonas und verabschiedete sich mit einem kräftigen Händedruck.

Isaksson begleitete ihn bis zur Tür. »Mein Angebot gilt«, rief er dem Kommissar hinterher. »Wir leisten jede denkbare Unterstützung.«

Jonas setzte sich ins Auto, ohne den Motor zu starten. Wenn der Täter Wax' Computer und Handy mitgenommen hatte, befürchtete er, dass der Inspektor bereits Ermittlungsergebnisse erzielt hatte. Folglich war Tällbergs Idee, Wax als Beobachter zum Konzert nach Östersund zu schicken, richtig. Es musste einen Zusammenhang mit der Drogenszene geben, auch wenn der Bürgermeister und die einheimischen Kripobeamten das Problem kleinreden wollten. Im benachbarten Umeå war ein junges Mädchen ein Opfer des Drogenkonsums geworden. Jonas rief Tällberg an und musste dem Polisintendenten zunächst einen aktuellen Zustandsbericht übermitteln. Anschließend bat er um Zusendung aller vorliegenden Informationen zum Drogenopfer. Dann steuerte er eine Tankstelle an und machte sich auf den Weg nach Umeå. Die ehemalige europäische Kulturhauptstadt war nicht nur die am schnellsten wachsende Stadt Schwedens, sondern auch die größte im Norden des Landes. Die quirlige Provinzhauptstadt war zudem Sitz der Polizeiregion Nord, der auch Östersund zugeordnet war.

Jonas benötigte über vier Stunden. Er nahm den Umweg über Härnösand in Kauf und ersparte sich dafür den Weg über kleine, zum Teil unbefestigte Nebenstrecken. Kurz vor seinem Ziel steuerte er einen Parkplatz an. Tällberg hatte die erbetenen Informationen geschickt.

Die Schülerin Alicia Högholt war sechzehn Jahre alt, als sie an einer Überdosis starb. Die Vermutung Dr. Forsbergs zielte auf den Konsum von Gamma-Hydroxybuttersäure, das in der Drogenszene als Liquid Ecstasy bekannt ist.

Jonas schüttelte den Kopf. Ob die Konsumenten wussten, dass GHB aus einem industriellen Lösungsmittel gewonnen wird? War den jungen Leuten, die auf Partys Liquid Ecstasy nahmen, klar, dass der Grundstoff als Reinigungsmittel für Graffiti benutzt wurde? Man könnte auch acetonfreien Nagellackentferner trinken.

Das Fatale an GHB war, dass es nur kurze Zeit im Körper nachweisbar war. Im vorliegenden Fall war der Stoff mit Codein angereichert worden, eine fatale Kombination. GHB wurde auch in Form von K.o.-Tropfen missbraucht. Die Jugend nahm es aufgrund der stimmungsaufhellenden Wirkung. Es enthemmte und steigerte die Kontaktfreudigkeit. Negative Folgen waren Koordinationsstörungen, fallende Herzfrequenz und sinkender Blutdruck. In der Kombination mit Codein, einem leichten Opiat, verstärkte sich die Atemdepression. Das war auch die Todesursache bei Alicia Högholt gewesen.

Jonas startete den Motor und fuhr in die Stadt hinein.

Die Familie Högholt wohnte in der Fiskegränd.

In der schmalen Wohnstraße standen ein halbes Dutzend Mehrfamilienhäuser. Auf den ersten Blick war ersichtlich, dass hier nicht der Reichtum beheimatet war.

Im Unterschied zu den für Nordschweden typischen Holzfassaden war die gesuchte Adresse in einem älteren Haus mit einer ockerfarbenen Putzfassade untergebracht. Die Fensterrahmen bedurften eines neuen Anstrichs, die auf die Hauswand geschraubten Telefonverteilerkästen waren keine Augenweide. Jonas parkte direkt vor dem Gebäude in einer Reihe mit älteren Fahrzeugen. Nur einen Steinwurf entfernt hatte man schicke Atriumbungalows gebaut, hinter denen sich eine offene Grünfläche ausbreitete, die zum Fluss hinunterführte, der Umeå durchschnitt.

Er klingelte an der Haustür im Obergeschoss und trat einen Schritt zurück. Entsprechend schwedischen Gepflogenheiten öffnete sich die Tür nach außen. Eine Frau in einem schlichten grauen Wollkleid öffnete und sah ihn fragend an.

»Kommissar Nyström.« Er suchte nach Worten des Bedauerns und des Mitgefühls. Dann bat er, den Eltern ein paar Fragen stellen zu dürfen. Frau Högholt führte ihn ins Wohnzimmer. Ein Mann mit einer Stirnglatze stand auf und reichte Jonas die Hand.

»Der Kommissar möchte uns noch ein paar Fragen stellen«, erklärte die Mutter und deutete auf einen Sessel mit Blümchenbezug.

»Wir möchten nicht nur den Täter fassen, sondern auch das Netzwerk, das dahintersteht«, erklärte Jonas. »Deshalb haben wir von der Reichspolizei aus Stockholm uns eingeschaltet. Ich weiß, es ist schwer für Sie, insbesondere in dieser Stunde, wenn ich Sie um Mithilfe bitte. Aber vielleicht können Sie helfen, dass anderen Eltern und deren Kindern das gleiche Schicksal erspart bleibt.«

Der Vater nickte stumm, während die Mutter leise schluchzte.

»War Alicia Ihr einziges Kind?«

»Nein. Sie hat noch eine Schwester. Unsere Kleine ist dreizehn und war ziemlich sauer auf meine Frau und mich, weil wir ihr nicht erlaubt haben, ebenfalls zum Konzert zu gehen. Seitdem fragen wir uns, ob Alicia vielleicht noch leben würde, wenn ihre Schwester dabei gewesen wäre.«

In Jonas entbrannte eine ohnmächtige Wut auf die skrupellosen Drogendealer. Er dachte an seine beiden Töchter. Als Vater hätte er Annika auch die Genehmigung erteilt – erteilen müssen. Man konnte den Kindern nicht alle Freuden versagen.

»Sie sollten sich keine Vorwürfe machen«, versuchte er den Eheleuten die Schuldgefühle auszureden und erwähnte, dass er auch Vater zweier Töchter sei.

»Alicia war immer so lebenslustig. Jeder mochte sie.« Der Vater hob die Hand. »Sie hatte große Pläne und wollte studieren. Hier in Umeå. Und jetzt so etwas.« Er kämpfte mit den Tränen.

»Wo fand das Konzert in Umeå statt?«

»Direkt im Zentrum«, erzählte Herr Högholt. »Vor dem Rathaus. Es wurde lange überlegt, ob es überhaupt genehmigt werden sollte. Umeå hat eine aktive Musikszene. Das ist attraktiv für junge Leute. Überhaupt ist es eine junge Stadt«, sagte der Vater. »Das liegt an der beliebten Universität. Alicia wollte auch dort studieren. Wir sind nicht sehr wohlhabend.« Wie um das zu unterstreichen, ließ er seinen Arm kreisen, als wolle er damit den Blick auf die einfache Einrichtung lenken. »Von hier stammen viele Hardcorebands. Vielleicht kennen Sie ›Refused‹, aber auch ›AC4‹, ›Cult of Luna‹, ›Final Exit‹ …«

»Danke«, unterbrach Jonas den Mann. »Bad Revolution stammt aber nicht aus Umeå.«

Högholt schüttelte den Kopf. »Das nicht, aber die Jungs sind bekannt. Sie haben fast Kultstatus. Alicia und ihre Freundinnen haben sich auf das Konzert gefreut. Sie sind mit einer ganzen Gruppe dorthin. Deshalb haben wir als Eltern auch keine Bedenken gehabt. Sie war sechzehn und kein kleines Kind mehr.«

»Wissen Sie, mit wem sie unterwegs war?«, wollte Jonas wissen.

»Ja«, mischte sich die Mutter mit belegter Stimme ein und räusperte sich.

»Können Sie mir die Namen nennen?«

»Nicht alle. Aber Toril Petersson war mit Sicherheit dabei. Sie ist ... war«, korrigierte sie sich, »Alicias Freundin. Die beiden waren unzertrennlich. Toril ist am Sonnabend bei uns vorbeigekommen und hat unsere Tochter abgeholt. Dann sind beide zusammen zum Konzert.«

»Hatte Alicia einen Freund?«

»So richtig?«, fragte die Mutter und fuhr fort, nachdem Jonas genickt hatte: »Zum Freundeskreis gehörten auch Jungen. Aber einen festen Freund ... Nein, davon weiß ich nichts.«

»Hatte Ihre Tochter Geheimnisse? Ist Ihnen in letzter Zeit eine Veränderung an ihr aufgefallen? Haben Sie gewusst oder geahnt, dass sie Drogen konsumiert?«

»Was wollen Sie damit sagen?« Herr Högholt hatte sich in seinem Sessel aufgerichtet. Er funkelte Jonas zornig an. »Meine Tochter ... so was hat sie nicht gemacht. Davon bin ich überzeugt. So war sie nicht.«

»Wenn da etwas war, haben wir es nicht mitbekommen«, schwächte die Mutter ab. »Ich glaube es aber nicht. Zu unserem Leidwesen hat sie geraucht. Nicht zu Hause. Das haben wir verboten. Aber – mein Gott – Sie können einem jungen Menschen nicht ständig hinterherspionieren. In dem Alter probiert man manches aus. Ich habe es an der Kleidung gerochen«, sie warf ihrem Mann einen Blick zu, »und, ja, sie hat auch mal etwas getrunken.«

»Erzähle nicht so was«, schrie ihr Mann, so dass Frau Högholt zusammenzuckte. »Alicia war ein anständiges Mädchen.«

»Daran zweifelt niemand«, mischte sich Jonas ein. »Es gehört aber zum Erwachsenwerden dazu, dass man auch einmal Alkohol probiert«, baute er dem Vater eine Brücke.

»Kann sein«, murmelte Herr Högholt leise.

»Darf ich mir Alicias Zimmer ansehen?«, fragte Jonas.

Der Vater schüttelte den Kopf. »Sie sehen selbst: Wir sind einfache Leute und leben in bescheidenen Verhältnissen. Die Mädchen mussten sich ein Zimmer teilen. Das ist schwierig für eine Sechzehnjährige, auch wenn die beiden sich immer gut vertragen haben. Die Kleine hat sich ins Kinderzimmer zurückgezogen. Ich möchte sie jetzt nicht stören. Sie kämpft immer noch mit dem Verlust.«

Jonas verstand es. »Wie kann ich Toril erreichen?«

Die Mutter stand auf. »Ich habe ihre Handynummer. Soll ich sie anrufen? Ich glaube, es ist besser, wenn ich zunächst mit Toril spreche. Wenn Sie mir Ihre Mobilnummer geben, rufe ich Sie anschließend an.«

Jonas willigte ein. Dann verabschiedete er sich von den Eltern und wünschte ihnen viel Kraft für die nächste Zeit. Es würde lange dauern, bis der tiefsitzende Schmerz über den sinnlosen Verlust des Kindes nachlassen würde. Die traurigen Erinnerungen würden ewig bleiben.

Er verließ das Wohngebiet, überquerte auf der großen Brücke den Fluss Umeälven, bog an der sehenswerten Stadtkirche links ab und folgte den Hinweisschildern zu einem Parkplatz.

Weshalb hat man das Konzert direkt im Stadtzentrum stattfinden lassen?, fragte er sich. Umeå verfügte über viele Parks und Grünflächen. Außerdem hätte man auf große zentrumsnahe Freiflächen am Flussufer ausweichen können. Vermutlich hatten die Verantwortlichen in der

Stadt ähnliche Zweifel gehabt wie Bürgermeister Isaksson in Östersund.

Das Rathaus war ein reichverzierter Ziegelbau an der Kopfseite des Markplatzes. Auf dem Platz herrschte reges Treiben. Zahlreiche Händler hatten ihre Stände aufgebaut. Über Obst und Gemüse, Fleisch und Käse, südländische Spezialitäten bis zu Textilien gab es ein breitgefächertes Angebot. Jonas war erstaunt über die vielen nordafrikanischen Händler. Bis in deren Heimat war es weiter als von hier bis zum Nordpol. Und das Nordkap war auch näher als Schwedens Süden.

Jonas sah sich um. Er wusste nicht, wo man Alicia aufgefunden hatte. Auskünfte hätte ihm die örtliche Polizei erteilen können. Zunächst versuchte er, Tällberg zu erreichen.

»Ich bin in Umeå und habe mit den Eltern des toten Mädchens gesprochen«, begann er. »Ich vermute Zusammenhänge. Möglicherweise hat Johan Wax die auch entdeckt.«

»Auf diese Idee sind wir auch schon gekommen«, bestätigte Tällberg, »und haben Kontakt zum Polizeibezirk Nord aufgenommen.«

»Haben die Interessantes herausgefunden?«, wollte Jonas wissen.

Tällberg lachte bitter auf. »Die nicht, aber ich. Die Leute im Norden sind oft ein wenig sonderbar. Jedenfalls hat die Kriminalabteilung in Umeå uns jegliche Unterstützung versagt.«

»Das kann doch nicht wahr sein«, empörte sich Jonas. »Man sollte meinen, alle Polizisten Schwedens hätten ein gemeinsames Interesse daran, einen so brutalen Mord an einem Kollegen aufzuklären.«

»Das spricht den dortigen Beamten niemand ab. Das Problem ist wohl eher die Amtsleitung. Polismästare Jakob Eklund …«

»Also der Polizeioberintendent«, fuhr Jonas dazwischen.

»Das ist der Kripochef für den Polizeibereich Nord. Eklund hat sich jede Einmischung verbeten. Es sei nicht Aufgabe der Stockholmer Reichspolizei, sich um jeden Drogentoten im Norden zu kümmern, schon gar nicht, wenn es keine Hinweise auf einen Zusammenhang mit dem Polizistenmord gebe. Außerdem würden seine Leute in Östersund …«

»Er meint damit Inspektor Ráidnersson und Kriminalassistent Agssagssak. Das ist die ganze Kripostreitmacht«, unterbrach Jonas seinen Vorgesetzten.

»Die würden mit Hochdruck an der Aufklärung des Mordes arbeiten.«

»Nicht zu vergessen der Polizist Hansson.«

»Wer ist das?«, wollte Tällberg wissen.

»Der führt einen bei der schwedischen Polizei sehr seltenen Dienstgrad: Phantom.« Jonas berichtete dem Polisintendenten von dem mysteriösen Beamten, der den Anruf der Hotelchefin entgegengenommen haben sollte.

»Nyström, seien Sie vorsichtig. Das Ganze scheint mehr als gefährlich zu sein. Ich habe den Verdacht, dass die Täter möglicherweise Verbindungen zur Polizei haben. Warum hat Eklund mir nicht sagen wollen, ob Johan Wax mit der Polizei in Umeå gesprochen hat? ›Sie müssen doch selbst wissen, was Ihre Leute treiben‹, hat Eklund mir vorgeworfen. Sie wissen, dass ich meinen Mitarbeitern viele Freiheiten einräume, da ich mich auf sie verlassen kann. Ich bin in einer ungünstigen Position. Wenn ich die Auseinandersetzung mit Eklund eskalieren lasse, müsste ich mir vorwerfen lassen, uninformiert zu sein. Das würde man mir als Führungsschwäche auslegen. Ich würde aber ungern nur wegen eines Ekelpakets wie Eklund die Atmosphäre vergiften. Glauben Sie, Sie können auch ohne Unterstützung der Kriminalpolizei aus Umeå weiterkommen?«

»Ich werde es versuchen«, versprach Jonas und legte auf. Es waren ungünstige Voraussetzungen für die weiteren Ermittlungen, wenn man auch noch auf die Befindlichkeiten von Provinzfürsten Rücksicht nehmen musste. Er prüfte die Mobilbox seines Handys. Dort war keine Nachricht eingegangen. Ob er Alicias Eltern anrufen sollte?

Er schlenderte durch die Fußgängerzone, die wie in vielen anderen

Städten ihren Namen zu Ehren des Königs trug. Eine Vielzahl von kleinen Geschäften bot ein breites Angebot. Es waren nicht die Läden der Ketten, sondern auch zahlreiche inhabergeführte Geschäfte, die zur Lebendigkeit der Innenstadt beitrugen. So bunt wie das Warenangebot war auch die Architektur. Hübsche Holzhäuser, wie sie überall auf der Welt mit Schweden verbunden wurden, wechselten sich mit einfallslosen Betonklötzen ab. Das triste Grau der Gehwegplatten wurde durch die vielen Bäume aufgelockert, die die Straße im kurzen nordischen Sommer in ein frisches Grün tauchten. Jetzt standen die alleenartig gepflanzten Bäume in einem atemberaubend bunten Farbenkleid. Jonas fielen die zahlreichen Fahrräder auf, die in Massen in der Fußgängerzone abgestellt waren.

Er erschrak, als der Vibrationsalarm ein Gespräch ankündigte. Rasch kramte er das Handy aus der Hosentasche. Alicia Högholts Mutter war am Apparat.

»Ich habe mit Toril gesprochen«, sagte die Frau schüchtern. »Sie sagte, die Polizei hätte sie schon vernommen. Sie fragte, ob es wirklich noch mal sein müsse. Ich habe ihr allerdings erklärt, dass sich auch ein Polizist aus Stockholm in die Ermittlungen eingeschaltet habe. Wenn Sie möchten, können Sie Toril in der neuen Konditorei treffen. Dort wartet sie jetzt auf Sie.«

»Wo finde ich das Café, und wie heißt es?«, fragte Jonas.

»Es heißt wirklich ›Neue Konditorei‹. Sie können es nicht verfehlen. Es liegt direkt in der Fußgängerzone.«

»Danke. Ihnen alles Gute«, sagte Jonas und legte auf.

Er fand das Café und lächelte. Die »Neue Konditorei« konnte auf eine Tradition seit 1927 zurückblicken. Im Erdgeschoss befand sich der Verkaufstresen. Eine Treppe führte in das Café. Oben war es plüschig, eng und voll. Senioren hatten sich zum Kaffeeklatsch eingefunden, Familien mit Kindern saßen an den Tischen, Frauen hatten vollgepackte Einkaufstüten neben sich abgestellt, und auch die Jugend war zahlreich vertreten. An einem Tisch im hinteren Bereich saßen drei junge Mädchen, die im Unterschied zu den anderen Gästen nicht in eine lebhafte Unterhaltung verstrickt waren, sondern wie gebannt die Neuankömmlinge musterten. Jonas ging auf sie zu.

»Hej. Ich suche Toril«, sagte er.

Ein blasses Mädchen mit langen blonden Haaren hob vorsichtig den Finger, als würde sie sich in der Schule zu Wort melden. »Das bin ich.«

»Jonas Nyström, Polizei Stockholm«, stellte er sich vor und nahm Platz, nachdem er um Erlaubnis gefragt hatte.

»Ihr – darf ich du sagen? – kanntet Alicia?«

Die drei Mädchen nickten. »Lotta, Alicia und ich gingen in eine Klasse. Jytte gehört auch zu unserem Freundeskreis«, sagte Toril und zeigte auf eine pummelige junge Frau mit giftgrünen Haaren.

»Ihr habt viel gemeinsam unternommen?«

Alle drei nickten wieder

»Und wart auch zusammen bei dem Konzert?«

Jetzt schüttelte Jytte den Kopf. »Ich nicht. Mein Vater ist Förster. Wir wohnen mitten im Wald bei Kassjön. Dorthin fährt abends kein Bus mehr. Und mich von anderen nach Hause bringen lassen … Das erlauben meine Eltern nicht.«

»Die meisten Besucher waren euch bekannt«, begann Jonas.

Lotta schüttelte den Kopf. »In einer Stadt wie unserer kennt man viele von der Schule. Auch so begegnet man sich oft. Es waren aber auch Leute da, die wir nicht kannten.«

»Junge Leute?«

Lotta überlegte kurz. »Überwiegend. Aber auch ein paar Ältere.«

»Was versteht ihr unter Älteren?«, wollte Jonas wissen.

»Na – so um die dreißig.« Lotta wurde bewusst, mit wem sie sprach. »Entschuldigung.« Sie hielt sich erschrocken eine Hand vor den Mund. »Ich meine, aus unserer Perspektive ist das eine andere Generation. Mit dreißig geht man nicht mehr in die Schule.«

»Doch«, kicherte Jytte, »die Lehrer.« Jetzt lachten alle drei.

Jonas nahm einen Schluck von dem Cappuccino, der inzwischen gebracht worden war.

»Ich habe eine wichtige Frage an euch. Vergessen wir mal kurz, dass ich Polizist bin. Seid ihr schon einmal mit Drogen in Berührung gekommen?«

Plötzlich herrschte betretenes Schweigen am Tisch. Die drei Mädchen sahen angestrengt in andere Richtungen. Toril malte unsichtbare Figuren auf die Tischplatte.

»Ich interessiere mich nicht für eure …«, er suchte nach einem passenden Ausdruck, »… Neugierde.« Er hielt die Hand in knapp über einen Meter Höhe. »Als ich so groß war, habe ich meinem Vater eine Zigarette gestohlen, um es auszuprobieren. Heute bin ich Nichtraucher.«

»Na ja«, druckste Toril herum, »neugierig waren wohl schon viele.«

»Bands wie Bad Revolution treten nicht oft in einer Stadt wie Umeå auf. Außerdem ist der Eintritt teuer. Man möchte ja auch was davon haben.«

Die drei Mädchen sahen ihn erstaunt an.

»Ich war auch einmal jung, unter dreißig«, ergänzte Jonas und grinste spöttisch. »Natürlich hat man in jungen Jahren eine bessere Kondition bei Feiern als wir Alten. Wenn es aber um einen herum so richtig fetzt, möchte man nicht schlappmachen. Da ist die Versuchung groß, etwas nachzuhelfen.«

»Na ja«, murmelte Lotta kleinlaut. »Vielleicht kennt man jemanden, der ein paar Muntermacher dabeihat. Das ist aber alles harmlos. Das Zeug nehmen viele Erwachsene, wenn sie Stress bei der Arbeit haben.«

»Alicia auch?«

»Die war nicht wirklich fit. Sie hatte Husten«, sagte Jytte.

»Bitte?« Jonas war hellhörig geworden. »Hat sie etwas dagegen genommen?«

»Ja«, mischte sich Toril ein. Dann färbte sich ihr Gesicht flammend rot. »Ich habe ihr Hustensaft von uns mitgebracht. Davon hat sie einen ordentlichen Schluck genommen.«

Hustensaft, überlegte Jonas, enthält oft Codein. Im Bericht, den Tällberg ihm geschickt hatte, äußerte Dr. Forsberg die Vermutung, dass die Kombination aus Gamma-Hydroxybuttersäure und Codein letal gewirkt hat. Musste Alicia sterben, weil sie Husten hatte? Er verschwieg den Mädchen seine Vermutung. »Eure Freundin hat GHB geschluckt«, sagte er stattdessen. »Das ist der Grundstoff, aus dem unter anderem auch Liquid Ecstasy gewonnen wird. Wenn das in einem schmutzigen Hinterhoflabor produziert wird, kann das noch weitreichendere Folgen haben, als der Konsum ohnehin mit sich bringt. Wisst ihr, dass GHB ein Lösungsmittel ist, mit dem Graffitis beseitigt werden? So etwas hat man euch zum Konsum angeboten.«

Das Erschrecken war den Mädchen deutlich anzusehen. Toril hatte sich als Erste gefasst. »Wir«, dabei stieß sie Lotta an, »haben davon nichts genommen.«

»Und Alicia?«

»Also«, stammelte Lotta und sah hilfesuchend ihre Freundinnen an.

»Sag es«, ermunterte Jytte sie. »Alicia ist tot.«

»Alicia war schon lange hinter Peder her gewesen. Der ist auch bei uns in der Schule und macht nächstes Jahr Abitur«, sagte Lotta. »Anscheinend hat er es aber nicht begriffen …«

Sie wurde von Toril unterbrochen: »Typisch Jungs. Die sind immer so begriffsstutzig.«

»Da war ein Typ auf dem Konzert«, fuhr Lotta fort. »Der war nicht von hier.«

»Das war ein Russe«, fuhr Jytte dazwischen. »Bestimmt.«

»Ich weiß nicht. Aber der kam wirklich von woanders her. Jedenfalls hatte den noch niemand von uns gesehen. Der schlich so merkwürdig durch die Gegend. Ein bisschen unheimlich kam er uns vor.

Der hat sich an Alicia rangemacht. Sie wollte aber nicht. Schließlich hat sie ihm gesagt, dass sie mit ihrem Freund auf dem Konzert sei. Sie meinte damit Peder. Daraufhin ist der Russe weitergezogen. ›Er hat mir einen schönen Abend gewünscht‹, hat Alicia uns erzählt, ›und mir etwas gegeben, das mich unwiderstehlich macht.‹«

»Was meinte sie damit?«, wollte Jonas wissen.

»Keine Ahnung. Vermutlich irgend so ein Zeug, das enthemmt«, vermutete Lotta.

»Hat Alicia dafür bezahlt?«

Toril sah ihn erstaunt an. »Sicher. In welcher Welt leben Sie denn? Auf jeder Party und in jedem Club laufen Typen herum, die was verkaufen.«

»Kennt man die in der Stadt?«

»Ja, es sind immer dieselben. Die lungern auch vor der Schule herum.«

»Auch der Russe?«

»Nein«, widersprach Lotta. »Da waren zwei. Ich habe zufällig mitbekommen, wie einer von denen den Bock geschnappt und zur Seite gezogen hat.«

»Wer ist der Bock?«

»Keine Ahnung, wie der richtig heißt. Das ist jedenfalls einer von den Kleindealern, die das Zeug hier in Umeå verticken. Der wohnt in einem Wohnblock in der Sofiehemsvägen. Das ist nicht weit vom Krankenhaus entfernt. Alle nennen ihn den Bock, weil er stets so tut, als wäre jedes Mädchen auf ihn scharf. Ein fürchterlicher Angeber. Jedenfalls ist der Bock auf und davon.«

»Bist du dir sicher?«, fragte Jonas.

»Bestimmt«, versicherte Lotta.

Das deckte sich mit den Beobachtungen, die die Streifenpolizisten in Östersund gemacht hatten. Auch dort war einer der örtlichen Dealer vom Veranstaltungsort geflüchtet.

»Und was ist dann passiert?«, wollte Jonas wissen.

Keines der Mädchen antwortete.

»Bitte«, sagte Jonas.

Toril fasste sich ein Herz. »Das Zeug von dem Russen hat gewirkt. Alicia war komplett aufgedreht. Die ist auf Peder los und hat sich total an ihn rangemacht. Der wusste gar nicht, was los war.«

»Sind die beiden zusammen gegangen?«

»Nein. Peder ist irgendwann weg. Das hat Alicia aber nicht gestört. Die hat getanzt wie eine Wahnsinnige. So haben wir sie noch nie erlebt. Ich habe noch Ausschau nach einem der Russen gehalten. Von dem Zeug wollte ich auch etwas.«

»Waren noch mehr Leute so enthemmt?«

»Ganz viele«, bestätigte Lotta. »Die müssen von dem Zeug Unmengen unter die Leute gebracht haben.«

»Und Alicia?«

»Die ist plötzlich weg. Ich habe ihr hinterhergerufen. ›Komm gleich wieder‹, hat sie gesagt. Das war das Letzte, was ich von ihr gehört habe«, berichtete Toril. »Ich habe gedacht, ihr ist schlecht. Sie ist dann am Rathaus vorbei.«

»Wo geht es dorthin?«

»Auf der Rückseite des Rathauses ist ein kleiner Park, der heißt sogar Rathauspark. Er führt zum Fluss hinunter. Dort gibt es auch eine Bühne, auf der manchmal Veranstaltungen stattfinden, allerdings kleinere. Da war ja alles dunkel. Am nächsten Tag hat man sie da gefunden.« Toril schluckte heftig und begann, leise zu weinen. »Wenn ich ihr bloß nachgegangen wäre oder nach ihr gesehen hätte. Vielleicht würde sie jetzt noch leben. Ich mache mir Vorwürfe.«

Jonas versicherte ihr, dass sie keine Schuld treffe. Er händigte den Mädchen seine Karte aus und bat sie, ihn zu verständigen, falls ihnen noch etwas einfiele. Dann übernahm er die Rechnung und verließ das Café.

Jonas verzichtete darauf, den Park aufzusuchen. Er war sich sicher, dass er dort keine weiteren Informationen vorfände. Auf dem Weg zu seinem Auto rief er Ráidnersson an und bat den Inspektor, der Kripo in Umeå den Tipp mit dem »Bock« zu geben.

»Woher wissen Sie das?«, fragte der Östersunder.

»Gute alte Ermittlungsarbeit«, wich Jonas aus. »An diesem Beispiel sehen Sie, dass ich an einer kooperativen Zusammenarbeit interessiert bin. Gibt es bei Ihnen was Neues?«

»Nein«, erwiderte Ráidnersson. »Wir werten weiter die Filme in den sozialen Medien aus. Unser Aufruf an die Besucher des Konzerts, sich mit ihren Beobachtungen bei uns zu melden, war bisher ergebnislos. Wir haben auch mehrfach versucht, Melker Evaldsson zu erreichen. Sie erinnern sich, das ist der Kleindealer, der untergetaucht ist.«

»Da scheint Methode hinterzustecken«, erklärte Jonas und berichtete von dem ähnlichen Phänomen in Umeå.

Dann machte er sich auf den Rückweg. Er würde Östersund nicht mehr im Hellen erreichen. Bewusst wählte er den Weg über Dorotea und lächelte. »Ich muss aufpassen«, sagte er zu sich selbst. »Sonst verpasse ich, nach hundertachtzig Kilometern links abzubiegen.«

Er genoss die Fahrt durch die lange Dämmerung, die Einsamkeit Nordschwedens, die tiefen, dunklen Wälder mit den leichten Steigungen. Ihm kamen nur wenige Autos entgegen, und er passierte wenige Dörfer. Alle Schilder wiesen auf Dorotea hin. Wer zum ersten Mal die Strecke fuhr, war erstaunt, dass der Ort nur eineinhalbtausend Einwohner hatte. Er lag ungefähr auf der Hälfte der Distanz nach Östersund. Unterwegs telefonierte er mit Liv, musste sich dann wieder auf die zum Teil nur geschotterte Straße konzentrieren. Er atmete durch, als ein Schild ankündigte, er sei jetzt in Lappland. Zu später Stunde erreichte er das wie ausgestorben wirkende Östersund.

Er bereute es, unterwegs nicht an einem Supermarkt gehalten zu haben. Selbst das Burger-Restaurant am Marktplatz war geschlossen. Frustriert zog er sich in sein Hotel zurück.

·SECHS·

Jonas hatte die Hotelchefin gefragt, ob sich noch jemand von der Polizei bei ihr gemeldet und nach Johan Wax' Sachen gefragt habe. Das war nicht der Fall gewesen.

Am Eingang zum Polizeigebäude saß heute eine andere Beamtin. Er ließ das Zutrittsprocedere über sich ergehen und war nicht überrascht, dass Ráidnersson ihn bereits erwartete.

Jonas nahm unaufgefordert Platz, nachdem sie sich mit einem »Hej« begrüßt hatten.

»Haben Sie inzwischen den Kollegen Hansson gefunden?«, fragte Jonas, sich der Spitze bewusst.

»Im Unterschied zur Stockholmer Reichspolizei sind wir hier nicht überbesetzt«, erwiderte der Inspektor gereizt. »Wir können uns gern nutzlosen Dingen wie dieser zuwenden und dabei andere Spuren außer Acht lassen.«

»Als nutzlos erachte ich das durchaus nicht«, sagte Jonas. »Es ist ein merkwürdiger Zufall, dass sich jemand auf dem Polizeirevier mit falschem Namen meldet. Das ist kein dummer Streich.« Dann berichtete er von seinem Besuch in Umeå. »Es wäre gut, wenn wir bald mit Evaldsson sprechen könnten. Vielleicht bestätigt er unseren Verdacht, dass sich auswärtige Dealer breitmachen wollen.«

»Ihre Vermutung zielt auf die Konzerte von Bad Revolution in Umeå und in Östersund ab. Das heißt, eine neue Organisation versucht, sich zu etablieren und die örtlichen Strukturen zu übernehmen.«

»Nicht unbedingt«, widersprach Jonas. »Weder in Umeå noch in Östersund finden Sie lukrative Märkte. Wenn jemand groß ins Geschäft einsteigt, macht er das in den Städten wie Stockholm, Göteborg und Malmö. Egal wo – es ist ein Verdrängungswettbewerb und die Platzhirsche werden nicht widerstandlos das Feld räumen. Im Augenblick wissen wir nur, dass die unbekannten Dealer im Gefolge der Band aufgetreten sind.«

»Man sollte deren Umfeld näher betrachten«, schlug Ráidnersson vor. »Bad Revolution tritt heute Abend in Sundsvall auf.« Der Inspektor stand auf und verließ wortlos den Raum. Kurz darauf kehrte er mit zwei Tassen Kaffee wieder und stellte eine vor Jonas ab. »Ich werde mit Sundsvall sprechen.« Er nahm einen Schluck und streckte die Hand zum Telefon aus. Dann besann er sich. »Das überlasse ich lieber Jakob Eklund. Schließlich ist er unser Chef. Er mag es nicht, wenn er etwas nicht mitbekommt.«

Ráidnersson betätigte eine Kurzwahl, musste dreimal seinen Wunsch wiederholen, den Polismästare zu sprechen und hatte ihn schließlich am Apparat. Der Inspektor berichtete von der Vermutung und äußerte die Bitte, dass Sundsvall hinsichtlich dieses Verdachts aktiv werden solle.

Jonas verstand nicht, was Eklund antwortete, aber der Inspektor verzog das Gesicht, als hätte er in eine saure Zitrone gebissen. In einer kurzen Gesprächspause versuchte der Inspektor erneut, die Verdachtsmomente vorzutragen, brach aber mitten im Satz ab.

»Ja, Kommissar Nyström ist hier und sitzt mir gegenüber. Moment.« Er reichte Jonas den Hörer über den Schreibtisch hinweg und flüsterte: »Sorry. Der explodiert gerade.«

Jonas übernahm. »Hi«, meldete er sich.

»Nyström!« Jonas hielt den Hörer ein Stück vom Ohr weg, weil Eklund brüllte. »Was bilden Sie sich ein, wer Sie sind?«

»Kriminalkommissar Jonas Nyström von der Rikspolisen aus Stockholm«, sagte er dann und ließ es emotionslos klingen.

»Stockholm! Wissen Sie, wo Sie sich hier befinden? In *meinem* Bezirk. Bevor Sie hier kopflos alles aufscheuchen, erwarte ich, dass Sie sich *vor* Beginn bei mir anmelden und Ihre Aktionen mit mir abstimmen. Haben Sie mich verstanden?«

»Sie brüllen laut genug. Ich habe mir vor der Abreise extra neue Batterien für meine Hörgeräte besorgt.«

»Was erlauben Sie sich? Wissen Sie nicht, mit wem Sie es zu tun haben?«

»Gut. Nun haben wir uns bekanntgemacht. Wenn Sie mir helfen wollen …«

»Ihnen helfen?«, schrie Eklund. »Hier ist der Polizeibezirk Nord. Da bestimme ich, was passiert.«

»Schön. Dann bitte ich Sie um Amtshilfe. Stellen Sie mir den Kollegen Hansson zur Verfügung.«

»Ich werde gar nichts tun. Sie hören sofort auf, unsere Arbeit zu torpedieren.«

»Nun hören Sie mir zu.« Jonas war auch lauter geworden. »Sie betreiben Strafvereitelung im Amt. Weshalb wollen Sie verhindern, dass ein Polizistenmord aufgeklärt wird? Wie weit sind Ihre Erkenntnisse hinsichtlich der organisierten Rauschgiftkriminalität im Umfeld von Rockmusikgruppen? Wollen Sie ein Rollkommando hinterherschicken, wenn die vermutlichen Täter *Ihren* Bezirk verlassen? Ich mache Sie dafür verantwortlich, wenn die Täter morgen in Sundsvall erneut zuschlagen. Es sei Ihnen versichert, dass Sie dann die Verkehrsüberwachung in Jokkmokk übernehmen. War's das?« Nachdem es still blieb in der Leitung, reichte Jonas den Hörer an Ráidnersson zurück.

Der Inspektor griff mit spitzen Fingern zu, räusperte sich und fragte vorsichtig: »Polismästare Eklund?« Dann hob und senkte er die Schultern und sagte: »Aufgelegt.«

Jonas grinste. »Das heißt nicht Polismästare, sondern Vizekönig, so wie sich Eklund aufgeführt hat.«

»Alle Kollegen im Polizeibezirk Nord fürchten ihn. Niemand traut sich, Eklund zu widersprechen.«

»Doch«, behauptete Jonas. »So wie auf den Straßen und Autobahnen Schilder stehen, die auf das Überschreiten einer Provinzgrenze hinweisen, so muss Eklund nahegebracht werden, dass erfolgreiche Polizeiarbeit nur im Team erledigt werden kann.«

Der Inspektor nickte. »Kriminalassistent Agssagssak und zwei weitere Beamte sind ausgeschwärmt und besuchen die Schulen der Stadt. Außerdem wollen wir alle uns bekannten Drogenkonsumenten befragen. Wir haben Kopien von Bildern gemacht, die wir aus den sozialen Netzwerken herauskopiert haben. Ich werde den Kriminalassistenten und die anderen Beamten gleich benachrichtigen, dass sie auch nach Fremden fragen sollen, die im Badhusparken aufgekreuzt sind und sich auffällig benommen haben. Vermutlich werden wir kaum Antworten bekommen, wenn wir wissen möchten, ob Teilnehmer des Konzerts ihren abendlichen Drogenbedarf dieses Mal bei anderen Quellen abgedeckt haben.«

Jonas bat um einen Arbeitsplatz. »Kommen Sie«, sagte Ráidnersson und führte ihn in einen Nebenraum. »Hier sitzt Agssagssak. Der Schreibtisch gegenüber ist frei.«

Jonas versuchte, sich am Computer einzuloggen. Das misslang. Dann griff er zum Telefon und rief Dr. Wallberg in Linköping an.

»Haben Sie schon etwas erreicht?«, wollte der Forensiker wissen.

»Sie können mir weiterhelfen«, ging Jonas nicht darauf ein. »Haben Sie Informationen vorliegen, womit in Umeå gedealt wurde?«

Dr. Wallberg musste nicht in seine Unterlagen sehen. »Sie meinen das tote Mädchen? Die ist an einer Kombination aus GHB und Codein gestorben.«

»Wie konnten Sie GHB nachweisen? Das wird im Körper doch vollkommen abgebaut.«

»Im lebenden Körper«, korrigierte Dr. Wallberg. »Wir haben auch Codein nachgewiesen. Im Übrigen erbringen wir nur den Labornachweis. Die letale Wirkung dieser Kombination sollten Sie sich von Dr. Forsberg erklären lassen, obwohl es mir schwerfällt, seiner Expertise Glauben zu schenken.«

»Worauf beruhen Ihre gegenseitigen Animositäten?«, fragte Jonas.

»Mir ist schon in Stockholm aufgefallen, dass Sie sich in gegenseitiger Abneigung verbunden fühlen.«

»Rechtsmediziner meinen oft, den Stein der Weisen für sich gepachtet zu haben. Dabei ist ihr Job relativ einfach. Es gibt eine Checkliste, nach der sie vorgehen. Und die menschliche Anatomie sowie Abnormitäten sollte man nach dem Studium und ein wenig Erfahrung beherrschen. Gerade der von Ihnen Genannte sieht immer mit Herablassung auf unsere Arbeit. Für ihn sind wir nur Labormäuse. Dabei ist das Feld, auf dem wir analysieren, viel weiter gefasst als seines. Wenn Dr. Forsberg wirklich etwas aus seinem Traum als Arzt hätte machen wollen, so hätte er einen Zweig eingeschlagen, in dem er Menschen geheilt hätte. Ich akzeptiere die Notwendigkeit der Rechtsmedizin, aber bitte als interdisziplinäre Wissenschaft und nicht als Institution im Olymp der Kriminologie.«

Jonas erwähnte, dass GHB als Lösungsmittel eingesetzt wird. »Können Sie etwas über die Reinheit der Substanz aus Umeå sagen?«

»Sie haben vorhin richtig angemerkt, dass GHB im Körper in den Stoffwechselprozess einfließt. Es wird über den Urin und als Kohlendioxid über die Atemwege wieder ausgeschieden. Das geschieht aber nur bei einem lebenden Organismus. Ein Toter kann nicht mehr atmen. Und in der Harnblase findet sich auch noch Urin. Über die Reinheit der Ursprungssubstanz lässt sich allerdings nichts mehr sagen, der Körper hat eben schon mit der Umsetzungsarbeit begonnen.«

»In Ihrem Labor laufen die Fäden zusammen. Gibt es eine Auswertung darüber, ob bestimmte – ich nenne es einmal so – Baupläne regional gehäuft auftauchen?«

Dr. Wallberg lachte. »Wir sind ein freies und liberales Land. Als Rikspolisen treten Sie immer nur dann in Erscheinung, wenn die Fälle eine gewisse spektakuläre Grenze überschritten haben. Die örtlichen Behörden sind oft überfordert. Längst nicht mehr alle Fälle werden verfolgt oder kommen gar zur Anklage. Da sitzen in der Provinz überforderte Polizisten, die sich die Hacken schieflaufen, um Dealern das Handwerk zu legen, und wenn sie einen überführt haben, stellt ein liberaler Richter das Verfahren wegen Geringfügigkeit ein. Was meinen Sie, wie sich der Polizist das nächste Mal verhält? Er verzichtet auf Überstunden. Statt den Drogentreffpunkt in seinem Revier zu observieren, kümmert er sich um seine Familie. Vielleicht ist das effektiver, wenn er ein vorbildlicher Familienvater ist und seine eigenen Kinder davor bewahrt, sich auch an Drogen zu versuchen. Haben Sie Kinder?«

Jonas bestätigte es.

»Ich auch. Achten Sie darauf, dass sie sich von diesen Dingen fernhalten.«

»Wenn wir keine Auswertung darüber haben, dass bestimmte Drogen an manchen Plätzen gehäuft auftauchen, gibt es sicher ein Nord-Süd-Gefälle hinsichtlich der Konsumgewohnheiten.«

»Stockholm spielt eine ganz besondere Rolle. Sie wissen das besser als ich. Da gibt es bestimmte Regionen, in denen man sich besser nicht aufhält. Aber auch die Innenstadt ist vor allem an den Wochenenden ein gefährliches Pflaster. Ich bin froh, dass ich mit meiner Familie in Linköping lebe.«

»Natürlich kenne ich die Diskussionen«, bestätigte Jonas. »Wir haben in Stockholm unsere Probleme in Kista, Rinkeby und Tensta.«

»Probleme?« Dr. Wallberg lachte bitter auf. »Nennen Sie mir eine Hauptstadt in der westlichen Welt, in der sporadisch die U-Bahn-Station geschlossen wird, weil wieder einmal gewaltbereite Jugendliche die Wagen und Bahneinrichtungen demolieren. Da leben nur Migranten aus Nicht-EU-Staaten, um die sich aber niemand kümmert. Da blüht das Verbrechen. Und mit ihm die Drogenszene.«

»Gibt es momentan eine besondere Modedroge, die auf bestimmte Lieferländer schließen lässt? Zum Beispiel Russland oder Osteuropa?«, fragte Jonas.

Dr. Wallberg schien einen Moment nachzudenken. »Diese Beobachtung haben wir nicht gemacht. Natürlich wird Rauschgift ins Land geschmuggelt. Bei uns gibt es keine Mohnfelder. Kat kommt über Dänemark ins Land.«

»Und synthetische Designerdrogen?«

Erneut ertönte das tiefe Lachen aus dem Hörer. »Ihren Fragen entnehme ich, dass Sie kein Rauschgiftexperte sind. Uns fehlt in Schweden eine auf Drogen spezialisierte Einheit, wie es sie beispielsweise in den USA gibt.«

»Spielt Crystal Meth bei uns eigentlich eine signifikante Rolle?«

»Natürlich gibt es auch in Schweden dieses Zeug. Aber überschwemmt wird der Markt damit noch lange nicht. Lassen Sie es mich wissen, wenn Sie etwas herausgefunden haben. Schließlich werden wir hier am häufigsten mit diesem Phänomen konfrontiert«, bat Dr. Wallberg zum Abschied.

Jonas verließ das Polizeigebäude. Er wollte sich von Ráidnersson verabschieden, fand aber dessen Büro verlassen vor.

Jonas fuhr in die Stadt. Die Furutorpsgatan war noch genauso still wie zu seiner Kindheit. Birken säumten die enge Straße. Um diese Jahreszeit trugen sie schon das bunte Herbstkleid. Lattenzäune begrenzten die Gärten, die um die Holzhäuser herum angelegt waren. Wenn es eine Straße gab, die typisch für dieses Land war, dann diese. Im Schritttempo rollte er über den Asphalt. Fahrbahn und Fußweg wurden durch einen schmalen Grünstreifen getrennt. Er lächelte, als er das Laub sah. Als Kinder waren sie immer dadurchgestiefelt und hatten sich am Rascheln der Blätter erfreut. Im Winter war der Streifen unter einer Schneebarriere verschwunden, eine natürliche Abgrenzung zwischen Straße und Bürgersteig. Vor dem Haus mit dem hellgrauen Anstrich hielt er an. Die alte Bank stand noch an der Vorderfront. Jetzt war sie blau gestrichen. Auf den Stufen, die zum Windfang vor der Haustür führten, standen Blumentöpfe. Nur der Türkranz war neu. Wenn die Jahre auch vergangen waren, sie hatten diese Straße, dieses Haus vergessen. Hier schien alles unverändert. Wenn er jetzt die Augen schloss, würde er sich selbst aus dem Haus heraustreten sehen, den Fußball unterm Arm, die Haare verschwitzt an der Stirn klebend. Er starrte gedankenverloren auf das Gebäude. Sein Blick fing die beiden Fenster oben rechts ein. Von dort hatte er aus seinem Zimmer auf die ruhige Furutorpsgatan hinausgesehen, im kurzen Sommer auf der Suche nach den Spielkameraden, im Winter auf die Schneeberge.

Es war eine Frau und kein Kind, die vorsichtig hinter der Gardine im Erdgeschoss hervorlugte und ihn beobachtete. Es fiel ihm schwer, den Blick abzuwenden und Gas zu geben. Ein merkwürdiges Gefühl beschlich ihn dabei. Entschlossen machte er sich auf den Weg nach Sundsvall.

Unterwegs rief er Markvist in Stockholm an und bat ihn um die Mobilfunknummer von Ole Hermansson. Der Inspektor schickte ihm die Daten per SMS, und Jonas konnte sie direkt anwählen.

»Ole«, meldete sich der Lkw-Fahrer. Deutlich war im Hintergrund das sonore Brummen eines Lkw-Motors zu hören.

»Kommissar Nyström, Polizei Stockholm. Ich ermittele im Fall Ihres Nachbarn Johan Wax.«

»Oh, schlimm«, sagte Hermansson. »Da sitzt man zusammen, trinkt etwas, und ahnt nicht, dass man sich nicht wiedersieht. Haben Sie den Verbrecher schon?«

»Wir ermitteln noch. Dazu würde ich gern mit Ihnen sprechen.«

»Mit mir?« Hermansson war überrascht.

»Es gehört zu unseren Methoden, mit allen Leuten zu reden, die einen der Tatbeteiligten kannten.«

»Ja – so richtig kannte ich Johan nicht. Wir waren Nachbarn. Wie das so ist, wenn man sich im Treppenhaus trifft. Man wechselt ein paar Worte. Das war's auch schon.«

»Immerhin haben Sie öfter zusammengesessen und sich unterhalten.«

»Na ja. Aber über nichts Besonderes.«

»Wie kann ich Sie antreffen?«

»Sie haben mich doch am Apparat. Fragen Sie einfach.«

»Das geht nur im persönlichen Gespräch.«

»Oh. Dann ist es schlecht. Ich bin Fahrer bei Nordpost und eigentlich ständig unterwegs.«

»Ich weiß. Sie fahren häufig in den Norden. Nach Umeå und Östersund.«

»Genau. Da bin ich im Augenblick auch.«

»Wo genau?«

»Ein weites Stück von Stockholm entfernt. Auf der Rücktour zwischen Härnösand und Sundsvall.«

»Das trifft sich gut. Ich bin in einer Stunde in Sundsvall.«

»Ja – aber. Ich habe gar keine Zeit.«

»Dann würde ich Sie zu uns zur Zeugenvernehmung in Stockholm vorladen. Morgen um zwölf Uhr?«

»Da bin ich schon wieder Richtung Norden unterwegs.«

»Das müssen Sie absagen.«

Hermansson stöhnte gequält auf. »Also gut«, sagte er. »Mein Lastzug wird in Sundsvall beladen. Eine halbe Stunde. Mehr Zeit habe ich nicht.«

»In der Fußgängerzone gibt es ein Café«, schlug Jonas als Treffpunkt vor.

Jonas parkte am Ufer des Flusses, nutzte die kleine Fußgängerbrücke und war nach wenigen Schritten in der Einkaufsstraße. Dort fand er das Café, besorgte sich am Tresen einen Becher Kaffee und ein belegtes Brötchen und sah sich um. Er konnte keinen Gast entdecken, den er für einen Lkw-Fahrer hielt. Das rustikal in warmen Holztönen gehaltene Lokal war gut besucht. Mit Mühe fand er einen freien Platz, von dem aus er den Eingang beobachten konnte. Zwanzig Minuten später betrat ein Mann in einer blauen Latzhose und einer grauen Arbeitsjacke mit dem Aufdruck »Nordpost« den Raum und sah sich suchend um. Jonas winke ihn heran.

»Ole Hermansson?«

Der Lastwagenfahrer nickte und nahm Platz, nachdem Joans ihn nach seinem Verzehrwunsch gefragt und es am Tresen bestellt hatte.

»Ich kann Ihnen wirklich nicht helfen. Womit auch? Ich sitze tagein, tagaus hinterm Steuer und fahre die Post und andere Ladung durch Schweden.«

»Auch in den Süden? Oder ins Ausland?«

»Nee.« Hermansson schüttelte den Kopf mit den kurzgeschorenen rotblonden Haaren. »Meine Strecke geht nordwärts. Das mache ich jetzt seit acht Jahren.« Er schnippte sich einen Krümel von der ansehnlichen Kugel, die er vor sich herschob.

»Und in der kargen Freizeit haben Sie manchmal mit der Familie Wax zusammengesessen.«

»Man verdient sich keine goldene Nase. Und Stockholm ist teuer. Ich würde gern öfter mit der Familie irgendwohin gehen. In die Eisdiele. Zum Essen. Die Frauen, also die von Johan Wax und meine, haben öfter miteinander gesprochen. So kam es, dass wir uns gelegentlich getroffen haben. Auf ein Bierchen.«

»Sie wussten, welchem Beruf Johan Wax nachging?«

Hermansson nickte.

»Worüber haben Sie sich bei Ihren Treffen unterhalten?«

»Über alles. Fußball. Autos. Politik. Computer. Davon verstehe ich nicht viel, und wenn ich eine Frage hatte, konnte Johan mir immer helfen.«

»Haben Sie auch über Ihre Berufe gesprochen?«

»Puuh.« Der Lkw-Fahrer blies die Wangen auf. »Kam auch mal vor.«

»Was hat Johan erzählt?«

Hermansson zog die Stirn in Falten. »Eigentlich nichts. Nur dass er bei der Polizei ist.«

»Bei der Verkehrspolizei?«

»Natürlich nicht. Es war schon klar, dass er bei der Kripo arbeitet.«

»In welcher Abteilung?«

»Keine Ahnung«, antwortete Hermansson schnell. Zu schnell, befand Jonas.

»Sie haben nie über Johans Arbeit gesprochen?«

»Nicht direkt. Mir ist schon klar, dass Polizeiarbeit nichts mit dem zu tun hat, was die uns im Fernsehen präsentieren. Das läuft anders ab.«

»Johan wusste aber, dass Sie immer im Norden unterwegs sind.«

Hermansson nickte.

»Hat er angedeutet, dass er auch dorthin fährt, um einen dienstlichen Auftrag zu erledigen?«

Jonas' Gegenüber wich seinem Blick aus.

»Was hat Wax gesagt?«, bohrte Jonas nach.

»Nix.«

»Ich möchte die Wahrheit hören.«

Hermansson drehte die vor ihm stehende Untertasse. »Mich hat das schon interessiert. Schließlich habe ich oft wertvolle Fracht in meinem Lkw. Ich wusste, dass er nicht bei der Mordkommission ist. Und einfache Diebstähle – darum kümmert sich die Rikspolisen auch nicht. Das musste also etwas Heikles sein.«

»Haben Sie ihn direkt danach gefragt?«

»Ja«, bestätigte der Lkw-Fahrer.

»Und?«

»Er hat nichts über seine Mission verlauten lassen. Ich habe ihn verschiedene Dinge gefragt. Aber nichts. Nur, dass er nach Östersund wollte. Vielleicht auch nach Umeå. ›Ich bin dir auf den Fersen‹, hat er lachend gesagt. ›Pass auf, alter Schwede.‹«

Jonas registrierte, wie Hermansson über seine Ausführungen erschrak, sich aber schnell wieder fing.

»Haben Sie etwas zu verbergen?«

»Ich?« Es sollte empört klingen, kam aber kläglich über die Lippen.

»Wenn Sie mehr wissen, sollten Sie es uns sagen.«

»Mensch, ich bin nur ein einfacher Trucker. Glauben Sie, es war mein Lebensziel, für ein kleines Einkommen über die Autobahn zu rutschen? Kilometer zu fressen? Wenn ich könnte, würde ich sofort etwas anderes machen. Aber was?«

»Wo waren Sie am vergangenen Donnerstag und Freitag?«

»Wo wohl. Auf der E4. Die kenne ich besser als meine Frau.«

»Also in Umeå, nicht in Östersund?«

Hermansson bestätigte es und sah auf die Uhr. »Ich muss wieder«, sagte er und sprang auf. »Neben dem Stress am Steuer will ich mir nicht auch noch Ärger einhandeln. Die Leute in der Disposition glauben, alles am Schreibtisch perfekt planen zu können. Die haben keine Ahnung, wie es wirklich da draußen aussieht. Nebel, Regen, vom Winter ganz zu schweigen. Für jede Verspätung muss man sich rechtfertigen.« Er war schon drei Schritte entfernt, als ihm noch etwas einfiel: »Finden Sie Johans Mörder, statt mir unnötige Fragen zu stellen«, sagte er laut und erregte damit die Aufmerksamkeit der Gäste an den umliegenden Tischen.

Jonas sah ihm nach, wie er zur Tür ging und auf die Straße verschwand.

Eine Rückfrage bei Markvist verschaffte ihm die Information, in welchem Hotel die Band untergebracht war. Das Eckhaus unweit des Marktplatzes machte von außen einen gediegenen Eindruck. Im Inneren bestach es durch das Flair eines Grand Hotels. Geduldig hörte man sich seinen Wunsch nach einem Zimmer an. Es sei schwierig, wurde ihm erklärt, eigentlich sei das Hotel ausgebucht. Nach beharrlicher Nachfrage fand sich doch noch ein Zimmer für ihn.

»Ich habe gehört, bei Ihnen sind auch die Mitglieder der Rockband untergebracht?«

Die junge Frau an der Rezeption verzog keine Miene. »Nur die Musiker und der Manager«, erklärte sie. »Sie sollten unbesorgt sein. Dieses ist ein ruhiges Haus. Sie werden nicht gestört werden.«

»Ich würde gern mit dem Manager sprechen«, erwiderte Jonas.

»Sind Sie von der Presse?«

»So ähnlich.«

Die Angestellte versicherte, sie werde sich bemühen, einen Kontakt herzustellen. »Ich melde mich bei Ihnen.«

Jonas zog sich auf das Zimmer zurück und loggte sich ins Internet ein. Die örtlichen Medien hatten dem Konzert breiten Raum eingeräumt und berichteten ausführlich. Er empfand die Darstellung als ausgewogen. Man schrieb, dass der Auftritt für die Jugend ein besonderes Ereignis darstelle, es aber auch kritische Stimmen gebe, die sich vor zu erwartenden Begleiterscheinungen fürchteten. Der örtliche Polizeichef versicherte, dass die Verantwortlichen im Vorfeld umfassende Sicherheitsmaßnahmen abgestimmt hätten.

Jonas war unzufrieden. Er wusste nicht, ob die Kriminalabteilung in Sundsvall von Eklund informiert worden war und es einen zielgerichteten Einsatzplan gab. Er war allein und würde kaum in der Lage sein, während des Konzerts umfassende Beobachtungen anzustellen.

Es gab keine Neuigkeiten, weder von Ráidnersson aus Östersund noch aus Stockholm. Jonas schrieb eine lange E-Mail an Liv, schilderte beschönigt seine Rückkehr in seine Geburtsstadt, bedauerte, dass sie nicht dabei sei, und versicherte ihr, dass er sie vermisse. Auch die Töchter erhielten kurze Nachrichten. Er wusste, dass die Mädchen nicht antworten würden. Oder wenn, dann nur mit einer SMS, deren Abkürzungen er oft nicht decodieren konnte.

Nach zwei Stunden meldete sich die Rezeption. »Herr Puri hat jetzt Zeit für Sie. Aber nur für zehn Minuten.« Sie nannte eine Zimmernummer.

Jonas stieg die unter Denkmalschutz stehende monumentale Treppe hinab und war froh, dass sein Zimmer in einem anderen Flügel des Hotels lag. Im Flur hörte er laute, hämmernde Musik. Die Bässe dröhnten, und zwischendurch drang eine herbe männliche Stimme durch. Es sollte Englisch sein. Den Text verstand er nicht. Es war kein Gesang, sondern klang eher nach infernalischem Geschrei.

Überall war zu lesen, dass in den Hotelzimmern Rauchverbot bestehe. Dennoch drang der Zigarettenqualm bis auf den Flur.

Jonas klopfte an die Tür und erhielt keine Antwort. Nach dem zweiten vergeblichen Versuch öffnete er.

Auf einem Stuhl saß ein glatzköpfiger Mann, auf dessen Hinterkopf ein springender Gepard tätowiert war. Er war unrasiert. Er wirkte ungepflegt. Unter der mit Nieten reichlich bestückten Lederweste lugte ein olivfarbenes Hemd hervor. Die kurzen Ärmel verbargen nicht die muskelbepackten Oberarme, die ebenfalls mit Tätowierungen geschmückt waren. Um die Handgelenke hatte er breite Lederarmbänder angelegt. Interessiert sah er Jonas entgegen und ließ dabei die Zigarette im Mund hin und her wandern. Er unternahm keine Anstalten, die Füße in den abgewetzten und schiefgelaufenen Stiefeln vom weißen Bettbezug zu nehmen.

Vor dem Fenster stand ein zweiter Mann. Er trug eine hautenge giftgrüne Hose, ein Hemd mit Rüschen und schrillem Blumenmuster und darüber ein meliertes graues Sakko, das wesentlich zu klein war und wirkte, als wäre es in der Kinderabteilung erstanden worden. Obwohl der Himmel bedeckt war, trug er eine Sonnenbrille.

»Sind Sie der Typ von der Presse?«, fragte er.

»Presse?« Der Sitzende musterte Jonas abschätzend. »Na, Alter. Für welches Blatt schmierst du denn?«

»Das Amtsblatt«, erwiderte Jonas und erntete zwei erstaunte Blicke.

»Was ist das für 'ne Scheiße?«, wollte der mit der Lederweste wissen. »Nie gehört.«

»Das wird von Staatsanwälten und Richtern gelesen.«

»Das ist ein Bulle«, sagte der Sitzende zum anderen und drehte sich zu Jonas um. »Verpiss dich. Aber fix.«

Jonas vermutete, dass der Mann im Sakko der Manager war. »Herr Puri?« Er erhielt keine Antwort, aber auch kein Dementi. Jonas nickte in Richtung des Sitzenden. »Sie scheinen schwer beschäftigt zu sein. Wie schafft man es, gleich zwei Bands zu managen?«

»Häh?«, klang es aus zwei Kehlen.

»Zum einen die Bad Revolution, und dann diesen Typ hier.« Jonas zeigte auf den Mann im Vordergrund. »Sieht aus, als würde er in einer Rentnerband auftreten. In welchem Seniorenheim spielen die heute?«

Der Mann funkelte ihn böse an. »Soll ich dir den Kiefer verschieben?«, fragte er.

»Ruhig Blut, Trygve«, sagte der Manager.

Das also war Trygve Bohinen, Sänger und Gitarrist und mit einundvierzig Jahren das älteste Bandmitglied, dachte Jonas.

»Was wollen Sie?«, fragte Puri. »Wir haben heute Abend einen Auftritt. Da bleibt keine Zeit. Die Jungs müssen sich konzentrieren.«

»Vielleicht macht Ihr Auftritt vielen Zuhörern Spaß. Ich kann es nicht nachvollziehen, dass man von dieser Musik berauscht wird.« Jonas schwenkte drohend den Zeigefinger. »Wenn die Leute, insbesondere die Minderjährigen, aber durch Drogen angeheizt werden, war es das letzte Konzert Ihrer Truppe auf schwedischem Boden.«

»Sag mal, Alter, wer hat dir ins Gehirn geschissen?« Bohinen rülpste laut und vernehmlich zur Unterstreichung seiner Worte.

»Wo sind die Roadies Ihrer Truppe?«, fragte Jonas.

»Die sind woanders untergebracht. Zum Teil übernachten die im Tourbus.«

»Eh, Taijo.« Bohinen warf seinem Manager einen gelangweilten Blick zu. »Schmeiß die Kröte doch einfach raus.«

»Wo sind die beiden Russen?«, fragte Jonas ungerührt.

»Russen? Welche Russen?« Taijo Puri versuchte, erstaunt auszusehen.

»Die aus Ihrem Tross.«

»Musst du dich mit dem Affen unterhalten?«, mischte sich Bohinen ein.

»Halt die Klappe«, blaffte ihn Jonas an und stellte fest, dass der Musiker zum ersten Mal irritiert wirkte.

»Ich erwarte von Ihnen bis morgen eine komplette Liste aller Leute, die mit Ihnen unterwegs sind. Vergessen Sie niemanden. Ich sorge dafür, dass die Vollständigkeit von der Steuerverwaltung geprüft wird. Die werden Ihre Buchhaltung auseinandernehmen und jeden einzelnen Beleg auf Plausibilität prüfen.«

»Ist schon gut«, versicherte Puri. »Aber bis morgen … Das funktioniert nicht. Wir sind unterwegs und haben anderes zu tun.«

»Ich kann auch heute Abend mit einer ganzen Truppe anrücken. Wir riegeln den Marktplatz ab und kontrollieren alle Anwesenden, gleich ob Zuschauer oder Mitwirkende. Wer sich nicht ausweisen kann, darf mit aufs Revier kommen. Sagen Sie dieser Dumpfbacke, er soll sich schon einmal auf Überstunden einstellen.«

»Meinst du Arschgesicht mich?« Bohinen griff zum kleinen Beistelltisch, auf dem der Aschenbecher stand, obwohl der Musiker die Asche auf den Teppich schnippte. Er nahm ein ledernes Katapult zur Hand, legte eine kleine Metallkugel ein, spannte das Gummi und schoss die Kugel gegen die Zimmerwand. Jetzt sah Jonas, dass dort schon mehrere Löcher waren.

Jonas verlagerte das Gewicht auf den linken Fuß, holte mit dem anderen aus und trat Bohinen unter die Waden der auf dem Bett ausgestreckten Beine. Der Tritt war so bemessen, dass es einen blauen Fleck, aber keine weiteren Verletzungen geben würde.

Bohinen verschlug es für einen Moment die Sprache. Dann verzerrte sich sein Gesicht zu einer Fratze. »Das bekommst du zurück, Bulle«, drohte er.

»Vergessen Sie nicht, dieses Tier auf die Liste zu setzen. Machen Sie hinter seinem Namen ein rotes Kreuz«, sagte Jonas. »Ihn nehmen wir uns als Ersten vor.«

»Der Scheißwichser«, fluchte Bohinen. »Was bildet sich so ein Provinzbulle ein?«

»Wenn die Rikspolisen aus Stockholm Provinz ist, möchte ich wissen, was für den Spacko die große Welt ist«, lästerte Jonas.

Das Nennen seiner Dienststelle schien zumindest auf Puri Eindruck gemacht zu haben, während Bohinen nach der nächsten Metallkugel griff.

Jonas klappte seine Jacke zurück und ließ hörbar die Halterung des Pistolenholsters aufschnappen. »Noch ein Schuss«, drohte er, »und ich fasse das als tätlichen Angriff auf. Kann man mit einem Loch in der Hand noch Gitarre spielen?«

»Bullen leben gefährlich«, fluchte Bohinen. »Da ist am Wochenende schon einer krepiert. Hoffentlich wird es nicht zur Gewohnheit, dass die Typen wie die Fliegen eingehen.«

Jonas packte den Musiker am Kragen und zog das Hemd zusammen, so dass dem überraschten Mann kurz die Luft wegblieb. »Wenn auch nur einem Menschen heute Abend ein Fingernagel umgebogen wird, fahre ich mit dir in unsere nordischen Wälder. Danach wirst du es bedauern, dass du dort nicht auf einen hungrigen Bären gestoßen bist. Das wäre humaner gewesen.« Er trat einen Schritt zurück und streckte den Zeigefinger in die Luft. »Erstens: Keinen Terror heute Abend. Zweitens: Die Liste mit den Mitgliedern und Begleitern der Band bis morgen. Noch etwas: Ich werde veranlassen, dass alle Leute auf der Liste einem Drogenscreening unterzogen werden.«

Er ignorierte die bösen Flüche, die ihn beim Verlassen des Zimmers begleiteten und versuchte, Ráidnersson zu erreichen.

»Wir waren heute in den Schulen und haben die Altersstufen befragt, von denen wir annehmen, dass sie Besucher des Rockkonzerts waren. Auf unsere Frage, ob jemand etwas beobachtet habe, herrschte Schweigen. Nicht ein einziger Hinweis. Wir haben Schüler, die wir anhand der Bilder aus dem Internet wiedererkannt haben, gezielt angesprochen. Unsere Frage nach Auffälligkeiten hinsichtlich eines möglichen Drogenangebots war erst recht erfolglos. Verständlich, denn wer gibt schon zu, etwas konsumiert zu haben. Bevor wir aber diese Fragen gestellt haben, wollten wir wissen, ob auf dem Konzert Fremde aufgefallen waren, insbesondere solche mit einer möglichen russischen

Herkunft. Es gab ein paar Hinweise, allerdings waren die Zeugen der Meinung, es handle sich eher um Osteuropäer, nicht um Russen. Angeblich haben die dort nur herumgelungert, ohne irgendwie aktiv zu werden. Wir haben einen einzigen, wenn auch unbedeutenden Treffer erzielt. Ein Jugendlicher, der uns als Konsument bekannt ist und vermutlich etwas von seinem privaten Bedarf gegen Geld weitergibt …«

»Ein Gelegenheitsdealer?«, unterbrach Joans.

»Nein«, erwiderte Ráidnersson. »So würde ich ihn nicht einschätzen. Der hat einem unserer Beamten, dem er vertraut, erzählt, dass er einen der Dealer, der die Kids in Östersund mit kleinen Mengen versorgt, auf dem Weg zum Badhusparken getroffen hat. Der wiederum hat ihm erzählt, dass das Konzert kein Markt für Angebote sei. Angeblich hat man dem Dealer gesteckt, es sei gefährlich für ihn, wenn er sich weiter im Umfeld des Konzerts aufhalten würde.«

»Wer hat die Drohung ausgesprochen?«

»Das wissen wir nicht«, antwortete Ráidnersson. »Trotz Nachfrage haben wir keinen Namen erfahren. Die Leute haben Angst, dass wir sie intensiver verfolgen. Deshalb reden sie nicht. In einer Stadt wie Östersund ist zudem eine Plaudertasche als Quelle sehr schnell auszumachen. Wer redet, wird von der weiteren Belieferung ausgeschlossen. Nicht nur das. Er gilt auch als Paria. Leider funktioniert das System der subtilen Einschüchterung.«

»Bedauerlicherweise auch das der massiven Repression. Es ist das gleiche Prinzip wie in Umeå. Die Drohungen scheinen so massiv zu sein, dass sie Wirkung zeigen. In beiden Städten gibt es keine großen Drogenringe, die massiv die Szene beherrschen.

»Die lokalen Bosse haben nur begrenzte Bedeutung.«

»So wie Evaldsson?«

»Den suchen wir immer noch«, gestand der Inspektor ein. »Bisher fehlt von ihm jede Spur. Was planen Sie in Sundsvall?«

»Ich werde mich umsehen. Die ganze Veranstaltung wird ja bestens überwacht, das hat Eklund organisiert.«

Ráidnersson zog es vor, zu schweigen.

Jonas wollte ins Bad und sich für das Konzert zurechtmachen, als sich sein Handy meldete.

»Liv, mein Schatz. Was gibt es?«

»Hier ist alles wie immer«, meldete sich seine Frau. »Das meine ich wörtlich. Jonas! Ich habe unsere Konten geprüft. Wir haben nicht nur überzogen, es steht zu befürchten, dass der Geldautomat nichts mehr ausspuckt. Und der Monat ist noch nicht vorbei. Ich weiß nicht, wie es weitergehen soll. Wie kommt es, dass andere Polizisten offenbar so viel besser über die Runden kommen? Wir arbeiten beide. Ich verstehe nicht, weshalb man einer Krankenschwester ein höheres Gehalt zahlt als einem Kommissar.«

Jonas schwieg für einen Moment. »Im Unterschied zu Beschäftigten in der freien Wirtschaft kann ich nicht zu meinem Chef gehen und um eine Gehaltserhöhung bitten. Lass uns nach meiner Rückkehr überlegen, wie wir das Problem in den Griff bekommen.«

»Wann willst du mir endlich Vollmacht für dein Konto geben? Besteht da wirklich keine Möglichkeit, noch ein wenig zu überziehen?«, fragte Liv.

Jonas vertröstete sie erneut auf seine Rückkehr. »Ich muss jetzt zu einem Einsatz.«

»Gefährlich?«

Jonas war froh, dass sie das Thema gewechselt hatten.

»Nein, mein Liebes. Ich gehe zu einem Rockkonzert.«

»Zu einem … Jonas!« Es klang wie ein Aufschrei. »Da war dein Kollege auch, bis ihm Fürchterliches zugestoßen ist. Ich habe Angst«, sagte sie mit bebender Stimme.

»Ich liebe dich«, antwortete er und legte schnell auf, bevor er unter die Dusche verschwand und sich für das Konzert umzog.

·SIEBEN·

Die Veranstalter hatten Glück. Der Himmel war zwar bedeckt und im Laufe des Abends würde es kühl werden, aber es regnete nicht. Jonas wunderte sich über die belebten Straßen. Im Vergleich zum abendlichen menschenleeren Östersund herrschte Hochbetrieb in der Fußgängerzone. Es waren nicht nur junge Leute, an deren Outfit erkennbar war, dass sie zum Konzert wollten, sondern auch viele andere Passanten. Jonas vermutete, dass sie neugierig waren.

Die Straße öffnete sich zu einem Platz mit einer kleinen Grünanlage. Um den Springbrunnen stolzierten die Tauben auf der Suche nach etwas Essbarem.

Der anschließende Marktplatz war großräumig abgesperrt. Mobile Gitter mit Sichtschutzmatten verhinderten den Blick auf das Zentrum des Geschehens. Unüberhörbar war allerdings die Geräuschkulisse, die vom Veranstaltungsort ausging. Die ersten Vorgruppen hatten zu spielen begonnen. Aus offenbar überdimensionierten Lautsprecherboxen musste die Musik bis in die Vororte hörbar sein. Jonas schlängelte sich unter dem Murren der zahlreichen jungen und ausgelassenen Zuschauer vorbei bis zum Eingang, an dem Mitarbeiter eines privaten Sicherheitsdienstes die Karten kontrollierten.

Einer der Kontrolleure versperrte ihm höflich, aber bestimmt den Zugang zum Innenraum. »Ohne Eintrittskarte darf ich Sie nicht durchlassen.«

Jonas hielt ihm den Polizeiausweis hin. Aber der Mann schüttelte den Kopf. »Tut mir leid«, sagte er. »Da könnte jeder mit der Legitimation einer Behörde ohne Eintritt hinein.«

Jonas erklärte die dienstliche Notwendigkeit seines Besuchs. Es war fruchtlos. Schließlich einigten sie sich darauf, dass der Mann seinen Chef herbeirief. Die Diskussion hatte das Interesse der in der Nähe stehenden Zuschauer geweckt.

Der Vorgesetzte, ein nassforsch auftretender junger Mann, versuchte ebenso wie sein Mitarbeiter zu argumentieren.

»Gut«, sagte Jonas. »Aus gegebenem Anlass stoppen Sie sofort den weiteren Zugang, bis ich Verstärkung herbeigerufen habe. Wir kontrollieren dann alle Besucher, ob sie Drogen oder verbotene Substanzen mitführen.«

»Hör mal«, sagte ein unweit wartender Jugendlicher zu seinem Hintermann. »Hast du das gehört? Die wollen alle nach Drogen filzen?«

»Echt?« Ein leichtes Raunen ging durch die Reihen.

»Ist doch Blödsinn«, wandte ein anderer ein. »Die kommen noch auf die Idee, dass auch Alkopops und Zigaretten verboten werden. Die Spaßbremsen wollen alles verderben.« Jonas war entsetzt, welche Zustimmung diese Ansicht erntete.

»Sie können doch nicht …«, sagte der Oberaufseher. An seiner leicht vibrierenden Stimme war seine Unsicherheit erkennbar.

»Doch«, erwiderte Jonas.

Kurz entschlossen trat der Mann zur Seite. »Kommen Sie durch«, forderte er Jonas auf.

»Achtung«, rief ihm ein Jugendlicher hinterher. »Weitergeben. Achtet auf den Alten da. Das ist ein Drogenschnüffler.«

»Solange der nicht mit seinem Spürhund unterwegs ist, lass ich mir mein Speed nicht nehmen«, meldete sich einer zu Wort. Seine Ausführungen wurden durch zustimmendes Gelächter unterstrichen.

Der Innenraum hatte sich schon zu gut zwei Drittel gefüllt. Die Zuschauer standen in Gruppen zusammen, nickten und wippten im Takt der Musik, für die eine Gruppe mit einer blutjungen Sängerin zuständig war. Die Akteurin hatte grellgrüne Haare, ein ledernes Outfit mit einem Rock, der mehr freigab als verbarg, war stark geschminkt und hatte zentimeterlange Fingernägel, farblich passend zur Frisur. Sie rang mit dem Mikrofon und kreischte dort Unverständliches hinein. Ein Teil der Zuschauer verfolgte ihr Bemühen, andere schrien sich etwas ins Ohr. Jonas amüsierte das vergebliche Bemühen, sich zu unterhalten.

Viele Zuschauer hatten Getränke in den Händen – Bierdosen, alkoholfreie Getränke und, in Beuteln versteckt, auch härtere Sachen.

Jonas versuchte, sich durch die Menge zu schieben. Ohne leichte Rempeleien war es nur schwer möglich. Aber niemand schien sich daran zu stören. Er fand die Polizei. Zwei jeweils gemischte uniformierte Doppelstreifen waren im Innenraum anwesend. Die erste hatte sich ein ruhiges Plätzchen am Zaun gesucht, die zweite Streife patrouillierte in der Nähe des Eingangs. Damit konnte Eklund nicht den Gesamtbereich überwachen. Vielleicht war noch Polizei in Zivil unterwegs. Jonas versuchte, unter den Besuchern jemanden zu entdecken. Aber niemand schien Polizist zu sein.

Die jugendliche Vorgruppe wurde durch eine andere abgelöst. Für ihren Auftritt gab es nur mäßigen Applaus. Jonas sah zur Bühne. Ihm tat die Sängerin leid, die, von oben suchend, auf das Publikum blickte und enttäuscht schien, nicht mehr positive Resonanz auf sich und ihre Musiker bekommen zu haben.

Die nächste Gruppe wirkte vom äußeren Erscheinungsbild wie ein musizierender Rockerclub. Jeder Einzelne von ihnen hätte einem nächtlichen Passanten einen Schauder über den Rücken gejagt.

Jonas zwängte sich weiter durch die Menschenansammlung. Allmählich wurde es mühsam. Er befürchtete, die Konzertbesucher meinten, er würde sich auf ihre Kosten einen besseren Platz suchen.

Er stieß einen mit den Fingern schnippenden Jüngling an und brüllte ihm ins Ohr: »Wann kommt der Top Act?«

»Bad Revolution?«, brüllte der junge Mann zurück.

Jonas nickte.

Der Jugendliche zuckte gleichgültig mit den Schultern. Jonas meinte, aus den Wortfetzen »Keine Ahnung« herausgehört zu haben. Er konzentrierte sich auf die Beobachtung der Zuhörer. Die Stimmung schien zu steigen, so, als wären die Vorgruppen für die Lockerungsübungen engagiert worden. Immer mehr Besucher folgten den harten Rhythmen der Musiker mit wilden Verrenkungen. Die Arme schwangen hin und her, der Kopf bewegte sich ruckartig, und die Leiber begannen zu kreisen. Ob alle über so viel Kondition verfügten, diese Bewegungen den Abend über durchzuhalten?, fragte er sich. Oder war der Ansatz, dass man mit aufputschenden Mitteln nachhalf?

Er entdeckte junge Menschen, deren Vorfahren keine Schweden zu sein schienen. Dunkelhäutige, Leute mit asiatischen Wurzeln, südamerikanisch Aussehende und auch einige wenige, die er für Osteuropäer hielt. Aber niemand von ihnen benahm sich auffällig. Alle schienen einzig aus Begeisterung für diese Musik gekommen zu sein. Jonas war enttäuscht. Er hatte es sich einfacher vorgestellt. In einer kurzen Musikpause sprach er auf gut Glück einen jungen Mann an, der auch ohne begleitende Rhythmen mit dem Kopf im Takt zuckte und unablässig »Wumm, wumm, wumm« von sich gab.

»Sag mal, wo bekomme ich etwas für die Kondition?«, fragte Jonas.

»Häh?«

Jonas wiederholte seine Frage.

Der Junge hob seine linke Hand in die Höhe und zeigte ihm eine Dose Energydrink. »Habe ich reingeschmuggelt. Dahinten ist ein Stand. Da gibt's das auch. Ist aber schweineteuer.« Dann nahm er wieder seine Bewegungen auf. »Wumm, wumm, wumm.«

Er hatte plötzlich das unbestimmte Gefühl, dass er beobachtet wurde. Er sah in die Runde und entdeckte einen Mann, der sich im Outfit nicht von den anderen Besuchern unterschied. Lediglich seine langen Haare waren auffällig. Sie waren dicht und hingen ihm fast bis auf die Schultern herab. Er hatte eine entfernte Ähnlichkeit mit André Rieu. Während die jungen Leute sich aber auf die Musik und die Atmosphäre konzentrierten, richtete der Dunkelhaarige mit dem Stoppelbart sein Augenmerk auf das Geschehen um sich herum. Er hatte Jonas entdeckt und schien von ihm Ähnliches zu denken wie Jonas von dem Mann. Für Bruchteile von Sekunden trafen sich ihre Blicke. In den dunklen Augen des Mannes schien es aufzublitzen. Er fixierte Jonas. Als der sich bemühte, sich zu dem vielleicht fünf Meter entfernten Unbekannten durchzuzwängen, bewegte sich der andere in die entgegengesetzte Richtung, jedoch geschickter als Jonas. Während Jonas immer wieder an undurchdringlich erscheinenden Zuschauermassen hängenblieb, vergrößerte sich der Abstand, bis Jonas ihn ganz aus den Augen verloren hatte. Er versuchte, sich Richtung Ausgang zu zwängen, scheiterte aber an den immer noch ins Innere strömenden Mengen der Neuankömmlinge.

Schließlich hatte er es geschafft und fragte den Mitarbeiter des Sicherheitsdienstes, der ihm zunächst den Zugang verweigert hatte, nach dem Unbekannten. Der Kontrolleur hörte erkennbar nicht zu. »Hier ist keiner durchgekommen«, sagte er abweisend.

Jonas hatte sich ein Bild von dem Mann gemacht und würde ihn auch wiedererkennen. Er bedauerte jedoch, dass er keine Gelegenheit für ein Foto mit dem Smartphone gefunden hatte. Könnte man den Mann als Russen oder Osteuropäer einschätzen?, fragte er sich. Oder gaukelte ihm der Wunsch nach ersten Fahndungserfolgen Trugbilder vor?

Er war enttäuscht. Warum war der Mann so schnell verschwunden? Ein unverdächtiger Besucher des Konzerts würde dazu keine Veranlassung sehen. Weshalb hatte der Unbekannte so reagiert? Jonas schloss daraus, dass er etwas zu verbergen hatte oder sich einer Begegnung entziehen wollte. Sollte Jonas die uniformierten Polizisten ansprechen und um Unterstützung bitten? Das würde ihn nicht weiterbringen, entschied er.

Jonas versuchte, mit jugendlichen Besuchern des Konzerts zu reden. Das war in Anbetracht des Geräuschpegels kaum möglich. Und wenn es ihm gelang, die Musik zu übertönen, stieß er sofort auf Desinteresse. Er stand in der Mitte des Platzes, mit dem Rücken zum Denkmal Gustav Adolfs II., der Sundsvall die Stadtrechte verliehen hatte. Die Bronzeplastik zeigte eine stattliche Figur im Gewand der damaligen Zeit. Die imposanten Bauten, die den Platz einfassten, stammten aus einer jüngeren Zeit. Die »steinerne Stadt« war errichtet worden, nachdem ein verheerender Brand das alte Sundsvall völlig vernichtet hatte. Seitdem durften dort bei Strafe nur Steinhäuser errichtet werden. Diese wiesen eine ungewöhnlich attraktive und ausdrucksstarke Architektur auf. Jedes Detail der hübschen Fassaden war sehenswert. Zur Rechten lag das Stadthaus, davor stand eine der alten musealen Telefonzellen mit der Pickelhaube als Dach und den Holzklappen, die allerdings nur den Oberkörper des Telefonierenden verschwinden ließen.

Gejohle brandete auf. Die Menge tobte. Ein junger Mann in kunstvoll zerfetzter Kleidung hatte den Top Act des Abends angekündigt. Bad Revolution sollte erscheinen.

Am Rande des Markplatzes befand sich die Marktplatz-Brasserie. Ob er dort etwas zum Essen bekäme? Doch er sah sofort die lange Schlange.

Die Lautstärke nahm hörbar zu, als die Bandmitglieder die Bühne betraten. Sie wurden durch Scheinwerfer, die wild kreisten und dabei ständig die Farben änderten, angestrahlt. Das verlieh der Szene etwas Mystisches. Die Macher verstanden ihr Handwerk. Das war der Nährboden, auf dem das Drogengeschäft gedieh.

Als Letzter betrat Trygve Bohinen die Bühne und bahnte sich seinen Weg durch die vielen Instrumente und Lautsprecherboxen. Er hatte an seiner Lederweste nur den untersten Knopf geschlossen und stellte seine völlig mit Tattoos übersäte Brust zur Schau. Unter der hautengen Lederhose zeichneten sich seine männlichen Attribute ab. Bohinen reckte die Faust in den Nachthimmel, brüllte etwas, und der Mob antwortete. Sein Bruder Hjalmar hatte sich hinters Schlagzeug gezwängt und hielt die beiden Stöcke in die Höhe, dann kratzte er sich den Schädel damit, bevor er ein Auge zusammenkniff, den Stock wie einen Revolver nutzte und auf die Menge zielte. Egil Alsen, der mit offenem Mund ein Kaugummi zwischen den Zähnen bewegte, schwang den Stuhl am Keyboard über dem Kopf, während sehr junge Mädchenstimmen lautstark seinen Namen kreischten. »Egil – Egil.« Einar Muggerud hämmerte schon auf seine Gitarre, als wolle er das Instrument vor dem Auftritt zerlegen. Trygve Bohinen hatte seinen Platz in der Mitte der Bühne erreicht, fasste sich mit beiden Händen in den Schritt und wirkte, als würde er hinter dem Leder etwas umsortieren.

In diesem Moment fühlte Jonas sein Telefon vibrieren. Er hatte Mühe, das Gerät in dem Gedränge hervorzuholen und einen Blick auf das Display zu werfen. Immer wieder wurde er angerempelt, bis es ihm schließlich gelang, den Namen des Anrufers zu lesen. Er bahnte sich einen Weg durch die Menge nach draußen. Es dauerte eine gefühlte Ewigkeit, bis ihm das gelang. Er ging die Hauptstraße entlang bis zur nächsten Querstraße, bog dort ab und hoffte, dass die Häuser das vom Marktplatz dröhnende Spektakel so weit dämpften, dass er telefonieren konnte.

Inspektor Ráidnersson war sofort am Apparat. »Ich habe eben einen Anruf aus Sundsvall bekommen«, sagte der Östersunder. »Kommissar Korslund leitet dort die Kriminalabteilung. Wir kennen uns durch gemeinsam bearbeitete Fälle. Deshalb hat er mich auch direkt angerufen. Man hat im Umfeld des Konzerts einen Toten gefunden. Korslund meint, das würde mich interessieren.«

»Wissen Sie schon Einzelheiten?«, fragte Jonas.

»Nein. Vielleicht sehen Sie sich den Tatort an. Er ist nur wenige Schritte vom Marktplatz entfernt. Kennen Sie das Stadthaus?«

Jonas bejahte die Frage.

»Auf der Rückseite ist ein kleiner Park. Er wird durch die Trädgårdsgatan begrenzt. Dort steht ein Trafohäuschen. An dessen Rückseite lag die Leiche.«

Jonas folgte der kleinen Seitenstraße bis zur nächsten Ecke und bog dann Richtung Stadthaus ab. Es waren nur wenige Schritte, bis er den kleinen Park erreichte und die zuckenden Blaulichter der Einsatzfahrzeuge sah. Trotz des nahen Großereignisses hatten sich auch hier Schaulustige eingefunden. Mühsam drängte er sich hindurch und wurde von einem uniformierten Polizisten aufgehalten, der ihn grob darauf hinwies, dass das blau-weiße Flatterband nicht überschritten werden dürfe. Erst nachdem Jonas sich ausgewiesen hatte, konnte er auf die kleine Gruppe zugehen, die sich an der Rückseite des Trafohäuschens zu schaffen machte. Männer und Frauen in weißen Ganzkörperanzügen beschäftigten sich mit der Spurensicherung, fotografierten, filmten und suchten akribisch das Areal ab. Jonas wurde von einem rundlichen Mann mit Schnauzbart beobachtet, der einen jüngeren Mann anstieß und auf Jonas zeigte.

»Wer sind Sie? Was suchen Sie hier?«, fragte der Jüngere von weitem.

»Rikspolisen Stockholm«, erwiderte Jonas und steuerte den Schnauzbart an. »Kommissar Korslund?« Als ihm ein Nicken bestätigte, dass seine Vermutung richtig war, stellte er sich vor. »Ich ermittele im Fall der Drogentoten aus Umeå und unseres in Östersund ermordeten Kollegen. Alles geschah im Umfeld eines Bad-Revolution-Konzerts. Jetzt haben wir hier einen weiteren Toten. Können Sie schon etwas sagen?«

Korslund nickte bedächtig und zeigte auf die Leiche. »Ein älteres Ehepaar – es sitzt jetzt in einem unserer Fahrzeuge und wir protokollieren die Aussage – hat ihn entdeckt. Sie dachten, es wäre ein Betrunkener, und wollten nach dem Rechten sehen, weil die Nächte schon recht kühl werden. Sie fanden aber einen Toten und riefen die Polizei.«

»Woran ist er gestorben?«

»Sie wissen, dass wir hierzu erst nach Vorliegen des Berichts der Rechtsmedizin etwas sagen können.« Korslund sah auf Jonas' Hände.

»Da Sie aber nicht mitschreiben, sage ich, er ist erstickt, wenn er nicht schon vorher tot oder betäubt war. Man hat ihm lauter kleine Plastikpäckchen in den Mund geschoben. Auch die Nasenlöcher waren damit verstopft. Mich wundert nur, dass er nicht gefesselt war. Normalerweise hätte er sich bestimmt von den Knebeln befreit. Aber das ging nicht. Sehen Sie sich seine Hände an. Man hat ihm alle Finger gebrochen.«

»Gibt es Fesselspuren?«, fragte Jonas.

Korslund schüttelte den Kopf. »Wir haben auf den ersten Blick keine entdeckt. Aber das soll nichts heißen.«

»Kleine Plastikpäckchen?«, fragte Jonas weiter.

Kommissar Korslund nickte lange. »Ja. Auch hier habe ich einen Verdacht, der natürlich noch bestätigt werden muss. Ich vermute, dass es sich um Stoff handelt, der in kleinen Dosierungen für den Endverbraucher portioniert wurde.«

»Eine außergewöhnliche Mordmethode«, stellte Jonas fest. »Wir bewegen uns im Drogenmilieu. Alle Anzeichen deuten auf einen Macht- und Verteilungskampf hin. Irgendjemand versucht, den Markt an sich zu reißen. Kennen Sie den Toten?«

Korslund verneinte es. »Ich habe aber meinen Freund Ráidnersson angerufen, weil das Opfer aus Östersund stammt. Wir haben seine Papiere gefunden. Übrigens auch das Portemonnaie und seine Uhr.«

»Ein Opfer aus Östersund?«

»Ja. Sein Name ist Melker Evaldsson.«

Jonas war überrascht. Evaldsson, den Kleindealer aus Östersund, den die dortige Polizei im Zusammenhang mit dem blutigen Ausgang des Rockkonzerts gesucht hat. Es war ungewöhnlich, dass man Evaldsson hier ermordet hatte. »Lassen Sie Ihre Leute prüfen, ob man die Leiche hier nur abgelegt hat. Vielleicht ist Evaldsson schon länger tot«, erklärte Jonas und erzählte von den Zusammenhängen. »Es könnte sein, dass die neue Drogengang das Opfer hier zur Abschreckung deponiert hat. Wir wissen aus Umeå und Östersund, dass im

Umfeld der Bad-Revolution-Konzerte die örtliche Drogenszene verschreckt und davongejagt wurde.« Er zeigte auf das Opfer. »So etwas spricht sich herum. Wenn sich im schlimmsten Fall eine Gegenbewegung, eine Allianz regionaler Drogenfürsten, formiert, die das Geschäft nicht kampflos einer neuen Gruppe überlassen will, haben wir hier bald einen gewaltigen Bandenkrieg. Im Augenblick regiert aber nur die eine Seite. Und das blutig und brutal.«

»Und wer steckt hinter dieser *Seite*, wie Sie es nennen?«, wollte Korslund wissen.

»Das herauszufinden hat unserem Kollegen Johan Wax das Leben gekostet«, sagte Jonas voller Bitterkeit. Dann verabschiedete er sich von Korslund nach einer gegenseitigen Versicherung, neue Erkenntnisse oder Fahndungsergebnisse auszutauschen.

Nachdenklich, begleitet vom immer noch die ganze Stadt erdrückenden Höllenlärm des Rockkonzerts, kehrte Jonas zum Hotel zurück.

Ráidnersson war nicht überrascht, als Jonas ihn zu später Stunde anrief. »Ich habe darauf gewartet«, sagte der Inspektor und bat mit »Moment, bitte« um eine kurze Unterbrechung. Jonas bekam bruchstückhaft mit, wie Ráidnersson seiner Frau erklärte, sie könne schon zu Bett gehen. Er müsse noch ein wichtiges Telefonat führen. Dann ließ er sich von Jonas informieren.

»Evaldsson!« Der Östersunder zeigte sich überrascht. Das hatte er nicht gedacht. Er schloss sich Jonas' Ansicht an, dass sich ein Kampf der Drogendealer entwickele.

»So kann man es nicht nennen. Noch nicht«, widersprach Jonas und trug seine These vor, dass sich ein solcher aber entwickeln könnte. »Ein Krieg bleibt uns nur erspart, wenn die neue Drogenmafia weiterhin mit aller Brutalität vorgeht. Das schreckt ab. Es ist das gleiche System, wie wir es bei Despoten und Gewaltherrschern vorfinden. Einschüchterung durch Gewalt. Wir stehen als Polizei vor einer schwierigen Aufgabe. Wir können es nicht zulassen, dass sich ein neues Kartell etabliert, das den Markt an sich reißt, wir wollen aber auch nicht Mord und Totschlag der kriminellen Szene untereinander. Sie kennen doch Ihre Pappenheimer in Östersund?«

»Ja«, antwortete Ráidnersson zögerlich.

»Haben Sie dort einen Informanten?«

»Das würde heißen, dass wir von jemandem wissen, dass er sich nicht gesetzeskonform verhält, und es dulden«, wich der Inspektor aus.

»Ich würde es anders formulieren: Sie sind mit jemandem im Gespräch, von dem Sie einen vagen Verdacht haben, dass er eventuell peripher Berührungspunkte zur Drogenszene haben könnte«, baute Jonas eine Brücke.

Ráidnersson lachte. »Das waren jetzt aber viele Eventuells und Vielleichts. Sie meinen, über eine solche Kontaktperson könnte man Informationen erhalten, die unseren Verdacht bestätigen, dass eine neue Macht sich brutal in den Markt drängt? Ich könnte ein paar Leute darauf ansetzen.«

»Nein«, widersprach Jonas. »Wir sollten unsere Ideen für uns behalten.«

»Ich will es nicht der Presse zuspielen. Nur eine Handvoll Polizisten wären eingeweiht.«

»Auch Hansson?«

Ráidnersson wartete einen Moment mit der Antwort. »Es ist nicht zu glauben, dass es einen Maulwurf in unseren Reihen geben soll.«

»Der hat einen groben Fehler begangen, als er sich am Telefon mit Hansson meldete. Er hat dabei nicht bedacht, dass wir unser Augenmerk auf ihn richten, da wir immer noch nicht wissen, wer Wax' Mission an die Hintermänner verraten hat. Es muss ein Insider sein.« Oder Ole Hermansson, der Lkw-Fahrer, vielleicht auch die Arbeitskollegin von Wax' Frau, überlegte Jonas im Stillen. Laut fuhr er fort: »Wir müssen uns eingehend mit Melker Evaldsson beschäftigen.«

Der Inspektor sicherte zu, die Unterlagen für den nächsten Tag bereitzustellen.

Jonas' Gedanken waren zu sehr mit dem Fall beschäftigt, als dass er Schlaf hätte finden können. Er suchte die Hotelbar auf und trank dort zwei Bier. Der Raum diente auch als Restaurant und bot keine anheimelnde Atmosphäre. Jonas war froh, dass es zudem nicht dem schwedischen Naturell entsprach, in einer solchen Umgebung Gespräche mit Fremden anzuknüpfen. Eine Zerstreuung bedeutete der Barbesuch aber auch nicht. Schließlich kehrte er auf sein Zimmer zurück und fand erst spät in den Schlaf. Er mochte vielleicht eine Stunde im Land Nirgendwo gewesen sein, als er hochschreckte. Das Bett vibrierte. Bässe ließen das ganze Haus erzittern. Fetzen der hämmernden Musik drangen bis in seinen Hotelflügel vor. Nach einer halben Stunde wählte er die Rezeption an und beschwerte sich.

»Wir bemühen uns, es abzustellen«, sagte eine ältere Männerstimme, die überfordert klang. Der Nachtportier entschuldigte sich mehrfach bei ihm für die Ungelegenheiten. Es blieb ein unerfülltes Versprechen. Gegen die ins Hotel zurückgekehrte Band waren höfliche Hotelbedienstete machtlos.

·ACHT·

Man musste Jonas' nächtliche Beschwerde notiert haben. Die jungen Frauen an der Rezeption drückten am nächsten Morgen ihr Bedauern aus und versicherten, es sei eine ihnen unangenehme Ausnahmesituation gewesen und gehöre nicht zum Stil des Hauses.

Nach dem Frühstück suchte Jonas die Sundsvaller Polizei auf. Kommissar Korslund sah genauso übernächtigt aus wie Jonas' Spiegelbild, dem er im Bad seines Hotelzimmers begegnet war. Leider gab es noch keine Neuigkeiten, berichtete Korslund. Die persönlichen Gegenstände, die Evaldsson bei sich geführt hatte, waren nichtssagend. Man hatte Schlüssel für einen BMW gefunden, aber nicht das dazu passende Fahrzeug. Das Mobiltelefon war durch ein Password geschützt. Es befand sich mit der Kleidung und den kleinen Päckchen, an denen der Dealer möglicherweise erstickt war, auf dem Weg nach Linköping. Die sterblichen Überreste waren bereits nach Stockholm überführt.

»Wir haben noch keine Spur, wo sich das Opfer hier in Sundsvall aufgehalten hat«, erklärte Korslund. »Die Ermittlungen stehen noch ganz am Anfang. Vielleicht wollte er doch Drogen absetzen. Ich teile Ihre Überlegungen, dass wir die Täter im Milieu suchen müssen, halte es aber für unwahrscheinlich, dass es sich um Ortsansässige handelt. Das erschwert unsere Möglichkeiten. Wir sollten unsere gegenseitigen Erkenntnisse konsolidieren«, schlug der Kommissar vor.

»Selbstverständlich«, stimmte Jonas zu.

»Ich habe noch in der Nacht mit den Beamten gesprochen, die auf dem Konzert präsent waren. Die haben nichts Auffälliges gesehen. Dort gab es, außer einigen Einsätzen für die Sanitäter, keine Zwischenfälle. Zu viel Alkohol, leichte Kreislaufprobleme, allerdings auch zwei Jugendliche, die vermutlich eine geringfügige Überdosis geschluckt haben. Wir haben die Personalien aufgenommen und die Eltern verständigt. Ich habe außerdem veranlasst, dass ihnen eine Blut- und Urinprobe entnommen wurden. Die Proben sind ebenfalls auf dem Weg zur Forensik nach Linköping.«

»Können wir mit den jungen Leuten sprechen?«, fragte Jonas.

Korslund sah auf die Uhr. »Das Krankenhaus hat signalisiert, dass es die beiden noch bis morgen zur Beobachtung dort behalten will. Ich habe inzwischen auch die Einverständniserklärung eines Elternpaares eingeholt.«

»Was ist mit dem zweiten Jugendlichen?«

»Die Eltern weigern sich strikt, dass wir mit ihrem Sohn sprechen. Der Vater ist ein in Sundsvall angesehener Schulleiter. Dem behagt es überhaupt nicht, dass ausgerechnet sein Sohn im Verdacht stehen könnte, unerlaubte Mittel geschluckt zu haben.«

»Wir wollen doch nur Informationen zu möglichen Lieferanten«, wandte Jonas ein.

»Trotzdem«, entgegnete Korslund. »Das akzeptieren die Eltern nicht. Sie haben Angst davor, dass ihr Name öffentlich diskutiert wird. Ein Rektor, der den Kindern an seiner Schule die Gefahren des Drogenkonsums predigt und in der eigenen Familie in diesem Punkt versagt.«

»Sie kennen den Namen?«, fragte Jonas.

Korslund nickte und fragte, ob Jonas mit ins Hospital wolle.

Das Landeskrankenhaus war ein gewaltiger moderner Komplex und lag, mitten von Wäldern umgeben, etwas außerhalb der Stadt. Im Unterschied zu mitteleuropäischen Ländern war die Krankenhausdichte in Schweden nicht sehr hoch. Die Bewohner mussten zum Teil weite Wege zurücklegen, erhielten dafür aber eine exzellente medizinische Betreuung.

»Wie groß ist das Krankenhaus?«, fragte Jonas, den dieses Thema als Ehemann einer Krankenschwester interessierte.

»Knapp über dreihundert Betten«, erklärte Korslund, »und zusätzlich fünfundsechzig in der Psychiatrie. Darum kümmern sich aber fast zweieinhalbtausend Mitarbeiter.«

Vor dem Haus gab es ein ausreichendes Parkplatzangebot.

Liam Sandberg sah auf, als sie das moderne Krankenzimmer betraten. In seinen Händen hielt er Joysticks, die mit einem Notebook verbunden waren, das er auf seinen Knien balancierte.

»Hej«, grüßten die beiden Beamten. Die Antwort des Jungen fiel schüchtern aus. Er wusste, dass seine Eltern dem Verhör zugestimmt hatten, und war auch selbst dazu bereit.

Jonas versicherte ihm, dass die Polizei nicht an einer Strafverfolgung wegen Drogenmissbrauchs interessiert war, und warf Korslund einen schnellen Blick zu. Das war mit dem Kommissar nicht abgestimmt. Aber der Sundsvaller nickte unmerklich zum Zeichen seiner Zustimmung.

Sie begannen mit allgemeinen Fragen zum Konzert, zur Musik, zur Atmosphäre und erfuhren, dass alles einfach nur »geil« gewesen war. Liams Augen bekamen noch heute einen leichten Glanz bei seinem Bericht. Es sei ein großes Abenteuer gewesen. Er und seine gleichaltrigen Freunde, Liam Sandberg war sechzehn Jahre alt, hatten sich seit der ersten Ankündigung auf die Veranstaltung gefreut. »Es wäre bescheuert gewesen, wenn man es verboten hätte«, erklärte er unumwunden. »Manche in der Stadt haben gesagt, dann gäbe es Randale. Aber es ist alles ruhig geblieben. Vielleicht nicht die Musik«, setzte er mit einem Grinsen fort, »jedenfalls nicht für alte Leute.«

Als die Beamten auf Drogen zu sprechen kamen, sagte er, dass er davon gehört habe. Er selbst, aber auch alle seine Freunde, würden *nie* welche konsumieren. Bei seinen Erklärungen verhaspelte er sich ständig. Jonas gewann den Eindruck, dass der Junge vor ihnen kein Drogenabhängiger war, aber in der Gruppe durchaus gelegentlich mit Rauschmitteln in Berührung kam.

»Liam, es geht hier um viel mehr als ein bisschen Partyspaß beim

Rockkonzert«, sagte Jonas. »Menschenleben hängen davon ab. Wir versichern dir, dass wir nichts unternehmen werden, falls du dich hast anstecken lassen, um dich ein wenig aufzuputschen.« Dabei legte er vertraulich die Hand auf den Unterarm des Jungen.

Liam Sandberg sah irritiert auf Jonas' Hand, dann fuhr er sich mehrfach mit der Zunge über die Lippen.

»Ich weiß auch nicht, wie es kam«, sagte er leise. »Ich mache das sonst nicht. Aber wir haben auch nicht oft ein solches Ereignis in Sundsvall. Bad Revolution ist angesagt. Die Jungs sind die Nummer eins in Schweden. Da muss man dabei sein. Alle. Ich hätte nicht in eine andere Stadt fahren dürfen. Aber hier bei uns … Alle waren heiß auf das Konzert. Die Musik – die wuppt dich. Hot und cool. Da geht alles ab. Und wer nicht dabei ist, der hat etwas verpasst. Für immer. Ich kenne zwei, die nicht kommen durften. Worüber sollen die in den nächsten Wochen reden? Du wirst mitgerissen. Das steckt an. Da ist Fullpower-Action angesagt. Eh, Mann. Jeder weiß, dass sich viele aufpeppen, um fit zu bleiben, mehr Spaß zu haben.«

»Du hast dir also etwas besorgt?«, fragte Korslund.

Der Junge nickte schwach und verteidigte sich wie alle in seinem Alter. »Das haben alle gemacht. Echt.«

Jonas konnte sich vorstellen, dass ein Gruppenzwang entstand. Das wussten auch die Drogenhändler. Für sie waren solche Veranstaltungen ein einträglicher Absatzmarkt. »Kanntet ihr die Anbieter? Nicht nur du, sondern vielleicht auch deine Kameraden?«

»Nein«, erklärte Liam. Er sowieso nicht. »Natürlich sieht man die Typen manchmal vor der Schule herumlungern. Niemand ist so blöde, um nicht zu wissen, was die da verticken. Das sind aber immer dieselben. Nein!«, fügte er entschieden ein, »ich werde jetzt keinen verpetzen.« Um seine Haltung zu unterstreichen, presste er wie ein trotziges Kind fest die Lippen zusammen. »Aber der hier, der das Zeug verkauft hat, der war nicht aus Sundsvall. Hundertpro nicht.«

»Kannst du ihn beschreiben?«

Liam Sandberg nickte. »Komischer Typ. Hatte lange Haare, fast wie ein Mädchen. Es gibt so einen Tangotänzer, der macht Oma-Musik. Meine Eltern gucken sich den manchmal an. Der sieht so ähnlich aus.« Der Junge grinste. »Kein Wunder, dass der jetzt Stoff verkaufen muss. Solche Trallala-Musik hört doch keiner.«

»Du meinst André Rieu?«, fragte Jonas.

»Kenne ich nicht. In welcher Band spielt der?«

»Wie hat der Mann gesprochen?«

Liam zwinkerte mit den Augen, als hätte sich ein Fremdkörper eingenistet. »Irgendwie komisch. Klang wie ein Kuffnucki.«

»Was ist ein Kuffnucki?«

»Na ja, so was Komisches. Weiß auch nicht.«

»Hat er Schwedisch gesprochen?«

»Ja – schon. Aber wenn ich so in der Schule reden würde, das gäbe Stress.«

»Klang es wie Englisch? Oder Französisch?«

»Nein. Bei uns in der Klasse ist so ein Experte, der lockert den Unterricht auf, indem er, wenn er eine Frage stellt, verschiedene Politiker imitiert. Der Drogenfritze, also … Das hat ein bisschen Ähnlichkeit, wenn Harald den Russenboss …«

»Du meinst Putin?«, schob Jonas ein.

»Ich glaub, so heißt der Typ. Also so ähnlich hat das geklungen. Nur ganz anders.«

»Es könnte ein Russe gewesen sein?«

»Weiß nicht. Ich habe keine Ahnung, wie Russen sprechen. Ich kenne nur Schweden und ein paar andere Ausländer. Die von McDonald's und so. Aber der Typ hat anders gesprochen. Ja«, er nickte heftig, »könnte so was gewesen sein.«

»Ich will dir keinen Vortrag halten«, sagte Jonas, »aber lass die Finger von Drogen. Man scheint nur kurzfristig davon zu profitieren, ohne an die langfristigen Folgen zu denken. Die Hintermänner verdienen sich eine goldene Nase auf Kosten eurer Gesundheit. Wenn ich dir einen Eimer mit Lackfarbe hinstelle – würdest du daraus einen Schluck nehmen?«

Liam Sandberg sah Jonas irritiert an. »Häh? Lackfarbe? Bin ich denn bescheuert?«

»Nein. Das glaube ich nicht. Aber das Zeug, was du in dich reingekippt hast, ist so etwas Ähnliches.« Jonas erklärte es ihm und sah, wie sich die Gesichtszüge des Jungen veränderten.

»Echt?«

»Ehrenwort. Wenn du mal wieder eine Party gibst, dann stell deinen Freunden einen Krug mit Tuschwasser hin.«

»Was soll das denn?«

»So richtig schmutzig graues. Das ist zwar auch nicht gesund, aber die Folgen beim Trinken sind keine langfristigen.«

»Das ist doch beknackt«, stellte der Junge fest.

»Richtig«, bestätigte Jonas. »Genauso blöd ist der Konsum von Drogen. Ich halte dich für clever genug, solchen Gestalten künftig nicht mehr auf den Leim zu gehen.« Jonas hielt ihm die geballte Faust hin, Liam Sandberg schlug mit seiner dagegen. Mit einem »Hej då« verabschiedeten sich die beiden Polizisten.

»Woher wussten Sie von dem Mann?«

Jonas berichtete von seiner Begegnung am Vorabend.

»Dann haben Sie vermutlich den Dealer gesehen«, sagte Korslund.

»Es ist ärgerlich, dass ich nicht nachsetzen konnte. Der Mann hat mich aber auch bemerkt und mitbekommen, dass ich mich für ihn interessiert habe.«

»Das heißt, die Drogenmafia ist gewarnt.«

Jonas schüttelte den Kopf. »Das ist nicht schlimm. Sie können sich ausrechnen, dass gegen sie ermittelt wird.«

»Das konnten sie auch beim ermordeten Kollegen. Haben Sie keine Befürchtungen, dass Sie jetzt im Fadenkreuz der Leute stehen?«

Jonas versuchte, es gleichgültig klingen zu lassen. »No Risk, no Fun.«

Korslund war nicht überzeugt. »Bei allem Enthusiasmus für unseren Beruf sollte man die Eigensicherung aber nicht vergessen.«

»Ich bin kein Hasardeur«, erwiderte Jonas. »Wenn wir uns aber einschüchtern lassen, haben diese Leute gewonnen. Ihre Strategie scheint darauf abzuzielen, Angst und Schrecken zu verbreiten. Es muss ihnen klar werden, dass wir sie bis zum Höllenschlund verfolgen werden.«

»Ich drücke Ihnen die Daumen. Sie können auf mich und meine Mitarbeiter zählen«, versicherte Korslund.

Auf dem Rückweg zur Polizeistation fragte Jonas, ob der Kommissar mit seiner Kooperationsbereitschaft gegenüber der Stockholmer Rikspolisen nicht Probleme mit seinem Vorgesetzten Eklund bekomme.

Der Kommissar warf Jonas einen schelmischen Seitenblick zu und sagte: »Ich bin bei der Geheimpolizei. Da muss nicht jede Aktion nach Umeå weitergetragen werden.«

Korslund steuerte die Polizeistation an. »Was haben Sie jetzt vor?«, fragte er, als sie ausstiegen.

»Ich habe gestern eine Bestellung beim Manager der Band aufgegeben. Ich will eine Liste aller Leute, die mit der Band auf Tour sind. Es verdichten sich die Anzeichen, dass die Drogendealer im Windschatten von Bad Revolution unterwegs sind.«

»Allein?«, wollte Korslund wissen und gab selbst die Antwort. »Ich begleite Sie.«

Den kurzen Aufenthalt im Dienstgebäude nutzte Jonas, um Kontakt zu Markvist aufzunehmen. »Sie haben sich gerühmt, jung genug zu sein, um sich für die Musik à la Bad Revolution zu begeistern. Gibt es derzeit in Schweden eine zweite Band, die ähnlich viel Staub aufwirbelt? Jugendliche Konzertbesucher haben mir vorgeschwärmt, dass die Band derzeit die absolute Nummer eins ist.«

»Seit Mankells Wallander wissen wir, dass Kommissare Opern hören«, lästerte Markvist. »Deshalb bin ich auch nicht über Ihr Nichtwissen erstaunt. Es ist zutreffend, dass Bad Revolution derzeit die Charts anführt.«

»Die schrille Musik?«

Markvist lachte. »Das mögen Sie so empfinden. Die Jugend hat einen anderen Geschmack.«

»Stört sich niemand am rechtsorientierten Hintergrund der Texte?«, wollte Jonas wissen.

»Das übersehen die jungen Leute, zumindest die Mehrheit. Der Inhalt der Songs ist denen gleich. Einzig die Musik zählt.«

»Fällt niemandem auf, was mit dieser Verpackung transportiert wird?«

»Doch«, sagte Markvist, »aber nicht als politische Aussage.« Dann berichtete er, dass die Stockholmer Sonderkommission keine neuen Erkenntnisse gewonnen habe. »Und Sie?«

»Ich bin das Eichhörnchen, das sich mühsam ernährt«, wich Jonas aus.

»Dann sammeln Sie weiter Ihre Nüsse. Vergessen Sie aber nicht, wo Sie sie deponiert haben. Das sagt man den possierlichen Nagern nach.«

Korslund wartete schon auf Jonas. Sie gingen zum Wagen des Kommissars, und Jonas war erstaunt, dass Korslund den Fluss überquerte.

»Auf der Seite der Innenstadt kommen Sie nicht voran. Das wissen aber alle Einheimischen. Die Hochbrücke über den Botten ist über einen Kilometer lang, hat aber eine gewaltige Entlastung für die Stadt gebracht. Früher quälte sich der ganze Fernverkehr durch die City.«

»So üppig ist das Verkehrsaufkommen aber nicht«, widersprach Jonas.

»Das ist relativ. Es gibt nur zwei Straßen in den Norden, den Inlandsweg über Östersund und unseren an der Küste entlang. Und dieser hier ist der stärker frequentierte. Man darf auch einmal stolz drauf sein, dass unser Land, gemessen an der Größe und der dünnen Besiedelung, eine phantastische Verkehrsinfrastruktur hat. Wenn ich im Urlaub mit der Familie in den Süden fahre, packt mich spätestens auf Deutschlands Straßen das kalte Grausen. So«, schloss er den Exkurs ab und parkte direkt im Halteverbot vor dem Hotel.

An der Rezeption erfuhren sie, dass sich die im Hause untergebrachten Bandmitglieder noch nicht hatten blicken lassen. Jonas fragte nach dem Hotelmanager. Wenig später erschien ein sportlich gekleideter Mann mittleren Alters.

»Polizei«, erklärte Jonas und präsentierte seinen Dienstausweis. »Wir müssen mit Herrn Puri sprechen.«

»Muss das sein? Unser Haus möchte keine Schlagzeilen machen. Es ist schlimm genug, dass man uns diese Leute untergejubelt hat. Hätten wir gewusst, für wen die Zimmer bestellt sind, hätten wir sie nicht aufgenommen. Um was geht es? Hat jemand Anzeige erstattet? Wir waren es nicht. Bestimmt«, erklärte der Hotelmanager.

»Es geht um andere Dinge, die nicht in Verbindung mit dem Hotel stehen«, besänftigte ihn Jonas.

Dann habe es doch Zeit, argumentierte der Mann. Jonas drängte ihn, die beiden Polizisten zu begleiten und die Zimmertür zu öffnen.

Am Türknauf fehlte der Hinweis »Bitte nicht stören«.

»Die Herren schlafen noch«, behauptete der Hotelmanager.

Jonas klopfte gegen die Tür. Nichts rührte sich. Er versuchte es ein zweites Mal, und als auch dieser Versuch ergebnislos blieb, pochte er kräftiger gegen das Holz. »Polizei. Öffnen Sie«, forderte er lautstark.

Der Hotelmanager legte den Finger auf die Lippen. »Psst«, bat er. »Das hören andere Gäste.«

Jonas forderte ihn auf, die Tür zu öffnen.

»Das geht doch nicht.«

»Wollen Sie, dass wir so lange klopfen, bis Puri selbst aufmacht?«

Widerstrebend schloss der Mann auf.

»Danke, Sie können gehen«, erklärte Jonas. Die Löcher in den Wänden, die Trygve Bohinen mit seinen Stahlkugeln geschossen hatte, würden die Hotelleute noch frühzeitig genug zu Gesicht bekommen.

Im abgedunkelten Raum stand die Luft. Jonas wunderte sich, dass man dabei überhaupt noch atmen konnte. Es roch nach allem, was ekelerregend war. Im Zimmer sah es wie auf einem Schlachtfeld aus. Kleidungsstücke waren achtlos hingeworfen worden. Leere Flaschen und Gläser ließen auf ein wildes Gelage schließen. Abgestandener Qualm mischte sich mit menschlichen Ausdünstungen übelster Art. Taijo Puri lag im Bett, nur halb zugedeckt, hatte den Mund geöffnet und schnarchte.

»Herr Puri«, rief Jonas laut. Es blieb ungehört. Jonas packte den Mann an der Schulter und rüttelte ihn. Benommen, als tauchte er aus einer anderen Welt auf, öffnete Puri die Augen und blinzelte die Polizisten irritiert an.

»Was ist los? Wo bin ich?«

»Polizei. Wir müssen mit Ihnen reden.«

»Welche Polizei? Und warum?«

»Genug jetzt«, blaffte Jonas den Manager an. »Ich sollte von Ihnen eine Liste der Mitarbeiter bekommen. Wo ist die?«

»Welche Liste?«

»Mir reicht es«, fluchte Jonas. »Wir werden eine Hundertschaft auffahren und alle Mitglieder Ihrer Truppe zur Feststellung der Identität und zum Verhör mit aufs Revier nehmen.«

»Warum denn?« Puri schien die Situation immer noch nicht erfasst zu haben.

Jonas zog ihm die Bettdecke weg. Der Mann trug Unterwäsche, die alles andere als hygienisch rein war.

»Aufstehen, aber fix. Dann ziehen Sie sich etwas über. Oder wollen Sie so mitkommen? Das wird die Medien in Schweden begeistern, wenn dieses Bild in allen Zeitungen erscheint.«

Die Drohung wirkte. Zumindest erreichte sie das verkaterte Gehirn des Mannes.

»Sie sehen doch – ich bin krank.« Puri zog am Bettbezug und verdeckte seine Blöße.

»Wir haben die richtige Medizin. Die wird Ihnen einen klaren Kopf verschaffen.«

»Was soll der Terz? Nur weil wir gefeiert haben?«

»Wenn bei jeder Feier jemand ermordet wird, ist das untragbar.«

»Wer ist ermordet worden?«

»Der Name sagt Ihnen nichts. Es besteht aber ein Zusammenhang mit dem Auftritt Ihrer Band.«

»Blödsinn. Die Jungs machen Musik. Erfolgreich. Und hinterher feiern sie. Was ist dabei?«

»Wir suchen einen Mitarbeiter Ihrer Truppe. Einen Osteuropäer«, sagte Jonas.

»Ich bin der einzige Ausländer, sehe mich als Este, aber nicht als Osteuropäer.«

»Ich will mit Ihnen keine Grundsatzdiskussion führen. Wo sind die anderen Leute, die Ihre Tour begleiten? Die Roadies?«

Puri zierte sich.

Korslund war der ganzen Aktion stumm gefolgt. Jetzt zog er sein Telefon hervor und forderte Einsatzunterstützung der Schutzpolizei an.

Schlagartig wurde Puri wach und richtete seinen Oberkörper auf. »Das hat ein Nachspiel für euch. Wir sind nicht irgendwer.«

»Ich weiß«, antwortete Jonas. »Die Truppe leistet Widerstand. Eine Revolution. Aber – wie der Name sagt – ist es eine schlechte Revolution. Eine gescheiterte. Und die Geschichte lehrt uns, dass erfolglose Revolutionäre geköpft werden.«

Es brachte nichts, weiter zu diskutieren. Puri konnte ihm nicht folgen.

»Darf ich mich umsehen?«, fragte Jonas.

»Natürlich nicht«, knurrte der Manager.

Es dauerte eine Viertelstunde, bis ein Dutzend uniformierte Polizisten auftauchten.

»Den hier«, dabei zeigte Korslund auf Puri, »und die anderen, die zur Band gehören, sollen zur Feststellung der Personalien aufs Revier gebracht werden. Sie müssen erkennungsdienstlich behandelt werden. Außerdem soll die Spurensicherung die Räume nach verbotenen Substanzen durchsuchen.«

»Nein«, protestierte Puri. »Haut ab.« Immerhin leistete er keinen Widerstand, als ihn die Beamten abführten. Zwischendurch galt es, den Hotelmanager zu beruhigen. Immer wieder versicherte er, dass dieses nicht dem Stil des Hauses entspreche und wie peinlich ihm die ganze Aktion sei.

Erheblich schwieriger wurde die Festnahme der anderen. Bei Trygve Bohinen mussten die Beamten hart zupacken und ihm Handfesseln anlegen, weil er sich widersetzte. Als der Leadsänger Jonas erblickte, wollte er sich auf ihn stürzen. »Das Ganze hast du Hund inszeniert«, brüllte er. »Das wird dich deinen Kopf kosten.«

»Nehmen Sie die Drohung ernst«, riet Korslund Jonas. »Der Mann ist gewalttätig. Nicht nur, wenn er nach einer heißen Nacht noch unter dem Einfluss von Alkohol und möglicherweise Drogen steht.«

Die pummelige Dreißigjährige aus Trygves Bett durfte sich nach Feststellung ihrer Personalien zurückziehen. Sie müsse zu ihren Kindern, erklärte sie kleinlaut. Bei Einar Muggeruds hatten sich zwei Minderjährige unter der Bettdecke versteckt. Lediglich den Jüngsten, Egil Alsen, trafen sie allein in seinem Zimmer an. Hjalmar Bohinen, der Schlagzeuger, versuchte, leise zu sein, wollte sich kooperativ verhalten und verhindern, dass man ihn mitnahm. Es war ihm peinlich, dass man in seinem Bett einen nackten jungen Mann fand, der allerdings volljährig war.

Es waren nicht nur andere Gäste auf das Spektakel aufmerksam geworden, vor dem Hotel hatten sich auch Schaulustige eingefunden. Jonas wusste nicht, ob darunter auch Vertreter der örtlichen Presse waren. Die Medien waren dankbare Abnehmer der mit den Handys aufgenommenen Bilder.

»Ich habe gehört, dass wir nach einer Namensliste suchen sollen«, meldete sich ein junger Beamter bei Korslund.

»Haben Sie etwas gefunden?«, fragte der Kommissar.

Der Polizist verneinte. »Aber heute Nacht waren zwei Streifenwagen auf dem Rastplatz am Sidsjön. Anwohner hatten sich über Lärm beschwert. Dort standen zwei Busse, nein, eher große Wohnmobile. Die haben dort übernachtet. Es waren Leute, die zu den Konzertveranstaltern gehören.«

Korslund beschloss, sich das aus der Nähe anzusehen. Er orderte zwei Streifenwagen zur Unterstützung an den südlich der Stadt gelegenen See.

Es war ein idyllisches Plätzchen, dass sich die Roadies ausgesucht hatten. Das schwedische Jedermannsrecht gestattete es, sich in der freien Natur zu bewegen, dort zu zelten oder das Wohnmobil zu parken, sofern auf die Privatsphäre möglicher Wohnhäuser und die Unberührtheit der Landschaft Rücksicht genommen wurde.

Sie fanden am etwas abseits der Straße gelegenen Rastplatz die beiden umgebauten Busse vor. Neben den Campingwagen standen mehrere Kleintransporter. Ausnahmslos Männer waren anwesend. Jonas betrachtete das bunte Volk. Alle sahen verwegen aus, wirkten fast wie die Nachkommen der Cowboys.

Die Männer starrten dem Polizeiaufgebot entgegen, bis sich ein gemütlich aussehender in einem fleckigen Pullover näherte.

»Polizei?«, fragte er.

Korslund erklärte, dass sie die Personalien aller Leute aufnehmen wollten, die auf der Konzerttour der Rockband unterwegs sind.

»Ist das mit dem Manager abgestimmt?«, wollte der Mann wissen, der sich als Vorarbeiter ausgab.

»Wir benötigen keine Genehmigung«, erklärte der Kommissar. »Es geht um einen Mordfall.«

Der Vorarbeiter nickte ernst. »Ich habe davon gehört. Aber was hat das mit uns zu tun?«

»Wir notieren die Namen aller Leute, die sich in der Nähe aufgehalten haben. Aller«, bekräftigte Korslund.

»Von meinen Jungs bringt doch keiner jemanden um. Weshalb auch? Die arbeiten hart. Das ist ein Knochenjob. Wenn nach dem Konzert alle feiern, müssen wir noch ran und abbauen. Der Platz soll am nächsten Morgen wieder frei sein. Dann hetzen wir im Schweinsgalopp zum nächsten Veranstaltungsort, um dort alles wieder aufzubauen. Da muss jeder Handschlag sitzen. Wenn die Musiker kommen, muss die Elektrik stimmen, der Sound eingestellt sein. Das ist nicht nur ein bisschen die Bühne zusammenschrauben, sondern Hightech.«

»Mag alles sein«, sagte Korslund. »Deshalb benötigen wir trotzdem die Personendaten.« Er zeigte in die Runde. »Sind das alle?«

»Ja«, bestätigte der Vorarbeiter. »Ausgenommen die zwei, die als Vorauskommando schon unterwegs sind. Die prüfen, ob die vereinbarten Installationen von Strom und anderen Anschlüssen problemlos erfolgen können. Außerdem suchen sie Plätze, wo ich die Fahrzeuge abstellen kann. Wir brauchen auch Parkgenehmigungen für unsere Einsatzfahrzeuge mit dem technischen Equipment und vieles mehr.«

»Waren die beiden gestern in Sundsvall?«

»Die sind immer ein paar Tage voraus. Wir hier sehen die gar nicht. Na gut«, zeigte sich der Vorarbeiter einsichtig, »aber bitte schnell. Wir müssen weiter an den Siljansee. Das sind dreihundert Kilometer. Die«, dabei zeigte er mit dem Daumen über die Schulter, »haben alle nicht ausgeschlafen.«

Korslund gab den uniformierten Beamten ein Zeichen, damit sie die Ausweise kontrollierten. Jonas ging durch die Reihen der fünfzehn Männer. Er konnte kein bekanntes Gesicht entdecken.

Unter den Arbeitern waren mehrere Ausländer. Ein Mazedonier, ein Portugiese, ein Marokkaner und ein Pole. Alle hatten ihre Ausweise oder Pässe vorgelegt.

»Fehlt jemand?«, wollte Jonas wissen.

»Nein«, versicherte der Vorarbeiter. »Wir brauchen jede Hand. Alle Verrichtungen müssen sitzen. Die Truppe wird für jede Tournee neu zusammengestellt. Ich bin froh, dass wir nach der dritten Station langsam Routine bekommen.«

Nicht jeder verstand Schwedisch. Es war eine schwierige Verständigung mit schwedischen und englischen Wortfetzen, in der aber alle bestritten, etwas von den Ereignissen im Park hinter dem Stadthaus mitbekommen zu haben.

»Sie können fahren«, sagte Korslund enttäuscht.

»Moment«, schaltete sich Jonas ein. »Ich möchte mir noch einmal die Schlafplätze ansehen.«

»Da ist nicht aufgeräumt«, sagte der Vorarbeiter entschuldigend. »Das sieht wild aus.« Er hatte recht. Es war ein flüchtiger Durchgang. Jonas war erschrocken, unter welch primitiven Bedingungen die Roadies hier lebten. Die sanitären Einrichtungen in den beiden Fahrzeugen würde er als menschenunwürdig einstufen. Was waren das für Leute, die sich auf so etwas einließen? Abenteurer? Musikenthusiasten? Kaum.

»Ich möchte noch eine Gepäckidentifizierung«, sagte Jonas und ließ sich von jedem einzelnen Arbeiter die persönlichen Gegenstände zeigen. Konnte ein Mensch mit so wenig auskommen? Zum Teil hatten die Leute nicht einmal Kleidung zum Wechseln.

»Alles klar?«, wollte Korslund wissen.

Jonas schüttelte den Kopf. »Eine Reisetasche ist übrig. Wem gehört die?«

»Das kann nicht sein«, versicherte der Vorarbeiter. »Es sind alle da.«

»Nein«, beharrte Jonas, stieg in den vorderen Bus und kehrte mit einer abgenutzten Reisetasche zurück. Er hielt sie in die Höhe. »Wessen Tasche ist das?«

Niemand meldete sich.

»Gut, dann werden wir Sie hier so lange festhalten, bis diese Frage geklärt ist«, sagte Jonas.

»Wir müssen weiter.« Der Vorarbeiter klang zornig.

Jonas hob die Tasche leicht an. »Erst nachdem wir wissen, wem dies hier gehört.«

Der Pole trat vor und behauptete: »Meine. Ich habe nicht daran gedacht.«

»Was ist da drin?«

»Wäsche.«

Jonas öffnete die Tasche. Es fanden sich wirklich ein paar Bekleidungsstücke.

Der Pole streckte die Hand aus.

»Moment«, bat Jonas und zog ein Oberhemd hervor, das sauber und gebügelt aussah und nicht zur Aufmachung der anderen Arbeiter passte. »Ziehen Sie das über.«

Unsicher näherte sich der Mann, der von kleiner, drahtiger Statur war. Er hielt das Hemd an seinen Oberkörper und sah Jonas erwartungsvoll an. Der schüttelte den Kopf und befahl: »Anziehen.«

Umständlich schälte sich der Pole aus der speckigen Weste und dem Baumwollhemd, dem anzusehen war, dass es schon mehrere Tage benutzt wurde, und streifte sich das Hemd über. Die Männer lachten, als der Mann mit flatternden Armen und weit herabhängenden Schultern vor ihnen stand. Auch Jonas schmunzelte. »Gab es keine passenden Größen?«, fragte er.

Der Arbeiter senkte den Kopf. »Ich wollte Chef Gefallen tun«, radebrechte er. »Wir sonst sind spät in nächste Ort. Alle Kollega haben Problem. Müssen bis in Nacht arbeiten. Wenn schneller da, vielleicht vor Mitternacht ist Feierabend.«

Jonas sah den Vorarbeiter an. »Also? Wer fehlt?«

»Niemand. Ich habe einen rausgeworfen. Der hat seine Tasche vergessen. Ein fauler Hund. War sich zu fein, um mit anzupacken. Das geht nicht. Immer wenn er gebraucht wurde, ist der Kerl abgetaucht. Ich wollte ihn schon in Umeå loswerden, aber der Manager hat befohlen, dass er bleiben soll. Es geht nicht, dass sich jemand, statt mit anzufassen, unters Publikum mischt. Gestern hatte ich die Schnauze voll und habe ihn davongejagt.«

»Wie hieß der Mann?«

»Urmas.«

»Weiter?«

Der Vorarbeiter zuckte die Schultern. »Weiß nicht, ehrlich. Ich kenne nur den Vornamen.«

»Haben Sie seinen Pass gesehen? Oder sonstige Papiere von Urmas?«, wollte Jonas wissen.

»Nein. Der Chef …«

»Puri?«, unterbrach Jonas.

Der Vorarbeiter nickte. »Der hat ihn angeschleppt und bestimmt, dass er mit uns fahren soll.«

»Wie sieht Urmas aus?«, fragte Jonas.

»Puuuh«, lautete die nichtssagende Antwort.

»Ich habe Foto«, mischte sich der Pole ein. »Auf Handy. Hat Jovan gemacht.« Er zeigte auf den Mazedonier, der bestätigend nickte. Dann kramte er ein älteres Smartphone hervor und hielt es Jonas hin.

Jonas vergrößerte das Bild und zeigte es Korslund. »Treffer«, sagte er leise. »Das ist der Unbekannte von gestern Abend.« Er sendete sich das Bild auf sein Handy. »Die Tasche ist beschlagnahmt«, fügte er an. Dann gaben sie den Roadies die Genehmigung zur Weiterfahrt.

Auf dem Revier herrschte Trubel. Egil Alsen, der Jüngste, maulte, weil seine Pizzabestellung nicht weitergeleitet wurde. Einar Muggerud hatte sich hingeflegelt, bohrte demonstrativ in Nase und Ohr und behauptete, die beiden Minderjährigen in seinem Zimmer seien volljährig, und er könne nicht jede Frau, die sich mit ihm einließ, nach dem Ausweis fragen. Hjalmar Bohinen saß verschämt auf einem Stuhl und schwieg, während sein Bruder Trygve fixiert werden musste, da er weiterhin tobte und den Wilden markierte.

Korslund sah sich die aufgenommenen Personendaten an. Man hatte die Musiker erkennungsdienstlich behandelt. »Alsen und Hjalmar Bohinen können gehen«, wies er an. »Alsen erhält eine Strafanzeige.« Man hatte in seinem Zimmer eine überschaubare Menge Hasch gefunden.

Einar Muggerud solle auch freigelassen werden, wenn die Anzeige wegen sexueller Handlungen mit Minderjährigen und das Protokoll geschrieben seien, erklärte der Kommissar.

Trygve Bohinen sprang auf und stolperte über die angelegten Fußfesseln, als er Jonas sah. »Ich bring dich um«, schrie er außer sich vor Wut.

Jonas lächelte. »Danke. Dann wird sich Ihr Aufenthalt noch ein wenig hinziehen.« Die Vorwürfe wegen Widerstands gegen Vollstreckungsbeamte wurden noch ergänzt durch eine Anzeige wegen Drogenbesitzes. »Heroin ist kein geeignetes Leckerli für alternde Rockmusiker«, sagte Jonas. »Da haben wir ein hübsches Päckchen geschnürt. Das wird den Richter begeistern. Gibt es eigentlich ein Backup für Sie in der Band? Sie werden mit Sicherheit eine Weile ausfallen. Aber in dem schnelllebigen Geschäft erledigt sich das Problem von allein. In Kürze wird sich niemand mehr an den ungehobelten Klotz erinnern, der versuchte, einen auf jung zu machen. Wie geht es Ihrem Freund Urmas?« Zwei Polizisten mussten hinzuspringen, um Bohinen daran zu hindern, sich auf Jonas zu stürzen.

»Statt Heroin sollten Sie es mal mit Baldrian versuchen«, schlug Jonas vor, bevor er mit Korslund den Verhörraum aufsuchte, in den man den Manager gebracht hatte.

»Das wird teuer für Sie«, schimpfte Puri. »Nicht nur die Verzögerung bei unserem nächsten Konzert, überhaupt … Ich will meinen Anwalt sprechen.«

»Das fordert er schon, seitdem er hier ist«, erklärte ein Mitarbeiter Korslunds. »Natürlich wollten wir ihm den Anruf erlauben. Aber er bestand darauf, von seinem Handy aus und ohne Gegenwart eines Polizisten zu telefonieren. Das haben wir ihm nicht gestattet. Er hätte Komplizen warnen können.«

»Welche Komplizen? Ich habe nichts Verbotenes getan.«

»Drei Ihrer Musiker haben sich strafbare Handlungen zuschulden kommen lassen. Drogenbesitz. Unzucht mit Minderjährigen. Sachbeschädigung. Versuchte Körperverletzung. Und der vierte wird sich gegenüber den weiblichen Fans rechtfertigen müssen, warum er junge männliche Fans bevorzugt. Die Presse wird sich mit Begeisterung auf diese Nachrichten stürzen.«

Puri knirschte mit den Zähnen. »Wer bezahlt Sie? Sie wollen Bad Revolution fertigmachen. Ist es ein anderes Musiklabel?«

»Wir sind unbestechlich«, erwiderte Jonas. »Besonders wenn es um Mord und Drogenhandel geht.«

»Damit haben wir nichts zu tun«, behauptete der Manager. »Ich gebe zu, dass die Jungs manchmal ein bisschen rau sind. Sie müssen Dampf ablassen. Haben Sie eine Vorstellung, wie anstrengend so eine Tournee ist? Im Grunde genommen sind es anständige Kerle. Schön. Ein wenig unkonventionell und nicht im Einklang mit biederen bürgerlichen Vorstellungen. Ist das verboten?«

Korslund stützte sich auf der Tischplatte ab und näherte sich mit seinem Gesicht bis auf wenige Zentimeter dem von Puri. »Es ist verboten, Menschen zu ermorden. Es ist auch verboten, Jugendlichen Drogen zu verkaufen.«

»Das sind Phantasiegeschichten, die Sie hier vorbringen.«

»Wo ist Urmas?«, fragte Jonas.

»Urma …? Wer soll das sein?«

»Ersparen wir uns solche Spielchen, sonst lassen wir Ihre Roadies hier aufkreuzen, statt sie an den Siljansee fahren zu lassen. Die werden uns erzählen, dass Sie Urmas bei denen eingeschleust haben. Begeistert waren die Leute nicht von ihm. Dann können Sie das Konzert abschreiben. Welche Aufgabe hatte Urmas, bevor er sich gestern nach dem Mord aus dem Staub gemacht hat?«

»Urmas Krasnopjorov ist kein Mörder. Ich kenne ihn. Er stammt aus meiner Heimat.« Puri kannte sogar den Zunamen.

»Weil er Este ist, ist er vertrauenswürdig?«, fragte Jonas provozierend. »Haben Sie ihn mit Spezialaufgaben betraut?«

»Was für Spezialaufgaben?« Der Manager schaute unsicher von einem Beamten zum anderen.

»Sagen Sie es uns«, forderte Korslund Puri auf. Jonas war erstaunt, wie gut die Zusammenarbeit mit dem Sundsvaller Kommissar funktionierte.

»Urmas soll ein Auge auf die Arbeiter werfen. Ich muss mich um die Band kümmern.«

»Sie haben einen Vorarbeiter«, warf Jonas ein.

»Der ist Techniker, aber auch nur für die Tournee angeheuert. Ich wollte wissen, was dort vor sich geht. Auf die Technik – da achtet der Vorarbeiter. Aber sonst … Wenn etwas aus dem Ruder läuft, fällt es auf mich und die Band zurück.«

Die beiden Polizisten lachten laut auf. »Das war der Gag der Woche«, sagte Jonas und zeigte auf die Zimmerwand. »Hinter diesen Mauern sitzen die Musiker und müssen sich anhören, welche Vorwürfe gegen sie erhoben werden. Wir haben das halbe Strafgesetzbuch zusammengeschrieben«, übertrieb Jonas. »Und Sie machen sich Gedanken über die Arbeiter. Wo ist Urmas Krasnopjorov abgeblieben?«

»Ich weiß es nicht«, sagte Puri und wirkte ratlos.

»Er hat sich mit Ihrem Geld und Ihrem Stoff aus dem Staub gemacht?«, hakte Jonas nach.

»Davon weiß ich nichts«, behauptete der Manager.

»Wie erreichen wir ihn?«

»Ich weiß es nicht.«

»Das haben wir jetzt schon oft von Ihnen gehört«, sagte Jonas scharf. »Wir werden Ihr Handy auswerten.«

»Das dürfen Sie nicht.« Puri klang nicht mehr überzeugend.

»Es wird ein wenig dauern, bis wir heute, am Freitag, einen Richter gefunden haben, der uns die Erlaubnis dazu erteilt. So lange werden Sie noch warten müssen«, mischte sich Korslund ein.

Der Manager zuckte zusammen. »Ich muss zum nächsten Konzert.«

»Das wird nichts werden«, verunsicherte ihn Jonas zusätzlich.

Man sah, wie es hinter Puris Stirn arbeitete. »Gut«, quetschte er gequält hervor. »Ich gebe Ihnen die Telefonnummer. Mehr Kontaktdaten habe ich auch nicht.«

»Wir möchten uns auch die Anrufliste auf Ihrem Handy ansehen«, schob Jonas nach.

Puri schüttelte den Kopf. »Das will ich nicht.«

»Na denn. Suchen wir einen Richter.« Jonas erhob sich. Auf halbem Weg zur Tür rief ihm Puri hinterher:

»Warten Sie. Ich bin erledigt, wenn das Konzert ausfällt.« Er ließ sich das Mobiltelefon zurückgeben und gab seine PIN ein. Nachdem es freigeschaltet worden war, streckte Jonas die Hand aus. Er bat Korslund, eine Handyortung zu organisieren. Es dauerte eine halbe Stunde, bis die technischen Voraussetzungen geschaffen waren. Die Zeit nutzten die beiden Beamten, um sich die Anruflisten anzusehen. Urmas Krasnopjorov hatte, kurz nachdem er vor Jonas geflüchtet war, vergeblich versucht, Puri zu erreichen. Mehrere weitere Versuche waren ebenfalls erfolglos gewesen. Erst nachts um drei Uhr war eine Verbindung zustande gekommen.

Jonas wollte vom Manager wissen, worüber sie gesprochen hatten. Puri behauptete, Krasnopjorov habe sich abgemeldet, weil er eine Frau aufgerissen – so sagte er wörtlich – habe. Er wollte heute wieder anrufen. Es lag aber kein weiteres Telefonat vor.

Der Techniker gab das Zeichen, dass er die Handyortung aktiviert hatte, und Jonas wählte den untergetauchten Esten an.

»Jah. Mis see on?«, meldete sich eine kehlig klingende Stimme.

»Urmas! Vorsicht! Die Polizei ist am Apparat«, schrie Puri plötzlich aus Leibeskräften aus dem Hintergrund.

Sofort klickte es, und die Leitung war tot.

Jonas war sauer. Er hatte nicht erwartet, dass der Manager so reagieren würde. Er war auch über sich selbst zornig. Das hätte nicht passieren dürfen. Ein Anfängerfehler. Korslund bestätigte es durch einen tadelnden Blick.

»Sie haben einen großen Fehler gemacht«, sagte Jonas zum Manager gewandt. »Sie haben soeben zugegeben, mit Krasnopjorov unter einer Decke zu stecken. Das werden Sie uns erklären müssen.« Korslund ließ den Manager durch einen Polizisten abführen. Jonas war froh, dass ihm der Sundsvaller Kollege Vorwürfe ersparte.

»Stimmt«, sagte der Kommissar stattdessen. »Wir haben Glück gehabt. Puri weiß mehr, als er uns weismachen wollte. Wir werden ihn noch einmal in die Mangel nehmen.«

Kurz darauf erschien der Techniker. »Es war sehr kurz. Wir konnten den Standort aber trotzdem ermitteln.«

Gespannt starrten die beiden Kommissare ihn an.

»Mora.«

»Donnerwetter«, entfuhr es Jonas. »Die Stadt liegt am Siljansee. Dort hat Bad Revolution den nächsten Auftritt. Die Sache wird immer brisanter.«

Korslund versprach, Jonas über das Ergebnis des weiteren Verhörs zu informieren. Dann fuhr Jonas nach Östersund zurück.

Er traf Ráidnersson auf dem Polizeirevier an. Der Inspektor hatte Neuigkeiten zu verkünden. »Wir haben Valter Wikström geschnappt. Das ist ein Kleindealer aus Östersund, den wir schon lange unter Beobachtung hatten. Wikström war immer sehr vorsichtig. Wenn wir ihn kontrollierten, hatte er nur Kleinstmengen bei sich. Das reichte nie aus, ihn festzusetzen. Umso erstaunter war Agssagssak, als er ihn heute auf frischer Tat vor dem John-Bauer-Gymnasium erwischte. Er hatte gut zwanzig Ampullen bei sich. Wir müssen sie in Linköping analysieren lassen. Ich vermute aber, dass es sich um Liquid Ecstasy handelt, den gleichen Stoff, an dem das Mädchen in Umeå gestorben ist.«

»Das bedeutet, die Drogenhändler haben das Konzert als Einstieg in den Markt genutzt und versuchen jetzt, das Folgegeschäft aufzubauen. Aber wie kommt ein örtlicher Dealer an das Zeug, nachdem wir bisher immer davon ausgegangen sind, dass die regionale Szene verjagt wird?«

»Das trifft auch hier zu. Wikström ist ein Kleinganove und war im Verhör nicht sehr widerstandsfähig. Er hat relativ schnell angefangen zu singen. Er behauptete, ein Unbekannter habe ihn angesprochen, nachdem er von ihm beim eigenen Handel erwischt worden sei. Zunächst habe Wikström geglaubt, es sei die Polizei. Heute gab er zu, dass er sich wohler gefühlt hätte, wenn das der Fall gewesen wäre. Der Fremde, er war ihm noch nie zuvor begegnet, habe ihn gezwungen, künftig für ihn zu arbeiten. Es seien zwei Ausländer gewesen, hatte Wikström behauptet. Einer hatte ihm zwei Finger gebrochen, nur um ihm klarzumachen, mit wem er es künftig zu tun haben werde. ›Wenn du nicht spurst‹, habe man ihm gedroht, ›bricht als Nächstes dein Halswirbel.‹ Man habe ihm den Ausweis abgenommen und einbehalten.«

»Über welche Kontakte läuft das Geschäft?«

»Wikström hat nur die beiden Typen gesehen. Sie wollen sich wieder bei ihm melden.«

»Wann?«

»Telefonisch.«

»Kann er die Männer beschreiben?«

Der Inspektor nickte. »Agssagssak ist gerade dabei, mit Wikström und einer geeigneten Software ein Phantombild zu erarbeiten.«

»Wir müssen auf Wikström achtgeben. Wenn er wirklich Kontakt zur Drogenmafia hat, ist er in Lebensgefahr. Die Leute zögern nicht. Ein Menschenleben bedeutet ihnen nichts.«

»Das sehen wir auch so«, stimmte Ráidnersson zu. »Ich will morgen mit dem Staatsanwalt sprechen, ob wir Wikström in ein Zeugenschutzprogramm aufnehmen können.«

»Gut gemacht«, lobte Jonas und rief Markvist in Stockholm an. »Wir brauchen alle verfügbaren Informationen über Urmas Krasnopjorov. Er ist estnischer Staatsbürger. Wann ist er nach Schweden gekommen? Auf welchem Weg? Ist er bei uns straffällig geworden? Gibt es bekannte Kontakte in Schweden?« Außerdem sollte Markvist bei der estnischen Polizei Rückfrage halten. »Lassen Sie das über Tällberg laufen. Und informieren Sie die Polizei in Mora. Sie soll nach Krasnopjorov Ausschau halten«, sagte er zum Abschluss.

Inzwischen war Kriminalassistent Agssagssak hinzugekommen, loggte sich an dem Rechner ein und präsentierte das Phantombild.

»Es hat Ähnlichkeit mit Urmas Krasnopjorov«, bestätigte Jonas. »Wenn wir die Antwort aus Stockholm vorliegen haben, können wir ihn zur Fahndung ausschreiben. Für mich besteht kein Zweifel daran, dass der Mann Mitglied des Drogenrings ist. Ob er auch ein Mörder ist, können wir noch nicht sagen. Gibt es auch Hinweise auf den Zweiten, der Wikström bedroht hat?«

Agssagssak nickte und zeigte ein weiteres Bild.

»Nein«, sagte Jonas. »Den habe ich noch nie gesehen.«

Ráidnersson räusperte sich. »Beschäftigen wir uns mit Evaldsson, dem Opfer«, schlug er vor. »Er stammt aus einer unauffälligen bürgerlichen Familie aus Strömsund. Der Vater war Angestellter in einer kleinen Betonfabrik, die Mutter führt einen kleinen Blumenhandel. Melker hat noch zwei Geschwister. Beide sind berufstätig und ohne Vorstrafen. Weshalb gerät in einer solchen Familie ein Kind aus der Bahn? Das sind Fragen, die ich mir immer wieder stelle, aber auf die ich bisher keine Antwort gefunden habe. Nach der Schule hat Evaldsson versucht, bei der Bahn unterzukommen, ist aber gescheitert. Auch mehrere weitere Anläufe in anderen Berufen waren ohne Erfolg. Er ist nach Östersund gezogen und hat zunächst von Gelegenheitsjobs gelebt, als Aushilfe in der Gastronomie, im Gartenbau und so weiter. Irgendwie hat er Kontakt zur Drogenszene gefunden. Seit geraumer Zeit ist er uns als Kleindealer bekannt. Wir haben ihn mehrfach festgenommen und den Fall auch vor Gericht gebracht, aber leider erfolglos. Es gibt hier einen Richter, der scheint unsere Arbeit zu torpedieren. Wir sollten ihn nicht mit belanglosen Dingen behelligen, hält er uns vor. Was wollen Sie gegen eine solche Rechtsauffassung machen? Liberales Schweden. Darunter verstehe ich etwas anderes. Durch diese Erfahrung ist Evaldsson immer ein wenig forscher geworden. Er glaubte, das Katz-und-Maus-Spiel gegen uns gewonnen zu haben. Dass er ein solches Ende findet … Es war nicht vorhersehbar.«

»Lassen Sie uns die Wohnung durchsuchen«, schlug Jonas vor. »Wir haben in Sundsvall weder Handy noch Computer gefunden. Und sein Auto interessiert mich. Er hatte BMW-Schlüssel bei sich, aber das Fahrzeug haben wir nicht entdeckt. Irgendwie muss er nach Sundsvall gekommen sein.«

»Vielleicht als Leiche«, schlug Agssagssak vor. Er sah seinen Vorgesetzten an. »Wenn du einverstanden bist, kümmere ich mich um die Auswertung seiner Handydaten und setze mich mit dem Provider in Verbindung.«

Ráidnersson hob zustimmend seine Hand. »Ich habe die Adresse«, sagte er anschließend und fuhr mit Jonas in die Södra-Torlandsgatan, ein dichtbebautes Gebiet mit zahlreichen Sozialwohnungen.

Direkt vor der Tür stand Evaldssons BMW, ein älteres 7er Modell. »Ihm kam es offenbar nicht auf Funktionalität, sondern auf Größe an«, stellte Ráidnersson fest. »Der Wagen sieht heruntergekommen aus. Ein paar Beulen, Rostflecken. Kein Renommee.«

Er werde veranlassen, dass das Fahrzeug sichergestellt und untersucht wird, fuhr der Inspektor fort. »Außerdem werden wir versuchen, ein Bewegungsprofil zu erstellen. Die übliche Routinearbeit. Wir prüfen anhand der Kreditkartenabrechnung, wo Evaldsson getankt hat.«

Die Wohnung erwies sich als ähnlich ungepflegt. Die Einrichtung war zusammengesucht, zeigte deutliche Gebrauchsspuren und starrte von Schmutz. Gebrauchtes Geschirr stand herum, Wasserflecke auf dem Holz waren nicht weggewischt worden, im Kühlschrank schimmelte eine offene Packung mit Frischkäse.

Jonas zog die Stirn kraus, als er auf das ungemachte Bett sah. »Als Mädchen würde ich nicht auf diesen Fleckenteppich steigen.«

Es war nicht schwierig, die Drogenverstecke zu finden. »Warum sind solche Leute so einfallslos«, stellte Ráidnersson fest, als er vier kleine Päckchen Heroin aus dem Wasserkasten der Toilettenspülung fischte. Hinter der Kontrollklappe für den Ablauf in der Dusche lag ein geringer Vorrat an Haschisch, in Plastikfolie verpackt.

»Ein wirklich kleiner Fisch«, sagte Jonas enttäuscht. »Ist das alles? Offenbar hat er nicht einmal ein kleines Vorratslager gehabt. Solche Typen werden auf die Straße gehetzt, um das Zeug an die Konsumenten zu verteilen. Mit solchen Sachen befassen sich die Hintermänner nicht.«

Sie fanden eine Bong, eine Wasserpfeife ohne Schlauch. »Er hat selbst Hasch geraucht«, stellte Jonas fest. »Auch das noch.« Bargeld lag nicht in der Wohnung, achtlos hingeworfene Kontoauszüge zeigten, dass Evaldsson seinen Disporahmen bis zur Grenze ausgeschöpft hatte. »Das Geld verdienen andere«, knurrte Jonas.

Einen Hinweis auf die Kontakte des Kleindealers gab es nicht. »Vielleicht finden wir etwas auf seinem Notebook«, hoffte Ráidnersson. »Das Handy wäre sicher interessanter gewesen.« Aber auch das war nicht vorhanden.

Der Inspektor forderte die Spurensicherung an.

»Damit ist unsere Vermutung nicht widerlegt, dass Evaldsson seinen Mördern in Östersund begegnet ist und sie ihn nach Sundsvall verschleppt haben.«

Jonas nickte zu dieser Feststellung. »Tot oder lebendig«, ergänzte er sarkastisch und rief dann Markvist in Stockholm an. Der bestätigte, dass er eine Anfrage über Urmas Krasnopjorov an die Kriminalpolizei in Tallinn gestellt habe. Die Antwort lag noch nicht vor.

Jonas beschloss, nach Hause zu fahren.

»Morgen Abend tritt die Band am Siljansee auf«, erinnerte Ráidnersson. »Werden Sie dort sein?«

»Die schwedische Polizei hat zwölftausend Beamte. Da werden sich kompetente Kollegen finden, die ein Auge auf das Geschehen werfen«, erwiderte Jonas. Er beabsichtigte, von unterwegs Tällberg anzurufen und den Polisintendenten auf die besondere Gefahrenlage hinzuweisen, die mit einem Auftritt von Bad Revolution verbunden war. Außerdem mussten sich die Stadtverwaltungen ernsthaft fragen, ob man die Konzerte nicht absagen sollte.

In der Stadt herrschte der übliche Freitagstrubel. Es ging nur zäh voran. Nicht nur die Östersunder, auch die Bewohner der Region suchten im Zentrum nach einer Möglichkeit, ihr Fahrzeug abzustellen, um die Geschäfte zu stürmen, zu bummeln oder eines der Restaurants aufzusuchen.

Jonas ärgerte sich, dass er vom Polizeigebäude nicht sofort zur nahen Schnellstraße gefahren war, sondern noch einmal Östersunds Mitte ansteuerte. Die Kyrkgatan verlief parallel zur Fußgängerzone. Die großen Geschäfte hatten hier rückwärtige Eingänge. Sonst bestimmten kleinere Läden das Straßenbild. Gardinengeschäft. Frisör. Kiosk. Vor einem Rotklinkerbau im Stil der siebziger Jahre fand er mit Glück eine Lücke auf einem Parkstreifen. An der Straßenecke warb eine einheimische Burger-Kette um Kunden und konkurrierte mit der Niederlassung eines weltweiten Konzerns, der sich den besseren Standort am nur wenige Schritte entfernten Marktplatz reserviert hatte.

Er sah an der Fassade des Hauses empor. Kleine Fenster ließen darauf schließen, dass auch die Räume in den Wohnungen nur von überschaubarer Größe waren. Lediglich die Balkone boten ein winziges Stück Lebensqualität. Von ihnen hatte man einen Ausblick auf das Haus mit der tristen grauen Fassade auf der gegenüberliegenden Straßenseite. Die Birken, die am Straßenrand standen, zierten nur noch wenige Blätter. In diesen Breitengraden währte der Sommer nur kurz. Wer hier lebte, musste während dieser Zeit jede Minute auskosten, um die Natur vor der Haustür zu erleben. Oder er musste die Stadt verlassen und die Natur vor deren Toren genießen. Dort gab es sie im Überfluss.

Er beobachtete im Rückspiegel, wie zwei gelbe Busse an der Haltestelle Fahrgäste aufnahmen. Dann schwenkte sein Blick wieder zum Wohnblock. Jonas beugte sich vor und ließ die schmucklose Fassade auf sich wirken. Hatte dieses Haus schon während seiner Kindheit gestanden? Mit Sicherheit. Es war ihm nicht aufgefallen. Häuser dieser Bauart gab es zuhauf, hier und in jeder anderen Stadt. Niemand beachtete sie – nicht die Gebäude und nicht die Menschen, die in ihnen lebten. Er widerstand der Versuchung, auszusteigen, startete den Motor und machte sich auf den langen Weg nach Stockholm.

Von unterwegs rief er Tällberg an. Es sei richtig, versicherte sein Vorgesetzter, dass Jonas das Wochenende mit seiner Familie verbringe. »Wir haben Mitglieder der Sonderkommission nach Rättvik geschickt.«

»Rättvik?«

Tällberg bestätigte es. »Das Konzert ist kurzfristig von Mora nach Rättvik verlegt worden. Die Stadtverwaltung Moras hat es abgelehnt, die Genehmigung für das Rockkonzert aufrechtzuerhalten. In Anbetracht der Ereignisse rund um die vergangenen Auftritte der Band erschien es den Verantwortlichen zu riskant.«

»Kann man das organisatorisch bewältigen?«, fragte Jonas.

Tällberg bestätigte es. »Das war Anfang der Woche. Da wusste man noch nichts vom Mord in Sundsvall. Für die Veranstaltung war eine freie Grünfläche am See vorgesehen. In der Nähe gibt es einen kleinen Bahnhof namens Morastrand und ausreichend Parkplätze. Logistisch hätte es gut gepasst.«

»Und warum ist das Konzert nicht ganz abgesagt worden?«

»Die Veranstalter haben mit hohen Schadenersatzforderungen gedroht. Das schreckt auch mutige Bürgermeister ab. Nach meinem Informationsstand hat sich die Stadt Leksand auch geweigert, als Ausweichort anzutreten. So ist Rättvik auserkoren worden. Dort hat man anscheinend gern zugegriffen, um durch Bad Revolution ein wenig zusätzliche Publicity zu erhalten.«

»Und die örtliche Polizei?«, fragte Jonas.

»Dafür ist Mora zuständig. Machen Sie sich ein paar schöne Stunden mit Ihrer Familie. Ab Dienstag ruft uns wieder die raue Wirklichkeit.«

»Und Montag?«

Tällberg zögerte einen Moment. »Am Montag wird Johan Wax beerdigt. Wir fahren mit zwei Bussen in sein Heimatdorf.«

Jonas sagte spontan, dass er selbstverständlich dabei sei.

»Natürlich«, bestätigte Tällberg. »Wenn es nach den Kollegen ginge, würden Tausende dem toten Polizisten die letzte Ehre erweisen. Abfahrt ist morgens um fünf Uhr vor der Zentrale.«

Es war kurz vor Mitternacht, als er Stockholm erreichte. Das Licht, der Lärm, die vielen Menschen, der Verkehr – es irritierte ihn ein wenig. Er musste mehrere Runden drehen, bis er eine Parkmöglichkeit fand. Bis zu seiner Wohnung waren es schließlich acht Minuten Fußweg. Dies war eine andere Welt als die Städte im Norden.

Liv kam ihm barfuß entgegen, als er die Wohnungstür aufschloss. »Hej«, sagte sie und umarmte ihn. Es war ein schönes Gefühl, ihren warmen Körper zu spüren, wie sie sich an ihn drückte, ihre Lippen auf seinem Mund zu fühlen, sich von ihrem Atem die Wange streicheln zu lassen, in die Augen seiner Frau zu blicken und sie sagen zu hören: »Schön, dass du da bist.«

Sie hielten sich eine Weile fest umschlungen. Als Liv sich schließlich von ihm löste, fragte er: »Wo sind die Mädchen?«

Liv zeigte auf die angelehnte Tür des Wohnzimmers. Dort lief der Fernseher. Er betrat den Raum, warf einen Blick auf einen amerikanischen Film, der mit schwedischen Untertiteln ausgestrahlt wurde. Lisa hatte sich in die Sofaecke gekauert. Der Kopf der Jüngsten war nach hinten auf die Lehne gefallen. Sie hatte den Mund geöffnet und schlief, dabei umklammerte sie ein Kissen, als wäre es ihr kostbarster Schatz.

»Sie wollte dich unbedingt begrüßen«, flüsterte Liv, die von hinten herangetreten war und ihren Kopf auf seine Schulter legte.

Jonas löste sich von ihr, ging auf seine Tochter zu und gab ihr einen Kuss auf die Stirn. Verschlafen öffnete Lisa die Augen, erkennbar aus einer anderen Welt kommend, blinzelte ihn kurz an, murmelte ein »Hej Papa« und erlag dann der Versuchung, die Augen zu schließen und weiterzuschlafen.

Jonas lächelte und sah sich um. »Annika?«

Liv deutete auf das Zimmer der Großen.

Vorsichtig klopfte er gegen das Holz. Als er keine Antwort erhielt, öffnete er die Tür einen Spalt und sah hinein. Annika hockte im Schneidersitz auf ihrem Bett und hatte die Kopfhörergarnitur aufgesetzt. Ihre beiden Daumen bearbeiteten in rasender Geschwindigkeit das Smartphone. Sie sah kurz auf, sagte »Hej«, um dann ins Mikrofon zu sprechen: »Das war mein Vater. Er ist gerade nach Haus gekommen.« Sie sah ihn an. »Ist gerade schlecht jetzt.« Dann widmete sie sich wieder dem Smartphone und chattete weiter.

Jonas zog die Tür ins Schloss. Liv sah ihm die Enttäuschung über die Begrüßung an, als er sich umdrehte. Sie zuckte mit den Schultern. »So ist das eben«, sagte sie lakonisch und zog ihn in die Küche. »Möchtest du etwas essen?«

Es war lange her, seit er den letzten Bissen zu sich genommen hatte.

»Die beiden Mädchen haben darauf bestanden, Pizza zu essen. Ich mache dir schnell etwas in der Mikrowelle warm.«

Das war nicht der Empfang, den er sich gewünscht hatte. Aber was konnte er erwarten? Missmutig nickte Jonas und ließ sich am Tisch nieder. Er unterdrückte auch seine mangelnde Begeisterung, als Liv ihm Leichtbier aus dem Supermarkt vorsetzte. Sie merkte es.

»Das Leben ist teuer, besonders in Stockholm. Ich verstehe nicht, weshalb andere Familien sich viel mehr leisten können als wir. Mache ich etwas falsch?«

»Nein«, erwiderte Jonas und kaute lustlos auf dem lauwarmen Stück Pizza, das sich geschmacklich sicher nicht von der Pappschachtel unterschied. »Vielleicht ist bei denen mehr Schein als Sein.«

Liv stützte ihre Ellenbogen auf die Tischplatte und legte ihr Kinn in die zusammengefalteten Handflächen. »Dann lass uns auch mehr Schein als Sein machen.«

»Dafür wird bei denen an anderer Stelle gespart.«

Sie lachte bitter auf.

»Wo wird bei uns nicht gespart?«

Er ging nicht darauf ein. »Ich kann nichts dafür, wenn der König seine Polizisten so schlecht bezahlt.«

»Ich bin auch im öffentlichen Dienst und bekomme ein höheres Gehalt als du.«

Er versuchte, sie anzulächeln. »Deine Arbeit als Krankenschwester ist auch segensreicher als meine. Im Schmutz anderer Leute herumwühlen … Das möchte niemand.«

»Was hast du in Östersund gemacht?«, wollte sie wissen.

»Polizeiarbeit. Ich habe ermittelt.«

»Jonas!«

Er wusste, wenn Liv diese Tonlage anschlug, wurde es ernst.

»Du weißt, dass ich darüber nicht sprechen darf. Und dürfte ich es – ich würde es nicht tun. Du erzählst mir auch nichts über deine

Patienten, die du bei deinem nächsten Dienst vielleicht nicht wiedersehen wirst, weil sie inzwischen gestorben sind.«

»Das ist etwas anderes.«

»Was ist daran anders? Als ich mit Johan Wax in unserer Kantine gesessen habe, hat niemand geglaubt, dass es das letzte Mal sein sollte.«

Sie horchte auf. »Hast du mit seiner Ermordung zu tun?«

Jonas nahm zwei kräftige Schlucke Bier. »Alle schwedischen Polizisten beschäftigen sich damit.«

Liv schüttelte enttäuscht den Kopf.

»Irgendetwas stimmt nicht. Wir haben Geldsorgen, du verschweigst mir, ob du in einer gefährlichen Mission unterwegs bist … Was ist los?«

»Jeder Mensch ist zu jeder Stunde seines Lebens in einer gefährlichen Mission unterwegs. Dich kann auf dem Weg zum Krankenhaus ein Betonmischer überfahren.«

»Das ist etwas anderes. Aber Krankenhauspersonal wird in der Regel nicht im Dienst ermordet.«

»Dafür infiziert ihr euch, wenn Patienten mit ansteckenden Krankheiten eingeliefert werden. Aids und Hepatitis sind fast noch harmlos gegen manch andere Infektion.«

»Du weichst mir aus«, sagte Liv trotzig. »Hast du einmal geprüft, ob sich die Besoldungsstelle bei deiner Abrechnung irrt? Schließlich kann so etwas schon mal passieren.«

»Nein«, versicherte Jonas schnell. »Das kann nicht vorkommen.«

Liv war nicht überzeugt. »Ich werde das einmal prüfen«, sagte sie. »Bring mir deine Abrechnung mit.«

»Die habe ich im Büro«, erklärte Jonas.

»Gut. Dann schaue ich einmal in die Tabellen, in denen die Bezüge der Polizeikommissare aufgeführt sind. Ich kenne jemanden in unserem Personalbüro, der wird mir ausrechnen können, wie viel davon netto ausgezahlt wird.«

»Tu das«, sagte Jonas unfreundlich.

Liv fragte nach seinen Tagen im Norden, wollte Einzelheiten zu Östersund wissen, wie es war, nach so langer Zeit in die Geburtsstadt zurückzukehren. Hatte sich vieles verändert? Was hatte er empfunden, als er die Stätten seiner Kindheit und Jugend wieder aufgesucht hatte?

»Sorry«, erwiderte Jonas kurz angebunden. »Es ist mitten in der Nacht. Ich bin todmüde. Lass uns ein anderes Mal darüber sprechen.«

Er war nicht überrascht, dass Liv sich später im Bett auf die andere Seite drehte und keinen Versuch unternahm, sich an ihn zu kuscheln.

·NEUN·

Es war Wochenende. Viele Menschen hatten frei und konnten ihren persönlichen Vergnügungen nachgehen oder Dinge erledigen, für die im Alltag des Berufs- und Erwerbslebens kein Raum geblieben war. Liv hatte Jonas die Zusage abgetrotzt, dass die Familie etwas gemeinsam unternehmen werde. »Am Sonnabend habe ich frei. Sonntag bin ich wieder in der Klinik.«

Die Mädchen hatten protestiert. »Auf keinen Fall«, hatte Annika verkündet und war demonstrativ dem Frühstück ferngeblieben. Sie hatte sich in ihrem Zimmer regelrecht verbarrikadiert. Ihre jüngere Schwester war verhandlungsbereiter gewesen. Sie hatte ein paar Vorschläge unterbreitet. Wenn die Eltern darauf eingehen würden, hatte sie gesagt, könne man über einen gemeinsamen Tag diskutieren. Vorausgesetzt, der Begriff »Tag« würde nicht wörtlich genommen werden.

»Wir können zum Shopping in die Stadt gehen«, war Lisas Vorschlag gewesen. Sie hatte sich aber sogleich selbst korrigiert. »Gehen ist nicht wörtlich zu nehmen.«

»Nur zum Gucken?«, fragte Jonas und erntete einen vernichtenden Blick seiner Jüngsten. Es folgte eine Aufzählung, was in ihrem Kleiderschrank alles fehle. Dazu wurden auch gleich die Markennamen genannt. »Alles andere ist Mist«, erklärte Lisa. »Das kannst du vergessen. Damit muss man gar nicht erst in der Schule aufkreuzen.«

»Ich bin kein Millionär.«

»Wieso? Ihr seid zwei Verdiener. Überall erzählt man, dass Schweden ein Wohlfahrtsstaat ist. Wir haben in der Schule darüber diskutiert, dass die Leute aus Afrika und so …«

»Und so?«, unterbrach Jonas seine Tochter.

Sie zog eine Grimasse. »Ja! Und so! Also, die kommen aus Afrika übers Meer …«

»Welches Meer?«

Sie sah ihn irritiert an. »Ist doch egal.«

»Mare Baltikum?«

»Nein, das dahinten. In der Mitte.«

»Sag mal«, erlöste Jonas sie. »Kennst du Bad Revolution?«

»Na klar. Du nicht?«

»Nicht so richtig.«

»Ist nichts für alte Leute. Was ist mit denen?«

»Wie findest du die?«

»Och – ja. Ganz geil. Annika fährt da mehr drauf ab.«

»Hört sie die Musik?«

»Klaro. Das machen doch alle.«

»Und die Texte?«

»Welche Texte? Ist doch total egal.« Lisa bewegte die Hände rhythmisch in der Luft. »Da hört doch kein Schwein hin.«

»Hast du mal was von den Konzerten von Bad Revolution gehört?«

»Da will ich hin.« Sie zog einen Schmollmund. »Darf ich aber bestimmt nicht.«

»Du bist dafür noch ein wenig zu jung«, mischte sich Liv ein.

»Eine blöde Ausrede. Ich bin schon elf.«

»Wenn du so alt bist wie Annika jetzt, gibt es ganz andere Favoriten«, meinte Jonas.

»Nix da«, protestierter Lisa. »Die sind in tausend Jahren noch geil. Annika hat gesagt, sie will mal auf ein Konzert von Bad Revolution.«

Bloß nicht, dachte Jonas und amüsierte sich über den träumerischen Blick seiner Tochter.

»Der Keyboarder …«

»Du meinst Egil Alsen«, warf Jonas ein.

»Der ist einfach süß«, ergänzte Lisa verzückt. »Ich verstehe nicht, dass Annika den Schlagzeuger so klasse findet. Der ist schon ziemlich alt.«

Nicht nur alt, hütete sich Jonas zu sagen. Väter sind immer skeptisch, wenn sie das Gefühl haben, ein männliches Wesen könnte das Interesse ihrer Töchter gewinnen. Aber vor Hjalmar Bohinen musste er sich nicht fürchten. Nur wenn er einen Sohn hätte …

»Warum lachst du?«, wollte Lisa wissen und ließ es zu, dass er sie in den Arm nahm. »Was ist nun? Wollen wir in die Stadt zum Einkaufen?«

Jonas schüttelte den Kopf. »Nein. Ich muss vorher noch eine Bank ausrauben, um deine Wünsche erfüllen zu können.«

»Super«, strahlte Lisa. »Ich komme mit.« Dann zog sie sich in ihr Zimmer zurück. Kurz darauf wurde es laut hinter der Tür. Jonas war zufrieden. Nicht Bad Revolution dröhnte durch die Wohnung, sondern der – gefühlt – schon mehrere Hundert Mal gehörte Text eines Hörspiels, in dem es um die Abenteuer eines jungen Mädchens auf einem Ponyhof ging.

»Du hörst selbst, welche Ansprüche deine Töchter stellen«, sagte Liv. Jonas wollte antworten, wurde aber durch sein Mobiltelefon erlöst. Markvist war am Apparat.

»Warum sollen Sie ein ruhiges Wochenende haben«, sagte der Inspektor. »Ich habe es auch nicht. Tällberg hat mich zu einem Sondereinsatz verdonnert. Ich bin auf dem Weg nach Rättvik und soll mich dort umsehen.«

»Allein?«

»Nein. Das lässt der Chef nicht mehr zu. Berendsson kommt auch.«

»Und Gripsholm?«

»Der hat glaubhaft versichert, privat unabkömmlich zu sein. Der Polisintendent hält es auch nicht für nötig, nach Rättvik zu fahren. Das sind immer die Kleinen, die sich die Hacken schieflaufen müssen. Aber ich wollte nicht klagen, sondern Sie informieren. Die Polizei aus Tallinn hat sich gemeldet. Urmas Krasnopjorov ist dort bestens bekannt. Man sucht ihn wegen verschiedener Vergehen. Es ist noch nicht klar, ob er auch für einen Mord in Frage kommt. Die Esten halten es für möglich. Merkwürdigerweise ist er trotz seiner vierundvierzig Jahre nicht vorbestraft. Es scheint, als würde jemand seine schützende Hand über ihn halten.«

»Wie kommt so einer nach Schweden?«, fragte Jonas.

»Schwimmen?«, antwortete Markvist schnippisch. »Das sind die europäischen Freiheiten. Wir und Estland haben das Abkommen von Schengen unterzeichnet. Jeder Bürger dieser Länder kann sich frei bewegen.«

»Haben Sie etwas über eine Verbindung zwischen Krasnopjorov und dem Bandmanager Puri herausgefunden?«

»Ich kann auch nur sagen, was die Esten uns mitgeteilt haben. Über Krasnopjorovs Aufenthalt in Schweden liegen uns keine Erkenntnisse vor.«

»Nur, dass er vermutlich ein Mörder ist«, sagte Jonas.

»Ich habe zwischenzeitlich auch in Mora nachgefragt. Man hat dort noch keine Spur von Krasnopjorov entdeckt. Angeblich hat die dortige Polizei auch alle Hotels befragt.«

»Waren die auch in Rättvik?«

»Das fällt in deren Zuständigkeitsbereich. Da sie sich aber auch auf das Konzert vorbereiten müssen, nehme ich an, dass man die Suche nicht so weit ausgedehnt hat. Ich habe noch etwas herausgefunden. Die Rückfrage beim Disponenten der Nordpost hat ergeben, dass Ole Hermansson Sie angelogen hat. Er war nicht, wie er Ihnen erzählt hat, am Donnerstag und Freitag vor dem Mord an Johan Wax in Umeå, sondern hatte eine Tour nach Östersund.«

Das war eine Überraschung. Warum hatte der Lkw-Fahrer bei ihrem Treffen im Sundsvaller Café die Unwahrheit gesagt?

»Hat die schwedische Polizei jetzt auch ein Home Office?«, lästerte Liv, als er das Gespräch beendete hatte. Dann machten sich die beiden auf den Weg zum Naherholungsgebiet Brunnsviken. Während des über dreistündigen Marsches wechselten sie kaum ein Wort. Jonas genoss es, Livs Hand in seiner zu spüren.

·ZEHN·

Martin Hansson war nicht begeistert von der überraschenden Nachricht, dass er zur Verstärkung der regulären Schicht nach Rättvik beordert worden war. Der Polizeiassistent trug die schwedische Krone auf dem Schulterstück und einen schmalen Balken auf seiner Uniform, die anzeigten, dass er schon über vier Jahre dabei war. Er hatte das freie Wochenende mit seiner Freundin und dem gemeinsamen Sohn verbringen wollen. Stattdessen sollte er die Einsatzkräfte beim Rockkonzert verstärken.

Der Veranstaltungsort Rättvik hatte nur eine kleine Polizeistation und die dortigen Kräfte waren der Aufgabe nicht gewachsen, hatte der Gruppenleiter in Mora erklärt. »Achten Sie auf alles, was Ihnen verdächtigt vorkommt.« Der Inspektor hatte kurz auf seinen Zettel gesehen. »Wir sollen besonders einen Blick darauf haben, ob Drogen angeboten werden. Es könnte sich dabei um zwei Osteuropäer handeln, die im Verdacht stehen, die Auftritte der Band für ihre Geschäfte zu nutzen.«

Der Einsatz behagte Hansson überhaupt nicht. Ein Zusatzdienst in der geplanten freien Zeit – sich möglicherweise mit angetrunkenen Jugendlichen auseinandersetzen müssen, der Menschenauflauf, Rockmusik. Das gefiel ihm nicht. Er war gern Polizist und trug die dunkelblaue Unform mit Stolz. Er freute sich schon auf die Zeit, wenn sein Sohn seine Begeisterung über das Amt des Vaters offen zeigen würde. Welches Kind wurde von den Schulfreunden nicht bewundert, wenn es einen »echten« Polizisten zum Vater hatte? Seine Freundin Irene stand seinem Beruf eher mit gemischten Gefühlen gegenüber. Sicher, im Gegensatz zu Stockholm oder Göteborg war ein Polizist im ländlich geprägten Mittelschweden noch ein geachteter Mitbürger, aber die unterschiedlichen Arbeitszeiten, besonders dann, wenn andere freihatten, störten sie ein wenig. Heute hatte sie offen gemurrt. Aber Martin Hansson hatte es sich nicht ausgesucht.

Warum Rättvik?, fragte er sich. Der unscheinbare Ort lag am östlichen Ende des Siljansees. Touristen, die hierher kamen, bewunderten den Blick über den See und die traumhaften Sonnenuntergänge. Sie besuchten dagegen kaum den oberhalb des Zentrums gelegenen Stadtteil mit den bunten Holzhäusern. Es war, als würde man durch ein lebendiges Freilichtmuseum gehen. Ein besonderes Highlight war natürlich die Lange Brücke, die über sechshundert Meter weit in den See hinausführte und auf einer mit wenigen Bäumen bewachsenen Insel endete. Heute war sie abgesperrt. Zwischen ihrem Beginn und dem nahen Bahnhof der Dalanabahn sollte das Konzert stattfinden. Ein denkbar ungeeigneter Platz, befand Hansson. Nicht nur die Bewohner der nahen Campingplätze würden sich gestört fühlen, auch die Konzertbesucher mussten sich einen freien Blick auf die Bühne suchen, da in dem abgesperrten Areal zahlreiche Bäume standen.

Der Einsatzleiter vor Ort wollte Hansson zunächst für die Regelung des Verkehrs einsetzen. Die vorhandenen wenigen Parkplätze reichten für die Zuschauermassen nicht aus. So wurden die Fahrzeuge auf den Durchgangsstraßen abgestellt und verstärkten das Chaos. Hansson hatte protestiert und Erfolg gehabt. Jetzt war er mit einem Kollegen aus Rättvik als Streife für das Innere des Veranstaltungsgeländes eingeteilt. Zu allem Überfluss hatte es auch noch begonnen, zu regnen. Dazu wehte ein kalter Wind über den See.

Die Mitglieder der Vorgruppe, die die Stimmung anheizen sollte, waren durch die Bühne, die mit der geschlossenen Rückseite Richtung See stand, ein wenig geschützt. Trotz der ungünstigen Witterungsbedingungen hatten sich zahlreiche Besucher eingefunden. Hansson war überrascht. Für ihn gab es angenehmere Gestaltungsmöglichkeiten für einen schon sehr herbstlichen Sonnabend. Seinem jungen Kollegen Claes Lundberg, einem Polizeiaspiranten, stand der Übereifer ins Gesicht geschrieben. Mit einer Mischung aus Spott und Widerwillen sah Hansson ihm nach, als Lundberg mit auf dem Rücken verschränkten Armen durch die Reihen ging und vor jeder zweiten kleinen Gruppe, auf Zehenspitzen wippend, stehen blieb in der Erwartung, man werde ihm Platz machen. Hansson musste ihn zurückhalten, als er ein junges Mädchen mit pinkfarbenen Haaren ansprechen und ihre Papiere sehen wollte, weil sie eine Flasche Bier an den Mund gesetzt hatte. »Die ist bestimmt noch minderjährig«, beklagte sich Lundberg, als Hansson ihn am Saum der Regenjacke packte und kommentarlos zurückzog.

»Dann können wir die ganze Veranstaltung schließen«, erklärte Hansson und hielt sich Zeige- und Mittelfinger vor die Augen. »Das ist gefragt. Augenmaß. Sieht das Mädchen volltrunken aus?«

»Gesetz ist Gesetz«, erklärte Lundberg hartnäckig.

»Jaja«, erwiderte Hansson gereizt. »Hast du vor dem Einsatz deinen Schichtleiter gefragt, warum man dieses Spektakel überhaupt genehmigt hat? Hast du nicht zugehört, worauf wir achten sollen?«

»Natürlich«, versicherte der junge Polizist. »Aber deshalb darf man doch das andere nicht vernachlässigen.«

»Wenn du älter bist, verstehst du das.«

Lundberg musterte ihn. »Wie alt bist du?«

»Siebenundzwanzig«, gab Hansson bereitwillig Auskunft und trottete schweigend davon.

Die Witterung hatte dazu beigetragen, dass es schon stockfinster war. Auf dem Areal fuhren die Scheinwerfer in verschiedenen Farben wild umher, erfassten kleine Zuschauergruppen, tanzten um sie herum und wanderten dann weiter. Hansson hielt im Schatten der Bühne an und warf einen Blick über den See. Die aus dem 13. Jahrhundert stammende Kirche war nur noch schemenhaft am Ufer zu erkennen. Zur anderen Seite sah es aus, als hingen die Lichter der Häuser am Hang. Er suchte sich ein windgeschütztes Plätzchen am Rand der

Bühne und schmunzelte, als er dort auf eine andere Streife stieß, die sich ebenfalls vor dem Regen und dem Wind hierher geflüchtet hatte. Selbst Lundberg schien seinen Diensteifer für einen Moment vergessen zu haben. Einer der Beamten der anderen Streife sagte etwas. Es ging im ohrenbetäubenden Lärm der Lautsprecher, die direkt über ihren Köpfen schwebten, unter. In einer kurzen Pause zwischen zwei Stücken wiederholte der Kollege seine Frage, nachdem er sich über den unerfreulichen Einsatz an diesem Ort ausgelassen hatte.

»Nein«, erwiderte Hansson. »Wir haben noch nichts Auffälliges entdeckt, weder Drogenhändler noch den Gesuchten. Nur unser junger Freund hier«, dabei zeigte er auf Lundberg, »wollte die Biertrinker aufmischen.« Der andere Beamte winkte lächelnd ab. »Der kühlt auch noch ab«, meinte er, bevor die Musik wieder einsetzte und jedes weitere Gespräch unmöglich machte.

Hansson zupfte Lundberg an der Uniformjacke. Komm mit, sollte es bedeuten. Mit Genugtuung registrierte er, dass ihm Lundberg nur widerwillig in den Regen hinaus folgte. Aus zusammengekniffenen Augen sah der Polizist in die Runde. Trotz des Wetters konnte er außer den fröhlich feiernden jungen Leute nichts Auffälliges entdecken. Er drehte sich zur Seite und gewahrte zwei Männer, die nicht zum übrigen Publikum passten. »Die sehen wir uns an«, brüllte er Lundberg ins Ohr und steuerte die beiden an. Sie waren älter als die Mehrheit der Besucher, schienen sich aber dennoch für die Musik zu interessieren, obwohl einer von ihnen sich öfter suchend umsah. Hansson baute sich vor den beiden auf und rief: »Darf ich mal Ihre Papiere sehen?«

Der Größere sah ihn fragend an und näherte sich mit dem Mund Hanssons Ohr. »Warum denn?«, schrie er gegen die Musik an.

»Allgemeine Kontrolle«, erwiderte der Polizist ausweichend und zeigte höflich, aber bestimmt an den Rand des Geländes. Lundberg hatte es mitbekommen und ging voraus, Hansson bildete das Ende der kleinen Gruppe. Am Bahnübergang blieben sie stehen und Hansson wiederholte seine Bitte nach den Ausweisen. Lundberg ging lehrbuchhaft einen Schritt zurück und legte seine Hand an den Griff der Dienstwaffe.

»Ganz ruhig«, sagte der Größere und fingerte mit spitzen Fingern ein Dokument aus der äußeren Brusttasche seines Parkas.

Hansson warf einen Blick darauf und legte die Hand an die Mütze. »Entschuldigung, Herr Inspektor«, sagte er.

»Ist schon gut«, erwiderte Markvist und nickte in Richtung seines Begleiters. »Auch ein Beamter von der Rikspolisen Stockholm. Wir halten Ausschau nach Drogendealern. Außerdem suchen wir Urmas Krasnopjorov, der möglicherweise an mehreren Morden, unter anderem an einem Kollegen in Östersund, beteiligt ist. Hat man Sie informiert?«

Hansson bestätigte es.

»Falls Ihnen etwas auffällt, sollten Sie uns benachrichtigen«, bat Markvist und wünschte einen hoffentlich ruhigen Abend.

Lundberg grinste spöttisch, als sie sich von den Stockholmer Beamten trennten. »Das nenne ich, von der Erfahrung zehren«, spottete er. »Jugendliche Gesetzesbrecher ignorieren, aber Kriminalbeamte verdächtigen.«

Hansson ging nicht darauf ein, obwohl er sich über die Bemerkung ärgerte. »Lass mich mal ein paar Minuten allein«, sagte er zu Lundberg und zeigte in Richtung Bühne. »Du kannst dich davorstellen und die Leute Auge in Auge in Schach halten.«

»Da ist es so laut. Das hält man nicht aus«, maulte Lundberg.

Hansson zeigte auf seine Schulterklappe, um seinen Dienstgrad anzudeuten, dann in Richtung Bühne.

Widerwillig bahnte sich Lundberg einen Weg durch die Menge. Kurz darauf war nur noch sein Käppi mit der gelben Paspelierung zu erkennen.

Hansson schlug einen Bogen in Richtung des Strandrestaurants, ließ es links liegen und bog unten am See Richtung Brücke ab. Auch hier war es noch sehr laut. Der Zugang zur »Langen Brücke« war durch ein mobiles Gitter versperrt. Er zwängte sich an der Seite vorbei und ging ein paar Schritte über die Holzbohlen. Hier machten sich der Wind und der Regen noch deutlicher bemerkbar. Es war unangenehm. Immerhin strahlte die Musik in die andere Richtung ab. Hansson kramte das Handy hervor und wählte seine Privatnummer.

»Martin?«, sagte seine Freundin Irene erstaunt. »Bist du schon fertig mit deinem Einsatz?«

»Nein, aber ich wollte mich kurz melden. Alles okay bei dir?«

»Der Kleine scheint ein wenig erhöhte Temperatur zu haben. Ich habe einen Fencheltee gemacht. Nun schläft er.«

»Ich wäre gern bei euch. Das Wetter ist mies. Die Musik ist laut. Der Kollege ist unerfahren und blöde. Bei solchen Gelegenheiten macht mir mein Beruf keinen Spaß.«

»Ich hätte dich auch lieber hier bei uns.« Es klang unzufrieden.

»Meinst du, ich bin zu meinem Vergnügen hier? Da sind sogar ein paar Wichtigtuer aus Stockholm aufgekreuzt. Denen habe ich meine Meinung zu diesem Affentheater geblasen«, übertrieb er. »Aber auf uns, die Praktiker, hört ja niemand. Ich hoffe, bei diesem Scheißwetter löst sich das hier schnell auf.«

»Pass auf dich auf. Du hast dir schnell eine Erkältung eingefangen.«

»Morgen machen wir uns einen kuscheligen Sonntag«, versprach Hansson und hauchte einen Kuss in das Mikrofon.

Er hatte sich während des Telefonats umgedreht und die Brücke entlanggesehen, um mit seinem Rücken die laute Musik abzuschirmen. Auf der rechten Seite waren in größeren Abständen Masten am hölzernen Geländer angebracht, die eine Leitung mit Glühbirnen trugen. Das fahle Licht des schwankenden Drahts verschwamm am Ende des Stegs im Dunst des Regens. Jetzt hörte er Schritte auf den Planken. Der verdammte Lundberg, dachte Hansson. Er hatte den dienstgeilen Jungpolizisten extra fortgeschickt, um ungestört telefonieren zu können. Natürlich war das nicht erlaubt. Und nachdem er Lundberg gemaßregelt hatte, war er sich nicht sicher, ob Lundberg sich dafür revanchieren und Meldung erstatten würde. Er wollte sich umdrehen und bekam einen heftigen Stoß ins Kreuz, so dass er drei Schritte vorwärts taumelte.

»Bist du verrückt?«, rief er ärgerlich.

»Halt's Maul«, erwiderte eine dunkle, fremdländisch klingende Stimme. »Und dreh dich nicht um.«

»Was soll das, eh? Sehen Sie nicht, dass ich Polizist bin?« Hansson wollte die Warnung ignorieren. Bevor er eine Wende vollziehen konnte, hatte sein Widersacher ihn erreicht und schlug ihm eine Handkante ins ungeschützte Genick, so dass es hörbar krachte. Ein heftiger Schmerz erfasste ihn und raubte ihm zunächst den Atem. Er sackte nach vorn und rang nach Luft. Instinktiv tastete sich seine Hand zum Pistolenholster an seiner Seite. Bevor er die Halterung öffnen konnte, erwischte ihn der nächste harte Schlag auf dem Schlüsselbein. Erneut krachte es, und er spürte, dass der Knochen gebrochen war.

Hansson verharrte in der gebückten Haltung. Taubheit breitete sich in seiner rechten Hand aus. Er war nicht mehr in der Lage, zur Waffe zu greifen. Dafür erhielt er einen schmerzhaften Tritt gegen den Oberschenkel. »Vorwärts«, befahl die Stimme. »Richtung Insel.«

Mit der Linken fasste Hansson an die rechte Schuler und hielt sich das gebrochene Schlüsselbein. Das war kein Handkantenschlag gewesen. Der Angreifer musste mit etwas Härterem zugeschlagen haben. Eine Waffe, durchfuhr es Hansson siedend heiß. Was sollte der Angriff? Er hatte weder etwas gesehen noch einen Verdächtigen beobachtet. Weshalb war ihm der Täter auf die Lange Brücke nachgeschlichen? Mühsam schleppte er sich in Richtung Stegende zu der kleinen Insel. Dort würden sie allein sein. Bei günstigeren Witterungsbedingungen hätte man hoffen können, dass sich dorthin vielleicht ein paar junge Leute zurückgezogen hätten. Aber bei Regen und Wind verzogen sich die Paare lieber ins schützende Auto. Romantik im Regen? Nein. Unterwegs strauchelte Hansson.

»Vorwärts«, befahl die Stimme in seinem Rücken. Immerhin war ihm ein neuer Gewaltexzess erspart geblieben. Nach einem unendlich erscheinenden Weg hatten sie die kleine, auf Pfählen ruhende Insel erreicht. »Links«, befahl die Stimme hinter ihm und dirigierte Hansson zu einer Informationstafel. »Hände um den Ständer legen.«

»Hören Sie«, wagte der Polizist zu widersprechen. »Das ist ein schwerer Angriff auf einen Beamten im Dienst. Das hat Folgen für Sie.«

»Für mich?« Der Mann ließ ein zynisches Lachen hören und trat an Hansson heran. Unvermittelt holte er aus und schlug ihm auf die Nase.

Hansson spürte, wie das Blut herausschoss und in einem breiten Strom über die Lippe lief. Automatisch steckte er die Zungenspitze heraus und spürte den leicht salzigen Geschmack des Blutes. Oder waren es die Tränen, die der Schlag auf die Nase ausgelöst hatte? Jetzt hatte ihn der Schmerz überall erfasst. Der Nacken, der Oberschenkel, das gebrochene Schlüsselbein und die gebrochene Nase.

»Hände um den Pfahl«, befahl der Täter erneut.

Hansson kapitulierte. Er hatte keine Chance, sich zur Wehr zu setzen. Jeder weitere Widerstand würde eine neue Gewaltaktion bewirken. Er legte die Hände wie befohlen um den Ständer der Informationstafel. Der Mann tauchte aus dem Schatten auf, zog Kabelbinder hervor und fixierte Hanssons Hände. Dabei zog er sie so fest an, dass der Polizist zusammenzuckte, als das Plastik ins Fleisch schnitt. Dann trat der Mann zwei Schritte zurück und betrachtete sein Werk. Er schien zufrieden zu sein, umrundete Hansson, fasste von hinten an seine Regenjacke und riss so heftig daran, dass der Verschluss kaputtging. Dann zog er weiter an dem Kleidungsstück. Hansson spürte jede Bewegung am gebrochenen Schlüsselbein. Der Schmerz ließ die Tränen inzwischen in Strömen fließen.

Als der Mann merkte, dass er die Regenjacke nicht ausgezogen bekam, zog er ein dolchähnliches Messer hervor und trennte das Kleidungsstück brutal auf. Das Ganze wiederholte sich mit der Uniformjacke und dem Diensthemd, bis Hansson nur noch im Unterhemd stand.

»Das ist gut«, murmelte der Mann, beugte sich vor und stützte sich auf dem Glas der Infotafel ab. Er grinste. »Ich wünsche noch einen schönen heißen Abend.« Mit bedächtig wirkenden Schritten entfernte er sich Richtung Strand.

Hansson wartete zehn Minuten, bis er sicher war, dass der Angreifer das Ende der Brücke erreicht haben musste. Dann holte er tief Luft und schrie: »Hallo!« Es war eine überflüssige Aktion. Das wusste er. Niemand würde seine Rufe auf dem sechshundert Meter entfernten Festivalgelände hören. Dafür war die Musik zu laut. Trotzdem brüllte er aus Leibeskräften. Die Schmerzattacken wurden heftiger. Zwar war der Blutstrom aus der Nase versiegt, aber jeder Atemzug löste eine Schmerzwelle am gebrochenen Schlüsselbein aus. Martin Hansson registrierte nicht, dass ihn der unablässige Regen völlig durchnässt hatte. Das Unterhemd klebte auf der Haut. Die Uniformhose hatte sich mit Wasser vollgesogen und das Käppi auf dem Kopf ebenfalls. Er versuchte, an seine Pistole zu kommen, aber der Täter hatte ihn so eng an den Pfahl gebunden, dass die Waffe unerreichbar war. Das galt auch für sein Handy in der Hosentasche.

Es war ein dummer Scherz. Oder steckte mehr dahinter?, überlegte er. Wenn es eine Gruppe angetrunkener oder bekiffter Jugendlicher gewesen wäre, hätte er es verstanden. Aber der Angreifer zählte nicht zu dieser Kategorie. Seine Vorgehensweise schien wohlüberlegt zu sein. Plötzlich schauderte Hansson. Wenn es kein dummer Streich war – und danach sah es nicht aus – musste der Mann ein anderes Motiv haben. Aber welches? Hatte Hansson etwas gesehen, ohne den Sinn verstanden zu haben? Er überlegte fieberhaft, aber ihm wollte nichts einfallen. Man hatte den Polizisten aufgetragen, während des Konzerts ein besonderes Augenmerk auf Drogengeschäfte zu richten. Ihm war nichts aufgefallen. Glaubten die Vorgesetzten, die bei diesem Wetter nicht ins Freie mussten, die Dealer würden sich so dumm anstellen und ihre Ware unter den Augen der Polizei verkaufen? Das wäre Aufgabe der Kripo, auf diese Dinge zu achten. Wenn sich Hansson oder seine uniformierten Kollegen näherten, unterbanden die Kriminellen sofort ihre Geschäfte. Dafür war dieser ... dieser ... – Hansson überlegte angestrengt – Markvist aus Stockholm, ja so hieß er, zuständig.

Natürlich gab es Leute, die der Polizei nicht wohlgesinnt waren. Wer überführt oder festgenommen wurde, war natürlich sauer auf die Beamten. Aber persönlich nahmen es die Täter nie. Sie wussten, die Polizei verrichtete ihren Dienst. Und das Gefasstwerden gehörte zum Berufsrisiko. Wenn wirklich ein Krimineller Rache schwor, wurde sie nie vollstreckt. Abgesehen davon hatte Hansson nie Kontakt zur Schwer-, schon gar nicht zur organisierten Kriminalität. Wann hatte es in diesem Bezirk den letzten Mordfall gegeben? Es fiel ihm nicht ein.

Langsam kroch die Kälte an ihm hoch. Er fror erbärmlich. Mit Sicherheit würde er eine schwere Erkältung davontragen. Dann würde seine Partnerin ihn vom Sohn fernhalten, um den Kleinen zu schützen. Verflucht. Nicht nur das ärgerte ihn. Die Kollegen würden über ihn spotten. Wie blöd musste man sein, um sich überrumpeln zu lassen und halbnackt an einen Pfahl gebunden zu werden? Trotz der Kälte wurde ihm plötzlich heiß. Ob er um eine Versetzung bitten müsste? Hinter seinem Rücken würde man noch Jahre später lästern. Mit welcher Begründung sollte er erklären, dass er sich von seinem Partner getrennt und den Steg betreten hatte? Doch, fiel ihm ein, und er war ein wenig erleichtert. Er würde behaupten, etwas Verdächtiges gesehen zu haben. Ein paar Leute, die aussahen, als würden sie am Rande des Konzertgeländes im Schutze der Dunkelheit mit Drogen handeln. Er sei ihnen nachgegangen und von einem weiteren Komplizen überrascht worden. Der Übermacht sei er nicht gewachsen gewesen.

Ja. So würde er es in seinem Bericht darstellen. Sein privates Handy würde niemand kontrollieren. Nun musste er sich nur noch eine Beschreibung der Leute ausdenken, denen er angeblich gefolgt war.

Erneut versucht er, seine Pistole oder das Handy zu erreichen. Vergeblich. Er zerrte wild an den Handfesseln. Außer Schmerzen brachte das nichts ein. Dann versuchte er es mit Rufen, obwohl die Musik vom Strand laut zu ihm herüberdröhnte.

Er spürte, wie es immer kälter wurde. Er zitterte. Die Zähne schlugen aufeinander. Wie lange stand er hier schon? Es kam ihm wie eine Ewigkeit vor. Weshalb hatte der Mann ihm die Regenjacke vom Leib gerissen? Wollte er, dass Hansson fror? Warum? Um einen Polizisten zu demütigen, hätte es ausgereicht, ihn hier zu fesseln.

Hansson spürte nicht nur die Kälte, sondern auch die Angst, die in ihm aufkam. Das war kein Streich. Man wollte, dass er an diesem Ort gefangen war. Und man wollte seine Gesundheit beeinträchtigen. Der Regen, der eiskalte Wind, der über den Siljansee wehte … Hanssons Furcht steigerte sich. Trotz der Kälte, die komplett von seinem durchnässten Körper Besitz ergriffen hatte, brach ihm der Angstschweiß aus. Eine Hitzewelle jagte den Rücken empor, erklomm die Nackenmuskulatur, breitete sich über die Kopfhaut aus und ließ schließlich sein Gesicht erglühen. Dann kehrte die Kälte zurück. Der ganze Körper zitterte. Schwach entsann er sich, dass diese Symptome eine beginnende Unterkühlung anzeigten. Der Körper versuchte, nachdem er mit der eigenen Temperatur den Unterschied zur Umgebungstemperatur nicht mehr ausgleichen konnte, dieses durch Bewegung zu kompensieren. Man nannte es Kältezittern. Er hatte im Rahmen der Ausbildung davon gehört, es anschließend aber verdrängt. Sein Herz schlug schneller. Der Puls stieg an. »Logisch«, sagte er laut, um sich selbst zu beruhigen. »Der ausgekühlte Körper muss zügiger mit Blut versorgt werden. Der Kreislauf muss hierzu auf höheren Touren arbeiten.« Die Erkenntnis unterdrückte die aufkommende Panik. Sein rascher Atem ließ nach. Er entspannte sich einen

Moment. Zwischendurch lauschte er zum Strand hin. Wenn erneut ein Musikstück zu Ende war, brandete Beifall auf. Die Zuschauer schrien und kreischten. Hansson hielt die Luft an und versuchte sich auf das Heraushören einzelner Stimmen zu konzentrieren. Wenn er die heraushören konnte, musste man auch ihn vernehmen können, zumal der Wind vom See Richtung Konzertgelände wehte. Aber der Lärmpegel am Ufer war so laut, dass jeder Schrei von ihm unterging.

Allmählich begannen seine Finger und Zehen zu schmerzen. Er versuchte, sie zu bewegen, ließ aber wieder davon ab, weil es ihm sehr mühsam erschien. Es konnte nicht sein, dass er zu wenig Kraft dazu hatte, dachte er.

Seine Hoffnung, irgendjemand würde sich auf die kleine Insel am Ende der Langen Brücke verirren, erfüllte sich nicht. Bei dem Wetter würden hier keine Liebespaare zu einem romantischen Stelldichein erscheinen. Er bemühte sich, das Frieren zu verdrängen, indem er krampfhaft seine Gedanken auf sein Zuhause zu lenken versuchte. Es gelang ihm nicht. Vor seinem geistigen Auge spulten sich kurze Szenen ab, die aber nicht zueinanderpassten. Bin ich so verwirrt?, fragte er sich.

Irgendwann hörte das erbärmliche Zittern auf. Im Unterbewusstsein registrierte er, dass es plötzlich leise geworden war. Anscheinend war das Konzert zu Ende. Hansson kniff die Augen zusammen und starrte Richtung Ufer. Dort war immer noch alles hell erleuchtet. Allerdings flackerten die bunten Scheinwerfer nicht mehr.

»Hallo!«, rief er aus Leibeskräften und nahm seine ganze Kraft zusammen. Panik packte ihn, als er merkte, dass es ihm zunehmend schwerer fiel, sich zu konzentrieren. Er wiederholte den Hilferuf. »Hiiilfe!« Auch das gelang ihm erst, nachdem er sich mehrfach freiräuspern musste. Das Wasser, das mittlerweile unablässig von seinen durchnässten Haaren über die Stirn in die Augen tropfte, spürte er schon gar nicht mehr. Plötzlich wurde es noch heller am Veranstaltungsort. Man hatte Tiefstrahler angeschaltet. Einer warf sein Licht an der Bühne vorbei in Richtung der Langen Brücke, war aber so ausgerichtet, dass der helle Schein die Wasseroberfläche neben dem Steg abtastete.

Hansson konnte nicht ahnen, dass Lundberg ihn inzwischen überall gesucht hatte. Der Polizeianwärter war zum Kopf der Langen Brücke gegangen, hatte den unendlich weit erscheinenden Bohlenweg entlanggeblickt, mit den Schultern gezuckt und sich an der Absperrung postiert. Es war ein langweiliger Abend. Nur einmal musste er in Aktion treten, als ein junges Pärchen auftauchte und zur kleinen Insel gehen wollte. Lundberg hatte sie energisch abgewiesen.

Dumpfe Geräusche erreichten Hansson. Metall kreischte, Kräne brummten. Wenn er es hörte, musste man doch auch seine Schreie vernehmen, überlegte Hansson. Immer wieder brüllte er abwechselnd »Hallooo« und »Hiiilfe«. Niemand schien es mitzubekommen. Offenbar waren die Arbeiter so sehr mit dem Abbau der Anlage beschäftigt, dass niemand auf Rufe achtete. Mit Schrecken stellte er fest, dass auch seine Stimme zu versagen drohte. Der Hals brannte wie Feuer. Statt lauter Rufe kam nur noch ein Krächzen über seine Lippen.

Ruhig bleiben, sagte er sich. Du musst Geduld haben. Warte, bis es ruhiger geworden ist. Wenn auch die Umgebungsgeräusche der kleinen Stadt nicht mehr störten, wenn Rättvik schlief, würde man seine Rufe hören.

Irgendwann hörte das Zittern auf. Das Herzrasen ließ nach. Der Atem wurde ruhiger. Es war ein fließender Übergang zu jenem Augenblick, in dem er aufschreckte, weil ihn die Erschöpfung übermannt hatte und er gierig nach Luft rang. Er wusste nicht, dass ihn das Adynamiestadium erreicht hatte, die Erschöpfung. Die Körpertemperatur war durch den Windchill und die Feuchtigkeit des Regens, die den Effekt verstärkte, auf unter dreiunddreißig Grad gesunken. Der Körper versuchte, dem Temperaturverlust zu begegnen, indem er die Funktionen zurückfuhr, die nicht unbedingt für den Erhalt der lebensnotwendigen Vitalfunktionen notwendig waren.

Er musste irgendwann eingenickt sein, als er müde und mit äußerster Kraftanstrengung die Augen öffnete und sah, dass nur noch wenige Lampen das Ufer erhellten. Die Arbeiter waren fast mit dem Abbau fertig.

»Hiiilfe!«, versuchte Hansson zu rufen. Es war nicht mehr als ein heiseres Krächzen.

Warum musste er das erdulden?, fragte er sich. Er hatte niemandem etwas getan, nichts gesehen, niemanden gestört. Aus weiter Ferne traf ihn der Strahl der Erinnerung. Irgendetwas mit Drogen, hatte der Vorgesetzte bei der Einsatzbesprechung gesagt. Ihn interessierten keine Drogen, keine Täter, keine Opfer. Hansson hatte nur einen einzigen Wunsch: Er wollte hier weg.

Warum hatte ihn der Unbekannte hier festgebunden? Er kannte ihn nicht, war ihm nie begegnet. Wie ein lichter Moment tauchte das Gesicht des Schichtführers auf. »Achtet auf einen Mann, den die Stockholmer Rikspolisen suchen. Möglicherweise taucht der Gesuchte bei einem der Rockkonzerte der Band Bad Revolution auf.« Er sei gefährlich, hatte der Vorgesetzte angefügt.

Was hatte Martin Hansson damit zu tun? Nichts, sagte er sich und ließ es zu, dass ihn eine wohltuende Müdigkeit erfasste. Er würde sich ein wenig ausruhen, jetzt da er nicht mehr fror. Auch der unablässig strömende Regen störte ihn nicht. Der Polizist Hansson hatte nur noch einen einzigen Wunsch: Schlafen.

· ELF ·

Jede Zeit hat ihre Besonderheiten, dachte Jonas, als er die Augen aufschlug. Früher hätte er sich manches Mal gewünscht, dass die Kinder am Sonntagmorgen nicht ins Bett der Eltern gekrochen wären. Es war ein unmittelbarer Übergang von dieser Phase zu jener, in der die Töchter lieber bis zum Mittag schliefen und auch auf das gemeinsame Familienfrühstück am Wochenende verzichteten. Sein Veto hatte nichts genutzt. Liv hatte sich auf die Seite ihrer Töchter geschlagen, und Jonas fand sich alleingelassen.

Seufzend schlug er die Bettdecke zurück und erhob sich. Liv war schon sehr früh aufgestanden und hatte versucht, ihn nicht zu stören, bevor sie zur Frühschicht ging. Sie hatten zwei Worte gewechselt, er hatte einen flüchtigen Kuss erhalten und versucht, noch einmal ins Reich der Träume zu versinken. Vergeblich.

Auf dem Weg ins Bad lauschte er an den Türen der Mädchenzimmer. Nichts war zu hören. Achselzuckend verschwand er unter der Dusche und ließ sich Zeit bei den morgendlichen Verrichtungen.

In der Küche bereitete er das Frühstück vor, deckte für Annika und Lisa mit und kaute lustlos auf den Aufbackbrötchen herum. Wenigstens der stark gebrühte Kaffee half, seine Lebensgeister zu wecken. Er war bei der letzten Hälfte, als sich sein Mobiltelefon meldete. Tällberg war am Apparat.

»Sie müssen sofort nach Rättvik kommen«, sagte der Polisintendent ohne Vorrede.

»Heute ist Sonntag. Meine Familie …«

»Sofort«, unterbrach ihn Tällberg. »Es gibt einen weiteren Mord.«

»Beim Konzert von Bad Revolution?«

»Ja. Ein Polizist.«

»Wie kann das sein? Wir waren gewarnt. Es hätten genug Vorsichtsmaßnahmen ergriffen worden sein.«

»Sparen wir uns lange Reden. Kommen Sie her. Direkt am Bahnhof.«

Jonas hinterließ auf dem Küchentisch eine Nachricht: *Musste dringend weg. Ruft mich an. Kuss. Daddy.*

Von unterwegs versuchte er, Liv zu erreichen. Sie hatte ihr Telefon abgeschaltet. »Tällberg hat mich angefordert«, sagte er. »Melde mich später.«

Was war geschehen?, fragte er sich unterwegs. Auch die Meldung über den Polizistenmord in den Nachrichten führte ihn nicht weiter. Einzelheiten wurden dort nicht genannt.

Auf der Höhe von Falun meldete sich sein Handy. Er nahm das Gespräch über die Freisprecheinrichtung an.

»O Mann, was ist jetzt schon wieder los?«, beklagte sich Annika ohne Begrüßung. »In anderen Familien bekommen die Kinder Frühstück, wenn sie aufstehen. Und hier? Niemand von den Alten ist da.«

»Langsam«, erwiderte Jonas. »Erst einmal: Guten Morgen, mein Schatz.«

»Lass solche Scherze«, beklagte sich die Große.

»Ihr wart beide nicht da, als es Frühstück gab. Und Mama ist zum Frühdienst.«

»Und du? Manno. Heute ist Sonntag.«

»Ich muss zu einem Einsatz.«

»Such dir einen vernünftigen Job, damit du etwas mit deiner Familie unternehmen kannst, so wie andere Väter.«

»Und gestern? Da hätten wir die Gelegenheit dazu gehabt. Wo wart ihr?«

»Ach, hör doch auf. Was ist nun mit dem Frühstück?«

»Ich habe für euch gedeckt.«

»Ist das ein Witz? Wer soll jetzt das Frühstück machen?«

»Du«, schlug Jonas vor. »Und für deine Schwester gleich mit.«

»Was soll das denn? Bin ich das Dienstmädchen der Familie?«, maulte Annika.

»Sind deine Mutter und ich eure Dienstboten?«

»Das ist etwas anderes. Ihr seid schließlich die Eltern.«

»Sei kreativ oder halte Diät«, sagte Jonas.

»Oh, ist das witzig.« Dann legte Annika auf.

Jonas benötigte zweieinhalb Stunden bis zum abgesperrten Areal am Rättviker Bahnhof. Nachdem er seinen Dienstausweis vorgezeigt hatte, ließ ihn ein Polizist passieren.

Er fand Tällberg in einer Gruppe von Beamten in Uniform und Männern in Zivil, darunter Markvist. Der Chef sah ihm mit ernster Miene entgegen, löste sich aus der Ansammlung und winkte ihn heran. Dann zog er Jonas ein Stück zur Seite.

»Unfassbar, was dort geschehen ist«, begann der Polisintendent. »Das Opfer ist ein junger Beamter der Polizei aus Mora, die zur Unterstützung der örtlichen Station hier eingesetzt war.« Tällberg zeigte auf den See hinaus. »Am Ende der Brücke gibt es eine kleine künstliche Insel. Dort hat ihn heute Morgen ein Spaziergänger gefunden. Martin Hansson …«

»Wie heißt er?«, unterbrach Jonas seinen Vorgesetzten.

Tällberg wiederholte den Namen.

»Merkwürdig. Wir suchen in Östersund nach einem Polizisten namens Hansson, der angeblich einen Anruf der Hotelwirtin entgegengenommen hat. Die Frau wollte nachfragen, was mit Wax' Sachen geschehen sollte.«

»Ein Zufall«, versuchte Tällberg abzuwiegeln.

»Ein merkwürdiger Zufall«, befand Jonas.

»Wir gehen bisher von folgendem Ablauf aus«, begann Tällberg und schilderte den vermutlichen Verlauf der Tat. »Der oder die Täter haben Hansson auf der Insel an einer Informationstafel festgebunden und ihn bis auf die Unterwäsche ausgezogen. Hansson ist aller Wahrscheinlichkeit nach an Unterkühlung gestorben.«

»Wer sagt das?«

»Das vermutet Dr. Forsberg«, erklärte Tällberg.

»Der ist auch da?«

Der Polisintendent nickte. »Jetzt wird jeder gebraucht. Ich muss nicht erklären, welche Wellen dieser neuerliche Mord schlagen wird.«

»Wie ist der Tote auf die Insel gekommen?«

»Das wissen wir auch noch nicht. Es hat die ganze Nacht geregnet. Die Spurensicherung konnte bisher keine Schleifspuren feststellen. Möglicherweise ist Hansson selbst dorthin gegangen.«

»Allein?«

»Es galten verschärfte Sicherheitsmaßnahmen. Alle Einsatzkräfte wurden vorher belehrt. Grundsätzlich sollten nur Doppelstreifen unterwegs sein. Hansson war mit Claes Lundberg eingeteilt, einem Polizeianwärter.«

»Ist er auch …?«, fragte Jonas.

»Lundberg hat gestern Abend seinen Dienst beendet und ist nach Hause gegangen.«

»Das verstehe ich nicht.«

»Eine rätselhafte Geschichte«, bestätigte Tällberg. »Lundberg ist schon verhört worden.«

»Ich möchte mit ihm sprechen«, sagte Jonas.

Tällberg nickte. »Er ist hier. Sie fragen sich bestimmt, wie jemand bei Plusgraden erfrieren kann?«

Jonas winkte ab. »Danke. Ich kenne die Wirkung von Wind und Nässe. Man kühlt aus, die Körpertemperatur sinkt und irgendwann tritt der Tod ein. Die Täter müssen von dieser Wirkung gewusst haben. Wenn sie Hansson entkleidet haben, um seinen Tod zu erreichen, war das ein vorsätzlicher brutaler Mord. Das passt ins Bild. Ich würde davon ausgehen, dass wir es mit den gleichen Tätern zu tun haben wie in Östersund oder Sundsvall.«

»Wir haben alle gestern eingesetzten Beamten befragt. Niemand hat etwas bemerkt.«

»Gab es Hinweise auf Drogenhandel oder andere Auffälligkeiten?«

»Nichts.« Tällberg klang enttäuscht. »Unsere Abteilung war auch vertreten, zum Beispiel durch Markvist.«

»Ist dem etwas aufgefallen?«

»Nein. Nichts, was uns weiterbringt. Er hat sogar mit Hansson und Lundberg gesprochen. Die beiden Uniformierten haben ausgerechnet unsere Männer verdächtigt und nach deren Ausweisen gefragt.«

»Was sagt Dr. Wallberg?«

Tällberg zuckte die Schultern. »Der ist nicht da.«

»Ich denke, jeder ist von Ihnen angefordert worden.«

»Wallberg haben wir nicht erreicht. Sie haben ja gehört, dass der eine Hütte im Wald hat. Dort gibt es kein Netz.«

»Dann darf er in der nächsten Zeit nicht dorthin, bis wir den Fall gelöst haben«, sagte Jonas unzufrieden. »Und Gripsholm?«

Tällberg wich Jonas' Blick aus. »Der hat sein Telefon auch abgeschaltet.«

»Eine merkwürdige Dienstauffassung.«

»Ich werde der Sache nachgehen«, versprach der Abteilungsleiter.

»Man muss doch Hanssons Verschwinden bemerkt haben, als der Einsatz beendet war«, sagte Jonas.

»Das frage ich mich auch. Dazu liegen uns widersprüchliche Aussagen vor.«

»Wo ist Lundberg?«

Tällberg sah sich um. »Irgendwo hier.«

»Ich werde mit ihm sprechen«, erklärte Jonas. Zunächst bat er Inspektor Markvist zu sich. Sie entfernten sich von der Gruppe und gingen auf die Lange Brücke hinaus. Jonas wollte wissen, welche Beobachtungen Markvist gemacht hatte.

Der Inspektor versicherte, sein Augenmerk auf Urmas Krasnopjorov gerichtet zu haben. »Trotz des schlechten Wetters herrschte ein unglaublicher Trubel. Reden ist bei diesem Lärm unmöglich. Wir sind durch die Besucherreihen patrouilliert, haben dort nichts gesehen. Ein paar Besucher sind uns aufgefallen, die offenbar ein wenig gekifft hatten. Ich habe mich entschlossen, dem nicht nachzugehen, da wir uns auf andere Dinge konzentrieren wollten.«

»War die Polizeipräsenz ausreichend?«, wollte Jonas wissen.

Markvist zuckte nichtssagend mit den Schultern. »Wie soll man das beantworten? Hinterher ist man stets klüger. Unter den zahlreichen Besuchern fielen die uniformierten Streifen natürlich auf.«

»Streifen?«, unterbrach Jonas seinen Kollegen.

Markvist nickte. »Ja. Ich habe nur Doppelstreifen gesehen.«

»Der ermordete Kollege war aber allein unterwegs.«

»Das finde ich auch rätselhaft. Wir haben miteinander gesprochen, Hansson, Lundberg und ich. Da waren die noch als Team zusammen.«

»Warum haben Sie nichts gesehen?«

»Nun hören Sie aber auf«, empörte sich Markvist. »Ich laufe mir bei dem Mistwetter die Hacken schief und soll mir solche Vorwürfe anhören. Warum waren Sie nicht hier? Dann wäre der Mord nicht passiert, oder?«

Jonas unterließ es, zu antworten, und fragte sich durch, bis er Claes Lundberg fand. Der junge Polizeibeamte war blass und wich Jonas' Blick aus. Er knetete nervös seine Finger.

»Kommissar Nyström, Rikspolisen Stockholm«, stellte sich Jonas förmlich vor und fragte, was am Vorabend geschehen sei.

Lundberg begann stockend zu berichten. Vom schlechten Wetter. Davon, dass Hansson »keinen Bock« auf diesen Einsatz gehabt hatte und Lundberg sich durch viele seiner Bemerkungen wie ein dummer Junge behandelt gefühlt hatte. »Dann hat er noch zwei Kollegen aus Stockholm für Dealer gehalten«, übertrieb der Polizeianwärter. Kurz darauf habe Hansson ihn fortgeschickt. »Gegen meinen Willen. Ich habe extra darauf hingewiesen, dass wir nur zu zweit Streife laufen sollen.« Hansson habe auf seinen höheren Dienstgrad gepocht. Lundberg ist, wie befohlen, Richtung Bühne gegangen und hat dort auf seinen Partner gewartet.

»In welche Richtung ist Hansson gegangen?«

Das wisse er nicht, erwiderte Lundberg. Er habe gedacht, Hansson müsse austreten und habe sich in die Büsche geschlagen. »Als es zu lange dauerte, habe ich geglaubt, er hat sich irgendwo untergestellt, um sich vor dem Regen zu schützen.«

»Als Sie bemerkten, dass er nicht zurückkam, hätten Sie Ihren Vorgesetzten informieren müssen.«

Lundberg nickte beschämt. »Eigentlich schon, aber ich wollte ihn nicht verpfeifen. Ich habe geglaubt, er würde Ärger kriegen, wenn er hätte erklären müssen, wo er sich verkrochen hatte.«

»Sind Sie allein auf Streife gewesen?«

Der Polizeianwärter schüttelte den Kopf. »Nein. Ich habe den mir zugewiesenen Platz nicht verlassen und abwechselnd nach Hansson und den Drogendealern Ausschau gehalten.« Er erklärte, weder den einen noch die vermeintlichen Rauschgifthändler gesehen zu haben. »Da war nur Musik. Und die Leute, die immer wilder wurden.«

»Als die Veranstaltung vorbei war, muss doch Hanssons Fehlen aufgefallen sein.«

»Nein. Ich komme von der Polizeistation Rättvik. Der Kollege ist aus Mora rübergekommen. Die waren mit zwei Kleinbussen hier. Ich dachte, er ist sofort in eines der Fahrzeuge eingestiegen. Ich war froh, dass niemand seine lasche Dienstauffassung, wie ich glaubte, bemerkt hatte.«

»Wir müssen das Ganze noch schriftlich zu Protokoll nehmen«, erklärte Jonas.

Lundberg vermied den Blickkontakt, als er ein leises »Ja« murmelte. Er musste sicher noch manch unangenehmes Gespräch mit seinen Vorgesetzten führen, überlegte Jonas. Es war kein mangelndes Pflichtbewusstsein, sondern eher missverstandene Loyalität gegenüber einem Kollegen, die zu dieser Situation geführt hatte.

Inspektor Strand war am Vortag Einsatzleiter vor Ort gewesen. Jonas schätzte den Hünen mit dem kantigen Gesicht auf Anfang vierzig. Strand ging in die Offensive, bevor Jonas seine erste Frage stellen konnte.

»Es ist eine Zumutung, was man von uns erwartet«, schimpfte er. »Die alltäglichen Belastungen sind groß genug, aber davon wollen Sie in der Hauptstadt ja nichts wissen. Und dann verlangen Sie auch noch, dass wir zusätzlich solche Aufgaben wie gestern übernehmen. Als wenn wir mit unseren eigenen Dingen nicht genug zu tun hätten. Das Konzert wollte niemand haben.«

Jonas unterbrach ihn und erklärte, dass die Veranstaltung in der Verantwortung der örtlichen Behörden liege. »Wir haben dringend davor gewarnt.«

Strand erwiderte nichts dazu, aber sein Blick besagte, dass er Jonas keinen Glauben schenkte.

»Sie müssen doch bemerkt haben, dass beim Abrücken einer Ihrer Männern fehlte.«

»Pah. Sie haben ja keine Ahnung.« Der Inspektor zeigte zum grauen Himmel. »Es hat geschüttet wie Sau. Und die Idioten wollten einfach nicht aufhören mit ihrem Krach. Als das Spektakel endlich vorbei war, war jeder froh, dass er mit seinen nassen Klamotten in den Bus flüchten konnte. Da müssen Sie niemanden bitten, einzusteigen. Wir waren mit zwei Kleinbussen hier. Vermutlich hat jeder geglaubt, der Kollege sitze im anderen Fahrzeug.«

»Das ist eine Schlamperei sondergleichen«, hielt Jonas Strand vor. »Sie hätten einen Zählappell vornehmen müssen.«

»Hören Sie doch auf. Sie hocken in Ihrem warmen Stockholmer Büro und haben keine Vorstellung davon, wie das wahre Leben an der Front aussieht.« Strand legte sich theatralisch seine flache Hand aufs Herz. »Wissen Sie, dass es einem verdammt an die Nieren geht, wenn man einen Kollegen auf diese abscheuliche Weise verliert?«

Jonas unterließ es, sein Gegenüber darüber aufzuklären, dass die Nieren an einer anderen Stelle im Körper liegen. Strands aggressives Auftreten war sicher auch ein wenig Selbstschutz. Der Inspektor würde unabhängig von internen Untersuchungen, ob er seiner Verantwortung als Einsatzleiter gerecht geworden war, mit sich persönlich ausmachen müssen, warum einer seiner Leute hatte sterben müssen. Hätte man den Mord wirklich verhindern können?, überlegte Jonas. Die Mörder waren gezielt und brutal vorgegangen. Objektiv hatten Leute wie Strand, Hansson oder Lundberg keine Chance gegen sie. Aber wer urteilte schon objektiv nach solchen Ereignissen?

Zum Abschluss sagte Strand, dass sie selbst schon alle gestern eingesetzten Polizisten befragt hätten. Niemand hatte etwas von dem Vorfall bemerkt. Auch sonst hätte es keine Ereignisse gegeben, »abgesehen von einer Handvoll angetrunkener Jugendlicher, ein paar harmlosen Rempeleien und Verstößen gegen die Straßenverkehrsordnung«.

»Und ein Spaziergänger hat ihn heute Morgen gefunden? Hat Hansson eigentlich Angehörige?«

Strand betrachtete seine Fußspitzen. »Er lebte mit einer Partnerin und dem gemeinsamen Sohn zusammen.«

»Die hat ihn nicht vermisst?«

»Doch«, sagte der Inspektor. »Sie hat sich irgendwann in der Nacht gemeldet und gefragt, wo Martin bleibt.«

»Und?«

»Der Diensthabende hat sie vertröstet, dass ihr Partner im Revier übernachtet.«

»Ohne zu prüfen, wo Hansson wirklich steckt?«

»Wer rechnet mit so was?«, erwiderte Strand kleinlaut.

Jonas suchte Tällberg. Der Polisintendent sagte, dass man Hanssons Mobiltelefon untersucht habe. »Er hat tatsächlich während des Einsatzes telefoniert. Wir haben die Nummer geprüft. Er hat zu Hause angerufen. Seine Partnerin hat es bestätigt.«

»Das könnte erklären, weshalb Hansson seinen Streifenpartner fortschickte. Er wollte ungestört telefonieren. Da es im Veranstaltungsbereich unmöglich war, zu reden, hat er sich ein Stück entfernt und ist eventuell auf die Brücke gegangen. Die Täter haben es beobachtet, sind ihm gefolgt und haben ihn gezwungen, bis zur kleinen Insel weiterzugehen, um ihn dort zu fesseln.«

»Das macht doch wenig Sinn«, widersprach Tällberg. »Woher wussten die Täter, dass sich ein Beamter von seinem Platz entfernen und auf die Brücke gehen würde?«

»Sie haben die Polizisten beobachtet und diese Gelegenheit ausgenutzt.«

»Das würde bedeuten, man hat es gezielt auf einen Polizisten abgesehen gehabt?«

»Das könnte sein«, erwiderte Jonas ausweichend. Er zog die Stirn kraus. »Es gibt eine Merkwürdigkeit. Angeblich hat in Östersund auf dem dortigen Polizeirevier ein Polizist namens Hansson den Anruf der Hotelwirtin entgegengenommen.«

»Hansson ist ein in Schweden oft vorkommender Name«, warf Tällberg ein.

»Schon. Trotzdem ist es merkwürdig. Wir haben in Östersund vergeblich danach gesucht, wer sich mit Hansson gemeldet hatte. Was ist, wenn Hansson angesprochen wurde, er solle sich zu Hause melden?«

»Das würde bedeuten, die Täter haben ihn gezielt ausgewählt.«

»Mir geht die Namensgleichheit nicht aus dem Sinn«, sagte Jonas. »Bei Johan Wax haben wir eine Nachricht gefunden, dass er ermordet wurde, damit er den Tätern nicht mehr hinterherläuft. Die Mörder wussten also, wen sie vor sich hatten. War das hier genauso? Wir sollten Hansson durchleuchten. Alles. Sein Privatleben, seine Verbindungen, seine Hobbys. Wo hat er sich in den letzten Wochen aufgehalten? Gibt es verräterische Spuren auf dem Bankkonto?«

»Ich werde es veranlassen«, versprach Tällberg.

»Kann jemand prüfen, ob es möglich ist, dass ein Anruf bei der Polizei in Östersund nach Mora weitergeleitet wird? Ich weiß, es klingt unwahrscheinlich, aber wir dürfen keine Möglichkeit ausschließen.«

»Vielleicht gibt es einen Verräter auf der Östersunder Dienststelle«, gab Tällberg zu bedenken, »der Hansson kannte und sich dessen Namens bediente. Die passende Gelegenheit bot sich jetzt anlässlich des Konzerts in Mora, mit der Ermordung Hanssons ein weiteres Zeichen zu setzen. Dabei gehe ich davon aus, dass die rituell anmutende Tötung geplant war.«

Jonas stimmte seinem Vorgesetzten zu. »Die Täter mussten die Art der Tötung geplant haben. Es sieht nicht wie eine spontane Tat aus. Wer so etwas ausführt, weiß, dass man mit Wind und Nässe einen Menschen durch Unterkühlung mit ziemlicher Sicherheit umbringen kann.«

»Woher wussten die Täter aber, wenn wir unterstellen, dass Hansson kein Zufallsopfer ist, dass er gestern Abend Dienst hatte? Er kommt aus Mora und war in Rättvik eingesetzt.«

Das konnte Jonas auch nicht beantworten. Er fragte sich, ob der Mord eventuell hätte verhindert werden können, wenn er selbst in Rättvik anwesend gewesen wäre.

»Nein«, sagte Tällberg entschieden, nachdem Jonas seine Gedanken vorgetragen hatte. »Wenn das so wäre, hätten wir alle versagt. Ich hätte die ganze Sonderkommission aktivieren müssen. Das wird beim nächsten Konzert in Linköping der Fall sein.«

»Sollte man das nicht absagen, nachdem wir bisher bei jedem Auftritt von Bad Revolution ein Todesopfer zu beklagen hatten?«, zeigte sich Jonas skeptisch.

»Ich würde dafür plädieren. Aber die Entscheidung liegt nicht in unserer Hand. Außerdem würden wir damit kundtun, dass wir vor den Verbrechern kapitulieren.«

»Ich zeige lieber ein Zeichen von Schwäche, als weitere Menschenleben aufs Spiel zu setzen«, sagte Jonas.

Sie wurden abgelenkt, als sich Inspektor Strand näherte und sein

Mobiltelefon schwenkte. »Das hat mir eben meine Dienststelle geschickt«, rief er von weitem. »In der Redaktion unserer Lokalzeitung, der *Mora Tidning*, ist ein Bekennerschreiben eingegangen.«

Jonas nannte dem Inspektor seine E-Mail-Adresse und bat ihn, die Meldung weiterzuleiten. Tällberg schloss sich an. Kurz darauf las Jonas die Nachricht. Sie war von einem kryptischen Absender an die Zeitung geschickt worden. Dort hatte man sie sofort an die örtliche Polizei weitergeleitet.

»Wer uns hinterherläuft – dem hacken wir die Beine ab. Wer glaubt, eine heiße Spur zu haben, der stirbt wie Hansson an Unterkühlung. Nyström soll an seine Familie denken. Die ist gefährdet. Und der Lappe sowie der Eskimo werden auch bald kaltgestellt. Denkt an Wax. Der läuft keinem mehr hinterher«, las Jonas.

»Man will uns einschüchtern«, stellte Tällberg fest. »Damit verfolgen die Täter die Richtung, die sie mit Wax' Ermordung eingeschlagen haben. Jetzt musste wieder ein Polizist sterben. Und mit dem Kleinkriminellen Evaldsson hat man gegenüber dem Drogenhandel ein Zeichen setzen wollen. Wir müssen unbedingt etwas unternehmen, damit uns das Ganze nicht entgleitet.«

»Wir ermitteln mit Hochdruck«, erwiderte Jonas. Er sah Strand an, dann Tällberg. »Die Nachricht ist heute Morgen um acht Uhr vierzehn bei der Zeitung eingegangen. War zu dieser Zeit schon der Name des Opfers herausgegeben?«

Beide verneinten.

»Dann müssen die Täter über Insiderinformationen verfügen. Woher wussten Sie, dass der ermordete Polizist Hansson heißt?«

Tällberg hob besänftigend die Hand. »Dafür könnte es eine Erklärung geben. Die Täter haben seinen Dienstausweis gesehen.«

Jonas ärgerte sich. Tällberg hatte recht. »Die Mörder haben es nur darauf abgesehen, erneut einen spektakulären Mord zu begehen. Sie haben sich weder die Dienstwaffe noch andere persönliche Gegenstände des Toten angeeignet.«

»Wir haben es wirklich mit einer ganz besonders brutal agierenden Bande zu tun«, bestätigte Tällberg.

Jonas konnte vor Ort nichts mehr ausrichten. Die Spurensicherung würde weiter akribisch die Umgebung absuchen. Markvist hatte die Suche nach Zeugen übernommen und die Befragung aller während des Konzerts eingesetzten Beamten fortgesetzt. Es konnte nicht sein, dass so viele geschulte Polizistenaugen nichts bemerkt haben sollten.

Jonas beschloss, zurück nach Stockholm zu fahren.

»Vergessen Sie nicht, morgen früh zur Zentrale zu kommen. Um fünf Uhr fährt der Bus ab«, erinnerte Tällberg an die Beerdigung des toten Inspektor Wax.

Auf seinem Handy waren mehrere Anrufversuche Livs eingegangen. »Verdammt noch mal. Wo steckst du?«, lautete die letzte Meldung auf der Mobilbox. Es klang sauer.

Jonas rief von unterwegs zu Hause an. Lisa meldete sich und sagte kurz angebunden: »Moment. Ich hole Mama.« Im Hintergrund war Stimmengemurmel zu hören, bis sich Liv meldete.

»Jonas! So geht das nicht. Familienleben bedeutet für mich etwas anderes«, sagte Liv unfreundlich.

»Das ist mein Beruf«, erwiderte er, ebenfalls ungehalten. »Du gehst doch auch an den Wochenenden zum Dienst.«

»Das ist etwas anderes«, behauptete seine Frau. »Bei mir ist es geplant, während du dich am Sonntag einfach aus dem Staub gemacht hast.«

»So darfst du es nicht nennen.«

»Doch«, beharrte Liv. »Wir haben uns gemeinsam für Kinder entschieden. Und wir sind beide berufstätig. Auf dich entfällt auch ein Teil der Verantwortung als Eltern. Fang nicht mit Erklärungsversuchen an, es sei dein Beruf. Dann suche dir einen anderen Job, der auch besser bezahlt wird. So geht das nicht weiter. Denke darüber nach.« Dann hatte sie aufgelegt. Er war frustriert. Wie sollte er ihr klarmachen, dass er sich Sorgen um seine Familie machte? Die Drohungen der Verbrecher waren ernst zu nehmen. Wenn er Liv gegenüber etwas verlauten ließe, würde er die angespannte Situation zwischen ihnen noch verschärfen. Ob Liv und die beiden Mädchen in seiner Abwesenheit über ihn sprachen? Das Telefonat mit Annika am Morgen war auch unerfreulich gewesen.

Seine Gedanken schweiften zu dem schlichten Mehrfamilienhaus in Östersund, nahe dem Marktplatz, ab, vor dem er gestanden hatte.

·ZWÖLF·

Es war dunkel. Es war kalt. Es regnete. Die Männer und ein halbes Dutzend Frauen hatten ihre Paradeuniform angelegt. Man grüßte sich leise mit einem »Hej«, nickte sich zu und versuchte, im wartenden Bus einen trockenen Platz zu bekommen. Jonas setzte sich in eine noch nicht belegte Sitzreihe und sah im gedämpften Licht in die ernsten Gesichter der anderen. Alle waren freiwillig hier. Und wenn es möglich gewesen wäre, hätten sich noch mehr der Fahrt zu Johan Wax' Beerdigung angeschlossen. Tällberg erschien als einer der Letzten in Begleitung von Dr. Wallberg, sah kurz zu den anderen, nickte zur Begrüßung und nahm seinen Platz neben dem Fahrer ein.

Jonas wunderte sich, dass der Forensiker mit zur Beerdigung fuhr. Er war der einzige Zivilist unter den Anwesenden, ging suchend durch den Gang nach hinten, entdeckte Jonas und fragte, ob er sich zu ihm setzen dürfe. Ohne die Antwort abzuwarten, nahm er Platz.

Dann setzte sich der Bus für die sechshundert Kilometer lange Strecke in Bewegung. Jonas sah aus dem Fenster. Noch war die Hauptstadt nicht erwacht. Wenige Fahrzeuge waren unterwegs. Das galt auch für die Autobahn, die sie bald erreichten, um in Richtung Süden zu fahren. Es herrschte Stille im Bus. Nur selten war irgendwo ein leises Gemurmel zu hören.

Erst als sie den Vättern erreichten, sagte Dr. Wallberg: »Haben Sie schon die Information über die Analyse der Päckchen erhalten, die man Evaldsson in den Mund geschoben hat und an denen er erstickt ist?«

Jonas verneinte es.

»Es war Heroin, ziemlich verunreinigt.«

»Heroin? Das hätte ich nicht vermutet, sondern eher auf eine schwächere Droge getippt.«

»Wir waren auch überrascht. Sundsvall ist nicht das Zentrum des Drogenkonsums.«

»Der Tote war Dealer in Östersund«, warf Jonas ein.

»Noch erstaunlicher. Das ist wirklich Provinz. Wissen Sie, ob Evaldsson eine Art Platzhirsch war?«

»Nach den Erkenntnissen der dortigen Polizei war er nur ein kleiner Verteiler, der auf Partys und Veranstaltungen, aber auch vor den Schulen seine Geschäfte machte. Für diesen Markt ist Heroin untypisch.«

»Das würde ich auch sagen«, stimmte Dr. Wallberg zu. Sie schwiegen eine Weile, und Jonas versuchte, durch den Regenschleier etwas von Schwedens zweitgrößtem See zu entdecken, der sich immerhin auf einer Länge von mehr als einhundertdreißig Kilometern hinzog. Obwohl die Autobahn oberhalb des Sees entlangführte, verbarg sich das Gewässer hinter dem dichten Grau.

»Sie glauben, hinter der landesweit agierenden neuen Drogenmafia verbergen sich Russen?«, fragte der Forensiker schließlich.

»Es gibt ein paar Hinweise darauf«, bestätigte Jonas.

»Wie konkret sind die?«

»Noch recht vage. Wir haben einen Tatverdächtigen ausgemacht, der aus Osteuropa stammt.«

»Ein Russe?«

»So genau wissen wir es noch nicht«, wich Jonas aus. »Sie würden uns helfen, wenn Sie eingrenzen könnten, wo der neue Stoff herkommt. Es handelt sich um synthetische Drogen, die in einem Labor gemixt werden. Gibt es Ihrer Erfahrung nach eine Art Handschrift für die Herstellung? Etwas, das typisch ist?«

»Das lässt sich nicht genau bestimmen. Viel wird in asiatischen Hinterhoflaboren produziert, aber auch Osteuropa tritt oft als Lieferant auf. Ich würde in diesem Fall auf diese Region tippen. Das wäre typisch. Die Machart könnte dafür sprechen. Das deckt sich mit Ihren Erkenntnissen, dass die russische Drogenmafia am Werk ist. Die versuchen, überall Fuß zu fassen. Offenbar steht jetzt Schweden auf ihrem Plan. Deshalb starten sie diesen Eroberungsfeldzug. Anders kann man es wohl kaum nennen.«

»Natürlich sind wir nicht frei von Rauschgiftstraftaten. In einem Wohlfahrtsstaat wie unserem ist es nahezu unvermeidbar, dass Drogen konsumiert werden. Ich stimme Ihnen zu, dass es den Anschein hat, als wolle eine neue Organisation nach dem Marktmonopol greifen und sich gleichermaßen durch ihr außergewöhnlich brutales Vorgehen Respekt bei den bisherigen Platzhirschen verschaffen.«

»Und die Ermittlungsbehörden versucht man auch einzuschüchtern«, ergänzte Dr. Wallberg.

»Sie haben vom neuen Mord gehört?«, fragte Jonas.

Dr. Wallberg nickte. Als er registrierte, dass Jonas ihn nicht ansah, sondern aus dem Fenster blickte, antwortete er:

»Ja. Der tote Polizist am Sonnabend beim Konzert der Rockband.«

»Ist es nicht merkwürdig, dass die Markteroberung im Windschatten dieser Band erfolgt?«

»Das sollte uns zu denken geben«, pflichtete der Forensiker bei. »Ich habe schon Ihren Chef gefragt, ob der Fokus der Ermittlungen auf Bad Revolution gelegt wird.«

»Möglich, aber ich bin mir nicht sicher«, erwiderte Jonas. »Wir glauben, dass die neue Drogenmafia, nennen wir sie einmal so, bemüht ist, Aufmerksamkeit zu erregen. Die Morde sind so spektakulär angelegt, dass alle Medien ausführlich darüber berichten. Die teuflische Strategie könnte sein, die Popularität der Band zu nutzen, um die eigenen Ziele zu verfolgen. Betriebswirtschaftler würden sagen: da steckt ein ausgeklügeltes Marketingkonzept dahinter.«

»Das klingt aber sehr düster«, stellte der Forensiker fest.

Jonas antwortete nicht darauf. Er versuchte, seine eigenen Gedanken zu sortieren. Es gelang ihm nur unzureichend. Es war ein wüstes Durcheinander, ein Springen zwischen gesicherten Erkenntnissen, Vermutungen und den mehr oder minder Beteiligten. Und zwischendurch schweifte er immer wieder zur angespannten Situation in seiner Familie ab. Es war ihm nicht gelungen, Liv und die Mädchen von der Wichtigkeit seines Auftrags zu überzeugen. Gern wäre er heute Morgen mit einem besseren Gefühl aufgestanden. Aber Liv, die es sich sonst nie nehmen ließ, egal zu welcher Tages- oder Nachtzeit, mit aufzustehen und ein kurzes Frühstück zu bereiten, ein paar Minuten Gesellschaft zu leisten und eine gute Fahrt zu wünschen, war liegen geblieben und hatte vorgetäuscht, zu schlafen. An ihrem veränderten Atemrhythmus hatte Jonas erkannt, dass das nicht zutraf. Er fürchtete, dass sich eine ernste Ehekrise anbahnen könnte.

Kurz vor Mittag erreichten sie Smedstorp, den kleinen Ort im äußersten Südosten des Landes. Hier war Johan Wax groß geworden. Jetzt kehrt er in seinen Geburtsort zurück, um dort die ewige Ruhe zu finden, dachte Jonas bitter. Ob man ihn auch irgendwann in Östersund beerdigen würde? Er hatte sich noch nie Gedanken über diese Frage gemacht.

Die Kirche lag ein Stück außerhalb des Ortes. Der Friedhof umgab den langgestreckten weißgetünchten Sakralbau.

Zur Straße hin war das Areal durch eine niedrige Mauer aus groben Feldsteinen abgegrenzt. Dahinter stand eine Baumreihe, die auch schon die bevorstehende Herbstfärbung erahnen ließ, aber noch lange nicht so weit war wie die Vegetation im Norden. Der Fahrer fand einen Parkplatz hinter den zahlreichen Fahrzeugen. Schweigend verließen die Polizisten den Bus und gingen in Zweierreihen durch das schmiedeeiserne Tor zum Gotteshaus. Dort hatten sich viele Trauergäste eingefunden, die aufsahen, als die Stockholmer eintraten. Sie suchten sich Plätze im hinteren Bereich, nur Tällberg und eine kleine Abordnung gingen zu den reservierten Sitzen in der ersten Reihe. Es herrschte ein bedrückendes Schweigen, gelegentlich war ein Hüsteln zu vernehmen. Irgendwann setzte die Orgel ein, und der Geistliche trat aus der Sakristei heraus. Im Altarraum stand der mit der schwedischen Flagge geschmückte schlichte Holzsarg. Am Kopfende lag, inmitten eines blau-gelben Blumenbuketts, Wax' Dienstmütze.

Der Pastor sprach Gebete, die Trauergemeinde stimmte ein paar Lieder an, und zwischendurch fand der Geistliche Worte der Erinnerung an Johan Wax, ließ dessen Kindheit in Smedstorp Revue passieren, richtete Worte des Trostes und des Mitgefühls an die Angehörigen und sprach von der Hoffnung, die auch in schlimmen Situationen dem christlichen Glauben innewohne.

Für die Polizei sprach Tällberg. Der Polisintendent ging mit gesenktem Haupt zum Altar. Jonas merkte ihm an, dass jeder Schritt eine Qual für ihn bedeutete und unendlich viel Überwindung kostete. Tällberg erklärte, wie schmerzlich es für die Angehörigen sei und ihnen das ganze Mitgefühl der Polizei, ja, des ganzen Landes sicher sei. Er würdigte Wax' Verdienste, schilderte kurz dessen verantwortungsvolles Wirken für Recht und Gesetz und versicherte, dass jeder schwedische Polizist sich unermüdlich auf der Suche nach den feigen Mördern beteiligen werde. Wax' Andenken werde immer unvergesslich bleiben.

Zum Abschluss des Gottesdienstes begaben sich sechs Polizisten zum Sarg und trugen ihn hinaus. Dann folgten die Ehefrau und die Tochter; die Trauergemeinde schloss sich an. Unter Glockengeläut zogen die Menschen zu einem ausgehobenen Grab. Dort sprach der Pastor noch ein Gebet und spendete seinen Segen, bevor sich der Sarg langsam in die Erde senkte. Jonas beobachtete dabei die Ehefrau, die blass und unscheinbar aussah und unbeteiligt wirkte. An der Hand hielt sie ein neunjähriges Mädchen, dem anzusehen war, dass es die Tragweite der Geschehnisse um es herum noch gar nicht richtig erfasste.

Nacheinander verabschiedeten sich die Trauergäste ein letztes Mal von Kriminalinspektor Johan Wax, drückten stumm Frau und Tochter die Hand und kehrten langsam zur Pforte des Friedhofs zurück.

Irgendjemand hatte aus dem Gepäckfach des Busses Verpflegungspäckchen und Wasserflaschen geholt und verteilte sie an die Beamten, bevor sie die Rückfahrt nach Stockholm antraten. Jonas war froh, dass Dr. Wallberg sich dieses Mal einen anderen Platz gesucht hatte. Dafür kam Tällberg für eine Weile zu ihm.

»Ich hätte von Frau Wax gern gewusst, ob Johan mit ihr über seinen Einsatz in Östersund und das dortige Umfeld gesprochen hat«, sagte Jonas.

»Das haben wir uns auch gefragt. Wir haben Frau Wax vorsichtig befragt. Sie hat es von sich gewiesen. Ich glaube ihr. Warum sollte sie uns belügen? Sie hat ihren Mann verloren.« Dann beugte sich Tällberg zu Jonas hinüber. »Uns erwarten schwere Zeiten«, raunte er ihm ins Ohr. »Man wirft uns vor, nicht konsequent genug zu ermitteln und erwartet baldige Ergebnisse.«

»Wir tun alles, was in unseren Möglichkeiten liegt.«

»Das wissen wir ja. Aber die Medien und die Öffentlichkeit haben einen gewaltigen Druck aufgebaut. Die Polizeiführung stellt ultimative Forderungen.«

»Wie sehen die aus? Das ist doch Blödsinn. Wir haben es hier mit komplexen Verbrechen zu tun.«

»Das versteht die Bevölkerung nicht. Zeitungen greifen das Thema bereitwillig auf und werfen den Verantwortlichen Untätigkeit und Unfähigkeit vor. Die geben das weiter.«

»Wir können keinen Täter aus dem Hut zaubern.«

»Das weiß ich auch. Trotzdem stellt die politische Führung Forderungen, mögen sie auch noch so unrealistisch sein. Ich wollte Sie nur in Kenntnis setzen, bevor Sie von anderer Seite angeschossen werden.«

»Ich allein?«, fragte Jonas erstaunt.

Tällberg schüttelte den Kopf. »Sie und alle anderen Kollegen trifft die Kritik.« Er fasste sich an den Hemdkragen. »Bei mir geht es um meinen Kopf.«

Jonas' Handy meldete sich. Ráidnersson berichtete, dass die Prüfung der Kreditkartenabrechnung Evaldssons ergeben habe, dass sich der Tote nur in Östersund aufgehalten hatte. Alle Tankquittungen stammten aus der Stadt. Sie hatten auch keine Hinweise auf Bahn- oder Flugtickets gefunden. Evaldsson hatte weder Mietwagen noch Hotelaufenthalte mit seiner Karte bezahlt. »Es sieht so aus, als sei er nie aus der Stadt herausgekommen«, schloss der Inspektor. »Haben Sie heute einen freien Tag?«

»Wir sind auf dem Rückweg von Smedstorp. Das ist ein kleines Dorf, ganz im Südosten in Schonen. Von dort stammte Johan Wax. Heute fand die Beerdigung statt.«

»Oh«, war alles, was Ráidnersson antwortete.

Jonas wünschte sich, dass die Fahrt zurück nach Stockholm möglichst schnell zu Ende ginge.

·DREIZEHN·

Die Situation in der Familie hatte sich nicht gebessert. Jonas kam sich wie ein Aussätziger vor. Die Kinder hatten sich in ihre Zimmer verkrochen, und Liv hatte kaum ein Wort mit ihm gewechselt. Wenn er sie direkt angesprochen hatte, bekam er nur eine einsilbige Antwort. Missgelaunt hatte er sich in aller Frühe auf den Weg nach Östersund gemacht und die Fahrt genutzt, zwischen den verschiedenen Radiokanälen hin und her zu schalten. Die Mordserie war überall Thema. Auch Kommentatoren nahmen sich des Falles an. Die Journalisten spekulierten, dass es offensichtlich Zusammenhänge zwischen dem Auftritt der Band und den Todesfällen gab. Manche Stimmen kamen der Vermutung nahe, die die Polizei hegte.

Jonas fühlte sich unbehaglich. Tällberg hatte ihm keine Vorwürfe gemacht, aber klar gefordert, dass Erfolge erzielt werden müssten. Der Polisintendent stand in der direkten Schusslinie. Aber Jonas war als Teil des Teams mitverantwortlich. Wer wusste, dass Tällberg ihm freie Hand ließ und Jonas eine besondere Rolle zugewiesen hatte?

»Warum wollen Sie nach Östersund«, hatte Tällberg gefragt, »nachdem Sie sich zunächst gesträubt hatten, dorthin zu reisen?«

Jonas hatte erklärt, dass er dort einen Schlüssel für die Mordserie zu finden hoffe. Das tote Mädchen in Umeå war ein Betriebsunfall. Er glaubte nicht, dass es geplant gewesen war. Dann war die Band in Östersund aufgetreten. Dort war Johan Wax ermordet worden. Und Melker Evaldsson, auch wenn dessen Leiche in Sundsvall abgelegt worden war.

»Es hat den Anschein, als müssten wir die Täter im Umfeld der Rockband suchen«, hatte Tällberg gesagt. »Und die ist weitergezogen.«

Natürlich hatte der Vorgesetzte recht. Nur ein einziger winziger Punkt wies noch auf Östersund hin: Hansson, der unbekannte angebliche Polizist, der das Telefongespräch entgegengenommen hatte.

Ráidnersson empfing ihn mit einer Mischung aus Neugierde und Angespanntheit. Der Inspektor wollte wissen, was sich in Rättvik zugetragen habe und welche Erfolge in der Zwischenzeit erzielt worden seien. Er zeigte sich enttäuscht, als Jonas ihm keine positiven Neuigkeiten unterbreiten konnte.

Ráidnersson bewegte sich unruhig auf seinem Stuhl hin und her. »Wir haben Zeugen gefunden, die Evaldsson und seine mutmaßlichen Mörder am Sonnabendvormittag beobachtet haben«, sagte er. »Es ist ein junges Paar, das in der Nachbarschaft wohnt. Melker Evaldsson hat seine Wohnung so gegen zehn Uhr verlassen und wollte zu seinem Auto gehen. Zwei Männer in einem schwarzen Mercedes haben auf ihn gewartet. So sah es für die Zeugen zumindest aus. Die Männer sind ausgestiegen und haben Evaldsson in ein Gespräch verwickelt. Dann sind alle drei in den Mercedes eingestiegen und davongefahren.«

»Haben sich die Zeugen das Kennzeichen gemerkt?«, fragte Jonas.

»Leider nicht. Dazu hatten sie auch keine Veranlassung. Wir haben dem Paar auch ein Bild von Urmas Krasnopjorov gezeigt. Das konnten sie weder bestätigen noch verneinen. Dazu war die Distanz zu groß. Außerdem haben sie die Szenerie nur so nebenbei gesehen und sich nicht darauf konzentriert.«

»Das heißt, Evaldsson ist mit seinen Mördern weggefahren. Demnach ist er erst später ermordet worden. Und Krasnopjorov gerät immer mehr in den Verdacht, maßgeblich an den Morden beteiligt zu sein.«

»Das ist noch nicht alles«, fuhr Ráidnersson fort. »Es liegt auch der Bericht der Rechtsmedizin vor. Dr. …«

»Forsberg«, half Jonas aus.

»Genau. Evaldsson ist erstickt. Der Tod muss gegen achtzehn Uhr eingetreten sein.«

»Dann haben die Täter Melker Evaldsson lebend mit nach Sundsvall genommen und dort vor Konzertbeginn umgebracht.« Jonas schauderte es. »Anschließend ist Urmas Krasnopjorov seelenruhig zum Marktplatz marschiert und über das Veranstaltungsgelände gelaufen. Was sind das für Menschen?«

Diese Frage konnte der Inspektor auch nicht beantworten. »Man hat Evaldsson gefoltert, bevor er erstickt ist.«

Jonas nickte. »Alle Finger waren gebrochen. Das lässt auf die gleichen Täter schließen, die den Kleindealer Wikström in Sundsvall gezwungen haben, für sie zu arbeiten. Dem wurden auch zwei Finger gebrochen. Vielleicht hat sich Evaldsson geweigert, in Östersund für die Drogenmafia tätig zu werden?«

»Das ist naheliegend. Daraufhin hat man ihn umgebracht. Man hat ihm die Ware, die er bei sich trug, in Mund und Nase gestopft. Darüber haben die Medien groß berichtet. Bei einem Krieg zwischen bestehenden Händlerorganisationen hätten sich die Mörder den Stoff angeeignet. Die neue Drogenmafia, wenn ich sie zur Unterscheidung einmal so nennen darf, verkauft aber weder Hasch noch Heroin. Mit der medienwirksamen Inszenierung des Todes von Evaldsson haben sie ein Zeichen gesetzt und sorgen weiter für Angst in der Drogenszene. Das ist noch nicht alles«, setzte Ráidnersson seinen Bericht fort. »Auf den ersten Blick war es nicht erkennbar in Sundsvall. Erst die Obduktion hat ergeben, dass es Haltespuren an Evaldssons Körper gab. Er konnte sich nicht wehren, als man ihm mit den Tüten die Atemwege verschlossen hat. Dann liegt noch ein Bericht vor. Die Forensik aus Linköping hat Evaldssons Rechner analysiert. Der erwies sich ermittlungstechnisch als Goldgrube. Der Kleindealer hat dort offenbar seine Verbindungen zum Großhändler Roland Hassel dokumentiert. Den haben wir schon länger im Visier. Wir bereiten gerade eine Razzia vor und werden Hassel in der nächsten Stunde einen Besuch abstatten.«

»Passen Sie auf, dass Hansson die Aktion nicht verrät«, mahnte Jonas.

»Nur Eqqaq Agssagssak und ich sind eingeweiht«, versicherte der Inspektor.

Jonas wünschte dem Östersunder viel Erfolg. Inzwischen kannte man ihn im Polizeirevier, und er konnte sich ungehindert im Gebäude bewegen. Ráidnersson und Agssagssak waren zur Razzia beim örtlichen Drogenbaron aufgebrochen, während er sich bemühte, jemanden zu finden, der sich für die Kommunikationstechnik verantwortlich fühlte.

»Ist es technisch denkbar, dass hereinkommende Telefongespräche nach Mora oder an einen anderen Anschluss weitergeleitet werden?«

Der junge Mann nickte bedächtig. »Theoretisch ja«, sagte er. »Für den Notfall kann alles an andere Dienststellen umgeleitet werden. Aber Sinn macht es nicht. Was sollen Notrufe aus Östersund in Mora, Umeå oder anderswo? Das hätten wir außerdem bemerkt. Wir wären dann in Östersund abgeschaltet. Das wäre der Leitstelle merkwürdig erschienen. Wann soll das gewesen sein?«

Jonas nannte den Zeitpunkt, zu dem die Hotelchefin angerufen hatte.

Der Beamte schüttelte den Kopf. »Ausgeschlossen«, erklärte er. »Das war mitten am Tag. Da geht das nicht. Nein. Bestimmt nicht.«

Jonas wollte wissen, ob einzelne Apparate umgeleitet werden können.

»Das ist etwas anderes. Natürlich. Das kommt oft vor. Wenn die Kollegen im Außendienst unterwegs sind, leiten sie ankommende Telefongespräche auf einen anderen Apparat um. Das ist alltägliche Routine.«

»Wird das protokolliert?«

»Wir werden schon mit genug Bürokratie überhäuft. Zum Glück ist das noch keinem eingefallen. Warum wollen Sie das wissen?«

Jonas ging nicht auf die Frage ein. »Am vergangenen Montag hat sich Helen Wegmann bei der Polizei gemeldet und mit einem Beamten namens Hansson gesprochen …«

»Hansson? Den gibt es hier nicht«, unterbrach ihn der Techniker.

»Ich möchte gern wissen, wann der Anruf eingegangen ist und auf welchen Anschluss er weitergeleitet wurde.«

»Helen Wegmann? Haben Sie eine Rufnummer?«

Jonas nannte den Namen des Hotels. »Vielleicht hat die Frau auch ein Mobiltelefon benutzt«, ergänzte er.

Der junge Beamte nickte. »Das sollte herauszufinden sein«, sagt er und versprach, sich bei Jonas zu melden.

Jonas rief Tällberg an.

»Ich habe wenig Zeit«, sagte der Polisintendent hastig. »Ich muss mit dem Polizeichef zum Staatssekretär ins Justizministerium. Es liegen erste Auswertungen der Spurensicherung aus Rättvik vor. Durch den Regen war der Boden aufgeweicht. Man konnte Fußabdrücke eines Schuhs feststellen. Derzeit suchen wir nach dem Modell der Profilsohle. Die Schuhgröße vierundvierzig deutet auf einen größeren Täter hin. Außerdem konnten auf der Glasscheibe der Infotafel, an die Hansson gekettet war, Fingerabdrücke lokalisiert werden. In unserer nationalen Datei sind sie nicht registriert. Wir haben eine Anfrage an Interpol weitergeleitet und parallel dazu die estnische Polizei in Tallinn um Amtshilfe gebeten, da wir mit dem Bandmanager und Urmas Krasnopjorov zwei Bürger des Landes im Visier haben.«

»Kann der Abdruck nicht von einer Person stammen, die nichts mit dem Mord zu tun hat?«, zeigte sich Jonas skeptisch. »Schließlich waren die Täter bisher sehr vorsichtig.«

»Stellen Sie nicht alles in Frage«, antwortete Tällberg ungehalten und ließ sich von Jonas über dessen Bemühungen, etwas über den angeblichen Hansson in Östersund herauszufinden, berichten.

»Wir haben noch einmal alle Aussagen zusammengestellt«, sagte Tällberg. »Aber niemand hat Krasnopjorov in Rättvik gesehen.«

»Ich bleibe bei meiner Theorie, dass Krasnopjorov an den Morden in Östersund beteiligt war«, beharrte Jonas. »Wir müssen es ihm nachweisen. Gestehen wird er es kaum.«

»Dazu müssten Sie ihn erst einmal fassen. Sie können nicht alles auf Ihre für Sie erfolglose Begegnung in Sundsvall stützen.«

»Gibt es noch Neuigkeiten von Dr. Forsberg?«, wich Jonas aus.

»Nichts außer dem, was Sie schon wissen. Der Rechtsmediziner wird allmählich nervig mit seinem ewigen Klagelied über den Kollegen Dr. Wallberg. Er hält ihm vor, dass er sich trotz angespannter Lage am Wochenende in seine Waldhütte zurückzieht.«

»Vielleicht hat er recht«, sagte Jonas.

»Dann müssten wir alle rund um die Uhr in Bereitschaft stehen. Wo waren Sie denn am Wochenende? Sie haben sich doch auch eine Auszeit mit der Familie genommen.«

Ein bitterer Stich durchfuhr Jonas, als sein Vorgesetzter die Familie erwähnte. Hoffentlich führte Dr. Wallberg ein harmonischeres Privatleben.

Tällberg verabschiedete sich kurzangebunden mit dem Hinweis, er müsse jetzt ins Ministerium.

Es klopfte an der offenen Tür und der Techniker erschien. Er setzte sich auf die Ecke des Schreibtisches und sagte: »Ich habe etwas herausgefunden.« Er zögerte weiterzusprechen und wartete wie ein Hündchen, dem ein Kunststück gelungen war, auf eine Belohnung.

Jonas lobte ihn und erntete dafür ein Strahlen im Gesicht des Beamten.

»Helen Wegmann hat am Montag um sechzehn Uhr dreiundvierzig vom Hotelanschluss angerufen. Das Gespräch ist in der Zentrale aufgelaufen und von dort auf einen internen Apparat weitergeleitet worden.«

»Wissen Sie auch, auf welchen?«

Der Techniker nickte und zeigte mit dem Daumen über die Schulter.

»Bitte?«, fragte Jonas erstaunt. »Inspektor Ráidnersson? Ist das sicher?«

»Absolut«, versicherte der Experte.

»Kennen Sie den Inhalt des Gesprächs?«

»Nein. Geht nicht wegen Datenschutz. Das geht nur, wenn der das Telefonat annehmende Beamte auf diesen Knopf drückt.« Er zeigte auf eine Taste am Telefon.

Das dürfte der angebliche Hansson vermutlich unterlassen haben, dachte Jonas und bedankte sich beim Techniker. »Es wäre gut, wenn Sie dieses Ergebnis vertraulich behandeln würden«, gab er dem jungen Mann mit auf den Weg.

Er versuchte, Informationen zusammenzutragen. Aus Rättvik gab es keine weiteren Neuigkeiten. Eine Rückfrage in Sundsvall war auch erfolglos. Gripsholm war beauftragt, den Bandmanager Puri zu verhören. Die Musiker selbst hatten ein einwandfreies Alibi. Nicht nur Markvist konnte bestätigen, dass keiner von ihnen abwesend gewesen war.

Nach drei Stunden am Schreibtisch hörte er erregte Stimmen auf dem Flur. Es klang gelöst und heiter. Er konnte die beiden Östersunder Kriminalpolizisten heraushören, die ins benachbarte Büro Ráidnerssons gingen. Jonas ließ ihnen fünf Minuten, bevor er selbst den Arbeitsplatz des Inspektors aufsuchte.

Ráidnersson sah auf, als Jonas eintrat. Agssagssak hatte es sich auf der anderen Seite des Schreibtisches bequem gemacht. Bevor Jonas eine Frage stellen konnte, streckte der Inspektor den Daumen in die Höhe.

»Das war ein voller Erfolg«, verkündete er zufrieden. »Das hätten wir uns schon früher gewünscht. Setzen Sie sich.«

Er lehnte sich entspannt zurück und hakte die Daumen hinter den Hosenbund. »Wir wussten, dass Roland Hassel hier in Östersund – ach was, in Jämtland – eine bedeutende Nummer im Rauschgiftgeschäft ist. Wenn man das, was in den großen Städten passiert, im rechten Maßstab auf uns hier projiziert, dann könnte man Hassel fast einen Drogenbaron nennen.« Ráidnersson wedelte mit der Hand durch die Luft. »Nehmen Sie diese Aussage symbolisch«, fügte er an. »Hassel gehört ein großes Haus in Fillsta direkt am Störsjön. Zum Anwesen gehört ein eigener Bootssteg.«

Jonas beobachtete, wie die Augen des Inspektors zu glänzen begangen. »Es ist unfassbar, welchen Luxus man sich mit kriminellen Machenschaften leisten kann. Handlanger wie Evaldsson laufen stets Gefahr, erwischt zu werden. Das bringt aber nicht viel, da wir sie immer nur mit geringen Mengen aufgreifen. Die dicken Fische, die die Strippen ziehen, sind fast unantastbar. Jeder weiß, dass sie ihre Finger im Geschäft haben, sich diese aber nicht schmutzig machen. Es ist uns bisher nie gelungen, Hassel etwas nachzuweisen.« Vor Begeisterung schlug Ráidnersson mit der Faust auf die Arbeitsfläche. »Und dann heute – ein Tag, der in die Östersunder Kriminalgeschichte eingeht.«

»Gratuliere«, sagte Jonas und ließ die beiden Einheimischen aufhorchen, weil er es emotionslos über die Lippen brachte.

»Damit ist ein großes Netz in Östersund, sogar in ganz Jämtland, zerstört. So ein Erfolg ist uns nicht oft beschieden.«

»Hat Hassel gestanden?«, wollte Jonas wissen.

»Das ist nicht erforderlich. Die Beweislast ist erdrückend. Da kommt er nicht wieder heraus. Wir haben bei ihm ein großes Lager gefunden. Da bekommt der Begriff Großhändler gleich eine ganz andere Bedeutung. Außerdem wurden zahlreiche Dokumente sichergestellt, Rechner, Handys, eine größere Menge Bargeld. Das muss in den nächsten Wochen ausgewertet werden. Aber Hassel kann uns nicht mehr entkommen. Ich habe keinen Zweifel daran, dass uns der Untersuchungsrichter einen Haftbefehl ausstellen wird. Mit Hassel als Kopf ist auch ein ganzer Verteilerring gesprengt.«

»Worauf beruht Ihr großer Ermittlungserfolg?«, fragte Jonas skeptisch.

»Wie, was?« Ráidnersson hielt in seinem Überschwang inne. »Ich verstehe nicht.«

»Sie haben lange vergeblich versucht, Roland Hassel das Handwerk zu legen. Richtig?«

»Ja«, antwortete der Inspektor gedehnt. »Schon. Es war schwierig.«

»Weil Sie ihm nichts beweisen konnten, weil Hassel vorsichtig war. Sie sagten selbst, er hat sich nie die Finger schmutzig gemacht.«

»Das ist richtig.«

»Und plötzlich fallen Ihnen alle Beweise direkt vor die Füße. Ist das nicht merkwürdig?«

»Steter Tropfen höhlt den Stein«, sagte der Inspektor. Es lag etwas Lauerndes in seinem Ton.

»Für mich sieht es so aus, als hätte da jemand an den Schrauben gedreht.«

»Das verstehe ich nicht.«

»Sie haben vorhin gesagt, Melker Evaldsson war ein kleines Licht, ein Dealer auf der unteren Stufe, der nie mit mehr als Kleinstmengen erwischt wurde. Er hat mit Haschisch und Marihuana gedealt«, stellte Jonas fest. »Das sind zwar auch verbotene Substanzen, aber die harmlosesten der Rauschgiftkriminalität. Dem toten Evaldsson hatte man aber Heroinpäckchen in den Rachen geschoben. Daran ist er erstickt. Es waren also nicht seine eigenen Bestände. Die Täter haben das Heroin mitgebracht. Sie hatten die Absicht, Evaldsson symbolisch mit Heroin zu töten.«

Der Inspektor und Agssagssak wechselten einen raschen Blick.

»Ein vorsichtiger Drogenbaron, um Ihren Terminus zu verwenden, wird einem Kleinkriminellen wie Evaldsson nie Einblick in seine Strukturen geben. Ich will nicht ausschließen, dass Evaldsson diesen oder jenen anderen Dealer aus Hassels Organisation kannte, vielleicht auch von anderen örtlichen Drogenbossen …«

»Hassel ist mit Abstand der Größte«, warf Ráidnersson ein.

»Wie soll Evaldsson an die ganzen Daten gekommen sein? An die Namen der Verteilerorganisation?«

Ratlosigkeit zeichnete sich auf Ráidnerssons Gesicht ab. Er bemühte sich nicht, seinen hilfesuchenden Blick, den er Agssagssak zuwarf, zu verbergen. Aber auch der Kriminalassistent kannte keine Antwort.

»Irgendjemand muss über Insiderwissen verfügen. Hassel wird die Daten nicht freiwillig preisgegeben haben.«

»Wer sollte das sein?«, fragte der Inspektor.

Jonas zuckte mit den Schultern. »Vielleicht Hansson.«

»Der ermordete Kollege aus Rättvik?«

»Nein. Der Polizist aus Östersund.«

»Den gibt es aber nicht«, warf Ráidnersson ein.

»Doch. Die Hotelchefin hat mit ihm telefoniert.«

»Ja … Das verstehe ich nicht. Kann es sein, dass die Frau sich verhört hat?«

»Das glaube ich nicht. Ich habe die Zeit genutzt, um den Anruf zurückzuverfolgen.«

»Das geht doch nicht.«

»Das haben Sie behauptet«, sagte Jonas, kniff die Augen zu einem schmalen Schlitz zusammen und fixierte sein Gegenüber. Der Inspektor hielt dem Blick nicht stand und wich aus. Dann zeigte Jonas auf den Telefonapparat auf dem Schreibtisch. »An diesem Platz hat Hansson gesessen, als Helen Wegmann anrief und er ihr den Rat gab, alles gründlich zu putzen und das Zimmer umgehend neu zu vermieten. Ein vermeintlich kluger Schachzug, etwaige Spuren durch Unbeteiligte beseitigen zu lassen.«

Der Inspektor legte seine Hand auf den Telefonapparat. Jonas sah, dass Ráidnersson sich alle Mühe gab, das Zittern zu verbergen.

»Von meinem Telefon soll das angebliche Gespräch geführt worden sein?«

»Streichen Sie *angeblich*. Dann passt es.«

»Ich verwahre mich vor jeder absurden Verdächtigung dieser Art. Das gilt auch für alle meine Mitarbeiter«, sagte Ráidnersson wutschnaubend.

»Ich spreche nur über Fakten. Wo waren Sie am Montagnachmittag, als die Hotelchefin hier angerufen hat? Hatten Sie einen auswärtigen Termin? Oder Ihr Telefon auf einen anderen Apparat umgelegt?«

»Das weiß ich doch nicht.«

»So. Aber von jedem Verdächtigen, den Sie verhören, verlangen Sie, dass er präzise Angaben darüber macht, wo er sich aufgehalten hat.«

»Mensch! Ich bin Polizist«, sagte der Inspektor aufgebracht.

»Das waren die ermordeten Wax und Hansson auch«, erwiderte Jonas ungerührt. »Also?«

Ráidnersson atmete tief durch. »Ich war hier«, sagte er. »Kann sein, dass ich zwischendurch mal mein Büro verlassen habe. Ich glaube, ich bin nach nebenan zu Eqqaq gegangen.«

Agssagssak nickte zustimmend.

»Ein tolles Alibi«, sagte Jonas süffisant. »Direkt von der Polizei.«

»Verdammt noch mal. Mir hat noch nie jemand unterstellt, ich sei käuflich oder arbeitete gar mit Schwerverbrechern zusammen.«

»Solche Erkenntnisse stellt man auch nur einmal fest«, erwiderte Jonas. »Und dann zieht man die Betroffenen aus dem Verkehr.«

»Sie wollen …?« Ráidnersson versagte die Stimme.

»Ich ermittele in mehreren Mordfällen«, antwortete Jonas. »Für mich ist es vorerst ein Rätsel, wie die komplexen Informationen, die Hassels Drogenring gesprengt haben, auf Evaldssons Rechner gekommen sind. Ich glaube nicht daran, dass der Kleindealer sie selbst zusammengetragen hat. Jemand hat sie dort platziert. Das wird unsere Kriminaltechnik in Linköping herausfinden. Ich verlasse mich auf Dr. Wallberg und seine Mitarbeiter.«

»Man hat Evaldsson die Finger gebrochen. Er ist gefoltert worden«, mischte sich Agssagssak erstmals ein.

»Damit wollte man ihn zwingen, für das neue Drogenkartell zu arbeiten«, behauptete Jonas. »Mit Sicherheit hat Evaldsson keine Ahnung von den Dingen gehabt, die er angeblich auf seinem Rechner festgehalten hat.«

»Und jetzt?«, fragte Ráidnersson atemlos.

Jonas zog mit dem Zeigefinger ein Augenlid herunter. »Ich habe alles im Blick«, sagte er, verließ das Büro des Inspektors und kehrte an seinen vorübergehenden Arbeitsplatz zurück. Er hatte kaum Platz genommen, als sich Markvist meldete.

»Hier ist dicke Luft«, erklärte der Stockholmer Inspektor. »Die Stimmung ist am Boden. Der Staatssekretär hat dem Amtschef und Tällberg mächtig Feuer unter dem Hintern gemacht. Der Chef spricht nicht darüber, aber ich habe ihn selten mit einer so finsteren Miene gesehen. Ich wollte aber etwas anderes. Von Interpol haben wir noch nichts gehört, aber die Esten haben sich gemeldet. Volltreffer.«

»Nun machen Sie es nicht so spannend.«

»Die Fingerabdrücke auf der Informationstafel sind einwandfrei identifiziert. Urmas Krasnopjorov.«

»Da wird er sich nicht herauswinden können«, sagte Jonas erleichtert. »Auch ein geschickter Anwalt wird nicht argumentieren können, dass Krasnopjorov zufällig auf der kleinen Insel am Ende der Langen Brücke war. Die Beweislast ist erdrückend.«

»Tällberg sagte, ich soll Ihnen ausrichten, dass Sie mit Ihrer Vermutung richtiglagen. Darf ich fragen, was Sie so essen, um ein solches Bauchgefühl zu haben?«

»Logik, Markvist«, erwiderte Jonas und spürte das erste Mal seit langem etwas Erleichterung. »Wir haben noch ein großes und schweres Stück Arbeit vor uns, bis wir Krasnopjorov auch die anderen Morde nachweisen können. Es ist unser erster Einbruch in die dunkle Welt der Drogenmafia. Auch so eine Organisation verfügt nicht über eine unbegrenzte Zahl von Berufskillern.«

»Wir haben Krasnopjorov bereits zur Fahndung ausgeschrieben.

Tällberg hat auch veranlasst, dass diese Information an die Medien durchsickert. Wir versprechen uns davon, dass Krasnopjorov und die Hintermänner gewarnt sind und sich ein wenig zurückziehen. Damit könnten weitere Morde verhindert werden.«

Es war sicher keine leichte Entscheidung, die Tällberg dort treffen musste. Es galt abzuwägen, die Täter mit der Veröffentlichung der neuen Erkenntnisse zu warnen und Krasnopjorov die Möglichkeit zu geben, unterzutauchen, oder weitere potenzielle Opfer als Köder der Lebensgefahr auszusetzen. Jonas fand, sein Vorgesetzter hatte richtig entschieden.

»Noch etwas«, sagte Markvist. »Wir haben das Privatleben von Hansson, dem toten Polizisten aus Rättvik, durchleuchtet, ob es irgendwelche Auffälligkeiten gibt. Nichts. Keine Geldbewegungen, keine Telefonate, die darauf hindeuten. Es sieht so aus, als wäre die Namensgleichheit Zufall.«

Das vermute ich auch, dachte Jonas und berichtete, dass er möglicherweise »seinen Hansson« in Östersund gefunden habe.

»Welcher dreckige Maulwurf versteckt sich dahinter?«, wollte Markvist wissen.

Jonas hütete sich, einen Namen zu nennen.

War mit der Überführung Krasnopjorovs der Knoten geplatzt? Es war ein erster Fahndungserfolg. Man musste abwarten, ob die Drogenmafia dadurch geschwächt würde. Durch das Einschalten der Medien wäre der Este verbrannt und könnte sich nicht mehr frei in Schweden bewegen. Sein Bild würde in allen Zeitungen und auf den Fernsehschirmen erscheinen. Krasnopjorov würde versuchen, außer Landes zu kommen. Es würde ihm schwerfallen, in seine Heimat Estland zu flüchten. Auch dort suchte ihn die Polizei. Die Flucht erschwerte die Suche nach dem Mörder, aber es war besser, ihn davongejagt zu wissen, als auf den nächsten Mord durch seine Hand zu warten. Hoffentlich, dachte Jonas, hat die unheimliche Mordserie jetzt ein Ende gefunden.

Krasnopjorov war nur ein ausführendes Organ. Das bedeutete noch nicht das Ende der Drogenmafia. Die Hintermänner würden nicht von ihrem Ziel, den schwedischen Drogenmarkt zu übernehmen, ablassen. Sie waren jetzt gewarnt. Bisher sprachen alle von der *russischen* Drogenmafia. Auch Dr. Wallberg hatte diese Einschätzung geteilt. Krasnopjorov war Este. Natürlich konnte sich auch die russische Mafia eines Esten bedienen wie die italienische 'Ndrangheta eines bulgarischen Profikillers. Das würde in eine Zeit der universellen Globalisierung passen, dachte er bitter. Merkwürdig war nur, dass die bisherigen Morde im Umfeld der Rockkonzerte geschehen waren. Der Manager Taijo Puri war unter anderem wegen Verstoßes gegen das Betäubungsmittelgesetz vorbestraft. War das normal in der Szene? Man würde behaupten, dort konsumiere jeder Stoff. Viel gewichtiger war, dass beide, der mutmaßliche Mörder und Puri, aus Estland stammten. Nicht nur das. Der Vorarbeiter der Roadies hatte erklärt, dass der Bandmanager darauf bestanden hatte, Krasnopjorov einzustellen und mit auf die Tour zu nehmen. Warum hatte Jonas in Sundsvall nicht besser reagiert, als er Krasnopjorov im Gedränge wahrgenommen hatte? Hätte er noch konsequenter nachsetzen müssen? Jedenfalls musste der Mörder von Sundsvall direkt nach Rättvik gefahren sein, um dort die nächste Tat vorzubereiten und auszuführen. Ein perfider Plan, eine kaum vorstellbare Brutalität, mit der die Drogenmafia agierte. Wie weit reichte deren Arm?

Jonas rief sich noch einmal die letzte Begegnung mit den beiden Östersunder Ermittlern in Erinnerung. Es erschien ihm nicht kompliziert, den eingehenden Anruf zurückzuverfolgen und den Apparat festzustellen, auf den die Hotelchefin durchgestellt worden war. Ráidnersson hatte zunächst behauptet, das sei technisch nicht möglich. Warum hatte der Inspektor ihn angelogen?

Jonas loggte sich in das polizeiliche Informationssystem ein und rief die Daten zu Taijo Puri auf. Aktuell lief gegen ihn ein weiteres Ermittlungsverfahren wegen Drogenhandels, obwohl er deshalb vorbestraft war. Früher war er als Kleindealer überführt worden, als er in Diskotheken Stoff verkaufte. Er hatte eisern geschwiegen und seine Hintermänner nicht verraten. Puri muss ein wildes Leben mit guten Kontakten zu Göteborgs Szene geführt haben, bis er diese schließlich nutzte, um ins Musikgeschäft einzusteigen. Nach mehreren unbefriedigenden Anläufen mit unbekannten Bands hatte er mit Bad Revolution einen Volltreffer gelandet. Es war unklar, ob er mit den Musikern Glück hatte oder die Bandmitglieder den kometenhaften Aufstieg von Bad Revolution seinem Management verdankten.

Man hatte bei einer Razzia erneut Rauschgift bei ihm gefunden. Es waren synthetische Drogen gewesen, darunter LSD. Puri hatte die Aussage verweigert, wofür er den Stoff benötigte. Es waren keine Riesenmengen gewesen, aber so viel, dass es einen möglichen Eigenbedarf weit überstieg. Abgesehen davon war Puri nicht der Typ, der das Zeug selbst konsumierte. Weshalb ist es nicht möglich, den Mann aufgrund dieses Vorwurfs vorübergehend aus dem Verkehr zu ziehen?, überlegte Jonas und gab sich selbst die Antwort: Schweden war ein Rechtsstaat und auch die Rechte eines Kriminellen galten mehr als das, was polizeitaktisch wünschenswert war. Jonas hatte vor, den Manager noch einmal zu verhören. Das nächste Konzert sollte morgen Abend in Linköping stattfinden.

Er versuchte, Tällberg zu erreichen. Dessen Sekretärin, Signe Holmberg, bedauerte, dass der Polisintendent nicht zu sprechen sei. Obwohl er betonte, dass es wichtig sei, bekam er seinen Vorgesetzten nicht ans Telefon. »Sagen Sie ihm – eindringlich«, erklärte er mit Nachdruck, »dass alle Anstrengungen unternommen werden müssen, um das morgige Konzert von Bad Revolution abzusagen. Wer es dennoch genehmigt, macht sich in hohem Maße am Tod eines weiteren Menschen schuldig.«

Signe Holmberg versicherte, es dem Chef auch mit der von Jonas vorgetragenen Dringlichkeit weiterzugeben.

Noch einmal kehrten seine Gedanken zu den beiden Kriminalpolizisten zurück, die im Nebenraum saßen. Warum waren die Östersunder bei der Razzia so erfolgreich gewesen? Wenn sie oder auch nur einer von ihnen etwas mit der neuen Drogenmafia zu tun hatte und gekauft wurde, wäre es eine ideale Möglichkeit, ganz legal die Konkurrenz aus dem Weg zu räumen. Jonas war misstrauisch. Wem konnte er noch vertrauen?

Mittlerweile war die Dunkelheit hereingebrochen. Heute konnte er nichts mehr ausrichten. Er verließ das Polizeigebäude, ohne noch einmal ins Nebenzimmer zu blicken. Langsam ließ er den Volvo den Berg Richtung Zentrum hinabrollen. Unterwegs fragte er sich, ob Östersund noch *seine* Stadt war? Er hatte für sich selbst entschieden, gefühlter und gelebter Stockholmer zu sein. Dennoch hatte ihn eine eigenartige Unruhe gepackt, seitdem er wieder in Jämtlands Provinzhauptstadt war. Gedankenverloren fuhr er durch die Stadt. Fast erschrocken sah er auf, als er registrierte, wie er nahezu abwesend im Schritttempo die Kyrkogatan entlangfuhr. Er suchte einen Platz in einer Parknische, schaltete den Motor ab und blieb im Auto sitzen. Die Straßenbeleuchtung war spärlich. Das Licht fiel hauptsächlich aus den Fenstern der Wohnungen. Passanten waren fast keine mehr unterwegs. Um diese Jahreszeit konnte es schon empfindlich kühl sein, besonders an einem Tag wie heute, an dem ein nasskalter Wind wie ein Vorbote des Herbstes durch die Straßen wehte.

Er wusste nicht, wie lange er durch die Windschutzscheibe gestarrt hatte, kritisch von einem älteren Mann beäugt, der mit hochgeschlagenem Mantelkragen am parkenden Auto vorbeigehastet war. Es war eher ein Zufall, dass er im Rückspiegel die Frau in der Fleecejacke entdeckte, die mit müden Schritten, vom Marktplatz kommend, um die Ecke bog. In jeder Hand hielt sie zwei Plastiktüten einer bekannten Verbrauchermarktkette. Sie sah sich nicht um, als sie schräg die Fahrbahn überquerte und knapp an seinem Auto vorbeiging.

Jonas rutschte tief in den Sitz hinein. Aus dem Augenwinkel verfolgte er ihren schleppenden Gang, bis die gebeugte Gestalt vor dem Hauseingang stehen blieb, in der Jackentasche nach dem Schlüssel grub, und schließlich im Treppenhaus verschwand.

Er wartete noch ein paar Minuten, bis er den Motor startete, den Wagen in die dunkle Tiefgarage fuhr und ihn dort abstellte. Dann zog er sich auf das Hotelzimmer zurück, verzichtete darauf, irgendwo zu Abend zu essen und widerstand der Versuchung, zu Hause anzurufen. Enttäuscht stellte er fest, dass seine Familie ebenfalls nicht versucht hatte, ihn zu erreichen.

·VIERZEHN·

Er war eine unerquickliche Nacht gewesen. Jonas hatte sich im Bett hin und her gewälzt. Alle Versuche, Schlaf zu finden, waren vergeblich gewesen. Er war kurz eingenickt, hatte aber nie die Tiefschlafphase erreicht. Übermüdet und gerädert war er unter die Dusche gesprungen, hatte sich mit heißem Kaffee vollgepumpt und nur aus Vernunftgründen ein Brötchen hinuntergewürgt. Immer wieder, auch während des Frühstücks, hatte er sein Handy kontrolliert. Es war keine Nachricht von der Familie eingegangen.

Vom Zimmer aus versuchte er, Liv zu erreichen. Es sprang sofort die Mobilbox an. Er räusperte sich, bevor er sie bat, sich bei ihm zu melden.

Tällberg erreichte er an dessen Arbeitsplatz.

»Mehrere Krisenstäbe haben gestern und bis spät in die Nacht hinein getagt«, erklärte der Polisintendent. »Man hat lange diskutiert, sich aber schließlich doch entschieden, das Konzert nicht zu verbieten. Das Land kann sich nicht dem Diktat einer Verbrecherorganisation beugen, ebenso wenig wie es sich von Terroristen erpressen lassen würde.«

»Wir haben bisher bei jedem Auftritt von Bad Revolution Todesopfer zu beklagen gehabt«, widersprach Jonas. »Wer will die Verantwortung übernehmen? Man kann doch nicht sehenden Auges so weitermachen.« Er spürte, wie seine Stimme leicht vibrierte. Seinem Vorgesetzten war es nicht entgangen.

»Entspannen Sie sich, Nyström. Es ist nicht Ihre Entscheidung.«

»Wer riskiert aus Prinzip Menschenleben? Waren Sie das?«

»Sie werden ungerecht.« Es war eine milde Zurechtweisung. »Man hat sich die Entscheidung nicht leicht gemacht. Aber wir dürfen vor dem Verbrechen nicht kapitulieren. Uns fällt die schwere Aufgabe zu, im Vorfeld alles zu unternehmen, damit es keinen weiteren Mord gibt.«

»Das sind leere Worte, die Unwissende von sich geben. So können nur Politiker sprechen, die sich damit ein Alibi verschaffen wollen. Man wird uns vorhalten, wir hätten nicht gründlich genug gearbeitet. Der Schwarze Peter wird an die Polizei weitergereicht.«

»Akzeptieren Sie die Situation, wie sie ist. Am Beschluss ist nicht mehr zu rütteln. Wir werden mit einem Großaufgebot in Linköping präsent sein. Das ist die einzige Antwort, die wir im Moment geben können. Deshalb muss ich das Gespräch an dieser Stelle auch abbrechen. Es gibt noch viele Vorbereitungen zu treffen, und wir haben nur ein paar Stunden Zeit. Auch Sie werden in Linköping benötigt. Sie fahren direkt dorthin. Signe Holmberg hat für Sie ein Zimmer in einem einfachen Motel etwas außerhalb der Stadt gebucht.« Tällberg nannte ihm die Adresse.

»Mit wem soll ich Kontakt aufnehmen?«

»Mit niemandem. Sie arbeiten allein«, erklärte Tällberg. »Alles andere überlassen Sie mir.«

Großartig, dachte Jonas, als die Leitung tot war. Alles schien sich gegen ihn verschworen zu haben. Die Politik, die Umstände in diesem Fall und die Familie.

Helen Wegmann, die Hotelchefin, fragte beim Auschecken, ob er in den nächsten Tagen wiederkommen werde.

»Ich weiß es nicht«, antwortete er ausweichend. Es war nicht gelogen. Er war sich selbst nicht sicher, ob es ihm lieber war, seiner Geburtsstadt wieder den Rücken zu kehren. Für eine lange Zeit? Oder für immer?

Seine Eltern waren nach Gotland gezogen und lebten jetzt am Stadtrand von Visby. Auch seine Schwester hatte Östersund verlassen. Er hatte hier keine verwandtschaftlichen Beziehungen.

Mit gemischten Gefühlen machte er sich auf den Weg nach Linköping. Eigentlich war es in Schweden außerhalb der Ballungszentren ein entspanntes Fahren. Die wenigen Straßen waren gut ausgebaut. Es herrschte kaum Verkehr und niemand neidete dem anderen, dass er schneller vorankam. Schweden waren regelmäßig überrascht, welch aggressives Verhalten viele Verkehrsteilnehmer in anderen europäischen Ländern an den Tag legten.

Es war merkwürdig, an Stockholm, seiner neuen Heimat, vorbeizufahren. Sonst war die Stadt immer sein Ziel gewesen. Jonas hatte die Hauptstadt passiert, als sich Ráidnersson meldete. Der Inspektor unternahm mehrere Anläufe, bis er den Frosch im Hals freigeräuspert hatte.

»Es hat uns tief getroffen«, begann er stockend, »dass Sie Kriminalassistent Agssagssaĸ und mich verdächtigen, korrupt zu sein. Mit den uns zur Verfügung stehenden Mitteln, die nicht so umfangreich sind wie der Apparat, der Ihnen in Stockholm zur Verfügung steht, versuchen wir, unser Bestes zu geben. Es ist nicht immer einfach, auch wenn man in der Hauptstadt meint, bei uns in der Provinz, insbesondere im Norden, passiere nichts Aufregendes.«

»Das kann ich nicht bestätigen«, unterbrach Jonas den Östersunder. »Ich gehe nur von Fakten aus. Es ist unstrittig, dass sich jemand auf dem örtlichen Polizeirevier mit dem falschen Namen Hansson gemeldet hat und die Hotelchefin vorsätzlich anleitete, Spuren zu verwischen. Außerdem sind wir uns sicher, dass es in den Reihen der Polizei Helfer der Drogenmafia geben muss. Wir sprechen nicht von kleinen Gefälligkeiten, auch wenn das schon schlimm genug ist. Es geht hier um Beihilfe zum Mord. Johan Wax ist nicht mit einem Schild herumgelaufen, auf dem stand, dass er in Östersund in Sachen Drogenhandel ermittelt.«

»Das hat er aber ohne unsere Beteiligung gemacht«, warf Ráidnersson ein. »Wenn er kooperativer gewes…«

»Das ist unverschämt«, fuhr ihn Joans scharf an, »wenn Sie Wax noch eine Mitschuld an seinem Tod unterschieben wollen. Soll es heißen, Sie hätten die Tat verhindern können? Wo waren Sie, als Evaldsson ermordet wurde? Den müssten Sie viel besser im Griff gehabt haben. Es ist mir noch nicht klar, weshalb der Polizist mit dem falschen Namen Hansson ausgerechnet von Ihrem Apparat telefonierte. Finden Sie nicht auch, dass es ein merkwürdiger Zufall ist?«

»Das kann ich nicht erklären«, sagte Ráidnersson kleinlaut. »Es ist aber nicht auszuschließen, dass ich zwischendurch kurzfristig mein Büro verlassen habe.«

»Und in diesem Moment kommt jemand vorbei, der mit den Drogendealern unter einer Decke steckt, erfasst die Situation und reagiert prompt? Ist es in Östersund üblich, dass man in fremde Büros geht und dort Gespräche annimmt?«

»Mal so – mal so«, erwiderte der Inspektor ausweichend.

»Sie haben sich erst verdächtig gemacht, als Sie mir vorgaukeln wollten, man könne nicht verfolgen, auf welchen internen Anschluss eingehende Gespräche weitergeleitet werden.«

»Ich habe mich nie für die Technik interessiert. Dazu gab es bisher keinen Anlass.«

»Sie hatten von mir den Auftrag, dieser Frage nachzugehen, und haben sie falsch beantwortet.«

»Da ist etwas schiefgelaufen«, sagte der Inspektor kaum vernehmbar.

»Ich nenne es anders«, entgegnete Jonas. »Man könnte auch vermuten, dass die Ermittlungen manipuliert werden sollten.«

»Das war nicht meine Absicht. Ganz bestimmt nicht. Sie müssen mir glauben«, sagte Ráidnersson fast flehentlich.

»Ich muss gar nichts«, erwiderte Jonas barsch.

»Agssagssaĸ und ich sind auch bedroht worden«, sagte Ráidnersson. »Man hat uns namentlich aufgeführt bei der Ermordung des Beamten in Rättvik.«

»Das hat nichts zu sagen. Vielleicht sollten damit Spuren verwischt werden. Man nennt es auch Finte.«

»Ich versichere Ihnen … Ich gebe Ihnen mein Ehrenwort – wir sind unschuldig.«

»Der beste Beweis dafür wäre, wenn Sie den Beamten fänden, der sich als Hansson ausgegeben hat. Gibt es sonst Neues?«

»Nein«, antwortete Ráidnersson kleinlaut. »Was unternehmen Sie jetzt?«

»Ich bin nicht lebensmüde. Das dürfen Sie wörtlich nehmen. Deshalb spreche ich nicht darüber. Ende.«

Das Hotel lag außerhalb der Stadt am Rand eines unscheinbaren Dorfes. Jonas wunderte sich, dass Signe Holmberg ihm ein solches Quartier gebucht hatte. Seine Überraschung schwand, als er den Tourbus sah, der neben einem Anbau abgestellt war. Ebenso passten die große Mercedes-Limousine und der schwarze Chevy-Van mit den getönten Scheiben nicht in diese Umgebung.

Jonas' Vermutung wurde an der Rezeption bestätigt. Ein rundlicher Mann mit einem fleckigen Hemd zeigte sich nicht nur erstaunlich freundlich, sondern auch auskunftsbereit.

Ja, erklärte er und übertrieb dabei, eine weltberühmte Musikband sei in seinem Hotel zu Gast. Er fühle sich geschmeichelt, gab er unumwunden zu. Die Buchung sei kurzfristig erfolgt. Ein glücklicher Umstand, denn normalerweise sei dieses beliebte Haus ständig ausgebucht. Einer Reisegruppe habe er absagen müssen.

Jonas spürte, dass es nicht der Wahrheit entsprach, aber das war unbedeutend.

Viele Journalisten seien schon aufgetaucht. Und auch das Fernsehen habe das Hotel schon gefilmt. Außerdem sei er interviewt worden. Die hätten komische Fragen gestellt. Sie wollten wissen, ob es schon Auffälligkeiten gegeben habe. Plötzlich stutzte er. »Sind Sie auch Journalist? Ihre Sekretärin hat nichts gesagt. Übrigens«, er kniff dabei ein Auge zusammen, »eine sehr nette Frau. Ist sie verheiratet?«

Jonas warf dem schmuddelig wirkenden Mann einen kurzen Blick zu. Arme Signe, dachte er dabei und antwortete in einem verschwörerischen Ton: »Eine tolle Frau, zumindest die Stimme. Aber sonst … Fünf Kinder fordern eben ihren Tribut.«

»Oh.« Mehr brachte der Hotelier nicht über die Lippen. »Und Sie arbeiten auch für eine Zeitung?«

»Für Schwedens bekanntestes und größtes Informationsbüro. Wir sind einfach die Besten.«

»Oh.«

»Wie viele Musiker wohnen bei Ihnen?«

»Fünf.«

»Aber … Die Band besteht nur aus vier Mitgliedern.«

Der Mann schüttelte energisch den Kopf. »Nein. Fünf«, behauptete er.

»Sie meinen den Manager?«

»Manager? Welches Instrument spielt der? Oder ist das der etwas vornehmer Gekleidete? Also der, der mit dem Mercedes gekommen ist?«

»Die anderen sind …«

»… mit dem Amischlitten angereist. Tolle Kiste.«

»Wer hat den gefahren?«

»So'n Chauffeur.«

»Und der wohnt auch in Ihrem Hotel?«

»Nicht ganz. Der übernachtet bei den Arbeitern in dem großen Campingbus da drüben. Aber wir haben das Catering dafür übernommen.«

Jonas hinterfragte vorsichtshalber nicht, wie das aussah. Er kramte sein Mobiltelefon hervor und zeigte dem Hotelbesitzer ein Foto von Urmas Krasnopjorov.

»Ist der auch dabei?«

Der Hotelier rückte näher an das Display heran.

»Nee, bestimmt nicht. Ich bin Profi. Wenn ich einmal ein Gesicht gesehen habe, ist es hier drinnen gespeichert.« Dabei tippte er sich mit dem Wurstfinger gegen die Stirn. »Das ist jahrelange Übung. Wer einmal bei uns übernachtet hat, den erkenne ich auch nach Jahren wieder. Aber der hier, der gehört nicht zur Band.«

»Haben Sie ihn schon einmal in einem anderen Zusammenhang gesehen?«

»Der ist hier noch nie aufgekreuzt. Sieht wie ein Osteuropäer aus, oder? Also, wenn Sie etwas auf dem Herzen haben, dann kommen Sie ruhig zu mir. Ich helfe Ihnen gern weiter.«

Jonas nahm den Schlüssel entgegen und suchte sein Zimmer auf. Die Einrichtung war einfach und wirkte abgenutzt. Der Bettbezug war gestopft. Immerhin war es sauber.

Er sah auf die Uhr. Viel Zeit blieb nicht mehr bis zum Konzertbeginn. Durch das Fenster hörte er das tiefe Brummen des Fünf-Liter-Motors. Er zog die Gardine zur Seite und sah, wie der Chevy-Van vom Hof rollte. Sein Versuch, Tällberg zu erreichen, war erfolglos, er landete auf der Mobilbox. Markvist und Gripsholm waren ebenfalls nicht ansprechbar. An der Rezeption erkundigte er sich, wo das Konzert stattfinden sollte.

»Natürlich in Linköping«, entgegnete der Hotelbesitzer und sah ihn überrascht an.

»Wo dort?«

Der Mann schüttelte den Kopf. »Komisch. Ich dachte immer, Reporter wüssten alles.«

Mag sein, dachte Jonas grimmig, aber bei der Polizei ist der Informationsfluss im Augenblick eher schleppend. Immerhin erfuhr er, dass die Veranstaltung fast im Stadtzentrum stattfinden sollte.

Es war mühsam, herauszufinden, dass man das Konzert von der Saab-Arena zu einem unwirtlichen Parkplatz in der Gamla Tanneforsvägen verlegt hatte. Noch schwieriger erwies sich die Suche nach einer Parklücke. Trotz seines Polizeiausweises durfte er nicht sofort die Sperren passieren. Erst nach einer längeren Diskussion ließ man ihn den Volvo auf dem Parkplatz vor der Saab Arena abstellen. Die

Polizei zeigte mit einem unübersehbar großen Aufgebot Präsenz. An den Eingängen wurden Taschenkontrollen durchgeführt, und vereinzelt winkten die Beamten Besucher heraus, die sie hinter einem Sichtschutz einer erweiterten Leibesvisitation unterzogen.

Es war ein trostloses Areal, das von schlichten Wohnhäusern auf der gegenüberliegenden Straßenseite begrenzt wurde. In den Fenstern der Plattenbauten hingen die Bewohner und verfolgten mit skeptischer Miene das Treiben vor ihren Türen. Auf der Straße hatten Imbiss- und Getränkestände Platz gefunden. Am Rande waren mobile Toilettenhäuschen aufgebaut, vor denen sich schon jetzt lange Schlangen bildeten. Jonas mochte sich nicht vorstellen, wie viele der Besucher sich seitlich in die Büsche schlügen und welches ekelerregende Bild sich den Arbeitern böte, die anschließend mit dem Aufräumen beschäftigt wären.

Er versuchte erneut, Tällberg zu erreichen. Vergeblich. Kurz entschlossen sprach er eine der zahlreichen Polizeistreifen an.

»Die Leitung hat ein Beamter aus Stockholm inne«, versicherte man ihm. »Der Name? Keine Ahnung.« Ein Beamter zeigte sich hilfsbereit und erklärte ihm, wo der mobile Einsatzleitstand zu finden sei. Jonas fand den umgebauten Kleinbus mit bemerkenswerter technischer Ausrüstung. Nicht nur zahlreiche Kommunikationsgeräte waren hier untergebracht, von einem mit mehreren Bildschirmen bestückten Arbeitsplatz steuerte ein Beamter Kameras, die man auf Masten errichtet hatte und die das Areal abscannten.

Tällberg hatte ihn gesehen, ihm zugenickt und »Moment« gesagt.

Jonas sah dem Beamten an den Monitoren über die Schulter. »Damit haben Sie alles im Blick?«

Der Polizist nickte. »Den totalen Überblick«, erklärte er stolz, als wäre die Anlage sein Baby. »Bei Bedarf können wir zoomen. Wollen Sie mal sehen?« Er wartete die Antwort nicht ab, sondern holte eine der Kameras auf den zentralen Monitor in der Mitte. Mit dem Joystick ließ der Beamte den Sucher spielerisch über die Köpfe wandern, erfasste einen langhaarigen Jugendlichen im Parka, der sich verstohlen umsah und sich dann in die Büsche schlug. Der Beamte richtete die Kamera auf das Geschehen und ging immer näher an den jungen Mann heran. »Wenn wir wollen«, erklärte er lachend, »können wir sogar kontrollieren, ob der arme Kerl dort einen Großen oder einen Kleinen hat. Und er hat keine Ahnung davon, dass wir ihn beim Pinkeln filmen.«

»Wird das aufgezeichnet?«, wollte Jonas wissen.

»Logisch. Wir haben alles im Griff.«

»Nyström.« Jonas hörte hinter sich die Stimme des Polisintendenten. Tällberg sah gestresst aus. Er hatte seine Uniform angelegt. Auf der Dienststelle trugen sie nur Zivil. Hier wollte Tällberg klarstellen, wer das Sagen hatte.

Sie verließen den engen Leitstand und zogen sich hinter das Fahrzeug zurück.

»Wer hat diesen Standort ausgewählt?«, fragte Jonas. »Das ist ja grauenhaft.«

Tällberg nickte. »Da stimme ich Ihnen zu. Ursprünglich war die Veranstaltung für die Saab-Arena geplant. Dort hat man viel Erfahrung mit Konzerten. In der Arena sind schon Europe, Toto, John Fogerty, Meat Loaf, W.A.S.P. und Whitesnake aufgetreten. Das Hallenmanagement ist aber kurzfristig aus den bestehenden Verträgen mit Bad Revolution ausgestiegen.«

»Hat man kalte Füße bekommen?«

Tällberg zeigte ein gequältes Lächeln. »Im Vertrauen und nur für Sie: Ich habe auf indirektem Weg ein paar Informationen über den Ablauf der bisherigen Konzerte durchsickern lassen. Das hat gewirkt.«

»Sie haben gehofft, dass das Konzert damit abgesagt wird?«

Der Polisintendent nickte. »Ja. Aber leider vergeblich. Man hat sich kurzfristig für diesen Ausweichort entschieden. Sehen Sie sich mal um. Eine Katastrophe. In jeder Hinsicht. Für die Besucher, für das

Personal, die Bewohner der anliegenden Häuser und für uns. Hier passt nichts. Und ich möchte nicht wissen, wie es hier morgen früh aussieht. Ich kann mir nur wünschen, dass die Folgen den Verantwortlichen um die Ohren fliegen. Gott sei Dank sind wir als Polizei in diesem Punkt aus der Schusslinie. Das ist aber unwichtig im Vergleich zu meiner größten Sorge, dass die Mörder wieder zuschlagen. Wir demonstrieren hier sichtbar unsere Präsenz. Die örtliche Polizei wird durch zusätzliche Kräfte aus anderen Regionen unterstützt. Außerdem sind über zwanzig Kriminalbeamte unterwegs, darunter auch Markvist und Gripsholm. Ich fürchte aber, gerade das könnte für die Täter eine Herausforderung sein und sie möchten demonstrieren, dass auch ein großes Polizeiaufgebot sie nicht stoppen kann und sie uns überlegen sind. Was glauben Sie, was in Schweden los ist, wenn die Täter wieder zuschlagen? Man hat mir zu verstehen gegeben, dass ich dann in Kiruna die Parkraumüberwachung übernehmen könnte.«

»Kaum jemand hat so intensiv gegen die Veranstaltung votiert wie Sie«, sagte Jonas.

Tällberg winkte ab. »Sie kennen die Mechanismen. Das zählt nicht. Man wird hinterher sagen, ich hätte meine Bedenken fundierter vortragen müssen.«

Leider hatte der Polisintendent recht. Die Politiker fanden immer Wege und Möglichkeiten, sich aus der Verantwortung zu stehlen.

»Alle eingesetzten Beamten sind noch einmal ausdrücklich belehrt worden, dass sie in keinem Fall – ich betone: unter keinen Umständen – allein unterwegs sein dürfen. Alle Vorkommnisse, mögen sie auch noch so unbedeutend erscheinen, müssen ins Lagezentrum gemeldet werden. Und jedem wurde das Bild von Urmas Krasnopjorov gezeigt. Heute Nachmittag haben Polizisten außerdem alle Hotels und Unterkünfte im größeren Umkreis aufgesucht und sich erkundigt, ob Krasnopjorov irgendwo eingecheckt hat. Aber der Mann scheint untergetaucht zu sein. So. Nun muss ich wieder in den Leitstand.

Passen Sie auf sich auf, Nyström!« Dann verschwand der Polisintendent wieder in den Kleinbus.

Jonas zwängte sich durch die Menschenmenge Richtung Bühne, die im Gegensatz zu den Veranstaltungen in Sundsvall und Rättvik eher einen provisorischen Eindruck machte. Dieses Konzert passte nicht in die Reihe der bisherigen. Offenbar war es nicht gelungen, in der kurzen Zeit – seit der Entscheidung, das Konzert zu verlegen – einen angemessenen Ersatz aufzubauen.

Hinter der Bühne, nur unzureichend durch einen Sichtschutz verdeckt, fand er einen Container, vor dem finster dreinblickende Securityleute versuchten, meist weibliche Besucherinnen zurückzuweisen. Unter dem Protest der jungen Mädchen drängelte er sich vor und zeigte einem Kahlkopf seinen Polizeiausweis. Dabei wies er mit der anderen Hand in Richtung Container.

Der Sicherheitsmann nickte kurz und trat einen halben Schritt zur Seite, so dass Jonas die Metalltür öffnen konnte. Eine miefige Dunstwolke schlug ihm entgegen, als er den Raum betrat.

Man hatte Holzbänke an die Seiten gestellt, ein paar Tische sowie einfache Garderobenständer vervollständigten die Einrichtung.

»Raus«, brüllte Einar Muggerud, der in Unterhosen mitten im Raum stand und rauchte.

Neben zwei ihm nicht bekannten Männern waren die vier Musiker sowie deren Manager anwesend. Alle starrten auf den Eindringling.

Trygve Bohinen hatte ihn als Erster erkannt. »Das ist der Scheißbulle, der uns das eingebrockt hat«, brüllte er und bekam einen Hustenanfall, weil er seinen Ärger herausrief, bevor er den inhalierten Rauch wieder ausgestoßen hatte. »Wegen dem da hocken wir in diesem Loch, statt im Glanzstück drüben aufzutreten. Wegen dem sollen wir uns in diesem Loch umziehen. Backstage. Ich könnte kotzen. Das ist hier alles verfurzt und verwanzt. Dieses Arschloch hat dafür gesorgt, dass die Hirntoten von der Stadtverwaltung uns so einen

Stall zumuten. Und denen da draußen diesen Betonacker, auf dem wir auftreten sollen.« Ehe jemand reagieren konnte, griff er nach einer Bierdose, die auf einem der Tische stand, und schleuderte sie in Jonas' Richtung. Der wich aus, konnte aber nicht verhindern, dass ihn ein Teil des Inhalts erreichte. Der überwiegende Teil des Bieres landete auf Muggeruds Kostüm, das auf einem Tisch ausgebreitet lag. Der Norweger machte einen Satz auf Bohinen zu und hob drohend die Hand. Erst im letzten Moment hielt er inne.

»Bist du nicht ganz dicht?«, schrie er seinen Bandkollegen an. »Du verfickte Sau. Soll ich das jetzt anziehen?«

»Leck mich«, antwortete Trygve Bohinen. »Ich habe keinen Bock, diesen Dreck mitzumachen. Ich geh doch nicht wie ein Vorstadtrocker auf diese lächerlichen Bretter.« Er trommelte sich gegen die Brust wie das Alphamännchen einer Orang-Utan-Familie. »Ich bin schließlich wer.«

»Ruhig, Leute«, versuchte Puri die Gemüter zu beruhigen. »Ihr habt recht. Hier ist alles Mist. Das regeln unsere Anwälte. Das gibt mächtig Zoff.«

Bohinen musterte Jonas mit zusammengekniffenen Augen. »Zoff? Wozu brauchen wir Anwälte? Das klären wir jetzt. Hier. Sofort.« Er machte zwei Schritte auf Jonas zu und stieß dabei seinen Bruder zur Seite, der sich mit einem »Heh« beschwerte. »Halt die Klappe. Der Bulle ist jetzt fällig.«

Jonas fühlte Unbehagen. Er wollte mit Puri reden, sicher auch ein wenig Unruhe stiften. Dass er sich der aufgebrachten Band gegenübersah, war nicht seine Absicht gewesen. Es war leichtsinnig gewesen, allein hierherzukommen. Tällberg hatte ihm erst vor wenigen Minuten erklärt, dass sich *niemand* ohne einen Partner bewegen sollte.

»Was ist, Scheißer? Warst du es, der die Geier von der Stadtverwaltung heißgemacht hat?«

»Dazu bedarf es nicht meiner Intervention. Ihr rüpelhaftes Auftreten und die schweren Straftaten im Umfeld Ihrer sogenannten Konzerte sorgen für genug Aufruhr.«

Bohinen fuhr mit der Hand in der Luft herum. »Hört ihr das?«, rief er seinen Bandkollegen zu. »Da taucht so ein Arschgesicht auf, und zwischen seinen Zähnen quetscht er nur Scheiße hervor. Der will uns alles vermiesen. Nur weil wir erfolgreich sind? Eh, Bulle. Was willst du eigentlich? Hat Taijo dich nicht geschmiert?«

»Trygve!«, versuchte der Manager ihn zur Ordnung zu rufen, aber Bohinen schien es nicht zu hören. Er machte zwei weitere Schritte auf Jonas zu.

Der Manager versuchte, den Musiker am Oberarm zu packen und zurückzuziehen, aber Bohinen schüttelte ihn wie ein lästiges Insekt ab. Plötzlich hob er den Arm und stieß ihn Jonas vor die Brust.

Jonas war darauf vorbereitet gewesen. Die meiste Energie verpuffte ins Leere. »Stopp«, rief er energisch. »Die Beleidigungen werden wir später behandeln. Die Handgreiflichkeit endet hier.«

»Du lächerlicher Zwerg, was willst du? Mir Vorschriften machen? Mir erklären, was ich tun und lassen soll, eh? Ich zerquetsche dich lausige Schmeißfliege.« Erneut versuchte Bohinen, Jonas vor die Brust zu stoßen. Dieses Mal steckte mehr Kraft dahinter. Jonas drehte sich ein wenig zur Seite, riss seine Arme hoch und packte Bohinens Unterarm. Er nutzte den Schwung aus, um den Arm des Musikers ruckartig in die Höhe zu ziehen, dass es im Schultergelenk knackte. Bohinen schrie auf und versuchte, dem Druck zu entkommen, indem er sich vorbeugte. Jonas bog den Arm auf den Rücken des Mannes, der sich noch weiter nach vorn neigte und, von Jonas dirigiert, mit dem Kopf auf die Tischplatte knallte. Das alles geschah so schnell, dass niemand reagieren konnte.

Bohinen brüllte vor Schmerz. Keuchend stieß er hervor: »Der Sack bricht mir den Arm.«

»Genug«, mischte sich Puri ein und machte einen halben Schritt auf die beiden Kontrahenten zu.

Jonas warf dem Manager einen giftigen Blick zu, so dass der mitten in der Bewegung innehielt.

»Das war ein tätlicher Angriff auf einen Polizeibeamten. Und Körperverletzung.«

»Ich bring dich um«, stieß Bohinen hervor und ließ einen weiteren Schmerzenslaut hören, als Jonas den Druck kurz verstärkte.

»Sie haben gleich eine schwierige Aufgabe«, sagte Jonas zu Puri gewandt und nickte mit dem Kopf nach draußen. »Erklären Sie den Zuschauern, dass die Veranstaltung heute Abend ohne diesen Schreihals stattfindet.«

»Schreihals?« Bohinen hechelte mehr, als dass er sprach.

»Wenn Sie nicht sofort Ihren Widerstand aufgeben, kann ich nicht garantieren, dass Ihr Schultergelenk nicht ausgekugelt wird. Oder der Arm bricht. Beides dürfte Sie für eine Weile ruhigstellen. In jeder Hinsicht.« Im Stillen überlegte Jonas, welch ein Aufsehen das erregen würde. Natürlich konnte er Bohinen nicht verletzen, selbst wenn der einen Denkzettel verdient hätte.

»Lassen Sie ihn los«, schimpfte Puri. »Das wird ein Nachspiel haben.«

»Ihr habt es gesehen«, fluchte der Musiker. »Er hat mich angegriffen. Ich bin schwer verletzt.«

»Das wird ein Arzt feststellen«, erwiderte Jonas. »Ich werde Sie zur Feststellung ins Krankenhaus bringen lassen.«

»Das geht nicht«, rief Puri.

Jetzt redeten alle durcheinander. Man beschimpfte und verfluchte Jonas, versuchte, Bohinen zum Schweigen zu überreden, ließ seinen Unmut über das Kaff Linköping lauthals freien Lauf, stellte fest, dass Jonas an den unsäglichen Umständen, unter denen die Veranstaltung durchgeführt werden musste, die Alleinschuld trage, und verteufelte alles, was mit diesem Konzert im Zusammenhang stand.

»Halten Sie Ihre Klappe?«, fragte Jonas Bohinen, auf dessen Stirn Schweißtropfen perlten.

»Fick dich.«

Jonas drehte ein wenig am Arm. Die Antwort war ein erneuter Schmerzenslaut des Musikers. Nach einer weiteren Drehung stöhnte Bohinen: »Dafür wirst du bezahlen müssen.«

Jonas wusste, dass er nicht weitergehen konnte. Die Grenze war erreicht, vielleicht sogar schon überschritten. Er lockerte seinen Griff und stieß den sich nur mühsam aufrichtenden Musiker von sich. Dann sah er jeden Einzelnen an. »Hat noch jemand Diskussionsbedarf?« Alle wichen seinem Blick aus.

»Sie sind zu weit gegangen«, sagte Puri scharf. »Schweden ist ein Rechtsstaat. Da ist Polizeigewalt nicht zulässig.«

»Stimmt«, erwiderte Joans ungerührt. »Schweden achtet sehr auf die Einhaltung von Recht und Gesetz. Deshalb ist es bei uns auch verboten, Menschen zu töten, mit Rauschgift zu handeln und andere Straftaten zu begehen. Man darf auch keine Polizeibeamten angreifen, bedrohen oder beschimpfen«, fügte er in Richtung Bohinen hinzu, der sich in eine Ecke zurückgezogen hatte und seine schmerzende Schulter massierte. »Kommen Sie mit vor die Tür, Puri!«, forderte Jonas den Manager auf.

»Ich?«

»Gibt es hier noch einen zweiten Puri?«

»Ich kann nicht. Morgen vielleicht. Oder übermorgen. Aber jetzt? Unmöglich.«

Jonas macht einen Schritt, als würde er auf den Manager zugehen. Der wich nach hinten aus und stieß dabei gegen Egil Alsen. Das jüngste Bandmitglied, der Keyboarder, hatte die Auseinandersetzung stumm und mit offenem Mund verfolgt und sprang hektisch zur Seite. »Lass mich«, rief er, als würde er angegriffen werden.

Jonas winkte mit dem Zeigefinger. »Los jetzt«, sagte er rau.

Der Manager sah sich hilfesuchend um, aber niemand reagierte. Mit einem Achselzucken und gesenktem Haupt folgte er Jonas ins Freie. Als sie die Tür des Containers öffneten, begann ein lautes Kreischen und Johlen, das sofort in ein enttäuschtes »Ohhh« überging, als anstatt der Idole der Jugendlichen Jonas und der Manager herauskamen. Niemand beachtete sie, als Jonas Puri zum Zaun führte. Es war schwierig, ein ruhiges Plätzchen auf dem Areal zu finden.

»Richtig lauschig«, lästerte Jonas. »wenn jetzt alle Besucher Kerzen anzünden, wird es ein romantischer Abend. Dabei stört eigentlich nur der infernalische Lärm, den Bad Revolution veranstaltet. Musik dürfte man es kaum nennen.«

Puri war stehen geblieben und hatte sich aus Jonas' Griff gelöst. »Nur weil ein alter Mann wie Sie das nicht versteht, muss es nicht schlecht sein. Sie haben selbst gesehen, wie die aufgeschlossene Jugend zu den Konzerten strömt. Wir haben den Zeitgeist getroffen. Niemand ist im Augenblick in Schweden populärer als die Jungs. Haben Sie eine Vorstellung davon, welchem Druck die ausgesetzt sind? Sie müssen auf den Punkt topfit sein. Das ist aber nicht nur eine psychische, sondern auch eine enorme physische Belastung, dort oben zu stehen und sich zu verausgaben.«

»Ich habe den Eindruck, die Truppe verausgabt sich mehr im peripheren Bereich, indem sie nach der Veranstaltung Sex mit Minderjährigen hat.«

»Blödsinn. Sie haben selbst erlebt, wie schwierig es ist, die Mädchen von den Jungs fernzuhalten.«

Jonas grinste. »Das müssen Sie nur für drei der Bandmitglieder organisieren. Der vierte rekrutiert seine Sexualpartner aus männlichen Kreisen.«

Puri ging nicht darauf ein.

»Leisten Sie Unterstützung dabei, indem Sie die Truppe mit LSD oder anderem Zeug versorgen?«

Der Manager schüttelte energisch den Kopf. »Wie kommen Sie darauf?«

»Immerhin gibt es derzeit ein laufendes Ermittlungsverfahren gegen Sie.«

»Es gibt immer wieder Neider, die einem etwas anhängen wollen. Lauter falsche Verdächtigungen.«

Jonas lachte. »Sparen Sie sich solche Worte. Fast jeder, den wir erwischen, erzählt uns, dass es ein Irrtum sei.«

Puri sah auf die Armbanduhr. »Ich muss mich jetzt um die Band kümmern.« Er sah Jonas irritiert an, als dieser entschieden »Nein!« sagte.

»Die spielen allein. Sie müssen keinen Taktstock schwingen. Was machen Sie eigentlich während eines Konzerts?«

»Ich bin überall. Sie haben keine Ahnung, was es alles zu organisieren gibt.«

»Dann erklären Sie mir, was Sie während des Konzerts in Rättvik gemacht haben.«

»Ich war … Ich habe …«, stammelte Puri.

»Waren Sie auf der Langen Brücke?«

Der Manager sah zur Seite und zupfte ein vergilbtes Blatt von einem traurig aussehenden Busch. »Welche Brücke?«

»Lassen Sie solche Spielchen.«

Puri schwieg einen Moment. Jonas sah ihm an, dass er sich ertappt fühlte. »Ich bin überall gewesen. Im Backstage-Bereich. Kurzfristig gab es Probleme mit der Elektronik. Da musste ich den richtigen Techniker heranholen.«

»Waren Sie auch im Publikum?«

»Sicher. Es ist wichtig, die Stimmung zu eruieren, aufzunehmen, wie die Leute auf die einzelnen Songs reagieren. Wir betreiben ein sehr schnelllebiges Geschäft.«

»Ich kann mir vorstellen, dass die Halbwertszeit einer Rockband sehr kurz ist. Dann sind die weg vom Fenster. Man muss in der kurzen Hochphase möglichst viel abschöpfen. Ahnen die Dumpfköpfe dahinten im Container eigentlich, dass Sie sich hinter den Kulissen schon längst mit deren Nachfolgern beschäftigen? Bad Revolution darf so lange den Kasper machen, wie die Leute Geld dafür ausgeben. Dann verschwinden die Typen in der Versenkung und andere werden ans Licht gezerrt. Und wenn Sie persönlich Glück haben, ist es wieder eine durch Sie gemanagte Band. Zwei- oder dreimal, Puri, und Sie haben den Ruf, der Mann mit dem richtigen Riecher zu sein. Dann wären Sie ein gemachter Mann. Wenn nicht, müssen Sie sich nach anderen Dingen umsehen. Im Sport nennt man es Merchandising, wenn eine erfolgreiche Mannschaft auch noch andere mehr oder weniger nutzlose Dinge vermarktet. Ist Ihr Merchandising der Handel mit Rauschgift? Ist das Ihr zweites Standbein?«

Puri sah Jonas entgeistert an. »Sie sind vollkommen verrückt.« Plötzlich packte er Jonas am Revers der Jacke und schüttelte ihn heftig. Jonas legte seine Hände auf den Rücken und schob die Finger ineinander. Er ließ die Attacke widerstandslos geschehen.

»Ich versichere Ihnen, dass ich solche Geschäftsmodelle gnadenlos zerstöre«, entgegnete er. »Noch etwas. Als Sie sich in Rättvik unter das Publikum gemischt haben, ist Ihnen da zufällig Urmas Krasnopjorov begegnet?«

»Urmas …«, begann Puri stockend und ließ Jonas' Jacke los.

»Lassen Sie diese Mätzchen. Schließlich haben Sie persönlich dafür gesorgt, dass Krasnopjorov beim Roadie-Team eingestellt wurde. Und zwar gegen den Willen des Vorarbeiters. Ich möchte wissen, welche Aufgabe Krasnopjorov zugeteilt werden sollte. Er hat bei der Technik jedenfalls keine Hand angelegt.«

»Ich brauche jemanden, dem ich vertrauen kann. Die Roadies – das sind alles wilde Cowboys.«

»Und weshalb haben Sie Krasnopjorov gewarnt, als ich ihn angerufen habe?«

»Ich … Ich …« Puri brach ab.

»Krasnopjorov ist ein mehrfacher Mörder, nicht nur in Schweden, sondern auch in Ihrer Heimat Estland«, legte Jonas die Auskünfte der estnischen Polizei großzügig aus. Dort hieß es, dass er des Mordes verdächtigt wird. »Mit Ihrer Warnung haben Sie sich der Beihilfe zum Mord schuldig gemacht. Das wird das nächste Ermittlungsverfahren gegen Sie.« Sie waren während des Gesprächs langsam am Zaun entlanggewandert. Jonas blieb stehen. »Kann man Bands eigentlich auch vom Gefängnis aus managen?«

»Das ist alles …«

»Ich weiß«, unterbrach Jonas Puri schroff. »Alles ein bedauerlicher Irrtum. Das wird sich alles aufklären. Stimmt. Puri! Wenn Sie hinter den Morden oder dem Drogenhandel stecken, versichere ich Ihnen, dass ich Sie jagen werde. Bis zum Nordpol. Und dabei hilft mir sogar ein Kollege, der von dort stammt.«

»Was sollen Ihre unhaltbaren Verdächtigungen? Ihre Drohungen? Wollen Sie damit von den Schadensersatzforderungen ablenken, die unsere Anwälte vorbereiten? Sehen Sie sich diesen Veranstaltungsort an. Besucher sind weggeblieben. Die Presse schüttet eimerweise Häme über uns aus. Im Internet las ich vorhin einen Kommentar mit einem Bild dieses tristen Platzes. Bad Revolution – die Revolution ist gescheitert. Alles ist *bad.* Die Musik, das Konzertgelände, die Musiker. Wie kommen gefärbte Informationen an die Presse? Der Polizeieinsatz im Hotel in Sundsvall. Angeblich haben wir dort randaliert, so dass unser gebuchtes Hotel hier in Linköping abgesagt hat. Nun hausen wir in einem heruntergekommenen Schuppen draußen auf dem Lande.«

»Für den schlechten Ruf haben Sie selbst gesorgt. Ihr durchgeknallter Leadsänger, dieser alternde Maulheld, hat unter anderem mit seinen Stahlkugeln und dem Katapult die Wände zerschossen. Welcher normale Gast möchte in einem Hotel wohnen, in dem Ihre Truppe zuvor für Chaos gesorgt hat?«

»Sie sind zu weit gegangen«, sagte Puri wütend. »Das werden Sie noch bitter bereuen.«

Jonas nickte. »Unser Kampf, Puri, ist noch nicht vorbei. Ich versichere Ihnen, dass ich es sein werde, der am Ende der Jagd die Strecke verblasen wird.«

Der Manager sah Jonas lange an, bevor er sich wutschnaubend entfernte.

Jonas schlenderte durch das Publikum. Zwischendurch warf er einen Blick auf die gegenüberliegende Häuserreihe. In fast jedem Fenster lehnten Leute und verfolgten die ungewöhnlichen Aktivitäten direkt vor ihrer Haustür.

Zahlreiche Zweierteams der Polizei patrouillierten über das Gelände. Jonas bekam mit, wie den Beamten spöttische und belustigte Bemerkungen entgegengeworfen wurden. Beleidigungen oder Auseinandersetzungen blieben jedoch aus. Die Vorgruppen gaben sich redlich Mühe. Es war vergeblich. Irgendwie, hatte Jonas den Eindruck, mochte keine richtige Stimmung aufkommen. Die meist jungen Leute hatten sich auf das Konzert gefreut, auf einen tollen Abend in der Arena. Nun mussten sie auf dem schäbigen Parkplatz im Freien stehen. Die Location passte einfach nicht. Immer wieder vernahm er Wortfetzen wie »Das ist Betrug«, »Die verarschen uns«, »Schweinerei – ich will mein Geld zurück«. Puri würde nach dem Konzert eine Weile damit beschäftigt sein, die Wogen zu glätten. Alle Beteuerungen, es liege nicht an ihm oder der Band, würden ihm nicht weiterhelfen. Mitleid empfand Jonas nicht.

Die schlechte Stimmung ebbte ab, als Bad Revolution die Bühne betrat. Im Unterschied zu ihren sonstigen Auftritten kamen sie beinahe leise daher. Trygve Bohinen schlich fast an seinen Platz. Er verzichtete auf jede obszöne Geste. Jonas schien es, als ließe Bohinen seine Schulter ein wenig hängen. Mit Sicherheit würde sie noch schmerzen, wenn er sich an der Gitarre verausgabte.

Die vier Musiker sahen sich an, dann setzte die Musik ein. Man musste weder Experte sein noch etwas von dieser Art Musik verstehen, um mitzubekommen, dass Bohinen seinen Einsatz verpatzte und ein paar Takte benötigte, um mit seinen Kollegen synchron zu spielen.

Der Gitarrist hielt zwei Stücke durch, dann setzte er aus. Die Fans schienen mit der Musik von Bad Revolution vertraut zu sein, und erste »Trygve«-Rufe erschallten. Bohinen ignorierte es. In den nächsten beiden Stücken bemühte er sich mitzuhalten. Die Menschen merkten, dass der Kopf der Band nicht bei der Sache war. Er spielte unkonzentriert, machte keine Faxen, ging nicht auf die Zurufe ein.

In seiner nächsten Umgebung hörte Jonas bei einer kurzen Atempause jemanden lästern: »Heute hat er zu viel gekifft.« Der Kommentar des jungen Mannes erntete ein paar Lacher, und irgendjemand ergänzte: »Dann ist er mir doch lieber, wenn er besoffen ist.«

»Ach was«, mischte sich ein Dritter ein. »Trygve ist einfach zu alt. Was willst du von einem Frührentner wie ihm erwarten?« Jetzt lachte die ganze Umgebung. Als Bohinen mit dem Intro des nächsten Songs begann, brüllte eine größere Schar: »Aufhören – aufhören.«

Es schien, als hätte Bad Revolution den Tiefpunkt in der kurzen Geschichte der Band erreicht. Bohinen warf trotzig den Kopf in den Nacken und suchte in der Menge nach den Rufern, die sich in Jonas' unmittelbarer Nähe befanden. Das Gesicht verzerrte sich zu einer wütenden Fratze. Jonas war sich nicht sicher, ob Bohinen von seinem Standort aus etwas erkennen konnte. Falls ja und wenn er ihn entdeckt haben sollte, würde er ihn für das sich abzeichnende Desaster verantwortlich machen.

Jonas wechselte seinen Platz und begann, sich durch die Menschenmassen hindurchzuzwängen. Überall vernahm er Unzufriedenheit. Die Pfiffe und Buhrufe wurden lauter. Egil Alsen, der junge Keyboarder, ließ sich von der Unruhe anstecken und griff fast nur noch daneben. Wenn Jonas diese Art von Musik auch sonst nicht zusagte, so wurde sie heute zu einer einzigen Qual. Doch das endete irgendwann. Statt der gewohnten Jubelstürme früherer Konzerte verließen die Musiker unter dem wütenden Protestgeschrei der enttäuschten Jugendlichen die Bühne. War das der Beginn des Niedergangs von Bad Revolution? Er grinste vergnügt. An diese Methode, dem Spuk und dem im Gefolge der Band blühenden Rauschgifthandel ein Ende zu setzen, hatte noch niemand gedacht.

Die Fläche leerte sich schnell. Zurück blieb eine Menge Unrat. Keiner der unzufriedenen Jugendlichen hatte daran gedacht, seinen Abfall vorschriftsmäßig zu entsorgen.

Noch einmal huschte ein breites Grinsen über Jonas' Gesicht, als er überlegte, wie Bohinen wohl reagieren würde, wenn Jonas in den Backstage-Container käme und fragt, ob es ein schönes Konzert gewesen sei.

Er suchte stattdessen den örtlichen Leitstand auf, um den sich zahlreiche Polizisten versammelt hatten. Aus den Gesprächsfetzen vernahm er, dass es keine besonderen Vorkommnisse gegeben hatte.

Das bestätigte auch Tällberg später in einer kurzen Zusammenfassung. Die Sanitäter hatten einige wenige Alkoholisierte und eine Handvoll Drogenkonsumenten betreuen müssen. Es hatte ein paar harmlose Rempeleien gegeben, die mit Ermahnungen der Polizeistreifen befriedet werden konnten.

»Eine so ruhige Massenveranstaltung haben wir selten gehabt«, zog der Polisintendent zufrieden sein Resümee. »Wir haben alles im Griff gehabt. Unsere Strategie hat sich ausgezahlt.«

Hoffentlich findet man nicht doch noch einen Toten beim Aufräumen, dachte Jonas bitter, bevor er sich verabschiedete und ins Hotel zurückkehrte.

Urmas Krasnopjorov war nirgendwo gesichtet worden.

·FÜNFZEHN·

Es war eine weitere Nacht gewesen, in der Jonas kaum Schlaf gefunden hatte. Obwohl er todmüde war, schreckte er nach kurzen Phasen unruhigen Dahindämmerns auf, kontrollierte die Uhrzeit und wartete auf das Klingeln des Telefons, über das ihn die Nachricht von einem neuen Mord erreichen würde. Auch auf den Anruf von Liv wartete er vergeblich. Der weckte ihn am kommenden Morgen, als er gerade todmüde in einen kurzen Schlaf gefallen war.

»Warum meldest du dich nicht?«, fuhr ihn seine Frau unvermittelt an.

»Ich habe immer wieder versucht, dich zu erreichen«, sagte er.

»Du kennst meinen Dienst. Wenn du es gewollt hättest, hätte es auch geklappt. Ich frage mich, was in dich gefahren ist. Jonas! Willst du dich von deiner Familie abseilen?«

Er war sprachlos. »Wie kommst du auf solch eine absurde Idee? Ich habe den Eindruck, ihr drei behandelt mich seit kurzem wie einen Ausgestoßenen. Ich weiß nicht, was ich getan haben soll.«

»Selbstkritik ist nicht deine Stärke«, fuhr Liv ihn an. »Seitdem du in deine Geburtsstadt gefahren bist, hast du dich verändert.«

»Schatz …«

»Lass das. Damit landest du im Augenblick nicht bei mir«, unterbrach sie ihn. »Was ist los mit Östersund?«

»Hör mal. Ich bin in Linköping.«

»In … Linköping? Machst du eine Schwedensafari?«

»So ähnlich.« Er war froh, dass Livs Ton nicht mehr so abweisend klang. »Ich hoffe, bald ein Stück Großwild vor die Flinte zu bekommen.«

»Was ist augenblicklich in Schweden los? Man hört so merkwürdige Dinge im Fernsehen oder liest es in der Zeitung. Hast du damit zu tun?«

Er versuchte, ein gequältes Lachen übers Telefon zu schicken. »Du weißt doch: Im Auge des Orkans ist es ruhig.«

»Wir müssen uns unterhalten«, schloss Liv das Telefonat.

Jonas war froh, dass sie miteinander gesprochen hatten.

Der Frühstücksraum des Hotels war schwach besetzt. Nach einem eher mäßigen Mahl machte er sich auf den Weg nach Stockholm. Von den Mitgliedern der Band hatte er weder in der Nacht noch am gestrigen Abend etwas gehört, obwohl die Autos noch vor der Tür standen. Unterwegs lauschte er den Nachrichten. Im Östergötlands Lokalradio widmete sich ein Reporter dem Konzert vom Vortag. Natürlich wurden Vergleiche zu den anderen Auftritten der Band gezogen. Der Radiomann war der Auffassung, die früheren Vorkommnisse hätten sich hör- und sichtbar auf die Qualität der Darbietung ausgewirkt. Er schloss mit der Meinung, Bad Revolution habe sich in Linköping nur noch als Schatten ihrer selbst präsentiert. Jonas sollte es recht sein.

In Stockholm suchte er kurz sein Büro auf, sichtete die Post und begab sich ins Besprechungszimmer. Markvist und Gripsholm waren leise in ein Gespräch vertieft und brachen ab, als er eintrat.

»Hej.«

Die beiden Inspektoren antworteten ebenfalls mit diesem Gruß.

»Waren Sie nicht in Linköping?«, fragte Jonas. »Ich dachte, der Chef hätte alles aufgeboten, das laufen konnte.«

Die beiden wechselten einen raschen Blick. »Natürlich waren wir vor Ort«, erwiderte Gripsholm schnippisch. »Wir gehören nicht zu den Landpolizisten wie die Kameraden in Rättvik, die vor ein paar Regentropfen und ein bisschen Wind davonlaufen und irgendwo unterkriechen.«

»Haben Sie die mobile Wache gesichert?«, fragte Jonas. »Ich habe keinen von Ihnen gesehen.«

»Haben Sie sonst etwas von Bedeutung gesehen?«, fragte Gripsholm mit provozierendem Unterton.

Du Armleuchter, dachte Jonas. Wenn du wüsstest, warum Bad Revolution gestern so schlecht gespielt hat, würdest du anders reden.

Sie wurden durch Tällberg erlöst, der mit Dr. Wallberg eintrat, sich umsah und kurz nickte. »Wir wären dann vollständig«, stellte er fest.

»Wir sollten nicht in Euphorie verfallen«, begann der Polisintendent ohne Umschweife.

»Im schlimmsten Fall haben wir die Leiche noch nicht entdeckt«, warf Gripsholm ein und erntete dafür einen strafenden Blick des Vorgesetzten.

»Man könnte verschiedene Theorien aufstellen, weshalb Linköping sich von den anderen Orten unterscheidet. Seitens der Amtsleitung vertritt man die Auffassung, das massive Polizeiaufgebot habe Wirkung gezeigt. Man hat mir heute Morgen aber schon signalisiert, dass dieser enorme Aufwand nicht aufrechterhalten werden kann. Es sind nicht nur die Kosten, sondern es fehlt schlicht an Ressourcen.«

Jonas berichtete vom Kommentar im Radio, den er unterwegs gehört hatte. Markvist hatte Ähnliches aufgeschnappt.

»Man kann es nicht als Strategie bezeichnen, aber der Zweck heiligt die Mittel«, sagte Jonas. »Vielleicht hat das Verlegen des Konzerts auf den unwirtlichen Parkplatz auch dazu beigetragen, dass der Hype um die Band nachlässt.«

Gripsholm winkte ab. »Schon bei unserem ersten Treffen hier haben Sie nichts von moderner Musik verstanden. Akzeptieren Sie doch, dass jüngere Menschen andere Vorstellungen haben, schneller leben. Haben Sie noch nicht mitbekommen, dass es immer häufiger etwas Neues gibt?«

»Die Diskussion führt in eine falsche Richtung«, unterbrach Tällberg das Geplänkel. »Wir können von hier aus nicht beurteilen, ob sich das Interesse am Musikstil von Bad Revolution abnutzt oder ob die äußeren Bedingungen, unter denen das gestrige Konzert stattfand, die Stimmung gedrückt haben. Wir werden notgedrungen die nächste Veranstaltung abwarten müssen.«

Jonas schüttelte entgeistert den Kopf. »Wir können doch nicht bei diesem Pokerspiel zusehen. Nur weil die Mordserie nicht fortgesetzt wurde, heißt das doch nicht, dass die Drogenmafia aufgegeben hat.«

Dr. Wallberg räusperte sich. »Ich möchte mich nicht in polizeitaktische Überlegungen einschalten. Schließlich bin ich nur als Berater hier. Bei den bisherigen Aktionen waren die Behörden überrumpelt worden. Es hat doch eine Weile gedauert, bis Sie hier die Vorgehensweise der Tätergruppe verstanden haben. Jetzt wissen Sie es.«

»Ich würde es vorsichtiger formulieren«, gab Tällberg zu bedenken. »Wir haben eine Idee und glauben, ein Verhaltensmuster entdeckt zu haben. Die Täter gehen aber nicht nur brutal, sondern auch geschickt vor.«

»Haben Sie konkrete Spuren? In den Medien habe ich nichts darüber lesen können.«

Tällberg spielte mit seinem Kugelschreiber. »Es wäre fatal, wenn wir unsere Erkenntnisse, aber auch unsere Ohnmacht, publik werden ließen. Wir wissen lediglich, dass die Drogenmafia einen Profikiller eingesetzt hat. Dessen Name ist uns bekannt. Urmas Krasnopjorov. Nach ihm wird fieberhaft gefahndet.«

»Und wenn er bereits außer Landes ist?«

»Das wissen wir nicht«, gestand Tällberg ein. »Die Täter scheinen Verbindungen zur Polizei zu haben …«

»Sie meinen diesen ominösen Beamten aus Östersund«, unterbrach Dr. Wallberg.

Tällberg zeigte auf Jonas. »Nyström ist dort am Ball.«

»Haben Sie eine heiße Spur?«, fragte Dr. Wallberg.

Jonas ließ seinen Blick schweifen und musterte alle Anwesenden. »Die Ermittlungen machen Fortschritte.«

»Was sollen diese Andeutungen«, beklagte sich Gripsholm. »Werden Sie konkret. Haben Sie eine heiße Spur? Einen Verdacht?«

»Sie kennen die Spielregeln. Solange wir nichts Gerichtsfestes vorweisen können, gilt die Unschuldsvermutung.«

»Das ist doch lächerlich. Wo führt das hin, wenn wir selbst in diesem Zirkel Geheimniskrämerei betreiben?«, regte sich Gripsholm auf.

»Wir sprechen von einem Polizeibeamten. Sollten wir den Verdacht nicht nachweisen, aber Namen kreisen lassen, wäre seine Karriere unwiderruflich zerstört.«

»Doch nicht bei erwiesener Unschuld.« Gripsholm lehnte sich zurück.

»Das würde ich auch so sehen«, unterstützte ihn Dr. Wallberg. »Wir leben schließlich in einem Rechtsstaat.«

»Ein solches Gerücht hängt ihnen ewig nach.«

»Dann sollten wir uns solche Treffen wie dieses sparen.« Gripsholm verschränkte die Arme vor der Brust und lehnte sich beleidigt zurück.

»Kommissar Nyström wird seine Gründe haben«, sagte Tällberg förmlich. Er zeigte auf den Forensiker. »Was hat die Auswertung des Notebooks von Evaldsson ergeben? Nicht nur die Polizei in Östersund war überrascht, wie detailliert der kleine Straßendealer über die Organisation des örtlichen Drogenbosses …«

»Roland Hassel, der mittlerweile verhaftet wurde«, warf Jonas ein.

Dr. Wallberg rückte seine Brille zurecht. »Meine Mitarbeiter haben den Rechner analysiert. Evaldsson hat die Datensammlung sukzessive aufgebaut und kontinuierlich ergänzt.«

»Das bedeutet, immer wenn er etwas aufgeschnappt hat, hat er seine Wissensdatenbank erweitert«, sagte Jonas.

Dr. Wallberg bestätigte es. »So würde ich es auch interpretieren. Evaldsson hat sich definitiv nicht an einem Abend hingesetzt und seine Kenntnisse erfasst.«

»Warum hat er das getan?«, mischte sich Markvist ein.

»Evaldsson war unwichtig, abhängig von Hassel. Möglicherweise hat er geglaubt, Hassel mit seinem Wissen irgendwann erpressen zu können. Hassel war die große Nummer in Östersunds Drogenszene«, erklärte Jonas. »Ob er sich von Evaldsson hätte erpressen lassen, wissen wir nicht. Ich glaube nicht, dass es ihm gelungen wäre.«

»Das können Sie doch gar nicht einschätzen«, widersprach Gripsholm. Jonas war überrascht, dass der Inspektor seit einiger Zeit bestrebt schien, sich an Jonas zu reiben, und alles, was er vortrug, in Frage stellte.

»Wenn Sie Schach spielen, müssen Sie auch von Annahmen ausgehen über die Art, wie Ihr Gegner die nächsten Züge setzen wird.«

Gripsholm machte eine abfällige Handbewegung.

»Niemand hat unterstellt, dass Evaldsson Roland Hassel dessen Platz streitig machen wollte. Es kann doch sein, dass er einfach ein etwas größeres Stück vom Kuchen abhaben und sich nicht mehr mit den Krümeln zufriedengeben wollte, die Hassel herabfallen ließ.«

Dr. Wallberg nickte versonnen. »Ich kann Herrn Nyströms Gedanken folgen, auch wenn wir den Faden nicht zu Ende spinnen müssen. Evaldsson ist ermordet und Hassel dingfest gemacht worden.«

»Das passt ins Kalkül der neuen Drogenmafia, die unliebsame Mitbewerber aus dem Weg räumt«, erklärte Jonas.

»Und wenn jemand an dieser Stellschraube gedreht hat?«, gab Markvist zu bedenken.

»An welcher?«, fragte Gripsholm barsch.

»Die Informationen, welche die Behörden auf Evaldssons Rechner gefunden haben.«

»Ach, hör doch auf, überall Verschwörungstheorien zu sehen«, sagte Gripsholm.

»Nein«, widersprach Jonas. »Markvist hat recht. Es ist merkwürdig, dass den Östersundern das ganze Wissen auf dem silbernen Tablett serviert wurde. Damit ist der Weg für die neue Drogenmafia frei. Die müssen nicht einmal ihre Mörder losschicken. Das Feld wird praktischerweise von der Polizei geräumt. Daran habe ich auch schon gedacht.«

»Dann lassen Sie uns doch in diese Richtung ermitteln«, schlug Markvist vor.

Jonas schüttelte den Kopf. »Das wäre bis eben auch mein Vorschlag gewesen. Aber Dr. Wallberg und seine Techniker vom Nationalen Forensik Center haben festgestellt, dass die Datensammlung schon älter ist. Das Phänomen der neuen Drogenmafia ist erst ein paar Wochen alt, so richtig heiß erst seit zwei. Wann hat Evaldsson mit seinen Aufzeichnungen begonnen?«

»Moment«, sagte Dr. Wallberg und blätterte in seinen Unterlagen.

»Haben Sie die noch in Papierform?«, wollte Gripsholm wissen.

Der Forensiker nickte. »Wir haben in Linköping erstklassige Spezialisten, die im Speicher eines Rechners spazieren gehen und denen nichts verborgen bleibt. Denen überlasse ich das Expertentum. Ich«, dabei klopfte er mit dem Fingerknöchel auf die Akte, »arbeite genauso gern mit konventionellen Mitteln.« Dr. Wallberg sah über den Brillenrand hinweg. »Die ersten Daten wurden vor einem Dreivierteljahr abgespeichert. Seitdem hat Evaldsson Material über Roland Hassels Geschäfte gesammelt.«

»Dann kann die Drogenmafia nicht beteiligt sein«, stellte Tällberg fest. »Da waren die noch nicht im Geschäft. Diesen Punkt müssen wir noch eingehender beleuchten.«

»Das ist schwierig«, meinte Markvist. »Evaldsson können wir nicht mehr befragen. Und Hassel dürfte das nicht wissen. Der hätte mit Sicherheit nicht seelenruhig zugesehen, wie sein kleiner Straßendealer Material gegen ihn sammelt.«

»Gibt es Anhaltpunkte, dass Evaldsson nicht allein gehandelt hat?«, wandte sich Tällberg an Jonas.

»Ich bin kein intimer Kenner der Östersunder Drogenszene. Es hat aber nicht den Anschein, als wäre er in größere Strukturen eingebunden gewesen. Für mich sieht es so aus, als sei Evaldsson ein kleiner Fisch gewesen.«

»Der sich aber ordentlich etwas angefuttert hat«, gab Dr. Wallberg zu bedenken. »Dank der umfassenden Datensammlung sind die örtlichen Strukturen zerschlagen worden oder es steht bevor. Sind noch weitere Verhaftungen geplant?«

»Davon ist auszugehen«, sagte Jonas. »Der ganze Fall ist so vielschichtig, dass wir uns auch auf die Polizei vor Ort verlassen müssen.«

Dr. Wallberg wiegte nachdenklich den Kopf. »Ich kann nichts dazu sagen, aber wenn ich an Ihrer Stelle wäre, würde ich Roland Hassel und seine Gang genau unter die Lupe nehmen.«

Jonas sah demonstrativ auf die Uhr. »Genau das habe ich vor. Wenn wir hier fertig sind, werde ich nach Östersund fahren.«

»Hat dieser Inspektor Ráidnersson schon etwas herausbekommen?«, fragte Dr. Wallberg.

Jonas ging nicht darauf ein. Erst als Markvist auch nachsetzte, musste er eingestehen, nicht auf dem Laufenden zu sein.

»Das ist ein kurzes Telefonat«, hakte Gripsholm nach.

Jonas fühlte sich unbehaglich. Auch Tällberg musterte ihn argwöhnisch. Er wollte in dieser Runde aber nicht offenlegen, weshalb Ráidnersson und Agssagssaĸ nicht mehr sein Vertrauen besaßen. Der Fall konnte aus dem Ruder laufen, wenn die Polizei im Lande sich gegenseitig misstraute.

»Heute Morgen sind Anwälte im Auftrag des Bandmanagers vorstellig geworden«, wechselte der Polisintendent das Thema.

»Das ging aber fix«, merkte Markvist an.

»Sie haben angekündigt, Schadensersatzansprüche geltend zu machen.«

»Gegenüber der Polizei?« Markvist war überrascht.

»Zunächst gegenüber den Verantwortlichen, wie sie es ausdrückten. Man will berechnen, wie groß der Schaden ist, der der Band und den Veranstaltern durch die Verlagerung von der Saab-Arena auf den Parkplatz entstanden ist.«

»Da werden sich die Juristen lange streiten können«, sagte Jonas.

»Die Vorwürfe richten sich nicht nur gegen die Stadt Linköping und deren Verwaltung, sondern auch gegen Sie.« Tällberg sah Jonas an.

»Nyström kann doch nicht darüber entscheiden, wann und ob ein Konzert stattfindet«, staunte Gripsholm.

Tällberg sah in die Runde. »Sie haben von den schlechten Kritiken gehört, die nach der Veranstaltung durch die Medien geisterten.«

»Die haben auch katastrophal gespielt«, bestätigte Dr. Wallberg.

»Wer hat Ihnen das erzählt?« Gripsholm warf dem Forensiker einen neugierigen Blick zu und zog dabei leicht die linke Augenbraue in die Höhe.

Dr. Wallberg zupfte sich am Ohrläppchen. »Mein Gehör.«

»Sie waren auch anwesend?«, fragte Jonas erstaunt.

Der Forensiker nickte.

»Hat Sie jemand gesehen?«

Dr. Wallberg zeigte sich überrascht. »Was wollen Sie mit Ihrer Frage bezwecken?«

»Ich habe Markvist und Gripsholm auch nicht gesehen«, erklärte Jonas. »Mir schien das Areal nicht so groß, dass man sich dort hätte verkriechen können. Offenbar lag ich mit dieser Einschätzung falsch. Das könnte heißen, dass der gesuchte Krasnopjorov auch anwesend war, aber von niemandem bemerkt wurde.«

Die beiden Inspektoren stöhnten fast gleichzeitig auf. »Nun fangen Sie nicht wieder damit an«, sprach Gripsholm es aus.

Tällberg klopfte mit der Spitze seines Kugelschreibers auf die Tischplatte. »Lassen Sie uns konzentriert bleiben. Der Vorwurf gegen Sie, Nyström, lautet Körperverletzung. Sie sollen einen Musiker, den älteren Bohinen, angegriffen und verletzt haben, so dass er nicht mehr in der Lage war, zu spielen. Außerdem will der Manager eine Anzeige wegen Körperverletzung gegen Sie einreichen. Die Anwälte haben gesagt, für beide Taten gebe es Zeugen.«

»Ein Polizist, der gewalttätig wird … Das hat uns gerade noch gefehlt«, stöhnte Gripsholm theatralisch. Auch Dr. Wallberg schüttelte missbilligend den Kopf.

»Und das vor Zeugen?«

Tällberg lächelte. »Es kommt noch dicker. Das Ganze ist sogar gefilmt worden. Ich habe die Bilder gesehen.«

Jonas war überrascht. Hatte jemand seine Auseinandersetzung mit Trygve Bohinen im Container gefilmt? Es war ein Leichtes, mit den allgegenwärtigen Smartphones solche Aktionen aufzuzeichnen. »Sind die Aufnahmen echt?«, fragte er.

Tällberg nickte. »Besser geht es nicht. Sie werden jeden Richter begeistern.« Der Polisintendent ließ seine Worte einen kurzen Moment wirken. »Wir hatten uns entschlossen, die gesamte Veranstaltung aufzuzeichnen. Die Beamten von der Videoüberwachung haben dabei ein besonderes Augenmerk auf den Container gelegt, der den Musikern als Garderobe diente. Sie haben gesehen, wie der Manager und Kommissar Nyström die Unterkunft verließen, und sind mit ihren Kameraaugen am Ball geblieben. So wurde auch festgehalten, dass nicht Nyström angegriffen hat, sondern Puri den Kommissar am Revers packte. Ganz deutlich ist auch zu sehen, dass Sie, Nyström, statt sich gegen diesen Übergriff zu wehren, Ihre Hände auf dem Rücken verschränkt haben. Sie waren nicht nur passiv, sondern haben sogar noch zusätzlich jede Gegenwehr demonstrativ unterdrückt. Einen besseren Beweis können wir uns gar nicht wünschen.« Dann schloss Tällberg die Besprechung ab. »Mit Ihnen«, wandte er sich an Jonas, »möchte ich noch unter vier Augen sprechen.«

Die anderen drei schienen davon nicht begeistert zu sein. Gripsholm öffnete den Mund, als wollte er etwas sagen, unterdrückte es schließlich aber.

Nachdem Markvist, Gripsholm und Dr. Wallberg den Raum verlassen hatten, stand Tällberg auf und schloss die Tür sorgfältig.

»Ihre Frau hat angerufen«, sagte er.

Siedend heiß schoss es Jonas durch den Kopf. Zornesröte stieg in ihm auf. Er hätte Liv nicht zugetraut, dass sie die privaten Probleme in der Familie seinem Chef vortrug.

»Sie hat sich an mich gewandt, weil sie in großer Sorge ist.«

Jonas bemerkte, wie Tällberg ihn musterte.

»Ich habe volles Verständnis für Ihre Frau. Sie befinden sich schließlich in einer schwierigen Lage.«

»Das ist alles …«, begann Jonas, aber Tällberg gebot ihm mit einer Handbewegung zu schweigen.

»Sie müssen nichts erklären. Ich sehe es Ihnen an, in welch innerer Zerrissenheit Sie sich befinden. Ihre Psyche wird über alle Maßen strapaziert. Ich überlege, ob ich meiner Verantwortung gerecht werde und Sie von diesem Fall abziehe. Seitdem Sie nach Östersund gefahren sind, bemerke ich diese Veränderung.«

Was weiß Tällberg?, überlegte Jonas und versuchte in den unbeweglichen Gesichtszügen des Polisintendenten etwas zu lesen.

»Es gibt gewisse familiäre Spannungen«, sagte Jonas kleinlaut.

»Weiß ich«, erwiderte Tällberg. »Das bleibt nicht aus. Sie können stolz sein, eine solche Frau zu haben.«

Jonas holte tief Luft. Bei allem Respekt gegenüber dem Vorgesetzten wollte er mit ihm nicht über seine Eheprobleme diskutieren. »Ich …«, setzte er unsicher an.

»Lassen Sie«, unterbrach ihn Tällberg. »Es war richtig, dass Ihre Frau sich an mich gewandt hat. Sie ist in großer Sorge. Und das verstehe ich. Sie hätten es möglicherweise vor mir zu verbergen versucht. Aber es kann nicht geduldet werden, dass meine Beamten oder gar ihre Familien bedroht werden.«

»Welche Drohungen?«, fragte Jonas atemlos.

Jetzt war Tällberg überrascht. »Sie … wissen das gar nicht?«

Jonas schüttelte den Kopf.

»Heute Morgen hat sich ein Unbekannter bei Ihnen zu Hause gemeldet. Es war, so Ihre Frau, ein Mann mittleren Alters. Schwede ohne Akzent. Er hat gesagt, sie solle darauf einwirken, dass Sie sich von diesem Fall zurückziehen. Schon anderen Leuten wäre es gesundheitlich abträglich, so sagte er wörtlich, gewesen, wenn sie ihre Nase in Dinge steckten, die sie nichts angingen.«

»Wir können uns nicht erpressen lassen«, protestierte Jonas. »Wenn wir uns einschüchtern lassen, haben die Täter ihr Ziel erreicht.« Waren die Drohungen eine Folge seiner Aktionen im Container von Linköping? Schwor man Rache, weil er Unfrieden gestiftet hatte und die Show mies war?, überlegte er. Bohinen hatte es angedroht.

Tällberg nickte versonnen. »Das ist richtig. Ich muss aber abwägen, ob ich Leib und Leben der Angehörigen meiner Mitarbeiter riskieren will. Die Entscheidung ist eindeutig: Nein!«

»Ein paar vage Drohungen besagen nichts.«

»Ihre Frau ist erschüttert, weil der Anrufer über Detailkenntnisse verfügte. Er wusste, auf welcher Station des Universitätsklinikums Ihre Frau Dienst tut, er kannte nicht nur die Namen Ihrer Töchter, sondern auch deren Schule.«

»Aber woher?«, fragte Jonas. »Ich spreche mit niemandem über meine Arbeit. Auch nicht mit der Familie.«

»Wir haben die Vermutung, dass es einen Maulwurf bei der Polizei gibt. Johan Wax war auch keine Plaudertasche. Als er seine Ermittlungen aufnahm, war es eine ganz normale Untersuchung im Drogenmilieu. Etwas Alltägliches. Wax muss etwas herausgefunden haben, das die Täter in Panik versetzte. Anders kann ich mir ihre Reaktion nicht erklären.«

Jonas war etwas beruhigter. Zumindest hatte Liv nicht über familiäre Probleme mit Tällberg gesprochen. Andererseits keimte in ihm Angst um Frau und Kinder auf. Die Täter hatten bewiesen, dass sie zu allem fähig waren. Und entschlossen.

»Wir haben keine Aufzeichnungen finden können. Aber Ihre Vermutung wird dadurch gestützt, dass in Östersund alle Gegenstände verschwunden sind, auf denen Wax Informationen hätte hinterlassen können. Das Notebook, das Smartphone. Wir haben auch keine anderen Aufzeichnungen gefunden. Hier schließt sich der Kreis, zumindest ein kleiner. Warum war es den Tätern so wichtig, dass Wax' Spuren zunächst vernichtet werden sollten? Der Schachzug, der Hotelmanagerin zu empfehlen, Wax' Zimmer gründlich zu reinigen, war wohlüberlegt.«

Tällberg wiegte den Kopf. »Sie spielen auf die Rolle an, die der angebliche Polizist Hansson ausübt. Niemand konnte ahnen, dass sich das Hotel bei der Östersunder Polizei meldet.«

»Das war geistesgegenwärtig von dem, der den Anruf entgegengenommen hat. Ich bezweifle aber, dass der große Unbekannte gerade in dem Moment vorbeigekommen ist, als Ráidnersson sein Büro verlassen hatte. Das sind mir zu viele Zufälle.«

»Das bedeutet, die undichte Stelle ist in Östersund zu finden«, sagte Tällberg.

»So könnte es aussehen. Andererseits wusste dort niemand von Wax' Mission. Die Östersunder waren nicht eingeweiht. Aber wie sieht es mit Umeå aus? Das ist die vorgesetzte Dienststelle. Von dort könnten Informationen weiter nach Östersund geflossen sein.«

»Von wem?« Der Polisintendent zog die Stirn kraus. »Wer wusste von Wax' Fahrt nach Östersund? Gripsholm, Markvist, Sie und ich.«

»Ich nicht«, widersprach Jonas. »Ich habe erst davon Kenntnis erhalten, als Sie uns nach Wax' Tod zusammengerufen haben. Aber Signe Holmberg war eingeweiht. Sie hat alles administrativ vorbereitet.«

Tällberg lehnt sich zurück und sah nachdenklich aus dem Fenster. »Von denen, die Sie aufgeführt haben, kommt keiner in Frage.«

»Bleibt nur der große Unbekannte. Der Polizist Hansson in Rättvik, davon bin ich überzeugt, ist ein Zufallsopfer. Er musste sterben, weil er eine Uniform trug. Wax, jetzt ich, aber auch Ráidnerssons und Agssagssak sind gezielt bedroht worden. Man weiß genau, dass wir an diesem Fall arbeiten.« Jonas betrachtete seine Fingernägel. »Wovor fürchtet sich die Drogenmafia? Habe ich mit meiner Entdeckung, dass von Ráidnerssons Apparat aus telefoniert wurde, schlafende Geister geweckt? Sind wir der Drogenmafia bedenklich nahe gekommen und werden deshalb jetzt bedroht?«

»Das sind viele offene Fragen. Und weil die Gefahr konkreter wird, möchte ich Sie von weiteren Ermittlungen entbinden.«

»Kommt nicht in Frage«, widersprach Jonas entschieden. »Wir können uns von der Drogenmafia nicht diktieren lassen, wie wir ermitteln.«

»Ich weiß nicht, wie wir Ihre Familie schützen können. Es ist nicht möglich, Ihre Frau und die Töchter unter permanenten Polizeischutz zu stellen.«

Darauf fand Jonas auch keine Antwort. Der Gedanke, dass die drei auch mögliche Zielpersonen der Täter sein könnten, belastete ihn. Für einen Moment spielte er mit dem Gedanken, Tällbergs Angebot doch anzunehmen und sich persönlich um den Schutz seiner Familie zu kümmern. »Ich werde eine Lösung finden«, sagte er. Selbstbewusst klang es nicht.

»Mir ist noch etwas aufgefallen …«, begann der Polisintendent.

»Ich gehe davon aus, dass Liv genau zugehört hat«, unterbrach Jonas seinen Vorgesetzten. »Sie sagten, der Anrufer habe akzentfrei Schwedisch gesprochen. Das ist eine neue Dimension. Bisher waren wir immer davon ausgegangen, dass es sich bei der Drogenmafia um eine osteuropäische Organisation handelt. Anscheinend gibt es dort auch einheimische Mitglieder. Wir haben noch keinen Überblick über die Strukturen oder die Größe. Im schlimmsten Fall kommt der Anrufer sogar aus unseren eigenen Reihen.«

Tällberg spitzte die Lippen. »Schlimmer ginge es kaum.«

Jonas beschloss, nach Hause zu fahren und mit Liv zu sprechen. Die Mädchen waren noch in der Schule.

Auf dem Weg zu seinem Büro meldete sich Ráidnersson auf dem Mobiltelefon.

»Wir wollen mit dem Verhör von Roland Hassel beginnen. Möchten Sie daran teilnehmen?«

»Selbstverständlich«, antwortete Jonas. »Warten Sie, bis ich bei Ihnen bin. Ich möchte die Reaktion miterleben, wenn Hassel das erste Mal mit den Vorwürfen gegen ihn konfrontiert wird.«

»Sie meinen eher, wenn er erfährt, wie wir ihm auf die Schliche gekommen sind«, erwiderte der Inspektor.

Jonas hatte es nicht sagen wollen. Aber Ráidnersson war nicht dumm. »Ja«, bestätigte er.

»Wir haben nur ein kleines Problem.« Es klang fast schüchtern. »Eklund, unser Chef aus Umeå, hat sich eingeschaltet. Er will noch heute den ersten Bericht über die Vernehmung.«

»Das hat doch Zeit bis morgen«, sagte Jonas.

»Sie kennen Eklund nicht.«

Doch, dachte Jonas im Stillen. »Ich bin schon unterwegs«, sagte er laut und machte sich sofort auf den Weg in die jämtländische Provinzhauptstadt.

Es war schon Abend und dunkel, als er das Polizeigebäude betrat. Die beiden einheimischen Kriminalbeamten erwarteten ihn in Ráidnerssons Büro. Die Begrüßung fiel frostig aus. Jonas verzichtete auf einen Händedruck und beließ es bei einem »Hej«.

Während Agssagssak nur mit einem Kopfnicken antwortete und es vermied, Jonas in die Augen zu sehen, griff Ráidnersson zum Telefon und ließ den Drogenboss ins Verhörzimmer führen.

Hassel trug Handschellen, als ihn ein uniformierter Beamter in den Raum schob. Er hielt dem Polizisten die Hände hin und ließ sich die Fesseln abnehmen. Dann setzte er sich ungefragt auf einen Stuhl.

Die beiden einheimischen Beamten hatten auf der gegenüberliegenden Seite Platz genommen, Jonas saß an der Stirnseite.

Der Inspektor leitete die Formalien ein und befragte Hassel nach seinen persönlichen Daten. Jonas hatte dabei Gelegenheit, Hassel anzusehen. Er wusste, dass der Drogenboss achtunddreißig Jahre alt war und aus der Region stammte. Aus den Unterlagen ging hervor, dass Hassel nie einen regulären Beruf ausgeübt hatte. Er war unverheiratet, lebte aber stets mit irgendwelchen Frauen zusammen. Die Beziehungen hielten allerdings nie lange. Seine Haare waren blond gefärbt. Auf den Wangen spross ein Dreitagebart, der die von Natur aus dunklere Haarfarbe verriet. Hassel grinste, öffnete den Mund, in dem ein tadelloses Gebiss zu sehen war, und spielte mit dem Kaugummi zwischen den Zähnen. Seine Selbstsicherheit schien unerschütterlich.

Das weiße Hemd war aufgeknöpft und ließ einen Blick auf die behaarte Brust zu. Um den Hals trug er eine goldene Kette mit einem Kreuz, das mit einem Brillanten verziert war. Seine Statur verriet, dass Hassel Stammgast im Fitnessstudio war. Tattoos suchte Jonas vergeblich.

»Sind Sie Roland Hassel?«, fragte Ráidnersson nach.

Der Drogenboss beließ es bei seiner Strategie des Schweigens. Ráidnersson konfrontierte ihn mit dem Vorwurf des organisierten Rauschgifthandels im großen Stil.

Schweigen und Grinsen.

Der Inspektor zählte auf, was man bei der Razzia in Hassels Haus gefunden hatte.

Schweigen und Grinsen.

»Es verbessert Ihre Lage nicht, wenn Sie nichts zur Sache sagen«, mahnte Ráidnersson.

Schweigen und Grinsen.

»Lassen Sie«, mischte sich Jonas ein. »Ich nehme ihn morgen mit.«

Zum ersten Mal wandte sich der Drogenboss Jonas zu. »Was ist das für ein Kasper?«, fragte er den Inspektor. Dann nickte er in Richtung Agssagssak. »Sieht nicht wie der Indianer da aus.«

»Kommissar …«, wollte Ráidnersson erklären, aber Jonas unterbrach ihn. »Eigentlich befassen wir uns seitens der Rikspolisen nicht mit so kleinen Fischen aus der Provinz. Wir haben mit den wirklich großen Sachen genug zu tun. Der Richter hat einen Haftbefehl ausgestellt. So können wir ihn da«, Jonas zeigte mit dem kleinen Finger auf Hassel, »ein paar Tage im Bau lassen. Unsere Zellen sind ohnehin überfüllt. Hassel wird Drogenhandel vorgeworfen. Dann kann er mit den Russen in seiner Zelle fachsimpeln. Ich werde denen erzählen, dass der Neuzugang der große Boss aus Östersund ist. Da freut sich der Russe, den wir nebenan in Sundsvall geschnappt haben. Der kennt die Gegend.«

»Rikspolisen? Stockholm? Was soll der Scheiß? Damit habe ich nichts zu tun. Ich kenne meine Rechte.« Er pochte auf die Tischplatte. »Mein Fall wird hier in Östersund bearbeitet.«

»Lesen Sie keine Zeitung?«, griff Ráidnersson den Ball auf. »Wir sind einem großen Drogenring auf der Spur. Der ist in ganz Schweden aktiv. Wir vermuten, dass Sie für Jämtländs Län zuständig sind.«

Hassel lachte gekünstelt auf. »Ich soll für die Russen arbeiten? Lächerlich.«

»Vieles spricht dafür«, ergänzte Jonas.

Hassel zeigte mit dem Daumen über die Schulter in Jonas' Richtung. »Mensch, Ànok, das weißt du doch besser.«

Der Inspektor warf Jonas einen raschen Blick zu. »Duzen Sie mich nicht«, forderte er den Verdächtigen auf.

Hassel antwortete mit einer wegwerfenden Handbewegung.

»Ist Ihnen der Boden unter den Füßen nicht zu heiß geworden, als Ihre Komplizen mit den Morden begannen? Zur Ermordung des Kriminalbeamten hier in Östersund werden wir Sie später verhören.« Agssagssak hatte sich leicht über den Tisch gebeugt.

»Seit wann darf der Eskimo auch etwas sagen?«, fragte Hassel provozierend. »Der soll doch zum Nordpol zurückkehren.«

Jonas stand auf. »Okay. Ich werde ihn morgen mit nach Stockholm nehmen.«

»Aber nicht zu den Russen in die Zelle.«

»Doch«, behauptete Jonas. »Einzelzellen haben wir keine mehr. Zu den Wirtschaftskriminellen passen Sie nicht. Vielleicht geht es noch bei den Vergewaltigern.«

»Ihr spinnt doch.« Erneut pochte Hassel auf die Tischplatte. »Ich will sofort meinen Anwalt sprechen.«

»Natürlich. Gleich morgen nach der Ankunft in Stockholm«, sagte Jonas und fuhr, zum Uniformierten gewandt, fort: »Legen Sie ihm Handschellen an. Und morgen früh soll er reisefertig sein.«

»Hör mal.« Hassel sah Ráidnersson an. »Was soll ich getan haben? Lasst uns in Ruhe darüber reden.«

»Ihnen wird zur Last gelegt, in Östersund und der angrenzenden Region einen großen Rauschgiftring betrieben zu haben«, sagte der Inspektor.

»Das ist übertrieben. Gut. Vielleicht habe ich mal ein wenig Stoff in den Händen gehalten.«

»Dagegen spricht aber die Menge, die wir bei Ihnen gefunden haben.«

Hassel hob die Hand. »Das wurde mir untergeschoben.«

»Von der Polizei bei der Razzia in Ihrem Haus?«, fragte Kriminalassistent Agssagssak.

Hassel schien einzusehen, dass er so nicht weiterkam. »Ich hatte keine Ahnung, was das ist«, behauptete er.

Ráidnersson kratzte sich am Kinn. »Das ist eine so blöde Ausrede, die kannte schon die Polizei zu Gustav Wasas Zeiten. Wir haben die Kriminaltechniker vom Staatlichen Kriminaltechnischen Laboratorium aus Linköping angefordert. Die werden Ihr Haus zerlegen. Außerdem kennen wir Ihre gesamte Organisationsstruktur. Ihre Vertriebswege. Die Namen Ihrer Kleindealer. Und vieles mehr.« Der

Inspektor schlug den Aktendeckel auf, der vor ihm lag, und nannte ein paar Beispiele.

Schlagartig verfinsterte sich Hassels Miene. Jonas sah, wie der Kiefer mahlte und der Drogenboss nervös mit den Augen zwinkerte. »Wer behauptet solche Lügen?«, wollte er wissen.

»Das wird sich zeigen«, erwiderte Ráidnersson. »Das war nur ein kleiner Auszug. Wir wissen noch viel mehr.«

Agssagssak zeigte mit ausgestreckter Hand auf Hassel. »Ich hätte keine Lust, in eine Stockholmer Zelle zu wandern. Es soll Leute im Land geben, die ganz erpicht darauf sind, die bestehende Drogenszene auszumerzen. Einem niederen Chargen in Sundsvall hat man die Knochen gebrochen. Evaldsson hat seine führende Position mit dem Leben bezahlt. Erst wurde er gefoltert, dann ist er erstickt.«

»Das kann Sie aber nicht erschrecken«, übernahm Jonas. »Sie waren dabei, als dem Polizisten hier in Östersund die Beine abgehackt wurden.«

Hassel steckte einen der manikürten Finger in den Mund und kaute auf dem Nagel herum. »Das könnt ihr mir nicht anhängen. Ich habe den Polizisten nicht ermordet.«

»Das dürfen Sie gern im Gefängnis den Mitgefangenen erzählen. Man mag es nicht glauben, aber auch da gibt es eine soziale Ordnung. Kinderschänder und Polizistenmörder stehen ganz unten. Jeder Verbrecher weiß, dass die Uniformierten hier Solidarität zeigen. Wer mit solchen Typen paktiert, wird vom Aufsichtspersonal – sagen wir mal vereinfacht – geschnitten. Wer will schon freiwillig seinen langjährigen Aufenthalt im Knast vermiesen? Also haut man schon einmal auf diese Tätergruppe drauf und gewinnt das Wohlwollen der Aufseher.«

»Nee, nee. Das klappt nicht. Ich habe damit nichts zu tun.«

Ráidnersson lehnte sich gelassen zurück, nahm ein Blatt Papier aus dem Aktendeckel und las weitere Punkte vor. Er konzentrierte sich auf die Namen von Leuten, die für Hassel als Verteiler gearbeitet hatten. »Das ist eine stattliche Anzahl, die vor Gericht erscheinen muss.

In den Prozessen wird herauskommen, dass die Polizei durch Sie auf die anderen gestoßen ist. Es ist Ihre Organisation gewesen.«

»Das bestreite ich.«

»Das wird Ihnen nicht gelingen«, sagte Agssagssak. »Da werden viele Leute auf Sie sauer sein. Bestimmt sind welche darunter, die ihre Wut an Ihnen auslassen wollen. Mensch, Hassel, in Ihrer Haut möchte ich nicht stecken.«

»Sie suchen an der falschen Stelle«, behauptete Hassel. »Gut.« Er holte tief Luft. »Man hört so dies und jenes. Auch das Fernsehen berichtet darüber, dass offenbar Ausländer versuchen, sich in Schweden breitzumachen.«

»Ihnen das Geschäft streitig zu machen?«, fragte Jonas. »Das erleben wir oft. Besonders in der Prostitution und im Drogenhandel. Sie als Platzhirsch in Östersund lassen sich doch nicht verdrängen, schon gar nicht von irgendwelchen hergelaufenen Russen.«

»Von wegen hergelaufen. Sie wissen selbst, wie brutal die vorgehen.«

»Das heißt doch nicht, dass Sie sich Ihr Lebenswerk zerstören lassen«, sagte Jonas und ließ es kumpelhaft klingen, als spräche er von einem solide aufgebauten Handwerksbetrieb. »Oder haben Sie schon ausgesorgt? Na ja. Im gewissen Sinne schon. Unterkunft und Verpflegung übernimmt künftig der Staat. Wenn Sie es überleben«, fügte er leise an, als würde er nur versehentlich einen Gedanken laut artikulieren.

Ráidnersson blätterte scheinbar gedankenverloren in seinen Unterlagen. »Komisch«, murmelte er. »Zunächst schien es so, als wäre Evaldsson cleverer als Sie.«

»Diese Blindscheiche? Pah.« Hassel fühlte sich in seiner Ehre gekränkt.

»So dumm war er gar nicht. Nachdem Sie die Zusammenarbeit mit den Russen abgelehnt haben, hat er seine große Chance gewittert. Zuvor hatte er alles an Informationen über Sie zusammengetragen, was ihm unter die Finger kam.«

»Melker Evaldsson? Was sollte der schon gewusst haben?«

»Haben Sie sich noch nie gefragt, woher wir das alles über Sie und Ihre Organisation wissen?«, fragte der Inspektor.

Hassel sah ihn verblüfft an. »Doch nicht von Evaldsson. Der hatte doch keine Ahnung.«

»So kann man sich täuschen«, fuhr Ráidnersson fort. »Nachdem Sie nicht mit den Russen zusammenarbeiten wollten, ach, was heißt zusammenarbeiten, Ihre Organisation denen überlassen wollten, hat Evaldsson sich angeboten. Als er merkte, wie leicht Sie auszustechen waren, wurden seine Forderungen größer. Aber plötzlich haben Sie gemerkt, dass Sie aufs Abstellgleis geschoben werden. Die Russen haben Ihnen ein paar Kostproben aus dieser Datensammlung«, dabei klopfte der Inspektor auf den Aktendeckel, »geliefert, und Sie ahnten, aus welcher Quelle das stammt, auch wenn Sie Evaldssons Rolle hier kleinreden wollen. Das hat Methode. Sie wollten selbst einsteigen und haben Evaldsson aus dem Weg geräumt.« Ráidnersson beugte sich über den Tisch und klopfte mit dem Kugelschreiber auf Hassels Finger. »Haben Sie ihn mit eigenen Händen ermordet?«

»Das ist alles zurechtgelegt. Schön«, stöhnte Hassel, »ich komme aus der Nummer mit dem Drogenhandel wohl nicht mehr raus. Das war nicht viel. Nur ein bisschen.«

»Und Ihr Haus in Fillsta, direkt am Störsjön, die teuren Autos, das Bargeld und sonstige Vermögensgegenstände … Hat Ihnen die Oma geschenkt? Oder haben Sie in der Lotterie gewonnen? Das müssen Sie mir erklären«, sagte Ráidnersson.

»Ich … ich …« Hassel wischte sich mit dem Hemdsärmel die feinen Schweißtropfen von der Stirn. Unsicher sah er die Beamten der Reihe nach an. Er schien sich entschieden zu haben, dass Jonas die Kommandogewalt innehatte. »Wenn ich etwas erzähle, kann ich mit einem Entgegenkommen rechnen?«

»Nein«, sagte Jonas entschieden. »Mit Ihrem Rauschgift haben Sie junge Leute in die Abhängigkeit gebracht. Aus purer Gewinnsucht haben Sie Menschen krankgemacht, vielleicht sogar in die Beschaffungskriminalität getrieben, damit sie neue Drogen bei Ihnen kaufen konnten. Nicht nur die Junkies sind betroffen, auch deren Familien. Wer so gewissenlos kriminell ist, darf keine Milde erwarten.«

»Die Konsumenten haben es doch verlangt. Sie haben das Zeug doch freiwillig geschluckt. Wenn nicht ich, dann hätte sie jemand anders versorgt. Seien Sie doch froh, dass hier in Östersund alles relativ friedlich und reibungslos abgelaufen ist.«

»Eine so dreiste Rechtfertigung dafür, dass ein gewissenloser Drogenboss Menschen in die Abhängigkeit führt, habe ich noch nie gehört«, sagte Jonas.

Hassel schwenkte den Zeigefinger, als würde er eine Drohung aussprechen wollen. »Sie werden sich noch nach den guten alten Zeiten zurücksehnen. Was die Russen vorhaben … Da sind wir alle machtlos.«

»›Wir?«, fragte Jonas gedehnt.

»Die Polizei ist denen doch nicht gewachsen. Sonst hätten Sie schon erste Erfolge erzielt. Ihr seid doch immer ganz heiß darauf, der Presse von euren Großtaten zu berichten. Und plötzlich …? Da steht die ganze Staatsmacht und staunt. Die übernehmen mit Brachialgewalt das Drogengeschäft. Wer nicht freiwillig geht, der ist fällig. Sie kennen die Ergebnisse. Man hat auch mich und meine Freundin bedroht.«

»Eine Partnerschaft angeboten?«, fragte Jonas.

»Nein. Zuerst hat man meine Autoreifen zerstochen. Dann kam die Nachricht, dass das nächste Mal nicht die Reifen, sondern die Kehle das Ziel wäre.«

»Haben Sie sich nicht dagegen gewehrt?«, wollte Ráidnersson wissen.

»Natürlich habe ich ein paar Jungs, die auf mich und meine Gesundheit aufpassen. Die hatten plötzlich keine Lust mehr, nachdem man einem von ihnen das Knie zertrümmert hatte.«

Jonas sah Ráidnersson an. »Ist das aktenkundig geworden?«

Hassel übernahm das Antworten. »Hallo? Glauben Sie wirklich, da läuft jemand zur Polizei und sagt, die Russen haben mir eins ausgewischt? Da muss man nicht nur viele Fragen beantworten, sondern auch fürchten, dass die das nächste Mal nicht nur das Knie, sondern die Wirbelsäule oder Schädeldecke zertrümmern.«

»Uns können Sie den Namen nennen«, sagte Jonas.

Als Antwort presste Hassel die Lippen fest zu einem Strich zusammen. »Für mich ist das Ding wohl gelaufen«, sagte er resigniert. »Ich hätte nur einen Tipp für Sie. Der kursiert in unseren Kreisen: Man sagt, die Lage eskaliert dort, wo Bad Revolution auftaucht.«

Mehr war von Roland Hassel nicht zu erfahren. Er behauptete lediglich mehrfach, die Informationen könnten nicht von Melker Evaldsson stammen. Seine Antwort, er wisse nicht, von wem sonst, schien dagegen ehrlich zu sein.

Ráidnersson ließ den Drogenboss abführen. An der Tür drehte sich Hassel noch einmal um. »Was ist nun? Muss ich morgen nach Stockholm?« Die Stimme vibrierte. Hassel vermochte es nicht, seine Angst zu verbergen.

Jonas antwortete nicht. Sollte der Mann eine Nacht voller Unruhe verbringen und angstvoll dem neuen Tag entgegensehen.

Der Inspektor lehnte sich zurück. Die beiden, musste Jonas anerkennen, waren ein guteingespieltes Team, das miteinander harmonierte. Sie hatten sich gegenseitig zur richtigen Zeit an den passenden Stellen ergänzt. Hassel hatte nicht gemerkt, wie sie ihn immer weiter in die Enge getrieben hatten, bis der Drogenhändler schließlich zu reden begann. Unter anderen Umständen hätte Jonas ein Lob ausgesprochen. Jetzt tat er sich schwer.

Ráidnersson unterbrach seine Gedanken. »Mit einem zertrümmerten Knie muss man das Krankenhaus aufsuchen. Es sollte nicht schwerfallen, den Mann zu finden.«

»Gut«, sagte Jonas und beließ es dabei. Dann stand er auf und verließ den Raum ohne ein weiteres Wort. Er setzte sich noch einmal kurz an den Schreibtisch. Evaldsson traute er nicht zu, die Sammlung über Hassel angelegt zu haben, auch wenn sie es im Verhör gegenüber dem Drogenboss behauptet hatten. Es war erstaunlich, wie gut jemand über die Geschäfte Hassels informiert war. Möglicherweise hatte der geprahlt; er würde aber kaum seine ganzen Verbindungen gegenüber Dritten offengelegt haben. Die Fakten auf Evaldssons Rechner stammten aus einer Quelle, die sorgfältig recherchiert hatte. Das sah nach professioneller Arbeit aus. So etwas brachte nur die Polizei zustande. Da musste ein Interner dahinterstecken, der Evaldsson die Informationen zugespielt hatte. Hansson? Oder war es einer der beiden Östersunder Kriminalbeamten? Der Inspektor und der Kriminalassistent standen im Verdacht, dass einer von ihnen den geheimnisvollen Hansson gespielt hatte. War jemand so intelligent und glaubte, über den Umweg von Evaldssons Rechner Hassel aus dem Weg räumen zu können, dann war es ein cleverer Schachzug. Es war ein Spiel über Bande. Ein Polizist im Hintergrund wusste, dass die Ermittler auf die Angaben stoßen würden. Nur hatte man nicht Jonas' Misstrauen ins Kalkül gezogen, sondern gehofft, die Begeisterung über die Entdeckung und Festsetzung von Roland Hassel wäre so groß, dass man es dabei beließe. Sicher, das gefundene Material reichte aus, um dem Drogenboss erfolgreich den Prozess zu machen. Aus der Fülle an Beweisen kam Hassel nicht mehr heraus. Man hatte den regionalen Drogenring gesprengt, und der Markt war frei für neue Anbieter. Ein genialer Plan, sogar mit Hilfe der Polizei, dessen war sich Jonas sicher. Das bedeutete aber, dass jemand aus Polizeikreisen gewaltig an irgendwelchen Stellschrauben drehte. Diese Vermutung war nicht neu. Für Jonas waren die heutigen Erkenntnisse eine weitere Bestätigung. Das machte die Sache nicht einfacher, sondern gefährlicher. Der Verräter in Uniform konnte in seiner Deckung bleiben und seine Informationen an die Bosse der Russenmafia weiterleiten. Und dort entschied man im schlimmsten Fall über Leben und Tod.

Mit schwerem Kopf verließ er das Polizeigebäude und fuhr in die

Stadt hinunter. Seine Gedanken kreisten unentwegt um das Problem, für das er im Augenblick keine Lösung sah. Er schreckte auf, als er registrierte, dass er sich mit dem Auto unkonzentriert auf Östersunds Straßen bewegt hatte. Alles war instinktiv und automatisch abgelaufen. Es war unverantwortlich, dass er dabei die Gesundheit anderer Verkehrsteilnehmer riskierte. Er bremste den Volvo ab und ließ ihn ausrollen. Das zweite Erschrecken überkam ihn, als er sah, wo er sich befand. Sein Unterbewusstsein hatte ihn zum unscheinbaren Wohnblock in der Kyrkogatan geführt. Jonas schüttelte sich und sah auf das Haus mit den gelben Klinkern. In allen Wohnungen brannte Licht. Die Bewohner waren zu Hause. Er zuckte zusammen, als ein alter Mann mit hochgeschlagenem Mantelkragen vorbeischlurfte, ihn erblickte, stehen blieb und sich neugierig herabbeugte, um in das Wageninnere hineinzusehen. Es wirkte, als nähme der Passant jede Einzelheit auf. Dann zog der Mann weiter Richtung Straßenecke. Jonas sah in den rechten Außenspiegel und verfolgte seine Schritte. Als der Mann um die Ecke bog, wollte er das Fahrzeug starten. In diesem Moment klopfte es gegen die Scheibe auf der Fahrerseite. Er hatte, als er zu dem Alten hinsah, die linke Fahrzeugseite außer Acht gelassen. Erschrocken fuhr er herum und spürte, wie sein Puls anstieg. Dann sah er sie – die Frau, die neulich mit müden Schritten ihre Plastiktaschen an ihm vorbei zum Hauseingang getragen hatte. Für den Bruchteil einer Sekunde überlegte er, den Motor zu starten und davonzujagen. Dann führte er seine Hand in Zeitlupe zum Schalter und ließ die Scheibe herab.

Ihr Gesicht, nur wenige Zentimeter von seinem entfernt, wurde durch das fahle Licht der Straßenlampen nur spärlich beleuchtet. Es war grau. Falten hatten sich eingegraben. Der Blick war stumpf. Alles wirkte müde und verbraucht.

»Hej«, sagte sie leise.

Jonas schluckte. Es gelang ihm erst im zweiten Anlauf, ebenfalls ein »Hej« hervorzuwürgen.

Sie sah ihn an. Er wich ihrem Blick aus. Völlig sinnlos zeigte er auf das Haus. »Da brennt Licht.«

Sie nickte, ohne etwas zu sagen.

Er öffnete den Mund, brachte aber doch kein Wort über seine Lippen.

Sie bewegte ganz langsam den Kopf, als würde sie mit dem angedeuteten Nicken ausdrücken, dass sie alles verstanden hatte. Als er sie ansah, bemerkte er den leichten feuchten Schimmer in den matten Augen. Die Mundwinkel vibrierten leicht. Sie öffnete den Mund, aber kein Ton kam über die rissigen Lippen. Noch einmal bewegte sie ganz leicht den Kopf, dann stützte sie sich am Fahrzeug ab, drehte sich um und schleppte sich zur Haustür, ohne noch einmal zurückzusehen.

Alt war sie geworden.

Ohne nachzudenken, startete Jonas den Motor und trat das Gaspedal durch. Mit durchdrehenden Reifen jagte der Volvo die Kyrkogatan hinab.

·SECHZEHN·

Als Jonas am nächsten Morgen die Dienststelle betrat, war Ráidnersson schon anwesend. Der Inspektor musste am Vorabend noch lange im Büro gewesen sein. Jonas hatte kaum Platz genommen, als Ráidnersson erschien und ihm den Entwurf des Protokolls reichte. »Wollen Sie es sich noch einmal ansehen?«, fragte er, »bevor ich es von Hassel unterschreiben lasse.«

Ist es mangelndes Selbstbewusstsein?, fragte sich Jonas. Oder versuchte Ráidnersson sich anzubiedern? Jonas sah das Schriftstück durch, notierte ein paar Ergänzungen und gab es dem Inspektor zurück. Von Agssagssak war nichts zu sehen.

Dafür hielt Tällberg eine Überraschung bereit. Der Polisintendent hatte sich schon lange nicht mehr so befreit am Telefon angehört.

»Wir haben das Gelände in Linköping mit Kameras überwacht«, begann er und berichtete von der flächendeckenden Aufzeichnung. »Sie haben davon auch profitiert, da der Kollege am Joystick die Handgreiflichkeit von Taijo Puri gegen Sie mitgeschnitten hat. Das ist aber nicht alles.«

Tällberg verpflichtete Jonas zur absoluten Vertraulichkeit. »Es wäre fatal, wenn die Öffentlichkeit davon erführe.« Aus Deutschland stammte eine neue Software, die allerdings noch in der Erprobungsphase war. Die Betaversion war auch den Schweden zum Testen zur Verfügung gestellt worden. Nicht neu war, dass man mittels Kamera und Software Kraftfahrzeugkennzeichen scannen und auswerten konnte. Damit erfasse man in Deutschland die Maut auf den Autobahnen. Man hatte in Deutschland, genaugenommen im Hauptbahnhof Mainz, eine weitere Software ausprobiert. Dort war eine Kamera installiert gewesen, die auf eine Rolltreppe gerichtet war. Die Software hatte auch aus großen Menschenansammlungen treffsicher Gesichter herausgefunden und diese Personen zugeordnet. So konnte protokolliert werden, wer sich zu welcher Zeit an einem bestimmten Ort aufhielt.

»Die totale Überwachung«, sagte Jonas. »Wo soll das noch hinführen?«

»In Deutschland hat man das Experiment mit Freiwilligen durchgeführt, das ganze Projekt aus Datenschutzgründen aber wieder verworfen. Es gibt aber noch eine andere Spielart der Software. Die haben wir jetzt probeweise eingesetzt.«

Die gesamten Aufzeichnungen des Konzerts in Linköping seien von der Software analysiert worden, fuhr der Polisintendent fort. Das Programm erkannte auch in einer größeren Menschenmenge Abnormitäten. »Also Leute, die sich anders verhalten. Ich will Ihnen ein einfaches Beispiel nennen. In einer Gruppe von fünf Leuten trägt einer eine Brille. Der ist anders. Die Software markiert auch den einzigen Raucher unter zwanzig Leuten. Er weist ein atypisches Merkmal auf.«

»Wie soll das funktionieren?«, fragte Jonas skeptisch.

Das konnte Tällberg nicht beantworten. »Ich bin kein IT-Experte. Aber unsere Tests waren fast alle positiv.«

»Fast?«

»Wie gesagt. Es ist eine Betaversion. Wir haben das Experiment trotzdem gewagt.« Tällberg lachte. »Mit erstaunlichen Resultaten. Sie wurden markiert.«

»Ich? Weshalb?«

»Die Software nennt uns keine Gründe. Ich nehme an – pardon – weil Sie anders ausgesehen haben als die große Masse. Älter. Anders gekleidet. Und seriöser«, ergänzte Tällberg versöhnlich. »Erinnern Sie sich, dass Sie gefragt haben, ob Dr. Wallberg, Gripsholm und Markvist auch in Linköping waren? Tatsächlich zeigt eine Einstellung, dass Sie in einem bestimmten Moment nur eine Armlänge von Dr. Wallberg entfernt standen, ohne ihn gesehen zu haben. Für mich ist es der

Beweis, dass man in einer großen Menschenmenge untertauchen kann. Man sieht, dass die Überwachung bei einer solchen Veranstaltung schwierig ist. Das Individuum ist unscheinbar. Auch Markvist und Gripsholm hat das Programm gekennzeichnet, weil sie nicht an einem Ort stehen geblieben sind, sondern wie Zwillinge über das Gelände streiften.«

»Dann konnte möglicherweise auch Krasnopjorov unentdeckt anwesend sein, wenn selbst die Polizisten sich gegenseitig nicht gesehen haben?«

»Die Frage kann ich Ihnen nicht beantworten.«

»Hat uns das in der Sache weitergebracht?«

»Vielleicht ja. So wie Sie als – Verzeihung – Exot herausgefallen sind, hat das Programm andere Besucher herausgefiltert. Einer schien uns besonders interessant. Den Videoleuten ist es gelungen, eine relativ brauchbare Vergrößerung zu produzieren. Wir haben versucht, sie mit unseren Daten abzugleichen. Dabei ist aber nichts herausgekommen. Da wir schon zweimal Leute aus Estland im Visier hatten – Krasnopjorov und Puri –, haben wir das Bild nach Tallinn geschickt und auf dem kurzen Dienstweg angefragt, ob man den Mann dort kennt. Das war ein Volltreffer. Die Esten haben erstaunlich schnell geantwortet. Ekke Ernesaks heißt er, ist dreiundvierzig Jahre alt und wird von den Behörden seines Heimatlandes händeringend gesucht. Man verdächtigt ihn, als Söldner an mehreren kriegerischen Auseinandersetzungen teilgenommen zu haben, nicht auf Seiten der rechtmäßigen Streit- oder Polizeikräfte, sondern dort, wo man ihn für besonders schmutzige Arbeiten gut bezahlte. Tallinn zeigte sich erstaunt über die Vermutung, dass sich Ernesaks in Schweden aufhalten solle.«

»Können Sie mir das Bild schicken?«, fragte Jonas. »Und Kommissar Korslund in Sundsvall?«

»Nein«, sagte Tällberg. »Wie ich schon erklärte, ist das Ganze nicht offiziell. Deshalb dürfen wir damit nicht spazieren gehen.«

»Bisher sind wir davon ausgegangen, dass Krasnopjorov der Mörder der Drogenmafia ist. Dr. Forsberg hat uns aber erklärt, dass Johan Wax von mindestens zwei Tätern ermordet wurde. Einer hat ihn festgehalten, während der andere die Beine …« Jonas sparte sich die weitere Ausführung. »Wir haben keinerlei Beweise dafür, und es ist eine höchstspekulative Annahme, aber vielleicht haben wir den zweiten Tatbeteiligten gefunden.«

»Möglicherweise«, stimmte Tällberg zu. »Es gibt aber auch eine andere Seite.«

»Daran habe ich auch gedacht«, sagte Jonas. »Alles rein hypothetisch. Wenn unsere landesweite Fahndung nach Krasnopjorov den Mann außer Landes getrieben hat, müssen wir unter Umständen davon ausgehen, dass sein Job ein anderer übernimmt. Es ist nur ein schwacher Trost, dass wir dessen Namen und Gesicht zu kennen glauben.«

»Sie haben recht. Trotzdem, Nyström, wenn auch nicht mit großen Schritten, aber wir kommen voran.«

Jonas fühlte sich von Tällbergs Neuigkeiten beflügelt. Er wollte noch einmal das Thema »Hansson« aufgreifen und ging ins Nebenzimmer.

Ráidnersson saß an seinem Schreibtisch und wich Jonas' Blick aus. »Gibt es Neuigkeiten?«, fragte er.

Jonas wollte den Inspektor nicht einweihen. »Das ist noch nicht für die Öffentlichkeit bestimmt«, sagte er und erwartete, dass Ráidnersson protestierte. Doch der einheimische Polizist schwieg. »Es gibt einen Vertrauensverlust«, erklärte Jonas. »Wir wissen, dass es einen Verräter in unseren Reihen gibt. Für mich trägt er vorerst den Namen Hansson.«

»Ich kann Ihr Misstrauen verstehen. Im Prinzip. Aber nicht, dass Sie Agssagssak oder mich verdächtigen.«

»Das Telefonat wurde von Ihrem Apparat aus geführt.«

»Mag sein. Es besteht ein hinreichender Verdacht, dass sich ein Interner den falschen Namen zugelegt hat und mit den Tätern zusammenarbeitet. Das heißt aber nicht, dass Sie mich oder meinen Kollegen dafür halten müssen.«

»Wollen Sie darauf hinaus, dass auch für korrupte Polizeibeamte die Unschuldsvermutung gilt?«, fragte Jonas grob.

Das Gesicht des Inspektors überzog sich dunkelrot. »Halten Sie mich für korrupt?« Der Zorn war ihm deutlich anzumerken.

»Sie können dazu beitragen, dass die Verdachtsmomente enthärtet werden. Wer könnte von Ihrem Büro aus telefoniert haben?«

»Das weiß ich nicht.«

»Dann versuchen Sie, es herauszubekommen. Wer kommt in Frage? Wer war überhaupt im Haus anwesend? Wer verhält sich verdächtig? Und vor allem müssen Sie mir erklären, weshalb Sie mir eine falsche Auskunft gegeben haben.«

Ráidnersson griff nach einem Kugelschreiber und drehte ihn nervös zwischen den Fingern. »So kommen wir nicht weiter.« Dann sah er plötzlich Jonas fest in die Augen. »Zur Abwechslung könnten Sie etwas über sich erzählen. Über Ihre Zeit in Östersund. Welche Verbindungen haben Sie hierher? Warum haben Sie und Ihre Familie die Stadt verlassen? Sie wirken, als würden Sie Östersund meiden wie der Teufel das Weihwasser.«

»Ein abstruser Vergleich«, erwiderte Jonas. »Ich bin bei der Rikspolisen in Stockholm eingesetzt. Da ist es selbstverständlich, dass ich meinen persönlichen Lebensmittelpunkt auch in die Hauptstadt verlagert habe.«

Ráidnersson nickte nachdenklich. »Sie sind aber nicht nach Stockholm versetzt worden, sondern schon vor Ihrem Eintritt in die Polizei dorthin umgezogen.«

»Und? Was soll diese Fragerei?« Jonas Fragen hatten einen aggressiven Unterton. Unfreiwillig. »Stöbern Sie in meiner Vergangenheit?«

Der Inspektor zeigte Anzeichen von Entspannung. Er lehnte sich auf seinem Stuhl zurück. »Man möchte wissen, mit wem man zusammenarbeitet.«

»Das wissen Sie doch.«

»Schon. Aber was verbirgt sich hinter einem Namen?«

»Lenken Sie nicht ab«, sagte Jonas ungehalten. »Sie«, und dabei zeigte er mit ausgestrecktem Finger auf Ráidnersson, »sind mir noch eine Antwort schuldig.«

Was wollte der Inspektor? Glaubte er, Jonas' Meinung mit solchen Aussagen beeinflussen zu können? Ráidnersson war nicht dumm. Bezweckte er mit den Anspielungen auf Jonas' früheres Leben in Östersund einen Gegendruck zu der Frage, wer Hansson war, aufzubauen?

Agssagssak trat in das Büro und blieb erstaunt stehen, als er Jonas sah. »Hej«

»Hej.«

»Es geht um den gefolterten Leibwächter von Hassel. Wir haben ihn ausfindig gemacht«, erklärte Agssagssak. »Der Verletzte heißt Ratko Vršajević, ein Bosnier, der über die Göteborger Türsteherszene zu Hassel gekommen ist. Er wurde von angeblich Unbekannten ins Östersunder Krankenhaus gebracht und ist inzwischen operiert. Über die Ursache schweigt er sich aus. Die behandelnden Ärzte meinen, dass das Knie steif bleiben wird.«

»Ein hoher Preis dafür, dass er nichts weiter getan hat, als für Hassel zu arbeiten«, warf Jonas ein.

»Wir haben ihn ein wenig unter Druck gesetzt. Da hat er ausgesagt, dass die unbekannten Täter sofort das Knie mit einer Eisenstange zertrümmert haben. Es waren zwei. ›Bedanke dich bei deinem Boss Hassel. Jeder, der für ihn arbeitet, wird das Gleiche erleben‹, hat man ihm als Warnung zukommen lassen. Dann musste er trotz großer Schmerzen mehrfach ›Danke‹ sagen, weil man ihn am Leben ließ. Hätte er sich nicht demütigen lassen, wer weiß, was die sonst noch mit ihm angestellt hätten.«

»Vršajević sprach von zwei Tätern? Merkwürdig. Bisher schien es so, als wäre Krasnopjorov immer allein aufgetreten. Das ist keine gute

Nachricht. Die Drogenmafia scheint doch über mehr Ressourcen zu verfügen, als wir uns vorgestellt haben«, sagte Jonas enttäuscht.

Es war wie verhext. Sie hatten noch keine Anhaltspunkte dafür, wie groß die neue Drogenmafia war. Wie viele Täter steckten hinter dem Netzwerk? Auch die Struktur war noch nebulös. Einzig der Killer der Organisation war bekannt. Aber arbeitete er allein? Mit Ekke Ernesaks hatte man einen weiteren möglichen Gewalttäter im Visier.

Irgendwie war es der Organisation gelungen, einen Polizisten zu bestechen. Jonas hatte Zweifel daran, dass der falsche Hansson von Östersund aus über so viele Informationen verfügte, dass er die Einsätze der Stockholmer Rikspolisen kannte. Gab es noch mehr Verräter in den Reihen der Polizei? Man traf in Schweden äußerst selten einen bestechlichen Polizisten. Und hier sollten gleich mehrere am Werk sein? Das deutete auf eine Organisation hin, die viel mächtiger war, als sie es derzeit vermuten konnten. Sie wurde nicht nur straff geführt, sondern betrieb auch ein – Jonas fiel es schwer, das Wort zu verwenden – Marketing des Schreckens. Und von wo aus agierten die Köpfe? Viele sprachen von der »Russen-Mafia«, auch wenn manche Spuren nach Estland führten. Sie schien sich hinter den Kulissen schon weiter ausgebreitet zu haben, als zunächst vermutet. Wie ein Eisberg, von dem auch nur die Spitze zu sehen war. Seine besonders gefährlichen Bereiche waren unsichtbar unter Wasser. Und wer dem Eisberg zu nahe kam oder gar mit ihm kollidierte, lebte gefährlich.

Stocherten sie vergeblich im Nebel, weil die Fäden in Osteuropa gezogen wurden? War Estland doch ein Schlüssel?

Jonas starrte gedankenverloren auf einen schwarzen Punkt an der Wand. Estland! Als er Wax' Frau besucht hatte, sprach sie davon, dass sie im Fährbüro der Silja-Line arbeite. Weiterhin hatte sie gesagt, dass sie nicht nur mit den Nachbarn im Haus, Hermansson, sondern auch im Büro über den Beruf ihres Mannes gesprochen hatte. Es war keine Indiskretion, wenn sich Kollegen nach dem Beruf des Ehepartners erkundigten. Und wenn dieser Kriminalpolizist war, steigerte das die Neugierde der Mitarbeiter. Frau Wax hatte auch eingestanden, dass sie am Arbeitsplatz von Johan Wax' Auftrag in Östersund gesprochen hatte. Sie hatte sogar erwähnt, dass es sich um eine Drogensache handele. Er suchte in seinem Gedächtnis nach dem Namen. Richtig. Sigrid Tapper hieß die Frau.

Plötzlich wurde ihm bewusst, dass Ráidnersson und Agssagssak ihn schon eine ganze Weile schweigend anstarrten.

»Ist etwas, Herr Kommissar?«, fragte der Kriminalassistent.

Jonas nickte, griff zum Telefon und ließ sich von Agssagssak die Telefonnummer der Verwaltung der Reederei heraussuchen. Es bedurfte Geduld, bis er mit dem richtigen Gesprächspartner verbunden war.

»Wie heißt unsere Mitarbeiterin?«, fragte der Mann.

»Sigrid Tapper.«

»Tapper – Tapper«, wiederholte sein Gesprächspartner mehrfach, bis er schließlich ein »Ah ja. Hier haben wir sie« hören ließ. »Was soll mit der sein?«

»Als was ist Sigrid Tapper bei Ihnen beschäftigt?«

»Das kann ich Ihnen nicht sagen«, erwiderte der Reedereimitarbeiter. »Da könnte ja jeder kommen.«

»Hier ist die Polizei. Es ist wichtig.«

»Ja – ja. Kommen Sie vorbei, weisen Sie sich aus, und ich kläre in der Zwischenzeit, ob ich Ihnen die Auskunft geben kann.«

Der Mann war nicht dazu zu bewegen, weitere Fragen zu beantworten.

Jonas rief Tällberg an und trug ihm seine Bitte vor. Der Polisintendent versprach, sich darum zu kümmern. Es dauerte eine halbe Stunde, bis das Telefon klingelte und sich eine andere Stimme meldete. Die Frau erklärte, sie sei die Personalchefin.

»Ich möchte gern wissen, was Sigrid Tapper in Ihrem Unternehmen macht«, sagte Jonas.

»Haben Sie Anhaltspunkte für ein Vergehen?«, wollte die Personalchefin wissen.

»Wir suchen nach Informationsquellen. Sie haben von der Ermordung des Polizisten Johan Wax gehört?«

»Ja«, kam es betreten über die Leitung. »Frau Wax arbeitet bei uns. Sie und Sigrid Tapper sind Kolleginnen.«

»Sie arbeiten im gleichen Büro?«

Die Personalchefin bestätigte es. »Es ist die Disposition unserer Links, also die Steuerung des Fährbetriebs.«

»Was macht man da?«

»Es gibt viele administrative Aufgaben.«

»Haben die Frauen auch Kontakt zum Bordpersonal? Oder fahren sie gar selbst mit?«

»Wir sind eine Reederei. Da haben viele Mitarbeiter Kontakt zu den Schiffen. Auch Frau Wax und Frau Tapper. Sie sind aber im Büro in Stockholm tätig.«

»Gibt es Spezialgebiete, die einzelne Mitarbeiter betreuen?«

»Es macht einen Unterschied, ob sie nach Finnland, Lettland oder zu den Åland-Inseln fahren. Sprachlich, unterschiedliche Rechtsnormen und vieles mehr.«

»Frau Wax ist für welches Fahrtgebiet zuständig?«

»Für …« Es gab eine kurze Unterbrechung. »Frau Wax bearbeitet Dinge, die mit dem Stockholmer Hafen zu tun haben.«

»Und Sigrid Tapper?«

»Das ist die Spezialistin für Tallink.«

»Tallink? Ist das die Verbindung nach Tallinn in Estland?«

»Ja«, bestätigte die Personalchefin. »Wir steuern Tallinn von Helsinki und von Stockholm aus an.«

»Danke«, sagte Jonas und hatte Mühe, der Frau zu erklären, dass sie ihm sehr geholfen habe, aber nicht vermuten solle, dass es den Verdacht auf Unregelmäßigkeiten gegen die Reederei oder deren Mitarbeiter gebe.

Die beiden Östersunder Polizisten waren dem Telefonat aufmerksam gefolgt. Jonas hatte sie zwischendurch beobachtet. Ráidnersson wagte als Erster, zu fragen.

Jonas informierte sie mit wenigen Worten über die Zusammenhänge.

»Das könnte bedeuten«, fasste der Inspektor es zusammen, »dass Sigrid Tapper ihrerseits ausgeplaudert hat, was sie von der Kollegin erfahren hatte. Möglicherweise ohne Argwohn. Man lässt nebenbei ein paar Worte fallen, und schon wird es weitergetragen. Wenn das Schiff auf der Route Tallinn nach Stockholm verkehrt, ist es denkbar, dass die Drogen auf diesem Weg ins Land kommen. Der Drogenkurier kann durchaus auch ein Fährmitarbeiter sein.«

»Das ist eine Option«, sagte Jonas vorsichtig. Ráidnersson hatte Jonas' Gedanken aufgegriffen. Falls es einen solchen Drogenkurier gab, könnte der die Information über Johan Wax' Einsatz weitergetragen haben. Irgendwo am Ende der Kette war die Entscheidung gefallen, den Stockholmer Kriminalbeamten auf spektakuläre Weise zu ermorden. Das könnte auch bedeuten, dass es gar keinen Verräter in der Stockholmer Polizei gab, sondern alles auf einem Zufall basierte. Damit blieb nur Hansson als korrupter Beamter, aber der war vermutlich ein kleines Licht in der Organisation und stammte aus Östersund.

Es gab noch einen Ansatz für Jonas. Wenn auf diesem Weg die Information gelaufen war, saßen die Drahtzieher der Drogenmafia gar nicht in Schweden, sondern steuerten den Aufbau ihres Imperiums von außerhalb. Aus Estland?

Jonas fuhr nach Stockholm zurück. Sigrid Tapper, so hatte er zudem erfahren, hatte heute einen freien Tag. Sie wohnte in Huddinge im Süden der Hauptstadt. Der Domarvägen wirkte wie ein großer Innenhof. Die zweigeschossigen Häuser mit gelber und grauer Putzfassade waren wie eine Wagenburg gruppiert. Hohe, schlanke Fichten spendeten neben einigen Buschgruppen ein wenig Grün. Nackter Fels lugte zwischendurch hervor und zeigte, auf welchem Grund Stockholm erbaut worden war. Einige Bänke standen um einen großen Grill herum. Im Hintergrund waren mehrere Hochhäuser. Fröhlicher Kinderlärm war zu vernehmen.

Sigrid Tapper wohnte im Obergeschoss. Sie öffnete die Tür und sah Jonas neugierig an. »Polizei?«, fragte sie erstaunt und hielt sich den Kragen des weißen Bademantels zu, unter dem nackte Füße hervorlugten. Die roten Haare waren ungekämmt. Jonas hatte nachgesehen. Sigrid Tapper war einundvierzig Jahre alt und geschieden.

Jonas bat darum, ihr ein paar Fragen stellen zu dürfen.

»Ich weiß nichts«, behauptete die Frau, ohne zu wissen, um welches Thema es ging.

Jonas fragte, ob er in die Wohnung kommen dürfe. Sie sah ihn unschlüssig an. »Ich habe nicht aufgeräumt.«

»Ich kann weggucken.«

Sie führte ihn in das Wohnzimmer, räumte eine Hose und ein Herrenhemd zur Seite und bat ihn, Platz in einem Korbsessel zu nehmen. Auf dem Tisch standen zwei Sektgläser, ein halbgefüllter Aschenbecher und eine aufgerissene Packung mit Salzgebäck.

»Ich hatte Besuch«, sagte Sigrid Tapper und nahm auf einem anderen Sessel Platz. Sie schlug die Beine übereinander und unternahm mehrfach den Versuch, den Bademantel so zurechtzuzupfen, dass er die nackten Beine verdeckte. Es gelang ihr nur unzureichend.

»Um was geht es?«, wollte sie wissen.

Jonas schlug einen Bogen von ihrer Kollegin zum Mord an Johan Wax.

Sigrid Tapper wirkte betroffen. »Man glaubt es nicht«, murmelte sie kaum hörbar. »Die Arme. Alle im Büro sind schockiert.« Sie bestätigte anschließend, dass sie gewusst habe, welchen Beruf Johan Wax ausübte. »Ja, wir haben auch über Johans Dienstreise nach Östersund gesprochen. Waxi, so nennen wir die Kollegin, hat es erzählt.«

»Wurde auch über den Grund der Reise gesprochen?«

Sigrid Tapper schüttelte den Kopf. »Wir haben anderes zu tun. Das Ganze war ohnehin nur beiläufig.«

»Als Laie fragt man doch nach. Man ist durch Fernsehkrimis geschädigt. Außerdem ist es doch etwas anderes, ob der Ehemann einer Kollegin als Monteur für eine Maschinenbaufirma unterwegs ist oder als Polizist arbeitet.«

»Ja – schon«, gab die Frau zu. »Aber trotzdem.«

»Frau Wax hat Ihnen aber erzählt, dass ihr Mann in einer Rauschgiftsache unterwegs war.«

»So?« Es sollte desinteressiert klingen. Das gelang ihr aber nicht. Jonas spürte die Anspannung.

»Also?«

»Kann sein«, erwiderte sie ausweichend. »So genau kann ich mich nicht daran erinnern.«

»Mit wem haben Sie darüber gesprochen?«

»Mit keinem. So wichtig ist das auch nicht. Ich bin froh, wenn ich nach Feierabend nichts mehr von meiner Arbeit, der Reederei, von Schiffen und solchem Zeug hören muss.«

»Sie haben keine Freunde, die auch mit dem Fährbetrieb zu tun haben? Entweder als Mitarbeiter der Reederei oder als Passagiere?«

»Nein. Mein Privatleben ist etwas anderes.« Wie zufällig wanderte ihr Blick zum Herrenhemd.

»Sie haben Besuch?«

Ein Achselzucken war die Antwort.

Jonas versicherte ihr, dass es für die Aufklärung des Mordes von Wichtigkeit sei, zu erfahren, wer von Johan Wax' Reise wusste. »Haben Sie es irgendwann fallenlassen, vielleicht nur in einem Nebensatz?«

»Nein. Bestimmt nicht. Ich wüsste das.«

»Und Ihr Partner?«

Sie wich seinem Blick aus. »Welcher Partner?«

Jonas zeigte auf das Hemd. »Der da.«

»Das … Das hat nichts zu sagen.«

»Darf ich mich in Ihrer Wohnung umsehen?«

»In … meiner … Wohnung?« Sigrid Tapper hatte sich kerzengerade aufgesetzt. »Warum?« Sie sah Jonas an. »Nein!«, sagte sie dann. »Ich wüsste nicht, warum.«

»Ich suche immer noch nach Kontakten.«

»Ich habe keine. Das habe ich eben schon erklärt.«

»Gut«, sagte Jonas. »Wir werden das prüfen.«

Sigrid Tapper stand auf. »Was soll das? Glauben Sie wirklich, ich hätte etwas mit Johans Tod zu tun?«

Jonas hatte mit dem Rücken zur Tür gesessen. Als er Richtung Flur ging, sah er durch das Riffelglas einen Schatten verschwinden. Jemand hatte sie belauscht. Mit zwei schnellen Schritten war er an der Tür und sah einen Mann im Unterhemd in einen anderen Raum verschwinden.

»Hallo?«, rief er hinterher. Der Schatten blieb abrupt stehen. Jonas sah nur die hintere Körperhälfte. Ganz langsam drehte sich der Mann zu Jonas um.

»Ja?« Er sprach Schwedisch mit Akzent.

Jonas besah den Mann, der erste Ansätze von leichtem Übergewicht aufwies. Am Hinterkopf zeichnete sich eine kahle Stelle ab. Die dunklen Haare waren von Silberfäden durchzogen. Auf der nackten Haut kräuselte sich ein dichter Haarpelz.

»Polizei. Sie sind wer?«

Der Mann blieb im Türrahmen stehen und kreuzte die Arme vor der Brust. Er war unrasiert.

»Muss ich das sagen?«

Jonas nickte.

»Ich bin hier nur zu Besuch.«

»Das interessiert mich nicht.«

»Das ist ein freies Land. Das geht niemanden etwas an, wer wen besucht.«

»Im Normalfall nicht. Aber bei Mord möchten wir schon gern wissen, wer mit wem Umgang hat.«

Jetzt streckte der Mann die Hände vor. »Mord? Wer soll ermordet worden sein?«

Dem Akzent nach war der Mann kein Osteuropäer, stellte Jonas fest. Laut sagte er: »Ein Polizist.«

»Hier in Huddinge? Suchen Sie Augenzeugen? Davon habe ich nichts gehört. Wann soll das gewesen sein?«

»Sigrid Tapper hat es Ihnen erzählt«, behauptete Jonas.

»Sigrid?« Der Mann legte die Stirn in Falten, als würde er nachdenken. Er war ein schlechter Schauspieler. »Ach – jetzt weiß ich. Bei ihr auf der Arbeit. Da war so ein Fall. Meinen Sie den?«

»Sie wissen, worüber ich rede. Solche Vorkommnisse werden nicht nebenbei erwähnt.«

Der Mann machte einen Schritt auf Jonas zu und ließ die Arme fallen. Sie pendelten jetzt neben seinem Körper. »Ach.« Er fasste sich theatralisch an die Stirn. »Jetzt weiß ich, was Sie meinen. Doch. Ja. Sigrid erwähnte so etwas. Man glaubt es nicht, was alles geschehen kann. Unfassbar.«

»Kennen Sie das Ehepaar Wax?«

»Wax? Wer soll das sein?«

»Die Kollegin von Sigrid Tapper.«

»Ich kenne niemanden von der Reederei«, behauptete der Mann.

»Wie heißen Sie?«

Er schüttelte leicht den Kopf. »Warum wollen Sie das wissen? Das ist doch egal.«

»Ich will Ihren Namen«, sagte Jonas schroff.

»Pasi Leppilampi.«

»Finne?«

Leppilampi nickte. Jonas verlangte den Ausweis. Der Mann hatte ihm den richtigen Namen genannt. Er sah älter aus als die sechsunddreißig Jahre, die in seinem Ausweis standen.

»Was führt Sie nach Schweden?«

»Geschäftlich.«

»Und was machen Sie beruflich?«

»Das hat doch nichts mit …«

Jonas schnitt ihm mit einer Handbewegung das Wort ab. »Sagen Sie mir die Wahrheit. Ich werde es überprüfen.«

Leppilampi ließ die Schultern fallen. »Das ist doch unsere Privatsache, die von Sigrid und mir«, unternahm er einen letzten Versuch.

»Bei schweren Verbrechen gibt es keine Privatsphäre mehr, solange nicht alle Verdachtsmomente ausgeräumt sind.«

»Wir kennen uns von der Arbeit«, sagte der Finne und fing sich dafür ein tadelndes »Pasi!« von Sigrid Tapper ein, die hinter Jonas stand.

»Genauer«, forderte Jonas ihn zum Sprechen auf.

»Romantika.«

Jonas grinste spitzbübisch. »Ein schöner Name für ein äh … Verhältnis. Ich gehe davon aus, dass Sie nicht das erste Mal hier sind.«

»Romantika ist der Name der Fähre, die zwischen Stockholm und Tallinn pendelt.«

Jonas versuchte, seine Überraschung zu verbergen. »Sie gehören zur Besatzung des Schiffes?«

Leppilampi nickte. »Ich bin Steward.«

Jonas drehte sich um und sah Sigrid Tapper an. »Warum haben Sie mich belogen?«

»Ich … ich …« Ein flammendes Rot überzog das Gesicht der Frau. »Das … also. Es ist unsere Sache. Niemand sollte es erfahren.«

»Schweden ist ein freies Land. Was Sie in Ihrer Freizeit machen, ist Ihre Sache. Aber dass Sie mich belogen haben, stimmt mich bedenklich.«

»Das habe ich die ganze Zeit versucht zu erklären«, stammelte Sigrid Tapper. »Es ist nicht gut, wenn so unter Kollegen und so …«

»Sie haben über Johan Wax gesprochen?«

Sigrid Tapper nickte, während Leppilampi zu Boden sah.

»Ja«, hauchte die Reedereiangestellte, während der Finne im gleichen Atemzug »Nein« behauptete.

Keiner wollte nachgeben, als Jonas mehrfach nachfragte. Die beiden wurden in ihrer Argumentation immer lauter, bis es in einer lautstarken Auseinandersetzung mündete. Jonas würde heute keine vernünftige Antwort mehr erhalten.

»Sie stehen unter Beobachtung«, sagte er. »Wir werden noch miteinander zu reden haben.« Dann verließ er die Wohnung. Heute würde er hier nichts mehr erfahren.

·SIEBZEHN·

Jonas benötigte eine gefühlte Ewigkeit, bis er das Gebäude der Rikspolisen an der Polhemsgatan erreichte. Er nickte ein paar Kollegen zu, als er über den Flur ging und das Büro Tällbergs aufsuchte.

Signe Holmberg sah auf. »Der Chef ist gerade zu einer Besprechung«, sagte sie freundlich. »Soll ich Ihnen Bescheid sagen, wenn er zurück ist?«

Jonas bat darum und ging zu seinem Arbeitsplatz. Er loggte sich in das System ein, überflog die zahlreichen Mails, legte Rundschreiben, Dienstanweisungen und andere den Fall nicht betreffende Meldungen in unterschiedlichen Ordnern ab und war enttäuscht, keine weiterführenden Informationen vorzufinden. Weder Dr. Forsberg von der Rechtsmedizin noch Dr. Wallberg von der Forensik hatten Neues zu berichten. Jonas vermisste auch Berichte über Fortschritte der Ermittlungen der Sonderkommission.

Er suchte im System nach Sigrid Tapper und Pasi Leppilampi. Beide waren polizeilich noch nicht in Erscheinung getreten. Die Frau war mit ihren persönlichen Daten gespeichert. Über den Finnen gab es keine einzige Zeile im Rechner.

Jonas ging zu Markvist.

»Nanu? Sie hier?«, lästerte der Inspektor. »Ich dachte, Sie hätten sich in den Weiten des Nordens gemütlich eingerichtet, während wir uns hier die Hacken ablaufen.«

»Wer immer auf den Beinen ist, dem kann nichts in den Schoß fallen«, erwiderte Jonas und amüsierte sich, dass Markvist einen Moment brauchte, um den Sinn dieser Aussage zu verstehen. »Während ich als Einzelkämpfer durch das Dickicht der nordischen Wälder und Tundren streife, ziehen Sie es vor, sich ins geheizte Büro zurückzuziehen.« Beide warfen einen Blick auf das Fenster, gegen das ein heftiger Regen klatschte.

»Haben Ihre Ermittlungen zwischen Bär und Elch Erfolg gehabt?«, wollte Markvist wissen.

Jonas nickte. »Ich habe darüber hinaus auch noch Spuren in Stockholm verfolgt.«

Der Inspektor sah ihn mit großen Augen an.

»Was ihr mit der ganzen Truppe nicht geschafft habt … Möglicherweise sind die Informationen über Johan Wax' Einsatz mit der Fähre nach Estland gelangt.«

Markvist wollte wissen, auf welche Spur Jonas gestoßen war und pfiff anerkennend, als Jonas es ihm berichtete. »Super«, sagte er. »Kein Wunder, dass der Chef Sie als Sonderermittler losgeschickt hat.« Dann folgte das Eingeständnis, dass die Sonderkommission viele Spuren verfolgte, aber sich keine bisher als zielführend erwiesen hatte. »Wir sind uns alle einig, dass hinter dem Ganzen eine neue Bande versucht, in Schweden Fuß zu fassen. Es ist aber keine Nachfolgeorganisation oder der Expansionsversuch eines bestehenden Drogenrings. Meldahl war für zwei Tage in Tallinn und hat mit den Esten gesprochen. Die zeigen sich sehr kooperativ, können uns aber nicht weiterhelfen. Natürlich gibt es auch in Estland eine Drogenszene sowie eine organisierte Kriminalität. Aber die Polizei in Tallinn traut keiner bisher bekannten Gruppierung zu, nach dem Monopol in Schweden greifen zu wollen. Und zu können. Wir haben eine Anfrage nach Den Haag zu Europol geschickt, aber noch keine verwertbare Antwort erhalten. Es hat den Anschein, als erstrecke sich der Griff der neuen Drogenkrake nur auf Schweden.«

»Das ist eigentümlich«, dachte Jonas laut. »Warum ausgerechnet unser Land? Es gibt andere Staaten, die aus der Sicht der Verbrecher lohnender wären. Hier gibt es eine gutorganisierte Polizei …«

»Die im Augenblick ihre Hilflosigkeit zur Schau stellt«, unterbrach Markvist sarkastisch.

»… und nur wenig Absatzpotential. Die Niederlande zum Beispiel sind logistisch einfacher in den Griff zu bekommen als das großflächige Schweden. Dort gibt es eine gegenüber der Rauschgiftszene viel offenere Bevölkerung.«

»Spielen Sie auf das Vorurteil an, dass alle Holländer Kiffer sind?«

Jonas ging nicht darauf ein. »Deutschland mit den vielen Großstädten, Frankreich. Italien ist vielleicht ein schwieriges Pflaster. Wer es dort mit der bei uns angewandten Methode versuchen würde, stieße auf den Widerstand der Mafia. Die gehen mit anderen Methoden vor als die schwedische Polizei. Da zählt das Bibelwort: Auge um Auge, Zahn um Zahn.«

»Das haben wir auch schon diskutiert«, sagte Markvist.

»Niemand stampft eine solche Organisation aus dem Boden. Wir wissen, dass die Drogenbande sich gefährlicher Profikiller bedient. Um an die heranzukommen, brauchen sie Kontakte. Das sind keine Neulinge, sondern eine etablierte Gruppe, die neue Wege geht. Vielleicht könnte man sich vorstellen, dass Schweden ein Testgelände ist. Wenn deren Methoden hier funktionieren, exportiert man das Modell in andere Länder. Man hat uns ausgesucht, weil wir in Schweden keine Anhaltspunkte finden. Alles wird aus dem Ausland ferngelenkt.«

»Vieles deutet auf Estland hin«, stimmte Markvist zu. »Und in Europa sind Landesgrenzen kein Hindernis mehr. Im Unterschied zu uns können sich die Täter frei bewegen.«

Leider hatte der Inspektor recht. Für Jonas war es eine Schlüsselfrage, warum die neue Drogenmafia sich ausgerechnet das Königreich in Nordeuropa ausgesucht hatte. »Es gibt noch einen Punkt, der für mich rätselhaft ist«, fügte er an.

Markvist zog fragend eine Augenbraue in die Höhe.

»Die Organisation meidet die großen Metropolen. Sie sind nicht in Stockholm, Göteborg oder Malmö in Erscheinung getreten. Aus europäischer Sicht spielt sich bisher alles in der Provinz ab, ohne dass ich den Orten, in denen bisher Morde verübt wurden, zu nahe treten möchte.«

»Es gibt viele Theorien, die wir immer wieder kontrovers diskutiert haben«, sagte Markvist. »Wir dürfen nicht vergessen, dass alles im Gefolge der Rockband Bad Revolution geschah. Die Morde fanden immer dort statt, wo die Band aufgetreten ist. Sind wir als Polizei auf dem falschen Weg? Überschätzen wir das Ganze, und es handelt sich nur um – zugegeben – brutal vorgehende Drogenhändler, die in irgendeinem Zusammenhang mit Bad Revolution stehen?«

Diese Frage hatte Jonas auch beschäftigt. Eine Antwort hatte er nicht gefunden. Er tippte sich als Gruß gegen die Schläfe und kehrte in sein Büro zurück. Unterwegs begegnete er Signe Holmberg.

»Ich suche Sie«, sagte die Sekretärin. »Der Chef ist im Besprechungszimmer. Sie möchten bitte sofort hinkommen.«

Tällberg saß am Kopfende des langen Tisches, neben ihm ein Beamter der Rechtsabteilung. Gegenüber hatten zwei Männer Platz genommen, die vor sich Papiere ausgebreitet hatten. Jonas war erstaunt, dass Taijo Puri neben den beiden saß. Der Manager der Band sah auf. Das Erschrecken war unverkennbar.

»Kommissar Nyström«, stellte Tällberg Jonas vor. Dann zeigte der Polisintendent auf die beiden Männer in ihren grauen Anzügen. »Herr Puri hat seine beiden Anwälte mitgebracht. Es geht um die Anzeige gegen Sie.«

Einer der Anwälte wollte das Wort ergreifen und eine Erklärung abgeben, aber Tällberg gebot ihm Einhalt. »Moment«, sagte der Abteilungsleiter und zog die Tastatur zu sich heran, die auf dem Tisch lag. Er gab ein paar Befehle ein. Dann flimmerten die Bilder der Überwachungskamera aus Linköping über den Beamer.

»Was hat das …«, sagte Puri aufgeregt, aber einer der Anwälte legte ihm die Hand auf den Unterarm.

Jonas beobachtete die drei Männer. Puri leckte sich nervös die Lippen, als er sah, wie er Jonas am Kragen packte.

»Achten Sie auf die Hände von Kommissar Nyström«, kommentierte Tällberg das Geschehen. »Er verschränkt sie auf dem Rücken, um deutlich zu bekunden, dass er keine Gewalt anwenden will. Mein Mitarbeiter ist in dieser Situation sogar schutzlos. Niemand hätte es ihm verwehren können, wenn er Maßnahmen zum Eigenschutz ergriffen hätte. Aber er verhält sich demonstrativ passiv.«

»Das ist eine einzige Provokation«, schimpfte einer der Anwälte. »Damit kommen Sie nicht durch. Man kann auch verbal attackieren.«

»Sicher«, sagte Tällberg. »Wir haben keinen Ton zu diesen Bildern. Wir werden aber einen Sachverständigen holen, einen vereidigten Gebärdendolmetscher. Der kann von den Lippen ablesen.«

Die beiden Anwälte wechselten einen raschen Blick. Der besagte alles. Natürlich behauptete der eine, dass man diesen Beweis nicht anerkennen werde. Er unterstellte, dass die Aufzeichnung vielleicht manipuliert sei, und zweifelte ihre Rechtmäßigkeit an.

»Es ist Ihr gutes Recht«, sagte Tällberg und wirkte dabei entspannt. »Sie wissen, dass Sie mit dieser Art von Publicity Ihrem Mandanten einen Bärendienst erweisen. Dieser Film würde im Gerichtssaal gezeigt werden und wäre damit der breiten Öffentlichkeit zugänglich.« Tällberg lehnte sich zurück. »Ich sehe dem mit großem Interesse entgegen.«

Die beiden Anwälte schimpften noch eine Weile. Es gehörte zu ihrem Geschäft. Jonas war sich sicher, dass sie Puri von einer weiteren Verfolgung der Angelegenheit abraten würden.

»Es gibt noch einen zweiten Vorfall«, wechselte der ältere der beiden Anwälte das Thema. »Dieser Polizist«, dabei zeigte er auf Jonas, »ist gegenüber einem Musiker handgreiflich geworden und hat ihn schwer verletzt.«

Tällberg lächelte. »Sie meinen den angeblichen Vorfall im Container. Mich wundert, dass Sie bis heute kein ärztliches Attest vorgelegt haben.«

»Die Zuschauer des Konzerts können es bezeugen, dass unser Mandant an diesem Abend in Linköping nicht die gewohnte Leistung bringen konnte.«

»Sie haben Trygve Bohinen nicht zu einem neutralen Arzt geschickt, weil der möglicherweise einen hohen Alkoholgehalt sowie Betäubungsmittel im Blut festgestellt hätte«, behauptete Jonas.

»Das ist eine Ungeheuerlichkeit«, ereiferte sich der Anwalt.

»Eine Feststellung«, korrigierte Tällberg. »Es liegt an Ihnen, das Gegenteil zu beweisen. *Beweisen*, nicht behaupten.«

»Es gibt Zeugen«, wich der Anwalt aus.

»Die Mitglieder der Band, die befangen sind.«

»Es waren noch zwei weitere Leute anwesend.«

Jonas erinnerte sich an die unbekannten Männer im Container.

»Wie heißen die?«, wollte Tällberg wissen.

Der Anwalt schlug die Augen nieder. »Die Namen werden nachgereicht«, erklärte er.

»Er da …« Der Manager zeigte aufgeregt auf Jonas. »Der soll sich in Acht nehmen. Bohinens Karriere droht zu zerbrechen. Nur weil er da …«, wieder wanderte der Finger in Jonas' Richtung, »eine Menschenjagd auf Trygve veranstaltet. Er ist unser wichtigster Mann. Ohne ihn fällt die Band auseinander. Sie sollten sich hüten, Bohinen zu nahe zu kommen. Der könnte außer Kontrolle geraten.«

»Das war eine ernstzunehmende Drohung«, sagte Tällberg. »Das wird nicht ohne Konsequenzen bleiben.«

»Der verdammte Nystö …« Weiter kam Puri nicht. Sein Anwalt hielt ihm den Mund zu. »Die Ausführungen meines Mandanten gelten als nicht gesprochen«, erklärte der Anwalt. »Er befindet sich in einem außergewöhnlichen Erregungszustand. Diese Worte können nicht gegen ihn verwendet werden.«

Und Blicke, dachte Jonas, können Puri ebenfalls nicht zur Last gelegt werden. Sonst müsste man den Manager auf der Stelle verhaften.

Puri und seine beiden Anwälte verschwanden sehr schnell.

Tällberg wartete, bis die Tür wieder geschlossen war. »Ich mache mir Sorgen um Sie«, sagte er.

»Ich bin nicht ängstlich«, erwiderte Jonas forsch und spürte selbst, dass es zu forsch klang.

»Drohungen werden öfter gegen Polizeibeamte ausgestoßen. In diesem speziellen Fall ist es aber etwas anderes.«

»Möglicherweise hat sich Puri eben einen Gefallen getan«, dachte Jonas laut. »Die Drogenmafia würde nach unserem bisherigen Wissen nicht so vorgehen. Ist das ein Zeichen dafür, dass Puri zwar ein Hitzkopf ist, aber nicht zu den Drogenhändlern gehört?«

»Ich bin nicht Ihrer Meinung«, widersprach Tällberg. »Es gibt auch Drohungen gegen die beiden Östersunder Kripobeamten. Wie konkret sind Ihre Verdachtsmomente?«

Jonas zog die Schultern in die Höhe. »Das kann ich nicht beantworten. Wir können niemandem etwas nachweisen. Insofern gilt die Unschuldsvermutung. Es gibt aber auch keinen Hinweis darauf, dass Ráidnersson und Agssagssak nichts mit der dubiosen Sache zu tun haben.«

»Achten Sie auf sich. Die Leute sind gefährlich. Und auch wenn Sie eben einen Pluspunkt für den Bandmanager angesprochen haben, kann niemand sagen, ob sich die Drogenmafia nicht aus Mitgliedern im Umfeld der Rockband rekrutiert.« Tällberg sah zur Tür, als fürchtete er, dass jemand ihrem Gespräch lauschen würde. »Sie sind im Allgemeinen ruhig und zuverlässig. Deshalb war ich überrascht, als ich hören musste, wie Sie sich im Container der Band aufgeführt haben sollen. Lassen Sie sich nicht provozieren.«

»Es ist unser Problem, dass die Gegenseite jedes Mittel einsetzen darf, uns aber die Hände gebunden sind.«

Tällberg nickte versonnen. »Damit müssen wir leben. Aber ich glaube«, dabei senkte er die Stimme, »ich hätte genauso gehandelt. Es ist immer einfacher, von einem Schreibtisch aus eine Lage zu beurteilen, als ihr konkret gegenüberzustehen.« Dann kniff der Polisintendent die Augen zu einem schmalen Spalt zusammen. »Irgendetwas bedrückt Sie, Nyström. Wenn ich Ihnen helfen kann – lassen Sie es mich wissen.«

Jonas wich seinem Blick aus. »Gibt es Neuigkeiten bei der Suche nach Ekke Ernesaks, dem möglichen zweiten Killer der Organisation?«

»Wir haben weder zu Ernesaks noch zu Krasnopjorov neue Hinweise vorliegen.«

Mit einem ungewohnten Schulterklopfen verabschiedete ihn Tällberg.

Jonas fuhr nach *Tre Liljor* und fand die Wohnung verlassen vor. Die Mädchen waren in der Schule, und Liv hatte Dienst in der Klinik. Er wunderte sich über den Zustand der Räume. Die Küche war nicht aufgeräumt, im Bad und auf dem Flur lagen Kleidungsstücke herum, die Mädchenzimmer wiesen das gewohnte Chaos auf. Liv duldete so etwas nicht. Sie achtete stets auf Ordnung, zumindest in den gemeinsam bewohnten Räumen. Lediglich das Schlafzimmer war in einem akkuraten Zustand. In einer plötzlichen Eingebung öffnete Jonas die Schränke, anschließend durchforstete er das Bad. Erleichtert stellte er fest, dass alle Kleidungsstücke und die Kosmetik vorhanden waren. Weshalb hatte ihn plötzlich der dumme Gedanke befallen, dass Liv – vielleicht nur vorübergehend – ausgezogen sein könnte?

Er suchte einen Zettel und hinterließ eine Nachricht auf dem Küchentisch.

Bin dienstlich in Växjö. Melde mich. Kuss Jonas.

Dann machte er sich auf den Weg in die Hauptstadt des sogenannten Glasreiches. Nicht nur das Glas, auch die Nähe Vimmerbys lockte viele Touristen an. Astrid Lindgren hatte ihre wundervollen Geschichten in dieser Region spielen lassen. Viele wussten nicht, dass Henning Mankell vor seiner Karriere als Krimiautor in Växjö als Theaterregisseur und Intendant gewirkt hatte. Auch der Schauspieler Christian Quadflieg war hier geboren worden.

Von unterwegs telefonierte er mit Signe Holmberg. »Sie sind schon wieder unterwegs?«, fragte die Sekretärin erstaunt.

Jonas bat sie, für ihn ein Zimmer zu reservieren. »Bitte dort, wo auch die anderen Stockholmer Beamten untergebracht sind.«

»Welche anderen?«

»In Växjö findet das nächste Konzert von Bad Revolution statt. Das wird sicher mit dem gleichen massiven Polizeieinsatz begleitet wie in Linköping.«

Signe Holmberg schwieg einen Moment. »Haben Sie nicht mit dem Chef darüber gesprochen?«

Jonas hatte es nicht für notwendig erachtet. Er antwortete ausweichend.

»Nachdem die Mordserie in Linköping unterbrochen wurde, sind keine aufwendigen Polizeiaktionen mehr genehmigt.«

Jonas schüttelte den Kopf. Er verstand nicht, wie man auf der obersten Führungsebene zu solchen Einschätzungen gelangen konnte.

Er war schon hinter Jönköping, als ihn Signe Holmberg zurückrief.

»Haben Sie schon gehört?«

Er verneinte. »Was für ein Geheimnis haben Sie auf Lager?«

»Bad Revolutions Auftritt war in den Tipshallen geplant. Die liegen relativ zentral in der Stadt. Nun ist auch Växjö dem Beispiel Linköpings gefolgt und hat kurzfristig den Veranstaltungsort geändert.«

Jonas nahm den Fuß vom Gaspedal. »Heißt das, ich kann umkehren?«, fragte er hoffnungsvoll.

»Leider nicht. Sie wissen, dass in solchen Fällen immer mit ganz großen Kanonen geschossen wird. Da drohen Bataillone von Anwälten mit Schadensersatzklagen in Millionenhöhe.«

»Das ist nichts als aberwitziges Säbelrasseln.«

»Es reicht, so sagte der Chef, wenn mit solchen Dingen gewedelt wird, um die Verantwortlichen in der Stadt einzuschüchtern. Man hat einen Vorwand gesucht, angeblich in Sachen Brandschutz etwas gefunden, und das Konzert verlegt.«

»Tipshallen? Das ist eine Indoor-Fußballarena, um auch im Winter dem Sport nachgehen zu können.«

Signe Holmberg bestätigte es. »Man hat das Konzert ins Freie verlegt.«

Jonas lachte laut. »Auf einen Parkplatz wie in Linköping?«

»Nicht ganz.« Auch die Sekretärin lachte. »Das Zentrum Växjös liegt östlich des Helgasees. Am westlichen Ufer eines Seitenarms liegt ein ruhiger und bürgerlicher Stadtteil namens Öjaby. Dort, am Ufer, tritt Bad Revolution nun auf.«

»Bürgerlich? Da werden sich die Anwohner aber begeistert zeigen.« Jonas schmunzelte. Um diese Jahreszeit gab es angenehmere Klimazonen als Schweden. Eine abendliche Freiluftveranstaltung war nicht für jedermann ein Vergnügen. Es konnte schon recht kühl werden. »Cool«, rutschte ihm heraus.

Signe Holmberg fragte nach.

»Nichts«, erwiderte er und ließ sich den Namen des Hotels nennen. Sein Weg führte ihn durch endlos erscheinende Wälder und kleine Ortschaften, bis nach einhundert Kilometern der Flughafen von Växjö auftauchte. Wenn man einen Airport als provinziell bezeichnen konnte, dann traf es auf diesen zu. Unweit davon entfernt fand er das von der Sekretärin bestellte Quartier auf einem idyllisch gelegenen Herrenhof. Um diese Jahreszeit war das Hotel nur mäßig besucht. Seine Rückfrage an der Rezeption ergab, dass die Rockband hier nicht untergebracht war. Die junge Frau am Empfang zeigte sich allerdings enttäuscht.

»Schade«, stellte sie fest. »Das wäre ein besonderes Erlebnis gewesen.« Sie versicherte, unter keinen Umständen den abendlichen Auftritt versäumen zu wollen.

»Wo findet der statt?«

Sie streckte den Arm aus. »Hier raus. Dann rechts bis zum See. Sie können es gar nicht verfehlen. Hoffentlich bekomme ich noch eine Karte.«

»Keine Sorge«, versicherte Jonas. »Das ist bestimmt nicht ausverkauft.«

Er sollte recht behalten. Jonas war froh, eine warme Jacke angezogen zu haben. Nach einem Spaziergang durch ruhige Wohnviertel, in denen hauptsächlich Holzhäuser standen, erreichte er das Seeufer. Man musste nur dem Lärm nachgehen.

Die Veranstalter hatten das Gelände auf einem Sandplatz am Seeufer notdürftig hergerichtet. Sechs Flutlichtmasten erhellten das Gelände. Jonas konnte nicht erkennen, welchen Zwecken es sonst diente. Man hatte zwei Fußballtore an den Rand geschoben. An das Areal schlossen sich eine Wiese und ein Parkplatz an. Im Sommer dümpelte sicher eine Reihe von Booten am Steg, der in den See hinausführte. Die Bäume hatten ein herbstliches Kleid angezogen. Im fahlen Mondlicht waren ein paar Miniinseln im Wasser zu erkennen. Auf der anderen Seeseite zeichnete sich am Himmel die orangefarbene Lichtglocke Växjös ab.

Alles wirkte primitiv und in Eile zurechtgeschustert. Der Zaun war ein Notbehelf. Die Plane, die als Sichtschutz dienen sollte, reichte nicht über die ganze Länge. Ein Dutzend Mitarbeiter eines privaten Wachdienstes patrouillierten an der Absperrung entlang und versuchten, Zaungäste zu verscheuchen. Vergeblich. In hitzigen Diskussionen verwiesen diese darauf, dass sie sich auf öffentlichem Grund befanden. Eine euphorische Stimmung, wie Jonas sie noch in Sundsvall empfunden hatte, gab es nicht. Auch der Andrang hatte merklich nachgelassen. Genügend junge Leute wollten die Band sehen, aber die großen Massen, die man beim Auftritt einer der populärsten schwedischen Bands erwarten sollte, waren das nicht.

Vor dem Durchlass hatte sich eine Gruppe von vielleicht dreißig

Bürgern aufgebaut, die ein paar schnell gezimmerte Plakate hochhielten und gegen die Veranstaltung, die Störung der friedlichen Abendruhe, aber auch gegen die fremdenfeindliche Einstellung der Band protestierten.

»Wollen Sie da wirklich rein?«, sprach ihn ein gutgekleideter Mann an. »Sie sollten so etwas nicht unterstützen. Wenn keiner kommt, ist der Spuk vorbei.«

»Genau«, pflichtete ihm eine grauhaarige Frau bei.

»Sie haben recht«, würgte Jonas die Diskussion ab. »Ich bin beruflich hier.«

Der Mann musterte ihn. »Wenn die Presse diese Leute ignoriert, löst sich die ganze Sache von allein auf.«

Jonas widersprach nicht, als man ihn für einen Medienvertreter hielt. Das hatte auch der Kartenkontrolleur mitbekommen und winkte den vermeintlichen Journalisten ohne weiteres durch.

Im Unterschied zu den bisherigen Veranstaltungen herrschte kein Gedränge. Es war schwer abzuschätzen, wie viele Besucher anwesend waren. Sie verteilten sich, standen in kleinen Gruppen zusammen oder umlagerten die Imbiss- und Getränkestände. Dazwischen schlenderten uniformierte Polizisten, immer als Doppelstreife. Jonas erkundete das Gelände, wanderte zwischen den Zuschauern umher und versuchte, sich einen Überblick über die Anzahl der Beamten zu machen. Es mochten nicht mehr als zehn sein. Was dachten sich die Verantwortlichen? Er hätte sich gewünscht, dass die Führung selbst einmal solche Veranstaltungen besuchen würde.

Die Zuschauer wurden allmählich unruhig, weil sich der Auftritt der Band merklich verzögerte. Die Vorgruppe hatte aufgehört zu spielen, und die eher einfach errichtete Bühne blieb leer. Jonas stellte auch fest, dass die Lichteffekte nicht so üppig eingesetzt wurden wie bei früheren Konzerten. Wer den Vergleich ziehen konnte, musste enttäuscht sein.

Schließlich brandete doch Beifall auf. Die Menge johlte, Mädchen übertönten es mit Kreischen, dazwischen mischten sich gellende Pfiffe. Diese waren als Zustimmung gemeint.

Die Musiker wirkten müde, wenn sie sich auch Mühe gaben, es zu vertuschen. Trygve Bohinen versuchte sich an dem von ihm erwarteten Verhalten. Es wirkte aufgesetzt. Jonas gewann den Eindruck, dass der Funke nicht überspringen wollte. Zumindest die Musik klang besser als beim desolaten Auftritt in Linköping.

Niemand hinderte Jonas daran, sich frei zwischen den Zuschauern zu bewegen. Es waren fast ausschließlich Jugendliche oder junge Erwachsene anwesend. Er registrierte, wie man ihn kritisch beäugte. Kommentare blieben jedoch aus.

Sein Augenmerk galt Besuchern, die nicht in das Schema der Musikbegeisterten passten. Nichts. Er konnte weder Polizeibeamte in Zivil entdecken noch Leute, die als potentielle Verdächtige der Drogenmafia gelten konnten.

Jonas empfand es als Zumutung, das ganze Konzert über sich ergehen lassen zu müssen, obwohl Bad Revolution bereits nach etwas über einer Stunde von der Bühne verschwand. Die Enttäuschung der Zuschauer machte sich lautstark breit. Ein gellendes Pfeifkonzert und Schmährufe begleiteten die Musiker. Danach leerte sich der Platz erstaunlich schnell. Nur einige Unentwegte blieben dort, um der aus Lautsprechern dröhnenden Musik zu lauschen.

Jonas sprach eine Polizeistreife an und ließ sich zum Einsatzleiter bringen.

»Es ist fast ruhig geblieben«, erklärte der Inspektor. »Es gab zwei Trunkenheitsfälle. Eine Streife hat einen Dealer auf frischer Tat erwischt.«

»Ein Schwede?«, fragte Jonas.

Der Beamte nickte. »Ein Schüler aus der Stadt. Er hat Gras vertickt.«

»Sonst nichts?«

»Zum Glück nicht. Einzig der Angriff auf das Fahrzeug der Musiker ist als ernsthafter zu bezeichnen.«

»Bitte?«, fragte Jonas nach.

»Die sind mit einem Chevy gekommen. Hier gab es keine Möglichkeit, sich umzuziehen, wenn man von den Räumen im Gemeindehaus absieht.«

»Was ist geschehen?«

»Aus einer Gruppe heraus wurde das Fahrzeug mit Steinen beworfen.«

»Verletzte?«

»Nur Sachschaden. Einer meiner Beamten wurde leicht verletzt, als sie die Steinewerfer festsetzen wollten. Die Beamten waren zu zweit. Es ist ein Unding, was uns zugemutet wird«, schimpfte der Inspektor. »Wenn es hier richtig zur Sache gegangen wäre, dann …«, ließ er den Satz offen.

Es war kalt geworden und hatte angefangen, leicht zu regnen. Jonas schlug den Jackenkragen hoch und machte sich auf den Rückweg zu seinem Hotel. War die Zeit der Band wirklich vorbei? War er Zeuge eines rasanten Verfalls der Popularität? Zumindest zeigten die Maßnahmen Erfolg. Nach Linköping war auch Växjö ruhig verlaufen. Es wäre schön, wenn die Gewaltexzesse ein Ende hätten. Das konnte bedeuten, dass die wie ein Wirbelsturm über Schweden hereingebrochene Drogenmafia doch mehr mit den Auftritten der Band verbunden war, als sie es bisher geglaubt hatten. Jonas nahm sich vor, als Nächstes die Band, den Manager und die Roadies in die Mangel zu nehmen. Er würde dazu aber Unterstützung anfordern und Alleingänge wie im Container in Linköping oder im Hotel in Sundsvall vermeiden. Halbwegs zufrieden erreichte er sein Hotel und rief Liv an, nachdem er festgestellt hatte, dass sie ihn auf dem Handy zu erreichen versucht hatte.

Er atmete tief durch, als sie sich nach seinem Befinden erkundigte, nach seinem Aufenthaltsort fragte und sich für Einzelheiten wie die Art der Unterkunft interessierte. Er versicherte ihr, dass der Fall, an dem er tätig war, Fortschritte mache und er bald wieder in Stockholm sei und ihr normaler Alltag zurückkomme. Zufrieden vernahm er, dass die beiden Mädchen wie immer seien. Chaotisch, wild, aufgekratzt. Das klang wie zurückgewonnene Normalität. Zum Abschied hauchten sie sich sogar gegenseitig Küsse ins Telefon.

Jonas duschte ausgiebig und verkroch sich ins Bett. Er hatte das Gefühl, schon in einen tiefen und erholsamen Schlaf gefallen zu sein, bevor er die Bettdecke ans Kinn gezogen hatte.

·ACHTZEHN·

Er wusste nicht, wie lange sein Handy schon geklingelt hatte, als er aus unendlicher Ferne ins Bewusstsein zurückkehrte. Der Schlaf, das Abfallen der inneren Anspannung, die behutsame Wiederannäherung an Liv – all das hatte ihm gutgetan, auch wenn er nicht das Gefühl hatte, erholt zu sein. Ganz im Gegenteil. Subjektiv hatte er erst ein paar Minuten in Morpheus' Armen gelegen. Traumlos. Jonas tastete nach dem Mobiltelefon, legte den Daumen auf das Sensorfeld, um es freizuschalten, und warf einen Blick auf die Uhrzeit. Halb vier. Er war versucht, das Klingeln zu ignorieren. Mühsam blinzelte er auf das Display. Die Nummer des Anrufers und der Name verschwammen.

»Hallo?« Er krächzte mehr, als dass er sprach.

»Tällberg.«

Mit einem Schlag war Jonas hellwach. »Entschuldigung.«

»Nicht erforderlich«, erwiderte der Polisintendent. »Ich störe Sie ungern in der Nachtruhe. Aber es gibt einen Toten.«

»Nein.«

Tällberg ging nicht auf diesen rhetorischen Einwand ein. »In Öjaby gibt es eine Kirche. Dort hat man eine Leiche gefunden.«

Jonas erwiderte, dass er sich auf den Weg machen werde. Es kostete Überwindung, sich nicht in die Kissen zurückfallen zu lassen. Er verzichtete auf das Duschen, schlüpfte in die Kleidung und vernahm erst jetzt das Trommeln des Regens gegen die Scheiben. Sein Fluch blieb ungehört. Im Haus war es totenstill. Er hatte keine Ahnung, wie viele andere Zimmer belegt waren. Auf leisen Sohlen schlich er zur Tür und zog den Kopf ein, als der Regen auf ihn niederprasselte. Nach dem kurzen Weg zu seinem Volvo war er schon durchnässt. Er startete den

Motor. Der Scheibenwischer hatte Mühe, die Wassermassen, die gegen die Frontscheibe peitschten, zu bändigen. Es knallte, als der Starkregen auf das Dach niederging. Die Sicht war mühsam. Langsam tastete er sich den halben Kilometer die dunkle Dorfstraße entlang, bis er die zuckenden Blaulichter der Einsatzfahrzeuge sah, die auf dem Parkplatz vor dem Dorfgemeinschaftshaus standen. Trotz des Unwetters hatten sich einige Anwohner eingefunden, die das Treiben auf dem nebenanliegenden Kirchhof gebannt verfolgten. Alle Blicke richteten sich auf ihn, als er sich durch die Zuschauer drängte und dem Polizeibeamten, der verdrießlich am Durchgang stand, erklärte, er sei von der Rikspolisen. Ohne nach seinem Ausweis zu fragen, trat der junge Uniformierte einen Schritt zur Seite. Er musste den Weg nicht erklären. Irgendwer hatte Scheinwerfer aufgebaut, die die Szene gespenstisch hell erleuchteten. Die kleine Kirche wurde matt beleuchtet. Der hölzerne Glockenturm stand etwas abseits auf einem Hügel. Die Laternen gaben nur ein schwaches Licht ab. Die Grabsteine links und rechts des Weges warfen lange Schatten. Der Kies knirschte unter seinen Füßen, während das Wasser seitlich in die Schuhe hineinlief.

Es hatte alles so positiv ausgesehen. Keine außergewöhnlichen Vorkommnisse. Keine Gewalttaten während des Konzerts. Offenbar keine Drogendealer. Und nun die Nachricht von einem neuen Mordopfer. Nein, nicht schon wieder, dachte Jonas grimmig.

Der Glockenturm war eine lichte Holzkonstruktion. Schräge Stützen trugen einen quadratischen Holzkasten, der mit Schindeln eingedeckt war. Darunter hingen zwei Glocken.

Aus einer kleinen Menschengruppe, die an einem der Pfeiler stand, löste sich eine Gestalt und kam Jonas ein paar Schritte entgegen.

»Sind Sie aus Stockholm?«, fragte der Beamte und blies Wassertropfen fort, die von der Nasenspitze auf seine Lippen getropft waren. Er hatte sich in einen Regenumhang gehüllt, die seine Dienstgradabzeichen verdeckten.

»Kommissar Nyström.«

»Sandberg von der Polizei Växjö«, stellte er sich vor. »Wir sind von einem Anwohner«, er streckte den Arm aus und zeigte auf ein Holzhaus am Rande des Kirchhofs, das hell erleuchtet war, »alarmiert worden. Er hat sich gewundert, dass um diese Zeit …«

»Wann war das?«, unterbrach Jonas den Polizisten.

»Vor ungefähr einer Stunde. Da fing die große Glocke an zu schlagen. Der Nachbar dachte zuerst, es sei der Wind gewesen, aber jemand musste sie richtig ins Schwingen gebracht haben.«

Jonas folgte Sandberg ein paar Stufen zum Hügel hinauf. Der Polizist zeigte auf ein lose herabhängendes Seil.

»Was ist das für eine merkwürdige Einrichtung«, staunte Jonas. »Da kann jedermann die Kirchenglocke in Betrieb setzen?«

»Das ist so«, erklärte Sandberg lapidar. »Wir haben zunächst ein wenig gewartet.« Er zeigte zum Himmel. Seine Hand verschwand schnell wieder unter dem Regenumhang. »Für einen Dummejungenstreich fahren wir ungern bei diesem Wetter hierher. Als sich noch mehr Leute beschwerten, haben wir uns auf den Weg gemacht. Bei unserem Eintreffen war es aber schon wieder ruhig.«

»Dann hätten Sie doch wieder fahren können«, staunte Jonas.

Sandberg nickte. »Das hätte ich mir auch gewünscht. Mein Kollege ist aber trotzdem zum Glockenturm hin und hat nachgesehen. Wir konnten uns auch nicht vorstellen, dass man so einfach die Glocke ertönen lassen kann. Dann hat er das da entdeckt.« Er zeigte auf ein Bündel, das wie inszeniert auf dem hölzernen Podest lag. »Der Kollege hat mich geholt, und wir haben den Toten gefunden.«

»Weshalb haben Sie die Rikspolisen informiert? Ist ersichtlich, dass …«

Sandberg unterbrach ihn und zupfte Jonas am Ärmel. »Kommen Sie einfach mit«, sagte er.

Drei Männer standen um das Bündel herum und traten bereitwillig zur Seite, als Jonas näherkam. Einer richtete den Strahl einer Taschenlampe auf das Opfer. »Es gibt keinen Zweifel, dass es kein natürlicher Tod war«, erklärte Sandberg. »Wir haben ein Bild mit dem Handy geschossen und es nach Växjö durchgegeben. Dort hat man den Toten erkannt, zumindest geglaubt, ihn zu kennen, und Stockholm informiert.«

Jonas beugte sich über die Leiche. Jemand hatte aufmerksam gehandelt und trotz der Verstümmelung das Opfer erkannt.

Es war ein grauenvoller Anblick, der selbst hartgesottenen Ermittlern zusetzte. Man hatte dem Toten die Hände abgehackt. Statt der Augen starrten den Beamten leere Höhlen entgegen. Außerdem war der Kopf angebohrt. Für Jonas bestand kein Zweifel. Die Grausamkeit, mit der das Opfer zugerichtet worden war, trug die Handschrift der Drogenmafia. Das Blut war über das Gesicht gelaufen. Dennoch hatte Jonas den Toten erkannt. Urmas Krasnopjorov, der selbst im Verdacht stand, seine Opfer auf unbarmherzige Weise getötet zu haben, hatte ein entsetzliches Ende gefunden.

»Ihre Kollegen auf dem Polizeirevier in Växjö haben ihn da aufgrund des Fotos erkannt?«

Sandberg nickte. »Uns lag das Fahndungsersuchen vor. Vor dem Einsatz anlässlich des Rockkonzerts wurde allen Polizisten das Bild gezeigt. Nach den traurigen Erfahrungen in Rättvik, als der dortige Kollege auf der Langen Brücke zu Tode kam, waren wir gewarnt.«

»Mehr kann ich nicht tun«, sagte ein älterer Zivilist.

»Das ist der ortsansässige Arzt«, erklärte Sandberg. »Wir haben ihn aus dem Bett geklingelt.«

Der Mann nickte geistesabwesend. »So etwas habe ich in meiner langjährigen Praxis auch noch nicht gesehen. Wer macht so etwas?«

Das hätte Jonas auch gern gewusst. Warum bringt die Drogenmafia ihren eigenen Killer um? Wollte Krasnopjorov aussteigen? Oder war er eine Gefahr geworden, nachdem überall nach ihm gefahndet wurde?

»Was soll jetzt geschehen?«, fragte Sandberg unschlüssig. »Ehrlich, wir haben keine Erfahrung in diesen Dingen. Soll ich den Abtransport organisieren?«

Jonas schüttelte den Kopf. Dabei flogen Regentropfen in die Gegend. Er sah aus wie ein Hund, der nach einem Bad im See sein nasses Fell ausschüttelte. »Wir brauchen die Spurensicherung und die Rechtsmedizin.«

Sandberg wirkte unsicher. »Ich gebe das nach Växjö durch«, erklärte er und ergänzte: »Ich bin nur ein Streifenpolizist. Ein ganz kleiner.« Es klang eine Spur erleichtert.

»Sie haben Ihre Sache gut gemacht«, lobte Jonas den Beamten. »In diesem speziellen Fall möchte ich gern die Spezialisten aus Stockholm und Linköping anfordern.«

»Das ist ganz schön weit«, stellte Sandberg fest.

Jonas nickte. »Stimmt. Trotzdem. Können Sie zwei Zelte und warme Getränke organisieren?«

»Ich kümmere mich darum«, versprach Sandberg, während Jonas zu seinem Auto zurückkehrte und neugierig von den unentwegten Schaulustigen beäugt wurde.

Vom Volvo aus rief er Tällberg zu Hause an. Der Polisintendent war sofort am Apparat und hörte sich Jonas' Bericht an.

»Ich stimme mit Ihnen überein«, schloss Tällberg. »Wir werden umgehend zum Tatort kommen. Ich bringe Dr. Forsberg mit und informiere Dr. Wallberg, damit der mit seinen Leuten ebenfalls nach Växjö kommt. Wir werden aufbrechen, sobald die Hubschrauber starten können.«

Es dauerte eine halbe Stunde, bis zwei Partyzelte aufgebaut waren. Eines schützte die Leiche vor dem unablässig strömenden Regen, in dem zweiten fanden Jonas und die Streifenwagenbesatzung Unterschlupf. Zum Regen pfiff der Wind. Solchen Witterungsbedingungen war der Polizist in Rättvik zum Opfer gefallen. Was musste der Mann gelitten haben, dachte Jonas grimmig, als ihn der nächste Kälteschauer erfasste, obwohl das Zelt Regen und Wind notdürftig abhielt und sie inzwischen mit warmem Kaffee versorgt wurden. Sandberg hatte sogar Handtücher beschafft, mit denen sie sich trockenreiben konnten.

Um die Zeit zu überbrücken, hatten die beiden Polizisten Jonas ausfragen wollen. Sie sahen bald ein, dass er nicht bereit war, Auskünfte zu erteilen. Er beließ es bei Andeutungen, dass es um einen Fall der organisierten Kriminalität gehe. Aber Sandberg zeigte sich in groben Zügen informiert. Jonas deutete ein knappes Nicken an, als der Polizist seine Theorie von Zusammenhängen zur Drogenmafia vortrug. Inzwischen kursierte dieses Thema in allen Medien. Nach dem Mord hier in Växjö würden sich die Nachrichten überschlagen. Leider. Die Verantwortlichen in der Politik würden aufschrecken und ihren Druck auf die Polizei verstärken. Und Tällberg, befürchtete Jonas, würde der Prellbock sein.

Es war noch vor sieben Uhr, als das Flapp-Flapp der Rotoren den ersten Helikopter angekündigte. Kurz darauf setzte die Maschine auf der Wiese neben dem Dorfgemeinschaftshaus auf. Tällberg, Gripsholm und Dr. Forsberg entstiegen ihr. Einer der Piloten händigte dem Rechtsmediziner eine Instrumententasche aus und schleppte anschließend noch weitere Gerätschaften zum Fundort der Leiche.

Tällberg schluckte, als er das Zelt betrat und einen ersten Blick auf das Opfer warf. »Das also ist Krasnopjorov«, sagte er dann geschäftsmäßig und sah sich um. »Hat jemand etwas am Fundort verändert?«

»Nein, nicht während meiner Anwesenheit«, erklärte Jonas. »Ich kann nicht sagen, ob vorher Veränderungen stattgefunden haben. Die beiden Streifenpolizisten haben nichts berührt. Lediglich der Allgemeinmediziner, den man hinzugezogen hatte, hat geprüft, ob noch Hilfe möglich ist.«

»Stümper«, kommentierte Dr. Forsberg aus dem Hintergrund. »Wollte er Erste Hilfe leisten und ein Pflaster auf den Schädel kleben?« Der Rechtsmediziner beugte sich zur Leiche hinab. »Interessant«, murmelte er halblaut. »Das hatte ich auch noch nicht. Eingeschlagene Schädel – ja, das kommt gelegentlich, wenn auch nicht täglich, vor. »Aber hier«, er rückte noch ein wenig näher heran, »das sieht wie eine Bohrung aus. Heimwerker würden sagen, das ist eine Art Lochsäge.«

»Ein chirurgisches Instrument?«, fragte Jonas.

Ein strafender Blick streifte ihn. »Da war kein Mediziner am Werk. Das ist ein Werkzeug aus dem Baumarkt.« Er näherte sich noch weiter dem Schädel. »Nein«, behauptete er. »Wissen Sie, wie hart so ein Knochen ist? Da kommen Sie mit Heimwerkermaterial nicht durch. Nicht so sauber. Das müssten Sie meißeln. Wer das getan hat – er hat erstklassiges Werkzeug benutzt.«

»Das klingt makaber«, sagte Jonas.

»Sie wollen doch keine Anregungen für einen Kindergeburtstag, sondern eine erste, wenn auch grobe Einschätzung.« Dann zuckte Dr. Forsberg mit den Schultern. »Die Augen. Was soll das? Und die Hände? Wie bei Johan Wax die Beine. Abgehackt.«

»Woran ist er gestorben?«, wollte Jonas wissen.

»An Masern jedenfalls nicht.« Dr. Forsberg sah sich demonstrativ um. »Wir sind hier in Öjaby?«, fragte er.

Jonas bejahte es.

»Ich kenne das Orakel von Delphi. Aber dass es auch eines in Öjaby gibt, wäre mir neu. Sie müssen sich noch ein wenig gedulden, bis ich ihn seziert habe. Und damit werde ich nicht hier beginnen.«

»Der Fundort scheint nicht der Tatort zu sein«, stellte Jonas fest.

»Der erste gute Gedanke. Für das Werkzeug benötigen Sie einen Stromanschluss. Mit einem Handbohrer dürften Sie das hier kaum bewerkstelligen können.« Der Arzt hob vorsichtig einen der verstümmelten Arme an. »Im Unterschied zu Johan Wax sind die nicht mit einem Beil abgeschlagen. Das war eine Säge. Ich würde nach erster Einschätzung auf eine Kreissäge tippen. Wenn Sie den Tatort suchen … eine Werkstatt.«

»Wie lange ist er tot?«, fragte Tällberg.

Der Arzt warf einen Blick auf das Thermometer, dass er Krasnopjorov in den Mund geschoben hatte, und verglich den Wert mit der Umgebungstemperatur. Dann nahm er den Arm und versuchte, ihn vorsichtig zu bewegen. »Sechs Stunden, aber nur ungefähr.«

Jonas sah auf seine Armbanduhr. Es war halb acht. »Dann wäre der Todeszeitpunkt etwa um halb zwei heute Nacht gewesen. Um halb drei haben die Glocken geläutet. Eine Stunde später hat mich der Chef angerufen. Das hieße, die Täter haben vom Mord bis hierher eine Stunde gehabt.«

Tällberg nickte anerkennend. »Ein erster Hinweis. Wir müssen nach einer professionell ausgestatteten Werkstatt suchen, die im Umkreis von einer Stunde Fahrt liegt und in der heute Nacht gearbeitet wurde, zumindest ist die Aktion nicht geräuschlos über die Bühne gegangen.«

»Sind noch keine Spuren gesichert?«, wollte Dr. Forsberg wissen.

»Wir haben Dr. Wallberg und sein Team angefordert«, erklärte der Polisintendent.

»Meine Güte«, stöhnte Dr. Forsberg. »Ausgerechnet der Nichtsnutz. Hoffentlich war er nicht wieder in seiner Walddatscha unterwegs.«

Sie horchten auf, als sich der nächste Hubschrauber ankündigte.

Die Begrüßung zwischen Dr. Forsberg und Dr. Wallberg fiel frostig aus, wenn die gegenseitige konsequente Nichtbeachtung als Begrüßung gewertet werden durfte.

Dr. Wallberg blickte auf das Opfer, sah schnell weg und musste sich regelrecht zu einem zweiten Blick zwingen. »Es wird Zeit, dass diesem grausamen Spiel ein Ende bereitet wird«, sagte er zu Tällberg. »Es muss endlich etwas geschehen.«

»Es ist *etwas* geschehen. Wir haben ein neues Opfer«, mischte sich Dr. Forsberg ungefragt ein. »Haben Sie gesehen, wer vor Ihnen liegt?«

»Ein unglücklicher Mensch«, sagte Dr. Wallberg.

»Er dürfte der Einzige sein, der über seinen Tod nicht erfreut ist«, erwiderte der Rechtsmediziner.

»Ist das …?«, stammelte Dr. Wallberg.

»Sie sind doch bei jeder Besprechung dabei, bestens informiert, kennen alle Fakten … Was machen Sie in den Meetings? Denken Sie an Ihre Waldhütte, in der Sie unerreichbar sind?«

»Meine Herren!«, unterbrach Tällberg das Geplänkel und fasste in Kurzform zusammen, was sie bisher festgestellt hatten. Der Polisintendent übernahm es auch, die medizinischen Fakten und Annahmen des Rechtsmediziners vorzutragen.

»Spekulativ«, wertete Dr. Wallberg ab.

Dr. Forsberg wollte etwas erwidern, aber Jonas packte den Mediziner am Ärmel und zog ihn kurzentschossen hinaus.

»Ich kann den Kerl nicht leiden«, beschwerte sich der Mediziner.

»Was haben Sie gegen Dr. Wallberg? Er gilt als anerkannter Wissenschaftler auf dem Gebiet der Forensik. Ohne ihn und seine Leute blieben viele Dinge im Verborgenen.«

»Blödsinn«, behauptete Dr. Forsberg. »Was der sieht, können Sie auch entdecken. Nehmen Sie sich ein Beispiel an Sherlock Holmes. Der hat durch Beobachten und intelligentes Kombinieren auch ohne Hilfe von Forensikern seine Fälle gelöst.«

Jonas lächelte. »Sie meinen, wenn die heutigen Kriminalisten nicht so dumm wären, hätten wir den Fall auch schon lange gelöst. Der Londoner Meisterdetektiv musste sich aber nicht mit Graffitireinigern auseinandersetzen …«

»Der war, im Unterschied zu Ihnen, Experte«, unterbrach ihn Dr. Forsberg. »Schließlich war Holmes schwer rauschgiftabhängig.«

»Es gibt sicher auch heute Polizisten, die süchtig sind«, erwiderte Jonas und stutzte plötzlich.

»Was ist mit Ihnen?« Dr. Forsberg sah ihn interessiert an.

»Mir ist eine Idee gekommen.«

»Darf man daran teilhaben? Ich bin nicht so eingeweiht wie der

Pseudowissenschaftler Wallberg, aber interessieren würde es mich schon.«

»Wir gehen davon aus, dass jemand aus den Reihen der Polizei für die Gegenseite arbeitet.«

Dr. Forsberg knurrte zustimmend.

»Wie bringt man einen Polizisten dazu, Verrat zu begehen?«

»Man bezahlt ihn.«

»Mit Geld?«

»Sicher. Womit sonst? Man hört auch mal, dass Beamte, die nahe am Rotlichtmilieu arbeiten, mit Naturalien korrumpiert werden.«

»Mit dem Stichwort sind Sie meiner Überlegung schon sehr nahegekommen.«

»Prostitution?« Plötzlich stutzte der Rechtsmediziner. »Sie meinen, es gibt einen abhängigen Polizisten, der von der Drogenmafia erpresst wird?«

Jonas nickte ernst.

Dr. Forsberg spitzte die Lippen. »Das wird spannend, wenn Sie die Östersunder Polizisten einem Drogenscreening unterziehen wollen.«

»Ja«, sagte Jonas. Leider hatte sein Gesprächspartner recht.

Dr. Wallberg erschien in der Öffnung zum Zelt.

»Haben Sie etwas bei Krasnopjorov gefunden? Autoschlüssel? Hotelschlüssel? Eine Waffe? Drogen?«

»… oder sonst was«, ergänzte Dr. Wallberg. »Was haben Sie für Vorstellungen? Das ist Feinarbeit, die wir im Institut in Linköping erledigen.«

»Moment!« Dr. Forsberg erhob den Zeigefinger. »Zunächst kommt er zur Rechtsmedizin nach Stockholm.«

»Leider. Aber was wollen Sie Leichenfledderer schon entdecken?« Bevor Dr. Forsberg etwas darauf erwidern konnte, fuhr Wallberg fort: »Hier ist alles zertrampelt. Da ist eine ganze Herde über den Tatort gewalzt.«

»Das ist nicht der Tatort«, warf der Rechtsmediziner ein. »Selbst dazu ist der Depp zu blöd«, ergänzte er so leise, dass nur Jonas es verstand.

»Als die Streife eintraf, konnte sie nicht ahnen, was sie hier vorfinden würde. Es ging um nächtliche Ruhestörung.«

»Jeder Polizist, auch der einfachste, lernt eine Handvoll Grundregeln.«

»Außerdem hatten wir heute Nacht ein fürchterliches Unwetter«, verteidigte Jonas den Einsatz.

»Und zufällig waren nur die Schönwetterpolizisten verfügbar? Wir versuchen unser Möglichstes im Labor, aber was am Tatort versaut wird, können auch wir nicht mehr zurechtbiegen.«

»Suchen Sie Spuren«, empfahl Dr. Forsberg bissig. »Ich verrate Ihnen interdisziplinär, dass der Tote nicht allein hierhergelaufen ist. Vielleicht hätte er das aufgrund seiner Verletzungen gekonnt, aber ohne Augen ist auch der Friedhof kaum zu finden.«

»Sparen Sie sich Ihren Sarkasmus«, schimpfte Dr. Wallberg. »Das wissen wir auch, dass wir nach Autospuren suchen müssen. Aber auch in diesem Punkt ist hier eine ganze Flotte herumgekurvt.«

Dr. Forsberg entfernte sich langsam vom Schauplatz. Jonas folgte ihm. Sie gingen zu einer kleinen Gruppe, in der Inspektor Gripsholm örtliche Polizeikräfte instruierte, wie sie auf der Suche nach Zeugen vorgehen sollten.

»Einen Kollegen muss ich Ihnen abziehen«, sagte Jonas und winkte Sandberg heraus, der übernächtigt aussah.

»So geht das nicht«, protestierte Gripsholm. »Ich habe ohnehin zu wenig Leute. Da können Sie nicht noch jemanden abkommandieren.«

»Machen Sie weiter«, sagte Jonas und bat den Polizisten, ihm zu einem Streifenwagen zu folgen. »Können Sie Ihre Zentrale in Växjö bitten, den Aufenthaltsort der Bandmitglieder herauszufinden? Sie müssen irgendwo in einem Hotel untergekommen sein. Außerdem brauche ich den Standort des Tourbusses, mit dem die Roadies unterwegs sind.«

Sandberg nickte und nahm Kontakt zu seiner Dienststelle auf. Eine halbe Stunde später lag die Antwort vor.

»Die Musiker übernachten in einem kleinen Hotel in der Norra Järnvägsgatan. Das ist fast am Bahnhof. Die Lkws und die Techniker sind am Rand einer Kiesgrube untergekommen. Gleich hier am Ortsrand von Öjaby.«

Jonas lobte den Polizisten. »Wir brauchen noch einen Streifenwagen«, bat er.

Auch den besorgte Sandberg, dem die Nachforschungen trotz Müdigkeit Spaß zu machen schienen. »Das ist allerdings die letzte Reserve«, sagte er. »Mehr haben wir nicht.«

Sie warteten auf das Fahrzeug aus Växjö. Zwischendurch tauchten immer wieder einmal Wallbergs Mitarbeiter auf, holten Utensilien oder suchten die Umgebung ab. Sie wurden dabei von zwei Spurensicherern der örtlichen Polizei unterstützt.

Nach dem Eintreffen des weiteren Streifenwagens fuhren sie zum Firmengelände am Rande der Kiesgrube. Es lag weniger als einen Kilometer vom idyllischen Herrenhaus entfernt, in dem Jonas eine nur kurze Nachtruhe gefunden hatte. Ein Stück weiter befand sich der regionale Stützpunkt der Post, der Jonas daran erinnerte, dass Hermansson, der die Postlastwagen von Stockholm in den Norden steuerte, auch noch nicht entlastet war.

Abseits standen die beiden Busse, der Campingwagen und die Kleintransporter, die Jonas schon aus Sundsvall kannte. Obwohl auf dem Gelände reger Betrieb herrschte, Fahrzeuge rangierten und Radlader unterwegs waren, schienen die Fahrzeuge der Roadies verlassen.

»Den Job möchte ich haben«, rief ihnen ein Arbeiter im schmuddeligen Rollkragenpullover zu, als die Polizisten die Busse umkreisten. »Die pennen noch um diese Zeit. Und immer sind Girlies in der Nähe.«

Jonas war sich nicht sicher, ob er mit den Roadies tauschen mochte. Viele waren irgendwie Gestrandete.

Sie sicherten jeweils zu zweit einen Bus, dann klopfte Jonas kräftig gegen die zugezogenen Scheiben. Nichts rührte sich. Er versuchte es erneut. Schließlich hämmerte einer der Polizisten, eine stattliche Erscheinung, mit der geballten Faust so fest gegen das Glas, dass Jonas befürchtete, es würde herausfallen. »Polizei«, brüllte er aus Leibeskräften.

»Da ist keiner«, sagte Sandberg.

In Zeitlupe wurde ein Vorhang zur Seite geschoben, und es zeigte sich das verkaterte Gesicht des Vorarbeiters. Orientierungslos sah er hinaus. Jonas hatte den Eindruck, dass der Mann an allen vorbeisah.

»Öffnen Sie, oder wir brechen die Tür auf«, drohte der bullige Polizist.

Es dauerte gefühlte Minuten, bis der Vorarbeiter begriff, wer vor der Tür stand und geklopft hatte. Er bewegte die Lippen, ohne dass etwas zu verstehen war. Dann fiel der Vorhang wieder zu.

Der Polizist stemmte die Fäuste in die Hüften und lachte. »Das kann nicht wahr sein«, sagte er. »Und nun?« Die Frage galt Jonas.

Als Antwort hörten sie, wie die Tür des Busses mit Druckluft geöffnet wurde. Ein Schwall verbrauchter, stinkender Luft entwich dem Fahrzeug. Sie streifte Jonas, während der Beamte, der direkt davor stand, einen Schritt zurückging. »Mein Gott«, stöhnte er und hielt sich demonstrativ die Nase zu. »Soll ich die Feuerwehr alarmieren? Die haben schweren Atemschutz an Bord.«

Der Vorarbeiter hielt sich mit beiden Händen an den Griffen fest. Er schwankte leicht. Dann führte er eine Hand an die Stirn. Das Hemd hing ihm teilweise aus der Hose, auf der sich ein dunkler Fleck abzeichnete. Offensichtlich hatte er es nicht geschafft, sich zur Entleerung vor die Tür zu begeben. Der Mann hatte die Augen zu einem schmalen Spalt zusammengekniffen.

»Was der getrunken hat … von der Menge feiert unsere ganze Siedlung Mittsommer«, lästerte der Polizist, stieg beherzt die zwei Stufen hoch, packte den Vorarbeiter und bugsierte ihn ins Freie. Dann griff er zu und stützte ihn, als der Vorarbeiter schwankte. Der Beamte ließ es zu, dass er sich auf die unterste Stufe des Busses setzte.

»Polizei«, wiederholte der Beamte. »Wie viele Leute sind in den Fahrzeugen?«

»Häh?«

Der Polizist winkte ab. »Ihr Fall«, sagte er zu Jonas.

»Haben Sie sich gestern nach dem Abbau in Öjaby kollektiv betrunken?«

»Gestern? Nach dem …«

»Wer hat Ihnen den Alkohol gebracht?«, wollte Jonas wissen.

»Anstrengende Arbeit … Scheißwetter … Alle kaputt«, stammelte der Vorarbeiter.

»Nachdem Sie fertig waren, haben Sie gemeinsam Alkohol getrunken.«

»Kein Alkohol – Wodka.«

»Russischer?«, vermutete Jonas.

»Mann, der hat reingehauen.«

»Hatten Sie den schon an Bord?«

»An Bord? An – was?« Mühsam schüttelte der Vorarbeiter den Kopf. »Den hat er vorbeigebracht.«

»Wer? Der Manager?«

»Puri? Der Chef? Quatsch. Der …« Der Rest des Satzes ging in einem Hustenanfall unter. Der Polizist sprang zur Seite, als fürchtete er, vom Auswurf getroffen zu werden.

»Einer der Musiker?«

»Der Neue.«

»Es gibt einen Neuen? Seit wann?«

»Keine Ahnung. Ich habe ihn …« Es folgte ein weiterer Hustenanfall. Es hörte sich an, als würde der Vorarbeiter die Lunge ausspeien wollen. »… gestern das erste Mal gesehen. Er hat den Job von Krasno … Krasno … von Dingsbums übernommen.«

»Von Krasnopjorov?«

»Ja«, krächzte der Vorarbeiter.

»Und der hat den Wodka gebracht?«

»Drei Kisten.«

»Dann hat jeder mehr als eine Flasche Wodka getrunken?«

»Nicht mal …«, behauptete der Mann. »Weiß der Geier, wie viele Umdrehungen das Zeug hatte. Die Jungs sind was gewohnt. Aber das … Puh.«

»Wir müssen die Flaschen sicherstellen«, wies Jonas an. »Dann nehmen wir alle Personalien auf und durchsuchen die Busse. Außerdem müssen wir Dr. Forsberg herholen. Er soll Blutproben entnehmen.«

»Sie glauben, das war kein reiner Wodka?«

Jonas schüttelte den Kopf. »So wie der aussieht. Da war etwas drinnen.«

»Das glaube ich auch.« Sandberg tippe sich an das Käppi. »Ich hole den Arzt.« Dann verschwand er.

Im zweiten Bus rührt sich nichts. So wies Jonas an, zunächst das erste Fahrzeug zu durchsuchen.

Es war nicht nur ein heilloses Durcheinander, sondern es herrschte auch ein elender Gestank. Abgestandene Luft, Alkohol, Zigarettenqualm, menschliche Ausdünstungen jeder Art. Das Erbrochene im Gang schien niemanden zu stören. Es war ein mühsames Unterfangen, die Männer nacheinander zu wecken, vor allem aber sie wachzuhalten. Die beiden Polizisten mussten viel Geduld aufwenden. Inzwischen war auch Sandberg mit Dr. Forsberg zurückgekehrt. Der Mediziner schüttelte den Kopf.

»Was war das für eine Orgie?«, fragte er. Der Gestank schien ihn weniger zu stören. Zuerst nahmen sie eine Blutprobe vom Vorarbeiter. Der ließ es ohne Widerspruch geschehen. Nicht jeder Roadie war damit einverstanden. Es gelang ihnen schließlich, von jedem zweiten eine Blutprobe einzusammeln.

»Sollen wir die anderen zwangsweise nach Växjö bringen?«, fragte der bullige Polizist unternehmenslustig.

»Es liegt nichts gegen die Männer vor«, erwiderte Jonas. »Wir wollen nur wissen, ob sie selbst Opfer einer Vergiftung geworden sind.«

Der Polizist grinste. »Den dicken Kopf müssen die selbst ausbaden. Geschieht ihnen recht.«

Ein Roadie war absolut nicht ansprechbar. »Ich möchte, dass dieser Mann ins Krankenhaus gebracht wird«, forderte Dr. Forsberg. Sandberg organsierte den Abtransport.

Bei der Durchsuchung fanden sie Joints, Gras, zwei Päckchen weißen Pulvers. Jonas vermutete Kokain.

»Noch einmal.« Jonas nahm sich des Vorarbeiters an. »Wer hat den Wodka vorbeigebracht?«

»Keine Ahnung. Ich weiß nicht, wie der heißt.«

»Ein Russe?«

»Kann ich nicht genau sagen. Ich glaube eher nicht. Könnte ein Landsmann von Krasnopjorov sein.«

Jonas zeigte dem Vorarbeiter ein Bild auf dem Smartphone.

»Hat eine gewisse Ähnlichkeit. Mann, so genau habe ich das nicht beobachtet. Beschwören könnte ich das nicht.«

»Hat er einen Namen genannt?«

Der Vorarbeiter schüttelte den Kopf. »Irgendwas Ausländisches.«

»Ekke Ernesaks?«

»Nein, klang anders. War nix mit Sack und so.«

Jedenfalls glaubte der Vorarbeiter, Ernesaks wiedererkannt zu haben. Jonas war nicht überrascht. Vermutlich hatte sich der Este mit einem anderen Namen vorgestellt.

»Haben Sie in Ihren Kleinlastern Werkzeug untergebracht?«

»O mein Kopf«, stöhnte der Vorarbeiter und fasste sich an den Schädel. Dann nickte er. »Klar. Was wir so brauchen.«

»Auch eine Axt?«

»Dieser Scheißtyp«, fluchte der Vorarbeiter plötzlich. »Unsere große fehlt. Die ist geklaut worden. Das war Krasnopjorov. Wenn ich den erwische, dem drehe ich den Hals um.«

»Darüber hätte er sich vermutlich gefreut«, antwortete Jonas. »Das wäre human gewesen.«

Der Vorarbeiter sah ihn verständnislos an, hakte aber nicht nach. Jonas vermutete, dass diese Axt das Tatwerkzeug war, mit dem Johan Wax die Beine abgehackt worden waren.

»Wir werden uns einmal umsehen.«

»Aber nichts klauen.«

»Schlüssel?«

Der Vorarbeiter kramte in seiner Hosentasche und bemerkte jetzt die Nässe. »Scheiße«, fluchte er und zog die Hand panikartig zurück. »Der muss drinnen liegen.«

Mühsam rappelte er sich in die Höhe und kam kurz darauf wieder ans Tageslicht.

»Weg«, sagte er knapp.

Jonas nickte Sandberg zu. »Kommen Sie.« Nebeneinander stapften sie zu den Fahrzeugen hinüber. Der erste Wagen war abgeschlossen, der zweite offen. Jonas zog sich Einmalhandschuhe über und schob die Tür auf. Dann pfiff er leise durch die Zähne. Der Innenraum war eine fahrbare Werkstatt. Werkzeug hing an Befestigungen. Mit einem Blick registrierte er die Lücke zwischen einer kleineren Axt und einem großen Hammer. »Da wird die Mordwaffe gehangen haben«, erklärte er dem verständnislos blickenden Sandberg. Der hatte ebenso wie Jonas das vertrocknete Blut entdeckt, das auf der kleinen Werkbank und im Wageninneren verteilt war. Jonas zeigte auf einen Stromgenerator.

»Die sind gut ausgestattet. Damit sind sie unabhängig. Da drüben liegt die Handkreissäge, mit der – so denke ich – bei Bedarf Stützbalken gekürzt werden können. Um Löcher für Verbindungsschrauben oder für Dekorplatten zu schneiden, gibt es einen ganzen Satz Lochbohrer. Profiwerkzeuge, wie Dr. Wallberg es vorhergesagt hat. Sandberg. Wir haben den Tatort gefunden. Ich behaupte, dass Krasnopjorov in diesem Werkstattwagen so übel zugerichtet wurde.«

Der uniformierte Polizist war kreidebleich geworden. Er nickte kaum merklich. »Mit so etwas hatte ich noch nie zu tun«, sagte er leise.

»Das ist auch für uns eine außergewöhnliche Sache«, sagte Jonas. »Ich habe auch noch nie einen Fall bearbeitet, in dem die Täter so brutal vorgegangen sind.«

»Wer macht so etwas? Und warum?«

Jonas ließ unbeantwortet, dass er Ekke Ernesaks für den Mörder hielt. Das musste allerdings erst noch bewiesen werden. Die Aufgabe oblag Dr. Wallbergs Experten vom Kriminaltechnischen Institut. »Das Opfer ist vermutlich ein von uns gesuchter Mörder. Er hat in Rättvik Fehler gemacht und seinen Fingerabdruck auf einer Glasscheibe hinterlassen. Außerdem haben wir einen Fußabdruck gefunden. Daraufhin haben wir eine landesweite Fahndung nach ihm veranlasst. Das war vermutlich sein Todesurteil. Die Art seiner Verstümmelungen deutet darauf hin. Ich interpretiere es so: Die Augen wurden ihm ausgestochen, weil er nicht aufgepasst hat. Der Kopf wurde angebohrt, weil er nicht nachgedacht hat. Und die Hände, weil er seinen Fingerabdruck hinterlassen hat, der ihn überführte. Die Organisation setzt Zeichen mit unvorstellbarer Brutalität. Ich gehe davon aus, dass die Medien diesen Fall groß herausbringen werden. Effektvoller kann eine Warnung an die Mitglieder der Drogenmafia nicht verbreitet werden. Schließlich lesen alle die Zeitung.«

Sandberg schüttelte sich. »Ist das noch die Realität? Sind das normale Menschen?«

»Leider ja«, erwiderte Jonas. »Wir befinden uns in einer ungewöhnlichen Situation. Wir müssen alles daransetzen, um Verbrecher ausfindig zu machen und sie vor ihren mordenden Kumpanen schützen. Wie soll das geschehen? Die potentiellen Opfer haben allen Grund, sich nicht bei der Polizei zu melden.«

Dann forderten sie Dr. Wallberg und sein Team an.

Die Norra Järnvägsgatan war eine granitgepflasterte Straße mit lebhaftem Verkehr, die am Bahnhof Växjö entlangführte. Das Hotel befand sich in einem Haus mit Rauputz. Jonas warf einen Blick auf die Fassade. Es hätte nicht geschadet, wenn die Fenster neu gestrichen worden wären. Der Eingang lag neben einem Friseursalon.

»Moment«, stoppte Jonas Sandberg und seine Kollegen, die sie aus Öjaby mitgenommen hatten, da die Zeugenbefragung ergebnislos abgeschlossen war. »Da drüben ist ein Parkplatz.« Er nutzte den Abstand zwischen einem Linienbus und einem Lkw, um die Straße zu überqueren. Nach kurzem Suchen fand er den Chevy, der dort abgestellt war. Jonas umrundete das Fahrzeug und besah sich die Beulen, die die nächtlichen Steinwürfe verursacht hatten. Es würde sicher teuer sein, die Schäden zu beseitigen, auch wenn keine Scheiben eingeworfen worden waren. Man konnte gegen Bad Revolution, deren Auftreten oder Musik protestieren, aber nicht mit Gewalt. Hier waren Grenzen überschritten worden.

Der Empfang hinter der zerschrammten Tür mochte ältere Gäste an die fünfziger Jahre erinnern. Jonas kannte dieses Jahrzehnt nur aus Bildern. Ein Mann mit Wollweste und dünnem Haar sah sie über den Rand der auf der Nasenspitze sitzenden Brille an. Gegen das Herabfallen trug er eine Schnur um den Hals.

Jonas hielt ihm seinen Dienstausweis hin. »Polizei. Sind bei Ihnen die Musiker von ›Bad Revolution‹ untergebracht?«

»Bad Revolution? Was ist das?«, stellt sich der Mann dumm.

»Bei Ihnen sind Rockmusiker untergekrochen«, sagte Jonas. »Ich nehme an, diese Art Gäste gehört nicht zu Ihrem Stammpublikum.«

»Ach, Sie meinen die Herren, die gestern eingecheckt haben. Ja, die wohnen hier.« Er sah zum Schlüsselbrett. »Die schlafen aber noch. Ist auch nicht verwunderlich, wenn die nachts arbeiten.«

»Wer macht hier Nachtschicht?«

»Niemand. Nachts ist die Rezeption nicht besetzt.«

Das war dumm, dachte Jonas.

»Ich wohne aber hier im Hause. Aus alter Gewohnheit bekomme ich viel mit.«

»Wissen Sie, wann die fünf zurückgekommen sind?«

Der Mann nickte. »Gegen Mitternacht.«

»Haben sie randaliert?«

»So würde ich das nicht nennen. Natürlich hat man das gehört. Die sind auch nicht auf Zehenspitzen durchs Haus geschlichen. Aber das kommt schon einmal vor, wenn wir Gruppen im Haus haben.«

»Können Sie bestätigen, dass alle fünf zurückgekommen sind?«

Der Mann zeigte den Anflug eines Lächelns. »Nein. Gesehen habe ich sie ja nicht.«

»Welche Zimmernummern haben die fünf?«

Der Rezeptionist nannte die Nummern. Schwerer tat er sich, als er den Generalschlüssel aushändigen sollte. »Die schlafen doch noch.«

»Wir werden sie wecken«, versprach Jonas. »Sollen wir dabei einen Gruß der Direktion Ihres Hauses ausrichten?«

»Ich will damit nichts zu tun haben.« Dann überreichte er den Generalschlüssel.

Die düstere Holztreppe knarrte, als die Beamten sie erklommen. Die Sorge, dass der Mann die Bandmitglieder vorwarnen konnte, war nicht gegeben. Wie in vielen Hotels gab es auch hier kein Telefon mehr auf dem Zimmer.

Egil Alsen, der Junior in der Truppe, fuhr erschrocken in die Höhe, als die Beamten die Tür öffneten und in das Zimmer traten. Auch hier war die Luft verbraucht, aber bei weitem nicht so ekelerregend wie in den Wohnbussen der Roadies. Der Keyboarder zog die Decke bis ans Kinn und rutschte bis in die äußerste Ecke des Betts. Aus großen Augen sah er den Polizisten entgegen.

»Wollen Sie mit aufs Revier, oder dürfen sich die Kollegen einmal umsehen?«

Alsen nickte schwach.

»Wozu bewegen Sie den Kopf? Revier?«

Jetzt schüttelte der junge Mann den Kopf.

Jonas gab den beiden Beamten, die ihn begleiteten, ein Zeichen. Rasch durchsuchten sie den Raum und die Kleidung. Sie fanden zwei »Bomben«, in Papier eingewickeltes Speed.

»Eigenbedarf?«

Alsen bestätigte es.

»Das kommt auf die Liste«, entgegnete Jonas. »Da kümmert sich der Kollege drum.« Dann setzte er sich auf die Bettkante.

»Wann sind Sie gestern ins Hotel zurückgekehrt?«

»Etwa um Mitternacht.«

»Alle?«

»Ja«, hauchte er.

»Auch Puri?«

Jetzt wich Alsen Jonas' Blick aus.

»Also nur die vier Musiker.«

Nach erneutem Nachfragen bestätigte es Alsen.

»Und der Manager?«

»Der wollte noch etwas unternehmen. Wegen der Steinwürfe.«

»Saß er mit im Auto?«

»Ja ... äh ... Nein.«

»Sie sind also ohne Puri ins Hotel zurückgefahren?«

Nach kurzem Zögern bejahte Alsen die Frage. Er zuckte mit den Schultern, als Jonas wissen wollte, wo Puri sich aufgehalten hatte.

»Kennen Sie Urmas Krasnopjorov?«

Alsen nickte. »Der ist eine Art Assistent vom Manager.«

»Was macht er genau?«

»Das weiß ich nicht. Ich habe ihn nur gelegentlich gesehen, aber nie direkt etwas mit ihm zu tun gehabt.« Mehr war vom Keyboarder nicht zu erfahren.

Im nächsten Raum trafen sie Einar Muggerud an. Der Norweger schlief so fest, dass ihn ein Beamter an der Schulter rütteln musste, bis er aufwachte. Sein Blick irrte zwischen den Polizisten hin und her.

Jonas klopfte mit der flachen Hand auf die Bettdecke. »Na, Muggerud? Haben Sie heute keinen männlichen Groupie dabei?«

Ein Schnauben war die Antwort. Auch Muggerud willigte in die Durchsuchung seines Zimmers ein, nachdem ihm mit einem Besuch auf dem Polizeirevier gedroht wurde. Außer mehreren Packungen rosaroter Kondome fanden sie nichts Bemerkenswertes. Im Übrigen bestätigte Muggerud Alsens Version von der Rückkehr. Er behauptete, die Mitglieder von Bad Revolution hätten noch im Zimmer der Brüder Bohinen zusammengesessen und gemeinsam etwas getrunken.

»War Ihr Manager auch dabei?«

Dazu wollte sich Muggerud nicht äußern.

Wie erwartet war der Besuch im Zimmer der Brüder Bohinen am schwierigsten.

»Eh – die Bullen«, rief Hjalmar Bohinen aus, während sein Bruder schnarchend auf dem Rücken lag und nichts von den Geschehnissen um ihn herum mitbekam. Der Jüngere knuffte Trygve in die Seite.

»Idiot«, knurrte der und schlug wild mit der Hand zurück, ohne seinen Bruder zu treffen.

»Die Bullen«, rief Hjalmar.

»Welche Bull…« Bohinen öffnete vorsichtig ein Auge. »O Scheiße.« Dann versuchte er, aus dem Bett zu springen. Die Polizisten waren schneller und drückten ihn auf das Laken zurück. Bohinen sah Jonas und entwickelte ungeahnte Kräfte, so dass ein weiterer Beamter erforderlich war, um ihn zu bändigen. Er wurde mit Handschellen fixiert.

»Durchsuchen«, befahl Jonas, ohne das Einverständnis einzuholen. »Hier ist Gefahr im Verzug.«

Bohinen fluchte und tobte. Es half ihm nicht. Die Polizisten konfiszierten sein Katapult und zwei Dutzend Stahlkugeln, außerdem zwei Fläschchen mit klarem Inhalt. Jonas schnupperte daran und zog die Stirn kraus. »Gamma-Hydroxybuttersäure – Liquid Ecstasy«, stellte er fest. »Wie doof muss man sein, um Pinselreiniger zu trinken? Oder reinigt ihr damit eure Pinsel nach dem Besuch der Groupies?«

Auf seine Anweisung hin stellten es die Beamten sicher und würden eine Anzeige aufnehmen.

»Die Liste wird immer länger, die vor Gericht gegen Sie verhandelt wird«, sagte er in Richtung Trygve Bohinen. Dann nickte er den Beamten zu. »Abführen. Den verhören wir auf dem Revier.« Es entspann sich erneut eine körperliche Auseinandersetzung. Die Uniformierten waren es leid, von Bohinen angegangen zu werden. Entsprechend harsch waren ihre Reaktionen.

Bohinen schrie und fluchte, trat und spukte, und als er an Jonas vorbeigeführt wurde, rastete er komplett aus. »Ich bringe ihn um, diese verdammte Sau. Ich bringe ihn um.« Das war noch zu hören, als man ihn die Treppe hinabbugsierte.

Als Nächstes öffneten sie das Zimmer des Managers.

Das Bett war unberührt. Puri war nicht da.

·NEUNZEHN·

Die Polizei des Distrikts residierte in einem gelben Plattenbau mit einem lichten Glasvorbau. Bohinen habe nicht aufgehört zu toben, berichtete der Beamte, der den Musiker mit Unterstützung eines weiteren Polizisten in den Verhörraum brachte. Man hatte davon abgesehen, ihm die Handfesseln abzunehmen.

Es würde keinen Sinn machen, wenn er ihn selbst verhörte, hatte Jonas gemeint und es einer Inspektorin der örtlichen Polizei überlassen.

Den Ohrhörer, über den sie mit Jonas verbunden war, hatte sie diskret unter ihren brünetten Haaren verborgen. Die Polizistin befragte Bohinen zunächst nach seinen persönlichen Daten. Er schwieg beharrlich. Dann erklärte sie ihm seine Rechte und konfrontierte ihn mit den gegen ihn erhobenen Anschuldigungen.

Seine Antwort bestand aus einem verächtlichen Schnauben. Das galt auch für die Fragen nach dem Drogenverkauf während der Konzerte. Hier unterbrach der Musiker sein Schweigen und grinste breit: »Kann ich kaum gewesen sein. Dafür habe ich hunderttausend Zeugen«, übertrieb er. »Die haben mich alle auf der Bühne gesehen. Ich bin in Schweden, ach was, in ganz Europa so populär, dass ich mich nicht unerkannt unter die Menschen begeben könnte.«

Jonas bat die Beamtin, nach Krasnopjorov zu fragen. Erst nach wiederholtem Nachhaken knurrte Bohinen: »Kenne ich nicht.«

»Zeigen Sie ihm die Bilder vom Toten«, bat Jonas. Die Polizistin öffnete eine Mappe vor sich und präsentierte Bohinen die Aufnahmen aus Öjaby.

Zunächst ignorierte Bohinen die Fotos. Als sie die Bilder hinüberschob, warf er einen Blick darauf. Jonas sah auf dem Bildschirm das Erschrecken in Bohinens Gesicht.

»Sehen Sie genau hin«, forderte ihn die Beamtin auf und ergänzte auf Jonas' Anweisung: »So geht man mit Leuten um, die man nicht mehr braucht, die überflüssig geworden sind. Was hat Krasnopjorov getan, um so zu enden?«

»Das da«, Bohinen zeigte auf die Bilder, »hat doch nichts mit uns zu tun, mit unserer Musik.« Er sah erschrocken auf die nicht sehr appetitlichen Aufnahmen. »Wer auch immer das getan hat – es war keiner von uns.«

»Merkwürdig ist nur, dass Krasnopjorov für die Band tätig war«, sprach die Polizistin Jonas' Worte nach.

»Der hat nicht für uns gearbeitet.«

»Er ist mit Ihren Roadies gereist.«

»Darum kümmern wir uns nicht. Das regelt alles der Manager. Er und seine Organisatoren. Der da war einer von denen.«

»Man verdächtigt Krasnopjorov verschiedener schwerer Straftaten, darunter mehrere Tötungsdelikte.«

»So sieht er doch nicht aus.« Wie magisch angezogen konnte Bohinen nicht den Blick von den Bildern wenden.

»Den wenigsten Tätern ist ihr krimineller Charakter ins Gesicht gemeißelt. Welche Kontakte hat die Band nach Estland oder Osteuropa?«

»Was weiß ich? Puri kommt von da. Und zu den Roadies haben wir null Kontakt. Wenn wir auftreten, sind die fertig und kommen erst zum Abbau wieder zurück. Die haben einen Scheißjob.«

»Wir wissen aus zuverlässiger Quelle, dass Krasnopjorov zwar eine Zeitlang mit den Roadies gereist ist, aber nie mit angepackt hat. Welche Aufgabe hatte er?«

»Mensch, Tussi, das weiß ich nicht. Das habe ich dir schon erklärt. Kapiert?«, sagte er laut und ausfallend.

»Ihr Manager hat ihn eingestellt.«

»Siehste. Dann frag ihn doch, wenn ihr schon alles wisst.«

»Wo ist Puri?«

»Ist das mein Problem? Wenn der irgendwo zum Vögeln ist, fragt er mich nicht. Ich frage ihn doch auch nicht, wenn ich dich jetzt flachlegen will.« Er hob die gefesselten Hände und zeigte sie der Beamtin. »Die binde ich dir um. Dann wirst du das geilste Abenteuer deines Lebens zu spüren bekommen.«

»Lassen Sie sich nicht provozieren, auch wenn Bohinen noch so widerwärtig ist«, soufflierte Jonas. »Wir zeigen es ihm gleich. Lassen Sie ihm vorher aber die Fesseln besonders fest anlegen. Dann kann er in die Zelle zurückgebracht werden. Die Beamten, die ihn führen, sollen fest zugreifen.«

Die Polizistin machte ihre Sache gut. Sie nickte still vor sich hin. Dann winkte sie einen der Begleitbeamten zu sich und flüsterte ihm etwas ins Ohr. Der Mann nickte und grinste dann Bohinen unverwandt an.

»Was willst du Arsch?«, schrie Bohinen.

Jonas gab durch, dass man Bohinen in zwei Minuten abführen solle. Dann verließ er den Nebenraum und baute sich im Flur auf. Kurz darauf öffnete sich die Tür des Verhörraums, und der Musiker wurde hinausgeführt. Zwei stämmige Polizisten hatten ihn beidseits an den Ellenbogen gepackt. Bohinen hob den Kopf und sah den grinsenden Jonas. Der hatte seine Arme vor der Brust verschränkt und demonstrativ einen Fuß vorgesetzt. Augenblicklich blieb Bohinen stehen. Man sah, wie sich alle Muskeln anspannten. Dann wollte er sich losreißen und auf Jonas stürzen. Die Polizisten hatten Mühe, ihn zu halten, obwohl sie vorbereitet waren.

»Das ist das Schwein«, schrie Bohinen aus Leibeskräften. »Tötet ihn. Macht ihn kalt. Ich entmanne dich. Ich ziehe dir die Haut ab. Ich …«

Erneut versuchte er, sich aus dem Griff zu befreien. Es gelang ihm mit dem linken Arm. Im Nachfassen hatte ihn der Beamte wieder gepackt. Es entstand ein kleines Handgemenge, bis Bohinen auf den Fußboden klatschte und die Polzisten ihn fixierten.

Jonas winkte der Kollegin, die den Musiker verhört hatte und dem Tross gefolgt war, fröhlich zu und verließ das Polizeigebäude. Den bisher vorliegenden Anzeigen würde eine weitere folgen. Bohinen hatte sich eine Menge Ärger eingehandelt, auch wenn Jonas ihn weder für einen der Bosse hinter den Kulissen noch für den Auftraggeber der Morde hielt.

Puri, so erfuhr er telefonisch auf dem Weg nach Stockholm, war zur stillen Fahndung ausgeschrieben. Und Ekke Ernesaks blieb weiter verschwunden. Hoffentlich tauchte der nächste Killer nicht auch als Leiche auf, dachte Jonas bitter.

Im Besprechungsraum der Rikspolisen erwartete ihn das gewohnte Team. Gripsholm gähnte unverhohlen und hielt es nicht einmal für notwendig, die Hand vor den Mund zu halten. Markvist vermied es, zu irgendeinem der Anwesenden Blickkontakt aufzunehmen. Dr. Wallberg blätterte in seinen Unterlagen, und Tällberg sah übernächtigt aus. Dunkle Ringe hatten sich um seine Augen gelegt. Die Wangen waren eingefallen.

»Wir haben uns eine weitere schwere Niederlage eingehandelt«, begann der Polisintendent. »Die Medien werfen der Polizei Versagen vor. Die Politik ist bereitwillig darauf eingegangen und haut zusätzlich obendrauf.«

»Das ist nicht verwunderlich«, merkte Jonas an. »Damit lenken die Politiker bequem von sich ab. Wir haben oft genug gefordert, keine weiteren Konzerte zu genehmigen. Aber …«

Tällberg schnitt ihm mit einer Handbewegung das Wort ab. »Das zählt nicht, Nyström. Die Öffentlichkeit will etwas anderes hören. Tatsache ist, dass wir noch nicht bis zum Kopf der Organisation vorgedrungen sind. Wir haben nicht einmal ansatzweise eine Idee, wo wir suchen müssen.«

Dr. Wallberg räusperte sich. »Es gibt eine Reihe von Anzeichen, die auf Osteuropa deuten, genaugenommen auf Russland. Außerdem kumulieren sich estnische Verdächtige. Die beiden Mörder …«

»Ernesaks haben wir noch keine Tat nachweisen können«, unterbrach Jonas. »Wir wissen nur, dass er vor keinem Gewaltverbrechen zurückscheut.«

»Das sind Formalien«, meinte der Forensiker. »Wir haben doch gar keine Chance, weiter in der Drogenmafia nach oben zu kommen, wenn die Leute das Ganze aus dem Ausland steuern.«

Jonas berichtete von seiner Begegnung mit dem finnischen Steward, der als möglicher Zuträger in Frage kommen könnte.

»Dann holen Sie den Mann her«, schlug Dr. Wallberg vor, »legen Sie ihm Daumenschrauben an, und fragen Sie ihn, wem er sein Wissen weitergegeben hat. Es sieht so aus, als würde Leppilampi als Drogenkurier arbeiten.«

»Das ist nichts als ein vager Verdacht«, sagte Tällberg. »Nichts ist bewiesen.«

»Herrje!« Dr. Wallberg ließ seine flache Hand auf die Tischplatte krachen. »Wenn Sie stets so übervorsichtig agieren, kommen wir nicht weiter. Sie können die Verbrecher doch nicht mit Glacéhandschuhen anfassen. Wie gehen die vor? Ohne Rücksicht.«

»Wir können nicht mit der gleichen Münze zurückzahlen …«

»Dann machen Sie Ihre Sachen doch allein«, polterte Dr. Wallberg los. »Die bisherige Methode funktioniert doch nicht. Sie stochern mit einer viel zu kurzen Stange im Nebel herum. Nicht einmal durch Zufall erwischen Sie dabei etwas.«

Dr. Wallberg, so empfand es Jonas, drückte etwas wie »das gesunde Volksempfinden« aus. Die Bürger verstanden nicht, weshalb den Ermittlungsbehörden in einem Rechtsstaat oft die Hände gebunden waren. Blinder Aktionismus war aber nicht zielführend. Einen Täter vor Gericht zu stellen, ohne ihm die Tat hieb- und stichfest nachweisen zu können, war keine Lösung. Er trug seine Gedanken vor und endete mit: »Vor Gericht gilt nicht das sogenannte Gottesurteil des

Mittelalters: Man steckt den Verdächtigen in einen Sack und wirft ihn in den See. Ertrinkt er, war er unschuldig. Taucht er auf, ist er vom bösen Geist beseelt und wird als Hexer verbrannt.«

»Dann stirbt der Verdächtige ja auf jeden Fall«, sagte Gripsholm staunend.

»Ja«, bestätigte Dr. Wallberg. »Aber Sie müssen sich nie wieder mit ihm befassen.«

»Das war Justizmord.« Gripsholm zeigte Empörung.

»Wir kommen vom Thema ab«, mahnte Tällberg. »Betrachten wir die Art der Mordausführung an Krasnopjorov.«

Jonas meldete sich zu Wort und trug seine These zur Bestrafung vor: »Ich interpretiere es so: Die Augen wurden ihm ausgestochen, weil er nicht aufgepasst hat. Der Kopf wurde angebohrt, weil er nicht nachgedacht hat. Und die Hände, weil er seinen Fingerabdruck hinterlassen hat, der ihn überführte. Die Organisation setzt Zeichen mit unvorstellbarer Brutalität.«

»So etwas müssen wir künftig vermeiden, auch durch den Einsatz unkonventioneller Methoden«, sagte Tällberg entschlossen. »In Malmö darf nichts passieren. Sonst sind wir alle hier«, dabei kreiste sein Arm einmal in die Runde, »in der nächsten Woche nicht mehr im Amt.«

Zu gern hätte Jonas gewusst, ob Tällberg wieder einmal seitens der Führung mit Drohungen belegt worden war, ob man dem Polisintendenten alle Schuld am vermeintlichen Versagen der Polizei aufbürden wollte. »Schwarzer Peter«, murmelte Jonas halblaut und zog die Blicke der anderen auf sich.

»Bitte? Was meinen Sie?«, wollte Markvist wissen.

»Ach, nichts«, wehrte Jonas ab.

»Das nächste Konzert findet in Malmö statt«, ergriff Tällberg das Wort. »Wir werden versuchen, dort alle möglichen potentiellen Opfer anzusprechen.«

»Was verstehen Sie darunter?«, fragte Gripsholm.

Der Polisintendent sah den Inspektor an. »Die Aufgabe sollen Sie übernehmen. Sie werden mit Unterstützung der Malmöer Polizei diejengen warnen, die den dortigen Behörden als Akteure auf dem Rauschgiftmarkt bekannt sind, gleich, ob sie schon überführt oder verurteilt sind oder nur im Verdacht stehen.«

»Wie sollen wir …«, wagte Gripsholm einzuwenden, aber Tällberg schnitt ihm das Wort ab.

»Ein Unmöglich darf es nicht geben. Fahren Sie nach Malmö, und nehmen Sie die Arbeit unverzüglich auf. Viel Zeit bleibt Ihnen nicht. Heute ist Sonntag. Am Mittwoch soll das Konzert stattfinden. Ich habe veranlasst, dass man in Malmö vorbereitet ist. Unsere Psychologen sind dabei, einen Text für die Warnung zu entwerfen, den Sie und die Kollegen dann vorlesen können.«

»Das ist mir alles …«, begehrte Gripsholm ein letztes Mal auf, aber Tällberg duldete keinen Widerspruch.

»Für Diskussionen bleiben uns weder Zeit noch Raum.« Er zeigte auf Dr. Wallberg.

Der Forensiker bestätigte, dass beim Roadie Kokain gefunden worden war. »Wir können aus wissenschaftlicher Sicht aber keinen Zusammenhang zur Drogenmafia erkennen. Der Mann wird es für den eigenen Konsum benutzt haben. Ich habe im Stillen ohnehin Zweifel, wenn wir von Drogenmafia sprechen. Bisher scheint nur sicher zu sein, dass die Organisation Liquid Ecstasy …«

»Da kann ich Ihnen nicht folgen«, unterbrach Jonas. »Was ist Gamma-Hydroxybuttersäure in Ihren Augen?«

»Na ja«, räumte Dr. Wallberg ein. »Ein verbotener und gefährlicher Stoff. Landläufig verstehen wir unter der harten Drogenszene aber …«

Tällberg unterbrach die beiden. »Wir diskutieren hier nicht das Für und Wider verschiedener Substanzen. Im Unterschied zu Drogen, die aus natürlichen Produkten wie Mohn oder Hanf gewonnen werden, können die Labore, in denen die synthetischen Drogen gebraut werden, in jedem Hinterhof stehen. Wer sagt uns, dass die Drogenmafia – ich bleibe bei dieser Vokabel! – das Zeug nicht in Schweden herstellt?«

»Alle Hinweise führen doch nach Osteuropa«, warf Dr. Wallberg ein.

»Ja, aber nur, weil Jonas Nyström unsere Aufmerksamkeit immer wieder dorthin lenkt. Gut, Puri ist Este, aber er lebt in Schweden. Und dass er sich für die Morde eines Bekannten aus früheren Jahren bedient, ist auch nicht überraschend.« Gripsholm legte eine kleine Kunstpause ein. »Es gibt aber keine Indikationen anderer Polizeibehörden, dass im Ausland Ähnliches geschieht wie derzeit in Schweden. Das Labor könnte also auch im Inland stehen. Sollten wir nicht danach suchen?«

»Wie denn?«, fragte Dr. Wallberg.

»Sagen Sie es uns. Das ist Ihre Aufgabe. Analysieren Sie das Zeug, und stellen Sie fest, ob die Ausgangsprodukte aus Schweden stammen.«

»Sie haben nicht den Schimmer einer Ahnung …«

»So kommen wir nicht weiter«, unterbrach Tällberg den Disput. »Natürlich habe ich schon in Erwägung gezogen, Hersteller von Gamma-Hydroxybuttersäure zu besuchen.«

»Sie meinen die, die uns bekannt sind«, sagte Gripsholm.

»Die anderen werden dir kaum ihre Adressen geschickt haben«, knurrte Markvist.

Jonas spürte an der aufgeheizten Stimmung, dass die Nerven blank lagen. Er sah Tällberg an und registrierte, dass der Polisintendent es auch bemerkt hatte.

»Wir werden uns einen Überblick über die bekannten Produktionsstätten verschaffen. Dr. Wallberg, können Sie das übernehmen?« Die Frage war so formuliert, dass dem Forensiker keine Alternative blieb.

»Einer der Roadies ist ins Krankenhaus eingeliefert worden. Man hat Flunitrazepam festgestellt. Das hat man auch in den Resten der Wodkaflaschen gefunden, die den Roadies geschenkt worden waren. Flunitrazepam führt zu einem kompletten Filmriss, verstärkt durch die große Menge Alkohol. Deshalb haben Sie«, Markvist sah Jonas an, »die Truppe auch in entsprechender Verfassung vorgefunden. Man hat die Roadies vorsätzlich außer Gefecht gesetzt.«

»Weshalb wurden die Analysen im Krankenhauslabor in Växjö durchgeführt und nicht bei uns?«, fragte Dr. Wallberg erstaunt. »Es macht doch Sinn, alles zentral aus einer Hand zu machen. Nur so sind die Ergebnisse vergleichbar. Ich würde darum bitten, das künftig zu beachten.«

Er schlug die Ledermappe vor sich auf und entnahm ihr eine Plastikhülle. »Dieses haben wir in der Innentasche von Krasnopjorovs Jacke gefunden.« Der Wissenschaftler rückte kunstvoll seine Brille zurecht und las vor: »Versager sind überflüssig. Wenn der Schädel zu eng wird, muss er geöffnet werden. Wer das Augenscheinliche nicht sieht, benötigt keine Augen. Und Hände, die Spuren hinterlassen, können vom Körper abgetrennt werden.«

Jonas erstarrte. Dieses Bekenntnis entsprach genau der These, die er dem Polizisten Sandberg und seinem Team vorgetragen hatte.

»Warum ist das nicht in Öjaby aufgefallen?«, wollte Jonas wissen.

»Weil Sie nicht danach gesucht haben, obwohl Sie viele Stunden Zeit hatten«, erwiderte Dr. Wallberg bissig.

»Sie schleppen ein solch wichtiges Beweismittel einfach mit sich herum?« Markvist sah den Forensiker entgeistert an.

»Natürlich nicht. Dies ist eine Kopie. Das Original untersuchen wir gerade im Labor. Noch liegt die endgültige Bestätigung nicht vor, aber es sieht so aus, als hätten wir es mit dem gleichen Papier und demselben Drucker zu tun, auf dem die Botschaft stand, die man Johan Wax zugesteckt hatte. Und bevor Sie wieder einen Giftpfeil auf das Nationale Forensische Labor abschießen«, dabei sah er Gripsholm an, »bleibt festzustellen, dass wir die Identität erst feststellen können, wenn Sie uns den Drucker gebracht haben. Anders kommen wir nicht daran.«

»Für mich sind die Roadies noch nicht von der Liste der Verdächtigen gestrichen«, erwiderte Gripsholm. »Der Täter könnte zunächst seine Kollegen so zugerichtet haben, hat dann Krasnopjorov mit dem Werkzeug aus dem Tourwagen so gefoltert und sich anschließend auch einen Schluck aus der Flunitrazepamampulle gegönnt. Das wäre das perfekte Alibi.«

»Das Fahrzeug, in dem Krasnopjorov ermordet wurde, befindet sich auf dem Weg nach Linköping ins Labor. Es wird auseinandergenommen. Und wenn sich auch nur ein Hautpartikel findet, das mit einer der uns bekannten Figuren zusammenpasst, dann haben wir den Täter«, sagte Tällberg, und Dr. Wallberg nickte zustimmend. »So. Jeder hat seine Aufgabe. Auch wenn Sonntag ist«, der Polisintendent warf einen Blick auf die Uhr, »man kann schon fast sagen: war, starten wir jetzt durch.«

Jonas überlegte, nach Hause zu fahren und die Familie zu überraschen. Doch vorher wollte er noch Ole Hermansson aufsuchen, den Lkw-Fahrer.

Die Åsogatan lag an diesem Sonntagabend ruhig und verlassen da. Es war dunkel, und neben der Straßenbeleuchtung fiel das Licht aus den erleuchteten Fenstern auf die Straße. Sein Blick wanderte an der Fassade aufwärts. Auch in der Wohnung der Familie Wax brannte Licht. Familie! Er schluckte heftig. Frau Wax und das Kind. Jonas widerstand der Versuchung, bei ihr zu klingeln.

Kurz nach der Betätigung des Klingelknopfes neben der Beschriftung »Hermansson« ertönte der Summer. Jonas erklomm die Treppe. Aus der Wax'schen Wohnung drang kein Ton ins Treppenhaus.

Eine Etage höher erwartete ihn eine blonde Frau mit draller Figur.

»Nyström, Kriminalpolizei«, sagte er.

»Sie kommen wegen Johan?«, stellte die Frau fest und bestätigte seine Nachfrage, dass sie Frau Hermansson sei. »Ole?«, sagte sie und zog die Stimme hoch. »Der liegt auf dem Sofa. Er muss morgen früh raus. Wieder auf Tour Richtung Norden.«

Der Lkw-Fahrer hatte sich ausgestreckt und einen Arm hinter dem Kopf verschränkt. Erstaunen lag in seinem Blick, als Jonas das Zimmer betrat.

»Sie?«, fragte er überrascht.

»Sie sind morgen wieder mit dem Postwagen unterwegs? Wohin geht es?«, fragte Jonas und zeigte auf den Fernsehapparat. »Können wir den kurz ausschalten?«

Hermansson warf einen Blick auf den Bildschirm. Für einen kurzen Moment schien es, als würde er protestieren, dass er inmitten des Programms unterbrochen wurde. Dann griff er zur Fernbedienung und schaltete den Ton ab.

Jonas wiederholte seine Frage.

»Morgen? Da bin ich für Umeå eingeteilt.«

»Sind Sie sich sicher?«

Hermansson warf einen Blick auf den Fernsehapparat, dann sah er Jonas an. »Ich verstehe Sie nicht.«

»Als wir uns im Café in Sundsvall …«

»Ole«, fuhr Frau Hermansson dazwischen. »Davon hast du mir gar nichts gesagt.«

»… da haben Sie mir erzählt, dass Sie am Donnerstag und Freitag vor Johan Wax' Ermordung in Umeå gewesen sind.«

»Ja. Das stimmt auch«, behauptete Hermansson.

»Nein«, widersprach Jonas. »Sie haben gelogen. Sie waren nicht in Umeå, sondern in Östersund.«

»Das ist nicht wahr«, beharrte Hermansson. »Woher wollen Sie das wissen?«

»Vom Disponenten der Nordpost, der die Touren einteilt. Sollen wir nicht nur ihn, sondern auch die Beschäftigten der Niederlassung in Östersund als Zeugen aufbieten, die an jenem Abend Dienst hatten? Die werden es wohl bestätigen.«

Hermansson richtete sich mühsam auf.

»So? Dann habe ich mich eben geirrt. Das tut mir leid. Warum ist das so wichtig?«

»Weil Sie einer der wenigen Menschen waren, die wussten, dass Johan Wax nach Östersund fährt. Unser Kollege war dort nicht das zufällige Opfer eines Mörders, sondern man hat ihm dort aufgelauert.«

»Aber ich …«, stammelte Hermansson und Schweiß perlte auf seiner Stirn. »Ich habe doch nichts mit Johans Tod zu tun.«

»Waren Sie in Östersund mit Johan Wax verabredet? Wenn sich zwei befreundete Nachbarn in der gleichen fernen Stadt aufhalten, wäre es doch nicht ungewöhnlich, dass man sich dort auf ein Bier trifft.«

»Nein. Wir haben uns nicht getroffen. Ich wusste ja nicht, wo er in Östersund war und was er dort wollte. Wenn ich unterwegs bin, gehe ich ohnehin nie aus. Lkw fahren ist eine anstrengende Sache. Da vergeht Ihnen die Lust nach Vergnügungen unterwegs.« Wie zufällig streifte sein Blick seine Frau. »Also – mit Johan in Östersund – da war nichts.«

»Sie haben mir noch keinen triftigen Grund genannt, weshalb Sie mich belogen haben.«

»Das war ein … Irrtum.«

»Nein«, behauptete Jonas. »Ziehen Sie sich etwas an. Wir werden das Gespräch auf der Rikspolisen fortsetzen.«

»Sie können mich doch nicht einfach mitnehmen«, stammelte Hermansson. »Ich muss arbeiten. In aller Herrgottsfrühe geht es nach Östersund.«

»Östersund? Vor wenigen Minuten haben Sie mir erzählt, Sie sind für Umeå eingeteilt.«

Hermansson fasste sich an die Stirn. »Sie bringen mich ganz durcheinander. Doch. Ja. Umeå ist richtig.«

»Also los. Kommen Sie mit.«

»Halt«, protestierte der Lkw-Fahrer keuchend. »Es stimmt. Ich habe Ihnen in Sundsvall die Unwahrheit gesagt. Ich war am Abend vor Johans Ermordung in Östersund.«

»Ole!« Frau Hermansson hielt sich die Hand vor den Mund, so sehr hatte sie ihr eigener Aufschrei erschreckt.

»Es ist nicht so, wie Sie denken«, behauptete Hermansson. »Ich habe auch Johan erzählt, dass ich in Umeå bin. Ich wollte ihn unter keinen Umständen in Östersund treffen. Johan ist … war bei der Polizei.«

»Haben Sie etwas zu verbergen?«

»Nein … ja … äh … wie soll ich das sagen?«

»Versuchen Sie es mit der Wahrheit.«

»Das ist ein Knochenjob. Kaum jemand kann es sich vorstellen, insbesondere in der dunklen Jahreszeit, wenn Sie mit dem Lkw bei Schnee, Eis und Nebel unterwegs sind. Schon hier in Stockholm stöhnen die Autofahrer über die widrigen Straßenverhältnisse. Was meinen Sie, wie es erst draußen auf dem Land aussieht?«

»Was hat das mit Johan Wax zu tun?«

»Nichts. Aber für den schweren Job bekommt man verdammt wenig Geld. Das reicht kaum, um die Familie zu ernähren. Für Extras ist da nichts übrig.«

»Da haben Sie sich etwas dazuverdient«, riet Jonas.

Hermansson nickte schwach. »Ich habe manchmal etwas nebenbei mitgenommen. Auf eigene Rechnung.«

»Was?«

»Pakete.«

»Immer für denselben Auftraggeber?«

Der Lkw-Fahrer bestätigte es.

»Was war in den Paketen drin?«

»Herrje noch mal. Ich weiß es nicht.«

»Es hat Sie nie interessiert?«

»Nein. Man hat mir das Geld zugesteckt.«

»Wie viel?«

»Das war nicht bei jeder Tour.«

Jonas wiederholte seine Frage.

»Mal achthundert Kronen, mal weniger.« Hermansson war aufgestanden und wanderte im Zimmer umher.

»Wer ist Ihr Auftraggeber?«

Jetzt blieb der Lkw-Fahrer stehen. »Verdammt. Da waren nie Absender auf den Paketen.«

»Wo haben Sie die Sachen abgeholt?«

»Ich habe telefonisch durchgegeben, wann ich in Stockholm abfahre.« Dann berichtete er, dass er in Frösunda kurz von der Autobahn abgefahren sei und im dortigen Gewerbegebiet die Pakete eingeladen habe. Jeweils kurz vor Östersund beziehungsweise Umeå habe auf einem Parkplatz ein Kleinlaster auf ihn gewartet und die Pakete entgegengenommen. Dort habe er auch das Geld in bar erhalten.

»Sie müssen doch eine Kontaktperson haben?«, fragte Jonas.

»Das ist alles telefonisch abgelaufen. Mich hat mal jemand an einer Raststätte angesprochen und mir die Sache schmackhaft gemacht. Der Rest – wie gesagt. Alles nur übers Telefon.«

»Seit wann machen Sie das schon?«

Hermansson biss sich auf die Unterlippe.

»Raus mit der Sprache.«

»Seit drei Jahren«, kam es zerknirscht aus dem Mund des Lkw-Fahrers.

Damit hatte sich Hermansson vom Verdacht, ein – vielleicht auch unwissender – Drogenkurier zu sein, freigesprochen. So lange war die Drogenmafia noch nicht aktiv.

»Und nun?«, wollte Hermansson wissen.

Jonas riet ihm, sich seinem Arbeitgeber zu offenbaren. Er selbst nahm die Telefonnummer entgegen, die Hermansson als Kontakt diente. »Haben Sie für Ihre morgige Tour auch wieder eine illegale Beiladung?«

Der Lkw-Fahrer nickte.

»Das wird Ihre letzte«, sagte Jonas mit drohender Stimme und verließ ein niedergeschlagenes Ehepaar.

Vom Auto aus wählte er Markvists Mobiltelefon an. Der Inspektor war nicht begeistert. »Ich dachte, wenigstens am Sonntagabend hätte ich ein paar freie Minuten.«

Jonas gab ihm die Telefonnummer durch. »Finden Sie heraus, wer der Teilnehmer ist.« Außerdem trug er ihm auf, zu organisieren, dass am nächsten Tag eine Zivilstreife auf dem Parkplatz vor Umeå den Pakettausch beobachten, eingreifen und den Inhalt der Pakete kontrollieren solle.

Mit gemischten Gefühlen machte er sich auf den Heimweg nach Vastastan zu *Tre Liljor.* Er musste lange suchen, bis er in der Norrtullsgatan einen Parkplatz fand, in den er den Volvo mühsam hineinbugsierte.

Liv war überrascht, als er in der Haustür stand. Statt vieler Worte nahm sie ihn einfach in den Arm.

·ZWANZIG·

Es war Jonas schwergefallen, aufzustehen, so zu tun, als wäre es ein ganz normaler Montag und mit Liv zu frühstücken. Die Mädchen hatten dazu keine Zeit gefunden und waren in letzter Minute zur Schule geeilt. Das war ein Stück Normalität.

Nach einer ermüdenden Fahrt traf er in Östersund ein. Man kannte ihn mittlerweile, und er konnte das Polizeigebäude ohne weitere Formalitäten betreten.

Die Tür zu Ráidnerssons Büro stand offen. Der Inspektor sah Jonas vorbeigehen, sprang hektisch auf und lief ihm hinterher. »Hej, Kommissar Nyström«, rief er.

Jonas wunderte sich über die Förmlichkeit, blieb stehen und sah Ráidnersson an. Der drängte ihn förmlich in den benachbarten Arbeitsraum, in dem Agssagssak saß. Der Inspektor schloss die Tür hinter sich und wollte wissen, was es Neues gebe. Natürlich war der Mord von Öjaby auch hier publik geworden.

Jonas berichtete in Kurzform, dass Krasnopjorov tot sei und man weitere Ermittlungen betreibe.

»Wir, Eqqaq und ich«, Jonas wunderte sich, dass Ráidnersson Kriminalassistent Agssagssak erstmals mit dessen Vornamen benannte, »haben ein paar Sonderschichten eingelegt. Im Südosten der Stadt, zwischen Trabrennbahn und Lillsjön, hat man Container aufgestellt, in denen Flüchtlinge untergebracht sind.«

»Das ist im Gewerbegebiet«, erinnerte sich Jonas. »Da ist doch auch der Müllabladeplatz.«

»Nicht direkt dort, in der Nähe.« Ráidnersson senkte den Kopf und wich Jonas' Blick aus. »Das ist nicht unsere Idee gewesen. Also – das Containerdorf, es bereitet immer wieder Probleme. Es kommt dort zu

Schlägereien, Diebstähle untereinander sind an der Tagesordnung, verschiedene Ethnien gehen aufeinander los. Natürlich stromern die Bewohner aus Langeweile auch durch die Stadt. Im Gegensatz zu Gerüchten, die angeheizt werden, können wir aber keine gesteigerte Kriminalität feststellen. Dennoch haben uns besorgte Bürger angerufen, weil sich in jüngster Zeit dunkelhäutige Menschen vor Schulen aufgehalten haben. Wir haben sie beobachtet und dabei zwei überführen können, wie sie versuchten, Drogen an Schüler zu verkaufen.«

»Leute aus dem Flüchtlingslager?«

»Ja. Zwei Afghanen. Sie geben sich als Shabir Shayesteh und Faysal Isoufi aus. Ob die Namen stimmen, wissen wir nicht. Unter denen sind sie der Einwanderungsbehörde bekannt. Wir haben sie mit Liquid Ecstasy erwischt. Einen Teil haben wir zum Staatlichen Kriminaltechnischen Laboratorium nach Linköping geschickt. Da die Expertisen immer sehr lange dauern, habe ich meine Kontakte zur hiesigen Universität genutzt und auch dort um eine Analyse gebeten. Natürlich haben die beiden Afghanen zunächst geschwiegen. Zu Eqqaq haben sie schließlich ein wenig Vertrauen gefasst.«

Jonas vermutete, dass Agssagssak, dem Inuit, dabei sein Äußeres zugutekam.

»Aus ihrer Heimat seien sie es gewohnt, dass Rauschgift etwas ganz Natürliches sei, haben sie erklärt. Viele Bauern könnten nur durch den Anbau von Mohn überleben, der die Grundlage für Heroin ist. Unter den Augen der dort stationierten internationalen Truppen werden in Afghanistan etwa neunzig Prozent des Mohns produziert. Nur die Amerikaner waren gefürchtet. Die haben die Felder zerstört. Alle anderen haben es geduldet, berichteten die beiden. Deshalb haben sie sich auch nichts dabei gedacht, als man sie für den Drogenhandel anheuerte. Ein bisschen hinzuverdienen – das dürfe in einem Land wie Schweden nicht strafbar sein. Überhaupt sei hier doch alles freier. Ihrer Meinung nach würden doch fast alle Schweden ganz natürlich Drogen konsumieren, vom verachteten Alkohol bis zu … ja, eben synthetisch hergestellten Drogen. Den beiden fehlt jegliches Unrechtsbewusstsein.«

»Das haben wir denen zu verdanken, die den Leuten, die hier Schutz vor Krieg und Verfolgung in ihrer Heimat suchen, nicht unsere Spielregeln nahebringen«, sagte Jonas. »Ist ihnen bewusst, dass man sie deshalb abschieben wird?«

»So schlimm scheint ihr Vergehen nicht zu sein. Um eine Strafe werden sie allerdings nicht herumkommen«, meinte Ráidnersson. »Sie, Kommissar, sind sehr streng in der Verfolgung von Drogenkriminellen«, stellte er fest.

»Wir müssen unsere Jugendlichen vor diesen gewissenlosen Geschäftemachern schützen.«

»Das Geld machen andere, nicht die armen Schweine, die als letztes Glied in der Kette der Enttarnung durch die Polizei ausgesetzt sind. Es sind nur ein paar Kronen, die sie für das Dealen erhalten.«

»Das scheint die neue Masche zu sein, Asylbewerber als Nachfolger von Melker Evaldsson und Co anzuwerben. Haben sie etwas zu ihren Kontakten ausgesagt?«

»Nein, bisher noch nicht.«

Jonas beschloss, die Männer erneut zu verhören. »Ich möchte dabei sein«, erklärte er. Es dauerte zehn Minuten, bis die beiden Männer hereingeführt wurden. Ráidnersson ließ ihnen die Handschellen abnehmen. Die beiden Afghanen nahmen auf den Stühlen Platz. Ihre Unsicherheit war unter anderem daran erkennbar, dass sie sich ganz nach vorn setzten. Der Inspektor fragte, ob sie sich auf Englisch verständigen könnten oder einen Dolmetscher verlangten.

Zunächst fragte Ráidnersson nach den Namen und woher die beiden stammten. Sie gaben an, aus Aq Saray zu kommen. Das sei ein kleiner Ort in der Nähe von Kunduz. Sie verfielen in ihren heimischen Dialekt. Als die beiden Afghanen – nach Aufforderung – wieder Englisch sprachen, überboten sie sich lebhaft gegenseitig bei der Schilderung, weshalb sie nach dem Abzug der Deutschen aus der Region um ihr Leben fürchten mussten und mit welchem Aufwand es verbunden war, nach Schweden zu flüchten. Schweden – das war ihr Traumziel. Kein Weg rund um den Globus sei ihnen zu weit gewesen, auch wenn sie große Angst vor dem kommenden Winter hätten. Hier herrsche Frieden und Gerechtigkeit. Und die Menschen seien großzügig. Na ja, ließen sie durchblicken, diesen oder jenen Wunsch hätten sie schon. Sie wollten studieren. »Wie kommt man an ein eigenes Auto?«, wollte Shayesteh wissen. Sie hätten begriffen, dass Östersund sehr einsam liege. Rundherum seien nur Wälder. Von ihrem Heimatort in Afghanistan hätten sie mit dem Moped nach Kunduz fahren können, wenn sie sich nicht vor Verbrechern oder den Taliban fürchten mussten. Aber hier – in der Umgebung von Östersund – gebe es kein Ziel, das man mit dem Moped erreichen könne. Und so habe es auch der Mann bestätigt, der sie angesprochen habe.

»Wissen Sie, was Sie dort verkaufen?«, wollte Jonas wissen.

Isoufi nickte treuherzig. »Das stimuliert und lässt den Alltag vergessen. Es macht frei und glücklich. Man macht die Kids damit glücklich«, radebrechte er.

»Das ist Rauschgift, eine Droge«, belehrte Jonas die beiden.

»Droge?« Shayesteh schüttelte den Kopf. Wie auch immer man es nennen würde, in seiner Heimat hatte man jahrtausendealte Erfahrung mit Stoffen, die das Leben schöner machten. Niemand hatte etwas dagegen, weder der Imam noch der Malik, der Dorfvorsteher. Die Produktion und der Umgang mit Drogen seien etwas ganz Normales.

Jonas schüttelte missbilligend den Kopf. »Aber nicht in Schweden«, sagte er. »Hier gelten unsere Gesetze. Für jeden, auch für Menschen, die hier leben möchten.«

Ráidnersson warf den beiden Afghanen einen schnellen Blick zu und schien erleichtert, dass sie es nicht verstanden hatten. »Können wir den beiden nicht ein paar Zugeständnisse machen, damit sie reden?«, wollte er von Jonas wissen.

»Nein!« Jonas war entschieden dagegen. »Keine Kompromisse. Wir können den Rauschgifthandel nicht tolerieren. Und wir wollen es nicht. Wer hat Sie angesprochen? Kennen Sie den Namen? Eine Telefonnummer?«, wollte Jonas wissen.

»Nein. Kein Name. Keine Anschrift.«

»War es ein Schwede?«

Ganz bestimmt, versicherte Isoufi. »Blond, groß, kräftig. Ein Weißer. Ein Europäer. Ja – ganz bestimmt ein Schwede.«

Jonas bat um eine Beschreibung. Diesmal antwortete Shayesteh und benutzte nahezu die gleichen Worte wie sein Landsmann. Die Frage nach der Bekleidung oder anderen Merkmalen passten auf jeden männlichen Einheimischen zwischen zwanzig und fünfzig.

»Wie kommen Sie in Kontakt miteinander?«

Isoufi schien zunächst nicht zu verstehen. Dann entspann sich ein lebhafter Dialog in Paschto, zumindest nahm Jonas an, dass es diese Sprache sei. Er fragte danach. Shayesteh nickte heftig und versicherte, sie seien Paschtunen. »Aber unsere Heimat ist umzingelt von Turkmenen.«

Jonas erinnerte an seine Frage, wie der Kontakt zustande komme.

»Morgens. Um zehn Uhr. Am Eingang vom Bahnhof«, erklärte Isoufi.

Zum Abschluss zeigte Jonas den beiden Männern noch Bilder von Krasnopjorov, Ernesaks, Evaldsson und Hassel. Die beiden Afghanen sahen sich die Fotos interessiert an, diskutierten miteinander und bei Melker Evaldsson tippte Shayesteh auf die Nase des Dealers und lachte laut auf. Dann waren sie erstaunt, als sie wieder abgeführt wurden.

»Gute Arbeit«, lobte Jonas die beiden einheimischen Kriminalpolizisten. »Wir wissen noch nicht, ob die beiden irgendetwas mit der Drogenmafia zu tun haben. Wenn nicht, leben sie und ihr Zwischenhändler gefährlich. Die Organisation wird es nicht zulassen, dass der örtliche Markt, von dem sie Roland Hassel und seine Mittäter blutig verdrängt haben, jetzt von anderen vereinnahmt wird. Falls sie für die neue Drogenmafia tätig sind, ohne es zu wissen, hätten wir einen Fuß in der Tür. Es wäre nur ein ganz kleiner Schritt, aber immerhin.«

Ráidnersson überließ es Jonas, die Strategie für den nächsten Morgen vorzugeben.

»Wir werden die beiden Männer zum Bahnhof gehen lassen«, schlug Jonas vor.

»Ist das nicht zu gefährlich?«, fragte Agssagssak.

An diese Möglichkeit hatte Jonas auch gedacht. Er wollte die Chance aber nutzen. »Ich bin überzeugt, dass der Kontaktmann kein Gewalttäter ist. Wir schicken die beiden Afghanen zum Bahnhof, aber ohne das Geld, dass sie dort abliefern müssen. Sie haben doch etwas bei der Verhaftung sichergestellt?«

»Etwa sechstausend Kronen«, bestätigte der Inspektor. »Das ist nicht viel.«

»Das Geschäft wird erst aufgebaut«, erklärte Jonas.

»Wie viele Leute sollen wir bereitstellen?«, wollte Agssagssak wissen.

»Wir drei und dann noch zwei weitere Beamte in Zivil. Die sollen sich aber zurückhalten und nur eingreifen, wenn es zu gewalttätigen Auseinandersetzungen kommt.«

»Ich werde alles veranlassen«, sagte Ráidnersson und sah auf die Uhr.

»Es ist Zeit für den Feierabend«, sagte Jonas und wünschte den beiden einen schönen Abend.

Es war nasskalt und regnerisch. Ein feiner Sprühregen machte den Aufenthalt im Freien unangenehm. Jonas steuerte erneut die Kyrkgatan an und parkte unweit des Hauses, vor dem er schon mehrfach gehalten und es beobachtet hatte. Dieses Mal unternahm er keine Anstrengungen, sich zu verbergen. Seine Geduld wurde auf eine harte

Probe gestellt, und im Stillen bedauerte er die Polizisten, deren Hauptaufgabe in der Observation von Personen oder Objekten bestand. Er konnte sich nicht vorstellen, manchmal tagelang zu verharren und auf ein Ereignis zu warten, dabei aber stets so konzentriert zu bleiben, dass der entscheidende Moment nicht in der Monotonie der Untätigkeit unterging. Ihm war die Stunde, die er in seinem Auto hockte und die nur gelegentlich vorbeihuschenden Passanten beobachtete, schon zu viel. Heute würdigte ihn niemand eines Blickes. Die Leute waren unter dem Regenschirm abgetaucht oder hatten die Kapuzen tief ins Gesicht gezogen.

Endlich tauchte sie auf. Sie kam aus der Straße, die zum Marktplatz führte und trug wie jedes Mal, wenn er hier gewartet hatte, in jeder Hand Plastiktüten. Jonas stieg aus, schloss die Tür und wartete, bis sie die wenigen Meter bis zum Auto zurückgelegt hatte. Sie trug keine Kopfbedeckung. Die Haare lagen klitschnass am Kopf, das Wasser troff von der Stirn, lief über die Augenbrauen, die Nase hinab und landete schließlich auf den Lippen und am Kinn.

»Hej«, sagte sie müde. Jonas streckte die Hände vor und nahm ihr die Taschen ab. »Hej«, erwiderte er und war sich nicht sicher, ob er richtig handelte. Ohne weitere Worte folgte er ihr. Vor der Haustür kramte sie in der Außentasche ihrer Regenjacke nach dem Schlüssel, öffnete die Tür und ließ es kommentarlos zu, dass er ihr folgte. Sie wohnte in der ersten Etage, öffnete die Wohnungstür und tastete nach dem Lichtschalter. Ein mattes Licht erhellte den kleinen, schmucklosen Flur. An einer Wandgarderobe hingen ein paar Kleidungsstücke. Ein Spiegel vervollständigte die Einrichtung. Die Diele war weiß gestrichen. Die letzte Farbe war allerdings – deutlich erkennbar – vor langer Zeit aufgetragen worden. Es gab zahlreiche abgestoßene Stellen.

Sie zog sich die Regenjacke aus, schüttelte sich wie ein nass gewordener Hund, hielt sich an der Garderobe fest und schlüpfte aus den Schuhen. Zum Vorschein kamen Socken, die an den Spitzen dunkle

Stellen aufwiesen. Ein untrügliches Anzeichen dafür, dass die Schuhe nicht wasserdicht waren.

Jonas stand unschlüssig neben ihr. Er war unsicher.

»Soll ich wieder gehen?«, fragte er.

Sie schüttelte den Kopf. »Kleinen Moment«, sagte sie und zeigte auf eine geschlossene Tür mit einem Riffelglaseinsatz. »Das Wohnzimmer. Warte dort.«

Jonas zögerte, während sie im fensterlosen Bad verschwand. Er öffnete die Tür und machte Licht. Der kleine Raum war schlicht möbliert, aber sauber. Der Fußboden war mit Dielenbrettern versehen. Ein kleines, zweisitziges Sofa mit Stoffbezug, ein runder Tisch davor sowie ein Freischwinger aus dem Möbelhaus, das ganz Europa mit schwedischer Wohnkultur versorgte, der Schrank mit dem gläsernen Aufbau, in dem Gläser einsortiert waren, eine Stehlampe und ein kleiner Tisch mit zwei Holzstühlen vervollständigten die Einrichtung. Auch wenn alles einfach war, wirkte es auf Jonas behaglich. Bunte Bilder mit Motiven schwedischer Häuser verliehen dem Raum eine leichte Fröhlichkeit. Der Wollteppich war ebenso ein Farbtupfer wie die Vase mit frischen Schnittblumen, die auf dem Tisch stand. Eine zusammengelegte Kuscheldecke auf dem Sofa und der Fernsehapparat in der Zimmerecke gaben Zeugnis davon, wie sie ihre Abende verbrachte.

Jonas hörte sie im Bad rumoren, während er Ausschau nach irgendetwas Persönlichem hielt. Salz- und Pfefferstreuer, ein bedruckter Läufer auf dem Esstisch, eine hölzerne Schale und ein mehrarmiger Halter für Teelichte waren alles.

Er drehte sich um, als sie aus dem Bad kam und auf nackten Sohlen ins Zimmer trat. »Möchtest du einen Tee?«, fragte sie.

Er schüttelte den Kopf. »Mach dir keine Umstände.«

»Ich trinke immer Tee, wenn ich nach Hause komme.« Sie drehte sich um und ging in die Küche, ohne seine Antwort abzuwarten. Geschirr klapperte, Wasser wurde in einen Kessel gelassen. Dann kehrte sie mit einem abgeschabten Tablett zurück, auf dem sie zwei Teetassen und eine Zuckerdose balancierte. Sie deckte den kleinen Esstisch. »Ich habe leider keine Sahne für den Tee«, erklärte sie und ging in die Küche zurück.

Jonas wartete im Stehen, bis sie die Kanne brachte, einschenkte und sich wortlos setzte. Er verstand es als Aufforderung, sich ebenfalls hinzusetzen. Stumm saßen sie sich gegenüber. Ihre kurzen Haare waren grau geworden. Falten hatten sich ins Gesicht eingegraben. Auch heute sah sie müde und abgespannt aus. Die Hände waren rissig.

»Wie geht es dir?«, fragte er und schalt sich einen Narren, mit einer solchen Floskel zu beginnen.

»Es geht«, antwortete sie nichtssagend. »Und du?«

Er zuckte mit den Schultern.

Sie nahm die Tasse in beide Hände, als wollte sie ihre Hände daran aufwärmen. »Lange her.«

Jonas nickte.

»Dreiundzwanzig Jahre«, stellte sie fest.

Er wich ihrem Blick aus. Ein Kloß saß in seinem Hals. »Ja«, krächzte er im zweiten Versuch.

»Danke«, sagte sie leise.

»Wofü…?« Jonas brach ab.

»Das Geld – die ganzen Jahre über.«

»Das ist selbstverständlich.«

»Ich habe es gebraucht, sonst hätte es nicht geklappt. Ich habe oft gedacht, dass es dir schwerfallen musste. Du hast doch Familie in Stockholm. Ein neues Leben.« Sie sah ihn an. Als er nicht antwortete, schob sie ein »oder?« hinterher.

»Ja«, sagte Jonas leise. »Zwei Töchter.«

»Alles in Ordnung bei dir?«

Erneut antwortete er mit »Ja«.

Sie pustete gedankenverloren in ihre Teetasse, nahm einen Schluck und sagte: »Bei mir auch.«

Jonas fühlte sich unbehaglich. Am liebsten wäre er aufgesprungen und gegangen. Es war keine gute Idee gewesen, hierherzukommen.

»Du wohnst allein hier?«

Sie schüttelte den Kopf. »Nur manchmal.«

»Alva …« Sie sah auf, als er ihren Namen nannte. In ihren Augen blitzte es. Er spürte, dass sie überrascht war.

»Ich … ich …« Jonas brachte den Satz nicht zu Ende. Hastig nahm er einen Schluck Tee und verbrühte sich den Mund.

Sie musterte ihn über den Rand ihrer Tasse, die sie immer noch mit beiden Händen in Höhe ihres Mundes hielt, als würde sie sich dahinter verschanzen wollen.

»Es ist schwer, Worte zu finden«, sagte Alva leise.

»Ja«, krächzte Jonas. »Entschuldige.«

Als Antwort spreizte sie den kleinen Finger ab. Aus der Geste war nicht ersichtlich, ob es eine Zustimmung oder eine Ablehnung war.

»Du bist hier, weil …?«

»Ich habe einen Auftrag zu erledigen. Dabei wollte ich … Auch wenn es lange her ist.«

»Wann fährst du wieder?«

»Ich weiß es nicht«, erwiderte er hilflos.

»Wieder für immer?«

Er blieb die Antwort schuldig.

»Ich habe nur dein Geld bekommen. Sonst hast du dich nie gerührt.«

»Ich wollte … Ich habe …« Er wich ihrem Blick aus. Selten hatte er sich so unsicher gefühlt wie in diesem Moment.

»Ich war dir sehr dankbar für das Geld. Es war nicht wenig und ich habe es gebraucht. Ich wäre dir nicht böse, wenn du es künftig unterlässt. Jonas!« Ihr fester Blick erfasste ihn. »Lass es gut sein. Es ist alles in Ordnung.«

»Aber …«

»Nein.«

Alva hatte das Handeln übernommen. Er saß ihr machtlos gegenüber, ohnmächtig, sich gegen ihre Dominanz durchzusetzen. Widerstandslos nickte er. Automatisch, ohne sich seines Verhaltens bewusst zu werden.

»Alva, wenn …«

»Fällt dir auf, dass du keinen Satz zu Ende bringst?«, fragte sie. Das erste Mal zeigte sich ein Lächeln auf ihrem Gesicht. Sie trank Tee. »Ich meine es ernst mit dem Geld. Wenn du mir weiteres schickst, überweise ich es zurück.«

»Wie kommst du zurecht?«

»Ich arbeite. Du hast gesehen, dass ich abends nach Hause komme. In meinem Alter darf man müde sein. Das ist keine Schande.«

»Was machst du?«

»Ich bin schon seit vielen Jahren als Kassiererin in einem Supermarkt tätig. Auch das Warenachfüllen gehört zu meinen Aufgaben. Ich bekomme immer die Frühschicht.«

»Die geht aber nicht bis jetzt?«

»Nein«, sagte sie leise. »Anschließend arbeite ich noch ein paar Stunden in einem Bistro in der Küche, mache sauber und helfe hier und dort.«

»Wenn du weiter die Unterstützung … Du könntest den Zweitjob aufgeben.«

»Jonas!« Es gelang ihr, einen Befehlston anzuschlagen. »Meine Entscheidung ist getroffen. Es ist *mein* Leben. Auch wenn es mühsam scheint – es ist noch nicht lange *mein* Leben. Jetzt lasse ich es mir nicht mehr nehmen.«

Die Teetasse vor ihm war noch halb gefüllt. »Ich glaube, ich muss gehen«, sagte er und wusste, dass sie die Lüge erkannte. Sie nickte nur und blieb sitzen, als er aufstand. Statt eines Abschiedsgrußes streifte er mit der Hand über ihre Schulter. Dann verließ er ohne ein weiteres Wort die Wohnung. Er setzte sich in seinen Volvo, startete den Motor und ließ das Fahrzeug langsam bis zur nächsten Hauptstraße rollen.

Dort bog er links ab, verfuhr sich angesichts der neuen, ihm unbekannten Straßenführung an der Rampe der Frösöbrücke und fand schließlich doch den Weg über den Bahnübergang zum Badhusparken. Die wenigen Lampen gaben nur ein schwaches Licht ab, das zudem durch den stärker gewordenen Regen gedämpft wurde. Die Regentropfen klatschten auf die Frontscheibe. Das matte Licht brach sich in ihnen wie in einem Kaleidoskop. Jonas starrte ins Nichts. Dort, hinter den Lichtreflexen, war Johan Wax gestorben, nur wenige Meter von seinem Parkplatz entfernt. Und dieser brutale Mord hatte ihn wieder nach Östersund gebracht. Er wusste, dass er ohne diesen Auftrag seine Geburtsstadt nicht besucht hätte. Nicht Östersund. Nicht Alva Norrlander.

·EINUNDZWANZIG·

Es war eine unruhige Nacht gewesen. Die totale Erschöpfung hatte ihn schließlich in einen Schlaf fallen lassen, aus dem er immer wieder aufschreckte. Jonas schleppte sich müde ins Bad. An die Mär, dass eine kalte Dusche die Lebensgeister wecke, glaubte er schon lange nicht mehr. Allen Ermahnungen des Hotels zum Trotz, kundgetan durch Aufkleber im Bad, die Umwelt zu schonen, ließ er das warme Wasser lange über sich fließen. Das Frühstück war ein notwendiges Muss. Er wollte auf jeden Fall vermeiden, dass man auf der Polizeistation seine Abgeschlagenheit registrierte. Im schlimmsten Fall würde man ihm unterstellen, nach Feierabend herumgesumpft zu haben.

Ráidnersson und Agssagssak waren schon anwesend. Sie hatten alles für die geplante Aktion am Bahnhof vorbereitet. »Am Centralbahnhof«, betonte der Inspektor, um anzudeuten, dass die Stadt noch über einen weiteren Haltepunkt verfügte.

Shabir Shayesteh und Faysal Isoufi hatte man aus der Arrestzelle geholt und ihnen gesagt, sie sollten zum Bahnhof gehen.

»Und das Geld?«, fragte Shayesteh. »Wir haben den Auftrag, es zu überbringen.«

»Sagen Sie dem Mann, dass Sie es aus Sicherheitsgründen nicht dabeihaben. Sie wollten erst sehen, ob alles reibungslos ablaufen wird.«

»Er wird Ärger machen«, gab Isoufi zu bedenken. »Was ist, wenn er uns angreift?«

»Das wird er nicht machen. Er will das Geld haben und Sie weiter als Verteiler einsetzen.«

Die beiden Afghanen zeigten sich skeptisch.

»Eine andere Lösung gibt es nicht«, erklärte Jonas.

»Sind wir dann frei?«

Er antwortete nicht. Es war kein faires Spiel, denn er verschwieg ihnen, dass er sie nach der Begegnung am Bahnhof wieder in Arrest nehmen würde. Aber die Männer hatten sich auf etwas eingelassen, für das sie geradestehen mussten. Sicherlich würde man ihnen diese Aktion zugutehalten.

Der Inspektor hatte neben den beiden Zivilpolizisten, einem Pärchen, noch einen weiteren Beamten aufgeboten, der den Afghanen auf dem Weg vom Polizeigebäude zum Bahnhof folgen sollte.

Die beiden Männer und ihr Schatten brachen zu Fuß auf. Jonas begleitete Ráidnersson und Agssagssak im Auto zum Bahnhof. Sie parkten das neutrale Fahrzeug in einer Reihe anderer Fahrzeuge auf dem benachbarten Parkplatz. Ráidnersson hatte sich informiert, dass in der fraglichen Zeit kein Zug verkehrte, in den die Observierten sich möglicherweise hätten flüchten können.

Die Bahnhofsanlage war überschaubar. Es gab ein langgestrecktes Bahnhofsgebäude mit einer Schalterhalle, die nicht besetzt war, einem geschlossenen Büro einer Autovermietung und einer Bahnhofsbuchhandlung. Eine Gastronomie fehlte. Bei der geringen Anzahl von Zügen, die Östersund passierten, wäre sie nicht tragbar gewesen. Auf der Rückseite des Gebäudes war niemand zu sehen. Das traf auch auf den einzigen kurzen Bahnsteig zu. Jenseits des Bahnhofs standen ein paar Güterwagen, eine Rangierlokomotive und ein halbes Dutzend musealer alter Waggons. Wer hier flüchten würde, konnte kaum unentdeckt entkommen.

Jonas stieg aus und ging zur Bahnhofsbuchhandlung. Er stöberte in den ausgelegten Zeitschriften und warf immer wieder einen Blick auf den Vorplatz.

Die Angestellte beäugte ihn misstrauisch und fragte schließlich nach, ob sie ihm behilflich sein könne. Er gab sich als Polizist zu erkennen. »Wir möchten etwas beobachten«, sagte er und hatte Mühe, sie wieder hinter den Verkaufstresen zu bugsieren, weil sie sich neugierig neben ihn stellte und aus dem Fenster schaute.

Endlich sah er die Afghanen aus Richtung der Kirche kommen. Sie stiefelten schwatzend die gegenüberliegende Treppe hinab und wandten sich direkt zum Bahnhofsgebäude, blieben vor dem Eingang stehen und setzten ihr lebhaftes Palaver in ihrer Muttersprache fort. Zwischendurch sahen sie sich suchend um.

Jonas wurde unruhig, als die verabredete Zeit um zehn Minuten überschritten war. Ein älterer Mann war mit müden Schritten zur Buchhandlung gekommen und hatte sich seine Zeitung besorgt. Eine südländisch wirkende Frau mit Kopftuch und Kinderwagen war aufgetaucht, hatte kurz angehalten, sich zum Baby hinabgebeugt, etwas in den Papierkorb vor dem Eingang entsorgt und war dann weitergezogen. Das ältere Paar, das sich suchend umsah, in der Schalterhalle verschwand, achselzuckend wieder herauskam und das Gebäude umrundete, war auch unverdächtig. Schließlich kam ein roter VW-Golf, fuhr um die Verkehrsinsel herum und hielt direkt vor der Tür. Die Afghanen sahen auf und machten zwei Schritte auf das Fahrzeug zu.

Ein großgewachsener Mann mit einem angedeuteten Dreitagebart und längeren blonden Haaren, in denen die Sonnenbrille steckte, stieg aus und blieb am rechten Kotflügel seines Wagens stehen. Er sprach die beiden Asiaten an. Nach zwei Sätzen streckte er ihnen fordernd seine Hand entgegen. Shayesteh und Isoufi schüttelten den Kopf und zeigten ihre leeren Hände vor. Shayesteh öffnete sogar seine Jacke und wies auf die Innentaschen. Mit dieser Geste wollte er andeuten, dass sie kein Geld dabei hatten.

Jonas sah, wie sich der Gesichtsausdruck des Mannes verzog. Er beschimpfte die Afghanen so laut, dass Wortfetzen zu Jonas hereindrangen. Deutlich waren Drohungen zu hören. Zunächst glaubte er den Afghanen nicht und unterstellte, sie hätten das Geld unterschlagen. Dann war etwas von Schlägen, Knochenbrüchen und anderen Gewalttaten zu hören. Er versicherte, dass es für die beiden Männer in Schweden kein Entkommen gebe. Es folgte ein Dialog, den Jonas nicht verstand. Der Gestik konnte er entnehmen, dass der Mann versuchte, Shayesteh und Isoufi einzuschüchtern. Hoffentlich, dachte er, lassen sie sich davon nicht beeindrucken und verraten die Polizeiaktion.

Der Mann machte einen Schritt auf die beiden zu und stieß Isoufi heftig gegen die Brust, dass der zurücktaumelte. Shayesteh bedachte er mit einem drohend geschwenkten Zeigefinger, bevor er laut fluchend in den Golf stieg und mit durchdrehenden Reifen davonfuhr.

Shayesteh und Isoufi sahen ihm nach und blickten sich ratlos um. Sie waren überrascht, als ihr Schatten auftauchte, sie vorsichtig, aber bestimmt am Oberarm packte und langsam Richtung Treppe schob. Ohne Widerstand begleiteten sie ihn Richtung Polizeigebäude.

Jonas hatte die Buchhandlung verlassen und stieg zu Ráidnersson und Agssagssak ins Auto. Sie folgten dem Golf und hatten ihn an der Abbiegung in die Richtung Innenstadt führende Straße eingeholt. Zwischen ihnen und dem Golf stand das zweite Fahrzeug mit dem Polizeipärchen.

»Wir fahren zunächst gemeinsam hinterher«, wies Ráidnersson über Funk an.

Der Weg führte sie an der Großen Kirche vorbei über die beiden Kreisverkehre. Sie passierten auf der breiten, alleenartig ausgebauten Straße das Rathaus.

»Wohin wollen die?«, fragte Agssagssak, der am Steuer saß. Sie erhielten die Antwort an der nächsten Kreuzung. Der Golf bog links ab und dann wieder rechts. Schließlich hielt er auf dem Parkstreifen.

Jonas stockte der Atem. Der Wagen stand genau vor Alva Norrlanders Haus.

»Weiterfahren«, sagte Jonas hastig. »Wir dürfen nicht auffallen.« Beim Beerdigungsinstitut an der nächsten Ecke ließ er den Kriminalassistenten anhalten. Jonas und Ráidnersson sprangen aus dem Wagen.

Das zweite Fahrzeug hatte den Funkverkehr mitgehört und war hinter der Straßenecke stehen geblieben.

Mir weit ausholenden Schritten gingen die beiden Polizisten zurück und sahen den Golffahrer in die Fußgängerzone biegen, die zum Marktplatz führte.

Jonas warf einen unauffälligen Blick zur Wohnung hoch, in der er am Vorabend mit Alva Tee getrunken hatte. Es waren nur wenige Schritte in der Fußgängerzone, bis sich die schmale Straße zum großen Platz hin öffnete. Diesen Weg kam Alva abends entlang. Vor seinem geistigen Auge tauchte kurz die regennasse gebeugte Gestalt mit den Plastiktüten auf.

Der zentrale Platz war keine städtebauliche Offenbarung. Wenn man vom modernen Gebäude des Theaters absah, umringten ihn steingewordene Bausünden. Wer die sehenswerte Architektur Östersunds betrachten wollte, musste andere Stätten aufsuchen. Durch eine Lücke der Bebauung glitzerte der Storsjön, im Hintergrund war die bewaldete Kuppe der Insel Frösön zu sehen. Nur einen Steinwurf entfernt lag der Badhusparken, in dem Johan Wax ermordet worden war.

Ráidnersson stieß Jonas an und zeigte auf die Filiale einer weltweit verbreiteten Burger-Kette. »Er ist da drin.«

Sie betraten das Lokal, und Jonas war enttäuscht. Jeder kannte diese Kette und konnte sich in der Regel darauf verlassen, dass die Niederlassungen nach einem einheitlichen Modell ausgestattet waren und gepflegt aussahen. Diese war im negativen Sinne eine Ausnahme.

Der Mann hatte sich an einen Tisch gesetzt, an dem zwei dunkelhäutige Männer mit gelockten Haaren auf ihn gewartet hatten. Ihre Hautfarbe wies auf eine afrikanische Herkunft hin.

Jonas suchte sich einen Platz in der Nähe, bat Ráidnersson, ihm eine Cola mitzubringen, und setzte sich demonstrativ mit dem Rücken zu den drei Männern. Kurz darauf tauchte Ráidnersson mit zwei Pappbechern auf und nahm gegenüber Platz. Von der Unterhaltung der drei war nichts zu verstehen. Jonas und der Inspektor begannen ein Gespräch über Fußball. Jonas schmunzelte, als sich der Inspektor über die unzureichende Leistung des örtlichen Vereins aufregte, der mit mäßigem Erfolg in der vierten Liga spielte. Es schien, als würde Ráidnersson darüber die Beobachtung vergessen.

Inzwischen waren auch das zivile Polizeipärchen und Agssagssak aufgetaucht. Der Kriminalassistent hielt sich in der Nähe der Tür auf, während die Zivilpolizisten an einem anderen Tisch Platz genommen hatten.

Die Diskussion zwischen dem Golffahrer und den Afrikanern war lebhaft, aber nicht ausufernd. Zwischen zwei Schimpfkanonaden über Östersunds Fußballer raunte Ráidnersson: »Sie haben Ware und Geld ausgetauscht.«

Der Golffahrer schob die Reste seines Imbisses von sich und stand auf. Er wandte sich Richtung Ausgang.

Jonas zögerte einen Moment. Sollten sie den Mann weiter beobachten? Würde er sie zu anderen Kleindealern führen, die er betreute? Spontan entschied er sich dagegen. Sie hatten ihn auf frischer Tat ertappt. Er hatte Beweismittel bei sich. »Zugriff«, sagte er, dass es die anderen Beamten verstehen konnten. Die Gäste des Lokals sahen auf, als sich die Beamten auf den Mann stürzten und ihn ohne Gegenwehr festsetzten. Die beiden Afrikaner waren so verblüfft, dass sie die Situation erst begriffen, als ihnen ebenfalls Handschellen angelegt wurden. Alles war wie im Lehrbuch abgelaufen.

»Kommen Sie mit, möglichst ohne Aufhebens«, sagte Ráidnersson und packte den Golffahrer am Oberarm. Der Mann des Pärchens hatte den zweiten Arm übernommen, während Jonas und Agssagssak die Afrikaner in die Mitte nahmen. Die Polizistin forderte inzwischen Verstärkung an.

Sie warteten vor der Tür, und außer ein paar neugierigen Gästen aus dem Fast-Food-Restaurant nahm niemand Notiz von der kleinen Gruppe.

»Wie heißen Sie?«, fragte Jonas den Golffahrer, der nicht gegen die Aktion protestierte. Er erhielt ein »Pah« zur Antwort.

»Theo Feldmann – vermutlich«, ergänzte die Beamtin und erklärte nach Jonas fragendem Blick: »Wir haben auf dem Weg hierher eine Halterabfrage gestartet. Wenn ihm der Wagen gehört.«

»Die rote Schrottkiste?«, sagte Jonas provozierend.

Der Golffahrer sprang darauf an. »Schrottkiste?«, empörte er sich. »So etwas kannst du dir nie im Leben leisten.«

»Große Nummer, was?«, mischte sich Agssagssak ein.

Der Mann warf dem Kriminalassistenten einen wütenden Blick zu. »Das haben wir davon, wenn Schlitzaugen mitreden dürfen.«

Agssagssak schluckte die Beleidigung.

»Sie lassen Asylbewerber für sich arbeiten. Folglich können Sie doch keine Rassenvorurteile haben.«

»Ich soll …?« Weiter kam er nicht. Jonas unterbrach ihn schroff.

»Die beiden Afghanen vom Bahnhof.«

»Ihr habt …?«

Jonas grinste breit. »Genau. Bei uns liegen auch die sechstausend Kronen, auf die Sie so scharf sind.«

»Das war ihr Todesurteil«, entfuhr es Feldmann.

»Erzählen Sie ruhig weiter. Sie wollen die beiden Afghanen und auch diese Herren«, dabei nickte er in Richtung der Afrikaner, »ermorden?«

»Das habe ich nicht gesagt.«

»So?« Jonas spitzte die Lippen. »Dafür gibt es aber viele Zeugen.«

»Ach, leckt mich doch.«

Zwei Streifenwagen rollten durch die Fußgängerzone und übernahmen die drei Männer.

»Sieh da, der schöne Theo«, stellte einer der Polizisten fest.

»Sie kennen ihn?«, fragte Jonas.

Der Streifenpolizist nickte. »Schon lange. War eine kleine Nummer. Wollte immer mehr sein, als er konnte.« Dann verfrachteten sie Theo Feldmann in den Polizeikombi und fuhren davon.

»Was haben die gemacht?«, wollte ein Kind an der Hand seiner Mutter wissen.

»Weiß nicht. Vermutlich geklaut.«

»Das darf man nicht«, erwiderte das Kind altklug.

»Deshalb hat die Polizei sie ja auch verhaftet. Die kommen jetzt ins Gefängnis.«

»Richtig so«, stimmte ein weißhaariger älterer Mann ein und ging weiter.

Jonas bedankte sich bei dem »Pärchen« und fuhr mit Ráidnersson und Agssagssak zurück zur Polizeistation.

Dort hatte man begonnen, die Personalien der beiden Afrikaner aufzunehmen. Es waren Asylbewerber aus Eritrea, die in einer anderen Flüchtlingsunterkunft als die Afghanen untergebracht waren. Agssagssak hatte einen Kollegen hinzugebeten, der Italienisch sprach und sich radebrechend mit den beiden Männern verständigen konnte. Jonas hatte den Eindruck, dass alle drei mit dieser Sprache Probleme hatten. Englisch, gaben die Eritreer vor, verstünden sie nicht. Und für Tigrinisch gab es keinen Dolmetscher, der zeitnah zur Verfügung stand. Immerhin war herauszuhören, dass man die beiden Männer auf ähnliche Weise angesprochen und für den Drogenhandel rekrutiert hatte wie die Afghanen.

Dann nahmen sie sich Theo Feldmann vor, nachdem Jonas sich über den polizeibekannten Mann informiert hatte. Feldmann war vorbestraft. Betrug, einfache Körperverletzung und der Handel mit Drogen. Man hatte ihn schon mehrfach erwischt, zwar immer mit kleineren Mengen, aber ungeschoren war er nicht davongekommen. Das würde auch dieses Mal nicht der Fall sein. Man hatte bei ihm die bekannten Fläschchen mit Liquid Ecstasy gefunden. »Zweiundzwanzig Stück?« zeigte sich Ráidnersson erstaunt. »Das ist aber nicht mehr Eigenbedarf. Mit wie viel sind Sie heute Morgen aus dem Haus? Immerhin haben Sie rund achtzehntausend Kronen in der Tasche.«

Agssagssak beugte sich zu Feldmann hinüber. »Wollen Sie uns

jetzt das Märchen auftischen, dass Sie gerade unterwegs waren, einen Gebrauchtwagen zu kaufen?«

»Genau«, griente ihn Feldmann an.

Der Inspektor schien seinen Mitarbeiter tadeln zu wollen. »Nein«, sagte er. »Feldmann wollte seiner Mutter einen Blumenstrauß kaufen.«

Der Festgesetzte nahm alles als großen Spaß hin. Lachend sah er vom Inspektor zum Kriminalassistenten und wieder zurück. Er wirkte überheblich.

»So dürfen Sie nicht mit Herrn Feldmann reden«, mischte sich Jonas ein. »Das beleidigt seine Intelligenz.«

Feldmann drehte sich zu Jonas um, der bisher im Hintergrund an der Wand gelehnt hatte. »Was ist das denn für einer?«, wollte er wissen.

»Der Kollege kommt aus der Hauptstadt.«

»Rikspolisen?« riet Feldmann.

Agssagssak nickte.

Jonas kam näher, zog einen Stuhl heran und setzte sich rittlings darauf, Feldmann gegenüber. Er legte die Unterarme auf die Rückenlehne.

»Ich bin eigentlich hergekommen, um mit einer richtig großen Nummer zu sprechen.«

»Mit mir?«

Jonas schüttelte den Kopf. »Nein, mit Roland Hassel. Aber der wurde abgelöst von einem noch Besseren.«

»Hassel. Ein purer Angeber. Der hat nur seine Schläger gehabt.« Feldmann tippte sich gegen die Stirn. »Das hier oben ist gefordert.«

»Das meine ich auch. Deshalb hat Roland Hassel sich ja auch aus dem Geschäft zurückgezogen. Ihm fehlte es im Oberstübchen.«

»Genau«, pflichtete Feldmann Jonas bei.

»Da musste ein anderer ran, ein Großer.«

Feldmann kniff die Augen zusammen und musterte Jonas unsicher. Ihm war anzumerken, dass er nicht wusste, wohin die Reise ging.

Jonas ermunterte Feldmann, sich bequem hinzusetzen. »Fühlen Sie sich wie zu Hause«, empfahl er. »Die Szene in Östersund war einfach zu provinziell. Da musste mit Intelligenz etwas Neues aufgebaut werden. Schade, dass der neue starke Mann seinen Erfolg nicht mehr auskosten konnte.«

»Hassel? Sie meinen doch nicht etwa diesen Aufschneider?«

»Roland«, sagte Jonas vertraulich, »hatte schon lange abgewirtschaftet.«

»Richtig«, griente Feldmann.

»Da war nur folgerichtig, dass jemand, der echt was in der Birne hat, das Ruder übernimmt.«

»Das ist ein Trick.« Feldmann wedelte mit dem Zeigefinger in der Luft herum. »Sie wollen mir etwas anhängen?«

Jonas tat erstaunt. »Ihnen? Quatsch. Ich spreche von einem wirklich Großen. Schade, dass Melker Evaldsson tot ist.«

»Evaldsson?« Feldmann verfiel in ein fast hysterisches Lachen. »Sie glauben, diese Nullnummer war der Intelligenzbolzen, der Hassel aus dem Weg geräumt hat? Mann, träum weiter.«

»Wir haben diesbezügliche Erkenntnisse«, sagte Jonas und rückte dabei an Feldmann heran. »Noch sind sie vertraulich, aber schon bald wird die Presse es veröffentlichen. Die einheimische Unterwelt wird sich posthum vor Evaldsson verneigen.«

»Ich lach mir 'nen Ast. Evaldsson – der Stümper. Ein mickriger Vorstadtganove. Der hat bei Hassel doch nur nikotingetränkte Kaubonbons in Kindergärten verkaufen dürfen.«

»Ah, Sie kennen ihn?«, fragte Jonas erstaunt.

Feldmann streckte den Arm in Jonas' Richtung aus. »Typisch Stockholmer. Null Ahnung, was hier läuft. Stell dich einen Tag in die Prästgatan, das ist unsere Fußgängerzone, und du hast alle Einwohner zweimal gesehen. Mindestens.«

»Und Evaldsson hat vor allen Schulen gestanden und Dope verkauft? Ach nee«, besann sich Jonas. »Als Boss hatte er das nicht nötig.«

»Der war nur ein kleines Licht. Den hätten die nie hochkommen lassen«, behauptete Feldmann.

»Das ist bei Ihnen schon anders. Da haben die gleich gemerkt, dass da viel mehr Power dahintersteckt. Intelligenz, Durchsetzungsvermögen, Marktkenntnis. Von allen geachtet und respektiert.«

Feldmann warf sich in die Brust. »So ist das.«

»Haben Sie sich denen angeboten?«

»Sehe ich aus, als würde ich jemandem hinterherlaufen? Die sind zu mir gekommen. Man kennt mich eben auch außerhalb Östersund, ach, was sage ich, außerhalb Jämtlands.«

»Donnerwetter. Dann haben wir es hier gar nicht mit einer kleinen, unbedeutenden Leuchte zu tun.«

Feldmann rekelte sich auf seinem Stuhl. »Mitnichten«, sagte er.

»Aber ein bisschen Glück war dabei, als Sie in Hassels Fußstapfen treten konnten.«

»Da ist nix mehr wie bisher. Nee. Nicht da. Da läuft jetzt was ganz Großes ab. So richtig. Das ist groß aufgezogen.«

»Und die beiden Afghanen mischen auch mit, ebenso wie die Leute aus Eritrea.«

Plötzlich wurde Feldmann stutzig. »Die beiden Afgh … Wer?«

»Mit denen Sie heute Morgen am Bahnhof gesprochen haben.«

»An welchem Bahnhof?«, stellte er sich dumm.

»Östersund Central.«

»Ich war an keinem Bahnhof.«

»Wir haben Sie beobachtet. Es gibt sogar tolle Fotos von dem Treffen.«

»Sie haben …?« Abrupt drehte er sich zur Seite.

»Ja«, sagte Jonas trocken.

Man sah, wie es in Feldmann arbeitete. »Sie meinen die beiden Ausländer, die da rumgelungert haben? Die haben mich angequatscht. Keine Ahnung, was die wollten. Ich habe sie nicht verstanden. Die sollen erst einmal Schwedisch lernen, bevor man sie auf die Menschheit loslässt.«

»Die gehörten doch zu Ihrer großen Mannschaft, die Sie im Namen der neuen Organisation hier rekrutiert haben und die Sie leiten?«

»Ich? Was leiten? Mensch – was soll das Gequake.«

»Sie haben uns doch eben von der neuen großen Idee erzählt.«

»Nee. Da haben Sie was missverstanden. Ich habe gesagt, dass ich davon gehört habe. Es ist eine Verleumdung, wenn man mich des Drogenhandels verdächtigt. Ich doch nicht. Niemals, Herr Inspektor.«

»Nicht Inspektor, sondern Kommissar«, warf Agssagssak ein.

»Mir doch egal. Da soll mir was untergeschoben werden. So wie die Drogen, die man angeblich bei mir gefunden hat. Im Fernsehen berichten sie ständig, dass die Polizei keine Ahnung hat, wie sie vorgehen soll. Ich habe so einen Fuzzi gehört, irgend so einen Politiker, der gesagt hat, man muss den Druck erhöhen. Und um jetzt einen Erfolg vorzuweisen, jubelt ihr mir was unter. Das läuft nicht.«

Jonas besah eine Weile seine Fingernägel. »Sie haben recht. Da läuft wirklich ein großes Ding. Was uns beunruhigt, ist, dass diese Organisation besonders hart gegen die eigenen Leute vorgeht. Sie haben es gesagt. Es steht in den Zeitungen, das Fernsehen berichtet ausführlich darüber. Ganz im Vertrauen – nicht jeder Mord wird veröffentlicht. Sehen Sie mal, was die so anstellen.« Jonas zog sein Smartphone hervor und zeigte Feldmann ein paar sehr unschöne Bilder vom toten Krasnopjorov.

Feldmann bemühte sich, nicht hinzusehen. Jonas wusste, dass die Versuchung zu groß war. Der Mann warf einen Blick darauf und wendete ihn auch nicht ab, als weitere Aufnahmen folgten. Er wurde kreidebleich.

»In den Augen der Bosse haben Sie auch versagt. Die ganze Organisationsstruktur in Östersund ist zusammengebrochen, nur weil Sie es vermasselt haben. Glauben Sie, das lassen sich die Bosse gefallen? Was sagt Igor dazu?«

»Igor? Kenne ich nicht.«

»Wie heißt Ihr Chef denn?«, fragte Jonas beiläufig.

»Ich sage nichts mehr.« Feldmann presste die Lippen zu einem schmalen Streifen zusammen.

»Es ist dumm, dass man da draußen etwas anderes vermutet. Man glaubt, Sie hätten alles verraten.«

»Das wagt ihr nicht zu behaupten«, schimpfte Feldmann.

Jonas hob nur die Hände zu einer nichtssagenden Geste.

»Die können doch nicht alle umbringen, die mit ihnen zusammenarbeiten«, behauptete Feldmann. »Dann finden die keinen mehr.«

»Wer nicht mitmacht, wird anders abgestraft. Kennen Sie Ratko Vršajević, den Bosnier? Der wollte nicht mitmachen. Dem haben die Leute das Knie zerschmettert. Der ist nur so glimpflich davongekommen, weil er unbedeutend ist und nicht einer der Bosse wie Sie.«

»Ich bin kein Boss«, sagte Feldmann aufgebracht. »Die sitzen woanders.«

»In Östersund?«

»Pah. Der Verein ist so mächtig, dass die sich nicht mit der Provinz abgeben.« Dann ballte er die Faust. »Wartet nur ab, Ihr Bullen. Ihr und eure Familien werdet das noch zu spüren bekommen. Was soll nun geschehen?«, fragte ein sichtlich verstörter Feldmann.

»Hatte ich Ihnen nicht gesagt, Sie sollen sich wie zu Hause fühlen?«, antwortete Jonas mit einer Gegenfrage.

»Ja, aber ich verstehe nicht.«

»Na ja. Die Welt hinter Gittern wird eine ganze Weile Ihr Zuhause sein.«

»Oh, Ihr Scheißkerle«, fluchte Feldmann.

Während Feldmann abgeführt wurde, dachte Jonas kurz über dessen letzte Worte nach. Man hatte seine Familie schon bedroht. Das waren keine leeren Worthülsen. Man musste es ernst nehmen.

»Ich glaube, ich habe das Prinzip verstanden«, sagte er, als sie allein waren. »Man heuert in den Regionen Leute an, die örtliche Netze aufbauen und administrieren. Als letztes Glied in der Kette werden Asylbewerber angeworben. Dabei bedient man sich solcher Menschen, die schon in der Drogenszene verankert sind, meistens aus der zweiten Reihe. Die Mischung aus Drohungen, Gewalt und Versprechungen, an die Stelle des bisherigen örtlichen Drogenbosses rücken zu können, ist für viele verlockend. Mich würde nur eines interessieren …«

Jonas rief Kommissar Korslund in Sundsvall an und berichtete von seiner Idee des Strukturaufbaus. »Als Verkäufer auf der untersten Stufe setzt die Drogenmafia auf Flüchtlinge und Asylbewerber. Die kennen unsere Gesetze nicht und werden mit einer Handvoll Kronen gelockt. Für die armen Schweine ist das ein Vermögen. Und wenn welche ausfallen, ist es nicht weiter schlimm. Davon gibt es genug.«

»Das klingt richtig gut«, meinte Korslund. »Super Gedanke. Ich werde ihm sofort nachgehen.«

Markvist meldete sich. »Was sollte das Ganze mit Hermansson, diesem Postfahrer?«, fragte er. »Wenn Sie wissen möchten, wo sich Ihr Päckchen gerade befindet, gibt es einfachere Methoden. Alle großen Dienstleister bieten per Internet eine Paketverfolgung an. Die Telefonnummer, die Sie mir genannt haben, gehört dem Versandleiter einer mittelständischen Elektronikhandelskette. Und in den Paketen befand sich Ware für die Filiale in Umeå. Ich habe mir die Freiheit genommen und das Unternehmen besucht. Die waren schon von ihrem Mitarbeiter aus dem Norden informiert, der zusehen musste, wie Polizei und Zoll die Ware durchstöberten. Wenn es Leute gibt, die von Smartphones und Tablets berauscht sind, dann haben wir einen Riesenfang gemacht. Die Leute haben sich jedenfalls geständig gezeigt und eingesehen, dass ihre Privatgeschäfte mit dem Lkw-Fahrer unrecht waren. Sie wollten auf diese Weise Transportkosten sparen und lobten außerdem die Zuverlässigkeit und Pünktlichkeit von Ole Hermansson. Als Drogenkurier kommt er nicht in Frage, auch wenn er jetzt einiges auszustehen hat.«

»Danke«, sagte Jonas. »Damit haben wir eine weitere Möglichkeit ausgeschlossen, auch wenn wir noch nach dem Verteilernetz der Drogenmafia suchen. Einen kleinen Erfolg haben wir heute erzielt.« Er berichtete vom Einsatz in Östersund.

»Nur so nebenbei«, fuhr Markvist fort. »In dem Päckchen, das bei der Razzia der Roadies in Öjaby gefunden wurde, befand sich Kokain minderer Qualität. Ziemlich unrein. Das haben die Experten in Linköping festgestellt.«

»Hat Dr. Wallberg das mitgeteilt?«

»Nein. Dr. Synnerholm.«

»Den Namen habe ich noch nie gehört. Dr. Wallberg tritt uns gegenüber stets als Alleinunterhalter auf.«

»Sie werden nicht enttäuscht. Dr. Wallberg hat sich auch gemeldet. Bei Hjalmar Bohinen wurde genau der Stoff gefunden, an dem das Mädchen in Umeå gestorben ist.«

»Liquid Ecstasy. Ist das hundertprozentig erwiesen?«

»Ich habe es nicht persönlich probiert. Aber die Laborhasen behaupten es.«

»Was machen die Fahndungen nach Ernesaks und Puri?«

»Laufen, allerdings bisher ohne Erfolg. Und was machen Sie jetzt in Östersund?«, wollte Markvist wissen.

»Party«, erwiderte Jonas.

Die hätte er gern veranstaltet. Er hatte das Gefühl, dass sie einen wichtigen Schritt weitergekommen waren. Wenn das Netz der Drogenmafia in Östersund zerschnitten war, konnte er der Stadt den Rücken kehren. Hier war alles erledigt. Fast, besann er sich. Die Frage, wer sich hinter dem geheimnisvollen Polizisten »Hansson« verbarg, war noch ungeklärt.

Er machte sich auf den weiten Weg in Schwedens Süden, nach Malmö. Wer das Land nicht kannte, konnte kaum abschätzen, dass über tausendzweihundert Kilometer vor ihm lagen.

·ZWEIUNDZWANZIG·

Jonas war durch die früh hereinbrechende Dunkelheit noch bis Mora am nördlichen Zipfel des Siljansees gefahren und hatte sich dort ein Hotel gesucht. Er hatte Liv angerufen, von ihr erfahren, dass die Neuigkeiten aus den kleinen Dingen des Alltags bestanden und ihr berichtet, dass das Hotel, in dem er nächtigte, keine Empfehlung wert war.

»Wie war die Fahrt?«, wollte Liv wissen.

»Ohne dich – langweilig.« Ob ihre Gegenwart etwas an der Monotonie geändert hätte, wenn man stundenlang durch dunkle schwedische Wälder fuhr, nur selten durch eine kleine am Wegesrand liegende Ortschaft unterbrochen? Die Scheinwerfer hatten das Asphaltband abgetastet. Von der vielgerühmten Natur des Landes war nachts nichts zu erkennen. Und andere Fahrzeuge begegneten einem auch nur selten. Schwieriger war es, die Lkws auf unbekannten Straßen zu überholen, wenn man den Verlauf der Strecke nicht abschätzen konnte. Und der Regen verbesserte die Sicht auch nicht gerade. Die in ihm wohnende Müdigkeit hatte ihr Übriges getan.

Er hatte jedoch gut geschlafen, fühlte sich ausgeruht und startete zum »Rest« der Fahrt. Während des Frühstücks war ihm bewusst geworden, dass in etwas mehr als dreißig Kilometer Luftlinie der junge Polizist Martin Hansson auf der Langen Brücke in Rättvik gestorben war. Es war ein merkwürdiger Fall, in dem sie ermittelten. Es schien, als hätte überall in Schweden, wo man hinkam, die Drogenmafia schon ihre blutigen Abdrücke hinterlassen.

Bis Jönköping quälte er sich noch über die Landstraßen. Auf der Autobahn kam er zügig voran, bis die Silhouette der südlichen Metropole am Horizont auftauchte. Jonas mochte Malmö nicht, auch wenn die Stadt sicher seit der Fertigstellung der Öresundbrücke gewonnen hatte. Oder nicht? Manche behaupteten, Malmö sei zu einem Vorort des quirligen und swingenden Kopenhagen geworden. Ihn führten schwedische Belange hierher.

Malmös Zentrum lag auf einer Insel, von einem angelegten Kanal umgeben. Am Rande des Kanals befand sich der auf Stelzen ruhende Komplex der Malmöer Polizei. Hier traf Jonas auf Gripsholm, der einen verdrießlichen Eindruck machte.

»Da hat der Chef sich etwas Tolles ausgedacht«, knurrte der Inspektor, der mit einem halben Dutzend örtlicher Polizisten in einem Aufenthaltsraum hockte. Man hatte notdürftig Telefone und ein paar Computer installiert. Es war eine höllische Geräuschkulisse, die dadurch verstärkt wurde, dass jeder versuchte, den Lärmpegel mit einer noch lauteren Stimme zu durchdringen.

»Die sollen sich doch gegenseitig die Köpfe einschlagen. Wenn wir lange genug warten, hat sich die Drogenszene von allein erledigt. Ich weiß«, Gripsholm hob abwehrend den Arm, »das ist ein hohler Spruch.« Dann zeigte er auf das Telefon vor sich. »Es ist frustrierend. Achtzig Prozent der Angerufenen nehmen nicht ab. Und wenn Sie jemanden erreichen und sagen: ›Hallo, hier ist Ihre Polizei. Wir möchten Sie dringend warnen‹, werden Sie ausgelacht. In jedem Gespräch fallen mindestens zwei Dutzend Schimpfwörter. Idiot ist die harmloseste Variante.« Er tippte sich gegen die Stirn. »Wie würde ich reagieren, wenn ich Gangster wäre? Das ist doch hirnrissig, die Verbrecher telefonisch warnen zu wollen. Da müsste sich der Bürgermeister oder sonst ein hohes Tier von der Stadtverwaltung vor die Fernsehkamera stellen und sagen: ›Hej, Halunken. Bleibt in Malmö, wenn ihr umgelegt werden wollt. Oder euch droht dies hier.‹ Dann sollte man Detailaufnahmen vom zerlegten Krasnopjorov einblenden. Groß und in Farbe. Man hätte auch eine doppelseitige Anzeige in der *Sydsvenskan* aufgeben können: »Der Verband der Bestattungsunternehmer in Schonen gewährt allen Drogenkriminellen einen Nachlass von zwanzig Prozent. Sammel- und Gruppenbestattungen noch günstiger.«

Jonas lachte. »Konstruktive Vorschläge.« Dann zeigte er auf das Telefon. »Wenn unsere Aktion erfolglos bleibt und es hier zu weiteren Morden kommt, erübrigt sich Ihr Einsatz bei solchen Dingen in Zukunft. Sie dürfen dann ganz beschaulich in Gällivare Fahrrad- und Schlittendiebe jagen.«

Gripsholm gab einen langgezogenen Knurrlaut als Antwort von sich.

»Ich darf Ihren Äußerungen entnehmen, dass Sie bisher nicht sehr erfolgreich waren?«, fragte Jonas.

»Das ist schamlos untertrieben. Rufen Sie doch selbst an. Dann werden Sie hören, wie man mit uns umgeht. Das ist sowieso alles Mist. Haben Sie es noch nicht gehört?«

»Was meinen Sie?«

»Na – die Verlagerung des Konzerts.«

Jonas gestand, in diesem Punkt nicht informiert zu sein.

»Die sind hier ja nicht aus der Welt und haben mitbekommen, wie es woanders gelaufen ist. Das große Vorbild ist Linköping. Man hat die eigentlich gebuchte Baltiska Hallen plötzlich nicht mehr freigegeben, sondern die Genehmigung nur noch für eine Freiluftveranstaltung erteilt. Die Stadtverwaltung meint, damit besonders schlau zu sein. Wenn auch noch schlechtes Wetter hinzukommt, könnte alles friedlich verlaufen. Ich habe mich umgehört. Der Kartenverkauf läuft schleppend. Viele erwartete Besucher bleiben weg. Bad Revolution hat ihren Zenit offenbar überschritten. Eltern verbieten ihren minderjährigen Kindern, zum Konzert zu gehen. Und die Musiker, allen voran Trygve Bohinen, kommen auch nicht gut weg in den Medien. Wenn Sie alles zusammennehmen, lohnt der Aufwand kaum noch. Stellen Sie sich vor: Bad Revolution spielt und keiner geht hin.«

»Wo soll die Band jetzt auftreten?«

»Ich hätte mir ja gewünscht, dass man sie irgendwo auf einer Brache im Hafengebiet auftreten lässt. Tatsächlich soll die Veranstaltung jetzt auf einem Platz in der Innenstadt stattfinden, dem Gustav-Adolfs-Torg.« Gripsholm kratzte sich den Haaransatz. »Malmö ist etwas anders als die bisherigen Orte. Dieses ist eine Großstadt, und Kopenhagen ist nur einen Steinwurf entfernt. Wir haben es hier nicht mit Provinzkriminellen zu tun. Der hiesige Drogenmarkt wird von Youssef Baalbaki beherrscht.«

»Der Name klingt nur entfernt schwedisch«, stellte Jonas fest.

»Das ist überhaupt nicht schwedisch …«, wollte Gripsholm widersprechen, bis er die Ironie der Anmerkung registrierte. »Baalbaki ist schwedischer Staatsbürger libanesischer Abstammung. Er ist vor fünfzehn Jahren ins Land gekommen und hat sich sehr schnell assimiliert. Allerdings in negativer Hinsicht. Er hat in der Türsteherszene angefangen, ist fix zum Barbesitzer aufgestiegen und hat auch das Rotlichtmilieu nicht ausgelassen. Man verdächtigt ihn vieler Delikte: Prostitution, Geldwäsche, Menschenschmuggel. Solch eine Position erringt man nicht ohne Gewaltanwendung. Allerdings konnte ihm bisher noch nie etwas nachgewiesen werden. Wenn die Polizei Zeugen ausfindig gemacht hat, oder auch Opfer, die unter Baalbakis Geschäften leiden mussten, sind die ausnahmslos wieder abgesprungen. Aus Angst. Man hatte ihnen zugesetzt.«

»Was hat Baalbaki mit unserem Fall zu tun?«, fragte Jonas und gab gleich selbst die Antwort. »Bars. Bordelle. Klar. Der handelt auch mit Drogen.«

Gripsholm stimmte ihm zu. »Er gilt als der Drogenking von Malmö und hat gute Verbindungen über den Öresund nach Kopenhagen.«

»Dann ist er unser Mann.«

»Falls die Drogenmafia ihre Fühler in Richtung Südschweden ausstreckt, dürfte Baalbaki sich nicht kampflos ergeben.«

»Haben Sie schon mit ihm sprechen können?«

»Sie sind lustig. So einer wartet nicht darauf, dass die Polizei bei ihm anklopft. An den ist kein Herankommen.«

»Haben wir eine Adresse?«

Die ließe sich beschaffen, meinte Gripsholm.

Baalbaki wohnte, nein!, residierte in einem prachtvollen Altstadthaus in der Föreningsgatan nahe der Kunsthochschule. Ein Namensschild gab es nicht. Sie drückten einen der unbeschrifteten Klingelknöpfe. Jonas machte den Inspektor auf die Kamera aufmerksam, mit der sie beobachtet wurden. Schließlich meldete sich eine fremdländisch klingende Stimme. »Ja?«

»Wir möchten mit Herrn Baalbaki sprechen.«

»Warum?«

»Polizei.«

»Er ist nicht zu sprechen.«

»Es ist wichtig.«

»Nein!«

»Bitte. Herr Baalbaki schwebt in Lebensgefahr.«

Jonas hatte Gripsholm das Sprechen überlassen. Es dauerte einen Moment, bis die Stimme sagte: »Baalbaki ist nicht zu sprechen.« Die Forschheit war aus dem Unbekannten gewichen. Dann knackte es, und die Leitung war tot.

»War er das selbst?«, fragte Gripsholm.

»Möglich. Wir wissen es nicht«, erwiderte Jonas.

»Und nun? Das ist doch paradox, dass die Polizei Beamte abstellt, die einen Gangsterboss bewachen, damit ihm nichts geschieht.«

»Uns sind die Hände gebunden. Wir können den Mann nicht einmal unter irgendeinem Vorwand bis nach dem Konzert in Haft nehmen. Abgesehen davon reicht das nicht. Es geht nicht um die Musikveranstaltung, sondern um den Machtkampf hier in Malmö. Die Drogenmafia wird nichts unversucht lassen, um auch im Süden ihre Macht unter Beweis zu stellen. Da ist denen ein Großer der Branche nur recht.«

»Mich beschleicht in diesem ganzen Fall ein Gefühl von Ohnmacht«, gestand Gripsholm auf dem Rückweg zur Polizeizentrale.

Dort erwartete sie eine Überraschung. Ein Beamter berichtete, dass eine Besucherin auf dem Ostfriedhof zwei Tote gefunden hatte.

»Zwei?«, merkte Gripsholm an. »Dort auf dem Friedhof gibt es vermutlich viele.«

Der Uniformierte strafte Gripsholm mit einem abfälligen Blick. »Die beiden Männer wurden erschossen.«

»Das muss nichts mit unserem Fall zu tun haben«, sagte Jonas. »Bisher hat die Drogenmafia noch keines ihrer Opfer erschossen.«

»Kommissar Fyrstad, er leitet die Ermittlungen, hat sich kurz gemeldet. Bei den Männern handelt es sich um Stockholmer.«

»Haben Sie mehr Informationen?«, wollte Jonas wissen. Der Polizist bedauerte es.

Sie fuhren zum Friedhof, einem langgestreckten, von Baumreihen eingefriedeten Gräberfeld. Von weitem sahen sie die Einsatzkräfte. Als sie sich näherten, versuchte sie ein Beamter an der Absperrung aufzuhalten. Er war skeptisch, als Jonas ihm seinen Dienstausweis präsentierte.

Kommissar Fyrstad war ein durchtrainiert wirkender Mittfünfziger mit eisgrauen Haaren. Er ließ sich nur ungern unterbrechen. »Rikspolisen? Wir kommen hier allein zurecht.«

Jonas äußerte die Möglichkeit, dass der Fall etwas mit der landesweiten Suche nach den Hintermännern der Drogenmafia zu tun haben könnte. »Wir haben gehört, die Opfer kommen aus Stockholm?«

Fyrstad nickte. »Das besagen die Ausweise, die wir bei ihnen gefunden haben. Kugelberg und Wissmann.«

»Jörgen Wissmann?«, fragten Jonas und Gripsholm fast gleichzeitig.

Fyrstad bestätigte es. »Kennen Sie ihn?«

»Ja«, sagte Gripsholm, und Jonas ergänzte: »Es gibt wenig krumme Geschäfte, in die Wissmann nicht seine Finger gesteckt hat. Kugelberg, sagten Sie, heißt der andere?«

Sie warteten auf Gripsholm, der bereits telefonierte. Jonas bekam mit, dass er Markvist anrief. Kurz darauf erklärte er: »Kugelberg war der Leibwächter von Wissmann. Auch vorbestraft.«

»Der hat ihn offenbar nicht schützen können«, merkte Fyrstad an. »Vielleicht haben Sie recht, und es gibt Zusammenhänge mit Ihrem Fall. Da geht es doch um Drogen, oder?«

»Wissmann hat auch im Drogenhandel mitgemischt. Natürlich sind das alles nur Mutmaßungen, aber ich könnte mir vorstellen, dass Wissmann versucht hat, hier in Malmö in den Markt einzudringen. Das hat den Hiesigen nicht gefallen, und sie haben die Stockholmer eliminiert.«

Fyrstad schürzte die Lippen. »In Malmö laufen nicht unendlich viele Unterweltgrößen herum. Auf dem Drogenmarkt gibt es nur wenige, denen das zuzutrauen ist.«

»Baalbaki«, sagte Jonas.

Fyrstad zog eine Augenbraue in die Höhe. »Sie sind gut informiert.«

»Das gehört zu unserem Beruf. Ich schätze, Sie kennen Ihr Geschäft auch zur Genüge und betreiben es professionell.« Jonas hatte bewusst lauter gesprochen, damit Fyrstads Mitarbeiter das Lob für ihren Chef mitbekamen. Das Kompliment zeigte Wirkung.

»Viel gibt es noch nicht zur berichten«, gab der Malmöer Kommissar Auskunft. »Man hat die beiden offenbar überwältigt. Nach einem Kampf sieht es nicht aus. Beide wurden durch Genickschüsse hingerichtet.«

»Also vorsätzlicher Mord.«

Sie wurden durch Jonas' Mobiltelefon unterbrochen. Markvist meldete sich und wollte wissen, ob Jonas auch am Tatort sei. Daraufhin berichtete er, dass im Internet ein Video aufgetaucht sei. Darin sehe man Wissmann und Kugelberg, wie sie vor einem Grabstein knieten und die Hände im Nacken verschränkt hätten. Die beiden würden von vorn gezeigt. Sie sprächen. »Da das Video ohne Ton ist, müssen wir abwarten, bis ein Gebärdendolmetscher uns den Dialog übersetzt hat. Das aufnehmende Smartphone umkreist die Männer. Fast gleichzeitig strecken sie ihr Hände in die Höhe. Es sieht so aus, als hätte es ihnen jemand befohlen. Dann schiebt sich ein Pistolenlauf ins Bild, setzt bei Kugelberg im Nacken auf, und das Opfer fällt wie vom Blitz getroffen nach vorn. Wissmann dreht sich um und blickt mit angstgeweiteten Augen in das Objektiv, bis auch er durch Genickschuss stirbt.« Jonas hatte den Lautsprecher aktiviert. »Das erklärt, weshalb bei Kugelberg der Einschuss direkt oberhalb des Atlas, also des ersten Halswirbels erfolgte. Das Geschoss ist direkt durch das Große Hinterhauptloch, die größte Öffnung der Schädelbasis, eingedrungen. Beim Zweiten erfolgte der Einschuss etwas versetzt und hat den Nackenmuskel zerfetzt. So sieht es zumindest aus. Genaueres wird der Rechtsmediziner feststellen«, berichtete Fyrstad.

»Wenn es mit unserem Fall zu tun hat«, dachte Jonas laut nach, »sind die Männer hier aber nicht Opfer der Drogenmafia, hinter der wir her sind. Die haben sich bei der Auswahl ihrer Mordmethoden stets ausgesprochen kreativ gezeigt. Erschossen wurde noch niemand. Das könnte bedeuten, Wissmann mischte irgendwie bei der Drogenmafia mit.« Er ließ unausgesprochen, dass sie bisher nur Handlanger und kleine Residenten gefasst hatten. Zu den Strukturen gab es nur Vermutungen. Wissmann war mit Sicherheit keine niedere Charge.

»Glauben Sie, der Spuk hat ein Ende und der Boss ist erledigt?«, wollte Fyrstad wissen.

»So weit möchte ich nicht gehen.« Aber allmählich rissen einige Maschen im so dicht gehäkelten Netz der Organisation. In Malmö reichte es nicht, einen Killer à la Krasnopjorov oder Ernesaks herzuschicken. Wollte Wissmann in Malmö verhandeln oder die örtlichen Bosse einschüchtern? Vom Toten würden sie es nicht mehr erfahren.

»Kann man aus dem Fundort Rückschlüsse auf die Täter ziehen?«, fragte Jonas.

»Daran haben wir auch schon gedacht«, erwiderte Fyrstad. »Aber alle umliegenden Gräber gehören unauffälligen Familien. Es ist eher ein Zufall, dass der Tatort sich gerade an dieser Stelle des Friedhofs befindet. Der Friedhof als solches scheint aber gezielt ausgesucht worden zu sein.« Dann versprach der Kommissar, dass sich die Malmöer Polizei nicht nur des Falls annehmen, sondern sich auch Baalbaki als einen der Hauptverdächtigen vornehmen werde.

Auf dem Rückweg zum Auto erstattete Jonas Tällberg Bericht. Der Polisintendent konnte sich Jonas' Theorie anschließen und sagte, er werde alle erforderlichen Maßnahmen in Stockholm einleiten, Wissmanns und Kugelbergs Wohnungen durchsuchen lassen, die letzten Telefongespräche auswerten, Kontenbewegungen analysieren und alle weiteren Routineuntersuchungen veranlassen. »Die Suche nach Taijo Puri war bisher ergebnislos«, fügte Tällberg an. »Wir wissen nur anhand von Geldabhebungen und Tankvorgängen, dass sich Puri irgendwo im Raum zwischen Malmö und Jönköping aufhält, zuletzt in Ljungby.«

Nach dem Telefonat zeigte das Handy mehrere Anrufversuche an. Jonas rief zunächst Ráidnersson in Östersund an. Der Inspektor erzählte, dass es einen Farbbeutelanschlag auf Agssagssaks Haus gegeben habe. »Damit einher geht eine Drohung gegen ihn und seine Familie: Wenn er seine Finger nicht von diesem Fall nähme, würden nicht nur die Hauswände blutrot sein. An den Wänden würde dann keine Farbe, sondern das Blut seiner Angehörigen kleben.«

Das nächste Telefonat galt Liv. Seine Frau hielt sich nicht mit langen Vorreden auf.

»Was hat das zu bedeuten?«, fragte sie. »Annika ist von einem Unbekannten angesprochen worden. Er hat einen durchaus seriösen Eindruck gemacht und ihr gesagt, dass ihr Vater einen gefährlichen Beruf hat.«

»Hat der Mann Drohungen ausgesprochen?«

»Jonas. Ich habe Angst um unsere Kinder. Und um dich.«

»Deine Sorge ist unbegründet«, versuchte er sie zu beruhigen. »Du siehst, es war vermutlich nur ein ganz harmloser Dialog. Bedeutungslos. Sonst hätte man gedroht.«

»Woher wusste der Unbekannte, dass Annikas Vater Polizist ist?« Liv ließ sich nicht so leicht abschütteln.

»Vielleicht war es ein Kollege«, log Jonas. »Ich bin unendlich stolz auf dich und die Kinder. Auf meinem Schreibtisch steht eine Fotografie von euch. Annika hat selbst gesagt, dass der Mann seriös wirkte.«

Liv war nur bedingt zufrieden.

»Es ist aber gut, dass ihr mich über solche Vorkommnisse informiert. Wir können das Missverständnis dann sofort aus der Welt schaffen. Trotzdem sollen die Mädchen, aber auch du, vorsichtig sein. Wir leben in einer Großstadt. Und in allen Metropolen dieser Welt gibt es Leute, die Unrechtes tun. Das gehört zum Leben dazu.«

Er versicherte Liv, dass er so bald wie möglich wieder zu ihr und den Kindern zurückkehren werde.

Gripsholm hatte ihn während des Telefonats beobachtet. »Alles in Ordnung?«, wollte der Inspektor wissen. »Sie sind ganz plötzlich blass geworden.«

»Da irren Sie sich. Sie müssen noch an Ihrer Beobachtungsgabe arbeiten«, wimmelte er Gripsholms Frage ab. Dann rief Dr. Wallberg an. Jonas war erstaunt, als der Forensiker sagte:

»Sie bekommen die Informationen noch auf dem Dienstweg. Ich wollte Ihnen aber vorab schon einmal die Ergebnisse mitteilen. Im Werkstattwagen, in dem Krasnopjorov ermordet wurde, was übrigens erwiesen ist, haben wir verschiedene Spuren gefunden, die wir fast alle Roadies zuordnen konnten. Das haben wir anhand von Vergleichs-DNA festgestellt. Das ist nicht verwunderlich, denn es ist der Arbeitsplatz der Männer. Allerdings fand sich auch Fremd-DNA, die zu keinem Arbeiter gehört. Jemand muss sich beim Hantieren mit dem Werkzeug verletzt haben. Wir haben keinen passenden Eintrag in unseren Datenbanken gefunden. Tällberg hat eine Anfrage nach Tallinn geschickt und hofft, dass es sich um einen Hinweis auf Ekke Ernesaks handeln könnte. Ich bin da eher skeptisch«, schloss Dr. Wallberg.

Nachdem sie zum Polizeihaus zurückgekehrt waren, beschloss Jonas, sich die Örtlichkeiten anzusehen, an denen in zwei Tagen das Konzert stattfinden sollte.

Er ging am Kanal entlang. Im Sommer musste es ein schöner Weg sein, der zum Promenieren einlud. Um diese Jahreszeit wirkte vieles in ganz Skandinavien grau und trübe. Der nach König Gustav IV. Adolf benannte Platz war größer als der nur dreihundert Meter entfernt liegende Rathausplatz. Er war an der Nordflanke von wunderbar restaurierten alten Häusern begrenzt, die auch bei dieser Witterung weiß strahlten. Im Süden standen nichtssagende und einfallslos gestaltete Zweckbauten. Das traf, von einem einzelnen Haus abgesehen, auch für die östliche Begrenzung zu. Im kurzen Sommer, aber auch im Frühjahr oder Herbst wurde der sich westlich anschließende Park von den Einwohnern sicher gern angenommen. Auch die großen Bäume auf dem Platz spendeten sicherlich Schatten. Heute gab es keine bunte Außengastronomie, die zum Verkauf ausgestellten Blumen des kleinen Wochenmarkts und die im leichten Wind flatternde Fahne eines Schnellrestaurants mit dem goldenen M waren die einzigen Farbtupfer. Auf dem Platz selbst gab es ein paar Buden, die eine »China Box« und einen Zeitschriftenhandel beherbergten. Menschen hasteten über die Fläche, andere steuerten die am Rande liegenden Bushaltestellen an. Zog man den Raum der fünf Springbrunnen, die in Reih und Glied standen, und der Grünflächen ab, blieb nicht viel übrig für das Konzert. Jonas schüttelte instinktiv den Kopf. Wer mochte nur auf diese Lösung gekommen sein? Auffallend in Malmö waren die zahlreichen Bettler, die in geringen Abständen zueinander standen und den Passanten ihre Pappbecher hinhielten. Jonas drehte sich um und gewahrte einen Mann, der im Eingang der Filiale einer schwedischen Textilkette stand und zu ihm herübersah.

Als sich ihre Blicke trafen, wandte sich der Mann ab. Wenn man irgendwo zufällig jemanden ansah, gab es keinen Grund, abrupt die Blickrichtung zu ändern. Jonas wandte ihm den Rücken zu und schlenderte gelassen an den Verkaufsständen für Blumen und Gemüse entlang. Dann drehte er um und ging den gleichen Weg zurück. Wie zufällig sah er zum Eingang des Geschäfts. Er war sich sicher. Der Mann beobachtete ihn. Jonas ging in seine Richtung. Plötzlich hatte der Beobachter es eilig und war verschwunden. Jonas beschleunigte seine Schritte, aber der Mann war nicht mehr zu sehen. Er konnte nicht feststellen, ob sich der Beobachter in das Textilgeschäft zurückgezogen oder einen anderen Weg gesucht hatte. Seine Suche im Laden blieb erfolglos. Wer kannte Jonas und wusste von seiner Anwesenheit in Malmö? Wenn man von Liv absah, waren es nur Polizeibeamte. Ein ungutes Gefühl beschlich ihn. Auch über Johan Wax' Einsatz in Östersund waren nur Eingeweihte informiert gewesen.

Jonas nahm an einem Schreibtisch in dem Raum Platz, der den Polizisten zur Kontaktaufnahme mit den Drogenhändlern der Stadt diente. Es war schwierig, sich in dem Durcheinander zu konzentrieren. Es hatte aber den Vorteil, dass er ohne Rückfragen laufend über den aktuellen Stand unterrichtet war. Er bekam mit, dass die Polizei in Malmö Baalbaki suchte. Man probierte es noch einmal bei ihm zu Hause, dann in seinen Clubs. Ein einheimischer Inspektor diskutierte mit Gripsholm und äußerte Zweifel daran, dass Baalbaki für den Mord an Wissmann und seinem Leibwächter verantwortlich war.

»Kleinstädter«, stöhnte Gripsholm, als er den Malmöer abgewimmelt hatte und sich an Jonas' Arbeitsplatz stellte. »Wir können natürlich nicht ausschließen, dass der Libanese sich versteckt, weil er sich vor der Drogenmafia fürchtet.«

»Hoffentlich ist er so klug«, erwiderte Jonas. »Falls Baalbaki den Doppelmord befohlen hat, gibt es einen blutigen Bandenkrieg. Die

Drogenmafia hat bewiesen, dass sie brutal vorgeht. Wenn sie das Verbrechen ungesühnt lässt, ist ihr ganzes hartes Image hinfällig. Dann wehren sich auch die Drogenbosse in anderen Städten, und wir haben einen Bandenkrieg, der sich wie ein Flächenbrand über ganz Schweden ausbreiten kann.«

Dann fand er Zeit, sich bei Liv zu melden. Es dauerte lange, bis sich seine Frau beruhigt hatte und mit tränenerstickter Stimme berichtete. »Ich halte das nicht mehr aus«, schluchzte sie.

Es bedurfte viel Einfühlungsvermögen, bevor Liv in der Lage war, zu berichten.

»Annika«, sagte Liv langgezogen, »liegt im Krankenhaus.«

»Wie bitte? Was ist geschehen?«

»Töchter in dem Alter – das ist ein schwieriges Thema. Du bekommst vieles nicht mit. Das ist auch gut so.«

»Unsere Kinder sind gut erzogen. Da gibt es keine Probleme«, behauptete Jonas.

»Deshalb sind sie neugierig auf das Leben. Annika ist nicht aus einer anderen Welt. Du … ich … wir hätten das unter Umständen nicht erlaubt. So ist das. Machen wir uns nichts vor, Jonas. Wir waren auch nicht anders. Kleinere Kinder lesen mit der Taschenlampe unter der Bettdecke. Schön, heute ist es nicht mehr das Buch, sondern ein Tablet. Und statt Büchern surft man im Internet. Verbote helfen da nicht.«

»Weiter«, drängte Jonas.

»Das war nur der Versuch einer Erklärung. Es schmeichelt einer Sechzehnjährigen, wenn sie von einem Älteren eingeladen wird. Sie hat mir vorgelogen, sie sei bei einer Freundin. Lisa wusste davon, hat aber Annikas Lüge mitgetragen. Kann man es ihr verdenken, dass sie ihre Schwester nicht in die Pfanne haut?«

»Was ist passiert?«

»Der Mann hat sie zunächst in eine Brasserie eingeladen. Annika war nicht misstrauisch. Da waren viele Gäste. Alles war locker. Er war amüsant und nett, aber nie aufdringlich.«

»Wie hat sie ihn kennengelernt?«

»Annika sagt, es war ein Zufall. Auf dem Nachhauseweg von der Schule.«

Nein!, dachte Jonas. Man hatte seine Tochter gezielt angesprochen. »Was ist dann passiert?«

»Sie haben einen Cocktail getrunken. Das ist das Letzte, an das sich Annika erinnern kann.«

»Das ist typisch für K.-o.-Tropfen«, sagte Jonas. »Ich vermute GHB.«

»Um Gottes willen. Gamma-Hydroxybuttersäure. Das ist Liquid Ecstasy«, stellte Liv fest. »Eine Droge.«

Jonas hüstelte. »Hat Annika außer Übelkeit und Schwindel noch etwas festgestellt? Ich meine …«, stammelte er.

»Du meinst, ob sich jemand an ihr vergangen hat?«

»Ja.«

»Dafür gibt es keine Anzeichen. Ein Passant hat sie auf einer Bank im Berzellipark gefunden. Da sie nicht ansprechbar war, hat er den Rettungsdienst alarmiert. Die haben auch die Polizei eingeschaltet. Es ist nachts empfindlich kalt. Da hätte sonst etwas passieren können.«

Eine Erkältung wäre noch das kleinste Übel, dachte Jonas. Es war eine weitere eindeutige Drohung gegen ihn und seine Familie. Die Täter wussten, dass er im Zentrum der Ermittlungen stand. Sie verfügten über Insiderwissen und kannten seine Familienverhältnisse. Wie lange konnte selbst ein unbeugsamer Polizeibeamter widerstehen, wenn seine Kinder so massiv unter Druck gesetzt wurden? Diese verdammte interne Quelle, die auch Johan Wax' Einsatz in Östersund verraten hatte. Und die Polizeiarbeit in Rättvik und Linköping. Der Täter musste verdammt nahe im Zentrum der Ermittlungsteams sitzen. Er beruhigte Liv und bat sie, den Kindern ein vorsichtiges Verhalten ans Herz zu legen. »Das gilt auch für dich«, schloss er. »Denn ich liebe dich.«

Auf seinem Handy sah er eine Nachricht vom Polisintendenten, der um Rückruf bat. Jonas zog sich in eine ruhige Ecke zurück und rief Tällberg an.

»Gute Arbeit, Nyström«, begann sein Vorgesetzter. »Die Razzien in den Wohnungen von Wissmann und Kugelberg waren ein voller Erfolg. In Kugelbergs Wohnung wurden unerlaubte Waffen gefunden, bei Wissmann Bargeld, und sein Rechner wurde sichergestellt. Er wird noch ausgewertet. Der Mann hatte mehrere Handys zu Hause liegen, darunter ein in Schweden nicht angemeldetes. Darauf kann man mehrere Anrufe zu einer Nummer in Motala zurückverfolgen. Sie gehört einem kleinen chemischen Betrieb. Ich habe einen richterlichen Durchsuchungsbeschluss beantragt. Markvist oder Gripsholm sollten die Aktion mithilfe der örtlichen Polizei durchführen.«

»Ich würde es gern selbst machen«, antwortete Jonas.

»Sie können nicht überall sein. Außerdem mache ich mir Sorgen um Sie. Nicht nur der enorme Druck bei den laufenden Ermittlungen, auch die Drohungen gegen Agssagssak und seine Familie beschäftigen mich. Da ist doch noch etwas anderes. Kann ich Ihnen helfen? Haben Sie Vertrauen zu mir.«

»Nein«, wiegelte Jonas ab. »Solange wir nicht wissen, wer der Verräter in unseren Reihen ist, würde ich die Aktion in Motala gern selbst leiten.« Die Bedrohung seiner Familie verschwieg er.

»Haben Sie einen konkreten Verdacht? Es kann sich nur um einen engen Vertrauten handeln. Markvist oder Gripsholm.«

»Wir wissen immer noch nicht, wo die undichte Stelle in Östersund ist«, wich Jonas aus und ließ sich die Adresse in Motala geben. Dann machte er sich auf den Weg in die Stadt am Vättern, Schwedens zweitgrößtem See, der über einhundertdreißig Kilometer lang war und dessen Fläche nur wenig unter der Luxemburgs lag.

Eines der Gewerbegebiete Motalas lag am Südufer des Sees, der den Eingang zum östlichen Götakanal bildet. Man hatte von hier aus einen schönen Blick auf das Zentrum der Stadt, von der der Bau des Kanals ausging und die den Erbauer, den deutsch-schwedischen Offizier und Staatsmann Graf Baltzar von Platen, mit einem Denkmal auf dem Markplatz ehrte. Zur Linken spannte sich eine moderne Hochbrücke über das Wasser, die zusammen mit der Autobahn errichtet worden war und das enge Stadtzentrum vom Durchgangsverkehr befreite. Im Sommer zogen die historischen, bei Touristen aus aller Welt beliebten Dampfschiffe dort auf dem Weg von Göteborg nach Stockholm ihre Bahnen. Ihnen und der Sportschifffahrt gehörte heute der Wasserlauf, der für die wirtschaftliche Entwicklung und Industrialisierung des Landes sein sollte, aber die große Bedeutung schon bald nach der Eröffnung an die Eisenbahn abgeben musste.

Jonas und die beiden ihn begleitenden Uniformierten hatten keinen Blick für die Sehenswürdigkeiten. Vom unscheinbaren weißen Flachbau blätterte der Putz ab. Die Tür war unverschlossen und sie landeten in einem Vorraum. Hinter dem Tresen sah eine ältere Frau auf und musterte sie über den Rand ihrer Halbbrille.

»Wir möchten zu Herrn Stafylidis«, sagte Jonas.

Sie nickte, stand auf und öffnete die angelehnte Tür zum Nebenraum. »Nikos«, sagte sie. »Da ist die Polizei für dich.«

»Polizei?«, hörten sie die Stimme eines Mannes. Dann tauchte Stafylidis auf. Jonas wusste, dass der gebürtige Grieche Anfang sechzig und schwedischer Staatsbürger war.

Jonas hielt ihm ein Dokument entgegen. »Das ist ein richterlicher Durchsuchungsbeschluss«, sagte er und zeigte in Richtung Fenster. »Da draußen warten ein Dutzend Polizeibeamte.«

Der Mann mit der Halbglatze nickte müde. Die Gesichtsfarbe war grau. Er wirkte abgespannt. Der Wollpullover mit dem Streifenmuster spannte sich über dem rundlichen Bauch. Am Kragen lugten die Hemdspitzen hervor. Die Oberlippe mit dem gestutzten Bart vibrierte. Aus glasigen Augen sah Stafylidis Jonas an. Die Tränensäcke hingen schwer unter den Lidern.

»Machen Sie Ihre Arbeit«, sagte er resigniert. »Wir werden Sie nicht behindern.« Dann drehte er sich um und kehrte in sein Büro zurück. Jonas folgte ihm.

Die Einrichtung entsprach dem Stil der siebziger Jahre. Holz dominierte. Jonas vermisste einen Computer auf dem Schreibtisch. Er ließ sich auf einem hölzernen Stuhl am Arbeitsplatz nieder, während Stafylidis in seinen stoffbespannten Bürosessel fiel.

»Irgendwann musste es so kommen«, sagte der Firmenchef mit matter Stimme und ließ seine Hornbrille am Bügel hin- und herschwingen.

»Ihnen wird vorgeworfen ...«, begann Jonas, aber der Grieche winkte ab.

»Ja, es stimmt. Wir produzieren verbotene Substanzen. Es ist schlimm, und ich schäme mich dafür. Ich will nichts beschönigen und stehe zu den Folgen, die auf mich zukommen.«

Jonas war überrascht über die Offenheit.

»Es soll keine Entschuldigung sein«, fuhr Stafylidis fort. »Vor über dreißig Jahren bin ich in dieses Land gekommen. Genaugenommen vor siebenunddreißig. Gleich nach dem Studium in Piräus. Man hat mir alle Möglichkeiten geboten.« Er klopfte sich gegen die Brust. »Natürlich war das auch mit Arbeit verbunden. Aber davor haben weder ich noch meine Leute zurückgeschreckt. Und wir haben es geschafft.« Sein ausgestreckter Arm zeigte Richtung Fenster. »Da draußen steht ein Mercedes 280 S. Siebzehn Jahre alt. Das ist meiner. Wissen Sie, wie teuer so ein Auto damals war? Wir haben vielerlei chemische Spezialitäten produziert und nach Griechenland exportiert. Aber dann kam der große Einbruch. In meiner alten Heimat lief nichts mehr. Und selbst alte Kunden zahlten nicht mehr. Von ursprünglich dreißig Mitarbeitern sind drei geblieben. Lena im Büro und zwei in der Produktion. Als es immer schlechter lief, habe ich im Handelsblatt auf eine Chiffreanzeige geantwortet. Daraufhin haben sich Leute aus Stockholm gemeldet, den Betrieb besichtigt und gefragt, ob wir für sie im Auftrag arbeiten würden. Ich habe mir Bedenkzeit erbeten, weil sie mir suspekt vorkamen, obwohl uns das Wasser bis hier stand.« Er legte die flache Hand an die Unterlippe. »Das Angebot war nicht lukrativ, aber es gab keine Alternative. Nicht nur altgediente Mitarbeiter, auch meine Familie, die Enkel, die Nachbarn und Freunde … mein Lebenswerk hätte ich verloren – mein Gesicht. Die Männer sind dann noch einmal wiedergekommen. Da waren sie zu dritt.« Plötzlich stand er auf. »Kommen Sie mal mit«, forderte er Jonas auf und ging voran. Hinter einer abgeschrammten Blechtür verbarg sich die Produktionsstätte. Jonas war kein Fachmann, aber moderne Labore sahen anders aus. Er vermisste die Elektronik.

An einem Tisch mit Reagenzgläsern und Laboreinrichtungen hantierte ein älterer Mann mit zerfurchtem Gesicht. Er starrte dem Beamten aus dunklen Augen angstvoll entgegen. »Das ist Dimitar Vytlačil. Er stammt ursprünglich aus Bulgarien und arbeitet seit über dreißig Jahren für mich.« Stafylidis zeigte auf ein paar Krücken, die an den Tisch gelehnt waren. »Als die Männer hier waren, sind wir durch das Labor gegangen. Sie drängten mich, für sie zu arbeiten. Als ich immer noch zögerte, schnappte sich der Dritte einen Stuhl und hat Dimitar das Schienbein zertrümmert. Sie haben gedroht, das nächste Mal sei der Kopf dran. Seiner, meiner – oder der meiner Enkel. Dimitar kann seitdem nicht mehr laufen. Es wird auch nichts mehr.« Er breitete hilflos die Arme aus. »Ich war gefangen. Olav ist fast genauso lange bei mir wie Dimitar. Er ist heute krank.« Sie hörten ein Geräusch, als würde jemand leise durch den Raum schleichen. Jonas umrundete eine Trennwand und sah einen dunkelhäutigen Mann, der versuchte, durch eine Hintertür zu entkommen.

»Halt! Polizei!«, rief er. Der Mann blieb stehen und hob die Hände.

Stafylidis war ihm gefolgt. »Das ist Abdoulaye. Er kommt aus dem Senegal und hilft hier ein bisschen. Für eine Handvoll Kronen. Auch ein armes Schwein.«

»Ein Asylbewerber?«, fragte Jonas. »Haben Ihre Auftraggeber ihn hierhergeschickt?«

»Bürgerkriegsflüchtling – ja. Mein Enkel hat Abdoulaye kennengelernt und darauf gedrungen, dass ich ihn beschäftige. Das ist illegal. Ich weiß.« Er zeigte zum Ausgang des Labors. »Wollen wir wieder ins Büro?«

Jonas folgte ihm.

Nikos Stafylidis setzte sich und atmete schwer. Er fasste sich mit der flachen Hand ans Herz. »Ich bin froh, dass alles vorbei ist. So konnte es nicht weitergehen.«

»Haben Sie schon früher Drogen produziert?«

»Um Gottes willen – nein.« Er zog ein Augenlid herab. »Sehen Sie, hier? Ich kann nicht mehr schlafen. Aber was sollte ich machen – immer diese Angst vor denen.«

»Kennen Sie Namen?«

»Einer hieß Wissmann. Der hat die ersten Gespräche geführt. Auf mich wirkte er wie ein seriöser Geschäftsmann. Er war in Begleitung eines anderen, der kaum etwas gesagt hat.«

»Moment.« Jonas zeigte ihm Bilder.

»Ja«, bestätigte Nikos Stafylidis beim Foto des ermordeten Stockholmers. Kugelberg erkannte er als den Mann wieder, der die fertige Ware abgeholt hat. »Gesprochen hat er fast gar nicht. Dann war da noch einer. Auch ein Bürotyp. Es könnte der gewesen sein, der das Finanzielle abgewickelt hat.«

»Welche Transaktionen?«

»Die Rechnungen. Das Geld kam von einer Ekholmen Ekonomiskt Stöd.«

Jonas lachte bitter auf. »Ekholmen ist eine der Schären vor Stockholm. Ekonomiskt Stöd – Wirtschaftshilfe. Wie sinnig. Wurden die Drogen nach Ihrem Rezept hergestellt? Woher haben Sie die Kenntnisse?«

Statt einer Antwort öffnete der Grieche seine Schreibtischschublade und zog eine Plastikhülle mit einem gedruckten Blatt Papier heraus. »Das hat man uns gegeben. Das ist das Rezept. Danach haben wir gearbeitet.«

»Ist es das Original?«

Stafylidis bestätigte es.

Jonas besah sich das Papier. Es war ausgedruckt. Natürlich konnte er dem Ergebnis der forensischen Untersuchung nicht vorgreifen, aber visuell ähnelte es den Nachrichten, die man bei Johan Wax und Krasnopjorov gefunden hatte.

Jonas rief die vor der Tür wartenden Beamten herein, die alles für die weitere Bearbeitung Notwendige sicherstellen würden. Ein letzter Blick streifte Stafylidis, dessen Lebenswerk an dieser Stelle abrupt endete. Konnte man Mitleid mit dem alten Mann haben? Jonas war sich nicht sicher. Nein, beschloss er und dachte an die vielen Opfer, die die Drogen mittlerweile gefordert hatten.

Im anschließenden Telefonat mit Tällberg gab er die Informationen weiter. Der Polisintendent würde alles Weitere in Stockholm veranlassen. »Ich bin jetzt auch auf dem Weg zur Rikspolisen«, sagte Jonas.

Signe Holmberg sah ihm entgegen. »Sie sehen müde aus«, sagte die Sekretärin des Abteilungsleiters. »Ich flöße Ihnen erst einmal einen Kaffee ein. Haben Sie etwas gegessen?«

»Früher waren Sie die Assistentin des Chefs«, lästerte Jonas. »Sind Sie jetzt zur guten Seele mutiert? Nein, Signe. Schön, dass wir Sie haben. Ich würde mein Leben für einen Kaffee geben. So einen, wie nur Sie ihn zubereiten können.«

Jonas bekam nicht nur eine Tasse Kaffee und ein strahlendes Lächeln. Sein Kompliment hatte Wirkung gezeigt. Als die zweite Tasse geleert war, sagte Signe Holmberg: »Jetzt informiere ich den Chef, dass Sie da sind.«

»Sie haben extra gewartet?« Jonas war erstaunt.

Sie nickte. »Ich nehme es auf meine Kappe. Zwischen zwei Tassen Kaffee sind bestimmt keine neuen Morde geschehen. Außerdem hat Herr Tällberg die Zeit genutzt.« Sie zeigte auf die geschlossene Bürotür. »Er sitzt da drinnen und spricht mit Dr. Wallberg.«

»Der ist oft in Stockholm«, stellte Jonas fest.

Wenig später saßen sie im Besprechungsraum zusammen. Nur Gripsholm fehlte. Er war noch in Malmö beschäftigt. Tällberg machte seit langem wieder einmal einen halbwegs zufriedenen Eindruck.

»Wir haben erste Erfolge erzielt. Mit der Entdeckung des Labors in Motala haben wir offenbar die Produktionsstätte der Drogenmafia ausgehoben.«

»Und trockengelegt«, mischte sich Dr. Wallberg ein.

»Lassen Sie uns Schritt für Schritt vorgehen«, sagte Tällberg bestimmt. »Zunächst einmal zur Ekholmen Ekonomiskt Stöd. Ekholmen – das ist eine kleine Schäre südlich von Nämdö. Heute Nachmittag war dort ein Einsatzkommando. In einem unscheinbaren Haus residiert dieses Unternehmen.« Tällberg lachte. »Ein witziger Name: Finanzielle Unterstützung. Da hat jemand Humor gehabt. Soweit wir bisher ermitteln konnten, ist es ein Einmannbetrieb. Ingmar Schjølberg heißt der Inhaber, einundsechzig Jahre und früher Bankangestellter. Er hat sich vor zehn Jahren selbständig gemacht und wird immer wieder mit krummen Geschäften in Verbindung gebracht. Wir führen ihn in unseren Dateien, auch wenn ihm bisher noch keine Straftat nachgewiesen werden konnte. Wir gehen davon aus, dass Schjølberg mit Wissmann den Kleinunternehmer Stafylidis aufgesucht hat. Schjølberg ist vermutlich der Buchhalter der Drogenmafia. Wir konnten viel Material sicherstellen, das in Ruhe ausgewertet werden muss. Der erste Eindruck ist jedenfalls, dass Schjølberg mit dem Geld jongliert hat. Bei ihm sind Zahlungen eingegangen, die er akkurat aufgezeichnet hat. Auch über die Auszahlungen hat er Buch geführt. Wir konnten im Schnelldurchgang auch feststellen, dass er Einzahlungen über Western Union vornahm.«

»Es ist nicht zu glauben«, schimpfte Jonas. »Da schafft ganz Europa den gläsernen Bürger, bespitzelt seine Einwohner und stellt sie unter Generalverdacht. Unter vielerlei Vorwänden dringt der Staat in die Privatsphäre ein. Und auf ganz simple Weise lassen die Kriminellen die Drogengelder verschwinden. Auf die Idee, Institutionen wie Western Union abzuschaffen, ist offenbar noch niemand gekommen.«

»Ich hab mich gewundert«, ging Tällberg nicht auf den Einwurf ein, »wie naiv diese Konstruktion ist. Wir haben die Drogenmafia als straff geführte und gutorganisierte kriminelle Institution kennengelernt. Da sollte man erwarten, dass die Geldwäsche besser getarnt ist. Alles einem einzelnen zwielichtigen Buchhalter anzuvertrauen, ist doch sehr mutig.«

»Wenn ich dazu etwas anmerken darf … Hat Schjølberg ausgesagt?«

»Nein«, antwortete Tällberg. »Er schweigt eisern.«

»Das ist die Konsequenz der harten Gangart der Bande«, warf Dr. Wallberg ein. »Es hat sich herumgesprochen, dass es lebensgefährlich ist, zu plaudern oder sich gegen die Drogenmafia zu stellen. Da ist es besser, im Notfall für ein paar Jahre ins Gefängnis zu gehen. Und was heißt schon ›ein paar Jahre‹? Bei unserem liberalen Strafrecht kommen viele Täter mit einem blauen Auge davon.«

Leider hat der Forensiker recht, dachte Jonas.

»Schjølberg macht einen verängstigten Eindruck«, fuhr Tällberg fort. »Und er war sichtlich überrascht, als wir heute Nachmittag dort auftauchten. Ich hatte den Eindruck, dass er überhaupt nicht die Möglichkeit einer Enttarnung in Betracht gezogen hat.«

»Wohin wurde das Geld transferiert?«, fragte Jonas.

»Nach Estland. Außerdem haben wir in Schjølbergs Haus eine größere Menge Bargeld gefunden. Da er jede Aussage verweigert, können wir nur die Vermutung anstellen, dass es sich um Drogengelder handelt.«

»Üblicherweise behaupten die Leute in solchen Fällen immer, sie wollten sich am nächsten Tag ein Auto kaufen. Bar«, gab auch Markvist zum Besten.

»Wir können bisher nur zu einem hohen Prozentsatz vermuten, dass wir einen weiteren Teil der Drogenmafia gesprengt haben.« Tällberg lehnte sich entspannt zurück.

»Die Drogenmafia ist wie eine Hydra. Haben wir einen Kopf abgeschlagen, wachsen andere nach«, sagte Markvist mit einer Spur Resignation in der Stimme. »Ich habe aber auch etwas zu berichten. Wir haben den Transporter von Kugelberg sichergestellt, mit dem er die Drogen bei Stafylidis abgeholt hatte. Der Wagen ist unterwegs zu Ihnen nach Linköping.« Dabei sah er Dr. Wallberg an.

Der Wissenschaftler bestätigte es und wirkte dabei geistesabwesend.

»Wir haben die Analyse der Universität Östersund vorliegen«, fuhr Markvist fort. »Es geht um das Liquid Ecstasy, das man bei den beiden äh …«

»Afghanen und dem regionalen Statthalter in Östersund, Theo Feldmann, gefunden hatte«, half Jonas aus.

»Danke.« Markvist schenkte ihm einen kurzen Seitenblick. »Die Uni stellt fest, dass sie mit den anderen Proben übereinstimmen.«

»Da sind wir anderer Auffassung«, unterbrach Dr. Wallberg den Inspektor. »Es handelt sich um zwei verschiedene Quellen, aus denen die Drogen stammen.«

Tällberg sah den Wissenschaftler fragend an.

Dr. Wallberg wollte aufstehen. »Soll ich es Ihnen einmal an der Tafel erklären?«

»Nein, danke«, wehrte der Polisintendent ab. »Woran kann das liegen?«

»An den unterschiedlichen Herstellungsprozessen.«

»Sie haben früher die These vertreten, dass die Drogen aus dem Osten stammen, möglicherweise aus Russland.« Markvist sah Dr. Wallberg an.

»Das ist zutreffend. Ich habe aber auch nie Zweifel daran gelassen, dass man bei synthetischen Drogen die Herkunft nicht exakt spezifizieren kann. Obst, Gemüse, selbst Olivenöl ist genetisch einer bestimmten Herkunft zuzuordnen. Wie soll das bei chemischen Substanzen geschehen?«

»Das leuchtet ein«, stimmte Jonas zu.

»Meine Idee, dass die Drogen aus dem Osten kommen, habe ich einzig aus der hier geführten Diskussion abgeleitet, dass die Drogenmafia ihren Sitz möglicherweise in Estland hat.«

Die anderen murmelten Zustimmung.

»Wenn es eine Diskrepanz zwischen unserem Ergebnis und dem der Universität Östersund gibt, würde ich es nicht auf eine fehlerhafte Analyse der einen oder der anderen Einrichtung zurückführen.« Dr. Wallberg drehte sich zu Jonas um. »Es gibt immer noch die ungeklärte Frage, wer sich hinter dem geheimnisvollen ›Hansson‹ in Östersund verbirgt. Für mich ist es eine Überlegung wert, ob nicht dort irgendjemand dahintersteckt. Was hat die Uni Östersund verglichen? Zwei Proben, die man ihr gegeben hat. Die beiden Östersunder haben nichts zu verlieren – oder alles. Ganz wie Sie wollen. Es wäre doch dumm, wenn sie auf sich selbst verweisen würden.«

»Hm«, antwortete Tällberg für alle. »Gibt es Anhaltspunkte, die sich aus der Untersuchung von Wax' Dienstwagen oder dem Inhalt seiner Reisetasche ergeben?«

»Keine«, erwiderte Dr. Wallberg. »Hat man inzwischen irgendwelche Aufzeichnungen, das Handy oder Notebook des Toten gefunden?«

»Leider nicht«, antwortete Markvist.

Sie wurden abgelenkt, als sich die Tür einen Spalt öffnete und Signe Holmberg den Kopf hereinstreckte. »Entschuldigung, dass ich störe, aber da ist ein Anruf für Kommissar Nyström aus Sundsvall. Ein Kommissar Korslund ist am Apparat und lässt sich nicht abwimmeln. Er sagt, es sei dringend.«

Jonas zeigte auf das Telefon im Besprechungsraum. »Können Sie das Gespräch hierher durchstellen?«

»Mach ich.«

Wenig später klingelte es.

»Korslund«, meldete sich der Beamte aus Sundsvall. »Das muss ich unbedingt loswerden. Ihr Tipp mit den Asylbewerbern war ein voller Erfolg. Wir haben uns da hineingekniet. Tatsächlich hat man ein paar der armen Schweine angeheuert. Mit genau der Masche, die Sie uns geschildert haben.«

»Haben Sie auch die Hintermänner?«

»Wir sind Profis«, sagte Korslund, und ein wenig Stolz schwang in seiner Stimme mit. »Wir konnten bisher drei überführen. Alles Schweden, die schon früher mit der Drogenszene in Berührung gekommen waren.«

»Das ist der Beweis, dass es keine Idee war, die in Östersund geboren wurde, sondern dass hinter der Organisationsstruktur ein taktischer Plan steht, der von einer Zentrale aus gesteuert wird. Jaaaa!« Er streckte dabei die geballte Faust in die Höhe. Jonas musste grinsen, als die anderen drei ihn entgeistert ansahen.

»Davon bin ich auch überzeugt«, bestätigte Korslund. »Ich habe auch schon mit Polismästare Eklund in Umeå gesprochen.«

»Sie meinen Ekel-lund?«, verballhornte Jonas den Namen des Kripochefs.

»Richtig. Ich hab dem alten Jakob gesagt, dass es Ihre Idee war. Immerhin will er jetzt meinen Bericht an die anderen Polizeibezirke der Polisregion Nord weiterleiten und sie auffordern, ähnlich zu verfahren.«

»Schicken Sie auch jeweils einen Bericht an Polisintendent Tällberg und an mich?«, bat Jonas.

»Schon unterwegs«, behauptete Korslund.

Gespannt erwarteten die anderen Jonas' Bericht.

»Wunderbar«, begeisterte sich Markvist. »Jetzt haben wir sie am

Arsch«, rutschte es aus ihm heraus.« Dann sah er seinen Chef an und entschuldigte sich für die Spontanität.

»Ich verstehe Ihre Begeisterung«, sagte Tällberg. »Auch wenn ich es anders formuliere, aber ich teile Ihre Meinung.«

Auch Dr. Wallberg drückte seine Freude über den Fortschritt aus. »Toll, Nyström«, lobte er Jonas.

Zu Hause wurde er mit offenen Armen empfangen. Nur Annika senkte schuldbewusst den Blick, als er in ihr Zimmer trat. Sie befürchtete offenbar Vorhaltungen. Als er sie aber in die Arme nahm, fest an sich drückte und es bei »meine Große« beließ, schlang sie ihre Arme um seinen Hals wie damals, als sie noch kaum laufen konnte, und ließ ihren Tränen freien Lauf. Jonas wollte mehr über den geheimnisvollen Unbekannten erfahren. Gern hätte er Annika befragt. Damit hätte er aber die Vertrautheit, die in diesem Moment zwischen ihnen herrschte, zerstört. Und Liv, die, an den Türrahmen gelehnt, das Geschehen aus der Ferne beobachtete, wäre es auch nicht recht gewesen.

Später, als er mit seiner Frau allein im Wohnzimmer saß und sie ein Glas Rotwein tranken, fragte er beiläufig: »Was würdest du davon halten, wenn ich den Job aufgäbe?«

Liv verschluckte sich fast am Wein. »Du willst weg von der Polizei? Was willst du sonst machen?«

»Ich muss weiter bei der Polizei bleiben. Aber dort gibt es andere Aufgaben. Ich könnte mich um eine andere Position bewerben und um Versetzung bitten.«

Sie sah ihn mit großen Augen an. »Was denn?«

Er lächelte. »Die Überwachung der Parkplätze in Stockholms City.«

Jetzt lachte auch Liv. »Gute Idee. Und was machst du im Winter?«

Jonas zog die Stirn kraus. »O verdammt. Da ist es kalt.« Er nahm ihr das Glas aus der Hand und kitzelte sie, bis sie sich in die Sofaecke zurückzog und sich wehrte.

»Du schiebst im Krankenhaus ja ohnehin eine ruhige Kugel. Dann könntest du mir Ohrenschützer und warme Socken stricken. Und Pulswärmer nicht vergessen.«

»Wie wäre es mit einem Muff vor der Uniform?«

»Eine blendende Idee.« Er kitzelte sie erneut.

Viel später meinte Liv: »Ein Knäuel gebildet … das haben wir schon lange nicht mehr.«

·DREIUNDZWANZIG·

Jonas hatte den Arlanda-Express benutzt, um für sündhaft teures Geld vom Hauptbahnhof zum nördlich gelegenen Flughafen zu fahren. Er checkte ein und musste in Stockholm umfangreiche Sicherheitskontrollen über sich ergehen lassen, bis er schließlich in der Boeing 737 saß. Es dauerte noch fast eine Stunde, bis die Maschine die Startfreigabe erhielt und in den wolkenverhangenen Himmel emporstieg. Schon kurz nach dem Abheben tauchten sie in eine undurchdringliche Dunstwolke ein. Nach dem Steigflug schwebten sie nur für kurze Zeit über dem Gebirge aus weißen Wattebäuschen, bis Jonas am veränderten Geräusch der Turbinen und auch am Druck auf den Ohren merkte, dass sie den Sinkflug eingeleitet hatten. Eine knappe Stunde nach dem Start setzte das Flugzeug in Östersund auf, rollte aus und zum Arrival. Sie hatten Östersund von Nordwest angeflogen. Wenn es nicht diesig gewesen wäre, hätte er den Blick auf den Storsjön genießen können.

Jonas hatte sich nicht angemeldet. Er nahm den Bus, stieg im Zentrum um und erreichte eine halbe Stunde später das Polizeigebäude.

Ráidnersson wirkte erschrocken, als Jonas sein Büro betrat.

»Kommissar Nyström. Sie hier? Aus Stockholm? Ich dachte …«

»Wir sind noch nicht fertig«, erwiderte Jonas. »Es gibt noch etwas zu erledigen.«

Ráidnersson schob hilflos ein paar Papiere hin und her.

»Ich will die Suche nach Hansson zum Abschluss bringen«, sagte Jonas.

»Agssagssak ist unterwegs.«

»Den brauchen wir nicht. Sie sind der verantwortliche Beamte in Östersund.«

»Ich bin nur ein Rädchen im Getriebe«, redete der Inspektor seine Rolle klein.

Jonas nahm unaufgefordert Platz. »Den Mörder von Evaldsson haben wir«, begann er. »Ich vermute, dass nicht nur ein unliebsamer Kleindealer aus dem Weg geräumt wurde, sondern Hansson dahintersteckt.«

»Sie meinen … Der Polizist, der sich so genannt hat, hätte den Mord in Auftrag gegeben?«

»Nicht direkt. Hansson – bleiben wir bei diesem Synonym – ist für die Drogenmafia ein wichtiger Mann. Er ist aus Östersund, kennt die hiesige Szene, und Evaldsson war es möglicherweise nicht verborgen geblieben, dass Hansson korrupt war. Mit Sicherheit hat er schon vor dem Auftauchen der Drogenmafia schmutzige Geschäfte mit der anderen Seite gemacht. Hansson ist ein nützlicher Idiot für die Verbrecher. Deshalb durfte seine Identität nicht auffliegen. Das könnte auch einer der Gründe gewesen sein, dass Evaldsson sterben musste. Die Drogenmafia bedient sich bei ihren Morden immer einer gewissen Symbolik. Evaldsson ist erstickt, weil man ihm Drogenpäckchen in den Mund gestopft hat.«

»Das könnte bedeuten, er durfte nicht reden«, sagte Ráidnersson.

»Richtig. Hansson trifft in diesem Punkt kein strafrechtliches Verschulden. Aber ohne sein Tun für die Drogenleute hätte Evaldsson vielleicht nicht sterben müssen.«

»Ich vermute, man hat ihn ermordet, weil er sich nicht daran hielt, während des Konzerts Östersund den Rücken zu kehren. Und weil er nicht mit der Drogenmafia zusammenarbeiten wollte.«

»Da kommt viel zusammen«, blieb Jonas vage.

»Ich habe schwer damit zu kämpfen«, sagte Ráidnersson leise. »Die Sache mit Hansson«, setzte er hinzu.

Jonas nickte versonnen. »Das hätte nicht passieren dürfen.«

»Ich weiß«, erwiderte Ráidnersson kleinlaut.

»Warum haben Sie zunächst behauptet, es sei technisch nicht möglich, festzustellen, an welchem internen Apparat der Anruf der Hotelchefin entgegengenommen wurde?«

Der Inspektor spielte mit einem Kugelschreiber. Dann malte er Figuren auf ein Blatt Papier. »Sie haben es selbst erlebt, was es heißt, in Östersund zu arbeiten. Für alle anderen da draußen ist Jämtland tiefste Provinz. Keiner hat eine Vorstellung davon, wie es hier zugeht. Ich will nicht sagen, dass wir hier überfordert waren, aber wir sind hoffnungslos unterbesetzt. Ich hatte einfach keine Zeit, mich um noch mehr zu kümmern. Mir schien die Sache eine Lappalie zu sein. Ich habe nicht geahnt, wie wichtig Ihnen das war. Sorry. Ich habe es damals nicht überblickt. Deshalb habe ich es mit dieser Ausrede abgetan. Später habe ich mich nicht mehr getraut, mit der Wahrheit herauszurücken. Glauben Sie mir, ich habe Angst um meine Zukunft bei der Polizei gehabt. Ich habe befürchtet, man könnte es mir als Begünstigung im Amt auslegen, abgesehen davon, dass ich im Verdacht stand, Hansson zu sein.«

»Sie sind es nicht«, sagte Jonas und spürte, wie Ráidnersson der Stein vom Herzen fiel.

»Sie haben es gewusst?«

»Nein«, gestand Jonas ein, »aber geahnt. Nun berichten Sie.«

Der Inspektor scheute sich nicht, einen lauten Stoßseufzer von sich zu geben. »Natürlich hat mich die Frage beschäftigt. Es ist nicht einfach, im eigenen Haus zu ermitteln, insbesondere wenn sich der Verdacht gegen einen Kollegen richtet, dem Sie seit Jahren regelmäßig begegnen. Meine Suche ist den anderen natürlich nicht verborgen geblieben. Mir begegnete nur noch Misstrauen – vom dezenten Meiden meiner Gegenwart bis zur offenen Konfrontation. Ich weiß«, Ráidnersson hob eine Hand in die Höhe, »das alles hätte ich mir ersparen können. Ich habe zunächst eine Liste zusammengestellt mit den Namen der Kollegen, die im Hause waren, als der Anruf eintraf. Dann habe ich die Liste auf die gekürzt, die tatsächlich Gelegenheit dazu hatten, den Anruf entgegenzunehmen. Das waren sieben.«

»Klassische Polizeiarbeit«, sagte Jonas und war sich bewusst, dass Ráidnersson mit dieser Aktion ins soziale Abseits gedrängt wurde. Man vermutete im Inspektor jemanden, der das eigene Nest beschmutzte.

»Ich hatte auch die Idee, dass Hansson vielleicht selbst drogenabhängig war und deshalb von den Händlern erpresst wurde. Ich habe mit unserem Vorgesetzten in Umeå gesprochen.« Ráidnersson schlug die Augen nieder. »Wo waren Sie? In Stockholm? Im Süden in Malmö? Sie müssen Eklund gehört haben, wie er getobt hat. Er drohte, mich in die Psychiatrie einweisen zu lassen. Ein süchtiger Polizist, der sich erpressen lässt. Und das in seinem Land. Ja – das hat er wörtlich gesagt.«

»Und weiter?«, forderte Jonas ihn auf.

»Das ist natürlich auch nicht verborgen geblieben. Ich habe das Privatleben der Kollegen sondiert und bin dabei auf etwas gestoßen. Es gibt jemanden, dessen Lebensweise Besonderheiten aufweist. Er gibt sich großspurig, lässt seine Kinder auf ein Internat gehen, hat ein schönes Haus. Der König lässt seine Polizisten nicht verhungern, aber zu mehr als einem auskömmlichen Leben reicht es nicht. Das hat mich stutzig gemacht.«

Wie wahr, überlegte Jonas. Er selbst hatte es auch immer wieder gespürt, selbst wenn bei ihm noch andere Umstände mitspielten.

»Der Kollege sitzt zwei Zimmer weiter. Und er war am besagten Tag hier im Hause.«

»Bearbeitet er Drogendelikte?«

»Nein, Einbruchdiebstähle. Die haben hier zugenommen. Es kommt immer wieder vor, dass im Umfeld der Asylantenunterkünfte Eigentumsdelikte begangen werden. Wohnungsaufbrüche. Fahrraddiebstähle. Und so. Einfache Dinge des Alltags. Es werden auch immer wieder Ladendiebstähle gemeldet. Der Kollege war sichtlich generervt davon und hat es, was nicht korrekt ist, den Asylbewerbern in die Schuhe geschoben. Manche hier im Haus haben sich gewundert, dass er im Gespräch auf dem Flur oder am Kaffeeautomaten plötzlich Sympathie für die fremdenfeindlichen Parolen von Bad Revolution äußerte.«

»Bringen Sie ihn mit der Band in Verbindung?«

»Es kommt vieles zusammen.«

»Haben Sie ihn schon verhört?«

»Noch nicht. Es muss alles hieb- und stichfest sein. Wenn mein Verdacht falsch ist, können wir beide den Hut nehmen.«

»Meine Schultern sind breiter«, sagte Jonas. »Ist er im Haus?«

Ráidnersson nickte.

»Gehen wir«, sagte Jonas, stand auf und ließ sich vom Inspektor den Weg zeigen.

Die Tür zum übernächsten Büro stand offen. Am Schreibtisch saß ein vielleicht Vierzigjähriger mit rotblonden Haaren. Er hatte ein freundlich wirkendes Gesicht, trug ein kariertes Hemd und eine Jeans.

»Hej«, grüßte Jonas.

Der Mann erwiderte den Gruß.

»Sie wissen, wer ich bin?«

»Ja. Ein Kommissar von der Rikspolisen aus Stockholm.«

»Sie sind – Mörklund?« Jonas hatte den Namen auf dem Türschild gelesen.

»Richtig – aber wieso wollen sie das wissen?«

»Schon lange Polizist?«

»Weshalb fragen Sie? Was soll das?«

»Also – schon lange dabei?«

»Ja. Seit siebzehn Jahren.«

»Es gibt schönere Berufe, aber auch schlechtere.«

Mörklund war ein Stück mit dem Stuhl zurückgerollt, hatte sich zur Seite gedreht und das linke Knie auf den rechten Oberschenkel gelegt.

»Was wollen Sie, he?« Er klang gereizt.

»Ganz schlecht ist es, wenn ein Polizist korrupt ist«, fuhr Jonas fort. »Die Menschen da draußen vertrauen nur wenigen Berufsgruppen. Geistlichen. Ärzten. Feuerwehrmännern. Und Polizisten. Die gelten als integer.«

»Ja – und? Weshalb halten Sie mir einen solchen Vortrag? Muss ich mir diese Dummheiten anhören?«

»Ja«, erwiderte Jonas kühl. »Und zwar als Beschuldigter.«

»Als …« Mörklund sah an Jonas vorbei und versuchte Ráidnersson anzusehen. »Eh Ànok. Sag doch auch mal was zu diesem Schwachsinn.«

»Das ist leider die bittere Wahrheit, Hansson.«

»Ich heiße Mörklund.«

»Und warum haben Sie sich an Ráidnerssons Telefon mit Hansson gemeldet? Das war dumm und überflüssig. Ich gehe davon aus, dass es ein Zufall war, dass Sie den Anruf der Hotelchefin entgegengenommen haben. Es ist nicht ungewöhnlich, dass man auf dieser Etage ans Telefon geht, wenn man zufällig auf dem Flur unterwegs ist und der Kollege im Augenblick nicht am Platz ist. Ich habe nicht verstanden, weshalb Sie einen falschen Namen genannt haben. Niemand hätte Sie verdächtigt. Und mit Johan Wax' Sachen hätte man auch nichts anfangen können. Sie sind doch Experte für Einbruchdiebstähle und wissen, wie es funktioniert. Nein, Mörklund. Sie sind wie Mr. Hyde und Dr. Jekyll. Eine gespaltene Persönlichkeit.«

Es entstand eine Pause. Mörklund rutschte unbehaglich auf seinem Stuhl hin und her, schwieg aber.

»Der dumme Gedanke war der falsche Name. Der – aus Ihrer Sicht – gute hingegen war der Versuch, sich das Handy, das Notebook und etwaige Notizen Wax' anzueignen. Nein, nicht für sich. Sie wollten damit Ihre Auftraggeber schützen. Was hat man Ihnen dafür gezahlt?«

Mörklunds Augenlider begannen zu flattern.

»Haben Sie sich davon versprochen, bei den neuen Drogenbossen Karriere zu machen? Mensch, Mörklund, wie tief kann ein Polizist sinken. Pfui Teufel.«

»Das ist erstunken und erlogen«, schrie Mörklund auf. »Reine Phantasie. Aber dumm und ehrverletzend.«

»Glauben Sie wirklich, man gesteht einem Polizeibeamten, der am Mord eines Kameraden schuldig ist, noch einen Funken Ehre zu?«

Mörklund sprang auf. Der Stuhl fiel nach hinten und knallte gegen ein Sideboard. »Das geht zu weit, mir zu unterstellen, ich sei ein Mörder. Ich habe niemanden umgebracht.«

»Nicht persönlich. Sie sind der Mittäterschaft verdächtigt. Und Sie sind schuld daran, dass Kindern und Jugendlichen Rauschgift verkauft wird. Jeder Konsum ist so etwas wie ein kleines Stück auf dem Weg zum Mord.«

Mörklund machte zwei hastige Schritte auf Jonas zu, blieb aber vor ihm stehen. »Ich wusste doch gar nicht, dass der Stockholmer Inspektor hier in Östersund ermittelt. Erst nach dem Mord habe ich geahnt, dass es einen Zusammenhang geben könnte.«

»Warum haben Sie Ihren Verdacht nicht Ráidnersson mitgeteilt?«

»Schwachsinn. Das hat hier jeder gewusst. Ist doch Blödsinn, wenn alle Polizisten hier im Hause Ráidnersson vollgequatscht hätten.«

»Wo sind Wax' Notebook und Handy?«, fragte Jonas.

»Was weiß ich denn?«

»Wir werden bei Ihnen zu Hause eine Durchsuchung durchführen.«

»Das gibt eine Beschwerde. Sie ruinieren meinen Ruf.«

Jonas stutzte. Mörklund hatte nicht panisch reagiert. Es klang, als könnte er einer solchen Aktion gelassen entgegensehen.

»Sie haben die beiden Geräte schon an Ihre Auftraggeber weitergegeben? An Wissmann? Kugelberg? Schjølberg?«

»Was sind das für Namen?«

Jonas grinste. »Das nehme ich Ihnen sogar ab. Jemand, der so klein und unbedeutend ist wie Sie, kennt die Führungsriege der Organisation nicht. Aber die kennen Sie. Wer nicht tot ist, wird ins Plaudern kommen, um sich davon vor Gericht Hafterleichterung zu versprechen. Sie wissen doch, wie das funktioniert. Ein Deal mit der Staatsanwaltschaft. Wer zuerst singt, hat das größte Gehör. Den Letzten beißen die Hunde. Sie können selbst entscheiden, an welchem Platz in dieser Reihe Sie sich einsortieren wollen. Je weiter hinten Sie stehen, umso düsterer werden die Gefängniszellen. Und ein Expolizist im Knast, der zudem einen Kollegen ermordet hat … Das wird eine Tortur für Sie. Ganz bestimmt.«

Mörklund blieb bei seiner Behauptung, er habe mit der ganzen Sache nichts zu tun. Jonas' Anschuldigungen seien völlig aus der Luft gegriffen.

Jonas legte die Stirn in Falten. »Sie haben sich vorhin so sicher gefühlt, als ich erwähnte, wir würden in Ihrem Haus nach dem Handy und dem Notebook von Wax suchen. Haben Sie ein Wochenendhaus? Das bekommen wir heraus.« Jonas sah über die Schulter zu Ráidnersson.

»Rein theoretisch – wo würden Sie die Sachen aufbewahren? Oder vielleicht wegwerfen?«

»Es ist nicht auszuschließen, dass die Drogenmafia Mörklund irgendwann mit seiner Mittäterschaft erpresst hätte«, antwortete der Inspektor. »Um sich davor zu schützen, hat er die Sachen behalten. Da sind vermutlich Beweise drauf.«

»Wir wissen, wie die Organisation vorgeht. Die scheuen vor keiner Gewalt zurück.«

»In diesem Fall hätten die Leute aber ein Problem. Sie kommen nicht an Handy und Notebook heran«, antwortete Ráidnersson.

»Richtig«, bestätigte Jonas. »Weil die absolut sicher verwahrt sind. Sicherer als im Fort Knox. Wo würden Sie die Sachen also verstecken?«

Ráidnersson grinste. »Es gibt nur einen Platz. Bei der Polizei.«

Mörklund leistete keinen Widerstand, als Jonas und der Inspektor sein Büro durchsuchten. Er sackte in sich zusammen, als sie Handy und Notebook in Mörklunds Schreibtischschublade fanden. Dann ließen sie ihn abführen.

»Das hätte ich nicht gedacht«, staunte Ráidnersson wenig später, als sie bei einem Kaffee in seinem Büro zusammensaßen. Inzwischen war auch Agssagssak dazugestoßen, der sich ebenso überrascht zeigte.

»Wir waren noch einmal in der Flüchtlingsunterkunft und haben die Leute dort verhört«, berichtete der Kriminalassistent. »Wir haben dabei einen Hinweis auf einen Syrer erhalten, der mit seiner Familie bis vor kurzem dort hauste. Vor zwei Wochen ist der Familie eine Wohnung in der Krukvaktargränd zugewiesen worden. Wir haben sie dort aufgesucht. Hussam Mahrous, so heißt er, hatte in Aleppo eine Apotheke, die im Krieg zerstört wurde. Er ist mit seiner Familie nach Schweden geflüchtet. Man wusste im Lager, dass er Apotheker war. Irgendwann wurde er von einem Unbekannten angesprochen. Man hat ihm das Angebot unterbreitet, Produktionsleiter in einer Fabrik in Motala zu werden. Mahrous war hocherfreut, hat aber das Angebot doch nicht angenommen, als man ihm erklärte, dass es kein offizieller Job sei.«

Sie ließen Mörklund eine halbe Stunde, damit der Schreck wirken konnte. Jonas hatte angewiesen, dass man den korrupten Beamten sichtbar in Handschellen durch das Haus führen sollte. Es war ein Spießrutenlaufen, wie es schlimmer nicht sein konnte. Mitleid empfand Jonas keins.

Die Aktion hatte Eindruck gemacht. Mörklund war kurz vor dem Zusammenbruch. Er hielt seine gefesselten Hände in die Höhe. »Muss das sein?«, fragte er mit erstickender Stimme.

»Sie wissen, wie man mit Verbrechern umgeht«, erwiderte Jonas kühl.

Auffällig war, dass Mörklund gegen diesen Vorwurf nicht mehr protestierte.

»Haben Sie über ein Geständnis wegen Ihrer Mitwirkung an der Ermordung von Johan Wax nachgedacht?«, fragte Jonas.

»Ich habe niemanden getötet, schon gar keinen Polizisten. Ich wusste nicht, dass er in Östersund ist.« Mörklunds Schultern sackten nach vorn. Er legte die Handballen auf den Knien ab und hatte den Kopf gesenkt. Jonas spürte, dass er sich schämte, seinen Kollegen in die Augen zu sehen. »Ich habe mit dem Mord nichts zu tun. Wirklich nicht.« Es klang flehentlich. Das »Bitte«, das er anfügte, bestätigte diesen Eindruck.

»Erzählen Sie«, forderte Jonas ihn auf.

Mörklund hob die immer noch gefesselten Hände, wischte sich mit dem Ärmel über die Stirn und rutschte ganz bis an die vordere Kante der Sitzfläche.

»Glauben Sie mir, ich bin da in etwas hineingerutscht.«

Jonas wusste, dass viele Geständnisse so begannen. Die Täter wollten sich damit selbst entschuldigen.

»Roland Hassel hat mich irgendwann einmal angesprochen. So etwas passiert durch dumme Zufälle. Eine junge Frau. Ich bin glücklich verheiratet. Trotzdem war die Versuchung groß. Na ja. Es gab nach dieser Dummheit ein zweites Mal.«

»Hat Hassel Sie mit kostenlosen sexuellen Dienstleistungen erpresst?«

»Das ist lange vorbei. Ich wollte meine Ehe nicht für eine Prostituierte aufs Spiel setzen. Meine Familie.«

»Als Alternative hat Hassel Ihnen Drogen angeboten?«

Mörklund sah auf. »Drogen? Ich? Nein. Um Gottes willen. Nie im Leben. Es war Geld, das er mir zugesteckt hat. Zunächst, ohne eine Gegenleistung zu verlangen.«

»So naiv kann niemand sein. Kein Krimineller verschenkt etwas.«

»Ich hatte geglaubt, Hassel würde seine Bekanntschaft zu mir als eine Art Aushängeschild benutzen. ›Sieh her. Ich bin allmächtig. Ich stehe sogar mit einem Bullen auf gutem Fuß.‹«

»Sie waren also mit ihm befreundet?«

»Befreundet? Nein. So kann man das nicht nennen. Es ist saublöd, aber man gewöhnt sich an die kleinen Gefälligkeiten. Und damit dieser Zustrom nicht abreißt, erfüllt man gelegentlich einen Wunsch des anderen.«

»Sie haben Razzien und Polizeimaßnahmen verraten?«

»Das ist mal vorgekommen.«

»Wie haben Sie sich noch erkenntlich gezeigt?«

»Ich habe mal Tipps gegeben zu Leuten, die bei uns auf der Liste standen. Kleinkriminelle. Gestrandete.«

»Sie haben im Zuge Ihrer Ermittlungen bei Diebstählen auch in den Flüchtlingsunterkünften zu tun gehabt?«

Mörklund bestätigte es.

»Auf diese Weise haben Sie Kontakte zu den Leuten aus Afghanistan und Eritrea hergestellt?«

»Ja.«

»War es Ihre Idee, die Asylbewerber als Kleindealer für Hassel einzusetzen?«

Mörklunds Mundwinkel zuckten leicht.

»Ich will eine Antwort«, sagte Jonas laut.

»Ja«, hauchte der Polizist.

Es ist kaum zu glauben, dachte Jonas. Der Gedanke eines korrupten Polizeibeamten im provinziellen Östersund entwickelte sich zum Geschäftsmodell einer hochgradig kriminellen Mörder- und Drogenbande. Mit Sicherheit war Mörklund sich dessen nicht bewusst. Jonas streifte Ráidnersson mit einem Seitenblick. Der Inspektor hatte es auch mitbekommen und signalisierte es durch ein kaum wahrnehmbares Nicken.

»Haben Sie Hassel verraten?«, fragte Jonas.

Mörklund sah auf. »Ich weiß bis heute nicht, wie die anderen auf mich gekommen sind. Irgendwann tauchten zwei bei mir auf. Sie kamen ziemlich schnell auf den Punkt. Ich bin nicht darauf eingegangen. Dann drohten sie mir. Sie wollten meine Verfehlungen ans Licht bringen. Die Forderungen wurden immer massiver. Es war eine Mischung aus Zuckerbrot und Peitsche. Nachdem Wax ermordet worden war, gab es nur noch die Peitsche.«

»Haben Sie durch die Preisgabe von Insiderwissen dazu beigetragen?«

»Nie. Ich war überrascht, wie gut die Bescheid wussten. Die haben Dinge parat gehabt, von denen ich noch nie etwas gehört hatte. Und es wurde noch schlimmer. Inzwischen war Evaldsson ermordet worden und Hassel ausgeschaltet. Ich hatte nur noch Angst, nicht davor, dass man mich verpfeifen würde, sondern auch um mein Leben und um die Gesundheit meiner Familie. Außerdem verlangten die Leute das ganze Geld zurück. Mit Zinsen. Sie behaupteten, es sei nur ein Darlehen gewesen. Wo sollte ich das Geld hernehmen? Ich habe keine Rücklagen und verfüge über keine Reichtümer. Es war entsetzlich. Immer habe ich auf die nächste Drohung, Erpressung oder Forderung gewartet.«

»Kennen Sie Goethe – der Zauberlehrling? Die Geister, die ich rief? Sie haben auch den Tipp weitergegeben, dass unter den Asylbewerbern ein Apotheker aus Syrien ist?«

»Hussam Mahrous«, antwortete Mörklund. »Ja.«

»Wer waren Ihre Kontaktpersonen?«

»Ich kenne die Namen nicht. Nur einen.« Es klang ehrlich. Die Mitglieder der Drogenmafia dürften sich kaum mit Namen vorgestellt haben. Jonas zeigte Mörklund die Bilder von Wissmann und Kugelberg. Zu beiden nickte Mörklund. Schjølberg erkannte er nicht.

»Und welchen Namen haben Sie gehört?«

»Patrick Aasgränd. Ich habe mir daraufhin seine Daten im Zentralcomputer angesehen. Aasgränd ist mehrfach vorbestraft. Körperverletzung, Verstoß gegen das Betäubungsmittelgesetz, Nötigung, Erpressung.«

Ráidnersson notierte sich den Namen. Er würde die Fahndung nach Aasgränd veranlassen. Mit Sicherheit wussten die Stockholmer, wo sie ihn finden könnten. Langsam bekam das Netzwerk der Drogenmafia Löcher.

»Das war's«, schloss Jonas die Vernehmung. Es war Mörklund anzusehen, dass er auf ein einziges Wort wartete, auf einen kleinen Trost, ein wenig Verständnis. Jonas tat ihm nicht den Gefallen. Er strafte den Korrupten durch Nichtbeachtung.

Ráidnersson schüttelte den Kopf. »Verräter«, sagte er verächtlich.

»Der Same hätte im Norden bleiben und Rentiere züchten sollen«, fluchte Mörklund beim Abführen.

Die beiden Östersunder Kriminalpolizisten zeigten sich erleichtert. Besonders Ráidnersson war anzumerken, wie schwer Jonas' Verdacht auf ihm gelastet hatte.

»Wir haben wirklich viel zu tun«, sagte er und es klang wie eine nochmalige Entschuldigung. Er zeigte auf eine Liste, die auf seinem Schreibtisch lag. »Dieses ist eine Zusammenfassung mit einundsiebzig Namen von Leuten, die wir in Verbindung mit Straftaten auf dem Gebiet der Betäubungsmittelkriminalität überprüfen. Die Liste ist bunt zusammengewürfelt. Von harmlosen Konsumenten bis zu Klein- und Gelegenheitsdealern. Wir wollen aufräumen.«

Jonas warf einen oberflächlichen Blick auf das Papier. »Was bedeuten die Haken hinter den Namen?«

»Das ist nicht ganz perfekt«, erwiderte Ráidnersson. »Die Liste haben wir mit Excel erstellt. Wir haben einfach nicht die Zeit, zu jeder Überprüfung einen Bericht anzufertigen. Eqqaq Agssagssak und ich schaffen das sowieso nicht allein. Wir haben deshalb die Kollegen gebeten, uns behilflich zu sein. Wenn jemand Zeit und Gelegenheit hat und eine der Personen kennt und für harmlos hält, macht er einen Haken hinter dem Namen.«

»Das ist eine sehr unkonventionelle Vorgehensweise«, kritisierte Jonas.

»Ja«, sagte Ráidnersson. »Aber pragmatisch. Auch wenn Mörklund uns alle ge- und enttäuscht hat, können wir nur mit Vertrauen in die Polizei arbeiten. Die, die mit einem Kommentar oder einem Fragezeichen versehen sind, werden wir genauer unter die Lupe nehmen. Dazu werden auch korrekte Berichte erstellt.«

»Ich habe das hier nie gesehen«, sagte Jonas und überließ es Ráidnersson und Agssagssak, die weiteren Formalitäten in Sachen Mörklund abzuwickeln.

»Sie wollen jetzt Ihre Schwester besuchen?«, fragte Ráidnersson, als Jonas sich verabschiedete.

»Meine …? Haben Sie mir hinterherspioniert?«

»Nein«, wehrte Ráidnersson ab. »Sie und Ihre Eltern haben Östersund verlassen. Vater und Mutter sind nach Gotland gezogen, Sie nach Stockholm. Und Ihre Schwester …«

»Das ist Privatsache«, sagte Jonas barsch. »Und lassen Sie es auch privat bleiben.« Dann ging er.

Er ließ sich Zeit, um bergab in die Innenstadt zu gehen, bummelte durch die Fußgängerzone der Prästgatan, suchte Geschäfte und das kleine Einkaufszentrum auf und sah immer wieder auf die Uhr. Nachdem die Läden geschlossen und sich die City innerhalb kürzester Zeit in eine fast menschenleere Ödnis verwandelt hatte, steuerte er das »Restaurang Volos« gegenüber dem großen Sportgeschäft an und aß eine Kleinigkeit, ohne Appetit zu haben. Er sah immer wieder auf die Uhr und brach früh auf, um zu der Zeit, zu der Alva oft von der Arbeit nach Hause gekommen war, vor ihrer Haustür zu warten.

Sie erschrak sich, als sie vor der Tür stehen blieb und Jonas aus dem Schatten heraustrat. »Was willst du?«

»Mit dir reden«, sagte er. »Gibt es Tee bei dir?«

Sie öffnete die Haustür, ohne zu antworten, ließ es aber zu, dass er ihr folgte. In der Wohnung zeigte sie auf das Wohnzimmer, verschwand in der Küche und kehrte mit einer Kanne, Tassen und einer Zuckerdose zurück. Ohne ein Wort zu wechseln, schenkte sie ein und wartete, bis beide getrunken hatten.

»Lebt er bei dir?«, fragte Jonas.

»Natürlich«, erwiderte sie. »Ich bin seine Mutter. Wer soll sich sonst um ihn kümmern?«

»Er ist erwachsen.«

Sie lachte bitter auf. »Kinder sind in den Augen der Mutter nie erwachsen.«

Jonas fiel auf, dass sie von »Mutter« und nicht von den »Eltern« sprach.

»Du hast dich aber anders um ihn gekümmert, als es Mütter sonst tun.«

Sie nickte stumm.

»Er hatte Probleme.«

»Wundert dich das? Ich musste ihn allein großziehen. Vielleicht war es mein Fehler, dass ich nicht immer für ihn da war. Und wenn du jetzt glaubst, deine finanzielle Unterstützung hätte mir geholfen …«, ließ sie den Rest des Satzes offen.

»Es war für mich eine Selbstverständlichkeit, schließlich …«

Alva schnitt ihm mit einer Handbewegung das Wort ab. »Vergiss es. Er hat Leute kennengelernt, die nicht gut für ihn waren. Leute, die Drogen genommen haben. Das ist wohl nicht vermeidbar in dem Alter. Ich habe das Geld benötigt, um Entziehungskuren zu finanzieren, dann wieder, um seinen Konsum zu bezahlen, wenn er es nicht geschafft hatte. Ich wollte auf jeden Fall vermeiden, dass er auch noch wegen Beschaffungskriminalität straffällig wurde. Es reicht, dass er eine Jugendstrafe bekommen hat wegen Drogenhandel.«

»Ist er clean?«

Alva antwortete nicht.

»Also nein«, schloss Jonas daraus.

Sie tranken schweigend den Tee aus. Als Alva nachschenken wollte, lehnte Jonas ab. »Drogen zerstören Leben«, sagte er eindringlich.

»Ich weiß. Aber das kann ich nicht zulassen. Es ist halt diese verdammte Abhängigkeit. Für euch ist es sehr einfach, mit dem Finger auf die Süchtigen zu zeigen. Ihr habt keine Ahnung, was es für diese Menschen bedeutet. Man kann nicht mit einem Fingerschnippen davon wegkommen. Und Bestrafung ist kein Allheilmittel. Du musst etwas für ihn tun.«

»Ich habe angeboten, dich weiterhin finanziell zu unterstützen.«

Sie schüttelte energisch den Kopf mit den grauen Haaren. »Das meine ich nicht. Er geht ein, wenn er ins Gefängnis kommt. Auch wenn es ein schwerer Weg ist, aber ich will den Kampf nicht aufgeben. Das funktioniert jedoch nicht hinter dicken Mauern. Du bist bei der Polizei. Sorge dafür, dass man ihn zufriedenlässt.«

Jonas lehnte sich sprachlos zurück. »Das kann ich nicht. Das liegt in den Händen der hiesigen Polizei. Ich bin in Stockholm.«

»Mir ist egal, wie du das anstellst. Aber mache es.«

»Alva! Es geht nicht. Und selbst wenn ich eine Möglichkeit hätte, würde ich es nicht tun. Das wäre Strafvereitelung und hätte die sofortige Entlassung aus dem Polizeidienst zur Folge. Das würde mein Leben zerstören. Und das meiner Familie.«

»Das ist mir egal. Mich interessiert nur mein Sohn.«

»Alva! Das ist Erpressung.«

»Wie du es auch immer nennst … Kümmer dich darum. Und ich rate dir, erfolgreich zu sein. Sonst …«

Er hatte noch nie den Blick bei ihr gesehen, mit dem sie ihn jetzt ansah. Ihm grauste vor der Entschlossenheit, die darin lag. Es war wie im Tierreich, wenn die Gazellenmutter sich vor ihr Junges stellte und den aussichtslosen Kampf mit dem Löwen aufnahm.

»Alva«, versuchte er es erneut.

Aber sie zeigte zur Tür. »Geh jetzt.«

Jonas verließ die Wohnung und irrte durch die menschenleere Stadt, ohne zu wissen, wohin er ging. Was auch immer er tat – es war falsch. Alva hatte eine Entschlossenheit gezeigt, die ihn ohnmächtig werden ließ. Er hatte keinen Zweifel, dass sie ihr Vorhaben umsetzen würde.

·VIERUNDZWANZIG·

Jonas war spät ins Hotel zurückgekehrt und hatte in den folgenden Stunden keinen Schlaf gefunden. Am Morgen verzichtete er auf das Frühstück, nahm ein Taxi und fuhr zum Polizeigebäude.

Ráidnersson und Agssagssak waren schon anwesend und beschäftigten sich mit dem Erstellen des Protokolls.

»Die Verhaftung Mörklunds hat wie eine Bombe eingeschlagen«, berichtete der Inspektor. »Keiner im Hause wollte es glauben. Niemand hätte es ihm zugetraut. Entsprechend groß ist die Betroffenheit. Ich habe Stimmen gehört, die befürchten, die Glaubwürdigkeit der Polizei sei erschüttert. Wie könne man ihr noch unbefangen entgegentreten, wenn in ihren Reihen so etwas geschieht?«

Jonas stimmte ihm zu.

»Wenn so etwas noch einmal vorkommt, können wir alle unseren Hut nehmen. Obwohl wir unschuldig sind, hat Polismästare Eklund uns fast unter Generalverdacht gestellt. Er hat ja recht. In Stockholm wird der ganze Norden in Sippenhaft genommen. Auch wenn es nicht zutrifft, wird in manchen Köpfen unterschwellig an der Integrität der Polizei im Norden gezweifelt.«

Wie recht Ráidnersson hat, dachte Jonas und konnte seine Gedanken nicht von Alvas Drohung abwenden.

»Ist irgendwas?«, erkundigte sich der Inspektor sorgenvoll.

»Nein«, wehrte Jonas ab. »Aber die Ermittlungen in diesem Fall sind extrem hart. Das bleibt nicht ohne Folgen.«

»Haben Sie schon gefrühstückt?«, wollte Ráidnersson wissen. »Sie sehen mitgenommen aus.« Er stand auf. »Ich besorge Ihnen einen starken Kaffee. Aber nicht aus der Kantine oder dem Automaten, sondern von einer Kollegin. Ein Geheimtipp, was richtig guten Kaffee angeht.«

Agssagssak erhob sich ebenfalls. »Ich sehe zu, dass ich in der Kantine ein belegtes Brötchen bekomme. Sonst reisen Sie noch mit schlechten Erinnerungen an Östersund ab.«

Bevor Jonas protestieren konnte, waren die beiden Beamten verschwunden. Wie zufällig streifte sein Blick den Papierstapel auf Ráidnerssons Schreibtisch. Er zog seinen Kugelschreiber aus der Brusttasche und schob die Papiere Stück für Stück zur Seite, bis er die Liste mit den Leuten fand, die es zu überprüfen galt. Über Kopf las er die Namen, bis er ungefähr in der Mitte der Liste erschrocken hängenblieb.

Lukas Norrlander, Kyrkgatan.

Alvas Sohn gehörte zu den Personen, die von der Polizei überprüft werden sollten. Noch war der Vorgang Lukas Norrlander unbearbeitet. Jonas sah zur Tür, ob sich jemand näherte. Niemand bewegte sich auf dem Flur, zu dem die Tür offenstand. Er zögerte, war versucht, mit dem Kugelschreiber einen Haken hinter Lukas' Namen zu machen. Er zog ihn wieder zurück. Er würde sich damit in eine ähnliche Position wie Mörklund begeben – Kommissar Jonas Nyström, der Ermittlungsunterlagen manipuliert. Jonas zog den Stift wieder zurück.

»Nein!« Alva schien neben ihm zu stehen und zu schreien: »Wenn du nicht … Dann …«

Wie in Trance machte er hinter dem Namen einen Haken, der sich in nichts von denen hinter anderen Einträgen unterschied. Dann schob er den Papierstapel wieder zurecht.

Ráidnersson tauchte als Erster wieder auf und stellte einen Becher mit dampfendem Kaffee vor Jonas. »Mein Gott«, sagte der Inspektor. »Sie sind leichenblass.«

Agssagssak hatte ihn zum Flugplatz auf der Insel Frösö gefahren und sich mit einem kräftigen Händedruck von Jonas verabschiedet. »Machen Sie's gut«, hatte der Kriminalassistent gesagt. »Vielleicht sieht man sich mal wieder.«

Jonas hatte genickt und das »Kaum« unterdrückt.

Östersunds Airport glich eher einem modernen mittelständischen Betrieb. Die Abfertigung verlief zügig, die Sicherheitskontrolle war kaum als solche zu bezeichnen. Eine halbe Stunde später saß er am Fenster einer betagten Saab 340 der innerschwedischen Malmö-Aviation, die ihn in gut einer Stunde nach Stockholm Bromma bringen würde. Jonas war erstaunt, wie gut die Maschine besetzt war. Fliegen war bei der Größe des Landes für die Schweden normal.

Die Maschine rollte vom Empfangsgebäude das kurze Stück zur Startbahn, hielt einen kurzen Moment, bevor sie beschleunigte und die Passagiere in die Sitze gepresst wurden. Sie hob ein ganzes Stück vor Ende der Startbahn ab, wackelte ein wenig und gewann dann langsam an Höhe. Jonas blickte aus dem Fenster und sah die kahlen Felder und Baumgruppen unter sich wegtauchen. Das Flugzeug überflog den Stadtteil Hornsberg, der hinter dem Flugplatz auf der Insel lag. Der Storsjön mit der Brücke, die Östersund mit der Insel verband, tauchte links auf. Direkt unter ihm lag der schicksalhafte Badhusparken.

Jonas wurde nach rechts gedrückt, als die Saab sich zur Seite neigte, fast ein wenig über die Tragfläche abkippte und Östersund zur Linken liegen ließ. Jetzt gewann sie deutlich an Höhe. Das ganze Stadtgebiet war zu sehen, westlich der blauschimmernde See, am Horizont das Grün der Wälder. Dazwischen breitete sich Östersund aus. Die Straßen, Häuser, Parks, Gewerbegebiete. Mit seinem Abflug entfernte sich Jonas auch gedanklich von seiner Geburtsstadt. Von Ráidnersson und Agssagssak, vom korrupten Polizisten Mörklund, den Asylbewerbern aus Afghanistan und Eritrea. Und von Alva Norrlander. Ob er jemals wieder hierher zurückkehren würde?

Nein!

·FÜNFUNDZWANZIG·

In Malmös Polizeizentrale herrschte eine Geschäftigkeit wie in einem Bienenstock.

»Und dies hier ist das Zentrum des Wahnsinns«, behauptete ein merklich unzufriedener Gripsholm, als Jonas ihn in dem umfunktionierten Besprechungsraum aufsuchte. Dann roch er die unangenehmen Ausdünstungen des Inspektors.

»Haben Sie getrunken?«

»Ja«, gab Gripsholm unumwunden zu. »Anders erträgt man das hier nicht. In Malmö leben – das ist wie in einem Gulag.«

»Wohl kaum. Gibt es denn Neuigkeiten?«

»Nix da. Die Leute, die wir warnen sollen, interessiert das nicht. Sie lachen uns aus und erklären uns für blöd. ›Von welchem Sender kommst du Scherzkeks?, hat mich einer gefragt. Er hielt den Anruf für ein Fake, den sich manche Radiostationen leisten, indem sie mit einer dummen Story Hörer anrufen.«

»Hat man Youssef Baalbaki schon ausfindig gemacht?«, wollte Jonas wissen.

»Nee. Der ist abgetaucht. Und Sie wollen es sicher wissen: Bei der Ermittlung zum Doppelmord an Wissmann und Kugelberg sind die Stümper hier auch nicht weitergekommen.«

Jonas hatte Konzentrationsprobleme. Die durchwachte Nacht, der Haken auf Ráidnerssons Liste und die unruhigen Flüge bis Malmö Sturup hatten seine Aufgewühltheit nicht vertreiben können.

Seine Stimmung besserte sich, als Tällberg anrief und meldete, dass von weiteren Polizeidienststellen im Land Erfolgsmeldungen durchgegeben wurden. »Sie sind ein hervorragender Polizist«, lobte ihn der Polisintendent. »Der Dreh mit den Asylanten – das System ist geknackt. Ich gehe davon aus, dass wir der Drogenmafia damit mehr als erhebliche Nadelstiche versetzt haben.«

»Es ist eine alte Weisheit, dass angeschlagene Boxer besonders gefährlich sind«, erwiderte Jonas.

»Das mag stimmen. Aber sie lassen sich auch leichter bezwingen. Es gibt noch mehr Erfolgsmeldungen«, verkündete Tällberg. »Kugelbergs Transporter ist im NFC in Linköping analysiert worden. Man hat DNA-Spuren von Krasnopjorov gefunden. Also haben der estnische Killer, Wissmann und sein Bodyguard zusammengearbeitet. Wir beleuchten jetzt akribisch Wissmanns Umfeld. Daran arbeitet eine ganze Ermittlergruppe. Ich hoffe, dabei gehen uns weitere Kontakte ins Netz. Wir können aber eine andere Spur als erledigt abhaken. Pasi Leppilampi, der finnische Steward auf der Fähre zwischen Stockholm und Tallinn, ist entlastet. Sie hatten ihn in Verdacht, dass er von seiner Freundin aus dem Fährbüro den Hinweis auf Johan Wax' Besuch in Östersund bekommen und weitergegeben hat. Er hätte auch als Drogenkurier in Frage kommen können. Wir haben uns Leppilampis Dienstplan besorgt und ihn bei der Ankunft in Stockholm gründlich vom Zoll durchsuchen lassen. Das gilt auch für seine Kabine auf der Fähre. Dabei wurde nichts gefunden. Da inzwischen aber das Labor in Motala entdeckt wurde, hat sich die Suche nach einem grenzüberschreitend tätigen Drogenkurier ohnehin erledigt. Das war alles. Aber Sie sollten noch einmal Ihre Mails ansehen«, schloss Tällberg gutgelaunt.

Jonas fand eine Nachricht von Tällberg in seiner Mailbox. Der Polisintendent ließ ihn wissen, dass ein positiver Bescheid aus Estland vorliege. Die DNA, die die Spurensicherer aus dem Blut im Werkstattwagen extrahieren konnten, stimmte mit der überein, die der Tallinner Polizei vorliegt. Damit konnte Ekke Ernesaks als Mörder Krasnopjorovs überführt werden. Was mag in diesen Leuten vorgehen?, fragte sich Jonas. Es war schon unvorstellbar, dass Menschen in der Lage waren, auf so grausame Weise zu töten. Und dann schreckten sie nicht davor zurück, diese Methoden auch gegenüber guten Bekannten anzuwenden, mit denen sie das gleiche Mordgeschäft verband. War es überhaupt vorstellbar, dass Menschen jegliches Gewissen, alle Hemmungen und Skrupel vergessen und das Leben anderer beenden konnten, ohne von persönlichen Motiven geleitet zu werden? Dass sie es als Handwerk verstanden? Ja, gab sich Jonas selbst die Antwort. Auch wenn er und alle anderen es nie verstehen würden.

Den Nachmittag verbrachte Jonas, indem er noch einmal den Veranstaltungsort aufsuchte. Auf dem Gustav-Adolf-Torg herrschte der ganz normale Betrieb, wenn man von einem kleinen Teil im hinteren Bereich absah, auf dem die Roadies die mobile Bühne aufbauten. Jonas erkannte den Vorarbeiter und einige seiner Männer wieder, als er sie aus der Distanz eine Weile beobachtete. In der Nähe der Fahrbahn lud ein Lkw Absperrgitter ab, die aber nur knapp über einen Meter hoch waren. Jonas konnte nirgendwo die hohen Zäune entdecken, die auch als Sichtschutz dienten. Es regnete unablässig und keiner der Passanten blieb stehen, um die Arbeiten zu verfolgen. Er beschloss, sich noch einmal ins Hotel zurückzuziehen und die Stunden bis zum Beginn der Veranstaltung im Warmen zu verbringen.

Es war schon lange dunkel geworden. Die Geschäfte hatten geschlossen, und Malmös Innenstadt war genauso verlassen wie Östersund in der Nacht zuvor. Von weitem war die dröhnende Rockmusik zu hören, die aus riesigen Lautsprecherboxen die ganze City auszufüllen schien. Umso erstaunter war Jonas, als er am Gustav-Adolf-Torg um die Ecke bog und vielleicht ein Dutzend junger Leute antraf, die frierend unter Regenschirmen ausharrten. Ein junges Mädchen hatte ihre Nasenspitze in den Kragen ihres Begleiters vergraben, eine andere kuschelte sich an ihren Freund. Man hatte auf das Aufstellen der Absperrgitter verzichtet. Die Leute vom Sicherheitsdienst waren nicht zu sehen. Erst nach längerem Suchen entdeckte Jonas sie. Die Uniformierten hatten sich auf der anderen Straßenseite in Hauseingänge zurückgezogen und rauchten. Kurz darauf tauchten zwei Mannschaftswagen der Polizei auf, rollten aus und blieben vor einem Sushi-Laden stehen. Die Scheiben waren beschlagen. Niemand stieg aus. War das die großangekündigte Polizeipräsenz? Jonas konnte niemanden entdecken, den er für einen Zivil- oder Kriminalbeamten hielt.

Zu Konzertbeginn hatten sich schätzungsweise einhundert Besucher eingefunden. Unmut war zu vernehmen, als keine Vorband auftrat. Die Leute wurden unruhig, suchten jemanden, der ihnen erklärte, was vor sich ging. Aber niemand war zu sehen. Jonas bedauerte die beiden Arbeiter, die neben der Bühne standen und mittlerweile beschimpft wurden. Mit zwanzig Minuten Verspätung tauchte ein Kleinbus auf und hielt auf dem Platz vor der Bühne. Die Schiebetür öffnete sich und nacheinander huschten die vier Musiker durch den Regen. Sie sahen sich suchend um, packten ihre Instrumente aus und benötigten eine weitere halbe Stunde, bis alles angeschlossen war. Es wurde begleitet von Buhrufen der Zuschauer. Obwohl Jonas sich ganz am Rande aufhielt, konnte er deutlich erkennen, dass Trygve Bohinen mitgenommen aussah. Die Polizei in Växjö hatte ihn erst am Morgen aus dem Gewahrsam entlassen.

Bohinen zog das Mikrofon zu sich, und für einen kurzen Moment beruhigte sich das Publikum. »Hallo, Leute, Fans …«, krächzte er und erntete Zwischenrufe und Pfiffe. Auch ein zweiter Versuch scheiterte.

»Quatsch nicht, du Idiot«, brüllte jemand lautstark. »Mach endlich Musik.«

Jonas hatte Bohinen noch nie so irritiert gesehen. Der Frontmann der Band stolperte über die Bühne, nahm seine Gitarre und begann zu spielen. Seine Kollegen stimmten ein. Jonas erschauderte. Es klang wie das Stimmen der Instrumente in einer Musikschule.

Die Antwort war ein gellendes Pfeifkonzert. Es dauerte eine Weile, bis sich Bad Revolution eingespielt hatte. Doch das Publikum war wenig mitgerissen. Nach zwei Stücken waren sich die Musiker uneinig, was dann gespielt werden sollte. Nach ein paar Takten brachen sie ab, diskutierten, begannen sich zu streiten, bis Trygve Bohinen seine Kollegen wieder unter Kontrolle hatte.

In Jonas' Nachbarschaft beschimpfte ein junger Mann ein Mädchen. »Sag mal, Tina, warst du bekifft, als du uns hierhergelockt hast? Das soll ein geiler Show-Act sein? Das ist doch nur peinlich.«

»Die sind sonst echt super«, erwiderte das Mädchen mit schriller Stimme. »Echt«, wiederholte sie mehrfach.

»Ich habe mir einiges von denen runtergeladen«, bestätigte ein anderer. »Das hier ist scheiße.«

»Die hätten Schimpansen herschicken sollen, die wären nicht besser, aber lustiger gewesen.« Der Jüngling mit den Aknenarben stieß seinen Nachbarn an. »Hast du noch Bock? Das ist doch für'n Arsch. Und dann das Scheißwetter. Ich hau ab. Wer kommt mit?« Er sah sich um. »Da drüben. McDoof.«

»Wart noch ein paar Minuten«, bat das Mädchen neben ihm. »Die müssen sich erst warmspielen.«

»Nicht Muggerud«, lästerte einer. »Ich habe gehört, der ist es schon. Stand in der Zeitung. Der steht auf kleine Jungs.«

»Hast du was gegen Schwule?«, wollte einer wissen.

»Nee. Absolut nicht. Aber gegen miese Musik. Also? Wer kommt mit?« Der junge Mann drehte sich um und trottete in Richtung des Fast-Food-Restaurants an der Ecke. Die anderen aus seiner Gruppe folgten ihm.

Nach und nach leerte sich der Platz. Es war ein trostloser Anblick. Die Musiker wirkten verkrampft, die Musik klang noch schauriger als sonst, und auch die letzten vielleicht fünfzig Unentwegten schafften es, ein gellendes Pfeifkonzert zu veranstalten, das sogar von Schmährufen übertönt wurde. Nach vierzig Minuten legte Bohinen seine Gitarre ab und schmiss sie in eine Ecke. Er trat ans Mikrofon, streckte den Mittelfinger in die Höhe und brüllte: »Leckt mir doch am Arsch, ihr Penner. Ihr seid …« Weiter kam er nicht, weil sein Bruder Hjalmar ihn an den Schultern packte und zurückriss. Für einen kurzen Moment sah es aus, als würde sich ein Handgemenge zwischen den beiden entwickeln.

Die Zuschauer brüllten laut. Jonas grinste. Jeden einzelnen von ihnen hätte man für ihren herausgeschrienen Kommentar mit einer Beleidigungsklage belangen können. Sofort hatten sich die letzten Unentwegten verzogen. Jonas hatte sich unter das schützende Dach einer Bushaltestelle gestellt. Es dauerte eine weitere Viertelstunde, bis der Kleinbus auftauchte und die Bandmitglieder aufnahm. Dann herrschte fast geisterhafte Stille auf dem Gustav-Adolf-Torg.

Jonas hatte auch Ausschau nach Puri und Ernesaks gehalten. Beide waren nicht aufgetaucht.

Die Ruhe währte nur fünf Minuten. Dann ertönten die Martinshörner von Einsatzfahrzeugen. Zunächst brach sich der Schall an den Fassaden der Häuser, und es war unklar, wohin sie sich bewegten. Schließlich tauchten sie aus einer Seitenstraße auf und fuhren auf der gegenüberliegenden Seite des Platzes entlang, verringerten die Geschwindigkeit und hielten an. Jonas ging los, überquerte den Gustav-Adolfs-Torg und traf hinter dem flachen Bau mit dem China-Imbiss und dem Zeitschriftenhandel auf zwei Streifenwagenbesatzungen, die ein wenig ratlos schienen.

»Was ist hier los?«, fragte er einen der Polizisten.

»Geh weiter, Mann«, knurrte der Uniformierte unwirsch. »Hier gibt es nichts zu sehen.«

»Rikspolisen«, antwortete Jonas.

»Macht nichts. Ich bin der Onkel von Carl XVI. Gustav.«

»Ich bin der siebzehnte Gustav«, erwiderte Jonas und hielt dem Beamten den Dienstausweis so dicht vor die Nase, dass der nichts lesen konnte. Erst als er einen halben Schritt zurückgemacht und das Dokument studiert hatte, knallte er fast militärisch die Hacken zusammen.

»Verzeihung, Herr Kommissar. Aber hier laufen so viele Kaspernasen herum. Da drüben liegt einer.« Er zeigte auf die Rückseite des flachen Baus. Die Wände waren mit Graffiti beschmiert. Blechtüren führten zu den Toiletten, deren Zustand Jonas sich nicht ausmalen wollte. Seitlich versetzt kamen zwei dicke Betonröhren aus dem Boden. Jonas vermutete, dass es Lüfter waren. Dahinter befand sich ein stabiles Metallgitter.

»Da ist eine Nische. Wir kennen das. Dahin ziehen sich abends manchmal Obdachlose zurück. Das ist zwar arschkalt, aber trocken. Wobei – das ist doch egal. Die saufen wie Löcher und pissen sich in die Hosen.«

»Sind Sie der Wachtmeister Frust?«, unterbrach Jonas den Polizisten.

Der stutzte kurz. »Sie haben gut reden. Aber wir sind Tag und Nacht unterwegs und müssen uns mit diesem Pack herumprügeln. Eine Frau«, er sah sich um, »die müsste hier irgendwo stehen, hat uns angerufen. Einer der Penner ist aus dem Loch herausgekommen und hat behauptet, da liege ein Toter drin.«

»Und?«, wollte Jonas wissen.

»Stimmt«, erwiderte der Beamte einsilbig. »Mein Partner hat schon die Kripo und das ganze Gedöns angefordert. Sieht nicht gut aus, die Leiche.« Er schnalzte mit der Zunge. »Richtig lecker.«

»Haben Sie eine Taschenlampe dabei?«

Der Uniformierte musterte Jonas mit einem geringschätzigen Blick. »Wir sind *richtige* Polizisten«, behauptete er und gab Jonas die Lampe. Der machte vorsichtig zwei Schritte auf das Gitter zu und richtete den Strahl der Lampe auf die Metallstäbe. Dann erschrak er. Dahinter lag ein Mensch, oder zumindest das, was von ihm noch übrig geblieben war. Soweit man es aus der Distanz erkennen konnte, war er regelrecht zerfleischt worden. Die Hände und Knie waren zerfetzt, das Gesicht zu Brei geschlagen. Jonas kannte diese Bilder, auch wenn er sich nie daran gewöhnen würde. Er war sich sicher: Das war die Handschrift der Drogenmafia.

»Ekke Ernesaks«, murmelte er.

»Was ist los?«, fragte der Polizist, der neben ihn getreten war.

»Ich habe nur die Vermutung geäußert, wer als Täter in Frage kommen könnte.«

»Hellseher, was?« brummte der Uniformierte. »Und wer ist das Opfer?«

»Das weiß ich nicht.«

Der Polizist schüttelte sprachlos den Kopf. »So etwas Verrücktes habe ich noch nie erlebt. Da kommt einer her, behauptet, den Täter zu kennen, ohne zu wissen, wer das Opfer ist und weshalb er sterben musste.«

»Das Motiv kenne ich auch.«

»Nicht zu glauben.«

Jonas sah dem Beamten tief in die Augen. »Und hätten Sie in die Fahndungsblätter gesehen, statt im Lexikon der dummen Sprüche zu blättern, würden Sie hier jetzt nicht so ratlos herumtaumeln.«

»Da hört doch alles auf«, entrüstete sich der Beamte, schwieg aber fortan.

»Sichern Sie die Spuren.«

»Welche Spuren?«, fragte der Uniformierte.

»Glauben Sie, das Opfer ist mit den zerfetzten Gliedmaßen selbst dahin gekrochen?«

Der Beamte sah sich um. »Tatsächlich«, hörte Jonas in seinem Rücken. »Da sind Schleifspuren. Muss man aber genau hinsehen. Bei dem Mistregen …«

»Gibt es Zeugen?«, wollte Jonas wissen.

»Nur der Penner.« Der Polizist sah in die Runde. »Nanu? Wo ist der geblieben? Scheiße«, fluchte er. »Der ist abgehauen.«

»Und die alte Frau, die angerufen hat?«

Er sah sich noch einmal um. »Die ist auch weg.«

Sein Kollege schaltete sich ein. »Wen suchst du?«

»Die Anruferin.«

Der zweite Beamte streckte den Arm aus. »Da drüben.«

Jonas ging zu der älteren Frau hinüber – er schätzte sie auf siebzig Jahre –, die sich vor dem Regen mit einem Plastikumhang schützte. Nur das faltige Gesicht war frei. Sie zitterte am ganzen Körper.

»Hej«, sagte Jonas. »Ich bin Kommissar Nyström. Sie haben die Polizei verständigt?«

Ihr Kopf bewegte sich kaum merklich.

»Wie heißen Sie?«

»Mari«, flüsterte die Frau.

»Und weiter?«

»Mari.«

»Haben Sie irgendetwas gesehen?«

Mari versuchte, an Jonas vorbei zum Gitter zu sehen.

»Ist er …?«, fragte sie mit banger Stimme.

»Ja«, bestätigte Jonas. »Haben Sie ihn gesehen?«

»Nur ganz flüchtig. Ich habe nur einmal einen Toten gesehen. Meinen Mann, als der vor sechs Jahren gestorben ist. Ganz friedlich bei uns im Ehebett.«

Jonas ging nicht darauf ein. »Wer hat Sie auf den dahinten«, dabei zeigte Jonas Daumen über die Schulter, »aufmerksam gemacht?«

»Das war einer von den Bettlern, die hier tagsüber herumstrolchen. Abends suchen die sich einen Platz zum Schlafen. Ich wollte zum Bus. Da kam mir der Bettler entgegen und stammelte etwas von einem Toten. Ich habe nur ganz kurz hingesehen und dann die Polizei angerufen. Mit meinem Handy. Das hat mir meine Enkelin angedreht. Und auch erklärt, wie das funktioniert. Für ältere Leute ist es nicht immer ganz einfach …«

»Mari«, unterbrach Jonas den Redefluss der Frau. »Ist Ihnen sonst noch etwas aufgefallen?«

»Nein, nichts. Aber vielleicht weiß der andere Mann etwas.« Sie sah sich um. »Wo ist er denn?«

»Welcher Mann?«

»Na, der mit dem schwarzen Auto. So ein Amischlitten. Sieht wie ein kleiner Bus aus. Mit dunklen Scheiben. Der stand doch hier.« Sie zeigte auf die Bushaltebucht vor ihnen.

»Haben Sie mit ihm gesprochen?«

»Nein. Er hat mir nur freundlich zugenickt. Der muss doch hier irgendwo sein. Ein ganz netter.«

»Sehen Sie sein Auto?«

»Das ist weg«, sagte sie atemlos. »Komisch. Ich habe nicht mitbekommen, dass er gefahren ist. Wie gesagt – so ein komischer Amischlitten. Ich habe mich noch gewundert, dass da lauter Beulen drin waren.«

»So, als hätte jemand mit Steinen danach geworfen?«

»Genau«, bestätigte sie. »Kennen Sie den etwa?«

Jonas ließ die Frage unbeantwortet und übergab die Frau den Rettungssanitätern, die inzwischen eingetroffen waren, eine Decke über Maris Schultern legten und sie behutsam fortführten.

Inzwischen waren mehr Streifenwagen eingetroffen. Die Polizisten sicherten das Areal, sperrten großzügig eine Fläche ab und versuchten weitere Zeugen zu finden. Vergeblich.

Nach weiteren zwanzig Minuten traf Kommissar Fyrstad ein. In seinem Gefolge war Gripsholm.

»Verdammt«, fluchte Fyrstad. »Alles war so friedlich. Ich habe schon gehört, dass die abgestellten Bereitschaftspolizisten nichts zu tun hatten. Und nun das hier.«

»Wir haben das befürchtet«, sagte Jonas.

»Befürchtet. Befürchtet.« Fyrstad fuchtelte wild mit den Armen in der Luft herum. »Wenn Sie so viel im Voraus wissen, hätten Sie das hier verhindern müssen.«

»Wir haben es versucht. Deshalb ist mein Kollege hergekommen.«

»Versucht. Versucht. Die Methode war nicht effizient. Sonst hätten wir hier keine Leiche.«

»Sie haben selbst erlebt, wie schwierig es war, die potenziellen Opfer zu warnen.«

»Das hätte man anders angehen müssen.«

»Wie denn?«

»Anders«, behauptete Fyrstad ausweichend.

»Der mutmaßliche Mörder heißt Ekke Ernesaks. Er ist mit einem Chevy geflohen. Ich gehe davon aus, dass mit dem Fahrzeug auch die Leiche hierhergebracht wurde.

»Wie wollen Sie das wissen?«

Jonas erklärte es ihm.

»Schöne Scheiße. Wieso sind Sie so schnell hier?«

»Ich habe das Konzert beobachtet. Gleich hier nebenan.«

Gripsholm gab ein dreckiges Lachen von sich. »Klasse. Unter den Augen der Rikspolisen wird jemand ermordet. Mal was anderes.«

»Wo waren Sie denn? Sollten Sie nicht auch hier sein und sich vor Ort umsehen?«

»Ich war im Polizeipräsidium«, behauptete Gripsholm.

»Und da haben Sie nichts vom Alarm mitbekommen?«, fragte Fyrstad erstaunt. Zu Jonas gewandt, fuhr er fort: »Wir haben ihn zwei Straßen weiter aufgegriffen.«

»Ich denke, Sie waren im Polizeigebäude«, meinte Jonas.

»War ich auch«, entgegnete Gripsholm gereizt. »Dann hatte ich es mir aber anders überlegt und habe mich auf den Weg hierher gemacht.«

»Sie haben also kein Alibi«, stellte Jonas fest.

Gripsholm sah ihn mit großen Augen an. »Spinnen Sie jetzt völlig?«

»Ruhig Blut«, fuhr Fyrstad dazwischen. »Wie ist er da drinnen ums Leben gekommen?«

»Er wurde regelrecht zerfleischt«, antwortete Jonas.

»Wir können noch nicht hinein. Zuerst muss die Spurensicherung ihren Job erledigen.« Fyrstad sah einem seiner Männer entgegen, der vom Fundort der Leiche kam.

»Sieht übel aus«, sagte der Mann. »Aber wir wissen, wer es ist.«

Alle starrten ihn gebannt an. »Er hatte seinen Ausweis bei sich. Youssef Baalbaki.«

»Verdammt. Verflixt und zugenäht«, fluchte Fyrstad und packte Jonas am Kragen. »Was ist das für ein Mist? Wir haben heute Nachmittag einen seiner Männer verhaftet. Suhail Hadid, ein Palästinenser. Wir wissen, dass er für Baalbaki gearbeitet hat. Er ist kein Unbekannter für uns. Wir haben ihn routinemäßig als einen der möglichen Täter überprüft und Schmauchspuren an seinen Händen gefunden. Außerdem hatte er Sandpuren unter den Füßen, die vom Friedhof stammen könnten. Das muss alles noch durch die Kriminaltechnik untersucht und bestätigt werden. Aber mein Gefühl sagt mir, wir haben den Richtigen erwischt.«

»Das passt wunderbar ins Gesamtbild«, stimmte Jonas zu. »Baalbaki wollte nicht weichen. Er meinte, ein Zeichen setzen zu müssen, indem er die Abgesandten der Drogenmafia ermordete. Die hat zurückgeschlagen und ihrerseits Baalbaki in der gewohnten Weise umgebracht. Grausam. Abschreckend. Damit hat die Drogenmafia bewiesen, dass sie auch scheinbar mächtige Unterweltbosse aus dem Weg räumen kann. Das wird nicht ohne Eindruck auf die Unterwelt bleiben. Die Organisation verfügt nicht nur über einen extrem rücksichtslosen Killer, sondern auch über exzellente Informationen. Die haben genau gewusst, was hier vorgeht, was wir machen und wie weit wir sind. Die sind hautnah am Ball.« Direkt bei uns, dachte Jonas, sprach es aber nicht aus. Sein Blick blieb an Gripsholm hängen.

·SECHSUNDZWANZIG·

Im Polizeipräsidium Malmö herrschte Hochbetrieb. Fyrstad sah kurz auf, als Jonas den Raum betrat. »So lange schlafen wir nicht«, bemerkte der Kommissar zur Erheiterung seiner Mitarbeiter.

»Ich bin der festen Überzeugung, Sie kommen auch ohne meine Ratschläge voran«, erwiderte Jonas.

»O ja«, entgegnete Fyrstad und berichtete, dass Dr. Forsberg aus Stockholm unterwegs sei. Der Rechtsmediziner wollte bei der Obduktion Baalbakis zugegen sein. »Auch hier gibt es Rechtsmediziner, die ihr Handwerk verstehen.«

»Dr. Forsberg ist eine Art pathologischer Graphologe«, sagte Jonas und ergänzte, nachdem Fyrstad ihn ratlos ansah: »Er kennt die Handschrift der Drogenmafia. Bis das endgültige Ergebnis vorliegt, vergeht oft eine längere Zeit, die wir nicht haben. Ich hoffe, Dr. Forsberg kann bei der Inaugenscheinnahme der Verstümmelungen ein Muster erkennen. Es nützt uns nichts, wenn wir nur von bloßen Annahmen ausgehen.«

Fyrstad schien überzeugt zu sein. »Soweit wir bisher feststellen konnten, hat Baalbaki gestern Morgen das Haus verlassen. Die Reinigungskraft in einem seiner Clubs hat bestätigt, dass er sich am Montag gegen halb zehn mit einem Mann getroffen hat. Auf einem Foto hat die Frau Suhail Hadid wiedererkannt. Die beiden sind zusammen mit einem Porsche Cayenne weggefahren. Wir haben es überprüft. Der Wagen ist auf Baalbaki zugelassen. Wir suchen nach ihm.«

»Das Kriminaltechnische Institut aus Linköping …«, erklärte Gripsholm, nachdem auch er eingetroffen war und telefoniert hatte.

»Dr. Wallberg«, unterbrach Jonas den Inspektor.

»Nein, einer seiner Mitarbeiter. Der hat sich gemeldet. Sie erinnern sich, dass am Tatort in Rättvik bei der Infotafel, an die man Hansson gekettet hatte, ein Fußabdruck mit Profilsohle Größe vierundvierzig gefunden wurde. Der wurde einwandfrei identifiziert. Krasnopjorov trug die Schuhe, als seine Leiche im Glockenturm von Öjaby entdeckt wurde. Das ist neben dem Fingerabdruck auf dem Glas der Schautafel ein weiterer unwiderlegbarer Beweis für seine Täterschaft. Aus der Nummer kommt er nicht wieder heraus. Lustig«, lachte Gripsholm. »Fehlt uns nur noch das Geständnis.«

Fyrstad überbrachte die Nachricht, dass Baalbakis Porsche Cayenne gefunden worden war. »Arbeiter haben ihn gesehen. Er stand auf einer Halbinsel, die der Hafenerweiterung dient, nördlich vom Petroleumhafen und den Raffinerieanlagen. Direkt neben dem Fahrzeug fanden wir Blutspuren. Ich gehe davon aus, dass Baalbaki dort ermordet wurde. Suhail Hadid schweigt weiter eisern. Noch haben wir keinen Hinweis darauf, wo er sich von Baalbaki getrennt hat. Das hat ihm offenbar das Leben gerettet. Ernesaks muss Baalbaki aufgelauert haben. Irgendwie hat er ihn zum Tatort gebracht, dort ermordet und abends auf dem Gustav-Adolf-Torg abgelegt. Wir suchen außerdem weiter nach dem auffälligen Chevy mit den Beulen. Dazu gibt es noch keine Spur. Baalbakis Auto ist bereits auf dem Weg nach Linköping. Das hat Ihr Chef angeordnet.«

Eine halbe Stunde später überbrachte der Kommissar die nächste Erfolgsmeldung. Man hatte den Chevy in der Tiefgarage eines Supermarktes in der Spångatan gefunden.

»Wo ist das?«, fragte Jonas.

»In der südlichen Vorstadt. Etwa siebenhundert Meter vom Gustav-Adolf-Torg entfernt. Dort gibt es eine Überwachungskamera. Wir haben sie sichergestellt. Im Fahrzeug selbst fanden sich Blutspuren. Die dürften davon herrühren, dass Baalbaki im Chevy vom Hafen zum Gustav-Adolf-Torg transportiert wurde. Der Chevy wird auch mit einem Tieflader nach Linköping gebracht.« Fyrstad legte die Stirn in Falten. »Ich verstehe nur eines nicht. Weshalb geben die

Täter sich keine Mühe, ihre Spuren zu verwischen? Es muss ihnen doch klar sein, dass wir die Fahrzeuge auseinandernehmen und selbst kleinste Hautpartikel finden. Heute weiß jeder unbescholtene Bürger, dass die Forensik wesentlich an der Aufklärung von Straftaten beteiligt ist.«

Eine weitere Information, die eintraf, war, dass das Rezept, nach dem Stafylidis das Liquid Ecstasy hergestellt hatte, demselben Drucker entstammte wie die Nachrichten, die man bei Wax und Krasnopjorov gefunden hatte.

»Die DNA-Analyse dauert noch. Auch der Zettel hat keinen Hinweis geliefert. Wir untersuchen die Herkunft der Tinte, das Papier. Wenn wir den Drucker finden würden, könnten wir die Herkunft des Schreibens aus dem Gerät beweisen. Jeder Drucker, auch aus industrieller Massenfertigung, weist eigene Spezifika auf. Es ist fast wie mit Fingerabdrücken«, hatte Dr. Wallberg erklärt.

Der Tag zog sich hin, gefüllt mit alltäglicher Polizeiarbeit – aus lauter kleinen Puzzleteilen wurde versucht, ein großes Ganzes zu erstellen. Jonas fand zwischendurch Zeit, sich die Nachrichten im Radio anzuhören und einen Blick in die Zeitung *Sydsvenskan* zu werfen. Dem Doppelmord auf dem Friedhof wurde immer noch Aufmerksamkeit geschenkt, auch wenn der spektakuläre Fund der zugerichteten Leiche auf dem Gustav-Adolf-Torg das beherrschende Thema war. Im Artikel wurden allerhand Spekulationen angestellt, natürlich die Frage aufgeworfen, ob es einen Zusammenhang zum Doppelmord gebe und wie gefährlich das Leben in Malmö überhaupt sei. Den Namen des Opfers konnte das Blatt noch nicht melden.

Noch interessanter waren die Kommentare zum Auftritt von Bad Revolution. Von einer spärlichen Kulisse einiger weniger Unentwegter war die Rede. Und die Hardcorefans hätten sich auch noch vorzeitig aus dem Staub gemacht. Ein völlig verkorkster Auftritt einer desolaten Truppe.

Es war wie verhext. Sie hatten lange im Nebel herumgestochert und nach einem ersten Ermittlungsansatz gesucht. Jonas verglich es immer mit einem Klebeband. Wenn man eine Rolle in der Hand hielt, war es schwierig bis unmöglich, den Anfang zu finden. Hatte man ihn gefunden und mühsam abgepult, ließ sich das Tape mühelos abspulen. Immer mehr Meldungen aus den verschiedensten Ecken des Landes wegen erfolgreicher Vorstöße gegen die neue Dealerszene trafen ein. Die Masche war stets die Gleiche. In der Region bekannte und mit den örtlichen Verhältnissen betraute Kleindealer hatte man rekrutiert, die ihrerseits massiv Hilfskräfte in den Flüchtlingsunterkünften anwarben. Noch eine Metapher fiel Jonas ein: Bei einem Sturm hält das Dach viel aus. Ist aber erst einmal ein Dachziegel gelöst, lösen sich viele andere ebenfalls.

Zum Feierabend fragte Gripsholm, ob sie zusammen in der Stadt ein Bier trinken wollten.

»Nein«, sagte Jonas, ohne es näher zu begründen.

·SIEBENUNDZWANZIG·

Am Abend hatte Jonas Sydnytt, die Regionalnachrichten von Sveriges Television für Schwedens Süden verfolgt. Auch dort waren die Morde erwähnt worden. Hier kannte man schon den Namen des einen Opfers und ging übertrieben auf Baalbakis Stellung als »der Pate von Malmö« ein. Auch Bad Revolution wurde in einem Kommentar erwähnt. Der Sprecher sprach vom Untergang der Band, vom ruhmlosen Ende einer kurzen Epoche. Niemand werde diese Rockband vermissen, meinte der Radiomann, die sich mehr durch Skandale und fremdenfeindliche Parolen ausgezeichnet habe als durch mitreißende Musik. Auch die Tatsache, dass im Umfeld von Bad Revolution Straftaten verübt wurden, denen die Polizei auf der Spur sei, blieb nicht unerwähnt. Genüsslich wurden die Verfehlungen ausgebreitet und Trygve Bohinen als ein alternder Musiker skizziert, der es versäumt habe, rechtzeitig vom Zug der Jugend abzuspringen. Während Tina Turner ehrenvoll als Rock-Oma bezeichnet wurde, machte der Kommentator Bohinen lächerlich. »Am Gustav-Adolfs-Torg wurde Bad Revolution gestern beerdigt«, schloss der Bericht. Niemand mochte diese Gruppe mehr sehen. »Vermutlich wird es dieser Truppe nicht gelingen, dass ihnen noch irgendjemand einen Probenraum in einem Hinterhof vermietet, geschweige denn ihnen eine Chance als Straßenmusiker gibt.«

Es war ein vernichtendes Urteil, ein Abgesang.

Ungewiss war, was in Jönköping geschehen würde, dem letzten Ort der geplanten Tournee von Bad Revolution. Tällberg war nicht bereit, ein umfangreiches Polizeiaufgebot bereitzustellen. »Nach allem, was man hört, dürfte es sich nicht lohnen.« Keine neuen Nachrichten gab es hinsichtlich der Suche nach Ekke Ernsesaks und Taijo

Puri. Der Manager hatte an einer Tankstelle in Huskvarna, einer Nachbarstadt von Jönköping, getankt und in der Fußgängerzone Jönköpings Geld abgehoben. Man suchte ihn weiter. Die örtliche Polizei hatte alle Hotels benachrichtigt und um Meldung gebeten, falls er sich irgendwo einquartierte.

Jonas war nach Stockholm geflogen, hatte mit Tällberg gesprochen, kurz seine Wohnung aufgesucht und sich in den Volvo gesetzt, um nach Linköping zu fahren. Das NFC – Swedish National Forensic Centre – war in einem schmucklosen Gebäude in einer ehemaligen Kaserne am Südrand der Stadt untergebracht. Am Empfang wollte man Jonas zunächst abweisen mit dem Hinweis, dass Besucher nur nach vorheriger Anmeldung vorgelassen würden. Erst nach einer längeren Diskussion hörte sich der Mann vom Sicherheitsdienst seine Bitte an und telefonierte in seinem gesicherten Glaskasten.

»Tut mir leid, Herr Kommissar«, meldete er sich über die Wechselsprechanlage. »Dr. Wallberg ist nicht im Hause. Man sagte mir, er ist in Stockholm bei der Rikspolisen.« Der Mann stutzte. »Da kommen Sie doch her. Angeblich«, fügte er an. »Dann müssen Sie das doch wissen.«

»Dann möchte ich mit Herrn Dr. Synnerholm sprechen«, sagte Jonas.

Der Mann lachte. »Haben wir nicht.«

»Natürlich. Sehen Sie doch in Ihrem Computer nach.«

»Muss ich nicht. Herr Dr. Synnerholm ist eine Frau.«

Der Sicherheitsmann ließ sich überreden, noch einmal rückzufragen, bevor er Jonas bat, sich ein wenig zu gedulden.

Zehn Minuten später sah Jonas eine hochgewachsene Frau mit einem rötlichen Lockenkopf durchs Glas. Sie öffnete die Tür und begrüßte ihn mit einem festen Händedruck. »Kommissar Nyström? Hej. Ich bin Petra Synnerholm. Was kann ich für Sie tun? Dr. Wallberg ist nicht da. Er müsste bei Ihnen in Stockholm sein.«

»Ich weiß. Es ist trotzdem wichtig.«

»Sie kommen wegen dieses aufsehenerregenden Falles, von dem ganz Schweden spricht?«

Jonas bestätigte es.

»Tja.« Sie rümpfte die Nase. »Darum hat sich der Chef immer selbst gekümmert.«

Jonas versicherte ihr, dass es wirklich wichtig sei. »Heute ist Freitag. Wir können nicht bis Montag warten.«

»Na, dann kommen Sie mal rein«, sagte sie und führte ihn in ihr modernes, aber sachlich wirkendes Büro. Sie nahmen an einem kleinen Besprechungstisch Platz. Dr. Synnerholm bestellte bei Dagmar – wer auch immer das war – Kaffee, und wenig später brachte eine junge Frau eine große Thermoskanne.

»Dann schießen Sie mal los«, forderte sie Jonas auf.

»Sie sind auch Chemikerin? Oder Physikerin?«, begann Jonas.

»Hier sind alle relevanten wissenschaftlichen Fachgebiete vertreten. Ich selbst bin Pharmazeutin.«

»Ich habe folgende Bitte …«, begann Jonas und setzte ihr seine Wünsche auseinander.

Dr. Synnerholm hörte ihm zunächst mit großem Erstaunen zu, fast ein wenig abwehrend. »Wir sollten Dr. Wallberg dazubitten«, schlug sie vor und versuchte ihren Chef zu erreichen. Vergeblich. Er ging nicht ans Telefon.

»Ich vermute, Dr. Wallberg ist schon auf dem Weg ins Wochenende«, sagte Jonas. »Darüber hat auch schon Dr. Forsberg Klage geführt. Leider ist er dort nicht zu erreichen.«

»Nein«, sagte sie. »Dort gibt es kein Netz. Das ist eine ideale Art, zu entspannen. Kein Telefon, kein Strom, keine Wasserleitung. Natur pur, wie wir Schweden es lieben.« Dann hörte sie Jonas aufmerksam zu. Es wurde ein langes Gespräch.

Es war schon lange dunkel, als Jonas das Institut verließ und sich auf den Weg nach Jönköping machte. Er fand ein Hotel in der Innenstadt dem Zündholzmuseum gegenüber, checkte ein und machte sich auf den Weg ins nahe Zentrum. In der Hauptstraße fanden sich Häuser mit schönen Fassaden neben phantasielosen Betonklötzen. Und wer den Blick nicht nach oben gleiten ließ, sondern nur in die Schaufenster sah, konnte vergessen, in welcher Stadt er sich gerade befand. Die Läden der großen Ketten sahen überall gleich aus.

Jonas fand nur mit Mühe einen Stuhl in einem Steakhaus, nachdem die dort sitzenden jungen Leute ihm gestattet hatten, an ihrem Tisch Platz zu nehmen. Aus ihrem munteren Gespräch konnte er entnehmen, dass sie an der privaten Universität der Stadt studierten.

Er ließ sich das Steak schmecken und trank zwei Bier, bevor er sich auf den Rückweg machte. Es war unangenehm nasskalt.

Jonas hatte gut und erholsam geschlafen. Die heiße Dusche tat ihr Übriges, und am Frühstücksbüfett sündigte er. Es störte ihn nicht, dass deutsche Touristen am Nachbartisch die Miene verzogen, als er mit einem gutgefüllten Teller voll fettiger Bratwürstchen, Rührei mit Speck und gegrilltem Gemüse an seinen Tisch zurückkehrte. Er tat, was er zu Hause nie dulden würde: Er las beim Essen die Zeitung. In der *Dagens nyheter* fand sich nur im hinteren Bereich eine kurze Notiz, dass die Polizei Malmö bei der Aufklärung der Morde in ihrer Stadt ein gutes Stück vorangekommen sei. Über Bad Revolution war nichts zu finden. Die *Jönköpingsposten* war lokaler ausgerichtet. Jonas war überrascht, als er las, dass das Konzert von Bad Revolution am heutigen Tag, dem Sonnabend, abgesagt worden war. Eine Erklärung gab es nicht, lediglich eine vage formulierte Vermutung, dass es mit dem mangelnden Interesse der Fans beim letzten Auftritt zusammenhängen könnte. Stattdessen sollte eine Neuentdeckung namens vardagshjältar – Helden des Alltags – auftreten.

Nach dem Frühstück schlenderte er in aller Ruhe zum alten Rathaus, das um 1700 gebaut worden war und eine der Sehenswürdigkeiten der Stadt darstellte. Auf der Rückseite schloss sich der Rathauspark an, der um diese Jahreszeit ein wenig trostlos wirkte, aber mit dem Springbrunnen in der Mitte im Sommer sicher ein beliebtes Ziel für die Bewohner von Schwedens zehntgrößter Stadt war.

Auf der Freifläche zwischen Park und dem weißgetünchten Gebäude waren Arbeiter mit dem Aufbau einer Bühne beschäftigt. Jonas war erstaunt, als er den Vorarbeiter sah, der ihn ebenfalls wiedererkannte. Der Mann gab noch ein paar lautstarke Anweisungen und kam dann Jonas entgegen. Er begrüßte Jonas mit einem kräftigen Händedruck wie einen guten alten Bekannten.

»Ich frage mich, ob Sie Musikfreund sind oder inzwischen zu einem Fan meiner Truppe geworden sind«, sagte er fröhlich.

»Ich bin Anhänger der Gerechtigkeit«, erwiderte Jonas und zeigte auf die entstehende Anlage. »Wer soll dort auftreten?«

Der Vorarbeiter sah über die Schulter. »Keine Ahnung, wie die heißen. Irgend so eine Jugendtruppe. Ist mir auch egal. Wir machen unseren Job. Kann von mir aus auch die Feuerwehrkapelle von Simrishamn sein.« Er zeigte sein lückenhaftes Gebiss, als er grinste. »Da komm ich her.«

»Was ist aus Bad Revolution geworden?«

»Habe gehört, die sind weg vom Fenster. War Mist, was die in Malmö abgezogen haben. Ich habe es nicht selbst gehört, aber totale Versager.«

»Wer hat Ihnen den Auftrag hierfür gegeben?«

»Verstehe Ihre Frage nicht. Steht doch so im Tourplan.«

»Ich denke, Bad Revolution ist out.«

»Na und? Der Chef hat etwas Neues organisiert.«

»Welcher Chef?«

Der Vorarbeiter musterte Jonas, als wäre er ein Dackel, der das Kunststück nicht begreifen wollte, das er ihm seit langem erklärte. »Unser Chef. Puri.«

»Taijo Puri?«

»Klar. Und er hat sich in der Zwischenzeit keiner Operation unterzogen und ist plötzlich seine eigene Schwester geworden.«

Jonas zuckte zusammen, als der Vorarbeiter plötzlich laut losbrüllte und einem »Max« versicherte, dass er der größte Trottel auf der Welt sei.

»Hat er Sie kontaktiert?«

»Der Chef ist so clever, dass er telefonieren kann. Vorhin war er außerdem selbst hier.«

Jonas verstand es nicht. Da suchte die Polizei in ganz Schweden nach Puri, und der stolzierte fröhlich durch Jönköping.

»Wohnt er hier in Jönköping?«

»Nee. Der kommt aus Göteborg.«

»Ich meine, ob er hier im Hotel übernachtet?«

»Klar. Für eine Parkbank ist es zu kalt.«

»Wissen Sie, wo die Musiker von Bad Revolution geblieben sind?«

»Keine Ahnung.« Der Vorarbeiter drehte sich um. »So. Ich muss wieder. Sonst wird das nichts.«

Kopfschüttelnd ging Jonas durch die Stadt, die sich inzwischen mit Passanten gefüllt hatte. Vereinzelt sah er Plakate, die für den Auftritt von Bad Revolution warben. Man hatte sie mit einem Banner überklebt, v*ardagshjältar* stand dort in einem grellen Rot.

Es waren nur ein paar Schritte bis zum schmucklosen Polizeigebäude in einer Seitenstraße nahe dem Munksjön und der Brücke, die sich mit ihrer gewagten Konstruktion und Architektur über den See spannte.

Die kleine Seitenstraße lag an diesem Vormittag verlassen da. Zunächst wollte man Jonas nicht ins Polizeigebäude hineinlassen. Schließlich konnte er mit dem Diensthabenden sprechen, der weder etwas von einem Fahndungsersuchen noch von einem Konzert wusste, das heute in der Stadt stattfinden sollte. Widerwillig griff er zum Telefon und fand erst mit dem dritten Ansprechpartner jemanden, der Bescheid wusste. In besserwisserischer Tonlage erklärte der Beamte, dass sich alles in Luft aufgelöst habe. »Die Sache ist abgeschlossen«, sagte er.

»Haben Sie sich bei allen Hotels in der Stadt erkundigt, ob bei ihnen Taijo Puri untergekommen ist?«

»Damit habe ich nichts zu tun.«

»Dann nehmen Sie es in Angriff.«

»Nicht am Wochenende. Da sind wir unterbesetzt«, erklärte er. »Versuchen Sie es am Montag wieder.«

Es half nichts. Auch die Drohung, ihm eine Beschwerde anzuheften, konnte den Mann nicht bewegen, aktiv zu werden.

Zornig kehrte Jonas in die Fußgängerzone zurück. Wie hätte alles verlaufen können, wenn man die Konzerte rechtzeitig abgesagt hätte? Der Informationsfluss innerhalb der schwedischen Polizei war auch nicht optimal. Hatte sich die Gefährlichkeit der Drogenmafia nicht bis Jönköping herumgesprochen? Was sollte er in dieser Stadt, wenn sich niemand für das Konzert und dessen Umfeld interessierte?

Jonas schlenderte, in Gedanken versunken, durch die Einkaufsstraße. Nur im Unterbewusstsein registrierte er Gripsholm, der vor dem Schaufenster einer Textilkette stand und sich die Auslagen ansah. Er trat von hinten an den Inspektor heran.

»Na, Gripsholm? Sind wir beide die Streitmacht der schwedischen Polizei?«

Der Inspektor drehte sich erschrocken auf dem Absatz um und sah Jonas entgeistert an. »Sie hier? Aber wieso …«

»Überrascht? Spannend, dass jeder von uns meint, er sei als Einzelkämpfer in Jönköping. Oder sind Sie auf eigene Faust in dieser Stadt?«

»Nein. Natürlich nicht.«

»Wie kommt es, dass das nicht koordiniert ist?«

Gripsholm zuckte hilflos mit den Schultern. »Das weiß ich nicht.« Er wich Jonas' Blick aus.

»Sind jetzt alle verrückt?« Jonas ließ offen, ob er Gripsholm mit einbezog. »Haben Sie etwas von Puri gehört?«

»Nein, nur dass die Fahndung noch läuft. Und Ernesaks ist auch noch auf freiem Fuß. Wo waren Sie eigentlich gestern Nachmittag?«

»Ich habe ermittelt.«

Gripsholm unterließ es, nach Einzelheiten zu fragen. Jonas tippte ihm gegen die Brust. »Passen Sie gut auf sich auf. Es lebt sich gefährlich. Besonders im Umfeld von Rockkonzerten. Und in meiner Umgebung«, fügte Jonas an und wandte sich ab. Langsam schlenderte er Richtung Hauptplatz mit dem Springbrunnen in der Mitte und dem beeindruckenden Bau des Grandhotels an der Frontseite. Kurze Seitenblicke in die Scheiben der Geschäfte bestätigten ihm, dass Gripsholm ihm folgte. Jonas verließ die Fußgängerzone, ging gemächlich bis zur Kristine-Kirche, bog dort Richtung Seeufer ab, um am Vättern entlang zu seinem Hotel zurückzukehren. Er verzichtete darauf, sich umzudrehen, war sich aber sicher, dass Gripsholm auch auf diesem Stück hinter ihm herlief. Der Inspektor verrichtete die Observation lausig.

Eine Stunde vor Konzertbeginn verließ Jonas das Hotel. Ein nasskalter Wind blies vom See herüber. Zum Glück war es trocken. Auf dem Platz hinter dem Rathaus hatten sich schon junge Leute eingefunden. Eine Absperrung oder gar einen Zaun gab es nicht. Jonas fiel auf, dass die Besucher wesentlich jünger erschienen als bei den anderen Konzerten. Es sah aus, als wäre keiner volljährig. Am Rande des Platzes standen zwei uniformierte Polizisten, die einen gelegentlichen Blick auf das Geschehen warfen, sich aber hauptsächlich einem intensiven Gespräch widmeten.

Mit nur wenigen Minuten Verspätung betraten fünf Musiker die Bühne. Sie wurden mit Johlen und Begeisterungsrufen begrüßt. Das nahm ihnen ein wenig von der Unsicherheit. Es folgten zwei Takte zur Abstimmung. Dann legten sie los. Es war eine andere Musik als jene, die Bad Revolution darbot. Sie war laut und rhythmisch. Jonas nahm sich vor, sich bei Gelegenheit von seinen Töchtern etwas zu den aktuellen Strömungen in der Pop- und Rockmusik erzählen zu lassen.

Niemand moderierte, es gab keine einführenden Worte, nicht einmal eine Begrüßung. Die jungen Leute gaben alles. Sie verausgabten sich. Das wurde vom Publikum begeistert honoriert.

Jonas war mit Abstand der älteste Besucher auf dem Platz. Er konnte nirgendwo ein bekanntes Gesicht entdecken, weder Puri noch einen der Roadies. Nicht einmal Gripsholm war aufgetaucht.

In einer kurzen Pause zwischen zwei Stücken stieß ihn ein Mann in seinem Alter mit der Schulter leicht an. Sein Gesicht glühte vor Begeisterung. »Ist das nicht klasse?«

Jonas war überrascht, von einem Menschen seiner Generation solchen Enthusiasmus für diese Musik zu vernehmen. Die Erklärung folgte umgehend. »Der Blonde an der Gitarre, da vorne links, das ist mein Sohn. Super, was?«

»*Vardagshjältar* – das sind wirkliche Helden des Alltags. Allerdings noch recht jung.«

»Deshalb aber trotzdem einmalig. Der neben dem Schlagzeuger, Thomas, das ist der Älteste. Er ist achtzehn.«

»Alle anderen sind noch minderjährig?«

»Na und? Deshalb können sie trotzdem super Musik machen.«

»Die treten heute Abend für Bad Revolution auf?«

»Bad Revolution – das war gestern. Haben Sie nicht gehört, wie die von der Kritik zerrissen wurden? Die will niemand mehr sehen oder hören. Aber die hier – einfach phantastisch.«

»Die haben den gleichen Manager wie Bad Revolution«, behauptete Jonas.

»Ja. Der versteht etwas vom Geschäft. Deshalb hat er ja auch unsere Jungs als neue Spitzenband ausgewählt.«

»Wie lange stehen die schon unter Vertrag?«

Der Vater drehte sich zu Jonas um. »Was soll diese Fragerei?« Plötzlich war er misstrauisch geworden.

»Kann ja sein, dass Puri *vardagshjältar* schon länger als Geheimtipp betreut.«

»Nein. Nach dem Desaster in Malmö ist er sofort hierher gefahren und hat sich umgehört. Er hat eine würdige Vertretung für Bad Revolution gesucht. Vertretung? Die hier sind um Klassen besser. Puri ist eben Profi. Der hört eine Band spielen und weiß sofort, dass die Zukunft hat.«

»Er hat also eine ganze Woche in der Gegend nach neuen Musikern gesucht?«

Der Vater wippte auf den Zehenspitzen. »Klar. Und die hier gefunden.«

»Wo ist er heute Abend? Ich hätte eigentlich erwartet, dass er sich um seine Musiker kümmert«, sagte Jonas.

»Das hatte ich auch geglaubt. Er hat es jedenfalls so angekündigt. Das finde ich auch ein wenig merkwürdig.«

»Das sind doch nur ein paar Schritte von seinem Hotel hierher«, sagte Jonas beiläufig.

»Na ja – nicht ganz. Das Herrenhaus liegt schließlich etwas außerhalb.«

»Sie meinen das Hotel Herrenhaus am Vättern?«, fragte Jonas.

»Herrenhaus am Vättern? Kenne ich nicht. Gibt es das überhaupt? Nein. Puri übernachtet woanders.« Er nannte den Namen des Hotels.

Jonas sah sich noch einmal um. Er konnte nichts Bemerkenswertes entdecken. Die Toten hatte man ohnehin erst nach Abschluss der jeweiligen Veranstaltung im Umkreis entdeckt. Er hoffte inständig, dass es dieses Mal ohne ein neues Opfer ablief. Zum Glück hatte der Vater nicht bemerkt, wie Jonas ihn ausgehorcht hatte. Ihm war auch entgangen, dass Jonas den Namen des Managers kannte. Es schien, als hätte Puri nach dem Auftritt in Växjö versucht, eine neue Band zu finden. Deshalb war er abgetaucht. Natürlich konnte er Bohinen und den Bandkollegen nicht erzählen, dass er Ersatz für sie suchte. Das konnte auch der Grund gewesen sein, weshalb Puri nicht in Malmö war. War das wirklich die Erklärung? Dann würde der Manager aus dem Kreis der Verdächtigen ausscheiden. Wenn nicht seine Bekanntschaft mit Krasnopjorov gewesen wäre. Schließlich hatte Puri den Killer für die Tour engagiert. Beide stammten aus Estland. Ob Puri nichts von Krasnopjorovs Doppelleben als brutaler Profimörder wusste? Immerhin hatte sich die ursprünglich verfolgte Spur, dass die Drogen aus Osteuropa über Estland importiert wurden, mit der Entdeckung des Labors in Motala als falsch erwiesen.

Jonas verließ das Konzert. Er war überzeugt, hier keine weiteren verwertbaren Anhaltspunkte zu finden. Im Internet hatte er schnell die Adresse des Herrenhauses gefunden. Er holte seinen Volvo aus der Garage und folgte seinem Navigationssystem. Er fuhr zunächst am westlichen Ufer des Vättern entlang, bog in eine Nebenstraße ein und wurde bergauf durch ein Wohngebiet geleitet. Passanten waren keine zu sehen. Nur selten begegnete ihm ein Fahrzeug.

Jonas war unsicher, als das Ortsendeschild auftauchte. Die Straße schlängelte sich durch einen kleinen Wald, dann durch Felder, die im Dunkeln lagen. Er zweifelte an der Genauigkeit seines Navis, als plötzlich ein unscheinbares Schild neben der Straße auftauchte. Ein schmaler Weg führte von der Straße zum Gebäude. Ein paar Laternen spendeten ein diffuses Licht. Seitlich konnte er im Dunkeln rote Holzhäuser im Schwedenstil erkennen. Der Weg endete vor einem Rondell, das früher einmal eine hochherrschaftliche Zufahrt gewesen sein mochte. Heute wirkte alles düster. Jonas stellte den Wagen an die Seite und suchte nach einem Auto, das er hätte Puri zuordnen können. Er fand keines.

Früher konnte das Anwesen den Ansprüchen eines Herrenhauses gerecht geworden sein. Heute war es eher vom Verfall geprägt. Er betrat das Gebäude und stand in einem Flur, in dem noch ein paar verstaubte Utensilien an die Vergangenheit erinnerten. Von links drang Lärm herüber.

Jonas folgte ihm und fand sich in einem großen Saal wieder, in dessen Ecke ein Büfett gedeckt worden war, das ihm nach einem Seitenblick nicht verlockend erschien. Hinter einem kleinen Tresen standen junge Leute, zapften Bier und bereiteten Getränke vor.

»Ich suche die Rezeption«, sagte Jonas.

»Die haben Sie gefunden«, erwiderte ein junger Mann freundlich, schenkte Wein aus einer Flasche ein, stellte das Glas auf ein Tablett und fragte Jonas nach seinen Wünschen.

»Ich bin mit Herrn Puri verabredet.«

»Puri?«, wiederholte der Angestellte und sah in einer Kladde nach. »Ja, der wohnt hier. Seit zwei Tagen.« Dann nannte er ungefragt die Zimmernummer. »Im Erdgeschoss.«

»Ist Herr Puri da?«

Es folgte ein kurzer Blick auf das Brett mit den Zimmerschlüsseln. »Er müsste auf dem Zimmer sein.«

Der Gang zum Zimmer war verwinkelt. Die Türen abgestoßen. Der Teppich fleckig. Früher hatte Puri in anderen Häusern übernachtet.

Jonas blieb vor der Tür stehen und lauschte. Nichts war zu hören. Er zog seine Waffe. Dabei wurde ihm bewusst, wie selten er von ihr Gebrauch machte. Wann hatte er sie das letzte Mal in einem Einsatz in der Hand gehabt? Es fiel ihm nicht ein. Er zog den Verschluss zurück. Das Geräusch, so kam es ihm vor, musste man in der Stille bis in den großen Saal hören können. Er wollte klopfen, probierte dann aber doch die Türklinke. Jonas hielt den Atem an und drückte die Klinke millimeterweise hinunter. Ein leises Schaben war zu hören, als das Metall des Schnappers durch den Zylinder ratschte. Dann ließ sich die Tür öffnen. Durch einen schmalen Schlitz fiel fahles Licht. Zu sehen war noch nichts. Jonas glaubte, Atemgeräusche zu vernehmen. Jemand holte tief Luft – fast ein Seufzen.

Alle Sinne waren geschärft. Noch einmal lauschte er. Nichts. Jonas hielt die Luft an und schob die Tür ein wenig weiter auf. Eine vergilbte Tapete war zu sehen, dann die Tür, die zum Bad führte. Mit dem Ellenbogen drückte Jonas die Tür ganz auf.

Der Raum machte einen genauso heruntergekommenen Eindruck wie das, was er bisher vom Hotel gesehen hatte. An den Nahtstellen der Bahnen löste sich die Tapete. Flecken in den Ecken wiesen auf feuchte Stellen hin. Von der ursprünglich filigran gearbeiteten Stuckdecke platzte der Gips ab. Jonas' suchender Blick fand das Bett. Darauf saß Taijo Puri, mit dem Rücken gegen das Kopfende gelehnt. Wenn Jonas geklopft hätte, hätte der Manager nicht antworten können. Ein breiter Streifen Klebeband bedeckte seine Lippen und den Knebel, den man ihm in den Mund geschoben hatte. Puris Augen waren in die andere Zimmerecke gerichtet. Er wandte sich auch nicht Jonas zu, sondern blieb bei seinem starren Blick. Eigentlich war es nur noch ein Auge. Fetzen des zweiten hing ihm aus der Augenhöhle heraus. Alles war blutverschmiert. Das Hemd. Der Bettbezug. Es hatte bis an die Tapete gespritzt. Das Gesicht glich einem Trümmerfeld.

Jonas hörte ein Geräusch. Dann ein Zischen, begleitet von einem Stoßseufzer. Ein »Plong« schloss die Aktion ab.

Auf einem Stuhl in der Zimmerecke saß Trygve Bohinen. In seinen Händen hielt er das lederne Katapult, mit dem er die Stahlkugeln verschoss. Jonas hatte das erste Mal im Hotelzimmer in Sundsvall Bekanntschaft damit gemacht.

Bohinen sah auf. Er nahm Jonas gar nicht wahr, sah durch ihn hindurch. Auf dem abgeschrammten Tisch neben ihm lagen weitere Stahlkugeln.

Jonas schauderte. Bohinen hatte Puri offenbar mit seinen Stahlkugeln regelrecht erschossen. Es musste ein langsamer, schmerzhafter Tod gewesen sein. Instinktiv erinnerte die Methode Jonas an Steinigungen. Wie lange mochte es gedauert haben, bis Puri durch den Tod erlöst worden war? Mit dem zweiten Blick sah Jonas, dass die Stahlkugeln auf dem Beistelltisch ebenfalls blutig waren. Als Bohinens Vorrat erschöpft war, musste er die bereits verschossenen Kugeln aufgesammelt und wiederverwendet haben.

»Lassen Sie das Katapult fallen«, sagte Jonas atemlos und zielte mit der Waffe auf Bohinen.

Der Musiker sah ihn mit leerem Blick an, griff automatisch zum Tisch, nahm die nächste Stahlkugel auf und spannte sein Katapult.

Jonas visierte die Hand des Mannes an. Es war schwierig, weil Bohinen das Katapult vor das Gesicht hob.

»Bohinen. Weg mit dem Ding, oder ich schieße.«

Die Lider Bohinens flatterten kurz, dann öffnete er Daumen und Zeigefinger, und die nächste Kugel schnellte aus dem Katapult. Plong. Sie bereitete Puri keine Schmerzen. Nicht mehr.

Jonas machte ein paar Schritte auf Bohinen zu, packte den Mann und drückte ihm die Hände auf den Rücken. Es war unheimlich, dass der sonst so aggressiv auftretende Musiker keinen Widerstand leistete. Kein Laut kam über seine Lippen.

»Warum?«, fragte Jonas.

Bohinen sah ihn mit ausdruckslosen Augen an.

»Warum haben Sie Puri getötet? Auf eine so grauenhafte Weise?«

»Was?« Bohinen verstand ihn nicht.

»Warum haben Sie mit Ihren Stahlkugeln auf den Manager geschossen?«

»Manager? Er war nicht unser Manager.« Bohinen sprach leise. Abgehackt. Jedes Wort kam einzeln über seine Lippen. Seiner Sprache fehlte jede Melodie.

»Nicht Manager? Was denn?«

»Ein Schwein. Ein Verräter, ein elender.«

»Bohinen! Was ist passiert?«

»Das fragst du?« Bohinen schien bewusst zu werden, mit wem er sprach. Er nickte in Richtung Bett. »Eigentlich hättest du neben Puri sitzen müssen. Dich hätte das gleiche Schicksal treffen sollen.«

»Hat Puri euch bedroht? Betrogen?«

Ganz langsam bewegte Bohinen den Kopf auf und ab. »Ja – betrogen. Uns das Leben geraubt. So wie ich ihm jetzt das seine. Er hat die Band abgeschossen. Jetzt habe ich ihn abgeschossen.«

Jonas fuhr zusammen, als Bohinen in ein irres Lachen ausbrach. Er ließ ihn gewähren. Dann forderte er den Musiker auf, weiterzureden.

»Die Band – das war unser Leben. Hast du eine Ahnung, wie schwer es ist, hochzukommen? Wie viele Wichser da draußen auf ihren Instrumenten herumklimpern? Die Arschgeigen von Affen, die sich Fans nennen, können das nicht heraushören. Für die ist jeder, der Lärm machen kann, ein Genie. Wir – ja wir – wir hatten es geschafft. Schweden – Europa, ach, die ganze Welt lag uns zu Füßen. Dann kamen die Neider. So einer wie du. Ihr habt alles kaputtgemacht. Jawohl! *Kaputtgemacht!*« Bohinens Stimme überschlug sich bei den letzten Worten, die er aus Leibeskräften schrie.

Jonas vernahm hinter seinem Rücken ein Geräusch. Blitzschnell drehte er sich um und riss seine Waffe hoch. Der junge Mann vom Tresen war aufgetaucht. Er taumelte zurück und wurde kreidebleich. Ihm stockte der Atem. »Ich … », stammelte er.

»Rufen Sie die Polizei und den Rettungsdienst«, rief ihm Jonas zu. »Schnell.«

Es dauerte ein paar Herzschläge, bis der Hotelangestellte es verstanden hatte, sich umdrehte und hastig verschwand.

Bohinen hatte zugehört, als wäre er überhaupt nicht beteiligt.

»Weshalb hat euch Puri verraten?«

»Man hat uns ruiniert, uns auf Parkplätze statt in die gebuchten Hallen geschickt, Unwahrheiten über uns verbreitet, für eine schlechte Presse gesorgt, die Fans aufgehetzt.« Natürlich hatte Bohinen eine andere Sicht der Dinge. Der Musiker fuhr sich mit der Zunge über die Lippen. »Der, der für uns da sein sollte, der sich schamlos an unserer Arbeit bereichert hat, er da«, dabei zeigte er auf Puri, »hatte nichts Besseres zu tun, als sich nach Växjö abzusetzen, klammheimlich zu verschwinden und eine andere Band auszugraben. Direkt aus dem Kindergarten. Das war Mord an Bad Revolution, diese Truppe der Öffentlichkeit als unsere Nachfolger zu präsentieren.«

»Deshalb haben Sie Puri mit Ihren Stahlkugeln erschossen?«

Bohinen nickte.

»Und was ist mit dem Rauschgift?«

»Macht euch doch nicht ins Hemd, nur weil die Jungs mal ein bisschen gekifft haben.«

»Ich meine den Stoff, den eure Leute an die jugendlichen Zuschauer verkauft haben.«

»Stoff? Zuschauer?«, echote Bohinen. »Die bringen sich ihr eigenes Zeug mit. Wir machen Musik und sind keine Dealer.«

»Hat Puri etwas damit zu tun?«

»Der da?« Bohinen verfiel wieder in sein irres Lachen. »Der doch nicht. Der hat anderen Dreck am Stecken. Gehabt«, fügte er hinzu. Es klang wie endgültig.

Es fiel Jonas schwer, in diesem Zimmer des Grauens zu warten. Ihr Schweigen wirkte zusätzlich bedrückend. Immer wieder wanderte Jonas' Blick von Bohinen zu Puri und zurück. Dieses Bild, war er sich sicher, würde er nie wieder vergessen.

Nach einer gefühlten Ewigkeit tauchten Polizisten auf. Sie stürmten mit gezückten Waffen herein. Der erste schrie Jonas aus Leibeskräften an: »Waffe weg!«

Jonas hielt ihm mit spitzen Fingern die Pistole entgegen. Zu seinem Entsetzen sah er, wie der Beamte zugriff. Wäre es eine Täterwaffe, hätte der Polizist viele Spuren verwischt.

Mühsam erklärte Jonas den Beamten, was vorgefallen war. Sie forderten Verstärkung an, und bald darauf wimmelte es in dem kleinen Zimmer von Spurensicherern und Kriminaltechnikern.

Jonas gab dem leitenden Beamten seine persönlichen Daten.

»Sie müssen am Montag aufs Revier in Jönköping kommen«, erklärte der Polizist.

»Morgen ist erst Sonntag«, erwiderte Jonas.

»Am Montag – nicht am Wochenende«, bekam er zur Antwort.

»Du mich auch«, murmelte Jonas und machte sich auf den Rückweg zu seinem Hotel. Puri hatte ein schlimmes Ende gefunden. Trygve Bohinen auch, selbst wenn sie mit der Drogenmafia offenbar nichts zu tun hatten.

Im Hotel setzte sich Jonas an die Bar und trank – mehr, als für ihn gut war, für seinen Verstand, seinen Geldbeutel, überhaupt für alles.

Irgendwann nach Mitternacht fand er mit schweren Schritten den Weg in sein Zimmer.

·ACHTUNDZWANZIG·

Jonas wusste nicht, wie lange sein Telefon schon versucht hatte sich bemerkbar zu machen. Schlaftrunken tastete er den Nachttisch ab, erwischte das Gerät und hielt es sich ans Ohr.

»Ja?«

»Synnerholm.«

»Synnerholm? Was für ein Synnerholm?«

»Petra Synnerholm«, sagte die Frauenstimme.

»Kenne ich nicht.«

»Wir haben gestern, nein – genaugenommen vorgestern – miteinander gesprochen. In Linköping. Ich bin vom Kriminaltechnischen Institut.«

Jonas holte tief Luft. Verdammt.

»Oh, Entschuldigung, Frau Dr. Synnerholm. Ich habe tief und fest geschlafen und muss mich erst einmal sortieren.«

»Das habe ich mir gedacht«, erwiderte die putzmuntere Stimme. »Ich habe schon einmal versucht, Sie zu erreichen.«

Jonas blinzelte auf den Radiowecker mit der Digitaluhr. Es war kurz nach drei Uhr nachts.

»Ich bin fündig geworden«, fuhr die Wissenschaftlerin fort.

Langsam kehrten die Erinnerungen zurück. Das NFC – der rothaarige Lockenkopf – die Stellvertreterin von Dr. Wallberg – sie hatten gestern lange zusammengesessen. Gestern? Es war Freitag gewesen. Seit drei Stunden war Sonntag.

»Prima. Was haben Sie herausgefunden?«

»Das würde ich Ihnen gern selbst erzählen.«

Jonas unterdrückte ein Gähnen. »Soll ich zu Ihnen kommen?«

»Nein. Ich besuche Sie. Sie sind in Jönköping?«

»Wann wollen Sie hier sein? Wir können zusammen frühstücken.«

»Gern. Ich mache mich jetzt auf den Weg. Die Straßen dürften leer sein. Ich bin in etwas mehr als einer Stunde bei Ihnen.«

»Jetzt – mitten in der Nacht?«

»Bis gleich. In welchem Hotel wohnen Sie?«

Er nannte den Namen. Dr. Synnerholm wollte sich telefonisch melden, wenn sie eingetroffen war.

Jonas kämpfte mit der Müdigkeit. Mühsam quälte er sich aus dem Bett. Es dauerte ewig, bis aus der Dusche warmes Wasser kam. Im Zuge der Energieeinsparungen wurde die Warmwasserbereitung in den Hotels nachts heruntergefahren und die Umlaufpumpen abgeschaltet.

Nach der Dusche zog er sich an und legte sich aufs Bett. Er bemühte sich, nicht wieder einzuschlafen und ließ seine Gedanken nordwärts wandern. Nach Östersund. In die Kyrkgatan. Zu Alva Norrlander und ihrem Sohn Lukas. Unruhe packte ihn. Wenn man seine Manipulation der Liste auf Ráidnerssons Schreibtisch entdecken würde, würde man ihn aus dem Polizeidienst entlassen.

Alva hatte ihn unter Druck gesetzt. Er hatte keine Alternative gehabt. Seine Gedanken eilten zurück. Dreiundzwanzig Jahre. Oder vierundzwanzig? Er sah sich und seine Freunde aus dem Gymnasium Wargentin in Östersund herauskommen. Sie lachten. Sie waren voller Überschwang und wedelten mit den Abiturzeugnissen.

Am nächsten Tag hatten sie sich zu einer Party am Storsjön verabredet. Treffpunkt war der Badhusparken. Jeder hatte etwas mitgebracht. Der Grill wurde aufgebaut, es wurde Bier getrunken. Doch dabei blieb es nicht. Auch wenn es in Schweden eine strenge Regelung beim Alkoholbezug gab, kannten alle Wege und Möglichkeiten, an die hochprozentigen Getränke heranzukommen. Freunde, Verwandte – jeder, der ins Ausland fuhr, lud sich den Kofferraum mit Alkohol voll. Zur Not besorgte man sich zusätzlich ein paar Flaschen im staatlichen Alkoholverkauf, dem *Systembolaget.* Tim, Henning, Patrik,

Jens, Lena, Mette und wie sie alle hießen. Es wurde mehr getrunken, als man vertragen konnte. Manche waren irgendwann so abwesend, dass sie einfach einschliefen, wo sie saßen oder lagen. Jonas gehörte zu den Standfesteren. Vielleicht lag es auch daran, dass er nicht so exzessiv wie manche Freunde getrunken hatte. Irgendjemand packte die kleinen Tabletten aus. »Damit kannst du noch länger feiern«, wurde gesagt. »Mensch, Jonas. Abitur feierst du nur einmal im Leben. Willst du in zwanzig Jahren erzählen, dass du bei der Fete besoffen eingeschlafen bist und nichts mitbekommen hast? Hier – die machen munter.«

Natürlich hatten sie schon einmal auf Partys irgendwas von dem »Zeug« probiert, ein bisschen gekifft, geraucht, geschnupft. Das gehörte dazu. Süchtig war niemand aus seinem Freundeskreis. Er hatte das Mittel geschluckt. Wie alle anderen auch. Es ließ ihm Flügel wachsen. Er war beschwingt. Unwiderstehlich. Er konnte fliegen. Und er war stolz, dass Alva, die dazugekommen war, sich von ihm umarmen ließ. Alva. Sie waren jung, ausgelassen, unbekümmert. Aber Alva war eine Frau. Zehn Jahre älter, Anfang dreißig. Und Alva duldete seine Annäherungen. Er wurde mutiger, küsste sie. Seine Hände erkundeten das Weibliche an ihr. Unerfahren war Jonas zu diesemZeitpunkt nicht mehr. Aber es machte einen Unterschied, ob man sich mit einer ungestüm gebärdenden Gleichaltrigen einließ oder mit einer Frau, die über mehr Erfahrung verfügte, die Sinnlichkeit schon erlebt hatte. Alva ließ es zu, doch zog sie irgendwann eine Grenze. Sie wollte nicht mit ihm schlafen. Der Alkohol, die enthemmende Tablette und der Rausch der Erregung ließen ihn nicht erkennen, dass Alva es ernst meinte. Das Blut kochte in ihm. Er war wie von Sinnen. Und gegen Alvas Willen war es geschehen. Sie hatte ihm ins Gesicht geschlagen und war davongerannt – danach.

Erst später wurde Jonas bewusst, was er angerichtet hatte. Er schämte sich, versuchte, sich bei Alva zu entschuldigen, aber sie wollte nichts von ihm wissen.

In Östersund begegnete man sich immer wieder. Er hatte begriffen, dass Alva ihn mied, und wechselte die Straßenseite, wenn er sie sah. Ein paar Wochen später lief sie hinter ihm her und erzählte, dass sein Übergriff nicht folgenlos geblieben war.

Für Jonas brach eine Welt zusammen. Welche Konsequenzen sollte es haben? Er hatte sich strafbar gemacht, auch wenn Alkohol und Rauschgift ihn betäubt, seine Hemmungen genommen hatten. Er konnte keine klaren Gedanken mehr fassen. Wie sollte er damit umgehen? Alva unternahm keinen Versuch, die Schwangerschaft abzubrechen. Sie ließ aber auch nicht zu, dass sie miteinander sprachen. Jonas – der Vergewaltiger. Sie war hochschwanger, als sie ihn nach langer Zeit erneut ansprach.

»Es ist besser, du gehst«, sagte sie. »Ich will dich nie wieder sehen. Sonst …«

Es fiel Jonas schwer, sich seinen Eltern anzuvertrauen. Sie waren erschüttert, tief getroffen. Sein Vater konnte kaum noch unter Menschen gehen. Er drängte darauf, Östersund zu verlassen und zog sich mit der Mutter nach Gotland zurück. Dort lebten sie weitgehend ohne soziale Kontakte. Jonas nahm den Studienplatz im Fachgebiet Öffentliche Verwaltung nicht an und ging in die Anonymität Stockholms. Und ausgerechnet er – mit dieser persönlichen Hypothek – wurde Polizist. Er konnte niemandem erzählen, weshalb er so gnadenlos Rauschgiftkriminelle verfolgte. Über Umwege hatte er von der Geburt eines Jungen gehört und Alva in den Jahren mit Geld unterstützt. War es seine Strafe, dass Lukas Norrlander ins Drogenmilieu abgerutscht war?

Das Telefon klingelte. Dr. Synnerholm war am Apparat. Sie stand vor der Tür des Hotels. Jonas ging hinunter und ließ sie ein. An der Rezeption sah er niemanden.

Petra Synnerholm sah übernächtigt aus, auch wenn sie voller innerer Anspannung war und fast zu explodieren schien.

Sie setzte sich auf den Stuhl am Schreibtisch, während Jonas auf dem Bett Platz nahm.

»Das ist ungeheuerlich«, begann die Wissenschaftlerin. »Ich hätte so etwas nie für möglich gehalten.«

Jonas gab ihr recht. »Es kommt nicht oft vor, dass ein Polizeibeamter das Hirn einer Verbrecherbande ist, schon gar nicht einer, die sich so grausamer und brutaler Methoden bedient, auch wenn für die Schmutzarbeit professionelle Killer angeheuert wurden. Der Drahtzieher wusste aber davon, hat es nicht nur gebilligt, sondern auch initiiert. Ich bin überzeugt, dass Krasnopjorov und Ernesaks, die Vollstrecker, von ihm detaillierte Anweisungen zur Vorgehensweise erhalten haben und die Art der Tatausführung nicht ausschließlich ihrer Phantasie entsprungen ist.«

Dr. Synnerholm schüttelte den Kopf. »Das kann man doch nicht nachvollziehen, dass jemand zu so etwas fähig ist.«

»Ich glaube nicht, dass unser Mann krank ist, wenn auch eine gewisse Perversität vonnöten ist bei einem solchen Handeln.«

»Aber er war ja Polizist. Wie konnte er das mit seinem Gewissen vereinbaren?«, fragte Dr. Synnerholm.

»Schwer nachzuvollziehen. Aber dadurch war die Drogenmafia über jeden unserer Schritte informiert. Der Kreis derer, die umfassend über das Vorgehen im Bilde waren, alle Maßnahmen und Strategien kannten, war klein.«

»Dr. Wallberg erzählte, dass Sie auch Polizisten aus Östersund verdächtigten. Wie heißen dic beiden noch mal …«

»Ráidnersson und Agssagssak«, half Jonas aus. »Die kamen aber nicht als Kopf in Frage, weil sie nicht über alle Details informiert waren. Es konnte nur jemand aus Stockholm sein.«

»Wie sind Sie ihm auf die Schliche gekommen?«

»Er ist in einer gewissen Weise genial, auch wenn ich mich sträube, dieses Attribut einem Verbrecher zuzubilligen. Trotzdem macht jeder Täter Fehler. Die muss man erkennen.«

Dr. Synnerholm beugte sich vor. »Erzählen Sie«, forderte sie Jonas auf.

»Meine ersten Zweifel hatte ich, als der Kleindealer Evaldsson ermordet wurde und wir seinen Rechner fanden. Woher sollte jemand wie er so umfassend über die Geschäfte des örtlichen Drogenbosses, eines gewissen Roland Hassel, informiert gewesen sein? Daran habe ich nicht geglaubt. Jemand, der Zugriff auf alle polizeiinternen Informationssysteme hatte, trug diese Daten zusammen und hat sie auf Evaldssons Rechner gespeichert. Und die Rikspolisen hat mehr Rechte als andere Polizeibehörden, nicht nur regional begrenzt, sondern landesweit. Wir sollten also glauben, dass die Datensammlung von Evaldsson stammte. Das hat auch zunächst geklappt und ich stand vor einem Rätsel. Das Kriminaltechnische Labor hat den Rechner untersucht und die Echtheit bestätigt. Das war aber manipuliert. Jemand, der genau über diese Dinge Bescheid wusste, hat die Daten der angeblichen Speicherung verändert. Tatsächlich wurden die Einträge erst nach Evaldssons Ermordung vorgenommen, aber ein früheres Datum wurde angegeben. Das haben Sie jetzt herausgefunden.«

»Darauf wollen Sie Ihren ganzen Verdacht stützen?«, fragte Dr. Synnerholm.

»Nein. Es gibt noch mehr Punkte. Unser Täter wusste aus erster Hand, dass Johan Wax nach Östersund geschickt wird. Er kannte auch Wax' Auftrag. Eigentlich harmlos. Erst als wir Handy und Tablet des Kollegen beim korrupten Polizisten Mörklund in Östersund sicherstellen konnten, war uns klar, dass Wax zwar einige Verdachtsmomente hatte, aber weit von der Lösung entfernt war. Wax hatte sich auf Hassel, Evaldsson und andere konzentriert. Er musste sterben, um mit einem spektakulären Mord Aufmerksamkeit zu erregen und Angst zu schüren. Das war zunächst auch erfolgreich. Ich bin das erste Mal mit der ganzen Materie bei der Besprechung in Stockholm in Berührung gekommen, bei der Tällberg, Markvist, Gripsholm, Dr.

Forsberg und Dr. Wallberg anwesend waren. Wir waren alle erschüttert von der Tat. Und Dr. Wallberg schlug vor, wegen Betroffenheit der Anwesenden eine andere Dienststelle mit den Ermittlungen zu betrauen. Das wurde abgelehnt. Damit hätten dem Drahtzieher die Informationen aus erster Hand gefehlt.«

Jonas stand auf und öffnete die Flasche Mineralwasser. Er besorgte zwei Zahnputzgläser aus dem Bad und schenkte ein.

»Dann habe ich überlegt, wer sich zu welchem Zeitpunkt wo aufgehalten hat. In Rättvik, als der junge Beamte auf der Langen Brücke ermordet wurde, war Markvist offiziell vor Ort. Und ich. Sonst keiner aus dem Kreis der Verdächtigen. In Växjö war niemand. Auch nicht in Sundsvall. In Linköping ist nichts passiert. Dort sind Markvist und Gripsholm gemeinsam auf Patrouille gewesen.«

»Und Tällberg?«, unterbrach Dr. Synnerholm.

»Er ist Polisintendent und in der Regel nicht mehr bei Außeneinsätzen dabei. Nur in Linköping hat er den Einsatz persönlich geleitet.«

»Da waren also alle Verdächtigen vor Ort.«

»Richtig. Und deshalb ist dort auch nichts passiert. Ich war irritiert, als ich feststellen musste, dass Gripsholm, den Tällberg nach Malmö geschickt hatte, um die Benachrichtigungsaktion potentieller Opfer zu organisieren, von dieser Aufgabe überhaupt nicht begeistert war und sie nur sehr widerwillig ausübte. Merkwürdig war auch, dass Gripsholm in Malmö erst am Tatort auftauchte, als man die Leiche Baalbakis schon gefunden hatte.«

»Also hat sich Ihr Verdacht auf Gripsholm konzentriert«, sagte Dr. Synnerholm.

»Gripsholm und Markvist wussten, dass Wax in Östersund war. Es gab aber noch einen. An den habe ich überhaupt nicht gedacht. Das war mein Fehler.«

»Das sehe ich nicht so.« Es sollte tröstend klingen. »Wer kommt schon auf so etwas.«

»Gripsholm hat mich in Jönköping beschattet. Er hat sich aber ziemlich ungeschickt angestellt. Ich habe davon nichts gewusst. Erst später kam mir in den Sinn, weshalb. Er sollte mich beschützen, weil meine Familie und ich massiv bedroht wurden.«

»Das ist doch genial. Unter dem Vorwand, Personenschutz zu leisten, ist man Ihnen sehr nahe gekommen. Eine bessere Ausgangsbasis für einen Mordanschlag gibt es nicht«, sagte Dr. Synnerholm nachdenklich.

»Das ist zutreffend. Aber zu diesem Zeitpunkt wusste ich schon, dass Gripsholm nicht das Gehirn der Drogenmafia ist. Er heißt zwar Gripsholm, verfügt aber über mehr Holm als Grips. Es gab aber noch einen wichtigen Hinweis.«

»Die Botschaften, die man bei den Toten gefunden hat.«

»Richtig. Sie stammten nach Auswertung Ihres Instituts immer vom selben Drucker. Wer sucht dieses Gerät schon in einem Polizeibüro? Da hätten wir es nie gefunden. Die Texte haben wir bei Johan Wax, in Sundsvall bei Melker Evaldsson und in Öjaby bei Krasnopjorov gefunden. Auch das Rezept, nach dem in Motala das Liquid Ecstasy hergestellt wurde, kam aus diesem Drucker. Die Nachrichten bei den Toten wurden also schon vor der Ermordung der Opfer gedruckt. Das ist übrigens ein Beweis für den Vorsatz und die Heimtücke. Alle Morde waren geplant und vorbereitet. Ja, und Sie haben schließlich den Drucker identifizieren können.«

Dr. Synnerholm nickte. »Das ist unsere Aufgabe.«

»Mit diesen Nachrichten hat der Kopf der Bande versucht, Angst und Schrecken zu verbreiten und ein großes Medienecho zu erlangen. Das ist ihm gelungen. Er hat dabei aber einen entscheidenden Fehler gemacht. Die Notiz, die bei Krasnopjorov gefunden wurde, tauchte erst später auf.«

Dr. Synnerholm nippte am Zahnputzglas. »Das hat Ihnen Dr. Wallberg vorgeworfen. Schließlich waren Sie eine ganze Weile vor Ort, bevor Dr. Forsberg und Dr. Wallberg mit den Forensikern auftauchten.«

»Wir haben die Leiche nicht bewegen wollen. Das hätte das Lagebild beeinträchtigt«, antwortete Jonas.

»Ich erinnere mich, dass mir Dr. Wallberg davon berichtete. Er sagte auch, Tällberg habe Sie massiv in Ihrer Ansicht unterstützt. Das hat ihn sehr verwundert.«

»Das war aber wirklich der Grund. Nun kommt aber der entscheidende Punkt. In der Nacht, als Krasnopjorovs verstümmelte Leiche unter dem hölzernen Glockenturm abgelegt wurde, hat es wie aus Eimern geschüttet. Das Zelt, das den Fundort und die Leiche schützen sollte, hat man erst später aufgebaut. Die Nachricht, die uns aber bei der Strategiebesprechung präsentiert wurde, wies nicht einen Wassertropfen auf. Sie wurde uns also später untergeschoben. Warum? Weil der Kopf der Drogenmafia das in diesem Fall selbst gemacht hat. Und er war zum Zeitpunkt der Ermordung Krasnopjorovs nicht in Öjaby, sondern kam erst später dorthin.«

»Das ist doch kurzsichtig. So etwas darf einem kriminellen Strategen, der zudem noch Insider ist, nicht passieren.«

»Ich sagte doch, dass jeder Verbrecher, so perfekt er sich auch glaubt, Fehler macht.« Jonas lächelte. »Auf der Notiz stand: Verräter werden unnachsichtig bestraft. Und Versager auch. Tja. Das übernimmt jetzt die Justiz.«

Dr. Synnerholm seufzte tief. »Wer hätte das geglaubt?«

Jonas verschränkte die Arme hinter dem Nacken und reckte sich. »Dr. Wallberg am wenigsten. Er saß direkt im Zentrum, hat alles mitgehört, war stets zugegen, wenn die weitere Vorgehensweise besprochen wurde. Er war völlig ungefährdet, wenn er diese Botschaften auf seinem Rechner ausgedruckt hat. Jetzt machen auch andere Sachen Sinn. In unseren Besprechungen hat er uns zu suggerieren versucht, dass es typisch sei für das analysierte Liquid Ecstasy, dass es üblicherweise aus Russland oder schmutzigen Laboren in Osteuropa komme. Er war der Experte in der Runde. Zugegeben. Damit hat er uns alle in die Irre geleitet und auf eine falsche Spur geschickt. Wir hatten ja mehrere Ansatzpunkte, die in Richtung Estland wiesen. Krasnopjorov. Ernesaks. Puri. Auch die Sache mit dem manipulierten Rechner Evaldssons hat er geschickt eingefädelt. Bei einer Besprechung hat er aus seiner Aktenmappe einen Zettel gezogen und ein Untersuchungsergebnis vorgelesen. Ich habe ihn noch gefragt, warum er sich nicht moderner Hilfsmittel wie Notebooks et cetera bedient. Er hat geantwortet, dass die moderne Technologie von seinen Mitarbeitern besser beherrscht wird als von ihm. Damit hat er davon abgelenkt, dass er sehr wohl im Inneren von Rechnersystemen spazierengehen kann und Evaldssons Daten selbst gefälscht hat.«

»Merkwürdig«, warf Dr. Synnerholm ein. »Ich habe einen Bericht unseres IT-Experten gefunden. Der hat Zweifel an der Echtheit der Timestamps auf der Festplatte gehabt.«

»Dr. Wallberg hat immer darauf geachtet, dass nur er an den Besprechungen in Stockholm teilgenommen hat. Es ist ihm leichtgefallen, andere Dinge unter Verschluss zu halten. Bei unserem ersten Treffen in diesem Fall gab es eine heftige Kontroverse zwischen Dr. Forsberg, dem Rechtsmediziner, und Ihrem Chef. Dr. Forsberg hatte ihm vorgeworfen, dass er erst am Montag mit seiner Arbeit begonnen hatte. Dr. Wallberg hat sich damit herausgeredet, dass er das Wochenende oft mit der Familie in seiner Hütte im Wald verbringt. Dort gäbe es keinen Strom und vor allem kein Netz. Deshalb hätte man ihn nicht erreicht. Ich habe nicht darüber nachgedacht, was Inspektor Ráidnersson in einer Nebenbemerkung fallenließ. Er hat gesagt, beim Mord an Johan Wax war die Stockholmer Spurensicherung da. Das war ein Sonntag. Auch Dr. Wallberg war anwesend. Warum hat er am Montag etwas anders behauptet? Oder zumindest Dr. Forsberg nicht widersprochen, als der ihm die Nichterreichbarkeit vorwarf? Es war ein weiterer Fehler Wallbergs, dass er so schnell in Östersund war. Er wollte sich selbst davon überzeugen, dass alles gemäß seinen Anweisungen durchgeführt worden war. Das hat er am Montag bei der Besprechung in Stockholm aber schnell korrigiert.«

»Und jetzt?«, fragte Dr. Synnerholm und gähnte. Sie hielt sich die Hand vor den Mund und entschuldigte sich. »Ich habe die Nacht durchgemacht«, sagte sie.

»Wir werden Dr. Wallberg festnehmen«, erklärte Jonas. »Ich nehme an, er ist in seinem Sommerhaus. Wissen Sie, wo das ist?«

Dr. Synnerholm nickte.

»Dazu müssen wir warten, bis es hell ist. Jetzt macht es keinen Sinn.«

»Wollen Sie ein Einsatzkommando anfordern?«

»Nein«, sagte Jonas. Seine negativen Erfahrungen mit der Polizei Jönköping ließ er unerwähnt. Ebenso, dass er noch eine ganz persönliche Rechnung mit Dr. Wallberg zu begleichen hatte.

»Ich gehe dann wieder«, sagte Dr. Synnerholm.

Jonas zeigte auf das Doppelbett. »Blödsinn. Wenn es Ihnen nichts ausmacht, gönnen wir uns hier noch ein wenig Schlaf.«

Sie widersprach nicht, sondern kroch auf allen vieren in das zweite Bett, verzichtete darauf, mehr als die Schuhe auszuziehen, und war schon eingeschlafen, bevor sie die Bettdecke ans Kinn gezogen hatte. Jonas folgte ihrem Beispiel.

·NEUNUNDZWANZIG·

Jonas erwachte als Erster. Es waren nur wenige Stunden gewesen, aber er hatte tief und fest geschlafen. Leise schlich er sich ins Bad, duschte und erledigte die Morgentoilette. Als er ins Zimmer zurückkehrte, lag Dr. Synnerholm immer noch auf der Seite. Nur die Nasenspitze ragte unter der Bettdecke hervor. Zuerst überlegte er, ob er ihr einen Zettel hinterlassen und sie ausschlafen lassen sollte. Dann entschied er sich dagegen und sprach sie an. Erfolglos. Er fasste sie vorsichtig an der Schulter und rüttelte sie leicht. Erschrocken fuhr sie in die Höhe und sah ihn mit weit aufgerissenen Augen an. Sie war orientierungslos.

»Ganz ruhig«, sagte er sanft. »Wollen Sie ausschlafen? Ich glaube, Ihr Körper braucht es.«

Sie bewegte ihren Kopf, dass die rötlichen Löckchen durch die Gegend flogen.

»Ich überlasse Ihnen das Terrain«, sagte Jonas, »und gehe schon vor in den Frühstücksraum. Lassen Sie sich Zeit. Soll ich Ihnen etwas von der Rezeption hochschicken lassen? Zahnbürste? Kosmetik?«

»Nein«, sagte sie, »vielen Dank. Das rettet mich auch nicht mehr. O Gott«, wurde ihr bewusst, »was müssen Sie von mir denken? Ich habe keine Kleidung dabei. Nichts.«

Er empfahl ihr, ausgiebig zu duschen. »Ich warte auf Sie.« Dann ging er in den Frühstücksraum, entschied sich für etwas Leichtes und hatte bereits drei Tassen Kaffee getrunken, als Dr. Synnerholm auftauchte. Auch ohne Schminke war sie eine attraktive Frau. Sie war zehn Jahre älter als er selbst, ungefähr in Alvas Alter. Ihr fehlten aber die Spuren eines entbehrungsreichen Lebens, die sich in Alvas Antlitz gegraben hatten. Im Nu keimte in Jonas das schlechte Gewissen auf, als er an die Frau aus Östersund dachte.

Nach dem Frühstück und dem Packen gingen sie zur Rezeption. Die junge Frau am Counter sah Jonas an, dann Dr. Synnerholm. Mehrfach wanderte ihr Blick zwischen den beiden hin und her. »Sie hatten aber nur ein Einzelzimmer gebucht«, sagte sie mit geschäftsmäßiger Stimme. »Ich muss Ihnen aber ein Doppelzimmer berechnen.«

Jonas wollte nicht diskutieren. Hätte er ihr erklären sollen, dass »alles ganz anders ist, als es aussieht«?

Er verlangte eine Rechnung für ein Einzelzimmer sowie eine gesonderte Rechnung für die Aufbettung zum Doppelzimmer. Erneut streifte ihn der prüfende Blick der Hotelangestellten. Jonas grinste und konnte sich lebhaft vorstellen, welche Gedanken sich hinter der Stirn der jungen Frau abspielten.

Die Fahrt nach Rejmyre dauerte länger, als Jonas gehofft hatte. Er hatte zuvor noch nie von diesem Ort gehört. Er folgte dem dunkelblauen Mazda Dr. Synnerholms bis Simonstorp, das noch ein weites Stück hinter Norrköping lag. Dann ging es über eine gewundene Straße durch »Landschaft«. Wie soll man diese Einöde sonst bezeichnen?, überlegte Jonas. Die Wissenschaftlerin bog noch einmal ab. Birken säumten die noch schmaler werdende Straße. Wenn man eine unbekannte Strecke fuhr und Ungeduld der Begleiter war, schienen sich die Entfernungen ins Unermessliche zu dehnen. Schließlich erreichten sie den kleinen Ort, eines jener Dörfer auf dem Land, das man durchfährt und sofort wieder vergessen hat. In Rejmyre waren ein schäbiger Supermarkt und eine heruntergekommene Tankstelle die Attraktionen. Dr. Synnerholm hielt an, ließ die Scheibe der Beifahrerseite herab und befragte einen älteren Mann mit einem Fahrrad, auf dessen Gepäckträger er einen Sack Kartoffeln transportierte. Dann fuhr sie weiter, verließ den Ort, der wegen seiner Glasfabrik bekannt war und bog nach zwei Kilometern in einen Waldweg ab.

Nach einem weiteren Kilometer stoppte sie an einer Gabelung. Jonas stieg aus und ging zu ihrem Fahrzeug. Sie wirkte ratlos. »Ich bin hier schon mal gewesen«, sagte sie. »Das sieht aber alles gleich aus.«

»Moment. Ich möchte zuvor etwas prüfen.« Jonas holte sein Handy hervor, stellte die Funktion »eigene Rufnummer unterdrücken« ein und wählte Dr. Wallbergs Mobilfunknummer. Er wollte schon aufgeben, als sich der Forensiker schließlich doch noch meldete. Jonas legte auf. »Uns hat er erzählt, hier gebe es kein Netz«, sagte er. Dann entschied er sich spontan, den rechten Weg zu nehmen. »Ich fahre vorweg.«

»Sie kennen den Weg auch nicht besser.«

»Sie sollten lieber hierbleiben«, sagte Jonas.

»Ich bin Polizistin – genau wie Sie«, protestierte Dr. Synnerholm.

»Laborpolizistin«, gab er zurück. »Aber eine exzellente.«

Schließlich ließ sie ihn gewähren. Der Weg war seit dem Abbiegen von der Landstraße nicht mehr asphaltiert. Zwischen den zwei Fahrspuren wuchs Gras. Der Streifen in der Mitte war so hoch, dass man hörte, wie das Auto darüber hinwegschrammte. Nach etlichen Biegungen tauchte am Ende des Weges auf einer Lichtung ein Blockhaus auf. Davor standen zwei Autos. Ein Hund bellte und kam ihm entgegen, als Jonas ausstieg. Gleich darauf öffnete sich die Tür, und ein bärtiger Mann im Kapuzenpullover erschien. Er sah Jonas misstrauisch entgegen.

»Hej. Wir wollen zu Wallbergs und haben uns offensichtlich verfahren.«

Die Körperspannung des Mannes ließ nach. »Rabauke«, rief er den Hund zurück und streckte dann den Arm aus. »Sie müssen bis zur Gabelung zurück und dann den anderen Weg nehmen. Nach ungefähr drei Kilometern geht ein unscheinbarer Weg links ab. Passen Sie gut auf, man verfehlt ihn leicht. Dann kommen Sie direkt zu Wallbergs Hütte.«

»Ich habe versucht, ihn telefonisch zu erreichen. Aber vermutlich gibt es hier kein Netz«, sagte Jonas.

»Verstehe ich nicht«, schüttelte der Mann den Kopf. »Eigentlich klappt es hier gut mit dem Mobilfunkempfang.«

»Wir waren vor zwei Wochen schon einmal hier. Da ging das nicht.«

»Ich weiß von keiner Störung. Vor zwei Wochen? Da hätten Sie Pech gehabt. Da waren Wallbergs nicht da.«

»Woher wissen Sie das so genau?«

Der Mann lachte und zeigte dabei eine Reihe schlechter Zähne. »Wir sind ja fast direkte Nachbarn. Das ist hier so, auch wenn es kilometerweit weg ist. Da hatten wir hier gegrillt, gesungen und getanzt. Auch getrunken. Ich weiß das genau, weil meine Frau Geburtstag hatte. Wallbergs waren auch eingeladen. Die konnten aber nicht kommen. Seine Frau war an dem Wochenende mit den Kindern bei den Schwiegereltern in Ankarsrum. Staffan ist in Linköping geblieben. Er musste arbeiten.«

Jonas bedankte sich. »Grüßen Sie Staffan von mir«, rief der Mann hinterher und beobachtete sie, wie sie wendeten und zurückfuhren.

An der Gabelung folgten sie dem anderen Weg. Dr. Synnerholm hatte recht. Es sah hier wirklich alles gleich aus. Mit Mühe fand er die Abzweigung. Jonas fuhr den Wagen an die Seite und stieg aus. Dr. Synnerholm parkte hinter ihm.

»Sie bleiben hier«, sagte er. »Von hier aus geht es zu Fuß weiter.«

»Kommt nicht in Frage.« Ihr war der Jagdeifer anzumerken. Für eine Labormaus ist das zu gefährlich, wollte er sagen, unterdrückte aber die ›Labormaus‹ und damit auch den Rest des Satzes.

Der Weg schien ins Nichts zu führen. Auch an schönen Sommertagen würde er im Schatten der hohen Nadelbäume liegen. Bis auf einen Specht, dessen Klopfen durch den stillen Wald hallte, war es totenstill. Kein Vogelgezwitscher. Die Nadelbäume rauschten auch nicht im leichten Wind, der über das Grün strich. Die Bäume standen so dicht, dass kein Licht zum Boden drang und es deshalb auch kein Unterholz gab. Auf dem dicken Teppich aus braunen Nadeln würde ohnehin nichts gedeihen.

Gripsholm, dachte Jonas, würde jetzt vermutlich lästern: »Das nennt Nyström arbeiten. Mit einer Tussi allein durch den menschenleeren Wald schleichen.«

Plötzlich stoppte er abrupt, so dass Dr. Synnerholm auflief.

»Verzeihung«, sagte sie. Jonas breitete den Arm aus, den Zeigefinger der anderen Hand legte er auf den Mund.

»Pst.«

Der schmale Pfad endete auf einer Lichtung. Davor stand ein Mercedes Kombi. Die Heckklappe war geöffnet. Eine Frau, die ihre Haare zu einem Dutt gebunden hatte, erschien, lud etwas auf die Ladefläche und verschwand wieder im Haus. Kurz darauf erschien sie mit dem nächsten Gepäckstück. Ihr folgte ein schlankes Mädchen. Jonas schätzte es auf vielleicht fünfzehn Jahre. Die beiden kehrten erneut ins Haus zurück.

»Kommen Sie«, raunte Jonas Dr. Synnerholm zu. Sie marschierten auf die Waldhütte zu. Als sie etwa fünf Meter von ihr entfernt standen, tauchte die Frau ein drittes Mal auf. Sie blieb erschrocken stehen, als sie Dr. Synnerholm und Jonas auf sich zukommen sah.

»Frau Wallberg?«, rief ihr Jonas zu.

Die Frau nahm die Kühlbox, die sie in Händen hielt, schützend vor ihre Brust. »Ja.« Es klang wie eine Frage. Erst als sie Dr. Synnerholm sah, entspannte sie sich. »Petra?«

»Wir haben uns ein- oder zweimal gesehen«, erklärte Dr. Synnerholm Jonas. »Wir möchten zu Ihrem Mann.«

»Hier? Im Sommerhaus? Aber wieso denn?« Sie ließ die Hand mit der Kühlbox sinken. »Wir räumen hier auf. Das war es für dieses Jahr«, erklärte sie ungefragt.

»Ist Staffan auch da?«, fragte Dr. Synnerholm.

»Ja. Er ist drinnen.« Sie drehte sich um. In diesem Moment kam die Tochter aus dem Haus. »Schätzchen, sag Papa, da sind welche von der Polizei für ihn da.«

Das Mädchen drehte sich um, nahm die zwei Stufen zum Hütteneingang und rief ins Dunkel. »Papa. Die Polizei will zu dir.«

Nichts rührte sich. »Staffan?«, rief Frau Wallberg.

Jonas besah sich das Familienidyll. Dr. Staffan Wallberg, Leiter des NFC – Swedish National Forensic Centre, angesehener Wissenschaftler, Familienvater und wie gefühlte Millionen anderer Schweden glücklicher Besitzer eines Sommerhauses und … Was hatte Wallberg dazu getrieben, eine der gefährlichsten und brutalsten Verbrecherorganisationen Schwedens aufzuziehen? In diesem Moment empfand Jonas Abscheu für den Mann, der so viel Menschenleben auf dem Gewissen hatte. Was für ein Mensch war Wallberg, der bei Wax' Beerdigung den Betroffenen spielte und ungerührt der Witwe und Johans Kind entgegentrat?

In der Stille des Waldes hörte man eine Tür zuschlagen. Jonas war der Erste, der die Situation erfasste. »Haben Sie eine Waffe?«, fragte er Dr. Synnerholm.

»Ich?«, rief sie ihm hinterher, da er bereits an der verblüfften Frau Wallberg vorbei Richtung Haus lossprintete. Es tat ihm leid, dass er die Tochter anrempelte. Dann riss er die Tür auf und befand sich in einem urig eingerichteten Wohnraum. Es wirkte spießbürgerlich, aber auch gemütlich. Auf der gegenüberliegenden Seite führte eine zweite Tür in einen Gang, der auf der Rückseite der Hütte endete. Dort stand eine Tür offen. Jonas landete auf einer kleinen Veranda. Eine roh gezimmerte Bank mochte den Bewohnern manch schöne beschauliche Stunde beschert haben. Hinter der Lichtung befand sich nur Wald. Es war aussichtlos, in eine Richtung zu laufen. Jonas kannte sich nicht aus. Die Zeit konnte Dr. Wallberg nutzen, um zum Auto zu laufen und zu flüchten. Als Jonas enttäuscht umkehren wollte, sah er den Flüchtenden vor sich. Dr. Wallberg hatte vielleicht fünfzig Meter Vorsprung. Jonas kam zugute, dass der Wald licht und ohne

Unterholz war. Er sprang von der Terrasse, kam kurz ins Straucheln und hastete Wallberg hinterher. Er hoffte, dass der Forensiker mit seiner gedrungenen Gestalt nicht über eine zu gute Kondition verfügte.

Jonas lief hinterher. Er setzte zum Sprint an, wechselte dann aber in eine langsamere Gangart. Der Abstand war zu groß. Der Waldboden federte unter seinen Schritten. Er merkte, wie ihm der Puls im Hals klopfte. Die Atmung wurde schneller. Sein Herz raste. Sie hatten erst zwei- oder dreihundert Meter zurückgelegt. Aber auch Wallberg wurde langsamer. Der Abstand zwischen ihnen verringerte sich. Es waren nur Meter, die Jonas dem Verfolgten abnahm. Langsam wurde ihm die Luft knapp. Er japste und versuchte, die Seitenstiche zu ignorieren. Zur Linken tauchten jetzt im Wald ein paar Felsbrocken auf, hinter denen er sich verstecken wollte. Das war unklug.

Er war noch etwa dreißig Meter von den Steinen entfernt, als es knallte. Jonas bremste ab und schlitterte über den Waldboden. Er ruderte mit den Armen und schaffte es, sich seitlich hinzuwerfen, bevor erneut ein Schuss bellte. Wallberg hatte ein Gewehr mitgenommen. Logisch. Hier im Wald waren viele Jäger. Jonas zog seine Pistole und lud sie durch. Er atmete mehrfach tief ein und hoffte, seine Stimme klinge ruhig.

»Wallberg! Geben Sie auf. Alle wissen, dass Sie hinter der Drogenmafia stecken. Es gibt kein Entkommen für Sie. Denken Sie auch an Ihre Frau und Ihre Tochter, die ratlos dahinten hocken und nicht wissen, was Sie angerichtet haben.«

»Es war nicht ich, sondern die Gesellschaft – das System. Die sind schuld.« Wallberg sprach stoßweise. Er war noch immer außer Atem. Jonas durfte ihm keine lange Pause zur Erholung schenken.

»Eine lächerliche Erklärung.«

Als Antwort knallte es erneut. Es prasselte. Wallberg schoss mit Schrot. Dieser Schuss verfehlte noch sein Ziel.

Jonas robbte, flach auf den Boden gepresst, ein Stück nach rechts.

Dann schoss er auf den Felsen. Das Geschoss prallte vom Felsen ab und schlug als Querschläger irgendwo ein. Als Wallberg abdrückte, war Jonas hochgesprungen und hatte drei, vier Sätze nach rechts unternommen. In der Zeit suchte Wallberg nach ihm. Für einen Moment blieb es ruhig. Dann bellte wieder die Schrotflinte los. Wallberg gab zwei Schüsse hintereinander ab, den zweiten etwas versetzt. Die Kugeln schlugen unweit von Jonas ein. Der Mann schoss mit einer Doppelflinte. Jetzt würde er wieder Zeit zum Nachladen benötigen.

Jonas war nur deshalb unversehrt geblieben, weil er sich ganz flach auf den Boden gepresst hatte. Es war eine alte Soldatenweisheit, dass man sich bei einem unachtsamen Gegner, der sich heranschlich, auf die Hacken konzentrieren sollte. Jonas sprang in die Höhe und rannte diesmal ein Stück zur Seite. Er zählte dabei bis fünf, sprang nach vorn und landete unsanft auf dem Waldboden. Die Distanz zum Felsen hatte sich wieder um ein paar Meter verringert. Jonas kauerte hinter einem etwas dickeren Stamm und beobachtete Wallberg. Er sah, wie der Lauf der Flinte auftauchte, ein wenig zur Seite schwenkte und das Ziel suchte. Dann krachte es. Diesmal stimmte die Richtung. Nur knapp über ihm schlugen die Schrotkugeln ins Holz. Wenn Wallberg etwas tiefer zielte, würde er ihn treffen.

»Verfehlt, Wallberg«, rief Jonas. »Das können Sie *auch* nicht. Sie sind ein Versager. Auf allen Gebieten. So wie Urmas Krasnopjorov.«

»Der hat versagt. Richtig. Wer so dumm ist und seine Fingerabdrücke am Tatort zurücklässt, ist überflüssig. Der Tod durch Glas – weil er auf die Glasscheibe gefasst hatte. Dafür musste er sterben.«

»Und jetzt sind Sie dran«, rief Jonas.«

»Nein, Nyström. Hätten Sie jemals geglaubt, auf einem dreckigen Waldboden krepieren zu müssen?« Der Ton klang klarer, deutlicher. Jonas sah am Stamm vorbei.

Wallberg hatte sich aufgerichtet. Er näherte sich langsam mit der Schrotflinte.

»Bleiben Sie stehen«, rief Jonas. »Ich schieße.«

Ein meckerndes Lachen war die Antwort.

Die Entfernung zwischen ihnen verringerte sich merklich. Jonas visierte Wallberg an und drückte ab. Er musste unkonzentriert schießen, weil er sah, dass sein Gegner auch den Finger krümmte. Es war der Bruchteil einer Sekunde, den Jonas schneller war. Die Schrotladung hätte ihn voll erwischt. Beim Schießen hatte er sich zur Seite gerollt und hoffte, dass Wallberg keinen zweiten Schuss abfeuerte. Aber es blieb ruhig.

Jonas sah, wie Wallberg die Schrotflinte langsam aus der Hand rutschte und der Forensiker auf den Einschuss auf seiner rechten Brustseite schaute. Jonas hatte ihn irgendwo unterhalb des Schlüsselbeins getroffen.

Ihm dämmerte, weshalb Wallberg seine Deckung verlassen hatte. Ihm war die Munition ausgegangen.

Jonas stand auf und näherte sich dem Mann, der ganz Schweden in Atem gehalten hatte. »Es ist aus«, sagte Jonas und trat dicht an Wallberg heran. Jonas streckte den Arm aus und drückte dem Verbrecher die Mündung seiner Pistole auf die Stirn. Wallberg kniff die Augen zusammen. Dann schloss er sie ganz. Die Mundwinkel zuckten. Der ganze Körper fing an zu vibrieren. So sieht also Todesangst aus, dachte Jonas. All die Opfer dieses Unmenschen hatten diesen Moment durchleben müssen. Sie waren dabei Stück für Stück verstümmelt worden, hatten über Stunden dem Kältetod entgegensehen müssen, keine Luft mehr bekommen oder waren unter unmenschlichen Schmerzen verblutet.

Und jetzt stand dieser Haufen Dreck vor ihm und zitterte.

Dann sackte Wallberg zusammen.

Jonas drehte den Kopf zur Seite und spie aus. Ihm war übel. Er hätte sich gern übergeben und konnte das Verlangen nur mit Mühe unterdrücken. Vor ihm lag ein Bündel – nein! Mensch mochte er ihn nicht nennen –, das verantwortlich für den Tod vieler Menschen war. Ganz viele Schweden würden nicht verstehen, dass Jonas ihn nicht erschoss. Erschoss? Nein! Hinrichtete. An vielen Orten des Landes würde man über die Todesstrafe schwadronieren.

Jonas war Polizist geworden, weil er selbst Täter war. Diese Hypothek musste er zeitlebens mit sich herumtragen. Jetzt würde er nach Wallbergs Verletzung sehen, sie notdürftig versorgen und hoffen, dass Dr. Synnerholm sie bald fände. Als Apothekerin war sie sicher vertrauter mit der Versorgung von Verletzten. Hoffte er. Man würde Wallberg ins Krankenhaus bringen, ihn gesund pflegen. Dann würde er seinen Prozess bekommen. Und irgendwann würden sich die Gefängnistore für ihn wieder öffnen. Die Sargdeckel der Opfer würden für immer verschlossen bleiben. Und irgendwann würde Gras über ihre Gräber wuchern.

Hanne Nehlsen
Der Inselschamane
Ein Nordsee-Krimi
288 Seiten
ISBN 978-3-7466-3126-4
Auch als E-Book erhältlich

Ein Inder im Norden

Ruhe auf Pellworm. Zu viel, meint Bürgermeister und Hotelier Feddersen. Seine Bemühungen, alternative Formen des Tourismus anzukurbeln, scheinen erfolgreich zu sein, als ein indischer Guru seine Heilslehren auf der Insel verkünden will. Frerk Thönnissen, der Dorfpolizist, ist nicht begeistert, da viele neue Besucher viel Arbeit bedeuten könnten. Als er in einem ausgebrannten Wohnwagen eine Leiche findet, drohen seine Befürchtungen wahr zu werden. Offenbar ist der Tote der Stellvertreter des Gurus. Als man ihm aus Husum Unterstützung schickt – ausgerechnet den unfähigen Kommissar Hundt –, nimmt das Schicksal seinen Lauf.

Spannend und skurril – ein Kriminalroman mit dem besten Dorfpolizisten aus dem hohen Norden.

Regelmäßige Informationen erhalten Sie über unseren Newsletter. Jetzt anmelden unter: www.aufbau-verlag.de/newsletter

atb aufbau taschenbuch